KB076062

새
민족문학사
강좌 02

근대계몽기에서 **2천년대** 대중문학까지

새
근대계몽기에서 2천년대 대중문학까지
민족문학사
강좌
02

민족문학사연구소 엮음

창비

이 책의 전신인 『민족문학사 강좌』(이하 『강좌』)가 출간된 것이 1995
년이었다. 1990년에 출범한 민족문학사연구소는 1970, 80년대에 본
격화된 진보적 시각에 입각한 한국문학 연구의 성과들을 기반으로
이 책을 기획·출간한 바 있다. 한국문학 연구가 문학사 서술로 수렴
되던 당시, 충분히 과학적이고 진보적인 시각에 입각해 서술된 한국
문학사를 갖고 있지 못하다는 판단 아래, 본격적인 문학사 서술을 준
비하기에 앞서 먼저 한국문학사의 중요 주제를 항목별로 나열하는
서술방식을 통해 한국문학사의 흐름을 종합적으로 인식하도록 하는
데 기획의도가 있었다. '강좌'라는 조금 구투의 이름을 붙여 출간한
것은 다분히 대학 강의에 교재로 사용될 것을 염두에 두었기 때문이
다. 실용적인 의도로 기획되고 절충적인 면이 없지 않았지만, 당시
창립한 지 얼마 되지 않은 연구소로서는 이 책을 위해 몇년간 심혈을

기울였다. 공동의 연구시각을 마련하기 위해 애썼고 모든 글이 발표와 토론이라는 '공동작업'의 과정을 거쳤다. 그 결과 다소 미흡하기는 했지만 한국문학 연구의 새로운 시각을 제기하고 참신한 해석을 담아낼 수 있었다.

그로부터 14년이 흘렀다. 이 14년 동안 한국문학 연구는 시각, 이론, 방법론, 자료 등 여러 면에서 변화를 겪었고 새로운 성과가 축적되었음은 물론이다. 당연히 출간 당시에는 진보적 시각과 해석을 담아 호응을 얻었던 『강좌』 또한 14년이라는 시간이 만들어낸 학계의 변화와 성과를 반영하고 수렴해야 한다는 요구와 반성이 제기되었다.

반성의 초점은 다른 무엇이 아니고 '민족'이라는 가치에 다소 편향된 데서 찾아야 할 것이다. '민족' 이외의 가치들에 대한 합당한 배려가 부족하여 한국문학사의 입체적이고 복합적인 면모를 좀더 풍부하게 보여주지 못했다는 결함을 지적할 수 있겠다. 이러한 한계는 『강좌』가 근본적으로 민족주의의 자장을 벗어나지 못했고 내재적 발전론의 한계를 극복하지 못한 데서 비롯된 결과라 할 수 있다. 물론 민중의 관점에서 민족의 의미를 새롭게 재구성했고, 일반사와는 구별되는 문학사의 상대적 독자성을 규명하고자 했으며, 작품의 사회적 가치와 예술적 가치를 함께 존중하는 균형감각을 유지하려 했다는 점 등 상당히 긍정적인 면모도 지니고 있었다. 그러나 현재의 시점에서 보건대 그러한 노력에도 불구하고 미흡한 면이 있으며, 이 또한 그 당시 한국문학 연구의 역사성을 반영한 것이라 할 수 있지만, 이제는 무엇보다 14년간의 학문적 변화상과의 거리를 간과하기 어렵게 되었다.

민족문학사연구소는 이러한 반성을 바탕으로 몇년 전부터 개정판의 출간을 준비해왔는데, 준비과정에서 개정판 정도로는 그간의 학문적 발전과 시대의 변화를 충분히 담아내기 힘들다는 것을 깨닫게 되었다. 그래서 아예 신편(新編)하는 쪽으로 방향을 바꾸고 1년이 넘는 기획과정을 거쳐 집필에 들어갔다. 차례에서부터 시각, 필자, 편제, 시대구분, 구체적 내용에 이르기까지 처음부터 다시 시작하는 마음으로 모든 것을 새로 구상하고 조직했다.

집필의 기본방향은 첫째로 민족주의와 내재적 발전론을 좀더 온전하게 극복하는 데 맞추어졌다. 이를 위해 먼저, 민족 이외의 가치를 반영한 문학들에도 적절한 위상을 부여하여 한국문학사가 다양한 가치들이 소통하고 경쟁한 역동적 과정이었음을 밝히고자 했다. 다음으로 종래 지향해온 내재적 발전론의 긍정적인 내용을 계승하면서 고질적 병폐라 할 수 있는 폐쇄성과 자기중심주의를 극복하기 위하여 우리 문학의 독자적 특질만이 아니라 동아시아문학, 나아가서 세계문학 및 타 문화와의 영향관계와 교류과정에도 관심을 두도록 하였다. 그럼으로써 기존 『강좌』에 비해 한국문학사의 입체성과 복합성을 좀더 올곧게 규명하고자 한 것이다. 두번째로는 지난 14년간 이루어진 새로운 연구성과와 학문적 발전상을 최대한 반영하도록 하였다. 작품 중심의 서술을 보완하여 제도와 매체에도 관심을 기울이고 나아가 여성문학과 대중문학, 아동문학 등의 하위 주제들에도 지면을 할애했다. 요컨대 전체적으로 기존 『강좌』에 비해 시각의 유연성을 기하고 그럼으로써 더 넓은 편폭으로 우리 문학사의 다양한 양상들을 기술하고자 하였다.

이러한 방향에 따라 본격적인 집필작업이 이어졌는데, 집필에서 출간에 이르기까지는 만 2년 이상의 시간이 소요되었다. 이렇게 오랜 시간이 걸린 까닭은 초고의 발표와 토론, 그에 따른 수정과 보완을 거치고 나서도 최종원고 검토위원회의 검토와 그에 따른 수정, 보완이 이어졌기 때문이다. 요컨대 개별 항목의 집필은 각 집필자의 책임하에 이루어지되, 이들을 종합하는 틀 및 연구시각과 전체 서술에는 연구소의 공동연구적 성격이 스며들도록 한 것이다. 그러므로『새 민족문학사 강좌』는 기존『강좌』와 마찬가지로 개인 연구논문을 여럿 모아놓은 단순한 편저서가 아니라 민족문학사연구소의 공동연구의 결과물이다.

이처럼『새 민족문학사 강좌』는『강좌』의 단순한 개정판이 아니라 기획과 편집의 모든 과정이 새롭게 이루어진 새 책이다. 기본 골격을 유지하기 위한 몇편의 글을 제외하고는 거의 모든 글이 새로운 주제로 집필되었으며, 필진도 젊은 연구자들 중심으로 대폭 교체되었다. 체제와 내용을 일신한 것이다. 세부적인 서술 역시 좀더 폭넓은 대중이 소화할 수 있도록 난도를 낮추고, 글의 말미마다 해당 주제의 쟁점을 정리하고 주요 연구성과를 제시해 더 깊은 공부를 위한 길잡이가 될 수 있도록 하였다.

『새 민족문학사 강좌』가『강좌』와는 면모가 크게 달라진 것임에도 불구하고 제목에서 연속성을 살린 까닭은 왜일까? 그것은 민족문학적 시각을 아직은 견지해야 할 처지이기 때문이다. 남북의 현실과 미래에 비추어서도 그러하고 세계화라는 오늘의 추세를 보면 더욱 그러하다. 우리는 '개아적(個我的) 인식주체가 민족적 자아에 일치하기'를 노력하면서 다른 한편 '세계주의에 매몰되지 않고 세계성을 얻어야' 하겠다. 자민족중심주의를 벗되 자아의 세계적 시야를 가지고 국제적으로 소통·교류함으로써 세계의 보편성을 넓히고 인간 이해를 심화시켜갈 수 있을 것이다. 세계화 문제에 있어서도 인간의 창의성과 자율을 더욱 신장하기 위해서는 다원주의를 존중해야 할 뿐 아니라, 각각의 자아가 민족을 매개로 해서 세계와 소통하도록 민족문화의 세계적 조화를 지향해야 할 터이다. 오늘의 민족문학은 닫힌 민족 개념이 아니라 열린 자아로 진보해야 할 것이다. 요컨대 이 책이 한층 다양하고 열린 민족문학을 지향하고자 한다는 점을 여기에 밝혀두고 싶다.

오랜 산통 끝에 『새 민족문학사 강좌』를 세상에 내놓는다. 이 책이 학생들에게는 한국문학사에 대한 깊은 공부를 위한 적절한 길잡이가 되고, 일반인들에게는 한국문학의 풍성한 성취와 새로운 면모를 경험할 수 있는 좋은 교양서가 되었으면 한다. 독자 여러분의 많은 관심과 질정을 부탁드린다. 끝으로 오랜 산고의 진통을 함께 해주신 민족문학사연구소의 기획진과 필진 여러분, 그리고 제작에 수고를 아끼지 않으신 창비 편집진에게도 깊은 고마움을 표한다.

2009년 5월 8일
김시업

민족문학의 근대적 전환
근대문학기점론을 중심으로

1. 왜 기점론인가

우리 역사에서 근대의 기점은 어디에 설정할 수 있을 것인가? 다른 나라라고 칼로 베듯이 명쾌하게 처리할 수 있는 문제는 결코 아니지만, 우리의 경우 이 물음의 함의는 단순하지 않다. 자주적 근대화 과정을 통해 민족국가를 건설하는 데 실패하고, 마침내 조선왕조가 후발자본주의국 일제의 식민지로 전락함으로써, 우리 역사에서 근대는 문제적 범주로 되었기 때문이다.

역사적 근대가 문제적인 상황에서 문학적 근대의 문제는 더 복잡하다. 문학사의 시대구분은 역사적 시대구분과 근본적으로 조응하면서도 상대적으로 자율성을 갖게 마련인데, 문학적 근대가 역사적 근대에 앞서기도 하고, 때로는 한참 뒤늦게 출현할 수도 있다. 한 가지 더 감안해야 할 점은 근대문학의 기점이 이러저러한 근대문학적 증후군이 아니라, 중세문학의 낡은 탯줄을 끊고 새로이 태어난 획기적인 작가들 또는 작품들로써 뚜렷이 증거되어야 한다는 것이다.

언어의 문제 또한 중대하다. 중세 보편주의의 언어적 담지자인 한문이 아니라 '국문'으로 드높은 근대의식이 표현되어야 비로소 근대문학일진대, 중세의 한문학에 대한 한글문학의 상대적 후진성이 근대문학적 전환에 또하나의 난관을 조성했다. 이 때문에 갑오경장(1894)으로 '언문'이 국문의 지위로 상승했음에도 한자 또는 한문의 위세는 만만치 않아, 근대 한글문학의 온전한 발전은 3·1운동에 이르러서야 비로소 가능했던 것이다.

문학사가들은 오랫동안 갑오경장을 근대 또는 근대문학의 기점으로 설정해왔다. 이 점에서 1970년대에 이르러 기존 통설에 의문을 던지면서 근대문학 기점 논쟁이 촉발된 것은 중대한 의미가 있다. 정병욱(鄭炳昱)이 제기하여, 김윤식(金允植)과 김현이 구체화한 '18세기설'은 우리 문학의 근대적 전환에 대한 연구자의 의식을 한층 고양시켰기 때문이다. 18세기설에 대한 논란 속에서 그 관심이 내면화되던 차에 1980년대말 북의 문학사 연구가 공개되었다. 일찍이 조직적 토론을 통해 시대구분 문제를 나름대로 해결한 북의 연구는 남한의 문학계에 신선한 자극을 주었다. 민족문학작가회의(현 한국작가회의)가 1990년 상반기 심포지엄의 주제로 '분단 극복의 민족문학사를 위하여'를 내세운 것은 그 단적인 표현으로, 문학사의 시대구분론은 현안중의 현안으로 떠올랐다.

토론을 통해, 특히 근대문학의 기점은 외발적 계기만을 중시하는 비교문학적 시각, 이에 반발하여 나타난 내재적 발전론의 시각, 그리

고 남과 북을 따로 떼어 생각하는 반국적(半國的) 시각이 아니라, 남
북을 통틀어 일국적 시각 아래 고찰해야 한다는 자각이 공유되었다.
또한 근대를 역사의 종말로 생각하지 않는다면, 근대주의로 떨어지
지 않으면서도 탈근대 또는 탈민족주의로 탈주하지 않는 균형을 견
지하는 복안(複眼)이 요구된다는 점도 확인되었다. 요컨대 한국문학
과 세계문학을 창조적으로 되비추는 성숙한 국제주의 시각의 훈련으
로서 기점론을 검토하는 태도가 종요롭다.

2. 갑오경장설

우리 문학사에서 갑오경장을 한 획기로 설정하는 설은 자산(自山)
안확(安廓)의 『조선문학사』(한일서점 1922)에서 비롯된다. 천태산인(天
台山人) 김태준(金台俊)의 『증보 조선소설사』(학예사 1939)에서 한걸음
전진한 갑오경장설은 본격적인 근대문학사의 효시가 된 임화(林和)
의 「신문학사」(1939~41)에서 정점에 달한다. 그는 왜 일제말에 신문학
사 연구에 몰두하였는가? 카프 해체 후 새로이 암중모색하던 그는 조
선문학의 당면과제가 프로문학의 수립이 아니라 진정한 의미의 근대
문학의 완성이라는 명제에 도달하였으니, 일제말 그의 문학사 연구
는 카프시대의 프로문학론에서 해방 직후의 민족문학론으로 이동하
는 중간고리를 이루고 있는 것이다.

그런데 그는 왜 '신문학'이란 용어를 사용했을까? "신문학사라는
것은 조선 근대문학사라고 일컬어도 무방한 것"이라고 인정했음에도
신문학이란 용어를 굳이 선택한 까닭은 근대문학의 특수성에 착안했

기 때문이다. 그 특수성이란 바로 "동양의 근대문학사는 (…) 서구문학의 수입과 이식의 역사"라는 명제에 근거하고 있으니, 조선의 신문학 역시 자생적인 것보다 외래적인 것의 이식이 주류를 이루었다는 것이다. 물론 그는 신문학사는 "신문학의 선행하는 두가지 표현형식——즉 조선 언문학사(朝鮮諺文學史)와 조선 한문학사(朝鮮漢文學史)——을 가진 조선인의 문학생활의 역사의 종합이요 지양"이라고 지적함으로써 신문학과 구문학의 연속성에도 주목하였으니, 속류 전통단절론과는 뚜렷이 구분된다. 그럼에도 그가 비연속성을 원칙으로 세운 이유는 무엇인가? 그것은 "자주적 근대화 조건의 결여"로 조선 근대사회가 중세사회의 태내에서 자생적으로 성숙·발전하지 못하고 외래 자본주의의 강제에 의해 출현했다는 조선 근대사의 기본 특성에서 말미암는다는 것이다.

그렇다고 그가 조선 중세사회를 안으로 고요히 썩어가는 체제로만 파악한 것은 결코 아니다. 조선 중세사회는 "미숙하고 불충분하나마 그 정도에 상응한 근대적 생산양식의 맹아를 장(藏)하고 있었으며" 조선 말기에 가까워지면서 맹아가 대외관계의 자극과 어울려 한층 성장했다는 지적은 그 단적인 증거의 하나이다. 개화사상의 선구로서 실학을 높이 평가한 것 역시 이와 궤를 같이한다. 자주적 근대화를 위한 치열한 모색에도 불구하고, 그 근대적 요소가 중세체제를 타도할 만큼 성장하지는 못했다는 엄연한 역사적 사실에 기초하여, 그는 중세체제의 재편성을 통해 조선왕조를 보위하려 했던 대원군의 노선이 실패한 후 근대적 방법에 의한 개혁을 추구한 개화당의 갑오개혁을 근대의 기점으로 삼는 것이다. "갑오개혁은 실로 조선 근대화의 기초요 타방으로 외래 자본주의가 자기의 활동을 자유롭게 할 통로의 개방이었다."(「개설 신문학사」 13회) 갑오경장설은 임화에 이르러 이론적 치밀성의 한 정점에 도달한다. 고종의 결단만을 강조했던 안확이나 갑오경장의 획기성만을 부각했던 김태준과 달리, 그는 그 역사적 복합성을 예리하게 의식하고 있었다. 갑오개혁은 과연 2년 만에 수구파의 반격으로 와해될 만큼 애초에 취약했지만, 조선사회를 다시는 "이 이전으로 회귀시킬 수 없"을 만큼 새로운 시대가 도래했음을 증거했던 것이다.

그래서 그는 갑오 이후 신문학 초기를 '과도기의 문학'으로 명명한다. 그는 왜 '과도기'란 용어를 선택했는가? "과도기의 진정한 내용은 신시대의 탄생이나 구시대의 사멸이 모두 가능적이었을 때가 아닌가 한다. 즉 양자의 승패가 모두 확정적이 아닌 때이다."(「신문학사」 1회) 이 점에서 그는 일본의 '개화기의 문학'이란 용어는 지나치게 의타적이고 중국의 '문학혁명의 시대'란 용어는 지나치게 주관적이어서, 신구의 투쟁이 목하(目下) 진행중인 이 시기의 조선문학을 "평민화하는 귀족과 신흥하는 평민이 일종의 개량주의적이고 절충적인 지점에서 합작한" '과도기의 문학'으로 명명했던 것이다.

그러나 임화의 갑오경장설에도 문제가 아주 없는 것은 아니다. 개화당만 높이 평가하고 갑오농민전쟁과 의병전쟁은 과소평가함으로써 맑스주의도 근대주의의 한 연장이었음을 드러냈다. 이 때문에 그 역시 이인직(李人稙)에 대한 이해조(李海朝)의 독자성, 다시 말하면 친일개화론에 입각한 전자와 애국계몽사상에 기초한 후자의 변별성을 제대로 간파해내지 못한 한계를 노정하고 말았던 것이다.

안확, 김태준, 임화가 정초한 갑오경장설은 해방후 백철(白鐵)과 조연현(趙演鉉)에 의해 하나의 통설로 굳어진다.

백철의 『조선신문학사조사 : 근대편』(首善社 1948)과 『조선신문학사조사 : 현대편』(白楊堂 1949)은 한국 현대문학사를 하나의 통사체계로 완결한 최초의 업적으로, 본격적인 현대문학 연구의 개척자인 임화가 월북하여 그의 업적도 함께 망각되면서 남한에서 오랫동안 독보적 지위를 누렸다.

그런데 임화에 크게 의거한 백철의 초판본이 해방 직후 중간파의 소산이라는 점에 주목해야 한다. 맑스주의 비평가로 활약했던 백철은 일찍이 전향하여 친일문학에 복무하다가, 해방후에는 좌우파 문학운동 모두에 일정한 거리를 두고 정세를 관망했던 중간파의 일원이었다. 이로 말미암아 그의 문학사는 맑스주의 문학운동뿐 아니라 비맑스주의 문학의 여러 경향도 폭넓게 수용하는 균형적 관점을 취하고 있지만, 한편 여러 사조를 분류·나열하는 건조한 실증주의로 떨어지는 경우가 많았던 것이다.

또한 그의 문학사는 사조사이다. 문학사를 사조의 대립과 교체로 바라본다는 것은 문학과 문학운동을 추동하는 근본을 사상에 둔다는 맑스주의적 입장에 가깝다. 사실 그의 문학사에는 맑스주의자, 특히 임화의 영향이 강하게 느껴지는데, 그것은 '신문학'이니 '과도기의 문학'이니 하는 용어에서 외래적인 것의 이식을 중심에 두는 사관에 이르기까지 두루 나타난다.

그런데 백철은 임화와 달리 내재적 계기를 거의 인정하지 않는다.

우리 신문학은 근대사조가 흘러가는 유역, 그 강류의 좌우안에 배양된 수림과 같은 것이다. (…) 본래 그 근대사조가 흐르는 연안에 무성한 구라파의 근대문학이라는 풍부한 풍경과 비교하면 조선의 신문학은 너무 수척하고 너무 키가 왜소한 수림 빈약한 풍경이다. 조선의 신문학을 보는 대신에 독자는 우리나라의 유명한 붉은 산과 여름철 폭우로 인하여 계곡은 범람해서 급류하는 홍수를 연상하는 것은 상징적이라고 생각한다.──홍수가 일과한 뒤의 붉은 산록에 점립(點立)한 빈약한 수림의 풍경! (『조선신문학사조사: 근대 편』 10~11면)

근대문학사를 오로지 서구 근대문학의 불구의 모방사로 파악하는 후진국 지식인의 비애를 이해하지 못할 바는 아니로되, 그 허무주의가 임화의 속류화로 이끌어가는 것이니, 이식론자는 기실 임화가 아니고 백철이다. 이 때문에 백철의 문학사에서 서구 또는 일본의 사조와 직접 관계되지 아니하는 뛰어난 문인들은 과소평가되는데, 1920년대를 기술하면서 만해(卍海)와 소월(素月)은 「주조 밖에 선 제(諸)경향의 문학」이란 별도의 장에서 작게 취급되는 우스꽝스러움을 면치 못했던 것이다.

근대 또는 근대문학의 기점 문제에 대해 그는 똑 부러지는 논의를 전개하지는 않았으나, 1876년 개국 또는 개항을 "조선으로선 근대의 시작"(같은 책 35면)으로 삼고, 임화에 의거하여 "이 시대의 문예부흥적 의미가 특히 갑오개혁 같은 형식과 내용에 전형적으로 표현"(같은 곳)되었다고 인정함으로써 대체로 임화의 갑오경장설을 계승했던 것이다. 그런데 그는 임화와 달리, 갑오경장과 함께 갑오농민전쟁에 주목한다.

갑오년간은 근대적인 민중동란을 대표한 동학란이 (…) 북상하

는 시기였다. 불행히 이 혁명운동이 뒤에 온 경장 사건과 서로 유기
적으로 결부는 되지 않았으나 동학란이란 혁명운동이 (…) 근대적
인 민중운동의 의미를 명확히 파악한 것을 볼 수 있다. (같은 책 19면)

비록 이 논리를 더 정치하게 전개하지는 못했지만, 갑오경장과 갑
오농민전쟁을 유기적인 연쇄 속에서 파악하는 그의 관점은 기존의
갑오경장설을 넘어서는 독창적인 것이 아닐 수 없다. 갑오농민전쟁
에 주목한 문인이 거의 없던 시대에 그가 보여준 이러한 안목은 놀랍
다. 이 점 하나만으로도 우리 근대문학 기점론사에서 그의 기여는 독
특하다.

또하나 주목할 것은 그가 아마도 처음으로 우리 문학사에서 근대
와 현대를 의식적으로 구분·적용했다는 점이다. 그는 신경향파의 등
장 이후를 근대문학과 구분해서 현대문학으로 파악함으로써 '근대—
부르주아문학/현대—프로문학'이란 진보적 관점을 견지했다. 오늘날
이 도식은 근본적으로 재검토되어야 하지만, 그는 우리 문학사 연구
에서 근대문학 기점론 못지않게 논쟁적인 근대문학과 현대문학의 구
분 문제를—치밀한 논리로 전개한 것은 아님에도—처음으로 문학
사에 도입했던 것이다.

조연현의 『한국현대문학사』는 『현대문학』 1955년 6월(통권6)부터
1958년 5월(통권41)까지 총 34회에 걸쳐 연재되다가 1930년대 '순수문
학'의 대두를 다루던 중 돌연 중단되었다. 이 가운데 19회분을 묶어
1부(현대문학사 1956)가, 연재분을 모두 묶어 같은 제목의 책이 1968년
인간사에서 출간된바 있으니, 결국 미완으로 끝난 셈이다.

그의 문학사는 사실 백철의 속류 이식문학론을 그대로 계승하고

있다. 기점도 명쾌하다. 백철이 궁리를 거듭하면서 여러가지 조건을 붙여 조심스럽게 제기한 갑오경장설을 이론의 여지 없이 확정짓는다.

사관과 자료 양면에서 백철의 문학사를 극복했다고 보기 어려운 이 지난한 작업에 조연현은 왜 서둘러 착수했을까? 그의 문학사는 일종의 문단사이다. 문인들의 사회를 뜻하는 문단이 하필 근대 이후의 산물은 아니겠지만, 조연현이 이념형으로 삼았던 문단이란, 특히 자유민권운동의 퇴조 이후 사회와의 건강한 관련을 상실하고 특수한 비밀결사적 분위기 속에서 그 내부의 수직적 질서가 공고한 일종의 중세적 길드와 유사한 조직으로 격절된 근대 일본문학의 그것이 아니었을까? 이 때문에 문단에는 문필공화국의 맹주 자리를 둘러싼 치열한 암투가 내연하게 마련인데, 신문·잡지·출판사 등 저널리즘 장악력이 헤게모니의 관건이 되는 것이다.

조연현의 『한국현대문학사』는 문학사라기보다도 한국 근대문단의 형성사이다. 그는 신소설을 논하는 대목에서도 이미 '신소설문단'이란 용어를 사용하고 있다. 더욱 놀라운 것은 신소설문단을 뒤이은 본격적인 한국 근대문단의 초창기를 '최남선·이광수 2인문단 시절'로 과장한 점이다.(144~46면) 이 용어를 처음 사용한 사람은 백철이지만,(『조선신문학사조사: 근대편』 83~92면) 목적의식적으로 확립한 것은 조연현이었다. 조연현은 또한 계급문학운동 역시 프로문단의 형성으로 규정함으로써,(480면) 그것을 결과적으로 문단 안의 헤게모니 쟁투로 격하해버렸던 것이다. 그리하여 그는 이 과정을 거쳐 1930년대에 본격적인 문단이 확립되었다고 평가한다.

1930년대는 한국의 현대문학사상(上)에 있어서 지극히 중요한 연대에 속한다. 그것은 1930년을 전후해서부터 1935년을 전후한 그 전반기는 동인지문단 시대가 사회적 문단 시대로 변하고, 습작 문단이 작가문단으로 바뀌고 순문학과 대중문학이 분립되어 (…) 처음으로 한국의 현대문학이 일정한 수준에 도달한 시기이며, 1935년을 전후하면서부터는 (…) 종래까지 근대문학적인 성격 위에 놓여 있던 한국문학이 처음으로 현대문학적인 성격을 띠기 시작한 시기이기 때문이다. (『한국현대문학사』, 成文閣 1982, 463면)

여기에 이르러 우리는 그가 왜 그토록 집요하게 문학사를 문단사로 대체하려고 노력했는지, 그 숨은 의도를 분명히 인식하게 된다. 그것은 1930년대의 이른바 순수문학의 등장 이전의 문학, 즉 민족주의든 사회주의든 또는 절충파든, 이념과 고투하지 않을 수 없었던 앞시기의 문학을 문학의 본령에서 벗어난 것으로 격하하려는 의식적·무의식적 기도에 다름아니었다. 그의 문학사＝문단사는 결국 이념적 성격이 강한 한국 근대문학사를 순수문학 중심으로 전복적으로 재편하려는 은밀한 프로젝트였다.

알다시피 일제말에 어린 친일문학자로 활약하던 조연현은 해방 직후 조선청년문학가협회(1946년 4월 창립)의 맹장으로 변신한다. 범우파 문인조직인 전조선문필가협회(1946년 3월 창립)의 전위대로 결성된 '청문협'은 당시로서는 매우 과감하게 순수문학론을 내걸고 좌익문학과의 격렬한 사상투쟁을 통해 남북분단의 고착과 함께 급속히 성장하였고, 6·25를 거치면서는 오히려 문필협 계열 문인들마저 제치고 1950년대 문단의 우이(牛耳)를 장악하게 된다. 예술원 파동을 빌미로 한국자유문학자협회(1955년 창립)가 한국문학가협회(1949년 창립)에서 떨어져나간 사건은 청문협의 주도권에 대한 문필협의 반발을 상징한다. 이 과정에서 조연현의 맹주적 위치는 확고해졌으니, 1955년 1월에『현대문학』을 창간하여 매체까지 장악, 그의 문학사가 이 잡지에 연재된 것도 저간의 사정을 웅변하고도 남음이 있다.

여기에서 또하나 유의해야 할 대목은 임화 이래 사용해온 '신문학' 대신에 그가 '현대문학'이란 용어를 의식적으로 내세운다는 점이다. 이는 신경향파 등장 전후를 한국 근대문학과 현대문학의 분수령으로 삼았던 백철에 대한 반론 성격을 띠는데, 이것이야말로 조연현의 독창점이다. 그러나 그는 이를 기화로 1930년대 순수문학 또는 모더니즘만을 우리 문학이 따라야 할 전범으로 설정하는 데 이용하고 마니, 더이상의 생산적인 논의로 발전하지 못한 것이 못내 아쉽다. 요컨대 그의 문학사는 분단체제의 문학적 지배이데올로기로 전화한, 그래서 그 이름과는 달리 가장 정치적인 '순수문학'을 배타적으로 옹호하는 하나의 변증으로 떨어지고 만 것이다.

3. 18세기설

18세기설이 학계의 집중적 쟁점으로 떠오른 것은 실증주의 또는 비교문학적 방법에서 내재적 발전론으로 전환하는 추세가 명백해진 1970년대에 이르러서다. 정병욱이 하나의 가설로 조심스럽게 제안한 18세기설을 문학사에 구체적으로 도입함으로써 이른바 기점 논쟁을 촉발시킨 것은 김윤식·김현의『한국문학사』(민음사 1973)이다. 원래 이는『문학과지성』1972년 봄호부터 1973년 겨울호까지 연재되었는데,

70년대 문단에서 문지그룹의 태동은 미묘한 파장을 던지고 있었다. 이 그룹은 창비그룹과 함께 당시 문단의 지배 이데올로기였던 순수문학론에 비판적이었지만, 한편 창비그룹의 민족문학론에도 일정한 거리를 둠으로써, 중립적인 '한국문학'이란 용어선택에서 짐작되듯이 중간파적 성격을 지향하였다.

　18세기설의 이론적 골격은 주로 김현이 세웠다. 먼저 그는 "구라파문화를 완성된 모델로 생각해서는 안된다"(『한국문학사』 15면)는 명제를 내세우면서 당시 우리의 의식을 압도했던 구라파문화를 상대화한다. 그와 함께 "한국문화의 식민지성"을 솔직히 인정하자고 제의한다. 이 "감정적 정직성"이야말로 "한국문화의 주변성"을 극복할 계기가 된다는 것이다.

　여기서 그는 임화의 이식문화론을 전통단절론으로 규정하면서 그 극복을 주장한다. 이미 구중서(具仲書)가 지적하고 있듯이, 임화의 이식문화론＝전통단절론은 "원문비평의 착오"인데,(『한국문학사론』, 대학도서 1978, 13면), 그 비판의 칼날은 한국 근대문학을 전통적인 것과 이식적인 것의 복합으로 파악하되 시민계급의 미성숙으로 말미암아 이식현상을 우위에 두지 않을 수 없었던 임화가 아니라, 한국 근대문학을 오직 서구문학의 기계적 이식으로만 속류화한 백철·조연현 등에 돌려져야 한다.

　그런데 김현도 임화를 무조건 비판했던 것은 아니다. 겉으로 임화를 겨냥했지만 속셈은 50년대의 순수문학론 또는 비교문학적 관점을 비판했던 것이다. 김현이 "한국문학은 서구문학의 단순한 모방자가 되어서는 안된다. 한국문학은 서구문학과 함께 세계문학을 이루는 한 요소가 되어야 한다"고 주장한 데서 잘 드러나듯이, 임화의 이식문화론과 김현의 탈(脫)이식문화론은 겉으로는 대립적이지만 기실 당대 한국문학의 이식성·낙후성·주변성을 극복하려는 선한 의도를 공유하고 있다.

그러나 임화의 이식문화론에 대한 김현의 불철저한 이해는 "이조 사회의 구조적 모순을 문자로 표현하고 그것을 극복하려 한 체계적인 노력이 싹을 보인 영정조시대를 근대문학의 시작으로 잡"(『한국문학사』, 20면)는 비약을 감행하게 한다. 그리하여 그는 유교적 가족제도의 모순을 묘파한 『한중록』에서 한국 근대문학사를 시작한다. 하필 선초(鮮初)가 아니라도 궁정의 비극은 삼국시대에도 비일비재(非一非再)했다. 전제권력이 한 사람에게 집중되는 근대 이전의 정치제도 속에서 궁정에는 음모와 피의 냄새가 짙게 배어 있게 마련이니, 왕실은 가족제도를 초월한다. 『한중록』은 우리나라의 중세적 궁정문학을 가장 높은 수준에서 대표하는 작품의 하나로 보는 것이 타당할 것이다. 『한중록』은 제쳐두고라도, 『한국문학사』가 근대문학으로 내세우는 『열하일기』『구운몽』『춘향전』 그리고 사설시조·판소리·탈춤 등에서 근대성은 분명히 감지되지만, 과연 그것들을 근대문학으로 귀속시킬 수 있을까? 조선후기의 문학은 그 내부에서 중세적인 것과 반중세적인 것이 갈등하고 투쟁하는 단계이지, 후자가 전자를 압도하여 마침내 중세의 탯줄로부터 해방된 단계의 문학, 즉 근대문학으로 보기는 어렵기 때문이다.

4. 북의 1866년설

그간의 반북(反北)정책 속에서 엄격히 제한되었던 북의 문학사가 남한 독자 일반에게 공개되기 시작한 것은 1980년대말부터다. 그럼에도 '북한학'이 거의 황무지에 다름없던 남한의 현실에서 그 전모를 제대로 파악하기란 좀체 어렵다. 이 점에서 민족문학사연구소가 공동연구를 통해서 북의 국문학사 연구를 실증적으로 정리하고 그 이론적 골격과 구체적인 작가·작품 배치에 비판적으로 접근한 업적 『북한의 우리문학사 인식』(창작과비평사 1991)을 출간한 것은 좋은 안내라 할 수 있다.

이 책에 의하면 북도 초기에는 1900년 이후를 근대문학으로 삼다가 『조선문학사』 1~5(1977~81)에 이르러 1866년을 근대문학의 기점으로 설정했다는 것이다.(74~76면)

이같은 변모에는 북 사학계의 근대사 시기구분 논쟁의 결과가 반영되어 있다. 1957~62년까지 진행된 1차논쟁을 통해 1866년에서 1945년까지를 근대로 규정했는데, 다시 주체사상이 유일사상체계로 확립되는 과정에서 "근대사의 시·종점도 1860년대 반침략 투쟁의 시작으로부터 1926년 김일성에 의해 새로운 성격의 반제반봉건민주주의혁명이 시작되기 전까지의 시기로 설정"(76면)되면서, 기점은 1866년이되 종점은 1945년에서 1926년으로 앞당겨졌다. 『조선문학사』는 1866년과 1926년을 각각 근대와 현대의 기점으로 삼는 북 사학계의 통설을 문학사에 충실히 적용하고 있는 셈이다.

그럼 북의 학계는 왜 1866년을 근대 또는 근대문학의 기점으로 삼고 있는가? 알다시피 이 해에는 제너럴셔먼호 사건과 병인양요가 잇따라 일어났다. 자본주의 세계시장에 편입되기를 거부함으로써 그 마지막 고리인 조선왕조에 제국주의의 포화가 집중되기 시작하는 서막에 해당되는 이 두 사건에서 침략자들을 격퇴한 조선의 투쟁은 높이 평가되어야 마땅하지만, 그럼에도 이 사건들을 근대의 기점으로 삼으려는 데에는 일말의 의문을 감출 수 없다. 이 반침략투쟁의 근저에는 왕조를 보위하려는 척사위정적 성격이 강하게 자리잡고 있기 때문이다.

설령 1866년을 근대사의 기점으로 인정한다고 하더라도 그것이 근대문학의 기점이 되기 위해서는 작가·작품과의 상관관계가 일정하게 성립되어야 할 터인데, 북에서 내세우는 신재효(申在孝, 1812~84)의 국문시가 「괘씸한 서양되놈」이나 유인석(柳麟錫, 1841~1915), 이건창(李建昌, 1852~98)의 한시들은 아무리 보아도 내용과 형식 양면에서 근대문학과는 거리가 있다.

따라서 1866년설은 우리 역사 또는 문학사의 실상에 즉해서 설정되었다기보다는, 주체사상의 획기성을 강조하려는 정치적 요구에 응해서 근대의 기점을 소급·결정한 것이 아닌가 추측하게 된다. 내재적 발전론을 확고한 원칙으로 삼고 있는 그 학계의 지적 풍토 속에서 근대의 두 얼굴 가운데 반중세보다는 반침략이 더욱 부각되는 점을 이해할 수 있지만, 반중세와 반침략은 실상 두 얼굴이 아니라 한 얼굴의 두 측면이다. 근대문학은 이 두 측면을 어떻게 하나로 통일하느냐하는 데 성패가 달려 있다고 해도 지나친 말은 아닐 터인데, 반중세 없는 반침략은 어떤 의미에서는 근대성의 무덤이 될 수도 있다.

5. 다시 1894년으로

나는 민족문학작가회의 1990년 상반기 심포지엄의 발제「근대문학의 기점 문제」에서 기왕의 기점론들을 비판적으로 개관하면서 그 대안으로 애국계몽기(1905~10)를 제안한 바 있다.

이 제안은 갑오경장에서 3·1운동까지의 신소설을 비롯한 산문작품들을 검토해온 일련의 연구를 중간결산하면서 도달한 소결(小結)인데, 애초에는 당시 한국문학계에서 이 시기를 통칭해온 '개화기 문학'이란 용어를 해체하려는 의도에서 출발한 것이다. 임화가 이 시기를 '과도기의 문학'으로 명명한 것은 앞에서 지적한바, 조연현의 「개화기 문학 형성과정고」(1966) 이후 개화기 문학이란 용어가 바짝 유행하였다. 나도 처음 연구에 착수할 때는 이 용어를 수용하였다. 그런데 연구가 진행될수록, 1910년 국치(國恥)를 고비로 이전과 이후 시기가 날카로운 단층을 이루고 있음을 발견하게 되었다. 발랄한 정치성이 국치를 고비로 공포의 무단통치 아래 급속히 탈정치화된 것이다. 그리하여 나는 개화기 문학에서 일단 1910년대를 구분할 것을 제안하였다.(「장한몽과 위안으로서의 문학」, 『민족문학의 논리』, 창작과비평사 1982)

그런데 이렇게 개화기문학에서 1910년대를 떼어놓고 나서도 문제는 남았다. 자세히 검토할수록 거의 모든 중요한 업적이, 모든 장르에 걸쳐서 모든 노선(의병전쟁이든 애국계몽운동이든 심지어 친일운동에 이르기까지)을 가로질러서 애국계몽기에 집중되고 있었다. 사실 갑오경장의 획기성을 일정하게 평가한다 하더라도 1894~1905년까지의 문학사에서 그에 걸맞은 문학적 업적을 찾기란 어려운 일이다. 그렇다면 나라가 반식민지로 전락한 1905~10년 사이 문학을 개화기 문학으로 명명할 수 있을까? 이 용어는 당시의 민족모순을 은폐하는 일종의 근대화담론이란 성격을 면치 못할 것인데, 그 대신 나는 '애국계몽기 문학'을 독자적이고 대안적인 단위로 설정할 것을 제안하였다.(「제국주의와 토착자본」, 임형택·최원식 외 엮음 『전환기의 동아시아 문학』, 창작과비평사 1985) 이처럼 개화기 문학을 애국계몽기 문학과 1910년대 문학으로 끊어내면서 해소하고자 한 필자는 1990년 발제에서 여기서 더 나아가 애국계몽기 문학을 근대문학의 기점으로 내세우기에 이르렀던 것이다.

그후 나는 애국계몽기 문학기점론을 다시 검토하였다. 70년대 이후 국내 한국학의 주요한 방법론 역할을 해온 내재적 발전론을 재검토하는 반성 속에서, 맹목적 서구 추종에 근거한 비교문학론과 낭만적 서구부정에 함몰한 내재적 발전론이 실은 쌍생아라는 점을 더욱 자각하게 되었던 것이다. 그리하여 오오사까(大阪)에서 열린 제5회 조선학국제학술토론회(1997. 8. 7~10)의 발제문 「한국 계몽주의문학의 세 단계」에서 애국계몽기 문학을 기점으로 삼는 설을 1894년설로 수정하였던 것이다. 갑오농민전쟁과 청일전쟁 그리고 갑오경장이라는 대사건들이 접종(接踵)한 1894년은, 비록 실패했다 하더라도 아래와 위로부터의 근대화가 동시에 제출되는 것과 함께 조선이 유구한 중화체제 바깥으로 이탈한 획기적인 결절점이었기 때문이다.

또한 안으로 살피건대 애국계몽기와 1910년대의 연속성에 더욱 주목하게 되었다. 무엇보다 애국계몽기 신소설을 대표하는 이해조와 이인직이, 비록 창작력의 감퇴 속에서 변질된 형태로라도 1910년대에 작품활동을 계속했던 점, 일제의 탄압에도 불구하고 애국계몽문학이 1910년대초에 김교제(金敎濟)를 통해, 물론 약화된 수준이지만 계승되고 있는 점에 유의하면, 두 시기를 비연속으로만 파악할 수는 없다는 점에 주목했다. 그렇다고 애국계몽기와 1910년대 사이의 심각한 단절을 간과하자는 것은 아니다. 1910년을 고비로 일제의 대규모 출판탄압을 통해서 애국계몽기 문학의 강렬한 정치성이 현상적으로는 급속히 약화되면서 친일개화론이 오히려 주류의 위치로 올라서게 된다. 애국계몽기를 진정으로 대표하는 이해조를 계승한 김교제보다, 애국계몽기의 친일문학을 대표하는 이인직을 새로운 수준에서 계승한 최찬식(崔瓚植)이 1910년대초의 문학사에서 더욱 두드러지고 있기 때문이다. 그런데 최찬식의 경우도 친일적 구도 안에서나마 계몽주의를 포기한 것은 아니라는 점에 주목해야 한다.

이는 또한 일본 신파소설 번안시대(1913년『장한몽長恨夢』연재부터 1917년『무정無情』연재 이전)에도 마찬가지다. 신파소설의 유행은 1910년대초까지 계승되던 신소설시대를 실질적으로 종결함으로써, 1910년대 문학의 애국계몽기 문학에 대한 비연속성을 전형적으로 보여준다고 할 수 있다. 그런데 신파번안소설도 계몽주의의 흔적을 간직하고 있는 점에 유의할 필요가 있다. 가령『장한몽』의 결말은 대표적이다. "우리가 인제는 일장춘몽을 늦게 깨달았으니 이후로는 세상에서 공익사업에 힘을 쓰도록 합시다." 이는 물론 원작에는 없는 번안자의 계몽주의적 개작 내지 첨가인데,『무정』의 결말과도 신통하게 연결되는 것이기도 하다. 신파번안소설 시대를 끝장낸『무정』이『장한몽』과 맺고 있는 착종된 관련을 어떻게 해명할까? 신소설의 잔재, 신파번안의 유행, 그리고 이광수의 출현으로 이어지는 1910년대 문학 전체가 비연속 속에서도 애국계몽기와 연속되고 있는 것이다.

요컨대 애국계몽기와 1910년대를 계몽주의시대로 통합적으로 파악하되, 1910년을 고비로 우리 계몽문학이 새로운 국면에 접어들었다고 보는 것이 온당하다. 그럼 우리 문학사에서 계몽주의문학 시대를 종결시킨 마디는 어디일까? 3·1운동이 그 결절점일 터이다. 3·1운동 직전에 싹튼 새로운 양식적 실험(황석우黃錫禹, 김억金億의 신시와 현상윤玄相允, 양건식梁建植의 단편 등)이 이 운동 이후 20년대 신문학운동의 전개 속에서, 시에서의 낭만주의, 소설에서의 자연주의로 본격 개화하면서 한국문학의 근대성이 새로운 수준에서 성취되었던 것이다.

여기서 문제는 애국계몽기와 1910년대의 친일문학도 계몽주의로 볼 수 있는가 하는 점이다. 칸트가 지적했듯이, 계몽주의는 "그 이성의 공적인 사용"(der öffentliche Gebrauch seiner Vernunft)을 통해서 인류가 미성년 상태로부터 해방되는 것을 핵심으로 한다. 이에 비추어볼 때, 이 시기 친일개화론자들의 논리는 이성을 사용하는 자유를 중도에서 반납한 꼴이라는 점에서 진정한 계몽주의와는 거리가 멀다고 아니할 수 없다. 더구나 계몽주의는 아르놀트 하우저가 지적했듯이 "근대시민계급의 정치적인 초등학교"가 아닌가? 일제에 대항한 근대국민국가 건설을 거의 포기한 그들은 이 점에서 볼 때 더욱 계몽주의에 미달인 것이다. 그런데 서양의 계몽주의도 그 구체적 전개양상을 보건대 간단치 않다. 가령 프랑스대혁명의 길을 닦아놓은 볼떼르나 디드로가 프로이쎈·오스트리아·러시아의 계몽군주들을 지지한 모순은 저명한 예이다. 물론 이 시기 한국의 친일파는 볼떼르나 디드로가 아니고 메이지(明治)나 타이쇼오(大正)는 프리드리히 2세·마리아 테레지아·예까쩨리나가 아니어서 직접 비교하긴 어렵지만, 친일의 방패 안에서나마 근대성의 성취를 기대했던 친일파들의 환상을 이해할 수 없는 것도 아니다.

요컨대 조선 시민계급의 상대적 후진성이라는 일반적 조건 속에서 그 구성원 일부가 친일개화론 같은 비굴한 계몽주의로 투항해갔던 것이다. 이는 독일의 전반적 후진성으로 말미암아 '편협한 신하의 오성'이라는 올가미를 스스로 뒤집어쓴 채 속물적 비굴함으로부터 결코 탈피하지 못했던 독일 계몽주의를 연상시키는데, 이 점에서 친일개화론도 한국 계몽주의의 불구적 형태의 하나로 조정할 수 있을 터이다.

그러면 이제 문제는 1894~1905년의 시기를 어떻게 처리하는가이다. 나는 이 시기를 재검토하면서 유길준(兪吉濬)의 『서유견문』(西遊見聞 1895)과 서재필(徐載弼)의 『독립신문』(1896~99)을 한국 계몽사상의 두 근원으로 적극 평가할 수 있다는 점에 유의하였다. 전자가 입헌군주제를 지향하는 국한문혼용체 계몽주의라면 후자는 공화제를 모델로 삼는 한글전용체 계몽주의로 상정할 수 있을 터인데, 특히 유길준의 산문과 서재필의 독립신문에 실린 노래들은 계몽주의문학의 남상(濫觴)으로 평가할 만하다. 계몽주의시대가 항용 그렇듯이 광의의 문학으로 포괄하여 이 시기를 한국 계몽주의문학의 맹아기로 설정해도 무방한데, 맹아기와 애국계몽기 이후를 가르는 지표는 '계몽문학에서 계몽문학'으로 요약할 수 있을 것이다.

요컨대 한국 근대문학을 연 계몽주의문학을 1기(1894~1905), 2기(1905~10), 3기(1910~19)의 세 단계로 나누고 3·1운동을 그 대단원으로 삼고자 한다.

: **최원식** :

계몽기 번역론과 근대적 소설 문체의 발견

1. 번역 또는 '문명세계'와 만나는 방법

'조선＝소중화'라는 '영원한 제국'에 '근대적 시간＝문명적 시간'
이 침투해 들어왔을 때, 1908년 8월 9일자『대한매일신보』논설의 표
현을 빌리면 천지개벽 이래 전무후무한 대홍수가 범람하는 20세기로
들어섰을 때, 가장 시급한 문제로 떠오른 것이 번역이었다. '소중화＝
지속의 제국'이라는 환상 또는 유아적 나르씨시즘이 사회진화론으로
무장한 '문명'의 침범에 일거에 무너져내렸을 때, 진보적 지식인들을
괴롭힌 것은 저 도도한 문명의 파도를 어떻게 탈 것인가라는 문제였
다. 이 문제를 해결하지 못한다면 '조선이라는 이름의 배'는 끝없이
표류하거나 난파하고 말 것임에 틀림이 없을 터, 그들이 문제해결의
한 방법으로 선택한 것이 바로 '문명의 번역'이었다.

이런 사실을 누구보다 잘 알고 있었던 계몽기의 진보적 지식인들은 한결같이 번역과 출판 사업을 문명화의 핵심과제로 꼽았다. 예컨대 『황성신문』 1902년 4월 30일자 논설에서는, 부국문명(富國文明)의 과업을 이루려면 학술을 갖추어야 하고 학술을 널리 퍼뜨리는 방법은 다양한 서적의 출판밖에 없음에도 불구하고, 우리나라에서 볼 수 있는 책이라고는 중국에서 구해온 것이 대부분이며, 간혹 발간되는 것이 있다 하더라도 도가(道家)나 불가(佛家)의 책에 지나지 않는다고 진단하면서 이렇게 주장한다.

현재 태서(＝서양)의 문명인들은 나날이 새로운 학문을 궁구하고 나날이 새로운 지식을 계발하여 저술한 새로운 책이 깊이와 상세함을 두루 갖추고 있다. 또 활판기계(活版器械)를 사용하므로 서적을 인쇄, 간행하는 것도 대단히 편리하고 신속하다. 따라서 마땅히 청국인의 역서국(譯書局)의 예를 본받아 널리 문명국들의 책을 구입하여 이를 번역, 간행하고, 우리나라의 지사(志士)들이 쓴 책 중 실효가 있는 것들을 찾아 새로 찍어 전국에 배포하면 사람들의 이목을 끌 수 있을 터인즉, 자연스럽게 개명(開明)의 효력을 얻을 수 있을 것이다.

서양문명이 낳은 새로운 학문·지식·책 등을 어떻게 '수입'해야 할 것인가를 두고 고민하던 이들은 번역의 필요성을 강하게 느꼈다. 『황성신문』 논설은 청국의 예를 본받아 번역 담당관청을 세우고 널리 문명제국의 서적들을 구입하여 번역·간행해야 하며, 우리나라의 의식 있는 지식인들의 저술을 발굴하여 전국에 배포함으로써 '개명의 효력'을 발휘할 수 있도록 해야 한다고 말한다. 이처럼 계몽기 지식인들은 '문명'을 만나고 '문명세계'로 나아가는 데 번역이 필수라고 인식했던 것이다.

2. 번역의 전제, '국문'의 정립과 문법의 통일

번역을 효과적으로 수행하기 위해서는 선결해야 할 문제가 있었다. '국문'이란 무엇인지를 명확히 하고 문법을 통일하는 것이다. 잘 알려져 있다시피 신문과 잡지 등 계몽기 매체들은 '국문론'에 많은 관심을 기울였다. 『독립신문』 『매일신문』 『제국신문』 등 '국문'을 전용한 신문들은 물론이고 『황성신문』과 『대한매일신보』 등 국한문을 혼용한 신문들에서도 '국문'의 필요성을 강조했다. 특히 국한문본과 국문본을 함께 간행한 『대한매일신보』와 달리 1910년 폐간할 때까지 국한문혼용을 유지한 『황성신문』도 배우기 쉬운 국문을 천시하고 지극히 어려운 한문만을 숭상하는 현상을 비판하면서, 국한문혼용을 허용하되 국문을 주문(主文)으로 정해 국내 '인민교수법'을 강구하자고 제안한다.[1]

'국어'의 발견은 근대국가의 성립과 긴밀한 관계에 있다. '문화적 조형물'로서의 근대적 국민을 견인할 수 있는 '문화적 코드'가 국어였던 것이다.[2] 인쇄 자본주의의 산물인 신문이 국어를 '만들어내는' 데

1) 「國文漢文論」 上, 『황성신문』 1898년 9월 28일자 논설.
2) 베네딕트 앤더슨, 윤형숙 옮김 『상상의 공동체』(나남 2002); 코모리 요오이찌, 정선태 옮김 『일본어의 근대』(소명출판 2003) 참조.

중요한 기여를 했다는 점은 잘 알려져 있다. 계몽기에 이 문제를 가장 민감하게 받아들이고 국어의 필요성을 지속적으로 강조한 매체가 『독립신문』이다. 국문을 강조하는 것은 번역의 문제와 밀접하게 관련되어 있다. 그 대표적인 예가 1898년 8월 5일자 논설이다.

이 논설의 필자는 남의 좋은 것을 받아들이되 '학문 있게 만든 조선 국문'을 두고 '세상에 경계 없이 만든 청국 글'을 받아들이는 것은 용납할 수 없다고 말한다. 『독립신문』의 필진과 계몽적 지식인들이 보기에 한문이야말로 조선의 '문명부강'과 '독립'을 방해하는 가장 심각한 걸림돌이었다. 무엇보다 한문은 배우는 데 많은 시간이 걸린다. 10년을 배워도 제대로 그 이치를 알 수 없는 한문을 붙들고 씨름하느니, 그 시간에 간편하고 쉬운 '국문'을 배우고 남는 시간은 '실상 학문'과 '실상 사업'에 힘써야 한다는 말이다. 문제는 '시간'과 '속도'였다. 빠른 시간에 배워 '실상'에 힘써야 한다는 당위가 그들의 문자의식을 지배하고 있었던 것이다. 그리고 이러한 생각의 배후에는 청일전쟁에서 일본에 패한 청나라에 대한 멸시의 감정이 짙게 드리워져 있다. '야만'의 말을 배운다는 것은 결국 '야만'을 자초하는 일과 다름없으며, '독립'을 포기하는 것과 다르지 않다는 것이다. 언어관에도 '문명과 야만의 이분법'이 에누리 없이 관통하고 있는 셈이다.

다음으로 이 논설에서 주목해야 할 것은, 한문은 기득권층의 언어라는 인식이다. 소위 '배웠다 하는 사람들'이 국문을 좋아하지 않는 이유는 명백하다. 오랜 세월 힘들게 한문을 배우고 모처럼 유식한 체하려는데, 국문으로 책들이 만들어지고 많은 사람들이 '문자'를 알아 '학문 있게' 된다고 생각하면 참으로 억울할 터, 『독립신문』은 묻는다. 이것이 바로 "수효는 적으나 한문 하는 사람들이 한문 아는 자세

(藉勢)하고 권리를 모두 차지하여 그 나머지 전국 인민을 압제하려는 풍속"이 아니고 무엇이겠는가라고. 지식과 권력이 떼려야 뗄 수 없는 관계에 있다는 것은 굳이 말할 필요가 없을 것이다. 이 사실을『독립신문』은 정확히 알고 있었다. '몇사람만을 위한 나라'가 아니라 '전국 인민을 위하여 만든 나라'라는 발상은 분명히 근대적인 것이다. 이러한 발상을 구체화하기 위한 전략 중 하나가 '국문'을 상용하여 인민의 학문을 높이자는 것이었으며, 이를 위해서는 '각색 학문 책을 국문으로 번역하여' 가르치는 교육이 필수일 수밖에 없다고 판단했던 것이다.

그뿐 아니라 이들은 문명세계의 각종 서적을 국문으로 번역하는 데 가장 우선해야 할 작업이 '옥편', 즉 사전을 편찬하는 일이라는 것을 잘 알고 있었다. 사전 편찬은 근대국민국가의 '국어'를 창출하는 과정에서 피할 수 없는 중대한 과제였다. 다시 말해 전국의 방언을 수집, 분류하고 특정 지역의 말을 표준으로 하여 '인위적으로' 표준어를 만드는 일은 근대국민국가가 요구하는 '균질적인 국민'을 생산하기 위한 필수항목이었던 것이다. 사전 편찬작업을 통해 어휘를 수집하고 여기에 '문법적 속박'을 가해야 비로소 한 국가의 영토 안에 있는 사람들이 통일된 언어를 기반으로 하여 '국민'이 될 수 있다. 따라서 "학부(學部)에서 국문사전을 만들어 말 쓰는 규칙과 문법을 정하여 전국이 그 옥편을 좇아 말과 글이 같도록 읽고 쓰게" 해야 한다는 바람을 담은 이 논설은 근대국가와 국어의 관계를 정확히 보여준 글이라 할 수 있다.

이렇듯 '백성/인민'을 '국민'으로 끌어올리는 데 중요한 역할을 담당할 '다양한 서책의 번역'작업을 효과적으로 수행하고 이를 체계적으로 보급하기 위해서는 표기법과 국문체의 확립, 사전의 편찬, 모두에게 통용될 수 있는 문법의 제정 등이 전제되어야 한다. 이를 마련하기 위해서는 국가적 차원의 '강제'가 필수이다. 그러나 '대한제국'의 국가씨스템은 이를 '강제'할 수 있는 실질적인 힘을 갖고 있지 못했다. 문체상의 혼란은 해결 기미를 보이지 않고 있었으며, 문법의 통일도 많은 어려움을 겪고 있었다.

띄어쓰기를 한 국문체는 『독립신문』이 여러차례 강조하고 스스로 실천함으로써 한글전용 신문과 신소설 등에서 안정적으로 자리를 잡는다. 그러나 '국한문교용(國漢文交用)'의 경우는 상황이 개선될 기미를 보이지 않았다. 이는 수백년 동안 사용해온 한문의 중력이 만만치 않았음을 여실히 보여주는 예라 할 수 있다. 국한문체에서는 적어도 두 경향이 병존하는 양상을 보이고 있었다. 즉 기존 한문에 토만 다는 '한문현토체'와 한문식 표현을 국문어법에 맞게 재배열하는, 정확한 의미의 '국한문혼용체'가 대결하고 있었던 것이다. 국한문혼용체를 택한 『황성신문』의 경우 두 문체의 경쟁이 두드러지며, 국한문본 『대한매일신보』의 경우는 대체로 후자가 우세하다. 이러한 혼란은 국민에게 지식을 보급하는 데 중대한 걸림돌이 될 수밖에 없다. 그뿐 아니라 교육과정에서도 많은 번잡함을 야기할 수도 있다.

시간이 흐르면서 한문현토체는 국한문혼용체와의 경쟁에서 물러나며, 1907, 8년 무렵에 이르면 학회지 같은 예외를 제외하면 교과서와 저널리즘 등 공적인 담론 영역에서 힘을 잃는다.[3] 그리하여 국문체와 국한문체의 대결로 좁혀져, 종교신문을 비롯한 국문전용 신문

---

3) 예외적으로 『대동역사(大東歷史)』처럼 순한문체를 사용한 예도 있으며, 『을지문덕(乙支文德)』 등 몇몇 전기에서는 한문현토체를 사용하기도 했다.

과 학생용 '독본' 그리고 신소설 등은 국문체가 담당하고, 기타 국한문본 신문과 학회지, 역사와 전기 등은 주로 국한문체를 사용한다. 번역에서도 국문체와 국한문체는 '분업'하거나 경쟁하고 있었다. 부녀자와 학생 들을 주 독자로 하는 책들은 국문체로 번역되었으며, 역사나 전기 또는 학문과 관련된 책들은 국한문체로 번역되는 경우가 많았다.

요컨대 국가가 시행하는 학교교육이 완전치 않은 상황에서 정책적인 '강제'에 의한 문체의 정립과 문법의 통일은 기대할 수 없었으니, 번역가를 포함한 계몽기 지식인들의 고민도 여기에 있었다. 결국 1905년 통감부 설치 이후 일본의 교육씨스템에 따른 교과과정이 이입되면서 국한문체가 국문체에 비해 우월한 지위를 차지하는데, 그 후에 벌어지는 국문전용과 국한문혼용을 둘러싼 숱한 논쟁도 여기에 그 기원을 두고 있다고 하겠다.

3. 『소년』의 번역과 근대적 소설 문체의 발견

지금까지 보았듯이 번역은 '문명세계의 지식'을 받아들이는 통로였으며, 원활한 번역을 위해서는 국민국가의 요구를 반영한 '국문'의 확립이 요청되었다. 문학의 경우도 예외가 아니어서 새로운 문학의 성립과정에서도 번역은 빠뜨릴 수 없는 작업이다. '문학'이라는 말 자체가 번역어라는 점이 이를 반증한다. '문학'이라는 번역어에서 출발하여 문학에 대해 사유하고 논변하는 새로운 방식을 제시했던[4] 이광수는 '문학'이라는 개념이 번역된 것임을 명확히 의식하고 있었다.

그는 1916년 11월에 발표한 「문학(文學)이란 하(何)오」에서 다음과 같이 말한다.

> 금일 소위 문학이라 함은 서양인이 사용하는 문학이라는 어의(語義)를 취함이니, 서양의 'Literatur' 혹은 'literature'라는 말을 문학이라는 말로 번역하였다 함이 적당하도다. 고로, 문학이라는 말은 재래의 문학으로서의 문학이 아니요, 서양어에 문학이라는 어의를 표(表)하는 것으로서의 문학이라 할지라. 전에도 말하였거니와 이렇게 어동의이(語同義異)한 신어(新語)가 많으니 주의할 바이니라.[5]

이처럼 이광수는 '문학'이 한자문화권에서 전통적으로 사용해온 '문학'과 '말은 같지만 뜻은 다른', 다시 말해 씨니피앙은 동일하되 그 씨니피에는 현격하게 다른 용어임을 뚜렷이 인식하고 있었다. 한·중·일을 포함한 한자문화권에서와 마찬가지로 서양에서도 'Literatur'나 'literature'가 동일한 의미로 사용되지 않았다는 것은 잘 알려져 있다. 비트겐슈타인에 따르면 "언어는 용법이다"(Language is usage). 즉 하나의 단어 또는 어휘는 단일한 의미를 지니는 것이 아니라 맥락(context)에 따라 다양한 의미를 갖는다. '문학'이라는 용어도 이와 다르지 않다. 『황성신문』의 몇몇 논설에서 볼 수 있듯이 계몽

4) 황종연 「문학이라는 역어(譯語) : '문학이란 하오' 혹은 한국 근대문학론에 관한 고찰」, 문학사와 비평연구회 편 『한국문학과 계몽담론』(새미 1999) 참조.
5) 이광수 「문학이란 하오」, 『매일신보』 1916년 11월 10~23일자 : 『이광수전집』 제1권(삼중당 1962), 507면.

기에 이르러서도 '문학'이라는 말은 의연히 인문학적 글쓰기를 통칭하는 전통적인 용법을 따르고 있었다.[6] 그러던 것을 이광수는 '문학'이 번역된 말이라는 인식 위에서 "문학이란 특정한 형식 아래 인간의 사상과 감정을 표현하는 것"이라는 새로운 용법으로 사용한다. 바야흐로 번역을 통해 근대적 문학 개념이 탄생하고 있었던 것이다. 이광수의 노력에 의해 조선이라는 환경에 뿌리를 내리기 시작한 번역어 '문학'은 종래의 문학과는 판이한 것으로 인식되면서 구성방법과 내용, 사상에서뿐만 아니라 글쓰기 방법, 즉 에크리뛰르(écriture) 측면에서도 혁신을 요청받고 있었다.

소설을 포함한 서사문학의 경우, 계몽기 지식인들은 번역과 번안 그리고 창작을 통해 다양한 방식으로 문체의 혁신을 모색했다. 물론 어떤 문체를 선택할 것인가를 두고 지식인들 사이에서는 논란이 끊이지 않았으며, 순한문체, 한문현토체, 국한문혼용체, 순국문체 등이 얽혀 복잡다단한 양상을 드러내고 있었다. 특히 『황성신문』과 『대한매일신보』는 말할 것도 없고 1906년 이후에 발행된 『만세보』와 『대한민보』를 비롯하여 각종 학회에서 발간한 '학술잡지(기관지)'들은 계몽기 문체의 실험이 얼마나 다양한 층위에서 전개되었는지를 보여주는 좋은 사례라 할 수 있다. 이러한 상황에서 "소년의 지력(智力)을 길러 우리나라 역사에 대광채(大光彩)를 더하고 세계문화에 대공헌을 위하고자"한다는 책임을 다하기 위해서는 "활동적 진취적 발명적 대국민을 양성"해야 한다는 목표 아래 등장한 것이 잡지 『소년』이다.

---

6) 김동식 「한국에서 근대적 문학 개념의 형성 과정 연구」(서울대 박사학위논문 1999) 제2장 참조.

'최초의 근대적 잡지'『소년』은 지속적으로 서양문학을 번역하여
실었다. 물론 일역본의 중역이었다. 그렇다면『소년』은 어떤 작품들
을 번역했으며 그 의미는 무엇일까.『소년』에 번역돼 실린 작품은 격
언, 바이런과 엘리엇 등의 시,『나폴레온전』을 비롯한 전기,『거인국
표류기』『로빈손무인절도표류기』 등 소설에 이르기까지 다양하다.
그런데 우리의 눈길을 끄는 것은 똘스또이의 작품들과 빅또르 위고
의『레미제라블』의 일부를 옮긴「ABC계(契)」 등이다. 특히 똘스또이
에 대한 관심이 각별해, 총6편에 이르는 그의 작품이 번역되었다. 임
화는『신문학사』에서 한말의 번역문학을『천로역정』으로 대표되는
종교문학과『서사건국지』『애국정신』『경국미담』 등의 정치문학 그
리고『이솝우언』『걸리버유람기』『불쌍한 동무』『절세기담 라빈손 표
류기』 등의 순문학으로 나누고 있거니와,[7] 그의 분류를 따르면『소
년』에 번역 게재된 대부분의 작품은 순문학에 속한다. 여기에서 최남
선 또는『소년』의 문학적 취향이랄까 근대문학에 대한 시각이 분명히
드러난다. 즉『소년』은 신소설이나 정치소설에서 일정하게 거리를 두
고자 했으며, 그런 문학과는 구별되는 '순문학'을 적극적으로 옹호하
고 수용했다.[8]

　『소년』은 서양작품의 번역을 통해 '권신징구(勸新懲舊)'의 구조로
일관하던 신소설과 변별되는 새로운 문학의 전범을 내세우려 한 듯
하다. 특히 똘스또이에 깊은 관심을 기울여 두 호(1909년 7월호와 1910년
12월호)에 걸쳐 똘스또이 특집을 실었다.『소년』의 편집인 최남선이

---

7) 임화『신문학사』(1931~33; 한길사 1993), 148~49면.
8) 한기형「최남선의 잡지 발간과 초기 근대문학의 재편」,『대동문화연구』45(성균관
　대 대동문화연구원 2004), 224면.

똘스또이를 각별히 다룬 까닭은 일차적으로 자신의 사상적 취향에 따른 것이겠지만 동시에 똘스또이 작품들을 근대문학의 모범으로 설정하려는 의도와도 관련되어 있었다.[9] 이는 일본의 근대 산문과 근대소설의 문체가 후따바떼이 시메이(二葉亭四迷)가 1889년에 번역한 뚜르게네프의 「밀회」에서 결정적인 영향을 받았다는 것과 비교된다. 코모리 요오이찌(小森陽一)에 따르면 뚜르게네프는 새로운 프랑스어 산문(플로베르식의 묘사 문체)에 의거하면서 새로운 러시아 산문을 창작했는데, 우연이기는 하나 그 새로운 러시아어 산문을 번역함으로써 시메이는 새로운 일본어 산문을 창출해냈다.[10]

그렇다면 계몽기에 혁신된 문체, 근대 한국어 산문 문체의 방향을 제시한 『소년』의 소설 문체는 어떤 과정을 거쳐 발견된 것일까. 『소년』은 일본의 시메이와는 달리 똘스또이의 소설에 주목했다. 앞당겨 말하자면 『소년』은 똘스또이의 소설을 근대문학의 전범으로 이해하고 이를 적극 수용하려 했으며, 똘스또이의 단편을 번역하는 과정에서 근대적 단편소설 문체의 가능성을 발견했다.

『거인국표류기』나 『로빈손무인절도표류기』에서 이미 선보였던 『소년』식 번역문체의 특징은 똘스또이 번역에서 집약적으로 드러난다. 그 몇가지 사례를 보기로 한다.

① 얼마잇다가 그 頭領이 여러사람들의 所望을 듯더니 고개를 쓰덕이면서 러시아말노,

9) 한기형, 같은 글 228면.
10) 코모리 요오이찌 「번역이라는 실천의 정치성」, 카와모또 코오지·이노우에 켄 편, 이현기 옮김 『번역의 방법』(고려대 출판부 2001), 307면.

『네 네 그럼 당신이 바라시난대로 얼마던지 쌍을 드리오리다. 쌍은 바라시난대로 얼마던지 잇스니까』

학본이 內心에「얼마던지 주겟다」난줄로 생각하고,

『참 感謝하외다. 무엇 그리 만이 주십사난것이 아니오. 그러나 만일 그 쌍을 한번 내게 주신다음에는 當身네 子子孫孫 어늬째까지던지 決코 내 가진 것을 還하야달나지 못하게 주엇스면 좃켓습니다』

『그 좃습니다 當身 所願대로 드리리다』

『내가 어느 장사에게 들으니 그가 이곳에 와서 쌍을만히 엇엇다 하니 나도 果然 그와 갓히하야 주섯스면 좃켓습니다』[11]

② 얼마後에 이반이 精神을 차려셔본즉 녑헤 짜부리엘은 업고 다만 四面이 환하야 宛然히 白晝와 갓흠으로 놀나서 돌아다본즉 自己의 집이 한참타오.

『애! 애!』

이반이 소리쳣 불으면서 닐어서랴도 발이 듯지를아니하오.

집이 탄다, 탄다. 부난바람에 불ㅅ길은 점점 사나워간다.

얼마後에 만흔 사람이 모여들어서 쓰랴하얏스나 읏더케 손 댈 수가 업소.

洞內ㅅ사람들은 세간이며 家畜을 쓰내기에 汨沒이오.

바람은 漸漸 사나워가오.[12]

11)「한 사람이 얼마나 쌍이 잇서야 하나」, 『소년』 제3권 제9호(1910), 28면.
12)「너의 니웃」, 『소년』 제3권 제9호(1910), 34면.

인용에서 볼 수 있듯이 똘스또이 작품의 번역은 서술형 종결어미 '─소' '─오'가 조금 낯설 뿐, 근대 단편소설의 문체와 크게 다를 바가 없다. 특히 대사와 지문의 정확한 분리와 행갈이, 직접인용부호(『 』)와 간접인용부호(「 」) 마침표(.) 쉼표(,) 말줄임표(……) 등의 사용, 현재시제를 활용한 상황묘사 등에 주목할 필요가 있다. 이는 최남선의 시와 산문들, 『거인국표류기』와 『로빈손무인절도표류기』 「ABC계」 등에서도 볼 수 있다. 그런데 한편의 소설이 이렇듯 일관되게 근대적 소설 문체를 사용하고 있는 예는 찾아보기 쉽지 않다. 따라서 『소년』이 지속적으로 추구해온 문학작품의 문체 혁신과정이 집약된 것이 똘스또이 작품의 번역이라 할 수 있다.

『소년』의 이러한 문체 혁신은 문학 텍스트의 물질성에 혁명적 변화를 몰고 왔다. 텍스트의 물질성이 낳는 효과는 우리가 상상하는 것보다 그 진폭이 훨씬 크다. 구두점과 행갈이뿐만 아니라 띄어쓰기와 단락 나누기, 지문과 대사의 분리, 여백의 활용, 일상어의 대거 유입을 감당하기 위한 국문체의 사용 등은 그렇지 않을 때와는 전혀 다른 미적 효과와 의미상의 효과를 낳는다. 『소년』의 문학작품 번역, 특히 똘스또이의 번역으로 인한 소설 문체의 변화에 주목해야 하는 이유도 여기에 있다.

4. 「헌신자」와 근대적 소설 문체의 형성

번역된 '문학'이라는 개념을 발판으로 기존 문학과 뚜렷이 구별되는 근대적 문학 개념을 수립하려 했던 이광수는 새로운 문학을 구축하기 위해서는 새로운 문(文) 또는 문장의 구사가 필수임을 분명히 인식하고 있었다. 그는 한국어 통사구조에 맞는 국한문체의 사용을 주장한바 있다. 그런데 이광수는 주장에서 그친 게 아니라 자신의 번역과 소설을 통하여 이러한 문체를 직접 실험했다. 그것이 바로 『소년』에 실린 「어린 희생」과 「헌신자(獻身者)」이다.

① 「아바지가 언제쩨나 도라오실는지요」 十六七歲나 되염즉혼 少年이 銀갓혼 鬚髯이 半面이나 가리운 老人더러 뭇난다.

「언제 도라올지 알겟니 죽을지 살지도 모르는데」

「아라사ㅅ놈들을 만히 죽엿시면……」少年은 조고마한 두 주목을 쌱 부르쥐인다. 쌔는 西紀 一千七百七十三年十一月十四日. 녹다남은 눈이 여긔 저긔남아 잇고 北氷洋으로 부러오난 바람이 살을 버이난 듯 한 저녁이라. (…)

老人이 少年을 안으면서

「네 아비가 죽엇다…… 나라을 爲하야! 同胞를 爲하야!」

「아라사ㅅ놈의 손에?!」

「온야 아라사ㅅ놈의 논에…… 우리대뎍」

「아라사ㅅ놈의 손에……아라사ㅅ놈의 손에 아바지가 죽엇서요?!」

「응, 아라사ㅅ놈의 손에……우리대뎍 아라사ㅅ놈의 손에」少年은 머리를 돌녀서 나려다보난 老人의 흐린 눈을본다.[13]

13) 작자미상, 이광수 역「어린 희생」, 『소년』 제3권 제2호(1910년 2월), 51~52면.

② 여긔는 平安道의 어늬 地方, 私立學校事務室이라. 장판한 東向 두간ㅅ房 아레ㅅ목에 젊은 學生六七人이 돌아안젓소. 그가운데는 웃던 限五十쯤 되얏슬만한 老人이 누엇난데, 아마도 대단히 몸이 편치아니한 貌樣. 周圍에 안즌學生들은 그의 四肢를 주물음이라.

方今試驗中이라, 一刻이 三秋갓흔 이째에 試驗準備는 아니하고도 이럿트시 終日토록 웃던 病人을 看護하니 이 看護를 밧난이는 果然웃던사람인가. 讀者는 次次로알으시리라.

『日本서도 中學校卒業式에 禮服닙소?』

누어 잇든老人은 方今 들어오난 젊은 敎師를 보고 뭇난 말이라.

『禮服이오……洋服말씀임닛가』

『아니오 禮服이라고 못보셧소? 두루막이갓흔것 말이오』

젊은敎師는 머리를 기우리고 섯더니,

『아니오. 別노 禮服이라난 것은 아니닙어요』

『그러면 通常服인가요……式場에?』

『네, 學校制服을 닙읍니다……말하면 制服이 學生의 禮服이니?요』

『그러면 ○○학교에서는 잘못햇군. 그럿켓지, 大學校 卒業式이면 그도 몰으되……』[14]

①은 이광수가 번역한 작자미상의 러시아 소설이며, ②는 '사실소설(寫實小說)'이라 명명하여 지은 「헌신자」이다. 이 두 인용문에서 알 수 있는 것은 『소년』의 주요 필진으로 참가했던 이광수가 외국문학작

<hr />

14) 이광수 「헌신자」, 『소년』 제3권 제8호(1910년 8월), 51면.

품을 번역했을 뿐만 아니라 자신의 경험을 바탕으로 직접 소설을 창
작하고 실험했다는 사실이다. ①과 ②를 보면 알 수 있듯이 지문과
대사의 분리, 근대적 구두법의 사용, 한국어 통사구조에 입각한 국한
문체의 사용 등 『소년』이 번역을 통해 수용한 글쓰기를 전면적으로
채택하고 있다. 이러한 이광수의 실험은 1910년대 단편을 비롯하여
향후 한국 근대소설, 특히 단편소설의 문체를 선취하고 있다는 점에
서 만만치 않은 의의를 지닌다.

　지금까지 보았듯이 일본을 경유한 근대의 번역은 문학적 글쓰기에
혁신을 초래했다.[15] 그리고 번역이 번역으로 끝난 게 아니라 근대소
설을 가능케 한 핵심요소인 글쓰기의 변화를 추동했고, 이광수의 「헌
신자」에서 볼 수 있듯 창작으로까지 이어졌다. 그 변화를 전적으로
번역이 추동했다는 말은 물론 아니다. 그러나 번역이 한국 근대소설
문체의 형성에 결정적으로 기여했다는 것만은 분명히 말할 수 있다.
단형서사에서 신소설에 이르는 계몽기의 다양한 서사문학의 문체 실
험, 일본 근대소설 또는 산문 문체가 형성되는 과정과 번역의 상관
성, 이른바 '『청춘』그룹'의 독서체험과 문학관 등을 다양한 각도에서
구명해야만 그 전모가 드러날 것이다.

　'문학'은 일본을 거쳐 번역된 용어이다. 번역된 '문학'은 기존 '문
학(文學)'에서와는 다른 글쓰기를 요구했다. 유길준에서 이광수에 이
르기까지 어떤 문체를 선택할 것인가를 둘러싸고 많은 논란이 일었
으며, 문학에서도 다양하게 문체 실험이 이루어졌다. 그러다 계몽기
인쇄매체 중에서도 이채로운 잡지 『소년』에 이르러 소설 문체는 근대

---

15) 번역과 글쓰기의 변화에 관한 논의는 권용선 「1910년대 '근대적 글쓰기'의 형성
　　과정 연구」(인하대 박사학위논문 2004), 50~91면 참조.

적 성격을 확보하기에 이른다. '근대적'이라고 해서 다른 문체보다 낮다거나 훌륭하다는 것은 아니다. 다만 『소년』은 임화가 말한 '순문학' 작품들을 지속적으로 번역하는 과정에서 근대적 소설 문체 또는 번역된 '문학'에 어울리는 문체를 발견했고, 그것이 향후 한국 근대소설 문체의 주류로 자리잡게 되었다는 점을 말하고 싶을 따름이다. 그것은 어쩌면 여러 문체 중에서 근대소설에 가장 잘 어울리는 듯한 것 하나를 고르는 '선택의 문제'와 관련돼 있었는지도 모른다. 왜 특정한 문체를 선택했는지를 알기 위해서는 서양-일본-한국으로 이어지는 번역의 경로와 문체의 정착과정을 더 깊이 살펴보아야 할 것이다.

: 정선태 :

● 더 읽을거리

계몽기 번역문학의 전반적인 개관으로는 김병철 『한국근대번역문학사연구』(을유문화사 1975)와 『한국서양문학이입사연구』(을유문화사 1980)를 참조할 수 있다. 김병철의 연구는 한국 근대문학에서 번역이 어떤 위상에 놓여 있는지를 판별할 수 있는 기초적이고 실증적인 토대를 마련한 것으로 평가받고 있다.

번역문체, 국문론, 국문운동에 관해서는 이기문 「번역체의 문제」, 『국어학연총』(집문당 1988); 구인모 「국문운동과 언문일치」, 『국어국문학』18(동국대국문과 1998); 김동언 「개화기 번역 문체 연구: 『텬로력뎡』을 중심으로」, 『한국어학』4(한국어학회 1996); 배수찬 「국문 글쓰기의 문장 모델 형성 과정 연구: 유교 경서와 성서의 언해 양상을 중심으로」, 『고전문학과 교육』11(청관고전문학회 2006); 김주필 「19세기말 국한문의 성격과 그 의미」, 『진단학보』

103(진단학회 2007) 등을 참고할 수 있다.

문학 개념 및 '문학어'의 형성과 언어질서의 변화에 관해서는 김동식「한국에서 근대적 문학 개념의 형성 과정 연구」(서울대 박사학위논문 1999); 황종연「문학이라는 譯語」, 문학사와 비평연구회 편『한국문학과 계몽담론』(새미 1999); 권보드래『한국근대소설의 기원』(소명출판 2000); 황호덕『근대네이션과 그 표상들』(소명출판 2005); 정선태『근대의 어둠을 응시하는 고양이의 시선: 번역·문학·사상』(소명출판 2006); 임형택「소설에서 근대어문의 실현 경로: 동아시아 보편문어에서 민족어문으로 여행하기까지」,『대동문화연구』58(성균관대 대동문화연구원 2007) 등을 폭넓게 참고할 수 있다.

아울러 나린지「개화기 문체에 끼친 양계초의 영향」,『중한인문과학연구』5(중한인문과학연구회 2000); 안영희「번역어와 소설 문체」,『일본어문학』35(일본어문학회 2006) 등 근대 (소설) 문체의 형성과정에서 중국과 일본이 미친 영향도 참고할 필요가 있다.

근대문학제도의 성립

1. 문제제기

한국문학사란 무엇인가? 이는 아마도 한국문학의 역사이고, 시와 소설을 포함한 한국문학 작품들의 역사이자 그것을 창조한 작가와 동시대인들이 함께 활동하고 숨쉬었던 시대(사회)의 역사와 교직하면서 이루어진 것일 터이다. 이런 한국문학사에 굳이 '제도'의 개념을 설정하는 까닭은 무엇인가? 아니 문학에서 말하는 제도란 무엇일까?

이러한 의문은 우리가 한국문학을 정의하는 '자명성'의 관습에 익숙해져 있기에 드는 것이라고 할 수 있다. 예컨대 한국문학의 역사라고 할 때 한국문학의 범위는 어디서부터 어디까지인가? 한문학을 놓고 벌어진 오래전의 논쟁은 차치하더라도, 일제시대에 이미 미국에서 인정받는 작가였던 재미작가 강용흘(姜鏞訖, 1931년 「초가집」이라는 소설로 미국사회에 조선을 알린바 있다)이나 『압록강은 흐른다』라는 소설을 독일에서 발표했던 이미륵(李彌勒), 그리고 일제 말기에 일본에서 일본어로 작품활동을 했던 장혁주(張赫宙)나 김사량(金史良) 같은 작가의 작품들은 한국문학사에 포함되는 것일까? 또한 1920년대 선풍적 인기를 끌며 베스트셀러가 되었던 노자영(盧子泳)의 『사랑의 불꽃』이라는 연애서간집(지금으로 치면 연애편지 잘 쓰는 법과 그 예문)은 문학사에 포함될 것인가?

이처럼 문학사의 대상이나 경계의 문제, 문학인가 아닌가를 정의하는 이념이나 가치의 문제 등, 한국문학사라는 개념에는 이미 문학 '밖'의 여러 사회적·정치적·역사적·물질적 조건과 쟁점 들이 가로놓여 있다. 따라서 한국문학사를 서술하기 위해서는 많은 사회적·물질적·문화적 조건들이 전제되어야 한다. '제도'란 이런 많은 조건과 쟁점들이 수렴되기도 하고 출발하기도 하는 개념이다. 최근의 문학 연구에서는 '문학제도' '제도로서의 근대문학'이라고 칭함으로써 문학을 제도로 호명해왔다. 이 제도 개념은 맥락에 따라 다양한 뜻을 담고 있으며, 때로는 정반대 의미로 사용되기도 한다.

먼저 제도를 '어떤 특정한 활동영역에서 정통성 혹은 정당성을 규정하는 규범의 총체'라는 기능적·지시적 의미로 사용하는 경우이다. 신춘문예를 통해 작가로 공인하는 제도를 대표적인 예로 들 수 있을 것이다. 이는 마치 변호사가 되기 위해서는 사법고시를 통과해야 하고, 선생님이 되기 위해서는 야학교사나 과외교사 경력이 필요한 게 아니라 임용시험에 합격해야 하듯이, 근대사회에서 공인되고 합의된 절차가 문학이라는 영역에 작동하는 사례이며, 보편적 사회제도의 의미를 문학에 그대로 적용한 것이다.

그러나 한편으로 사실상 문학에는 이런 일반적인 사회제도와는 다른 고유의 특성이 있다. 문학은 시험이나 경제적 이득과는 질이 다른 순수하고 고상하며 영원한 가치를 지닌다든가, 세상의 합리성과는 다른 문학만의 고유한 질서나 미학이 있다는 생각, 문학에는 현실에서 시간 때우기 위해 소비하는 통속소설과는 다른 가치가 있고, 그런 것이 바로 '진짜 문학'이라는 생각 등이 이런 특성을 입증한다. 즉 문학만의 침범할 수 없는 독자성과 자율성, 외부세계와 차별화된 순수성을 가정하는 순수문학 혹은 문학 자율성의 이데올로기라고 할 수 있을 이런 생각들은, 정도의 차이는 있지만 '고상한 예술로서의 문학'을 가정하는 일반적인 가치관들이다. 그리고 이런 문학 자율성, 순수문학의 가치/관념이란 '그 자체로 원래부터 그러한 것처럼' 여겨지기 때문에 우리 눈에는 '자명하게' 보인다. 그러나 이런 겉보기의 자명성은 특정한 시기, 특정한 사회적 조건에 의해 '만들어진, 창안된 제도'라고 할 수 있다.

현대문학은 이 두 가지 제도 개념, 즉 ① 사회·역사·문학사회학적 관점에서의 실증적 근대문화제도——매체·출판·등단제도·사회운동·종교운동과의 관계——의 일부 ② 문학만의 독자성을 가정하는 근대문학 이데올로기로서의 '문학 자율성'이 '만들어진 것'이라는 의미에서의 문학제도라는, 두 제도 개념이 동시적으로 존재하고 얽혀서 작동한다고 할 수 있다.

그러나 이 두 차원은 구분되는 것이라기보다 문학이 사회적으로 존재하는 상태 자체의 복합적 층위를 나타낸 것이라고 할 수 있다. 예컨대 전문작가가 창작한 소설 한 편은 우선 문예지라는 매체에 실리고, 단행본으로 묶여 출판된다. 전문비평가의 권위가 실린 비평을 통한 평가, 서점과 신문·방송 등을 통한 유통과 광고, 독자의 입소문 같은 대중적 감상의 유포, 또 학교의 수업과정에서 다룰 경우 교육과정을 통한 평가와 정전화(正典化) 등의 '문화제도적 과정'을 거친 후 개별 독자의 손에 들어간다. 소설 한 편을 읽는 과정에는 신문·잡지 등의 매체, 출판자본, 유통체계, 전문가의 평가체계, 공교육의 문화재생산제도 등이 함께 작동하는 것이다. 또한 이 소설이 영화화된다면 여기에는 더 큰 단위의 산업자본, 대중문화적 미학의 변환 같은 또다른 문화제도적 차원이 개입된다. 그러나 이런 차원이 전부는 아니다. 사회적 문화제도의 차원이 소설이 '발표된 후'의 과정에 속한다면, 그 전에 작품이 탄생하는 조건이 있을 것이다. 문학청년이 가진 작가의 꿈, 다년간의 습작과 투고, 실패와 좌절의 경험들, 그 경험 속에서 키워지는 문단·작가·문학에 대한 동경, 그리고 전문가의 평가와 인정, 이런 과정들이 그것이다. 작가는 어디에 어떻게 작품을 발표하고 어떤 제도적 과정을 통해 인정받는가? 더 나아가 왜 소설을 쓰고 싶어하는가? 돈이 나오는 것도 아니고 사법고시나 임용시험처럼 앞날이 보장된 일도 아닌데, 수많은 밤을 새우고 다른 길을 포기하여 문학 하나만을 선택하도록 한 것은 무엇일까? 이는 앞에서 본 문화제도로는 설명할 수 없는, 이념과 가치관의 차원에 실존하는 자율성의 제도라고 할 수 있을 것이다. 이처럼 문학작품은 한 편 한 편이 다양한 '관계의 망'과 거기에 가로놓인 '관념의 망'들 속에 존재한다. 문학을 제도론의 관점에서 본다는 것은 이런 차원을 모두 살피는 것이라고 할 수 있다.

우리 문학사에서 문학은 이 두 가지 개념의 제도——실증적인 문화제도라는 차원과 그 안에서 문학의 자율적 가치를 정립하는 이데올로기로서의 문학제도──는 1920년대에 형성되었다고 할 수 있다. 이 글에서는 이 두 가지 개념의 제도가 함께 정립된 1920년대를 중심으로 이 두 차원이 복합적으로 작용하는 양상을 살펴보고자 한다.

2. 제도로서의 문학의 다양한 측면들

우리 근대 초기 문학을 포함한 지식담론의 사회·역사적 장(場)과 관계의 망에는 식민지사회라는 정치적 지배구조, 그것이 만들어낸 사상적·정서적 주류담론으로서의 민족주의나 계몽주의, 자본주의 근대사회의 여러 물질적·문화적 환경, 학교·학생·사회주의 등 공동체의 미래변혁을 기획하는 정치사회적 운동과 조직 등 다양한 차원이 결합되어 있었다. 구체적으로 문학과 관련해서는, 신문·잡지 등 매체의 문제, 문학작품의 수용과 관련된 독자·광고·정전의 문제와 기타 사회운동이나 검열 등 다양한 차원이 개입된다. 최근에는 이런 관점에서 한국 근대문학이 놓인 제도적 장을 탐색하는 다양한 연구가 펼쳐지고 있고, 이는 현재진행형인지라 더 많은 실증적 연구가 축적되어야 할 것이다. 여기서는 이런 사회문화적 제도를 형성하는 몇개의 키워드를 중심으로 근대문학 성립기의 문학과 문화제도의 관련성을 살펴보고자 한다.

신문·잡지 등의 언론매체와 지식체계의 근대적 정립
지금까지의 문학사에서 신문과 잡지 등의 매체는 주로 중립적인 작품 게재공간이라는 분명한 실체로 조명되거나 작가가 매체와 맺고 있는 관계(동인지, 주관지 등)에 따라 배경적 요소로 분류되었다. 그리고 조연현(趙演鉉)의 문학사에서 보는 것처럼 프로문학과 순수문학, 순수와 참여 등 사상의 이분법적 구도하에 매체의 경향 역시 양분해서, 매체는 당연히 사회주의적이거나 민족주의적인 색깔을 갖는다는 인상을 만들어냈다. 이런 도식에 의한 매체 분류와 작가의 성향별·사상별 분류, 작가와 작품 게재공간으로서 매체의 관계 등이 맞물려 우리 문학사는 사람·사상·매체가 일목요연하게 분류, 정립된 것으로 받아들여졌다. 그러나 매체의 실상은 그렇지 않다. 예컨대 매년 신춘문예를 통해, 그리고 장편소설 연재를 통해 문학과 독자가 만나는 주요한 장이었던 신문은 물론이고, 대량 판매부수를 자랑하며 식민지시대 거대한 독자대중을 거느렸던 『개벽』『삼천리』 등의 종합지 매체는 이런 이분법적 도식을 벗어나 있었다. 『창조』(1919~21)를 제외한 그 이후의 문학동인지나 문예지(『폐허』『백조』『영대』『금성』 등), 또는 사회주의적 사상이 강한 『신계단』『신생활』『조선지광』 등의 경우 오히려 게재된 문학작품의 수나 등단작가, 독자에 대한 영향력, 문학적 담론 생산 등의 차원에서 영향력이 그다지 크지 않았다.

이런 사상적 이분법이나 작가 위주, 작품 위주의 문학사를 벗어나 당시 문학의 실체를 살피기 위해서는 근대매체를 다시 볼 필요가 있다. 잡지와 신문으로 대표되는 근대매체의 가장 기본적인 특징은 무엇일까? 시와 소설 등 장르적 양식을 갖춘 문학작품은 물론 언어의 면에서 한글 전용 창작물은 이전 시대에도 있었다. 근대문학사에서 다루는 근대성과 문학의 중개자로서 매체의 기본 특징은 어디에서 찾아야 할까?

근대매체의 성격에서 핵심은 지식체계의 근대적 전환이다. 전근대

사회에서는 공동체 내의 소수가 지식을 독점했다면, 근대사회에서 지식은 익명의 대중 전체에게 개방된 것이 가장 큰 차이라고 할 수 있다. 공동체 구성원 중 소수만이 공부할 수 있고, 과거를 통해 지식을 권력화할 수 있으며, 지식을 소유하는 것만으로 위계와 권위가 부여되어 신분이 차별화되는 것이 전근대 지식사회의 특징이다. 이에 반해 근대는 국민 모두가 알 수 있고, 알아야 하고, 아는 것이 바로 힘인 시대이다. 그 지식을 만들고, 분배하고, 실어나르는 것이 말 그대로 근대의 '대중매체'라고 할 수 있다. 그리고 이때 국민국가라는 공동체의 구성원은 신분에 의해 구별되지 않는 평등한 존재이며, 하나의 언어(말과 글)를 쓰는 언어공동체의 성원이라고 할 수 있다. 자국어공동체로서의 민족(국민/국가), 그 자국어로 제조·공급·중개되는 지식에 대한 접근과 소유의 평등성, 신문·잡지 등 언론매체로 유지되는 지식사회의 공론의 장, 그 기저에 있는 국민을 산출하는 근대적 교육 등이 근대의 지식체계를 형성하는 범주들이다. 그러므로 근대적 지식체계는 의무교육이라는 대중교육제도, 공적·사적 출판기구, 신문과 잡지, 지식을 실어나르는 유통체계(전신·전화·철도), 그리고 언문일치를 내건 평등하고 중립적이며 도구적인 언어 사용 등을 그 성립조건으로 한다. 근대문학은 이런 근대의 지식체계를 기반으로 산출되고 향유된 문학인 것이다.

이런 근대적 지식체계가 성립된 시점을 구한말·갑오경장·개화기까지 등 어느 시기로 설정하는가에 따라 기점은 달라지겠지만, 제도로서 근대 지식사회와 근대문학이 갖는 내적 연관은 공통된 것이다. 앞의 글 「계몽기 번역론과 근대적 소설 문체의 발견」에서 다룬 '번역'의 문제 역시, 근대문학이 생산되는 이런 제도적 조건 속에서 지식의 평등하고 빠른 분배와 공유를 가능케 하는 언어체계에 대한 문제라고 할 수 있을 것이다.

　최초의 시발점이 어딘가와 상관없이 이런 근대적 문학제도의 성립과 관련해 주목해야 하는 시기가 바로 1920년대이다. 일반적으로 문학사와 회고록에서 1920년대 초반은 3·1운동의 실패에 따른 좌절감과 허무주의, 문예사조의 혼류 등을 특징으로 한다. 그러나 실패와 좌절, 무질서와 혼란으로 대변되는 이 시기는, 실제로는 한일합방 후 지속되던 무단정치에서 벗어나 3·1운동의 영향으로 새로이 열린 문화정치의 공간이었다. 한일합방과 더불어 폐간되었던 신문과 잡지가 다시 간행되는 등 언론·출판을 포함한 문화 영역이 한꺼번에 열렸다. 또한 1910년대부터 일본에 건너간 자비유학생들이 관동대지진 등을 계기로 대거 귀국하면서 때마침 열린 공론장의 필자, 문사로 자리잡았다. 따라서 이 시기에는 이전의 무단통치기보다 확장된 문화 공간에서, 신문·잡지 등 언론매체를 통해 자국어(한글)로 된 문학·지식담론이 활발하게 전개되었다. 그리고 『동아일보』 『조선일보』 등 주요 일간지와 『개벽』으로 대표되는 대형 종합지를 통해, 식민지근대 사회의 정치·사상·사회운동과 일상적 사건, 서구세계와 다른 해외 지역의 매일매일의 소식 등이 전해지면서 지식과 정보가 폭발적으로 늘어났다. 귀국 유학생들과 기존 계몽 지식인들이 이런 지식과 정보, 문학담론의 생산자로 자리잡았다.

　문학에서도 20대 초반의 유학생 청년들이 『창조』를 시발로 한 자기들만의 매체를 만들기도 하고, 각종 언론·잡지매체를 통해 '문사'로 활동하기 시작한 시기였다. 문학사에서 이 시기가 자연주의·상징주의·유미주의 등 문예사조의 혼류, 창조파와 폐허파의 난립이라고 회고되는 이유도 따지고 보면 그 이전에 막혀 있던 다양한 문화담론들이 폭발적으로 터져나왔기 때문일 것이다.

동인지문단과 미적 자율성: 순수문학의 제도화

이상의 서술이 문학을 포함한 문화제도, 지식체계에서 일어난 1920년대의 변모라면, 문학 영역에서의 제도화도 이 시기에 구조화되었다고 할 수 있다. 문학 영역에서의 제도화를 '문단'으로 환치해서 생각할 경우, 이 문단의 성립이란 단순히 특정 잡지가 언제 나왔느냐, 혹은 누가 우리 근대문학의 시초인가를 묻는 것과 다른, '문단'이라는 장으로 지탱되는 특유의 이데올로기와 더불어 매체, 인적 구성 등이 총체적으로 작동하는 제도의 기원을 묻는 일이다. 문단이란 작가와 시인 그리고 비평가 등을 포함하는 전문 문인들의 직능집단이다. 이것이 성립하려면 인쇄매체와 출판환경을 비롯한 지식의 유통 씨스템은 물론이고, 문학 영역을 여타 영역과 분리해 거기에 차별화된 가치를 부여하는 특유의 이념, 즉 문학 자율성 이데올로기가 필수적이다. 삐에르 부르디외는 정치권력이나 경제적 보상을 거부하면서 특별한 인정과 명예를 위해 분투하는, 탁월함과 유일성을 추구하는 욕망을 문화자본 혹은 상징자본을 놓고 벌이는 인정투쟁이라고 보았다. '문단'은 문학을 정치나 계몽성, 경제적 이익 등과 차별화된 특별한 가치로 이념화하는, 문학 자체의 차별화와 인정투쟁에 의해 성립된 것이다. 동시에 문학 내부에서 상징자본, 문화자본을 놓고 벌이는 인정투쟁의 장으로 생각해볼 수도 있을 것이다.

문학만의 고유한 영역과 가치를 설정하고 그것을 사회적으로 가치화하는 독특한 이데올로기와 자의식, 이것을 집단적이고 대(對)사회적인 운동으로 조직해가는 활동, 그리고 여기에 근대적 매체로서의 잡지가 결합한 최초의 사례를 우리 문학사에서 찾는다면, 1920년대 초반의 동인지문단을 들 수 있을 것이다. 1919~20년대 초반은 『창조』(1919. 2~21. 5)와 『폐허』(1920. 7~21. 1) 그리고 『백조』(1922. 1~23. 9) 등의 문학 동인지가 최초로 창간된 시기이다.

우리 문학사의 기초가 되는 문인, 문학 영역, 문학작품의 자립성 등 근대문학의 미학주의적 기본개념을 정초한 시점이 바로 동인지문단과 문인들이 주축이 된 1920년대라고 할 수 있다. 따라서 1920년대 초반에 사회·경제·문화 씨스템의 차원에서, 문학과 문학 외부의 차별화를 통해——이 시기 김동인 등의 문인들은 앞시기의 민족지사로서의 계몽 지식인들과 자신들을 '문학적 전문성'을 통해 차별화했다——문단이라는 장(literary field, literary marketplace)이 성립되었다고 할 수 있다. 이렇게 성립된 문단, 문학의 장 내에서 전문 문인을 중심으로 예술로서의 문학을 전면화하는 미 이데올로기가 집단적으로 개진되었다. 그리고 이후 문학사의 전범이 되는 근대적인 단편소설과 서정시, 자유시를 비롯한 문학양식과 비평논쟁 등 문학 영역 내부를 구성하는 장르와 문학인으로서의 자의식이 구체적으로 등장했던 것이다. 이 점에서 문학과 문학 외부를 차별화함으로써 성립된 문학의 장, 그리고 그 안에서 문화자본, 상징자본을 놓고 벌이는 인정투쟁의 장으로서의 문단이 동시에, 아니 동전의 양면으로서 구축되었다고 할 수 있다.

등단제도
문학제도라는 개념 하면 가장 먼저 떠오르는 것이 '신춘문예'이다.

근대의 가장 대표적이고 영향력 있는 신문매체가 매년 새해 첫날 당선작을 발표하는 이 이벤트는 지금까지도 명실상부하게 작가의 '등용문'으로 자리매김돼 있다. 문학 관련 여러 제도적 조건들이 작동하지만 대부분 비가시적인 반면, 신춘문예로 대표되는 등단제도만은 가장 가시적인 영역이다.

등단제도는 근대문학의 주체인 작가를 사회적으로 공인하는 제도의 일환이다. 그것은 문학에 대한 관념, 즉 근대문학에 대한 전문성과 자율성에 대한 인식이 증가하고, 전문작가의 사회적 위상이 확립될 뿐 아니라, 전문작가들로 구성된 직능집단이자 사회적 인정투쟁의 장인 문단에 대한 감각이 명확해질 때 작동한다고 할 수 있다. 그리고 이 등단제도는 앞에서 본 두 가지 제도적 차원, 즉 사회적·물질적 문화제도 차원과 순수문학 혹은 문학만의 특별한 영역이라는 문학 자율성이 하나로 결합된 것이다. 즉 '작가됨'이란 내면적이고 순수한, 이념적 차원의 가치이면서 사회적 인증 형식을 필수적으로 거침으로써 자리매김된다. 이는 근대에서 문학의 사회성과 자율성의 이중적 측면을 가장 잘 보여주는 사례라고 할 수 있다.

이러한 등단제도는 상대적으로 짧은 기간 동안의 근대 체험 속에서 다양한 변모를 보여주었는데, 1920년대에는 우리 역사상 존재했던 거의 모든 형태의 등단제도가 실시되었다. 1910년대말 『청춘』의 현상문예와 1920년대 중반 『조선문단』과 『개벽』에서 실시된 현상문예, 『창조』 등에서 실시된 동인지 창간을 통한 공인 방식, 1925년 『동아일보』에서 시작된 신춘문예, 그리고 1927년 이무영의 『의지 없는 황혼』과 『폐허의 울음』 출간 등이 그 예들이다.

3·1운동 이전 조선인이 운영하는 언론매체가 존속하기 어려웠던

1910년대에 최남선이 주도한 잡지가 『소년』과 『청춘』이었다. 『청춘』
이 실시한 현상문예는 잡지매체가 대중들에게 공모하고 매체 담당자
들이 선별해서 작가로 데뷔시켜주는 씨스템이었다. 이 경우에는 판
단의 주도권을 가진 매체 담당자의 의도와 기획이 관철되는 방식이
라고 할 수 있다. 『청춘』의 현상문예는 계몽적 기획이 두드러졌지만,
문학 장이 성립된 이후 1920년대에 『개벽』과 『조선문단』에서는 내용
과 기획을 달리하는 현상문예제도가 등단제도의 하나로 정착되었다.

1919년 창간된 동인지 『창조』를 통해 시도된 동인지 등단 방식은
이전의 현상문예 등단과 비교한다면 매우 대조적이라고 할 수 있다.
작품이 공적 매체에 의해 선별되고 선택되어 인정받는 것이 아니라,
동인들만의 폐쇄적이고 자족적인 독립매체에 작품을 선보임으로써
사회적 공인제도를 거부하는 방식인 것이다. 앞서 동인지문단에서
본 것 같은 자족성과 자율성의 이념이 등단방식에서도 관철된다고
할 수 있다. 따라서 동인지는 근대문학의 자율성이라는 이념을 매체
뿐 아니라 사회적 존재형식의 차원에서 보여주는 것이다. 이외에 현
재까지 지속되는 신춘문예와 함께 간헐적으로 단행본 출간을 통해
작가로 등단하기도 했다.

독자와 문학의 소비

문학작품의 의미 실현에서 수용자인 독자와 매개자의 역할은 결코
작지 않다. 문학작품은 출판과 매체의 중개를 통해 수용자(소비자)들
에게 전해지고 오로지 수용자들의 독서과정을 통해서 그 의미가 최
종 소통되고 실현되기 때문이다. 따라서 문학의 사회적 소통의 장은
작가뿐만 아니라 비평가, 출판업자, 교육자 등과 수용자들이 함께 사

회적 제도로 정립하고 유지하는 세계이다. 이 점에서 독자는 새롭게 조명되어야 할 문학적 실체의 일부라고 할 수 있다.

우리 소설문학에 한정할 경우, 19세기 후반과 1900년대 조선에서는 인쇄자본의 성장과 방각본의 득세, 근대적 활판인쇄 기술의 도입 등이 중요한 요인으로 작용하고, 1900년대 들어 애국계몽과 민족주의 이데올로기가 소설 독자에게 중요한 이념적 요소로 작용했지만, 식민지근대인 1920년대에 들어서는 이것들이 결정적 요인이 되지는 못했다. 또한 서구 여러나라와 일본, 그리고 해방 이후 대한민국이라는 국가체제가 성립된 이후와 비교할 때, 이 시기 소설 독자 형성과 관련해 학교교육이 차지하는 정도도 다르다. '조선어를 통한 문학교육'이 공교육에서 배제되어 있던 식민지근대의 독자 형성의 문제는 그만큼 우리 문학사의 특수성을 밝히는 중요한 고리이기도 하다.

최근 연구에 따르면 생산자, 즉 작가와 작품 위주의 문학사로 인한 선입견과 달리, 식민지시대 전반기에는 실용적인 글쓰기 서적에 속하는 서간문류, 토론·연설문집류, 새롭게 등장한 청년 독자들을 겨냥한 문장독본, 문학독본류의 책들이 많이 팔린 것으로 조사되었다. 이는 근대적 글쓰기, 낭만적 문학 충동과 함께 우리 문학 독자의 형성이, 독서와 책 소비를 통해 어떻게 상호작용했는지를 알려주는 현상이라고 할 수 있다. 또한 소설에 국한할 경우에는 시기적으로 세분화된 수용(소비)양상을 보이는데, 예컨대 당대 작가들의 작품보다 고전소설, 신소설 등이 꾸준히 소비되었고, 이는 식민지시대 후반기 대중소설과 영화의 소비자, 그러니까 도시대중문화의 소비자층으로 연결된다. 소설이 소비-수용의 차원에서는 이념이나 순수문학적 차원 이외에 대중문화와 밀접한 연관을 갖는다는 점을 보여준다고 할 수 있다.

정전화의 문제

문학의 수용, 독자의 역할과 성격 등이 이런 상업적·대중적 차원에만 그치지는 않는다. 문학사를 통해 더 중요한 수용의 차원은 '정전(正典)'의 문제라고 할 수 있다. 근대는 이전 시기까지 이어져온 유교적 지식체계와 그것에 근거한 정전의 목록과 체계가 패배하고 새로운 정전체계가 성립된 시기로 볼 수 있다. 한 사회공동체가 읽어야 할 책으로 모범화하는 작품으로서의 정전이 형성되는 과정은 첫째, 독자·잡지·신문·출판사 등 현장에서 이루어지는 광고나 투표 이벤트, 둘째, 시민사회 영역에서 이루어지는 전문가들의 문학사적 평가나 작품 비평, 셋째, 국가적 차원에서 이루어지는 학교교육과 시험을 들 수 있다.

식민지시대의 경우, 검열의 방식으로 항존한 억압적 국가기구는 아이러니하게 정전의 형성에는 거의 영향을 미치지 않은 점이 특이하다. 해방과 함께 건국 이후의 정전 형성에서는 국어교과서 같은 공교육 수단을 통해 국가기구의 지배력이 뚜렷하게 관철되었음에 비해, 식민지시대 조선어 글쓰기로 탄생한 문학작품의 정전화 과정은 국가기구가 아닌 평단, 출판사 광고, 독자 투표, 판매량 등 시민사회 영역에서 이루어졌다고 할 수 있다. 이를 잘 보여주는 예로, 1939년 박문문고의 목록에는 소설의 경우 김동인·이광수·이태준·현진건·한설야의 책들이 포진해 있으나, 해방 후 1970년대에 들어서면 한설야·이태준 등 카프 작가와 월북작가가 지워지고, 김동리·황순원 등 문협 정통파의 책들이 부각되는 것을 들 수 있다. 억압적 국가기구가 문학의 생산과 소비에 차별적으로 혹은 섬세한 방식으로 작동되는 것이다.

문학작품의 소비와 변용: 식민지시대의 문화 콘텐츠

수용의 차원에서 또하나 생각해볼 것이 문학작품의 장르변환이다. 글쓰기를 통해 인쇄매체로 공급되고, 문자 해득력을 갖춘 독자에 의해 수용되는 것이 근대문학의 체계라고 할 수 있지만, 근대의 신생 문화장르인 영화와 문학(소설)은 초기부터 서로 밀접한 연관을 갖고 있었다. 영화뿐만 아니라 경성방송국의 라디오이야기물 같은 분야와도 문학은 밀접한 연관을 맺고 있었고, 최근에 이에 대한 연구가 시작되고 있다. 예컨대 이태준의 소설 「오몽녀」는 나운규가 1936년 영화화했고, 이광수의 『무정』 역시 1938년 영화화되어 대단한 인기를 끌었다. 또한 『상록수』의 작가 심훈은, 작가가 되기 이전에 1926년 『동아일보』에 영화소설 「탈춤」을 연재한 바 있고, 「장한몽」이라는 영화에 배우로 출연했으며, 영화 「먼동이 틀 때」를 제작·각본·연출하기도 했다. 「상록수」 「동방의 애인」 「직녀성」 등 소설을 쓴 것은 그 이후의 일이다.

이처럼 근대의 후발주자로 들어선 식민지시대에는 서구의 문학과 다양한 문화들이 한꺼번에 밀려들어 향유되면서 일종의 압축성장을 이루었고, 이 과정에서 영화와 문학은 다양한 교류와 공존의 형식을 보여주었다고 할 수 있다. 특히 식민지시대와 해방 이후 영화의 단골 소재로 등장한 『춘향전』 『심청전』 등 고전소설들은 대중적 친근성을 바탕으로, 세계적인 첨단기술과 전통적이고 고유한 문화적 소재가 결합되는 현상으로 생각해볼 수 있다. 영화로 제작되는 춘향전류의 작품들, 라디오의 공연물이 된 판소리, 새 활판기술로 제작된 유교경전 등이 이런 예이다.

이처럼 생산과 대별되는 소비의 차원에서 문학은 다양한 면모를 보여주고 있으며, 이를 통해 식민지근대 사회에서의 문학은 새롭게 연구될 수 있을 것이다.

3. 결론을 대신하여

이 글에서는 한국 현대문학을 제도의 관점에서 고찰할 필요성을 제기하면서, 최근 연구성과들을 중심으로 논의했다. 이 과정에서, 첫째 사회적·실증적 차원에서 문학이 속한 문화제도로서 매체와 지식체계, 독자, 정전, 문화소비 영역을 살펴보았다. 둘째로 동인지 시기를 중심으로 문학 자율성의 이념이 만들어진 것이라는 개념을 문학장으로서의 문단과 등단제도와 관련해 살펴보았다.

문학사를 이처럼 제도의 관점에서 본다는 것은 문학을 생산한 사회적·역사적·물질적 조건을 반추하는 것이기에, 어쩌면 '자명성'의 관습 위에 서 있는 문학사 자체를 끊임없이 반성하고 허무는 것일 수 있다. 그럼에도 실증의 영역에서나 이념과 가치의 영역에서 문학의 역사적 기반에 대한 연구는 필수적인 것이다. 이 영역에 대한 연구는 최근에 시작되었고 현재도 진행중이기에, 더 많은 성과가 축적된 후 한국 현대문학사에 대한 시각이 조정되리라 본다.

: 차혜영 :

● 더 읽을거리

독자와 관련해서는 천정환의 「1920~30년대 소설독자의 형성과 분화과 정」, 『역사문제연구』 7(역사비평사 2001)을, 정전과 관련해서는 문영진의 「김 동인 소설의 정전화에 관한 몇 가지 문제에 대하여」, 『대동문화연구』 53(성균 관대 대동문화연구원 2006)을 참고할 수 있다. 등단제도와 관련해서는 박헌 호의 「동인지에서 신춘문예로──등단제도의 권력적 변환」, 『대동문화연구』 53을, 동인지 문단과 순수문학의 제도화에 관해서는 차혜영의 『한국근대문학 제도와 소설양식의 형성』(역락 2004)을, 근대매체와 지식의 관계에 대해서는 한기형의 「근대문학과 근대문화제도, 그 상관성에 대한 시론적 탐색」, 『상허 학보』 19(상허학회 2007)를 더 참조할 수 있다.

근대계몽기의 서사문학

1. 서사적 논설의 등장과 지식인의 한글 사용

한국문학사에서 근대계몽기란 1890년대부터 1910년대에 이르는 시기를 일컫는다. 이 시기는 다른 말로 개화기, 계몽기, 애국계몽기, 근대전환기 등으로 부르기도 한다. 근대계몽기 문학 연구의 중요한 쟁점 가운데 하나는, 이 시기 문학을 조선후기 문학의 연속으로 볼 것인가 혹은 단절로 볼 것인가 하는 점이다. 연속으로 보는 것을 전통론이라 한다면 단절로 보는 것은 이식론이라고 한다. 전통론은 조선후기 문학양식이 근대 이후로까지 이어져 내려온다고 보는 이론이다. 반면 이식론은 서구문학 혹은 일본을 통한 서구문학이 한국 근대문학의 새로운 뿌리를 이룬다는 이론이다. 한국 근대문학사를 연속의 관점에서 보건 단절의 관점에서 보건, 과거의 문학 연구는 작품론 또는 작가론을 중심으로 진행되었다. 그러나 지금은 양식론의 관점에서 진행되고 있다는 점을 주목할 필요가 있다.

우리 문학사에서는 이 시기에 새로운 문학양식들이 등장하고 상업적이고 전문적인 작가가 탄생했으며 한글 사용이 보편화되는 등 여러 변화가 일어났다. 이 시기 한국문학의 주요 특징 가운데 하나는 문학이 계몽의 도구 역할을 적극적·효율적으로 수행했다는 점이다.

한국 근대 서사문학의 계보는 서사적 논설에서 출발한다. 서사적 논설이란 근대계몽기 신문의 논설란에 발표된 단형의 이야기문학 자료들을 가리킨다. 이는 한국 근대문학의 출발을 알리는 과도기 양식이면서 근대소설의 초석이 되는 서사양식이다. 서사적 논설은 1890년대부터 1900년대에 걸쳐『매일신문』『독립신문』『황성신문』『제국신문』『대한매일신보』 등에 주로 실렸다. 이들은 단순히 정론을 펴는 논설이 아니라, 서사와 주장을 결합한 독특한 형태를 취하고 있다. 서사적 논설은 간혹 국한문(國漢文)으로 쓰이기도 했지만 대부분은 한글로 발표되었다. 이들은 우화적(寓話的)이거나 비현실적으로 보이는 소재를 다루면서도 그것을 이용해 현실의 문제에 깊이 관여했다. 서사적 논설은 서술체와 토론체, 문답체 등 여러 형태를 취했으며 액자 구성 등 다양한 서사기법을 활용했다. 그리고 연재를 통해 점차 긴 이야기를 전달하기도 했다.

서사적 논설은 조선후기 서사문학 양식의 시대적 변용물이다. 이는 조선후기 사회상의 변화를 담아내던 야담(野談)이나, 서사를 통해 교훈을 전달하던 한문단편의 정신과 표현법을 취하고 있는 서사양식이다. 서사적 논설은 특히 서사와 교훈의 동시전달이라는 측면에서 조선후기 야담 및 한문단편과 서로 통한다. 서사적 논설은 야담에 비해 시사성(時事性)이 매우 강하다. 야담이 한문으로 기록된 것과 달리, 서사적 논설이 국한문혼용 혹은 순한글로 기록되었다는 사실 역시 이 둘의 중요한 차이점이다.

서사적 논설에서 시사성이 강화된 까닭은, 첫째 그것이 신문(新聞)이라는 근대적 매체를 통해 발표되었기 때문이다. 더불어, 서사적 논설이 등장하던 시기가 역사적으로 매우 불안한 격동기였다는 점 또한 빼놓을 수 없다. 당대의 지식인이자 여론주도층이던 서사적 논설 집필자들은 현실에 대해 발언하려는 강렬한 의도를 갖고 있었다. 이는 곧 서사적 논설의 교훈성·계몽성 강화와 직결된다. 근대계몽기 지식인들이 한글을 사용하게 된 데에는 몇가지 이유가 있다. 하나는 정부가 공식적으로 한글 사용을 적극 추진했다는 점이다. 1894년 이후 나타난 공문서 한글표기 법제화와 1907년의 국문연구소 설립 등은 그 좋은 예라 할 수 있다. 신문이라는 새 매체의 출현 또한 이 시기 한글의 사용과 문체의 변화를 가져온 매우 중요한 요인이다.

1883년 10월 31일에 창간된 우리나라 최초의 근대신문인『한성순보(漢城旬報)』는 순한문 신문이었다. 이를 이어받은『한성주보(漢城周報)』는 1886년 1월 25일 창간호를 내놓으면서 국한문을 섞어쓰기 시작했으며, 부분적으로 순한글 기사를 게재하기도 했다. 애초부터 개화의 수단으로 창간된 신문이 순한문에서 국한문혼용으로, 그리고 한글 사용이라는 방향으로 문자와 문체를 바꾸어간 것은 자연스러운 귀결이라고도 할 수 있다. 그렇게 함으로써 더 많은 독자를 확보할 수 있었기 때문이다. 거기에 일찍부터 한글 사용의 필요성을 절감하고 그것을 실천한 선각자들의 역할 또한 매우 컸다. 이런 선각자들로는『서유견문』을 간행하면서 한글 활용의 중요성과 언문일치의 필요성을 강조한 유길준이나, 국한문 섞어쓰기 기사체(記事體)를 연구한 강위(姜瑋) 등이 있다. 국한문 섞어쓰기에 대한 선각자적 지식인들의 역할과 그에 힘입은 국한문혼용 신문의 출현은 『독립신문』같은 순한 글 신문의 창간으로 이어진다. 이후 국한문 또는 한글 사용은 선각자적 지식인들에게 보편적으로 받아들여진다. 그리하여 조선후기까지의 대표적 문체이던 한문체가 점차 사라지고, 이제 국한문혼용체와 한글체가 지식인들 사이에 새롭게 자리잡게 되는 것이다.

2. 비실명 단형소설과 계몽의식의 강화

근대계몽기 서사적 논설은 이후 비실명(非實名) 단형소설로 이어진다. 즉 작가를 밝히지 않는 짧은 이야기문학 형식으로 변화하는 것이다. 서사적 논설에는 글쓴이의 주장이 직설적으로 드러나지만, 단형소설에서는 등장인물의 대화를 통해 전달된다. 서사적 논설이 주로 논설란에 발표되던 것과 달리, 근대계몽기 단형소설들은 주로 소설란이나 잡보란에 발표되는 것도 커다란 차이이다. 여기에 속하는 작품의 예로는 『대한매일신보』에 연재된 「소경과 안즘방이 문답」(1905년 11월 17일자~12월 13일자)을 들 수 있다.

「소경과 안즘방이 문답」은 소경 한 사람이 망건가게 앞을 지나다가 앉은뱅이를 만나 세상의 여러 불합리한 일을 비판하는 내용이다. 이들은 첫번째로 매관매직을 비판한다. 지방관리의 악정은 정부 대신들이 돈을 받고 그 자리를 팔았기 때문에 생긴 것인즉 대신들의 책임 역시 지방관리 못지않게 크다는 게 비판의 요지이다. 두번째 비판 대상은 아직 온전히 성취하지 못한 개화의 실상이 지닌 문제점들이다. 이들은 개화가 어떤 개인들에게는 당장 손해를 입히는 일이 될지라도 우리 민족이 꼭 이루어야 할 과제임을 강조한다. 개화의 현실 속에서 사사로운 이익에만 집착하다가 나라의 큰일을 그르칠까 하여 경계하는 것이다. 세번째 비판은 우리 백성에게는 횡포를 부리면서 외국인에게는 아첨하고 매국행위를 일삼는 관리들에 대한 것이다. 이런 매국적 행위에 대한 비판은, 우리나라 외교권을 일본에 넘겨주고 통감부를 설치하는 이른바 '한일신조약'에 대한 비판으로 이어진다. 이 비판은 곧 "그러한즉 세계열강과 대등국이 못되고 남의 나라 속국이나 다름없어, 내 일을 내가 못하고 남의 손 빌어 하니 무엇이 자주국이며 무엇이 독립국이라 하리오. 자주독립 헛말일세"라는 현실에 대한 개탄으로 나타난다. 이 작품의 마무리에서는, 현실을 바로 보지도 또 거기에 적절히 대응하지도 못하는 사람들이 모두 소경과 앉은뱅이로 비유된다. 두 눈이 밝다 해도 신문을 통해 현실을 직시하지 못하거나 학문이 없으면 소경이요, 사지가 멀쩡해도 자유롭게 활동하지 못하면 앉은뱅이나 다름없다는 것이다. '한일신조약'으로 자유로운 활동을 억제하고,『황성신문』등 민족적인 신문을 정간시킴으로써 눈을 가리는 일은 곧 우리 백성을 소경과 앉은뱅이로 만드는 일이다. 여기에 이르면 '소경'과 '앉은뱅이'가 지니는 의미의 상징성은, 한두 개인의 문제가 아니라 우리 민족 전체를 짓누르는 현실적 억압으로까지 확대된다.

「소경과 안즘방이 문답」을 비롯한 당시의 비실명 단형소설은 애국계몽운동의 일환으로 나타난 것이라 할 수 있다. 어려운 시대에 대한 해결책을 제시하며 "나라를 사랑하고 백성을 무휼하여 인재를 배양하여 교육을 발달하며 농상공업 권면하여 재원을 융통하며 내정을 밝게 하여 관리를 택용하며 외교를 믿게 하여 인방을 친목하면 개명 진취 절로 되어 국부민강 할 터이니"라고 주장하는 대목은 작품 필자의 애국계몽과 부국강병 사상을 잘 드러낸다. 『대한매일신보』에 발표된 우시생의 「향객담화」(1905년 10월 29일자~11월 7일자)와 작가가 밝혀지지 않은 「향로 방문 의생이라」(1905년 12월 21일자~1906년 2월 2일자), 「거부오해」(1906년 2월 20일자~3월 7일자), 「시사문답」(1906년 3월 8일자~4월 12일자) 등도 모두 성격이 유사한 작품들이다.

3. 역사·전기소설과 신채호의 소설들

근대계몽기에 간행된 서사문학 자료 가운데 계몽성과 민족의식이 가장 강한 작품들은 역사·전기소설이다. 역사·전기소설은 국내외 역사적·전기적 사실을 토대로 작성된 작품들을 포괄하는 용어이다. 창작 역사·전기소설이 등장한 것 역시 1900년대 중반 이후부터이다. 근대계몽기의 역사·전기소설 창작은 과거 조선시대의 전(傳)류 문학과 군담소설(軍談小說)의 영향을 받았다. 거기에 외국서적의 번역과 번안 경험이 더해지면서 이 양식은 근대계몽기의 대표적 문학양식 가운데 하나로 자리잡게 되었다. 우리나라에 역사·전기류 문학 번역물이 소개되기 시작한 것은 1890년대 중반부터이다. 근대계몽기 역사·전기소설의 탄생에는 이 시기 신문과 잡지에 실린 단형의 인물기사들 역시 적지 않은 역할을 했다. 인물기사란 『독립신문』『그리스도신문』 등 근대계몽기의 여러 신문에 실렸던 인물의 일대기 혹은 중요행적을 정리한 기사를 말한다. 이들 인물기사는 '인물고'란 명칭으로 『서우학회월보』『서북학회월보』 등 잡지에도 지속적으로 실렸다. 인물기사의 구체적 예로는 1899년 8월 11일 독립신문에 실린 「모긔장군의 사적」이나, 1901년 4월 이후 『그리스도신문』에 실린 「리홍쟝과 쟝지동 사적」 「알푸레드 님군」 「을지문덕」 「원천석」 「길재」 등을 들 수 있다. 잡지에 실린 작품의 예로는 1907년 『서우학회월보』에 실린 「을지문덕전」 「양만춘전」 「김유신전」 「온달전」 「강감찬」 「김부식」 등과 『대한자강회월보』에 실린 「민충정공영환전」 등을 들 수 있다. 근대계몽기의 신문과 잡지가 이렇게 인물에 대한 일화 혹은 일대기를 기획 연재한 것은 민족의식을 고취하려는 데 그 목적이 있었다.

창작 역사·전기소설의 출현을 계통적으로 정리하면 다음과 같다. 먼저 야담이나 설화 등 바탕이 되는 이야기가 군담소설 그리고 전 등의 작품으로 들어갔다. 그것이 근대계몽기 번역문학의 영향을 받고 인물기사 등을 거쳐 역사·전기소설로 작품화된 것이다. 이를 신채호의 「이순신전」을 통해 살펴보면 다음과 같이 설명할 수 있다. 먼저 『어우야담』『대동기문』 등에 수록된 이순신 이야기가 고전소설 「임진록」 속으로 들어간다. 하지만 여기서는 이순신의 생애 자체가 주요 관심사는 아니다. 이순신의 행적과 생애는 1907년 4월 현채(玄采)가 쓴 짧은 글 「이순신전」이나 1908년 1월 박은식(朴殷植)이 쓴 「이순신」에서 주요 관심사로 떠오른다. 그것이 다시 신채호의 국한문혼용 소설 「이순신전」(『대한매일신보』, 1908년 5월 2일자~8월 18일자)이 되고, 다시 패서생의 한글 소설 「리슌신젼」(『대한매일신보』, 1908년 6월 11일자~10월 24일자)이 된 것이다. 근대계몽기에 출간된 역사·전기소설은 「이순신전」 외에도 신채호의 「을지문덕」(광학서포 1908), 장지연의 「애국부

인전」(광학서포 1907) 등 그 수가 매우 많다. 그러나 역사·전기소설은 번역·번안소설이건 창작소설이건 1910년 '한일병합'과 함께 모두 사라진다. 신문이나 잡지에 새롭게 연재, 발표되지 못하는 것은 물론이고, 이미 출간된 단행본들조차 판매금지 처분을 받아 회수당한 것이다. 역사·전기소설의 창작자들은 작품을 통해 국권을 지켜내려는 의도를 보여주었으나 국권 지키기에 실패함으로써 그 양식 자체가 소멸되고 마는 운명을 맞을 수밖에 없었다. 그런 점에서 역사·전기소설은 근대계몽기의 특수한 역사가 만들어내고 또 소멸시킨 문학양식이었다고 할 수 있다. 그만큼 당대의 사회적·역사적 상황과 밀접하게 관련된 문학양식이었던 것이다.

역사·전기소설의 주요 작가 가운데 한 사람이었던 신채호는 「꿈하늘」 같은 새로운 작품을 통해 계몽적이고 민족적인 창작의도를 이어간다. 「꿈하늘」은 신채호가 중국으로 망명한 이후인 1916년에 쓴 작품이다. 이 작품은 역사적인 사실을 토대로 쓴 작품이면서, 특출한 인물을 주인공으로 내세워 그의 행적을 다루고 있다는 점 등에서 역사·전기소설과 맥락을 함께 한다고 할 수도 있다. 그러나 「꿈하늘」은 과거 역사·전기소설과는 달리 환상성을 많이 내포한 작품이다. 「꿈하늘」의 환상성은 전통적 몽유록계 소설에서 유래하는 것으로도 해석된다. 신채호는 이 작품에 대해 "작가 한놈은 원래 꿈이 많은 놈이라 많은 꿈을 꾼다. 이 글을 곧 꿈에 지은 글로 알아달라"고 적었다. 「꿈하늘」은 모두 여섯 단락으로 이루어져 있다. 첫째 단락에서는 싸움의 필요성을 역설한다. 둘째 단락에서는 진정한 싸움의 의미를 설명한다. 셋째 단락에서는 구체적인 싸움터가 마련되는데, 주인공 한놈에게 싸움에 관해 설명하던 을지문덕이 싸움터로 달려나간다. 넷째 단락에서는 한놈이 싸움터를 지나 님의 나라로 가는 과정이 그려진다. 다섯째 단락에서는 나라가 위급함을 알리고, 인간의 죄 가운데 가장 큰 죄가 나라에 대한 죄임을 강조한다. 마지막 여섯째 단락에서는 님 나라 하늘의 변고를 극복하기 위한 노력의 필요성을 강조한다.

이들 여섯 단락 이야기를 통해 드러나는 「꿈하늘」의 주제는 다음 세가지로 집약된다. 첫째, 인간의 역사는 싸움의 역사이니 싸움에 이기면 살고 지면 죽는다. 둘째, 싸움 가운데 가장 중요한 싸움은 나라를 위한 싸움이다. 셋째, 이제 나라의 변고를 위한 싸움에 모두 나서야 하며 그 변고는 곧 극복될 것이다. 이러한 주제들이 일제로부터 독립을 쟁취하기 위한 작가 신채호의 굳은 의지를 보여주는 것은 물론이다. 신채호는 싸움에 이기는 자만이 독립을 쟁취할 수 있고, 싸움의 승리는 각자의 노력에 달려 있다는 사실을 강조하고 있는 것이다. 신채호가 역사·전기소설의 전통을 이으면서 「꿈하늘」 같은 작품을 쓸 수 있었던 것은 그가 국내에 있지 않고 국외에서 망명생활을 하고 있었기 때문이다. 덕분에 그는 '한일병합'과 함께 통속화의 길을 가던 이른바 '신소설' 중심의 국내 문단의 영향을 멀리한 채 역사·전기소설류의 작품들을 계속 쓸 수 있었던 것이다.

4. 신소설의 대두와 서사성의 강화

근대계몽기의 단형소설들은 시간이 지나면서 점차 길이가 길어지고, 논설보다는 서사 측면이 강조되기 시작한다. 논설의 기능은 약화되고 서사의 측면이 중요해지는 것이다. 창작의 주체 또한 집단에서 개인으로 변화한다. 이 과정에서 등장한 것이 이른바 '신소설'이다. 오늘날 '신소설'은 근대계몽기 이후에 발표된 특정한 문학양식을 지칭하는, 고유한 문학사적 의미를 지닌 용어로 사용된다. 그러나 근대계몽기 당시에는 이 용어가 그리 특별한 의미를 지니고 있지 않았다. 단지 '새로운 소설'이라는 평범한 의미를 지녔을 뿐이다. '신소설'을 고유명사화한 사람은 1930년대 이후의 김태준이나 임화 같은 문학이론가들이다.

근대계몽기 신소설의 주요한 형식적 특징 가운데 하나는 동시대 서사문학 작품들 가운데 상대적으로 장형의 소설이라는 점이다. 아울러 작가의 이름이 실명으로 표기되었다는 점 또한 바로 앞시기 단형소설과는 크게 구별되는 점이라 할 수 있다. 신소설은 단형소설에 비해서는 논설적 요소가 약화된 것이 사실이지만, 그럼에도 아직 강렬한 계몽성이 남아 있다. 근대계몽기 신소설은 이야기 전개방식에 따라 크게 두 계열로 나눌 수 있는데, 하나가 일반서사체 소설이고 다른 하나는 토론체 소설이다. 일반서사체 소설을 서사 중심 계열의 소설이라 한다면, 토론체 소설은 논설 중심 계열의 소설이라 할 수 있다.

일반서사체 신소설은 이인직의 『혈의 누』에서부터 시작된다. 그외에도 『귀의성』 『은세계』 『모란봉』 등은 모두 서사 중심 신소설의 특징들을 잘 보여주는 작품들이다. 『혈의 누』는 1906년 7월 22일부터 1906년 10월 10일까지 『만세보』에 연재되었다. 이후 작품 일부가 개작되어 1907년 이후에 여러 형태의 단행본으로 출간되었다. 1913년 2월부터 『매일신보』에 연재된 『모란봉』은 『혈의 누』의 하편이다. 고전소설에서 신소설로 옮아가는 과정에서 일어난 중요한 변화는 우선

구성의 측면에서 찾아볼 수 있다. 고전소설에서는 시간 순서에 따라 사건이 전개되는 것과 달리 신소설은 이를 무시하고 사건을 전개한 다. 『혈의 누』에서부터 본격 도입된 이러한 시간적 서술의 역전구조 는 작품의 흥미를 크게 높이는 기능을 했다. 『혈의 누』는 반청친일(反 淸親日) 요소가 가장 강한 작품이다. 작품 서두에서 여주인공 옥련의 모친을 일본군인이 구해주는 것이나, 옥련이 총에 맞은 후 일본인 적 십자 간호수의 도움으로 살아나고 또 그의 도움을 받아 공부하게 되 는 것 등은 이러한 주제를 드러내기 위한 장치들이라 할 수 있다. 『혈 의 누』의 출현은 문체의 변화와 문장기법의 발전이라는 측면에서도 중요하다. 『만세보』에 발표된 최초의 『혈의 누』는 국한문 문장에 한 글로 토를 단 부속국문체 문장으로 씌어졌다. 『만세보』가 이렇게 부 속국문체를 사용한 이유는 국한문 독자와 한글 독자를 동시에 흡수 하기 위한 노력의 결과였다. 이후 단행본에서는 국문체 문장만을 사 용한다. 이인직이 『혈의 누』에서 사용한 구어체 국문 문장은 이후 근 대계몽기 언문일치(言文一致) 문장의 선구라는 평가를 받기도 한다.

　1908년에 발간된 『은세계』는 같은 해 원각사에서 공연된 연극 대 본으로 쓰인 작품이다. 이는 이인직이 신극 형태의 공연을 염두에 두 고 쓴 작품이나 실제 공연에서는 그것이 신극이 아니라 구극의 형태 로 공연되었다는 주장도 있다. 『은세계』는 당시 세간에 떠돌던 노래 혹은 이야기를 바탕으로 이인직이 내용을 추가해 개작한 것으로 보 인다. 『은세계』의 줄거리는 강릉 살던 부자 최병도가 탐관오리 강원 감사에게 고문을 당한 후 죽고, 그 아들딸인 옥순과 옥남은 미국 유 학을 해 신학문을 익힌다는 것이다. 『은세계』에는 개화와 친일의 주 제가 함께 섞여 있으며, 탐관오리의 학정과 그로 인해 죽임을 당하는 평범한 인물의 일화가 담겨 있다. 그러나 탐관오리 비판은 이 작품의 핵심이 아니며 사실 작가 이인직이 말하고자 하는 것은 탐관오리로 인한 망국론이다. 즉 조선은 일제의 침략 때문이 아니라 탐관오리 때문에 망한다는 주장을 내세우고 있는 것이다.『은세계』에는 곧 나라가 망할 것이라는 이야기가 여섯 차례 정도 나온다. 미국에 유학해 신학문을 익힌 옥순과 옥남은, 고종임금이 일본의 강요에 따라 순종에게 왕위를 물려주는 일을 보고 요순시절이 왔다고 기뻐한다. 그리고 국권을 찾겠다고 나선 의병에게는 무뢰배라는 표현을 사용한다. 결국『은세계』는 조선의 국권상실과 일제의 식민통치를 정당화하기 위해 씌어진 작품 가운데 하나인 것이다.

토론체 소설 가운데서는 안국선(安國善)의『금수회의록』이나 김필수(金弼秀)의『경세종(警世鍾)』, 그리고 이해조의『자유종』등이 주목할 만하다.『금수회의록』은 1908년 2월 초판이 발행된 이래 독자들에게 상당한 호응을 받은 작품으로 알려져 있다. 이 작품은 금수(禽獸)들이 모여 회의를 하는 가운데, 타락한 인간세계와 인간성을 풍자하는 내용으로 이루어져 있다.『금수회의록』에 나타난 인간관은 크게 세 가지로 정리된다. 첫째, 우주는 변함이 없고 한결같으나 사람의 일은 변화가 무쌍하다. 둘째, 지금 인간세상은 착한 사람과 악한 사람이, 충신과 역적이 뒤바뀌어 있는바, 이런 세상에서 인간의 삶은 더럽고 어두우며 어리석고 악하다. 셋째, 현재 인간의 사는 모습은 금수만도 못하다. 따라서 인간은 금수에게 비난받아 마땅한 지경에 이르렀다.『금수회의록』에서는 인간의 부도덕성과 반윤리성 그리고 이기심 등이 직접적인 공격의 대상이 된다. 그런가 하면 일본 제국주의의 침략과 정부의 무능력함 역시 우회적으로 공격 대상이 된다.

1908년 10월에 발간된『경세종』에서도 금수와 곤충들이 모여 친목회를 열어 인간의 세태를 비판한다.

이해조의『자유종』은 '한일병합' 직전인 1910년 7월 발간된 작품이다. 이 작품은 권리를 지키기 위해 사람들이 힘써 행해야 할 것이 무엇인가를 보여주는 토론체 교훈소설이다. 이때 교훈은 인물의 대사를 통해 직설적으로 드러난다. 이 작품의 큰 틀은, 이매경의 생일을 맞아 신설헌·홍국란·강금운 등 여러 부인이 생일잔치에 참석하여 토론을 벌이는 것으로 설정돼 있다.『자유종』에는 여권신장과 반상차별 철폐, 지역차별 철폐, 여자 교육의 필요성, 자녀 교육의 방법론, 한글과 한문 사용에 대한 의견, 서얼차별 폐지 등 여러 주장이 들어 있다. 이러한 주장들 가운데 작가가 말하고자 하는 가장 큰 주제는 교육과 학문의 보급이다. 교육과 학문의 필요성에 대한 강조는 여성의 권리에 대한 강조로 이어진다.

『자유종』에서 특히 주목해야 할 사항은 주요 등장인물 네 사람이 모두 여자라는 점이다.『자유종』은 이들 네 사람의 토론을 통해 어려운 시기를 당한 민족이 위기에서 벗어나 인간답게 살 수 있는 길을 제시한다.『자유종』은 마무리 부분에서 등장인물들의 꿈을 통해 대한제국의 자주독립과 개명 그리고 영원한 발전을 이야기한다. 꿈을 통한 소망의 제시는 한국 근대소설사에서 논설이 허구적 서사와 만나게 되는 이유 하나를 잘 보여준다. 직설적으로 담아내기 어려운 주장이나 사실들을 허구적 서사를 통해 보여주는 것은 논설과 서사를 결합시키는 주된 목적 가운데 하나이다. 꿈을 통한 소망의 제시는 이러한 목적 달성을 위한 주요 방편인 것이다.

그러나『금수회의록』이나『자유종』같은 토론체 소설은 그 명맥이 오래 이어지지 않았다. 그 가장 큰 이유는 정치적인 데에 있다. 이러한 소설들은 곧 치안을 어지럽히는 소설로 분류되고, 금서처분을 받게 된다. 『금수회의록』은 1909년에, 그리고 『자유종』은 1913년에 금서처분을 받는다.

'한일병합' 이후 신소설을 비롯한 대부분의 서사문학작품이 지향하던 바는 대중성과 오락성을 강화하는 것이었다. 1910년대를 대표하는 대중매체는 총독부 기관지 『매일신보』인데, 여기에 발표되는 이해조의 신소설들 역시 오락성 강화의 길을 가게 된다. 이해조 이후 『매일신보』 소설란에는 『장한몽』 등 일본 번안소설이 등장하는데, 이는 점차 문단이 통속화되고 있었음을 보여주는 것이다.

요즈음 학계에서는 근대계몽기 문학의 연구가 활성화되면서 관심의 폭도 매우 넓어지고 있다. 단행본 중심에서 잡지 연구로, 그리고 신문 연구 등으로 그 폭이 넓어지고 있는 것이다. 그런가 하면 창작소설에 대한 연구에서 번역·번안소설 연구로까지 그 범위가 확장되고 있는 것도 중요한 변화 가운데 하나이다. 문학사는 전통의 단순한 반복으로도, 그것과의 완전한 단절로도 설명될 수 없다. 전통적 요소의 계승 위에 새 요소가 더해지면서 문학사는 변화, 발전하는 것이다. 따라서 전통의 계승에 대한 연구를 중시하면서도 외래적 요소의 유입에 대한 연구 또한 소홀히 하지 않는 것이 이 시기를 보는 균형 잡힌 태도라 할 수 있을 것이다.

: 김영민 :

● 더 읽을거리

근대계몽기 소설 연구를 위한 입문서로는 전광용『신소설 연구』(새문사 1986)와 송민호『한국 개화기소설의 사적 연구』(일지사 1975)가 있다. 이재선『한국 개화기소설 연구』(일조각 1972)는 비교문학적 접근 등 다양한 방식을 통해 이 시기 문학 연구의 수준을 한 단계 올려놓았다.

조동일『신소설의 문학사적 성격』(서울대 출판부 1973)은 이 시기 '신소설'의 출현이 전통의 단절이 아니라 계승임을 보여주는 체계적 연구서이다. 최원식『한국근대소설사론』(창작과비평사 1986)은 이해조 소설의 중요성을 강조하고, 1905년 이후의 문학을 애국계몽기 문학으로 명명하고 있다. 설성경·김교봉의『근대 전환기 소설 연구』(국학자료원 1991)는 이 시기 문학의 전환기적 성격을 강조한다.

김영민『한국근대소설사』(솔출판사 1997)와『한국 근대소설의 형성과정』(소명출판 2005); 한기형『한국 근대소설사의 시각』(소명출판 1999); 권보드래『한국 근대소설의 기원』(소명출판 2000); 양문규『한국 근대소설과 현실 인식의 역사』(소명출판 2002); 정선태『개화기 신문 논설의 서사 수용 양상』(소명출판 1999) 등은 근대소설의 개념 및 양식 형성과정을 이해하는 데 도움이 되는 저술들이다.

그밖에 이 시기 문학의 특질을 이해하는 데 도움이 되는 전문저술들로 권영민『서사양식과 담론의 근대성』(서울대 출판부 1999); 김복순『1910년대 한국문학과 근대성』(소명출판 1999); 김윤식·정호웅『한국소설사』(예하 1993); 김찬기『한국 근대소설의 형성과 전(傳)』(소명출판 2004); 박헌호『식민지 근대성과 소설의 양식』(소명출판 2004); 양진오『개화기소설 형성 연구』(국학자료원 1998); 임형택『한국 문학사의 논리와 체계』(창작과비평사 2002); 최원식『한국 계몽주의 문학사론』(소명출판 2002); 한원영『한국개화기 신문 연재소설 연구』(일지사 1990); 황정현『신소설 연구』(집문당 1997) 등이 있다.

3·1운동 전후의 현실과 문학적 대응

1. 신소설의 종언과 『무정』의 출현 : 식민지 계몽주의의 성과와 한계

  19세기말 이래 끊임없이 전개되어온 반제반봉건 투쟁의 역정에도 불구하고 1910년 8월 일본에 의해 국권이 침탈되자, 자주적이고 근대적인 민족국가를 세우고자 하는 민족사의 과제는 일단 벽에 부딪히게 되었고 민족의 운명은 완전한 식민지 상태로 굴러떨어졌다. 이 땅을 강점한 일본 제국주의는 '무단'통치로써 정치·경제·사회·문화의 모든 영역에 걸쳐 야만적인 억압과 수탈을 자행하였다. 일제의 탄압과 감시 속에서도 민족의 반일운동은 지속되었지만, 당연히 여러 약점과 한계를 드러낼 수밖에 없었다.
  한편 앞선 시기에 주로 문명개화를 인식의 축으로 하여 씌어지던 신소설은 이 시기에 이르러 퇴영적인 봉건적 논리로 후퇴하거나 친일화·통속화의 길로 빠져들게 된다. 국권 침탈 후부터 소설을 발표하며 확연한 친일·반동 색채를 띠었던 최찬식(崔瓚植)의 경우는 말할 것도 없거니와 이해조도 『구의산(九疑山)』『우중행인(雨中行人)』등에서 퇴락의 모습을 보여주고 있다. 이는 신소설이 지향했던 부르주아적 사회정치개혁이라는 역사적 전망이 상실되자 그것이 본래 갖고 있던 불철저한 사회역사인식이 전면화한 데서 비롯한 것이다. 조중환(趙重桓)의 『장한몽』을 필두로 하는 신파조 번안소설의 범람과 활자본 고소설의 때아닌 융성은 이같은 신소설의 퇴조와 긴밀히 맞물리면서 또한 동일한 맥락에 놓이는 현상이다. 이로써 신소설은 문학사적으로 종언을 고하게 된다. 신소설 작가 중 가장 강렬하게 반봉건적 지향을 드러내며 자신의 사회정치적 이데올로기를 펼쳤던 이인직이 1910년 이후에는, 삽화 수준의 단편 「빈선랑(貧鮮郞)의 일미인(日美人)」만을 썼을 뿐, 『혈의루』 속편으로 계획한 『모란봉』을 허황한 내용으로 일관하다가 끝내는 미완으로 그치고 있다는 사실에서 우리는 신소설의 역사적 운명(殞命)을 확인하게 된다.

이같은 신소설의 몰락은 결국 1910년대의 전변한 현실 속에서 우리 문학이 새로운 문제의식을 지닌 후속 세대에 의해 재출발하지 않을 수 없게 되었음을 뜻한다. 이 새로운 대열의 선두에서 무엇보다도 먼저 우리의 시선을 끄는 것은 이광수(李光洙, 1892~1950?)와 그의 장편소설 『무정』이다. 이광수가 1917년 1월부터 총독부 기관지 『매일신보』에 연재하기 시작한 『무정』은 새로운 세대가 구축한 세계인식과 현실감각의 한 모습을 확연히 드러내주고 있다.

이광수의 자전적 체취가 깊이 서려 있는 『무정』의 전반부를 속도감

있게 끌어가는 근본적인 힘은 삼각관계를 바탕으로 한 애정 갈등이다. 장안의 재산가이자 얼개화주의자인 김장로의 딸로 정신여학교를 우등으로 졸업하고 미국 유학을 준비하고 있는 미모의 처녀 선형과, 시대를 앞선 계몽주의자였고 어린 형식의 은인이었던 박진사의 딸로 주위에서 모두들 형식의 아내가 되리라고 생각했던, 그러나 감옥에 갇힌 부친을 구하기 위해 나선 길에서 지금은 기생이 되어버린 영채 사이에서, 비록 고아이고 재산도 없지만 성실하고 실력도 있는 24세의 경성학교 영어교사 이형식이 겪는 갈등에서부터『무정』은 출발하고 있다.『무정』이 젊은 남녀간의 사랑을 다루고 있다는 사실 자체야 별스러운 것이 아니다. 소설사적으로는 오랜 젊은 남녀의 애정을 문제삼으면서도 이 작품 자체를 고소설 및 신소설과 구별하는『무정』의 진정한 새로움은 그 문제의 설정방식에 있다. 종래의 소설들은 남녀간의 애정과 결합이 관념적인 적대자나 중세적인 신분제도에 맞서 천상적 원리를 구현하거나 재자가인(才子佳人)의 결연, 혹은 윤리적 당위의 실현이라는 명제를 현실화하는 양상을 보여주며, 또한 그 성취에 따르는 간난신고로써 작품 전경을 지배하는 결구를 짜고 있다. 『무정』은 어떠한가? 무엇보다 우선『무정』이 그리고 있는 것은 애정을 성취하는 데 따르는 고난이 아니라 사랑의 설정에 이르는 고민이다. 그리고 선형과 영채 사이에서 빚어지는 고민은 철저히 형식의 내면에서 일어나는, 즉 외적인 억압이나 장애물에 의해서가 아니라 자신의 가치관 자체의 분열과 충돌로 말미암은 '진정한' 번민과 갈등이다. 요컨대 내용과 형식에서 모두『무정』은 애정 문제에 접근하는 새로운 경지를 열고 있는 것이다. 이를 당대의 말을 빌려 표현하자면 이 작품에서 비로소 '자유연애' 사상이 전면적으로 제기되었다고도

할 수 있을 것이다. 자유연애 사상의 내용항목은 이미 단편 「무정」에서 싹을 틔웠고 『무정』과 같은 시기에 씌어진 「소년의 비애」 「어린 벗에게」 등에서 풍속 비판이나 논설조의 직정적 주장을 통해 거듭 드러난 바 있거니와, 『무정』에 이르러 생동하는 형상, 그리고 내용에 걸맞은 서사방식을 획득하게 된 것이다. 자유연애, 곧 진정한 사랑의 갈등은 주체적이고 개성적인 자아, 바꿔 말하자면 신의 예정조화에 따르거나 공동체와의 관계에 긴박되는 존재로서의 인간이 아니라 자신의 의지에 따라 스스로 감성적·이성적 가치판단을 내리고 독자적으로 결정하고 행위할 수 있는 존재로서의 인간, 즉 근대적인 자아의 존재를 전제로 한다. 『무정』은 결국 우리 소설사가 사랑의 문제를 들어 근대 인식을 노정하고 있는 출발선이 되는 셈이다.

　『무정』이 이같이 개체의 자유와 주체적(주관적) 가치판단에 기초한 세계인식을 내보인다는 사실에서 우리는 이 소설이 신소설과는 일단 구별되면서도 동시에 그 연속선상에 놓여 있다는 이중적 면모를 지니고 있음을 알게 된다. 신소설과 『무정』을 연결하는 고리는 계몽주의다. 본시 계몽이란 말은, 인간은 신의 계시에 의존한다는 신학적 견해와 대조되는 것으로, 인간 자신의 자연적 본성에 대한 자각과, 인간 본성과 이성에 적합한 조화롭고 인간적인 사회제도 내에서 이루어질 수 있고 또 반드시 이루어져야 할 인류의 자기실현에 대한 자각을 의미한다. 익히 알다시피 신소설은 19세기말, 20세기초의 민족적·국가적 위기 속에서 문명·개화·자강 등과 같은 이념의 제창, 현실비판, 대중 계몽 등 공적(公的)인 주제로 채워졌던 문학이다. 신소설이 그 담론을 통해 겨냥했던 목표를 우리는 부르주아적 사회·정치개혁이라는 말로 바꿔 말할 수 있거니와, 그것은 그 시대에서 '인간 본성과 이성에 적합한 조화롭고 인간적인 사회제도'의 건설을 위한 투쟁이라는 역사적 의의를 갖고 있다. 그러나 민족자결에 기초한 정치적 행위가 더이상 불가능하다는 것을 증언하는 신소설의 종언과 아울러, 우리 문학사는 문학의식의 확장·증폭 상태에서 벗어나 조선 후기 이래 꾸준히 조심스럽게 탐색하고 부분적으로 성과를 이루어온 과제, 즉 '인간 자신의 자연적 본성'의 천착으로 되돌아갔던 것이고 『무정』은 바로 그 연장선상에서 우뚝 솟아오른 것이다.

　그러나 『무정』이 인간의 본성을 둘러싸고 펼치는 계몽의 논리는 우리에게 많은 아쉬움을 남긴다. 무엇보다도 자유연애, 곧 사랑 문제만으로 일관해야 했을까 하는 점을 들 수 있다. 물론 한 편의 장편소설이 모든 사상(事象)을 두루 담을 수는 없는 노릇이니 왜 그것밖에 드러내지 못했느냐고 묻는 것 자체가 어리석은 질문일 수도 있다. 또 『무정』의 소설적 논리를 기반으로 하여 씌어진 당시 이광수의 논설 「혼인에 대한 관견」(1917), 「자녀중심론」(1918) 등이 주는 신선한 통찰력, 그리고 당대에 불러일으킨 반향의 크기 등을 생각한다면 자유연애 문제가 당시 가장 첨예한 시대적 쟁점이었음도 부인하기 어렵다. 그렇다 하더라도 우리는 형식의 근대인적 풍모가, 적어도 소설 속에 깔려 있는 여러 배경에서 다양하게 드러나지 못하고 있음이 끝내 아쉽다. 한편, 『무정』은 자신의 주제인 자유연애, 즉 사랑의 갈등도 충분히 개진하지 못한 편이다. 당위(영채)와 욕망(선형)의 틈바구니에서 고민하는 형식의 갈등은 작품 속에서 갈등으로 주어질 뿐 거기서 한 걸음도 더 나아가지 못하고 있다. 논리적으로야 필경에는 욕망 쪽으로 기울어짐으로써 자신의 근대성을 스스로 입증하게 되기는 하겠지만, 작품 속에서 갈등은 새로운 층위로 발전하지도, 또 고뇌의 벽을 돌파하는 새로운 논리를 창출하지도 못하는 것이다. 갈등의 해소는 전혀 엉뚱한 방향에서 주어진다. 영채가 김현수와 배학감에게 겁탈당하고, 이어 투신자살을 감행키 위해 평양으로 떠나는 것이다. 이제 형식의 갈등을 유발했던 요인은 감정적으로, 실재적으로 현실에서 존재하지 않게 되어 그의 갈등은 자연스럽게 해소된다. 이렇게 된 이상 소설『무정』은 끝난 것이다. 기껏 남을 수 있다면 후일담뿐이다. 실제 작품에서 형식은 평양에서 돌아온 다음날 선형과 약혼하고 한 달 후 미국을 향해 떠나는 것으로 되어 있다. 이처럼『무정』은 자신이 제기한 문제를 끝까지 밀고 나가지 못하고 우연적·외부적 요인의 개입에 의해 문제의 전개를 중단해버리고 만다. 그리고 소설은 구조적으로 완결된 것이다.

　그런데 우리가 보는 대로 작품은 여기서 끝나지 않았다. 작가는 "이제는 영채의 말을 좀 하자"라는 가장 고전소설적인 방식으로 영채를 살려내고『무정』의 후반부를 이어나간다. 작가는 왜 영채를 살려냈을까. 아니, 무슨 힘이 작가로 하여금 영채를 살려내고, 그 결과 무리한 방식으로 소설을 더 이어나가게까지 했을까? 한 연구자의 탁월한 지적대로, 그것은 우리 근대사의 이중성 때문이다.(서영채「『무정』연구」, 1992) 봉건적 윤리를 대표하는 영채는 근대로의 도정이라는 역사적 조류 앞에서 패배할 수밖에 없는 인물이고, 실제로 소설 속에서 패배한다. 그러나 실제 역사에서 봉건적 세계는 민족의 자주적·내재적 발전에 의해 지양된 것이 아니라, 영채의 정절이 사이비 근대주의자인 남작 김현수와 학감 배명식에게 짓밟힌 것과 똑같이, 일본 제국주의의 폭력 앞에서 굴복당함으로써 퇴거당했다. 따라서 봉건적인 윤리의 세계는 역사의 지평선 아래로 가라앉고 있고 또 그렇게 될 운명에 처한 것이지만 동시에 기품있고 휘황하게 빛나고 있는 것이기도 하다. 작가가 영채를 죽일 수 없었던 이유는 여기에 있다.

그러나 그렇게 해서 영채를 살려내고 소설을 이어나갔지만 영채의 재등장에 따른 사랑 문제를 다시 설정할 수는 없다. 사랑의 문제조차 중도반단(中途半斷)한 『무정』의 논리로는 형식과 선형의 결합을 뛰어넘는 또다른 장치란 당초 기대할 수 없으니 말이다. 이 난감함을 비집고 들어오는 것이 계몽주의의 다른 한 축, '조화롭고 인간적인 사회제도'에의 꿈이다. 이미 근대적 논리에 따라 움직이고 있으며, 작가 이광수의 일본 체험이 투영됨으로써 욕망의 정점에 미국이라는 사회가 있다고 믿고 있고, 또 역사 발전의 법칙에 따라 상승세에 놓여 있던 근대적 자아(형식)에게 작가는 민족적 사명이라는 성의(聖衣)를 입히는 것이다. 그리고 영채는 병욱에 의해서 민족계몽의 거룩한 사명을 띤 여성으로 새롭게 탄생한다. 이러한 구도 속에서 이들 모두가 미국에의 길로 나가게 된다. 이들이 보기에, 즉 작가가 보기에, 그 '꿈'은 배움과 교육을 통해서 이루어진다. 독서를 통한 인식의 확장과 교사의 직분에 충실한 형식의 형상이나, "조선 사람이 살아날 유일의 길은 우리 조선 사람으로 하여금 세계에 가장 문명한 모든 민족──즉 일본 민족만한 문명 정도에 달함에 있다 하고 이러함에는 우리나라에 크게 공부하는 사람이 많이 생겨야 한다"는 형식의 발언, 그리고 작품 도처에서 중첩되는 교사-학생 관계의 설정(형식-선형, 형식-하숙집 노파, 함상모-월화, 월화-영채, 김병욱-영채) 등이 이를 말해주는 것이다. 이 민족계몽의 이데올로기는 삼랑진 수재 구조 장면에서 한껏 피어나고, 그로써 소설은 이제 정말 끝이 난다.

이 민족계몽주의는 실로 강렬하고 찬연한 것이지만, 그러나 그것은 과연 실현 가능한 것일까? 형식 등이 유학에서 돌아올 무렵의 조선 모습을 그리는 『무정』의 끝대목에서 작가 이광수는 조선이 모든 면에서 "장족의 진보를 하였으며" "우리 땅은 날로 아름다워간다"고 찬탄을 금치 못하고 있다. 실제 우리 근대사가 그뒤 어떻게 전개되었나 결과를 알고 있는 오늘날의 우리가 보기에는 쓴웃음이 아니 날 수 없는 대목이건만, 근대의 논리에 따라 행동하고 근대적인 것이 지상(至上)의 가치체계로 자리잡을 때, 그 근대가 일본 제국주의와 함께 가고 있다는 사실은 몰각되거나 무시될 것이고, 그때 이러한 낙관적 전망은 오히려 자연스러운 귀결일 것이다. 더욱이 그 방법론이 '교육으로 미국과 일본 흉내내기'라는 지극히 추상적인 수준에서 이루어지고 있으니 낙관의 정도는 더욱 커질 수밖에 없다. 이같은 이광수의 전망과 신념은 꽤 견고한 것이어서 그는 『무정』이 씌어지던 시기를 전후하여 「대구에서」「오도답파기(五道踏破記)」와 같은 논설을 거침없이 쓰고 있었다. 이들 논설은 항일독립운동가들을 강도(强盜)와 같은 차원으로 격하하고 교육과 산업의 진흥만이 유일한 길이라는, 이광수 자신의 본의는 어떠했든 간에, 일제 총독부의 주장과 시책에 편드는 내용을 담고 있다. 당대 사회를 바라보는 『무정』의 추상적이고, 따라서 허위의식으로까지 전화되는 식민지 계몽주의의 현실적 한계가 여지없이 드러나는 것이다. 이 한계는 앞서 말한 바 있는, 근대적 개인을 형상화하는 측면에서의 불철저함과 먼 거리에 있지 않다.

결국 『무정』은 근대를 지향한 우리 역사와 문학사의 노정에서 그 사상적 관문이라 할 수 있는 계몽주의를 한껏 흩뿌림으로써 역사의 큰 흐름에 순방향으로 자신을 놓고 있지만, 그와 동시에 인간과 사회를 바라보는 데서의 불철저함과 추상성으로 인해 양자 모두에서 한계를 내비친 작품이라 하겠다. 참다운 계몽이란 자신에 대한 성찰을 포함하여 현실의 전 면모를 냉정하고도 예리하게 살피는 데서 출발할 수 있는 것이 아니었을까?

2. 식민지 계몽주의의 또다른 모습 : 우울한 배회와 암담한 현실

그러나 1910년대 우리 문학이 온통 계몽주의의 장밋빛 미래만을 꿈꾸고 있었던 것은 아니다. 계몽주의의 대원칙을 수납하면서도 다른 한 눈으로는 당시의 현실을 바라보는, 그 점에서 이광수와 구별되는 일군의 지식인 작가들이 있었다. 대체로 문학사에서 지금껏 별다른 주목의 대상이 되지 못하고 소홀히 다루어져온,「한의 일생」(1914)「핍박」(1917)을 쓴 현상윤(玄相允, 1893~1950 납북)을 비롯하여,「슬픈 모순」(1918)의 양건식(梁建植, 1889~1944),「냉면 한 그릇」(1917)의 유종석(柳鍾石),「절교의 서한」(1916)의 걱정없을이(본명 백대진白大鎭) 등이 그들이고, 그외 적지 않은 인물들이 비슷한 작품을 내놓고 있다.

이들을 이광수와 구별하게 하는 가장 큰 특징은, 이들이 자신들의 계몽주의를, 봉건적 잔재와 식민지 제도가 거푸집이 되고 있는 당대 현실과 조우하게 한다는 데 있다. 근대적인 세계관과 새로운 지식을 갖추고 교육과 산업의 중요성을 외쳐왔으나, 막상 현실과 부딪쳐 실천의 길로 가보려 하니 이중의 벽, 즉 당대 민중과의 괴리 및 식민체제에의 야합 가능성이 버티고 서 있음을 알게 되는 것이다. 그 결과「핍박」「슬픈 모순」의 주인공들은 무력감과 갑갑함에 빠져든다. 이들은 고뇌와 번민으로 방황하게 되지만 주체의 의식은 각성과 초극으로는 나아가지 못하고 자아와 세계의 간극의 굴레를 되풀이 맴돌 뿐이다. 주체는 주체대로, 현실은 현실대로 제 모습을 견고하게 유지하고 있다. 그렇다고 이들 소설이 자아와 세계의 끊임없고 근원적인 불화와 그것이 야기하는 팽팽한 긴장을 보여주는 것도 아니다. 초점은 어디까지나 주인공의 우울한 배회(정신적으로 그리고 물리적으로)에 맞추어져 있다. 여기서 우리는 주인공들이 배회하는 무대인 작품의 배경을 조심스럽게 살펴볼 필요가 있다. 소설 속의 여러 현실적인 배경들은 단편적이고 개별적으로 제시된다. 그것들이 모두 모여 식민지 조선이라는 현실을 만든다는 점은 분명하지만, 각각의 배경들은 그러나 서로 유기적으로 연관되어 있지 않다. 그런만큼 그에 반응하는 주인공의 심리도 유기적일 수 없다. 다만 가없는 고민을 하고 있다는 점에서만 공통적이다. 달리 생각하자면 주인공의 심리적·정서적 반응이 유일하게 갖는 최대공약수가 고민뿐이었기에 산발적인 배경 제시가 이루어졌다고 말할 수도 있다. 이들 소설의 의의와 약점은 바로 여기에 있다. 즉 현실의 모습 및 그 현실 속에서의 주인공의 고뇌를 볼 수 있고, 그 본질이 무엇인가는 역사에서 미루어 판단할 수 있지만, 작품 속에서 그 구체적인 실체는 볼 수 없는 것이다. 소설이 구성상으로 잘 짜여지지 못한 느낌을 주는 이유도 여기에 있다.

한편 「한의 일생」 「냉면 한 그릇」 「절교의 서한」 등은 소설의 관심이 주인공의 내면세계보다는 인간다운 삶의 기도(企圖)를 가로막는 현실적 난관에 맞추어져 있다. 그 난관은 황금만능의 시대에서 주인공이 봉착한 절절한 궁핍이다. 이 소설들은 이처럼 현실의 문제를 소설 속으로 끌고들어왔다는 데 우선적인 의의가 있다. 그리고 소설의 주인공은, 가난으로 자신에게 고통을 부여하는 현실에 대해 불만과 불평을 토로하기도 한다. 사랑을 놓고 번민한다든지 자신의 무력함을 곱씹으며 배회한다든지 하는 것과는 차원이 다른 것이다. 그러나 그 토로는 일과적일 뿐, 자신이 탓하는 그 현실이 자신에게 고통을 주는 가장 근본적인 원인 제공자임을 알아차리지 못한다. 모든 것이 운명 탓이거니 체념하고(「한의 일생」), 자신이 용의주도하지 못했음을 후회하며(「냉면 한 그릇」), 도움을 청했던 친구에게서 거절의 편지가 오자 의리 없다고 질책하면서 절교장을 띄울 뿐이다(「절교의 서한」). 이들 소설에 객관적 현실의 사회적·구조적 파악에 기초한 묘사가 없거나, 있더라도 아주 미약한 것은 따라서 당연한 것이다. 결국 이 소설들은 당대 현실의 가장 근본적인 문제가 무엇인가를 제기하는 성과를 올리고 있으면서도, 그 문제를 조성하는 참된 원인을 파악하지 못하고 사회적인 문제를 개인적인 차원의 사유로 역전시켜버리는 한계를 드러낸다. 결과적으로 주체의 좌절과 한탄을 전하는 이야기에 머물게 되고 마니, 소설의 전면에 부각되는 것은 오히려 암담한 분위기일 뿐이고, 그 결과 소설은 자아와 세계를 연관시키지 못하고 흡사 사회의 암흑면을 전하는 신문 가십 기사와도 같은 느낌을 준다.

  이 두 부류의 작품군은 이처럼 현실과 만나고는 있지만 그 본질적 메커니즘을 보지 못하고, 또 그 현실 속에 놓인 자신의 자리를 찾지 못하여 스스로 출구를 막아버리는 작가의 의식을 반영하여, 『무정』과는 또다른 이 시기 계몽주의의 한계를 내보이고 있다. 작가가 미숙한 계몽의식을 버리지도 담금질하지도 않는다면, 이런 귀결은 벗어나기 어려운 것이 아닐까?

3. 3·1운동과 1920년대 작가들의 등장: 현실-정신의 괴리와 『만세전』의 이상하고도 놀라운 성취

1919년 3월 1일 탑골공원에서의 만세 시위를 시작으로 3·1운동은 거의 1년에 이르는 긴 기간 동안 전국적인 규모(나아가서는 간도, 연해주, 미주 등 동포들이 살고 있던 외국에까지 이르렀다), 민족 전 계층의 참여, 그리고 다양한 운동형태를 아우르면서 독립과 민족자주의 깃발 밑에서 일제와 대결하였다. 식민지적 현실에서의 해방이라는 궁극적인 목적은 비록 이루지 못했지만 3·1운동은 민족사의 중대한 결절점이 되었다. 문학 쪽에서 말하자면 그것은 전시기의 찬란한 한 좌표였던 『무정』이 그 문제점, 즉 근대적 지식체계의 무비판적 수용, 방법으로서의 교육에 대한 맹신, 엘리뜨주의적 사회관, 역사에의 추상적 낙관주의, 제국주의에 대한 인식 결여 등으로 인하여 역사의 궤도로부터 얼마나 이탈하였나를 여실히 드러내는 것으로써 나타났다. 이처럼 『무정』은 3·1운동과 더불어 자신의 유통기한이 만료하였음을 스스로 입증하고 이같은 계몽주의가 역사적 소임을 다하였음을 증언하였는바, 이는 1910년 국권상실과 더불어 부르주아적 정치개혁의 꿈을 잃어버린 신소설이 종언을 고했던 것에 더하여 민족계몽주의가 이제 더이상 유효한 인식적 틀이 없음을 내보인 것이라고 할 수 있다.

그런만큼 3·1운동 이후 새로운 시대의 문학을 새로운 세대가 담당하게 된 것은 오히려 자연스러운 일일 것인데, 이 새 세대의 대표자들로 김동인, 나도향, 염상섭, 현진건 등을 꼽을 수 있을 것이다(그 상세한 논의는 다음 글「1920년대 소설의 등장과 전개」참조). 대체로 1922,23년까지를 경계선으로 잡을 수 있는 이들 작가의 초기 소설세계는 각각 내면의 창출, 사랑과 예술에 대한 주관적 동경, 추상적 갈등과 고뇌, 신변의 현상적 포착으로 요약할 수 있다. 정도의 차이가 있기는 하지만 이들은 모두 현실의 파지(把持)와 묘사라는 근대소설의 본령과는 다른 모습을 보여주고 있다. 어떻게 이런 일이 일어난 것일까? 이들은 민족계몽주의의 종언이라는 역사적 상황 속에서 문인의 길을 걸어간 사람들, 즉 '개성'과 '자아'를 문학적 사유의 출발선상에 두고 있던 사람들이다. 그리고 이들은 유학을 통하여 선진적인 근대사회였던 일본의 문화와 문학의 세례를 흠뻑 받았다. 게다가 당시 일본의 문학은 개성을 한껏 주창하고 있던 즈음이다. 말하자면 개성적인 주체의 발양이 부풀대로 부풀어 있었다. 그러나 당시 조선의 현실은 반봉건적인 규율과 식민지 초기 자본제의 야만적 습속이 지배하고 있었다. 이에 따라 정신과 현실의 괴리, 그 정신적·문학적 반영이 이들 문학의 특징으로 나타났던 것이다. 그 문학 속에서 현실이 극히 축소되거나 부재하고 서사구조가 약화된 것은, 따라서 필연적인 귀결이 아닐 수 없었다.

이런 정황 속에서 당대 현실의 모순을 정면에서 묘파한 이례적인 작품이 있으니 그것이 바로 염상섭이 쓴 중편『만세전』이다. 『만세전』은 우선 창작 시점의 획정이 문제가 된다. 본래 이 작품은 '묘지'라는 제목으로 잡지『신생활』제7호(1922. 7)부터 연재를 시작하였는데 연재 제3회가 실린『신생활』제9호(1922. 9)가 필화 사건을 일으키며 폐간되어 중동무이된 바 있다. 그리고 2년 후인 1924년 4월 6일『시대일보』에 처음부터 다시 연재를 시작하여 6월 7일 마무리를 맺게 된다. 그렇다면 이 작품은 1922년작인가, 아니면 24년작인가? 작품 완결시점을 생각한다면 마땅히 1924년이 되어야 하겠지만, 1922년의 연재 중단이 불가피한 외적 개입에 의한 것이고, 연재 중단 시점(제3회의 마지막은 하관下關에 도착한 '나'——작중에서는 X로 지칭됨——가 연락선에 올라탔다가 형사와의 실랑이를 마치고 다시 승선하여 배가 항구를 떠나는 장면으로 끝남)까지의 내용이 1924년의 연재에 그대로 반복되고 있으니 혹시 1922년에 작품이 사실상 완결되어 있었던 것은 아닐까? 알 수 없는 일이다. 사소하다면 사소할 수 있는 2년의 차이가 문제되는 것은 1924년 이후 염상섭의 소설 기조가 대폭 변화하기 때문이다. 염상섭 소설의 변모과정을 생각한다면 완결시점과는 무관하게 1922년 시점에 작품을 배치하는 것이 오히려 온당해 보인다. 한편 이 작품은 개작도 문제가 된다. 이미 발표한 작품들을 자주 고쳐쓴 작가인 염상섭은(『삼대』의 대대적인 개작은 대표적인 예이다) 『만세전』도 해방 후인 1948년 수선사에서 단행본으로 발간하면서 작품에 손을 많이 댔다. 이 소설의 현실인식을 운위할 때 흔히 예시되는, "소학교 선생님이 사아벨을 차고 교단에 오르는 나라" 운운하는 대목은 해방 전 판본에서는 보이지 않는 대목이다. 주의해야 할 부분이 아닐 수 없다.

　『만세전』의 스토리는 매우 단순하다. 토오꾜오 유학생인 주인공 '나'(이인화)가 만세가 일어나기 전해(1918) 겨울, 해산 후유증으로 아내가 위독하다는 전보를 받고는 연말 시험을 중도에 그만두고 귀국하여 마침내 아내의 장례를 치르고 다시 서울을 떠나려 하는 것이 전부다. 그리고 주인공의 여로에 맞추어——정확하지는 않지만 대략 보름 동안의——주인공의 심리와 행동, 당대의 현실이 선조적(線條的)

으로 구축되고 있다. 주인공 이인화는 스스로가 '이지적이고 타산적'이라고 생각하는 인물로, 근대 자본주의세계의 인간관을 정확히 파악하고 자신도 그 논리에 맞추어 행동하는 인물이다. 이 근대적 정신의 소유자(더구나 그는 일체의 현실적인 정치적 전망이 봉쇄되어 있던 식민지의 청년지식인이다)에게는, 따라서 민족이니 사회니 하는 것이 틈입할 여지가 없다. 그렇다면 이인화에게 민족적 감정이란 도대체 전혀 인연이 없는 것인가? 그것은 아니다. 다만 자발적이고 이지적인 차원이 아니라 때때로 '피동적·감정적으로 촉발'될 뿐이다. 이같은 이인화의 감정적 반사(反射)가 『만세전』의 구조와 정확히 대응하고 있다. 흔히 『만세전』을 당대 조선 현실을 잘 포착한 작품이라고 평한다. 이 판단은 그르지 않다. 다만 그것은 결과에만 한정해서이다. 즉 식민지반봉건 조선 현실의 포착은 『만세전』이 의도적으로 수행한 것은 아니라는 것이다. 작품에서 조선 현실이 그려지고 분석·평가되는 작업은, 여러 사건에 이인화가 촉발당하는 것에 이어 각기 계기적(繼起的)으로 이루어지고 있다. 요컨대 당대 현실의 포착은, 그 자신까지도 사고와 반성의 대상으로 삼는 근대적 자아(이인화)가 그 냉정한 시선(현실을 볼 수 있는 눈)으로 표상으로서의 근대사회(토오꾜오)와 실재로서의 전근대 식민지(조선)의 낙차를 조망하는 과정(旅路)에서 '촉발'됨으로써(삽화적 구성) 달성된 것이라 할 수 있다. 작품 끝부분 정자에게 보내는 편지 속에서 이인화가 "만일 전체의 알파와 오메가가 개체에 있다 할 수 있으면 신생(新生)이라는 광영스런 사실은 개인에게서 출발하여 개인에 종결하는 것이 아니겠습니까"라고 말하는 직정적 서술, 이인화가 근대적 자아가 숨쉴 수 있는 동경으로 돌아가려 하는 작품 결말, 그럼으로써 짜이는 원점회귀형 서사구조, 이 모든 것이 『만세전』의 성취가 삽화적 구성에 기초를 두고 있다는 사실을 최종적으로 확인해준다. 결국 『만세전』의 '놀라운' 성과는 '어쨌든, 결과적으로' 등의 부가 한정어를 동반할 수밖에 없는 경로를 통하여 '이상하게' 이루어졌다고 총평할 수 있을 것이다.

4. 현실과의 조우와 소설의 변화, 그리고 새로운 경향의 출현과 근대문학의 분화

개성과 자아를 사유의 근원에 놓았던 김동인, 나도향, 염상섭, 현진건 등의 근대적 포즈는 봉건적 유제와 식민지적 질곡이 뒤얽혀 있던 당시 현실에서 싹튼 것이 아니었고, 따라서 그것과 조화롭게 힘을 겨룰 수 있던 것도 아니었다. 바꿔 말하자면, 더이상의 전개가 불가능한 정점에 서버린 것이었다. 이를 확인하게 되면서 작가들은 자신과 자신의 문학을 둘러싼 현실을 탐색하는 쪽으로 방향을 전환한다. 나도향은 1923년 이후 시선을 돌려 경제적 궁핍과 봉건적 인습이 인간성을 파괴하는 양상을 추적하기 시작하였다. 나도향 문학의 변전은 향후의 진로에 대한 궁금증을 갖기 이전에 작가가 요절함으로써 아쉽게 중단되고 말았다. 현진건 또한 1923년 이후 종래의 창작방법에서 벗어나 '가정' 밖으로 그의 시선을 돌렸다. 그 양상은 마치 가정을 중심에 둔 동심원을 계속 확장시키는 듯한데, 이같은 일상의 확대 속에서 현진건은 사회와 풍속의 이면, 그리고 그 속을 살아가는 사람들의 심리를 포착할 수 있었다. 1930년대의 현진건은 장편소설의 작가로 나서 민족운동을 그린 『적도』(1933~34)를 발표하고 30년대 후반에는 민족의 갈 길을 역사의 우회로를 통하여 제시하는 일련의 역사소설을 발표하였다. 염상섭은 1924년 이후 급격한 변화를 보여주는데, 그 변화의 요체는 일상성의 포착이다. 즉 도회 중산층의 세계를 주된 소재로 하여 그 자자분한 생활의 모습을 일상적인 상식의 관점에서 서술한 것이다. 그리고 이런 일상인들이 부대끼며 살아가는 작은 마당에서 갈등과 알력의 맨 밑바닥에는 '돈'이 가로놓여 있으며, '대규모한 갈등은 구경에는 민족의 문제로 접근해야 되지 않겠는가'라고 그는 판단한다. 이러한 인식의 종합 위에서 중간 단계의 보고서를 거치며(장편 『진주는 주었으나』(1925~26), 『사랑과 죄』(1927~28)) 식민지 조선 현실의 총체적 묘사로 나아간 것이 바로 『삼대』(1931)와 그 속편인 『무화과』(1931~32)이다(1934년의 장편 『모란꽃 필 때』 이후 염상섭 소설은 통속화의 길을 걷게 되며, 해방 후 그의 문학활동은 1950년대말까지 이른다). 김동인의 소설세계는 1923년 이후에도 다른 작가들과는 달리 '현실'을 소설 속으로 들여오지도 않았고 기본적으로 크게 변하지도 않았다. 「감자」를 비롯한 몇개의 단편, 『젊은 그들』을 필두로 하는 장편 역사소설, 「아기네」를 위시한 야담 등을 우리 기억에 남기고 있다.

한편 1923, 24년경 나도향, 현진건, 염상섭 등의 소설이 변화하는 것과 거의 같은 시기에 우리 문학사는 이들의 변화보다 훨씬 더 큰 의미를 지니는 지각변동을 맞이하고 있었다. 이 지각변동의 근원지는 다름아닌 소련이었다. 1917년 10월혁명의 성공으로 제국 러시아가 붕괴하고 인류사상 최초의 사회주의정권인 소비에트(싸베뜨) 연방이 수립되었다. 인류의 궁극적인 지향인 유토피아가 하늘의 나라 혹은 막연한 공상이나 지식인의 관념이 아니라 땅 위에 세워지기 시작한 것처럼 보인 이 인류사적 사건은 곧바로 엄청난 파도를 전지구 상에 쓸려보냈고 그것은 극동의 식민지 조선에도 예외가 아니었다. 3·1운동의 종료 이후 광범위하게 논의되기 시작한 사회개조론이 전 개·분화되는 과정과 맞물리면서 이 땅에도 사회주의사상이 민족의 진로와 운명을 개척할 수 있는 새로운 논리로 정착된 것은 1921년경 으로, 다음해 22년경에는 좌우의 이념 재편이 완결되었다고 평가될 정도였다.

시대와 현실에 언제나 섬세한 촉수를 내리고 있는 문학 역시 이같 은 현실에 재빠르게 반응하였다. 문학론의 영역에서는 1922년부터 사회주의적 문학론이 제출되기 시작하였고, 이같은 담론이 구체적인 문학적 실천으로 본격 구현된 것은 최서해(崔曙海, 1901~32)를 통해 서였다. 함경북도 소작농의 아들로 태어나 소학교도 채 못 마친 빈궁 속에서 살아가다가 간도로 건너갔으나 거기서도 맛본 것은 방랑과 궁핍과 노동뿐이었던 최서해가 1924년 「토혈」 「고국」을 발표하면서 사회주의 경향의 새로운 문학(이를 문학사에서 신경향파 문학이라 부른다)은 마침내 실체를 갖게 된다. 최서해는 잇따라 「탈출기」 「박 돌의 죽음」 「기아와 살육」 「큰물진 뒤」 「홍염」 등을 발표하였고, 그에 동조하는 소설 창작이 이기영(李箕永), 조명희(趙明熙), 이익상(李益 相), 주요섭(朱耀燮), 송영(宋影) 등에 의하여 이어졌다. 이들 소설은 대체로 종래의 지식인이 아니라 가난한 민중을 주인공으로 삼았고, 가난과 빈부 대립의 문제를 갈등의 중심에 놓았으며, 그 갈등을 살 인·방화 등의 개인적이고 극단적인 방법으로 해결하려 하였다는 특 징을 지닌다. 말하자면 민중의 생활과 체험에 기초를 둔 문학이었다. 그 이념 부재를 비판하면서 김기진(金基鎭), 박영희(朴英熙) 등이

「붉은 쥐」「사냥개」 등을 썼으나, 이들은 이념을 해설하는 수준을 넘어서지 못하였다(생활–이념의 조화로운 결합이야말로 이들의 가장 주된 과제가 되었고 이를 중심으로 이후 수많은 논쟁과 시행착오가 벌어지게 된다). 소설보다 유격적이고 선언적일 수 있는 시 쪽에서는 최서해에 앞서 일찍이 석송 김형원(金炯元), 팔봉 김기진 등이 사회주의 이념과 관련이 있는 시편을 썼으며 1925년을 넘어서면서는 『백조』출신으로 「나의 침실로」를 썼던 이상화(李相和)가 「가장 비통한 기욕」 「빼앗긴 들에도 봄은 오는가」 등을 발표하고 있었고 김창술(金昌述), 유완희(柳完熙) 등의 시적 활동이 보태지기 시작하였다. 희곡 쪽에서는 1926년부터 김영팔(金永八)이 「싸움」 「불이야」 등을 발표하기 시작하였다.

이렇게 세력화된 사회주의적 경향의 문학자들은 염군사, 파스큘라를 거쳐 1925년 8월 조선프롤레타리아예술동맹(후일 카프KAPF라 약칭됨)이라는 단일한 대오를 결성하게 된다. 이로써 1920년대 중반 우리 근대문학은 문학적·세력적으로 좌우의 이념적 분화를 맞게 되고 근대의 지향과 극복을 둘러싸고 복잡다단한 사투를 전개하게 된다. 이 구도는 훗날 기복과 변화를 겪기는 하지만, 어떤 의미에서는 지금까지도 이어지면서 지양을 요구하는 과제로 남아 있다고 할 수 있다.

: 유문선 :

● 더 읽을거리

3·1운동을 전후한 시기인 1910년대와 1920년대 전반의 문학을 바라보고 평가하는 시선은 실로 다양하다. 어떤 흐름을 주류로 볼 것인가, 어떤 작가와 작품을 중심에 놓을 것인가를 둘러싸고 평가의 진폭이 작지 않다. 그 모두를 이 자리에서 소개하기란 어렵고 이 글의 논의방향을 중심에 놓으면서 간단히 정리하고자 한다.

『무정』에 대해서는 기왕부터 계몽주의를 소설의 요체로 파악하고 있었다. 다만 계몽주의의 실체를 '교육을 통한 민족의 계몽' 등과 같이 파악하는 것이 일반적이었으나 서영채의 「『무정』 연구」(서울대 석사학위논문 1992)에서 『무정』의 핵심을 '사랑'의 문제로 파악하는 성과가 이루어졌다. 그의 논의는 후일 『사랑의 문법』(민음사 2004)으로 확장되었다. 한편 『무정』과 신소설의 연계를 밝힌 최원식의 「장한몽과 위안으로서의 문학」, 『민족문학의 논리』(창작과비평사 1982)도 참조할 만하다. 이광수를 다룬 저작으로는 김윤식의 『이광수와 그의 시대』(한길사 1986) 등이 있다. 『무정』의 판본으로는 『한국소설문학대계 제2권: 무정』(동아출판사 1995)을 권할 만하다.

양건식, 현상윤 등의 1910년대 소설에 대해 북한에서는 일찍이 1950년대부터 주목하고 있었으나 남한에서는 1980년대말이 되어서야 본격적으로 논의되기 시작하였다. 양문규의 『한국근대소설사 연구』(국학자료원 1994)와 한점돌의 『한국근대소설의 정신사적 이해』(국학자료원 1993) 등을 꼽을 만하다. 1910년대 이들 단편은 그간 읽기가 불편하였으나 최근 간행된 『범우비평판 한국문학 5-1: 슬픈 모순(외)』(범우사 2004)에 이르러 잘 갈무리되었다.

『만세전』 역시 일찍부터 논의의 대상이 되었는데, 이른 시기의 연구로 주목할 만한 것은 김윤식의 「염상섭의 소설구조」, 『염상섭』(문학과지성사 1977)과 이재선의 「일제의 검열과 『만세전』의 개작」, 『문학사상』 1979년 11월호 등이 있다. 염상섭을 다룬 저작으로는 김윤식의 『염상섭 연구』(서울대 출판부 1987)와 이보영의 『난세의 문학』(1991; 예림기획 2001) 등이 대표적이다. 『만세전』의 판본으로는 1924년 고려공사 출간 단행본을 저본으로 삼은 『염상섭 전집 제1권: 만세전 외』(민음사 1987)가 개작 이전의 모습을 비교적 충실히 보여준다.

신경향파 문학의 이론과 작품에 대해서는 각각 유문선의 「신경향파 문학비평 연구」(서울대 박사학위논문 1995)와 박상준의 『한국 근대문학의 형성과 신경향파』(소명출판 2000)에서 종합적인 검토를 살필 수 있다.

1920년대 소설의 등장과 전개

1. 1920년대 소설의 형성기반

1920년대에 들어서서 『창조』(1919~21) 『폐허』(1920~21) 『백조』(1922~23) 『폐허이후』(1924) 『영대』(1924~25) 등 많은 문예동인지가 등장한다. 또 당시 창간된 『동아일보』 『조선일보』 등의 신문이나 『개벽』(1920~26) 『서광』(1919~21) 『서울』(1919~20) 등의 종합지 역시 새로운 문학이 싹트는 요람이 되었다. 이를 기반으로 한 1920년대 문학은 전시기 문학의 부정을 통해 정체성을 획득하고자 했다. 흔히 반(反)춘원주의, 반계몽주의로 집약되는 이들의 주장은 문학을 정치, 과학, 도덕 등 다른 영역들과 분리하고, 그것들과 분리되는 독자성을 문학의 존재이유로 삼고자 한 것이다. 그런데 앞서 거론한 매체들이 등장할 수 있었던 데는 문화정치로 일컬어지는 일제의 통치방침의 변화가 전제되어 있다. 문화정치는 일제의 내지연장주의를 근간으로 한 것으로, 그때까지 실시되었던 물리력을 통한 차별적 지배가 효율적인 식민정책이 아니라는 자각에서 비롯되었다. 문화정치가 실시됨에 따라 총독부 관제 개편, 헌병경찰제도 폐지, 조선인 관리의 임용과 대우 개선, 학제개편 등과 함께 언론출판의 자유가 표방된다. 이를 통해 등장한 많은 매체들은 3·1운동 이후 사회·정치적 변화에 대한 관심과 갈망이 응축된 것이었다. 하지만 여기에는 민심과 여론을 감지하는 촉수 역할을 부여하면서 식민정책이 추구하는 근대적 변화를 선전한다는 일제의 의도 역시 짙게 드리워져 있었다. 앞선 매체들을 주요 활동공간으로 한 1920년대 문학 역시 이와같은 이중적인 상황에 처해 있었다. 한편 1920년대 문학담당자들이 『창조』『폐허』『백조』 등의 동인지를 발간할 수 있었던 것은 그때까지 문단, 독자 등 제대로 된 문학장(場)이 존재하지 않았기 때문이기도 하다. 이는 동인지가 단명할 수밖에 없는 조건으로 작용했지만 그 담당자들은 자신들이 만든 문학의 장에 용이하게 자리잡을 수 있었다. 이렇게 볼 때 동인지 문학이 정체성을 획득하기 위해 내세웠던 기존 문학경향에 대한 부정이나 초월, 고립 등의 덕목들 역시 승인권의 독점을 통해 상징적 이익을 추구한 것이라는 혐의에서 자유로울 수 없을 것이다.

2. 유미주의의 두 가지 성격

김동인(金東仁)은 이광수에 이은 한국 근대소설의 개척자 혹은 확립자로 파악된다. 과거시제와 3인칭대명사의 사용, 철저한 구어체의 확립 등 김동인 자신의 언급을 연원으로 한 규정은 이후 문학사가들의 도움을 거쳐 일반화되었다. 한편 김동인의 선구적 업적이라 논의되는 부분에 대한 실증적인 비판 역시 제기되었다. 또 김동인 소설의 예술적 완결성이 현실 일탈이라는 대가를 치른 것이라거나, 극단적 인물과 사건 해결방식이 작가의 성격과 창작방법의 괴리 때문이라는 부정적 견해도 있었다. 김동인 소설에 대한 정당한 접근은 두 가지 평가의 간극, 곧 현실 일탈이나 작가의 성격과 창작방법의 괴리라는 희생을 치르고서야 근대소설의 언저리에 도달할 수밖에 없었던 상황 자체에 천착함으로써 이루어질 수 있을 것이다.

김동인은 1919년 2월의 『창조』 발간을 주도하는데, 『창조』는 이후 『폐허』 『백조』 『폐허이후』 『영대』 등으로 이어지는 동인지 문학의 서막을 열었다. 당시 일본에 체류하면서 문인의 꿈을 키워가던 김동인은 200원 정도면 잡지 발간이 가능하다는 주요한(朱耀翰)의 말을 듣고 『창조』를 창간할 결심을 굳힌다. 『창조』의 발간은 김동인을 비롯한 동인들에게 문학활동을 할 수 있는 공간뿐 아니라 매체의 주체가 되는 길을 제시했다. 김동인은 『창조』 1호에서 6호에 걸쳐 「약한 자의 슬픔」과 「마음이 옅은 자여」를 발표한다. 「약한 자의 슬픔」은 엘리자베트라는 신여성이 겪는 시련과 자각을 그린 소설이다. 엘리자베트는 K남작 집에서 가정교사를 하며 어학교에 다니던 중 K남작에게 정조를 잃고 임신을 한 채 쫓겨난다. 정조 유린에 대한 재판에서 패하고 아기까지 유산한 엘리자베트는 자신의 시련이 약함에서 기인했음을 깨닫고 사랑을 통해 강한 자가 되리라 결심한다. '약한 자의 슬픔'이라는 제목과 줄거리에서 알 수 있듯이, 소설의 초점은 한 인물이 시련과 고통을 겪은 후 얻는 깨달음에 있다.

그런데 깨달음이나 그것을 통해 강한 자가 되고자 하는 지향은 등장인물의 관념적 독백 혹은 작가의 작위적 목소리에서 벗어나지 못한다. 깨달음이나 결심의 허위성은 「마음이 옅은 자여」로도 이어진다. 「마음이 옅은 자여」의 중심인물인 K는 아내와 아들에게 애정을 느끼지 못하고 이웃학교 여교사인 Y를 좋아하지만, Y는 어렸을 때 약조했던 사람에게 시집을 간다. 고뇌를 거듭하던 K는 불길한 생각에 아내와 아들을 찾지만 이미 그들은 죽은 후였다. 소설은 K가 마음이 옅은 자는 바로 자신이었음을 깨닫고 참된 삶을 살겠다고 결심하는 것으로 끝난다.

　두 소설에서 드러나는 자각이나 결심의 관념성은 시련을 야기하는 존재와 관련되어 있다. 「약한 자의 슬픔」에서 K남작은 소설의 정황으로 볼 때 친일개화론자이자 기득권층임을 알 수 있다. 사랑을 통해 강한 자가 되겠다는 엘리자베트의 결심은 이러한 K남작의 사회적 무게 앞에서 온전히 유지되기 어렵다. 「마음이 옅은 자여」에서도 비극의 원인이 민며느리제, 조혼제 등 봉건적 유제였음을 고려한다면 참된 삶을 살겠다는 K의 결심은 무력하기 그지없다. 특히 당시 조선에서 근대라는 외피를 쓴 식민지화가 진행되고 있었고, 그것이 자본주의 모순을 심화시키는 한편 봉건적 유제 역시 존속시켰다는 점 등에서 더욱 그렇다.

　김동인 소설의 변모는 작가 자신의 고민에서부터 출발한다. 초기작을 쓰고 난 김동인은 당시 상하이에 있던 주요한에게 자신의 문학적 능력에 대한 회의를 담은 편지를 보낸다. 김동인은 「소설작법」에서 밝히고 있듯이 마치 물이 높은 데서 낮은 데로 흐르는 것같이 결말을 향해 나아가는 소설을 쓰고자 했던 것이다. 하지만 자신의 지향

을 소설의 문법에 담아 물 흐르듯 구현하기에 식민지 조선이라는 굴
레는 너무 무거웠다.

굴레에서 벗어나려는 시도는 「배따라기」에서 시작된다. 「배따라
기」는 대동강 주변을 거닐던 인물이 근처에서 들려오는 영유 배따라
기 소리를 좇는 외화(外話)와 그 사연으로 된 내화(內話)가 액자형식
을 이루는 작품이다. 「배따라기」의 내화에서 등장인물들은 김동인의
초기작과 달리 끊임없이 반복되는 심리적 파행에 사로잡혀 있지 않
다. 성격이 천진하고 쾌활하나 아무에게나 애교를 부리는 아내, 아내
를 사랑하지만 성격이 급하고 질투심이 많은 그, 그리고 시골 사람에
게서는 보기 쉽지 않게 늠름한 위엄을 지닌 그의 아우 등은 소설에서
전개될 사건과 빈틈없이 맞물려 있다. 또 소설의 사건들 역시 작가의
말처럼 목적지를 향하여 곁눈질 안하고 똑바로 나아간다. 하지만 「배
따라기」의 내화를 소설로 규정하는 정당성에 대해서는 의문이 제기
될 수 있다. 오해로 헤어진 채 20년간 만날 수 없었던 형과 아우의 입
을 빌려 운명이 가장 힘센 것으로 사람이 어찌할 수 없다고 밝히듯
이, 내화 전체의 지배원리는 운명이다. 이야기의 중심에 놓인 운명의
거대한 힘에 따른 무력한 인간들의 비극은 근대 이전 서사물, 곧 설
화의 세계에 가깝다. 이렇게 볼 때 「배따라기」의 성취는 초기작에서
작가의 지향을 가로막는 굴레였던 식민지 조선의 삶을 외면하는 것
과 맞물려 있다고 할 수 있다. 현실의 무게에서 벗어난 작가의 의도
는 인물과 플롯에 자유롭게 투영되어 그것들을 손바닥 위에서 인형
을 놀리듯 놀렸던 것이다.

「감자」는 김동인 소설의 일반적인 경향에서 벗어난 작품으로 평가
된다. 농민에서 타락한 매춘부를 거쳐 결국 죽음에 이르는 빈곤한 하

층민의 삶을 그렸다는 데서 그러하다. 돈에 팔려 시집을 가고, 소작·막벌이·행랑살이 등을 전전하며, 송충이잡이를 가서 감독에게 몸을 허락하고, 왕서방에게 매춘을 하는가 하면 강짜를 부리다 결국 죽임을 당하는 복녀의 삶이 소설 속에서 물 흐르듯 펼쳐진다. 초기작에서 나타났던 동일한 심리적 갈등의 반복이나 그에 따른 작위적 각성 등은 틈입하지 못한다. 그렇지만 「감자」에서 복녀가 타락하는 과정에는 조금 더 조심스러운 접근이 요구된다. 흔히 지적되듯 복녀가 타락을 거듭하게 되는 것은 가난 때문만은 아니다. 소설에서 소작·막벌이·행랑살이 등을 거쳐 모든 비극과 죄악의 근원지인 칠성문 밖 빈민굴로 밀려든 이유는 남편의 게으름 때문으로 그려진다. 또 복녀는 송충이잡이를 가서 감독에게 몸을 허락한 후 긴장된 유쾌와 함께 처음으로 사람이 된 것 같은 기분을 느낀다. 「감자」는 가난과 빈곤에 의해 타락하는 복녀의 일생을 그렸다기보다는 오히려 복녀를 통해 도덕을 조소한 소설이라고 할 수 있다.

김동인은 「배따라기」「감자」 등에서 소설의 형식적 정제성을 추구함으로써 유미주의로 나아갔으며, 그것은 스스로 상정한 완미한 근대소설을 향한 도정이기도 했다. 그런데 그 과정에서 유미주의의 가장 중요한 부분이 사상되었음을 발견할 수 있다. 미에 대한 일탈적 추구가, 세계가 더이상 조화로운 통일성 가운데 위치하고 있지 않다는 사유를 전제로 한 것이라면, 유미주의가 의미를 갖는 것은 그것이 당대의 물질적·정신적 속악함에 대한 단절의 인식적 계기로 작용할 때일 것이다. 그런데 김동인 소설의 형식적 정제성은 식민지 조선의 삶에 대한 외면과 맞물려 자신의 지향을 형식에 투사함으로써 얻어진 것이다.

한편 김동인은 자신이 소설에서 처음으로 과거시제와 3인칭대명사를 사용했으며, 그것이 서사문체에 대한 일대 개혁이었음을 밝힌 바 있다. 이는 사실에 가깝다. 과거시제는 이광수나 양건식(梁建植) 등의 소설에서도 사용된 바 있으나 처음으로 중심 시제로 사용된 것은 김동인 소설에서이다. 3인칭대명사 '그'가 소설의 중심에 놓인 것도 마찬가지다. 과거시제와 3인칭대명사를 소설의 중심에 위치시키는 일은, 소설이라는 양식에 통일성과 질서를 부여하는 것이자 일정한 경계의 설정을 통해 소설을 다른 담론들과 차별화하는 과정이었다. 김동인은 과거시제와 3인칭대명사를 통해 미의 희구를 추구했으며, 소설을 고립과 초월의 장에 위치시키려 했다. 그런데 과거시제와 3인칭대명사는 인과율과 원근법의 다른 이름이며, 이는 근대적 시공간을 규정하는 두가지 기제이다. 여기서 과거시제와 3인칭대명사라는 소설적 관습은 그 자체의 질서를 통해 은밀한 방식으로 계몽으로 집약되는 근대적 논리에 종사하고 있음을 간과해서는 안된다. 이 역시 김동인의 소설을 유미주의로 규정하는 데 한층 조심스러운 접근이 필요한 이유라고 할 것이다.

3. 개성과 식민지현실의 낙차

1920년대 염상섭 소설에 대해서는 『만세전』을 전후로 한 소설적 변모가 중요하게 논의된다. 초기 3부작으로 불리는 「표본실의 청개구리」 「암야」 「제야」 등과 『만세전』 이후 발표된 「해바라기」 「고독」 「윤전기」 「밤」 등의 소설 성격이 큰 결절을 보이기 때문이다. 자연주의,

한국적 자연주의 등 사조나 양식을 통해 염상섭 소설을 규정하는 데 따른 논란 역시, 하나의 사조나 양식으로 규정하기에는 이질적 요소 들이 뚜렷하기 때문에 제거되었다는 점에서, 앞선 논의와 맞닿아 있 다. 또 변모의 계기에 해당하는 『만세전』에 대한 평가 역시 둘로 나뉜 다. 하나가 당시 식민지 조선의 실상을 핍진하게 재현했다는 것이라 면, 다른 하나는 주인공인 이인화의 시선이 식민 주체의 관점을 내면 화한 것이라는 평가다.

　염상섭은 1919년 일본에 체류하던 중 황석우가 주재하던 『삼광』 동인으로 참가해 「삼광송」 「이중해방」 「박래묘」 등을 발표한다. 1920 년 4월 『동아일보』가 창간되자 정치부 기자가 되어 조선에 돌아와, 7월 에는 남궁벽, 김억, 나혜석, 민태원, 오상순, 황석우 등과 『폐허』를 발 간한다. 염상섭은 『폐허』 1, 2호에 「법의」 「저수하에서」 「월평」 등을 썼다. 그때까지 시, 감상, 평론 등에 매진하던 염상섭은 1921년 8월 『개벽』에 「표본실의 청개구리」를 발표하면서 소설로 활동무대를 옮 겼다. 1922년 6월까지 「표본실의 청개구리」에 이어 「암야」 「제야」 등 을 『개벽』에 발표한다.

　「표본실의 청개구리」는 X라는 인물과 그의 심리를 투영하는 김창 억을 통해 과도기 청년이 느끼는 고뇌와 불안을 다룬 소설이다. 「암 야」 역시 「표본실의 청개구리」의 연장선상에 있는 소설로, 예술을 동 경하는 청년 X의 내면의 고뇌를 그리고 있다. 두 소설의 중심에는 인 물의 고뇌가 자리잡고 있는데, 이는 절대적인 것으로 나타나고 있다. 「표본실의 청개구리」에서 X는 알코올과 니코틴에 젖어 생활하며 불 면증에 시달리는 인물로 그려진다. 「암야」의 중심인물 X 역시 무언가 해야 한다는 강박에 허덕이지만 아무것도 할 수 없다는 무력감에서 조금도 벗어나지 못한다. 두 소설에서 나타난 고뇌는 오히려 「제야」
에서 희미하게나마 정체를 드러낸다.

「제야」는 자살을 앞둔 최정인이라는 여주인공의 유서 형식을 빌린
작품이다. 최정인은 자유연애를 주장하며 많은 남성과 교제해오던
중 A에게 시집을 가지만 결혼 전에 다른 남자의 아기를 가졌다는 사
실 때문에 쫓겨난다. 남편에게서 용서한다는 편지를 받지만 최정인
은 죽음을 결심한다. 소설에서 최정인은 자신의 주관을 통해 삶을 살
아가고자 하며, 자유연애는 그 매개로 규정된다. 이는 자신에게 충실
함으로써 자아 확충이나 실현을 꾀하며 그것을 더 큰 세계의 의지와
연결시키려는 당대 문화주의의 지향과 맞닿아 있다. 최정인의 고뇌
는 지향의 좌절에 따른 것이며, 앞선 두 소설 주인공의 고뇌 역시 그
연장선상에서 파악할 수 있다.

염상섭은 1922년 7월부터 9월까지 『신생활』에 「묘지」라는 소설을
연재하다가 『신생활』의 폐간과 함께 중단한다. 1924년 4월 6일부터
같은 해 6월 4일까지 이 소설을 『시대일보』에 '만세전'이라는 제목으
로 연재한 후, 같은 해 8월 단행본으로 출간한다. 『만세전』은 중심인
물인 이인화가 일본에서 유학을 하던 중 아내가 위독하다는 소식에
경성으로 돌아와 아내의 죽음을 목도하고 다시 경성을 떠나는 과정
을 그린 소설이다. 소설의 중심에는 토오꾜오·코오베·시모노세끼·
부산·김천·경성으로 이어지는 여로가 놓여 있으며, 여로를 통해 이
인화는 조선의 모습을 낱낱이 그려낸다. 당대 조선의 현실을 가장 잘
드러냈다는 『만세전』에 대한 고평은 여기에 근간을 두고 있다. 실제
『만세전』에는 이인화가 시모노세끼에서 부산으로 오는 연락선에서 듣
는 두 일본인의 대화, 또 일제에 의해 수탈의 장으로 변해버린 부산,

김천 등의 모습을 통해 식민지 조선의 참상이 날카롭게 묘파되고 있다.

그런데『만세전』에 그려진 조선의 모습에는 조금 더 엄밀한 접근이 요구된다. 아들을 낳기 위해 첩을 얻는 것, 죽기도 전부터 묘지에 대해 걱정하는 것, 본인의 의지와 상관없이 부부의 연을 맺는 것 등『만세전』에 나타난 조선의 모습은 봉건적인 데 한정된다. 이는 농짓거리로 세월을 보내고, 얻어먹는 말부터 배우며, 술에 의지해 하루하루를 연명해가는 조선인에 대한 모멸로 이어진다. 부정과 모멸의 반대편에는 그릇된 도덕적 관념에 결박된 자신을 해방시켜 절대자유를 얻으려는 이인화의 지향이 위치하고 있다. 이인화의 지향은 초기 3부작이나「개성과 예술」「지상선을 위하여」등 염상섭 자신의 평론에서 거듭 강조된 것이었다.『만세전』에 그려진 조선의 모습은 이인화의 지향과 봉건적 현실의 낙차에 의한 것이라고 보는 것이 정당하다. 정신적 매개를 통해 인격을 완성하려는 지향과 문명에서 뒤처진 식민지 현실 간의 괴리에서 염상섭이 선택한 길은 둘의 낙차를 통해 후자를 응시하는 것이었다.

『만세전』을 계기로 염상섭의 소설에는 변모가 나타난다.『해바라기』「고독」「조그만 일」「윤전기」「밥」등은 지식인이나 사회주의자를 통해 현실과 이념의 괴리를 그리는데, 그 중심에는 돈이라는 문제가 자리하고 있다.『해바라기』에서 영희는 주판질을 해보고 앞뒤 경우를 다 재본 뒤에 일평생 몸을 의탁하기 위해 결혼을 하는 인물이다.「고독」이나「조그만 일」은 20원의 하숙비나 50전의 병원비가 없어서 시름하는 인물들을 풍자하고 있으며,「윤전기」나「밥」역시 문제의 근원을 돈에 두고 있다. 이렇듯 염상섭은『만세전』의 변모를 계기로 돈이라는 무소불위의 힘 앞에 무력하기만 한 인물군상을 그려나갔다. 대상에 대한 부정적 인식은 대상에 대한 철저한 관찰로 이어졌지만 그것은 현상적·표피적 관찰에 머물렀다. 자연주의라는 사조나 양식을 통해 염상섭의 소설을 가늠할 수 있다면 오히려 이 시기가 적절할 것이다.

4. 사실성의 획득과 시선의 문제

나도향(羅稻香) 소설에 대한 논의는 같은 시기 활동했던 다른 작가들에 비해 많지 않다. 가장 큰 이유는 나도향이 스물다섯의 젊은 나이로 세상을 떠났기 때문이다. 요절로 인해 나도향은 작가적 역량을 제대로 발현하지 못한 미완의 작가로 규정되며 소설에 대한 평가 역시 그 연장선상에 위치한다. 대개 논의는 초기작과 후기작의 이질성에 초점이 맞추어져 있다. 초기작이 애상적이고 감상적인 데 반해, 후기작은 계층적인 인간관계를 중심으로 한 사실주의적 성취가 두드러진다는 것이다.

『신청년』 등에서 '은하'라는 필명으로 습작을 발표했던 나도향은 1922년 장편 『환희』와 단편 「젊은이의 시절」 「별을 안거든 울지나 말지」 등을 내놓으며 본격적으로 작가생활을 시작한다. 이 소설들은 치기어린 사랑을 관념적 감상성 속에서 그려 초기 대표작으로 평가된다. 『환희』는 1922년 11월 21일부터 1923년 3월 21일까지 『동아일보』에 연재된 소설이다. 1920년대라는 과도기를 배경으로 젊은이들의 사랑과 죽음을 그린 『환희』는 연재 당시 많은 독자들의 관심을 끌어, 20세의 나도향은 천재작가라는 극찬을 받게 된다. 『환희』는 크게 김선용과 이혜숙, 이영철과 설화의 사랑이라는 두 축을 중심으로 전개된다. 두 관계에서 사랑은 모두 사회적 관습이나 신분 제약을 뛰어넘어 참인생을 살기 위한 매개로 상정되어 있다. 「젊은이의 시절」에서 그려진 조철하의 사랑이나 「별을 안거든 울지나 말지」의 중심에 놓인 DH의 사랑 역시 참된 삶이나 인생을 위한 도덕적 정신의 발현으로 규정되어 『환희』의 그것과 크게 다르지 않다. 이는 당대에 수용된 근대적 사랑의 개념, 곧 이성간의 숭고한 정신적 교감이라는 개념에 근간을 둔 것으로 보인다. 또 이러한 사랑은 자아의 완성이나 확충을 꾀하는 '참인생'으로 집약된다는 점에서 문화주의의 영향 역시 엿볼 수 있다. 하지만 실제 소설에서 사랑은 구체적 형상을 얻지 못한 채 등장인물의 언술을 통해 관념적이고 추상적으로 나타날 뿐이다. 오히려 참인생을 향한 유일한 통로로 강조되면서도 사랑은 소설의 전개와 맞물려 끊임없이 정욕이나 성욕으로 비껴가고 만다. 이렇듯 모순된 상황은 머리로만 받아들인 사랑의 개념에 기인하는 것으로 파악된다. 정신이 아무리 숭고한 사랑을 향해 비상하고자 하더라도 발을 디딘 조선의 토양은 그것을 실현할 수 있는 조건이 부재한 곳이었다.

나도향 초기 소설에서 나타난 사랑에 대한 관념적 경도는 「벙어리 삼룡이」 「물레방아」 등에 이르러서 사라진다. 실제 변모의 계기는 자신이 경도되었던 사랑의 허위성을 응시한 『어머니』 「춘성」 등에 나타난다. 『어머니』에서 물질적 기반이라는 질문을 통해 그 무력함을 드러낸 사랑은 「춘성」에 이르러 조소나 풍자의 대상에까지 이르게 된다. 「벙어리 삼룡이」는 하인 신분으로 주인아씨를 사랑하다가 결국 죽음에 이르는 삼룡이의 비극적 사랑을 그린 작품이다. 또 「물레방아」는 한 마을의 유지인 신치규와 그 집에서 막실살이(머슴살이)를 하는 이방원이 이방원의 아내를 사이에 두고 벌이는 애정행각과 파멸을 그린 소설이다. 이 소설들에서 먼저 눈에 띄는 것은 작가의 시선이 하층민을 향해 있다는 점이다. 그 반대편에는 주인집 아들, 신치규 등 가진 자들의 횡포가 자리잡고 있다. 변모를 통해 나도향은 가진 자와 못 가진 자라는 갈등구조 속에서 사랑을 그리고 있으며, 이는 당대 문단의 중심으로 부상한 프로문학의 영향이라고 할 수 있다. 소설양식의 측면에서 접근할 때 가진 자와 못 가진 자라는 대립구도는 초기작에서 나타난 감상성을 탈각하고 소설적 육체를 획득하게 했다. 하지만 그것이 하층민이라는 존재를 대상화, 타자화하는 과정을 통해 이루어졌다는 사실 역시 간과해서는 안될 것이다.

현진건(玄鎭健) 소설에 대한 논의의 쟁점은 사실성이나 사실주의의 문제에 집중되어 있다. 논의의 한편은 현진건 소설의 사실성을 인정하고 그것이 어떻게 형성되었는지에 주목한다. 그의 소설을 사실주의로 규정하는 것 역시 그 연장선상에 있다. 반면에 현진건 소설에 나타난 모순과 부조리는 피상적인 것일 뿐이라며 사실성의 성취에 부정적인 견해를 보이는 논의도 있다. 기법이나 기교, 단편양식의 문제로 현진건 소설에 접근하는 경우도 있다. 그런데 기법의 탁월성에 대한 강조가 사실주의적 성취가 이루어지지 못한 것을 우회적으로 지적하는 성격이 강하다는 점, 단편양식에 대한 논의 역시 그가 현실의 일부를 그리지만 그것을 현실 전체와 관련시키지 못했음을 가리킨다는 점 등에서 앞선 논의와 연관되어 있다고 할 수 있다.

현진건은 1921년 『개벽』에 「빈처」와 「술 권하는 사회」를 발표한다.

「빈처」는 가난한 작가 K(나)의 아내가 겪는 생활고를 그린 소설이다. 부부의 사랑과 정신적 가치의 추구를 통해 생활의 어려움을 이겨낸다는 결말에 이르지만, 오히려 소설의 중심에 놓인 것은 가난 그 자체라고 할 수 있다. 「술 권하는 사회」역시 남편과 아내가 중심인물이다. 마치 「빈처」의 남편이 사회로 나와 자신의 능력을 펼쳐 보이려는 데서 겪는 장애를 다룬 소설처럼 느껴진다. 남편은 일본에서 대학까지 졸업하고 돌아온 인텔리다. 조선에 돌아와 무언가 해보려 애쓰지만 제대로 되지 않자 결국 술 마시는 일로 소일하는 인물이다. 두 소설은 섬세한 필치로 빈궁한 젊은 부부를 그려 사실의 재현에 충실을 기한 소설로 평가된다. 같은 시기 염상섭이나 나도향의 소설이 무력한 고뇌나 추상적 관념에 가득 차 있음을 고려할 때, 현진건의 소설은 고유한 빛을 발한다. 하지만 「빈처」나 「술 권하는 사회」에서 획득한 사실성이 작가 자신이 가정이라는 공간에서 경험한 것에 빚지고 있음 역시 고려되어야 할 것이다. 더 정확히 말하자면 두 소설의 성취는 작가로 대표되는 개인에게 시선을 한정시키는 대가를 치르고 얻은 것이라는 점이다.

현진건 소설 역시 1923, 24년을 계기로 변모한다. 변모의 결절에 놓인 소설은 「피아노」「까막잡기」등인데, 두 소설은 당시 지배적 가치로 부각된 자유연애, 신식 결혼, 이상적 가정 등의 이면의 속성을 냉철하게 묘파하고 있다. 이후 현진건은 『개벽』에 「운수 좋은 날」「불」등을 발표하는데, 이 소설들은 작가의 시선이 신변 체험에서 벗어나 객관적 현실로 확대됨에 따라 사실주의적 성취를 이룬 작품이라는 평가를 받는다. 「운수 좋은 날」에서 인력거꾼 김첨지는 열흘 동안 돈구경도 못하다가 오래간만에 닥친 운수에 30원이란 큰돈을 번다. 하지만 일을 마치고 아내가 먹고 싶다던 설렁탕을 사들고 간 그를 기다리는 것은 이미 죽은 아내와 빈 젖을 빠는 개똥이의 울음소리다. 「불」은 열다섯살 순이가 겪는 조혼과 시집살이의 고통을 그렸다. 순이는 어린 나이에 겪는 시집살이가 괴롭지만 더욱 참을 수 없는 것은 밤마다 이어지는 남편의 성행위다. 소설은 순이가 원수의 방을 없앨 궁리 끝에 불을 지르고 기뻐하는 장면으로 끝난다.

　「운수 좋은 날」「불」 등에서 먼저 눈에 띄는 것은 중심인물이 인력거꾼인 김첨지나 가난한 농가의 며느리인 순이라는 점이다. 이는 현진건의 소설이 작가 자신의 경험을 그리는 데서 벗어나 하층민의 세계를 다루게 되었음을 의미한다. 또 김첨지와 순이가 겪는 시련의 중심에는 돈이나 봉건적인 유제가 자리잡고 있다. 이렇게 볼 때 현진건 소설의 변모 역시 나도향의 변모와 마찬가지로 당대 문학의 중심에 있던 프로문학, 나아가 맑시즘의 영향을 받은 결과임을 알 수 있다. 그런데 「운수 좋은 날」「불」 등에서 작가의 시선이 확대되었다는 평가에는 조금 더 조심스러운 접근이 필요하다. 김첨지나 순이는 자신들의 불행에 대해 고통스럽고 난감해하지만 그 원인은 알지 못한다. 그 원인을 자신의 운수나 원수의 방 탓으로 돌리고 마는 것은 이 때문이다. 「운수 좋은 날」「불」 등에서 작가의 시선이 하층민을 향하고 있을지라도 객관적 현실로 확대되었다는 평가를 내리기 힘든 이유 역시 마찬가지다. 작가의 시선이 개인의 범주를 넘어설 경우 사실성의 성취는 심각하게 훼손되는데, 이는 작가의 또다른 작품 「지새는 안개」『적도』 등에서 확인할 수 있다.

: 박현수 :

● 더 읽을거리

이 시기 김동인의 소설을 삶과 관련해서 살펴볼 수 있는 문헌은 김윤식의 『김동인 연구』(민음사 1987)이다. 근대의 낭만적 주체와 관련해 김동인 소설을 가늠한 글로는 황종연의 「낭만적 주체성의 소설」, 『김동인 문학의 재조명』(새미 2001)이 있다. 박헌호의 「한국 근대 단편양식과 김동인」, 『식민지근대성과 소설의 양식』(소명출판 2004)은 김동인 소설의 양식적 특징에 초점을 맞춘 글이다. 염상섭 소설에 대한 폭넓은 접근 역시 김윤식의 『염상섭 연구』(서울대 출판부 1987)에서 이루어졌다. 식민지근대라는 측면에서 이 시기 염상섭 소설을 다룬 글로는 하정일의 「보편주의의 극복과 '복수의 근대'」, 『염상섭 문학의 재인식』(깊은샘 1998)이 있다. 손정수는 「초월적 자아와 현실적 자아──「만세전」 주인공의 자기정체성」, 『한국근대문학연구』 5(한국근대문학회 2002)에서 판본의 비교를 통해 「만세전」의 성격을 가늠하고 있다.

현진건 소설 전반에 관한 안내서로는 현길언의 「현진건소설연구」(한양대 박사학위논문 1984)가 있다. 임규찬은 『한국 근대소설의 이념과 체계』(태학사 1998)에서 현진건 소설의 사실주의적 성취와 한계에 대해 논했다. 현진건 소설에 나타난 사실성을 소설적 관습과 연결시켜 논의한 글로는 박현수의 「두 개의 '나'와 소설적 관습의 주조」, 『상허학보』 9(상허학회 2002)가 있다.

나도향 소설의 낭만주의적 성격과 사실주의적 성격의 관계에 대해 논의한 글로는 강인숙의 「낭만과 사실에 대한 재비판」, 『문학사상』 1973년 6월호가 있다. 이혜령은 「성적 욕망의 서사와 그 명암」, 『한국소설과 골상학적 타자들』(소명출판 2007)에서 나도향 소설 『환희』에 나타난 성욕의 근대적 의미에 대해 논의하고 있다. 근대적 욕망을 준거로 나도향 소설 『어머니』를 논의한 글로는 박헌호의 「삶에 부딪쳐 파열한 근대적 욕망」, 『민족문학사연구』 12(민족문학사학회 1998)가 있다.

한국 근대시 형성과정의 쟁점과 그 향방

1. 한국 근대시 형성과정을 어떻게 볼 것인가

1910년대 중반에서 1920년대 중반까지, 한국 근대시 형성기의 시문학사를 설명하는 기존 구도는 일종의 '단계적 진화론'에 입각해 있었다. 이를 도식화해 설명하자면, 근대시 형성과정이 '① 서구 상징주의의 번역과 수용을 통한 자유시의 모색과 형성 ② 자유시의 외래지향성 또는 '식민성'에 대한 반성과 비판 ③ 국민문학론의 대두와 민족적 시형의 탐구 그리고 계급문학론의 분화'라는 단계를 거쳐 '진화' 또는 발전해왔다는 것이다. 이러한 구도에 입각하여, 한국 시문학사의 연속성·독창성·전통성·민족성 등을 개별 텍스트 안에서 확인하고 구성하고 절대화하는 연구경향이 우세했다. 이때 문제는, '번역'이나 '외래성' 등의 항목이 '주체'의 건전한 발전을 지체·왜곡시키는 불온한 '타자'로 간주된다는 점이다.

　국민문학 또는 민족주의문학을 중심으로 근대시의 형성과정을 이해하고 재편하는 관점은 1920년대 초반 문단 내부에서 촉발되었다. 황석우(黃錫禹)와 현철(玄哲)의 '신시 논쟁'을 계기로 상징주의와 자유시에 대한 비판이 제기되었으며, 1920년대 중반 『조선문단』을 중심으로 국민문학론과 국민시가운동이 확산되었다.

　이 글은 국민문학 또는 민족주의문학의 구도와 관점이 근대시에 내재된 다양한 가능성과 열망을 배제하거나 동일화했음을 지적하고자 한다. 실제로 한국 근대시의 장은 전통성과 외래성, 국민성(민족성)과 세계성, 아마추어리즘과 전문성, 자율성과 타율성 등의 다양한 경향들이 '문학적 정당성'을 획득하기 위해 경쟁하는 과정을 통해 형성되었다. 한국 근대시는 이러한 다양한 경향들이 서로 대립하고 충돌하며 밀고 가는 힘에 의해 구성되었다고 할 수 있다. 그런 점에서, 1910, 20년대 상징주의와 자유시운동을 '외래성＝식민성'으로 규정하고, 국민문학론을 이의 극복으로 평가해온 기존 관점에 대한 재검토가 요구된다. 이 글에서는, 먼저 상징주의와 자유시운동의 의미를 새롭게 규정하고, 이를 바탕으로 '신시 논쟁'의 쟁점과 그 의의를 검토할 것이다. 그리고 주요한을 중심으로 한 국민시가운동의 성과와 한계를 짚어보고, 결론을 대신하여 '근대시인'으로서 이상화의 면모를 살펴보려 한다.

2. 상징주의와 자유시운동의 경과와 의미

잘 알려져 있듯이, 한국 근대시는 김억(金億), 황석우, 주요한 등이 주도했던 상징주의 수용과 자유시운동을 통해 그 형성의 계기를 마련하였다. 이러한 현상적 사실 외에 상징주의와 자유시운동에 대한 평가는, 기존 연구들에서는 주로 부정적으로 다루어졌다. 즉 근대 초기 시에 나타난 감상주의, 퇴폐적 데까당스, 산문적인 형식과 관념적인 내용, 난해한 시어와 혼잡한 이미지의 구사 등이 상징주의와 자유시의 수용에 따른 문제점으로 지적되어왔다.

한국에서 상징주의는 현실과 사상·문예사조에 대한 '전복적(顚覆的) 동력'으로 수용되었음을 상기할 필요가 있다. 상징주의를 처음 소개했던 백대진(白大鎭)은 "상징주의의 파괴운동으로 말미암아 자유시의 건설을 보게 되었"으며 이로 인해 "위대한 공화적 자유사상이 확실히 세워"졌다고 주장함으로써, 상징주의와 자유시의 전복적·혁명적 성격을 강조하였다.[1]

같은 시기에 김억도, 상징파와 자유시의 역사적 의의를 "과거의 모든 형식을 타파하려는 근대예술의 폭풍우적 특색"으로 받아들였다.[2] 김억은 상징주의의 발생배경을 근대문명에 대한 '비수(悲愁)'와 저항에서 찾았다. 그에 따르면, "자연과학의 진보에 따라 나오는 현실과 이상과의 충돌, 신앙과 몽상의 소멸, 격렬한 생존경쟁, 종교와 과학의 충돌" 등이 원인이 되어 "근대사조가 암흑의 비수를 느끼게" 되었

---

1) 백대진 「최근의 태서문단」, 『태서문예신보』 1918년 11월 30일자.
2) 김억 「프랑스시단」, 『태서문예신보』 1918년 12월 7, 14일자

다. 데까당스는 바로 이러한 "암흑의 비수"를 반영하는 시대정신이었다. 따라서 데까당스는 '권위'를 신조로 하는 고답파를 깨뜨리고, 비수와 몰이상과 회의, 혼돈과 퇴망(頹亡)의 형식으로 출현한 예술사조로 규정되었다. 김억은 이러한 데까당스파에서 상징주의가 생기고, 상징주의에서 재차 자유시가 생겼다고 이해하였다.

백대진과 김억을 통해, 1910년대 시인들에게 데까당스, 상징주의, 자유시가 단순한 시의 '기법'이나 '형식'이 아니라 '전세계의 근대'에 대응하는 시대정신으로 수용되었음을 알 수 있다. 즉 이들은 상징주의를 통해 세계사적 시대정신을 호흡하는 자부를 표현했던 것이다.

당대의 현실과 사상·문예사조에 대한 '전복적 동력'으로서 상징주의의 의의는 아나키즘과의 연관 속에서 더욱 극명하게 드러난다. 프랑스와 일본, 한국의 상징파 시인들 상당수는 아나키즘을 사상적 배경으로 삼아, 국가와 권위·고전적 형식에 반역하며 개인의 무한한 자유를 확장하는 전복적 행위를 상상하거나 실천했다. 한국에서 상징주의와 아나키즘의 상관관계를 보여주는 대표적인 예가 황석우이다. 물론 김억도 초기엔 아나키즘에 경도되어 있었다. 황석우는 일본과 조선을 오가면서 아나키즘 계열의 사회운동조직에 가담하여 활동했다. 그가 교류했던 아나키즘 계열의 인물들로 정태신(鄭泰信), 원종린(元鍾麟), 박열(朴烈), 김약수(金若水), 조명희(趙明熙), 오오스끼 사까에(大杉榮), 요시노 사꾸조(吉野作造), 사까히 도시히꼬(堺利彦) 등이 있다. 또한 황석우는 『근대사조』『삼광』『폐허』『대중시보』『장미촌』 등의 매체 발간에 관여하면서, 사회운동과 문학운동을 아우르는 광범위한 사상적·인적 네트워크를 조직했다. 황석우는 일본의 사상과 사회운동을 단순히 모방·추수한 것이 아니다. 그는 당시 조선과 일본의 근대사상과 사회운동의 핵심인물이었으며 일본의 문인, 사회운동가들과 영향을 주고받았다. 황석우는 1918, 19년경에 일본의 대표적인 상징주의 시인 미끼 로후(三木露風)를 통해 일본 시단에 등단하고 미래사(未來社) 동인으로 활동하면서, 한국의 근대시가 '자유시'로부터 발족해야 한다고 주장하였다.

황석우는 「조선 시단의 발족점과 자유시」[3]에서 '신체시' 운운하는 당시 풍조를 비판하고, 근대시의 출발점으로 자유시를 강조하였다. 황석우는 신체시에 대해 "일본 명치(明治) 초기 시풍에 일어난"것으로 "음수(音數)의 제약을 가진"시이며 "화가(和歌)를 서시(西詩)에 거(據)하여"만든 과도적인 시형으로, 실패한 불구의 형식이라고 규정했다. 때문에 조선에서는 신체시 운운하며 기존의 "한문시나 조선 민요체의 시역(詩域)에 약입(躍入)하여"일본의 신체시 같은 전철을 밟을 필요가 없다고 주장했다. 이러한 신체시 폐기론은, 당시 유행하던 최남선류의 신체시를 비판하는 동시에 민요나 시조, 한시 등의 전통적인 시가형식에 의거하여 신시를 구상하려는 기획이 일본에서와 마찬가지로 별 성과가 없을 것임을 분명히 밝힌 것이었다.

황석우에게 '자유시'는 세계사적 시대정신을 표현하는 양식이며, 자아를 해방하는 양식이었다. 아나키스트로서 황석우는 철저한 '개인 자치'의 사회 건설을 이상으로 삼고, 그 이상에 반(反)하는 일체에 대해서는 철저히 배척한다는 정치적인 '신조'를 갖고 있었다. 그에게는 문학의 '자치', 즉 자유시의 독자적 가치도 옹호해야 할 중요한 이상이었다. 그에 따르면, 시의 본령은 '개성'의 분방한 발현에 있으며, 개

---

3) 『매일신보』 1919년 11월 10일자.

인의 영혼이 극도로 고양되어 현실의 제약과 인간의 한계를 초월하는 순간이야말로 시의 궁극적인 지향점이다. 이러한 입장에서 한국 근대시가, 개성을 분방하게 발휘하는 독립적이고 자율적인 양식인 자유시에서 발족해야 한다고 주장했던 것이다.

3. '신시 논쟁'의 쟁점과 의의

상징주의와 자유시운동에 대한 비판은 황석우와 현철의 '신시 논쟁'에서 처음 제기되었다. '신시 논쟁'의 경과는 다음과 같다.

현철 「시란 무엇인가」, 『개벽』 5, 1920년 11월.
황석우 「희생화와 신시를 읽고」, 『개벽』 6, 1920년 12월.
현철 「비평을 알고 비평을 하라──시사신문의 微蛻군과 동경 있는 황군에게 답」, 『개벽』 6, 1920년 12월.
황석우 「주문치 아니한 시의 정의를 일러주겠다는 현철 군에게」, 『개벽』 7, 1921년 1월.
현철 「소위 신시형과 몽롱체」, 『개벽』 8, 1921년 2월.

이어 1921년 3월에 황석우가 「신체시와 자유시의 엄정한 구별」과 「토괴문단(土塊文壇)」이라는 반박문을 보내왔으나 『개벽』 편집부가 임의로 게재하지 않으면서 논쟁이 종결되었다.

'신시 논쟁'은 1920년대 초반 근대시의 다양한 이슈들, 그러니까 자유시와 신체시, 상징주의에 대한 평가, 세계성과 민족성, 시의 장

르적 성질로서의 서정성, 문화적 민족주의 등의 문제들이 쟁점으로
부각되었고, 이에 대한 이론적인 논의가 진행된 최초의 논쟁이라는
점에서 중요하다.

논쟁은, 현철이 '시란 무엇인가'에 대한 사전적인 정의와 자신의 생
각을 간단히 적은 데서 시발되었다. 현철의 글 가운데 황석우가 문제
삼은 것은 "가사와 시조는 조선 고래(古來)의 시요, 근자 신체시는
서양 시를 모방한 것이요, 한시는 지나(支那)의 시이다"라고 한 대목
이다. 황석우는, 현철이 당대의 시를 '신체시'라고 명명한 것과 그 시
가 '서양 시의 모방'이라는 데 특히 반발하였다. 현철의 정의에 대해
황석우는 당대의 시는 '신체시'가 아니라 '자유시'이며, 자유시는 서양
의 것이 아니라 '인류 공통의 세계시형'이라는 주장을 폈다.

이에 대해 현철은 자유시가 서양 시의 모방이기 때문에, 신시는 조
선의 '민족성'과 '전통'을 바탕으로 구상해야 한다고 주장하였다. "우
리 조선에는 고래의 시형이 어떠한 것인지, 우리의 조선(祖先)의 시
상은 무엇인지, 우리 시의 형식은 그 특점과 결점이 어디 있는지, 우
리 시에 유래하는 국민의 민족성은 어떠한 점에서 잠재하였는지, 우
리의 말에는 어떠한 구조로 시상 시형을 표현하였는지" 등에 대한 이
해가 우선되어야 한다는 것이다.

황서우와 현철의 대립은 상징주의에 대한 평가에서 첨예하게 드러
났다. 현철은 상징주의를 정면으로 비판하며, 전세계적인 시대정신
으로서 상징주의의 의의와 그 '전복적 가치'를 부인했다. 대신 그는
자유시와 상징주의를 기법, 형식의 차원으로 한정했다. 이는 현철이
자유시의 기원과 모델을 프랑스 상징주의가 아닌 미국의 월트 휘트
먼의 시에서 찾는 것과도 무관하지 않다. 현철은 "단행의 어구를 나

열하여 그 형식은 소위 <u>자유시</u>라는 이름에 밀고 그 뜻은 <u>상징주의</u>라는 간판에 붙여 성대히 몽롱체를 만든"다며, 근대시의 내용과 형식이 몽롱하고 난해한 것을 상징주의와 자유시의 특징으로 몰아갔다.

신시 논쟁의 결과, 상징주의와 자유시는 그 시대적·사상적·정치적 의의를 박탈당하고 순문학의 기법과 형식 수준으로 축소된 채 이해되었다. 상징주의에 대한 이러한 인식의 변화는, 한국 근대시가 '모방' '전통' '문화' '기법'이라는 범주 아래 스스로를 검열하고 배제하고 통합하는 과정을 통해 형성되었음을 증명하는 것이다.

신시 논쟁의 또다른 쟁점으로 '세계성'과 '민족성'의 문제가 있다. 이것은 근대가 봉착한 핵심적인 문제로서, 특히 3·1운동 이후 세계와 민족의 관계에 대한 변화된 관점을 반영하고 있다.

황석우에게 국가 또는 국가주의는, 인민과 지배와 피지배관계를 맺고 운영되기 때문에 부정하고 저항해야 할 대상이었다. 따라서 "소위 국민적 색채를 가진 시가"는, 장차 '인류 공통의 시형'으로 지양되어야 할 과도기적인 시형으로서 제한적인 의미를 가질 뿐이다. 이와 달리 현철은 '민족성'과 '전통'을 최고의 가치로 격상시킨다. 그는 신시를, 민족성과 전통을 본질로 하는 "조선 민족을 위한 국민시가"로 창안할 것을 주장하였다.

현철의 '국민시가' 개념은 『개벽』의 '문화적 민족주의'와 궤를 같이하는 것이었다. 신시 논쟁을 전후하여, 『개벽』은 '민족성'과 '문화' 담론에 주목하기 시작했다. 이 논리는 천도교의 이론적 지도자이자 『개벽』의 편집인이었던 이돈화(李敦化)가 제기했다. 이돈화는 신문화건설을 위해 "현재 우리 조선사회에는 사상통일"이 "제1급무"[4]라고 주장하며, 통일과 통합의 이념으로 "민족성"과 문화를 제시하였다. 예술과 도덕, 종교, 언어, 풍속 등은 "선천적(先天的) 약속"인 "민족성"에 의해 발휘된다. 그렇기 때문에 같은 '문명'이라도 '민족성'에 의해 조화되고 융화되고 영화(靈化)되어서 "판이한 특종의 문화"를 산출하게 되는 것이다. 이러한 입장에서 이돈화는, 조선이 신문화를 수입함에 있어 "4천년의 장구한 광음과 공히 순화된" "민족성을 보존하고 향상케 하고 영원히 미화케 함으로써 신문화의 건설을 익익대성(益益大成)케 하기"를 요청하였다.[5] 신문화 건설에서 '민족성'의 중요성을 부각한 이돈화의 이 글은 『개벽』의 공식 '테제'라는 위상을 갖고 있었다. 그리고 이 '테제'는 신시 논쟁에서 '민족성'과 '전통'을 강조하는 현철의 '국민시가'론으로 나타났다.

신시 논쟁에서 제기된 또하나의 쟁점은 시의 장르적 성격에 관한 것이다. 일찍이 황석우는 "시인은 실로 예술계의 제왕이다"[6]라고 하여 시를 최고의 예술양식이라고 선언하였다. 또한 시에서 '미'의 절대적인 가치를 찾음으로써 초월적이고 유미주의적인 태도를 드러냈다. 그는 시에서 신과의 접촉, 영감과 신흥(神興) 등의 신비적이고 초월적인 요소를 강조하여, 근대의 이성과 욕망에서 파생된 지배와 억압, 권력과 수탈의 제도를 넘어서고자 하였다. 황석우가 주장한 '영어(靈語)와 영률(靈律)로써 신과 교섭하는 시'는 현실 속에 존재하지 않는 새로운 세계를 창조적 상상력을 통해 구성하고 심미적으로 창조하는 양식이다. 이러한 시의 창조적 상상력을 가능케 하는 동력은 '자아' '개성'이다. 황석우의 자유시론에서 '자아' '개성'은 새로운 세계를

4) 이돈화 「조선 신문화 건설에 대한 도안」, 『개벽』 4, 1920년 9월.
5) 이돈화 「조선인의 민족성을 논하노라」, 『개벽』 5, 1920년 11월.
6) 황석우 「시화」, 『매일신보』 1919년 10월 13일자.

건설하는, 확장된 인간의 절대적인 자유의지를 뜻하기도 한다.

반면 현철은 "시라고 하는 것은 내용으로는 정(情)이 격앙(激昻)에서 일출(溢出)하여야 할지요 외형으로는 운문이라야 한다"라고 정의하였다. 월트 휘트먼을 예로 든 데에서 알 수 있듯이, 현철의 시 개념은 낭만주의적 서정시를 모델로 삼았다. 이처럼 현철의 장르 인식이 '정을 표현하는' 서정시에 근거했던 것도, 상징주의를 비판하고 폄하한 한 이유이다.

근대문학에서 '문학'과 '정'의 개념은 이광수의 문학론에서 논리적으로 통합되기 시작하였다. 이광수는 문학은 "정의 분자를 포함한 문장"[7] "문학은 정의 만족을 목적 삼는다"[8]라고 정의하였다. 이때 이광수가 문학의 본질로 규정한 '정'은 계몽의 원동력으로, 사회적 가치와 개인의 내면 심리에 대한 관찰이라는 이중의 의미를 내포한 개념이었다. 이광수는 일찍이 '정'이 지적·도덕적 영역과 연결되어 있을 뿐 아니라 그것을 넘어서는 가치를 지니고 있다는 점을 역설하였다. 이러한 정의 긍정은 상상된 공동체인 '민족'(nation)의 기반이 되었다.

현철이 '정'을 시의 장르적 본질로 주목한 것도 같은 맥락에서 설명할 수 있다. 즉 시에서 '정'의 요소를 본질로 하는 서정시 중심주의는, 민족성을 순화(純化)하고 국민을 '정'으로 교화하고 통합하는 기능을 한다. '정'은 모순되고 균열적인 차이를 무화(無化)하며, 저항 없이 동일화하는 정서적 통합의 힘을 발휘한다. 다시 말해, 구성원을 정서적으로 동일화하는 '정'은 비판적 사유, 소수 정신과 저항의 움직임, 개인의 특성을 무화하고 융화시킨다. 이렇게 형성된 공감의 공동체

7) 이광수 「문학의 가치」, 『대한흥학보』 1910년 3월.
8) 이광수 「문학이란 何오」, 『매일신보』 1916년 11월 10~23일자.

는 국민화의 계기로서 민족성 혹은 민족 '정서'로 확인된다. 신시 논쟁에서 현철이 민족성과 전통을 강조하는 '국민시가'론과 서정시 중심주의를 결합한 근대시의 새로운 방향 설정을 주장한 근거가 여기에 있었다.

4. 주요한의 국민시가론과 언어민족주의

주요한은 『조선문단』(1924. 10~12) 창간호부터 「노래를 지으시려는 이에게」를 연재하였다. 『조선문단』의 현상문예 고선자(考選者)이기도 했던 주요한은, 이 글에서 조선의 문학청년들에게 '노래 짓는 법'을 지도한다는 명분으로, 그간의 한국 근대시에 대한 반성과 더불어 새로운 방향을 제시하고 있다. 특히 이 글은 근대시의 새로운 방향으로 국민시가의 창안을 주장하여, 이후 1920년대 국민문학론의 좌표 역할을 했다.

주요한은 신시운동의 새로운 목표를 근대적 조선시가의 확립에 두고 있다.

첫째는 <u>민족적 정조와 사상</u>을 바로 해석하고 표현하는 것, 둘째는 <u>조선말의 미와 힘</u>을 새로 찾아내고 지어내는 것입니다.[9]

그는 "오늘날 신시가 비록 시작은 외국시의 모방, 번역에서 하였으

9) 주요한 「노래를 지으시려는 이에게」, 『조선문단』 1, 1924년 10월.

나, 장차는 조선말의 진정한 미를 찾아 들어갈 것"이라고 주장하였다. 다시 말해, 신시의 모방성과 이식성을 '조선말의 미와 힘'으로 극복함으로써 진정한 의미의 근대적 조선시, '국민적 독창문학'을 창안할 수 있다는 것이다. 신시의 이념형으로 새롭게 제기된 '국민적 독창문학'은 "외국문학의 전제에서 벗어나"는 것과 함께, 민족적 전통의 형식인 민요나 동요에 그 뿌리를 둘 것을 요구하였다. 이를 통해 주요한은 궁극적으로 조선문학이 세계문학의 반열에 오르는, 즉 '조선으로 세계에' 이르는 기획을 구상했다.

이와같이 1920년대 국민시가운동과 국민문학론의 본질은 '조선말' '조선어'의 '미와 힘을 찾아' 문학어로 발견하는 데 있었다. "조선문학에 조선의 피가 놀뛰어야 할 것이외다"라는 주요한의 주장에서 나타나듯이, 국민문학론에서 조선말은 조선의 '피'를 의미한다. 이러한 언어관은 혈연적 민족주의의 발상이다. 주요한이 국민시가의 발족점으로 민요와 동요에 주목하는 이유도, 그것이 번역에 의해 훼손되지 않은 언어의 순수성을 간직한 형식이라고 보기 때문이다. 실제로 1921년 1월 1일부터, 주요한은 시를 쓸 때 오로지 조선어 표기만을 고집했으며, 한자는 사용하지 않았다. 1924년 시집『아름다운 새벽』을 발간하면서, 이전에 발표했던 작품 중에서 한자어를 조선말로 대폭 수정하여 수록하였다.

주요한이『창조』창간호(1919. 2)에 발표한「불노리」의 국한문체와 유장한 산문적 리듬을 기억한다면, 그의 시와 시론에 나타난 이러한 변화는 매우 획기적이다. 그 변화의 근거는 무엇일까? 이를 해명함으로써, 1920년대 국민문학론의 성격과 그 의미를 확인할 수 있을 것이다. 먼저 주요한의 언어적 정체성을 확인해볼 필요가 있다.

주요한이 '조선어'를 '모국어'와 '국어'로 발견하게 된 배경에는, 역설적이게도 그의 혼종적인 언어적 정체성이 자리잡고 있다. 주요한이 11살(1912)에 조선을 떠나 일본에서 학교를 다니며, 일본어로 시를 써서 일본문단에 등단한 사실은 잘 알려져 있다. 이것은 일본어가 주요한의 정체성과 감수성을 형성하는 데 결정적인 영향을 미쳤음을 의미한다. 그리고 카와지 류우꼬오(川路柳虹)의 영향으로 상징주의와 프랑스 시에 심취하여, 제1고등학교 불법과(佛法科)에 진학해서 불어와 불문학을 공부했다. 3·1운동 이후에는 중국 상하이로 건너가 6년간 체류했다. 국제도시 상하이에서 주요한은 세계의 기운을 호흡하며 조선어, 일본어, 영어, 불어, 중국어 등을 상황에 따라 자유롭게 구사하는 다중적인 언어생활을 하였다. 그가 다녔던 호강대학(滬江大學)은 미국 선교회에서 세운 학교로, 교수진이 대부분 미국인이었으며 강의는 영어로 진행되었다. 재학시절 주요한은 영어 변론팀 주장을 맡고 교내 잡지의 영문 주필로 활약할 정도로 영어에 능통했다.

또한 주요한의 언어적·문학적 정체성은 일본과 중국이라는 다른 언어권에서 조선어 매체의 발간과 편집을 주도하는 가운데 형성되었다는 점도 특징적이다. 『창조』의 편집을 도맡았던 주요한은, 일본에서 조선어 매체를 발간하며 "모국어 발견의 희열"을 실감했다. 상하이에서 『독립신문』을 창간할 때, 조선어 활자를 직접 주조·문선하여 『독립신문』을 "내놓고는 밤새 울던 일"은 조선어를 이념적·정서적으로 발견하는 결정적 계기가 되었다. 이 경험을 통해 조선어에 대한 그의 감성과 인식은 변화하게 된다. 즉 개인적·실존적 차원에서 존재하던 '모국어'에 대한 욕망이, 국가의 표상체계인 '국어'의 차원으로 변화한 것이다. 당시 주요한은 상해임시정부의 독립운동 방책으로서 평화적 전쟁론[10]을 발표했는데, 여기서 "국사와 국어 보존"을 중요한 독립운동의 방책이자 목표로 제시하였다. 이러한 '국어'에 대한 열망과 감격은 '국어＝조선의 피'라는 혈연적 민족주의 혹은 '피'의 파토스로 승화되어갔다.

「노래를 지으시려는 이에게」는 주요한의 조선어에 대한 변화된 인식과 민족독립운동의 전략을 바탕으로 상하이에서 작성되고 국내의 문학청년들에게 타전된 것이다. 이 글의 목적은, 조선어를 국가의 표상체계, 국민 창출의 도구이자 정신인 '국어'로 발견하고, 재차 이를 문학어로 제안하려는 것이다. 주요한은 이 글에서 '순전한 조선어의 미와 힘'을 바탕으로 '민족적 정조와 사상'을 표현하는 국민시가의 창출을 주장한다. 그의 국민시가론에는 개인적·실존적 정체성의 표상으로서 '모국어'에 대한 그리움과 대자아(大自我)인 민족의 표상으로서 '국어'에 대한 열망이 복합적으로 작동하고 있다. 그 구체적인 방법으로, 번역이나 외래성에 의해 오염되지 않은 순수하고 균일적이고 자기완결적인 '조선' '조선어'를 기획하였고, '순수한' 근대적 조선시를 창안하려 했다. 이를 위해 '민요'와 '민중'이 호출되었다. 주요한의 시에서 중요한 공간을 형성하는 '고향'도 모국어의 표상공간이기 십상이다.

그러나 1920년대 조선의 언어상황은 한글과 한문, 국한문혼용체, 번역어, 외래어, 그리고 식민지 조선에서 '국어'로 군림한 일본어 등이 뒤섞여 서로 균열하고 갈등하고 충돌하고 있었다. 이것이 1920년대 근대 조선의 언어현실이었다. 언어적 혼종성은 조선의 근대가 직

10) 주요한 「적수공권(赤手空拳)」, 『독립신문』 1920년 6월 5～20일자.

면했던 현실이고 실체였다. 또한 근대는 번역을 통해 구성될 수밖에 없었다. 인류의 모든 문화와 문명은 번역을 통해 교환되었고, 번역을 통해 새로운 삶과 사유의 가능성을 확충해왔다. 따라서 '번역어'를 배제하고, '순수한' '조선어와 조선시'를 구상하는 것은 그 자체가 환상이며 관념일 수밖에 없었다.

국민문학론은 외래성 혹은 세계성이나 혼종성을 '식민성'과 동일시하고, 그 반대편에 민족성과 순수성을 대립시키는 이분법적 태도를 견지하였다. 실제로 주요한을 포함하여 국민문학론자들이 민요와 동요·전통·민중에 주목한 까닭은, 그것들이 근대와 외래성에 물들지 않고 순수성과 "단순성" "자연스러움"을 유지하고 있다고 믿었기 때문이다. 그러나 국민시가운동이 민요와 동요를 근대시의 뿌리로 삼아야 한다고 주장한 것은, 전통과 민족성의 명분으로 민요와 동요를 발견하고 창안하는 전도(顚倒)된 과정이었다. '국민적 독창문학' '순수한 조선어'는 '국가' '국민'의 발견과 더불어 고안된 추상적인 관념일 뿐이었다. 외래성과 잡연(雜然)함을 배제한 '순전한' 조선과 조선어의 창안은, 다양한 삶과 사유의 가능성을 차단한 '고립'으로 이어질 수밖에 없었다. 그 결과, 1920년대 국민시가는 근대 현실의 모순과 갈등을 문학의 세계에서 배제했을 뿐 아니라, 어린아이적인 순수성과 단순성, 대중가요적인 노래성과 감상성을 근대적 조선시의 한 경향으로 드러냈다.

5. '근대시인' 이상화

1924년 벽두에, 김억은 그동안 발표된 조선의 시가 창작도 번역도 아니며, 남의 개성을 "절도(竊盜)"한 결과에 불과한 "병신(病身)"의 문학이었다고 통렬한 자기비판을 했다. 그리고 이러한 위기에서 벗어나기 위해 신시는 전통, "조선심"에 근거해야 한다는 선언을 들고 나왔다.[11] 상징주의와 자유시운동의 선구자이며 외국문학의 번역과 소개에 가장 앞장섰던 김억이 '전통'과 '조선심' '조선혼'을 근간으로 하는 '진정한 조선시'를 제기한 것이다. 또한 '진정한 조선시'를 위해 순수한 조선어를 문학어로 개발하는 데 집중해야 하며, 번역된 근대어는 '일본식 한자어'라 하여 배척하였다. 김억은 "지금 우리 시단(詩壇)에는 외국문자 그대로 쓰는 이가 잇습니다. 아모리 배외열(拜外熱)이 만키로 '인간(人間)' '미련(未練)' '와권(渦券)' '동굴(洞窟)'이라는 일본어를 그대로 조선어로 쓰랴고 할 어리석음이 어디 잇겟습니까. 그런 것은 돌이어 조선어의 고유한 미(美)와 력(力)을 허물내이는 것밧게, 아모러한 뜻할 무엇이 업는 것입니다"[12]라고 하였다.

흥미롭게도 김억의 이 비판은, 즉각 이상화 시의 구절들, "저녁의 피문은 洞窟 속으로/아―밋업는, 그洞窟속으로"[13] "내寢室이復活의 洞窟임을 네야알년만……"[14] 등을 떠올리게 한다. 이상화는 시에서

---

11) 김억 「조선심을 배경삼아」, 『동아일보』 1924년 1월 1일자.
12) 김억 「무책임한 비평」, 『개벽』 32, 1923년 2월.
13) 이상화 「말세의 희탄(欷嘆)」, 『백조』, 1922년 1월.
14) 이상화 「나의 침실로」, 『백조』, 1923년 9월.

'인간' '동굴' 등의. 한자어뿐 아니라 '마돈나' '마리아' 등의 외래어 까지 거침없이 사용했다.

　국민문학론이 힘을 얻고 있던 시기에, 이상화의 이러한 행보를 어떻게 이해할 수 있을까? 이상화는 당시의 문단이 "개성"과 "사회" 그리고 "시대"에 대한 치열한 "관찰안(觀察眼)"이 없이 오직 "수사와 기교의 수확(收獲)"에만 몰두하고 있음을 비판했다. 그는 시인에게 전통, 즉 과거에 구애됨 없이 오직 현재와 미래의 창조에 매진하는 용기와 자부를 가질 것을 요구하였다. "조선에도 생활이 있고 언어가 있는 바에야 조선의 추구열(追求熱)과 조선의 미화욕(美化慾), 곧 조선의 생명을 표현할 만한 관찰을 가진 작가가 나올 만한 때라 믿는다"라고 말하면서, 조선의 독자적 예술은 "오늘의 조선 생명을 관찰한 데서 새로운 생활양식"을 창조하는 것이라고 주장하였다.[15] "시란 것이 생활이란 것 속에서 호흡을 계속하여야" 하며, "현실의 복판에서 발효하여야" 하며, "생활 그것에서 시를 찾아내어야 한다"[16]는 것이다. 이상화의 시론은, 시에서 언어는 필수요소이지만, 그렇다고 시를 언어의 차원으로 환원할 수는 없다는 관점에 입각해 있다. 따라서 예술은 언어 또는 전통의 차원에 그치는 것이 아니라 '지금, 여기'의 소용돌이치는 "현실" "생활"에서 창조력을 뽑아내야 한다는 것이다.

　이상화의 시로 설명하자면, "조선"은 훼손되지 않은 순전(純全)한 피안이 아니라, "희탄(欷歎)"해 마지않는 세기말적 "말세(末世)"의 현실이다. 조선은 더이상 순수하고 거룩한 "흰 옷"의 "상징체"가 아니라 온갖 잡스러운 색깔과 소음으로 가득 차 있다. 조선은 근대라는 "숯

---

15) 이상화 「문단측면관」, 『개벽』, 1925년 4월.
16) 이상화 「시의 생활화」, 『시대일보』 1925년 6월 30일자.

불에 손 덴 쓰라린" 상처이며(「'도-교-'에서」), 근대 도시 "서울"은 "叛
逆이 낳은 都會"(「초혼」)이다. 이렇게 분열하고 충돌하는 현실의 한복
판에 이상화는 시 창작의 거점을 둔다. 그는 정신과 육체, 순수와 혼
종, 전통과 외래, 내용과 형식 등 이분법적 인식론으로 세계와 문학
을 이해하지 않는다. 그는 "어둠", 바로 그 현실 속에서 "스며나온"
"두더지 같은" 영혼으로 "이 世紀를" "조선의 밤"을 "물고 늘어"진
다. "비틀거리며" "핏물을 흘"리면서도 "물고 늘어지는" 시적 자세
를 늦추지 않는다.(「비음(緋音)」) "내송장의불상스런그꼴우흐로 / 소낙
비가치내려쏘들지라도 (…) 게서팔과다리를허둥거리고 / 붓그럼업시
몸살을처보"(「독백」)겠다고 선언한다.

혜겔의 말을 빌리면 "부상자들에게 해를 입힌 손은 또한 그것을 치
료하는 손이 되기도 한다"라는 것이 바로 근대적 의식이다. 분열의
소용돌이 속에서 그 분열을 지양하는 힘을 찾아야 하는 것이다. 마찬
가지로 근대시란 시적 자아가 분열하는 근대의 한복판에 서서, 근대
의 모순과 혼돈의 충돌 등을 시 창조의 에너지로 전화하는 데서 생겨
났다. 근대의 모순과 균열로 시에 형식과 리듬을 부여하고, 다시 그
형식과 리듬으로 근대를 극복하는 힘을 창조하는 과정에서 근대시는
생성되는 것이다. 이상화가 시인으로서 자신의 운명에 부여한 형식,
즉 "새 세계를 낳으려"고 "쏘댄"(「시인에게」) 그 쓰라림의 상처 속에서
에너지를 뽑아올려, 재차 "숯불에 손 덴 상처"(「'도-교-'에서」)를 치유
하는 과정을 통해 비로소 근대시가 생성되는 것이다. 시인으로서 그
의 이력─상징주의에 열광하고, 『백조』의 터전 위에서 새로운 경향
의 문학을 싹 틔워 파스큘라(PASKYULA)를 결성했으며, 신경향파문
학을 거쳐 프롤레타리아문학을 여는 데 중요한 역할을 수행할 수 있

었던 에너지가 바로 여기에서 나온 것이다. 그런 점에서 이상화는 '민족시인'이나 '저항시인'이라기보다 '근대시인'이었다. 이상화는 근대시인으로서 자신의 운명에 철저하고자 했으며, 그 결과 여타의 신경향파 시인이나 프로 시인들과 달리 관념화와 이념적 형해화(形骸化)에 빠지지 않고 독창적인 시세계를 창조할 수 있었다.

: 정우택 :

●더 읽을거리

한국 근대시문학사의 구도에 대해서는 김은전 외『한국 현대시사의 쟁점』(시와시학 1991); 한국현대시학회『20세기 한국시의 사적 조명』(태학사 2003); 오세영 외『한국 현대시사』(민음사 2007) 등의 편찬체제를 통해 짐작할 수 있다.

상징주의 수용에 대해서는 김은전『한국 상징주의 시 연구』(한샘 1991)가, 1920년대 '국민문학' 형성론은 오세영「20년대 한국 민족주의문학」,『20세기 한국시연구』(3판, 새문사 1991)가 대표적이다. 1920년대 국민문학론이 제국의 오리엔탈리즘과 제휴하고 있다는 것을 구인모는「한국근대시와 '국민문학'의 논리」(동국대 박사학위논문 2005)에서 논증하였다.

신시논쟁에 대해서는 백운복『한국현대시론사연구』(계명문화사 1993); 김춘식「신시 혹은 근대시와 조선시의 정체성」,『한국문학연구』28(동국대 한국문학연구소 2006); 정우택 「한국 근대초기시에서 '외래성'과 '민족성'의 문제」,『한국시학연구』19(한국시학회 2007) 등이 참고할 수 있는 글이다.

한국 근대문학과 아나키즘의 연관성을 다룬 저술로는 조영복『1920년대 초기시의 이념과 미학』(소명출판 2004); 이종호「일제시대 아나키즘 문학 형성 연구」(성균관대 석사학위논문 2005); 정우택『황석우 연구』(박이정 2008) 등이 있다.

　주요한의 국민시가(론)에 대해서는 정우택「주요한의 언어 민족주의와 국민시가의 창안」, 『어문연구』 137(한국어문교육연구회 2008)을, 이상화에 관해서는 정우택『한국근대시인의 영혼과 형식』(깊은샘 2004)을 참고할 수 있다.

　한국의 근대어 형성과 언어민족주의에 관해서는 한기형 외『근대어·근대매체·근대문학』(성균관대 대동문화연구원 2006); 이혜령「언어＝네이션, 그 제유법의 긴박과 성찰 사이」, 『상허학보』 19(상허학회 2007)가 잘 정리하였다.

근대극의 모색과 전개

1. 근대극의 존재방식

　19세기말, 제국주의 침탈이라는 위협적인 상황 속에서 애족·애국적인 계몽운동이 광범위하게 일어났고, 봉건적 신분제의 철폐, 도시의 성장, 새로운 직업·조직·매체·제도의 출현 등 사회적 제 관계에 변화가 나타나기 시작했다. 이제 한국은 '근대'를 시급히 '번역'해야만 하는 절박한 상황에 놓이면서, 국민국가의 창출이라는 과제가 중요하게 부각되었다. 이에 따라 사회 모든 부문은 문명개화운동 속에서 개량의 대상이 되었고, 이런 역사적 상황 속에서 연극의 사회적·예술적 가치가 공론화될 수 있었다. 유길준이 『서유견문(西遊見聞)』(1895)에서 이미 연극개량을 논의했지만 1902년 최초의 옥내극장인 협률사(協律社)가 설립된 이후, 신문 같은 근대 매체를 중심으로 연극을 둘러싼 담론이 형성되기 시작했다. 확실히 연극의 존재방식은 변화하고 있었다. 이는 다음 두 가지로 압축할 수 있을 것이다.

첫째, 공연물은 이제 공동체문화의 소산이거나 특정한 후원자에 의해 존속되는 예술이라기보다, 수요와 공급이라는 시장법칙에 맡겨진 상품으로 존재하기 시작했다. 생산자와 소비자가 분리되고, 공연공간은 이들간에 거래가 오가는 시장의 성격을 지니게 되었다. 극장문화의 등장은 이러한 변화를 집약해서 보여준다. 일정한 물리적 공간을 점유하는 극장이 출현했고, 수용자는 공연을 소비하기 위해 그곳에 찾아가 입장료를 선지불하는 제도를 경험하기 시작한 것이다. 또한 극장은 커피나 여송연, 서양과자를 즐길 수 있을 뿐만 아니라 자유연애 같은 새로운 인간관계를 경험할 수 있는 공간이 되었다. 특히 여성(관객)의 진출은 놀라운 현상이었다.

둘째, 공연공간은 공적 영역이라는 성격이 뚜렷했던바, 그것이 미치는 파장을 사회문제로 파악하는 공적인 관점이 생겨나기 시작했다. 한국은 일제 강점이 임박한 가운데 이 위기를 돌파하기 위한 계몽담론으로 출렁거리고 있었기에, 새롭게 조성되던 공연공간은 강렬한 비난의 대상이 되었다. 왜냐하면 국가와 민족의 존립에는 아랑곳하지 않는 '경성 시내의 방탕한 남녀의 대합소'로 비쳤기 때문이다. 공연공간에 대한 공적인 관점의 투영으로 이 공간은 민족적 의식과 개인의 자각이라는 소명의식의 함양이 요구되었지만, 이 공간에 포섭된 예인들은 식자층의 요구를 충족시킬 수 없었다. 그리하여 공연의 공적 가치를 공연 외적인 실천, 즉 자선공연처럼 공연수익금을 사회에 환원함으로써 실현하고자 했다.

요컨대 연극은 이제 상품으로서 시장에서 존립해야 하는 동시에 민족적 위기 앞에서 효용가치를 발현해야 하는 공적 영역에 속하는 것이 되었다. 그런데 공연을 통한 이익금 창출이라는 보상구조를 포기하지 않는 한 상품가치는 불변하지만, 효용가치는 사정에 따라 조금씩 그 내포를 달리하기 마련이다. 연극에 대한 공리주의적 요구는 그 공공성의 헤게모니를 누가 쥐고 있느냐에 따라 탄력적으로 변주되기 때문이다. 이후의 연극사는 바로 이러한 구조적 환경 속에서 전개되었다고 할 수 있다.

2. 신파극의 시대와 희곡의 출현

이 상황에서 이른바 연극은 새롭게 구성, 고안되었다. 생산과 소비가 명확히 분리됨으로써 연극의 축제적 성격은 현저히 약화되었는데, 생산과정에서 수용자인 관객의 참여는 제한되고 옥내극장의 구조적 특성상 공동체적·집단적 공연체험은 반감되었기 때문이다. 극장공간에서 펼쳐진 공연물은 전대의 창작물이었지만, 이제 그것들은 무대와 객석이 분리된 공연상황에 맞게 재편성되어갔다. 그리하여 관객이 향유할 수 있는 볼거리는 극장에서 살아남았지만, 탈춤같이 공동체문화에서나 그 빛을 발할 수 있는 것들은 옥내극장으로 편입되는 데 실패할 수밖에 없었다.

게다가 일본의 식민권력이 행사하는 정치논리가 공연물의 존재기반을 규정하기 시작하고, '연극'에 대한 구상을 통해 이 공간의 문화적 헤게모니를 획득해갔다. 1900년대 공연 가운데 가장 중요한 「은세계」(1908)의 공연양식이 어떠했는지는 아직 결론이 안 난 상태이지만,

당시 통감이던 이또오 히로부미(伊藤博文)가 연극개량을 위해 일본 신파극의 창시자 카와까미 오또지로오(川上音二郎)를 내세웠다는 점은 그 공연이 창극이 아니었을 정황증거로 받아들일 수 있다. 그러나 공연「은세계」가 신파극으로 기획되었다 할지라도 그 결과는 기대에 못 미치는 것이었으리라 짐작된다. 새로운 연극 이념과 양식을 모색하고 있었을지라도 이를 수행한 인력들은 그 기획에 상응하는 미적 훈련을 받아본 적이 없는 전통예인들이었기 때문이다. 그런 점에서 식민권력의 정치논리가 '연극'의 구성과정에 좀더 질적으로 개입한 것은 1910년대 신파극이 등장하면서부터이다.

'혁신단'의 출현으로 개화한 신파극은, 전통극의 존재기반이 붕괴되는 가운데 다양한 심미적 요구를 충족시킬 수 있는 양식을 원하던 수용자들과 재빠르게 결합했다. 신파극의 새로움은 주로 내용의 동시대성과 형식의 이국성으로부터 생겨났다. 물론 1910년대 신파극을 하나의 연극양식으로 정식화하기는 어렵다. 신파극은 그 소재로 일본 신파극과 소설은 물론 신소설과 고전소설, 그리고 신문에 실린 사회면 기사까지 두루 포괄하고 있었으며, 그 형식적 특질들은 극장의 조건과 기술적 제약에서 비롯하거나 가부키 전통을 일부 전용한 일본 신파극을 모방하는 과정에서 나온 것들일 뿐 그것들간에는 어떠한 합법칙성도 없었기 때문이다. 지나칠 만큼 탄력적인 신파극은 기본적으로 혼종적이고 비균질적이었다.

그러나 다른 한편 신파극은 패륜과 인륜, 부도덕과 도덕, 물질적 욕망과 대의명분, 신분상승의 욕망과 좌절 등 관객의 욕망과 연계되어 대리체험을 제공했을 뿐만 아니라, 그 심층에는 사회의 급격한 변동과 새롭게 부상한 가치관에 대한 도덕적 응답이 있었다. 그런 점에서 신파극은 도덕에 관한 드라마라고도 말할 수 있다. 그러나 그 도덕은 전적으로 전통적인 가치관에 속하는 것이었다. 가령 「쌍옥루」 「장한몽」 「눈물」 「단장록」 「재봉춘」 등 이 시대에 인기를 모은 여성수난 서사류에는, 한편으로는 근대 전환기 여성들의 불안과 욕망이 반영되어 있으나, 다른 한편 가부장제의 도덕률을 강화하려는 의도와 계급질서의 동요에 대한 중상류층의 경계까지 담겨 있었다. 이는 신파극이 근대 전환기의 주체들에게 전근대적 가치의 지속성을 확인시켜주는 통로가 되었다는 것을 의미한다.

이 퇴행적 향수, 신파극의 번성은 일본의 식민화전략과의 공모 속에서 조성된 것이기도 했다. 『매일신보』는 초기에 현재 연극의 폐해를 비판하고 연극개량의 필요성을 역설했는데, 마침 자발적으로 조직된 극단들이 신파극 공연을 올리자 그런 논설들은 이내 자취를 감추었다. 오히려 『매일신보』는 사세확장 차원에서라도 이 연극들을 적극 후원했다. 이 신문매체와 신파극의 유착관계는 1910년대 매일신보사에 재직하면서 신파극과 관계하고 있었던 조일재, 윤백남, 이상협 등의 존재로부터도 확인된다. 이 연극들은 조선총독부의 정책적 의도에 크게 어긋나 보이지 않는데, 그 원류가 일본이었을 뿐만 아니라 정신세계 또한 정치적으로 위험해 보이지 않았기 때문이다. 때로는 이들 레퍼토리에서 단편적이거나 은폐된 방식으로 일제의 제도적 질서에 순응하도록 하는 '식민지적 근대인 만들기'가 수행되고 있었음을 확인할 수 있다.

그런데 연극을 둘러싼 이런 현상의 한편에서는, 근대의 시작을 알리는 또다른 중요한 증좌인 '희곡'이 출현했다. 전통적인 극양식은 다분히 제의적인 공동체문화의 소산이거나 관례적 의식에 필요한 행사

로 존재했고, 여러 예술적 요소들이 미분화된 채로 결합되어 있었다. 공연을 전제로 한 창조적 저작물로서의 희곡이란 개념은 사실상 존재하지 않았다. 조일재(趙一齋)의 번안으로 「병자삼인」(1912)이 첫선을 보였을지라도, 신파극의 극작술은 계속해서 구찌다데(口立て) 방식을 고수했던 것으로 보이며, 희곡이 연극제도에 편입되기까지는 좀더 시간이 필요했다.

희곡이 출현하기 위해서는 새로운 주체가 등장해야 할 뿐 아니라 근대적 개념어로서의 '연극'과 문학의 하위범주로서의 '희곡'이 지식체계 안에 배치되어야 했다. 그 조짐은 1910년대 후반부터 나타나기 시작했다. 토오꾜오 유학생 출신 지식인들은 창작희곡을 지면에 발표하기 시작했는데, 이광수(李光洙)의 「규한」, 윤백남(尹白南)의 「운명」「국경」, 최승만(崔承萬)의 「황혼」, 유지영(柳志永)의 「이상적 결혼」「연과 죄」, 김영보(金泳俌)의 「시인의 가정」「연의 물결」 등이다. 이 희곡들은 부부관계, 결혼과 이혼, 사랑과 연애와 같이 사적 영역에 속하는 주제에 관심을 표했다. 그리고 희극적인 화해라는 외피를 쓰고 있더라도 거기에는 도덕적 딜레마를 포함하고 있었다. 이는 분명 식민화된 현실과 근대로 전환하는 과정에서 느꼈을 열패감과 불안이 근대적 기획들과 중첩되면서 빚어진 것임에 틀림없다. 그러나 개인을 절대화하여 근대적 가치를 역설했던 이 초기 경향은 얼마 지나지 않아 변화하기에 이른다.

3. 신극운동의 성립과 사회주의의 파장

한편 당시에 희곡이 많이 발표된 것은 아니었고, 새로운 연극이념을 내세워 운동을 전개해나갈 기반도 부족했다. 그러나 서양의 근대극을 전범으로 하면서 공적 영역에 적극적인 관심을 표하는 움직임들이 나타나기 시작했다. 대표적으로 김우진(金祐鎭)·최승일(崔承一)·조명희(趙明熙)·홍해성(洪海星)·김영팔(金永八) 등 토오꾜오 유학생들로 조직된 '극예술협회'(1920)의 출현을 들 수 있는데, 이들의 순회공연은 연극사적 사건이었다. 확실히 새로운 지류가 형성되고 있었다. 이러한 실천 가운데 가장 문제적인 것은 아마도 연극비평일 것이다. 연극비평은 새로운 연극의 존재의미를 역설하면서 이를 근대적 지식과 지성의 영역에 배치하는 역할을 했으며, 이는 '연극'과 '근대적 가치'의 결합을 의미했다. 그 중심에는 현철(玄哲)이 있었던바 그가 1921년 이기세(李基世)·김유방(金惟邦) 등과 전개한 '신파극·신극 논쟁'은 이런 전환의 상징이었다. 이를 통해 이제 1910년대 신파극은 조정되거나 배제되어야 할 대상임이 확실해졌다. 다시 말해, 신파극은 미숙성을 극복하고 신극으로 이행하도록 조정되거나, 신극으로의 이행에 실패할 경우 저급한 통속물로 배제되어야 했다. 이러한 인식론적 프레임이 바로 한국의 '근대극'이 자신을 구성하는 방법이었다.

이런 상황에서 1923년 토월회의 공연은 신극운동의 새로운 장을 연 사건으로 깊이 각인되었다. 그러나 신극운동의 전개는 여의치 못했다. 기대를 모았던 토월회는 통속적 대중극단으로 경사되었고, 신극운동을 표방하면서 조직된 극단들은 뚜렷한 성과를 내지 못하고 이내 해산되곤 했다. 창작희곡 발표는 신문과 잡지를 통해 꾸준히 증가하는 추세를 보였으나, 운동을 추진할 만한 내부 동력은 부족해 보였다. 인력, 자본, 기술 등 가장 기본적인 요건이 충족되지 못한 상태에서 극단들은 이합집산을 반복했다. 이 시기에 주목할 만한 연극적 현상은 소인극(素人劇)의 대두이다. 시장경제법칙에 일정하게 거리를 두고 연극의 공공성을 전면화한 소인극은, 삶의 현장과 관련을 맺고 사회변동을 집단적 차원에서 반영했다. 그러나 이 역시 순조롭지 못했다. 소인극은 각 사회단체와 기관의 행사 프로그램의 하나로, 혹은 특정한 목적을 위한 기금마련 목적으로 공연되었는데, 공연주체의 연극에 대한 '도구적 인식'은 검열당국의 통제의 표적이 되었다. 검열당국 입장에서 소인극은 '연극'이 아닌 '집회'로 인식되었기 때문이다. 더욱이 1920년대 초반을 경과하면서 사회주의사상이 확산되자 소인극 중에서도 뚜렷한 사상성을 보이는 사례가 증가했고, 그러자 검열당국은 소인극을 '위장된' 혹은 '잠재적인' 집회로 간주하여 사전에 봉쇄하는 정책을 취했다.

소인극의 전개가 보여주듯이, 당시에는 사회주의사상의 확산에 따른 인식론적 변화와 함께 사회적 쟁점을 극화하고자 하는 욕망이 증폭되었다. 1920년대 초중반에 걸쳐서 폭넓게 드러나는 '빈궁(貧窮)' 소재 작품들만 보더라도, 자연주의적인 묘사가 극대화된 경우에도 '빈궁' 현상 그 자체를 묘사하는 데 머무르지 않고 그 원인과 전망을 제시하려 함으로써, 사회주의적 인식론이 내러티브의 결정소로 작용하기 시작했음을 보여준다. 창작희곡들은 사회에 대한 도덕적 책무의식을 강하게 드러냈는데, 점차 거기에는 인물의 계급적 정체성과 농민운동·노동운동의 필요성을 역설하는 목소리로 채워졌다. 그리고 그에 적합한 극양식으로서 사실주의가 선택되었다.

물론 이와 다른 시도가 없었던 것은 아니다. 송영(宋影)은 「일체 면회를 거절하라」「호신술」「신임이사장」 등 일련의 풍자극을 통해서 자본가계급을 비판했으며, 채만식(蔡萬植)은 촌극들을 다수 발표하면서 「조고마한 기업가」「부촌!」같이 시공간의 자유로운 구성을 창의적으로 보여준 반사실주의를 감행했다. 또한 카프 연극인들은 선전선동에 매우 효과적인 슈프레히콜(sprech-chor)을 선보이기도 했다. 한편 많은 작가들이 전통과 결별하면서 개인주의를 역설하거나 계몽의 의도를 강박적으로 표현한 것과는 달리, 김우진은 「난파」「산돼지」 등을 통해 사회적·외면적 관계로는 좀처럼 파악되지 않는 개인의 기억과 체험, 무의식에 깊은 관심을 표함으로써 표현주의양식을 실험하기도 했다. 그럼에도 불구하고 사실주의가 지배적인 양식이 될 수 있었던 까닭은, 이 양식이 인간의 삶과 이를 지배하는 힘을 묘사하고 이를 통해 인간의 조건을 바꿀 수 있다는 개혁의 신념을 담은 양식으로 받아들여졌기 때문이다. 김유방의 「삼천오백냥」, 김정진(金井鎭)의 「기적 불 때」, 임영빈(任英彬)의 「복어알」, 김태수(金泰秀)의 「노동자」, 김영팔의 「곱장칼」, 채만식의 「낙일」, 김남천(金南天)의 「조정안」, 이헌구(李軒求)의 「서광」, 유치진(柳致眞)의 「토막」, 유진오(兪鎭午)의 「박첨지」 등이 그런 사례들이다.

이러한 변화의 정치적 실천은 프로극운동으로 나타났다. 1922년에 조직된 '염군사(焰群社)'가 극부(劇部)를 그 산하에 둔 것을 시작으로, 단속적이나마 프로극운동은 뚜렷한 경향성을 가진 연극적 실천으로서 하나의 지류를 형성해갔다. 무엇보다 카프의 조직은 이런 흐름에 결정적이었다. 연극·영화는 많은 인력들이 모여들어 만들어내는 것인데, 카프는 그러한 운동을 구체화할 수 있는 인적 네트워크의 산실로 작용했다. 물론 1920년대의 카프는 문학 중심의 담론 생산에 역점을 두었지만, 이 조직을 기반으로 사회주의적 연극과 영화를 생산하려는 운동이 나타났다. 1927년 1월에 조직된 '불개미극단'도 그런 경우이며, 카프 토오꾜오지부 연극부의 활발한 활동도 카프라는 조직체에 그 인력들이 총화됨으로써 이루어졌다. 그리하여 1930년대로 접어들면서 프로극운동은 활기를 띠는데, 카프 맹원들이 주도한 '청복극장' '이동식 소형극장' '메카폰' 그리고 카프 직속단체로 창립된 '신건설' 등이 있었고, 지방에는 대구의 '가두극장', 개성의 '대중극장', 평양의 '맛치극장' '명일극장' '극단 신세기', 해주의 '연극공장' 등이 조직되었다.

이 흐름은 적어도 1930년대 초반까지 유지되었다. 그러나 치안유지법 발효(1925. 5. 12)를 신호탄으로 한 사상통제에 의해 어려운 형국으로 접어들었다. 사회극 계열은 사전검열에 걸려 공연이 무산되기 일쑤였고, 좌파 성격이 뚜렷한 경우는 더욱 심했다. 프로극단 거의 대부분은 지속적인 활동이 불가능했다. 그런데 사실, 소인극의 위축과 연극계에 가한 사상통제의 영향력에도 불구하고, 연극계 전체는 나쁘지 않았다. 연극사는 바야흐로 전기를 맞고 있었던 것이다.

4. 대중극의 번성과 신극의 연극주의

볼거리와 오락을 제공하는 대중적인 공연물은 1910년대 이래 꾸준히 존재해왔다. 일본의 통치권을 위협하지 않는 이상, 대중물은 언제고 상품가치를 보장받았고, 극단은 관객을 모으기 위해 동원할 수 있는 방법들을 적극 모색했다. 활동사진과 연극을 결합했고, '구극(舊劇)'측과 합동공연을 하기도 했으며, 서양의 '레뷰'(revue)를 들여오기도 했다. 또한 노래와 춤 혹은 재담이나 짧은 희극을 막간극으로 구성하여 편성하기도 했다. 1930년을 전후로 하여 검열당국의 사상통제가 실질적인 효과를 거두면서, 대중적 공연물의 시장경기는 눈에 띄게 나아지기 시작했다. 물론 극단들의 경영난은 쉽게 극복되지 않았기에, 1930년대 초중반에도 '조선연극사' '신무대' '연극시장' '황금좌' '희락좌' '연극호' '예원좌' 등은 근근이 명맥을 유지했다.

신극운동 여건의 불비, 연극계에 가해진 사상통제와 연극운동의 위축, 그리고 그 반사효과로서 대중적 공연물이 좀더 활기를 띠기 시작한 바로 그 시점에, '극예술연구회'(이하 '극연')가 창립(1931. 7)되었다. '극연'이 성립된 데에는 식민체제의 안정화와 함께 재편되고 있던 조선의 지식체계에 개입함으로써 문화적 헤게모니를 획득하려 했던 해외문학파의 욕망이 가장 중요하게 자리하고 있었다. 해외문학파는 한편으로는 아직 영토화되지 않은 신극의 전통을 창조하여 헤게모니를 획득하고, 다른 한편으로는 이를 통해 자신들의 문학적 지향을 포기하지 않으면서도 그보다 상위에 있는 '문화'에 적극 개입하려 했다. 그리하여 스끼지 소극장(築地小劇場)에서 수년간 활동해온 홍해성, 1910년대 이후 분야를 넘나들며 일정한 문화적 권위를 형성해온 원로격의 윤백남, 그리고 연극운동에 뜻을 두고 일본에서 돌아온 유치진 등을 영입하여 '극연'을 출범시켰다. 이 과정에서 좌파의 배제를 통한 정치적 울타리를 확보할 수 있었다. '극연'의 활동은 프로극활동이 정치적 이유로 봉쇄된 상황에서 유일한 근대극운동으로 간주되었고 이들의 적대적 타자는 이른바 '흥행극'이 되었다.

물론 기성 연극계에서는 공공연히 '극연'의 비전문성을 조롱했고 이런 데에는 그럴 만한 당대의 감각이 있었다. 그럼에도 '극연'이 신극운동의 대표자로서 당대 이후 연극사 기술에서 중요한 자리를 차지할 수 있었던 데는 이유가 있었다. 무엇보다 다각도로 진행된 미디어 정치를 꼽을 수 있다. 8년여 동안 총25회 정기공연을 열었으며, 신문·잡지를 비롯하여 라디오 방송극, 음반, 학생극 지도, 강연회, 강습회 등 모든 인적 네트워크를 동원해 자신들의 문화적 권역을 넓히는 한편 '극연'의 문화사적 좌표를 구축해갔다. 이 과정에서 1930년대 중반의 문화적 상황이 중요하게 작용했다. 1935년 11월 동양극장이 출범하면서 연극계는 사실상 이를 중심으로 재편되는 상황이었고, '극연'은 상업주의적인 '사도(邪道)'와 대결하면서 근대적 가치를 구현한다는 범박한 명분만으로도 지식계급과 문화계 인사들의 암묵적 승인을 이끌어낼 수 있었다.

그러나 신극운동의 부진 속에서 '극연'의 연극적 신념과 목표가 흥행극계가 장악하고 있는 연극계의 대안으로 표방되었음에도, 사실상 검열로 형성된 연극계의 지형도를 결코 바꾸지 못했고, 바꿀 능력도 없음이 분명해 보였다. 엄밀히 말해 '극연'이 일정한 지분을 가질 수 있었던 것도 검열정책에 따른 정치적 결과였다. 창작희곡에서도 1930년대 초반을 경과하면서 계몽이념의 패퇴와 전망의 부재가 현저해 보였다. 비관적인 현실을 체념하면서 이를 미학화하거나 공허한 전망으로 위장했고, 또 한편 혈연에 집착하면서 모성을 신성화했다. 다분히 퇴행적인 보수화의 길을 걷고 있었다고 말할 수 있는바, 1930

년대 후반에 이르면 일제의 지배 이데올로기를 긍정 혹은 재생산하는 허약함을 노출하기에 이른다. 이러한 과정을 보여주는 작품들로, 이무영(李無影)의 연작 「어머니와 아들」 「아버지와 아들」 「탈출」, 임유(林唯)의 「적기를 휘두르는 광녀」, 전일검(全一劍)의 「아버지들」, 유치진의 「자매」 「제사」, 이광래(李光來)의 「석류나무집」, 김진수(金鎭壽)의 「길」, 함세덕(咸世德)의 「산허구리」 「무의도기행」 「동승」, 이서향(李曙鄕)의 「어머니」, 김송(金松)의 「국경의 주장」 「추계」 「앵무」 등을 꼽을 수 있다. 채만식이 「제향날」을 통해서 변혁이념의 계보를 도식화함으로써 폭력적인 객관세계에 맞서 이념적 고투를 벌였지만, 「당랑의 전설」이 말해주듯, 작가들이 그나마 할 수 있었던 것은 절망을 절망으로 보여주는 방법밖에 없었다.

1930년대 후반, 동양극장은 「사랑에 속고 돈에 울고」 같은 히트작들을 계속 내놓으면서 관객들을 장악해갔고, 많은 연극인들이 동양극장으로 거처를 옮기기도 했다. 사실상 연극계의 상황은 흥행극계와 신극계의 구분이 무색할 정도였다. 동양극장과 그 방계에 속하지 않은 극단들이란 극소했으며 활동도 매우 부진했다. 그럼에도 '극연' 계열의 신극인들은 신극운동의 부진을 심각하게 우려했다. 사실 신극운동의 부진을 논해온 것은 어제오늘의 일이 아니었고, 그때마다 객관적 정세의 불리함, 관객들의 저속한 취미, 그에 영합하는 대중극단의 득세 그리고 극장을 소유하지 못한 불리함 등이 거론되었다. 그리고 인재양성의 시급함을 역설하기도 했다. 이러한 상황에서 대중극과는 차별되는 신극의 정체성을 구축하는 것이 기본과제였다.

이러한 연극주의는 어렵지 않게 국가주의와 유착하게 된다. 신극인들은 타개책으로 일본당국의 보호와 지원을 기대하기 시작했고,

'건전하고 명랑한 오락'으로서의 연극을 포괄하는 '신연극'론을 주장했다. 이것이 가능했던 것은 연극의 물신화, 즉 연극을 절대화하는 메커니즘이란, 연극을 위해서라면 무엇과도 접합할 수 있다는 논리적 귀결에 이르기 때문이다. 공연실천 측면에서 무력했던 신극인들은 일본의 지배정책에 편승함으로써, 저급한 대중극을 정화하고 건전하면서도 교양적인 연극을 보급하겠다는 욕망을 보상받고자 했다. 그리하여 연극계는 어렵지 않게 '국민연극'으로 수렴되어갔다.

: 이승희 :

●더 읽을거리

식민지시대 연극사, 희곡사, 비평사에 대해서는 이두현『한국신극사연구』(서울대 출판부 1966); 유민영『한국현대희곡사』(기린원 1988); 서연호『한국근대희곡사』(고려대 출판부 1994); 김재석『일제강점기 사회극 연구』(태학사 1995); 유민영『한국근대연극사』(단국대 출판부 1996); 양승국『한국근대연극비평사연구』(태학사 1996); 백현미『한국창극사연구』(태학사 1997); 이승희『한국사실주의희곡, 그 욕망의 식민성』(소명출판 2004) 등을 참고할 수 있다.

조선총독부의 연극정책과 관련해서는 박영정『연극/영화 통제정책과 국가이데올로기』(도서출판 월인 2007); 이승희「식민지시대 연극의 검열과 통속의 정치」,『대동문화연구』59(성균관대 대동문화연구원 2007) 등에서 상세히 다루었다.

근대 초창기 연극 및 신파극에 대해서는 김재석「한일 신파극의 형성과 특성에 대한 비교연극학적 연구」,『어문학』67(한국어문학회 1999); 사진실「개화기 한국연극의 근대적 발전 양상 연구」,『한국연극연구』3(한국연극사학회

2000); 양승국 『한국 신연극 연구』(연극과인간 2001); 김재석 「개화기 연극 〈은세계〉의 성격과 의미」, 『한국극예술연구』 15(한국극예술학회 2002); 이승희 「멜로드라마의 근대적 상상력」, 『한국극예술연구』 15; 박명진 「근대초기 시각 체제와 희곡」, 『한국극예술연구』 16(2002); 김재석 「근대극 전환기 한일 신파극의 근대성에 대한 비교연극학적 연구」, 『한국극예술연구』 17(2003); 이승희 「여성수난 서사와 가부장제 이데올로기」, 『상허학보』 10(상허학회 2003); 박노현 「극장의 탄생」, 『한국극예술연구』 19(2004); 우수진 「개화기 연극개량론의 국민화를 위한 감화기제 연구」, 『한국극예술연구』 19(2004); 김재석 「한국 신파극의 형성과 川上音二郎의 관계 연구」, 『어문학』 88(한국어문학회 2005) 등 다수의 저서를 참고할 수 있다.

1920, 30년대 연극과 희곡에 대해서는 김성희 「1930년대 극예술연구회에 대한 연구」(이화여대 석사학위논문 1982); 강영희·이영미 「식민지시대 프로 연극의 전개와 역사적 의의」, 『카프문학운동연구』(역사비평사 1989); 김만수 「1930년대 연극운동연구」(서울대 석사학위논문 1989); 손화숙 「1930년대 프로희곡연구」(서울대 석사학위논문 1990); 정호순 「한국 초창기 프롤레타리아 연극연구」(단국대 석사학위논문 1991); 이상우 「1920~30년대 경향극의 변모양상연구」(고려대 석사학위논문 1991); 정호순 「연극대중화론과 소인극운동」, 『한국극예술연구』 2(한국극예술학회 1992); 박영정 『유치진 연극론의 사적 전개』(태학사 1997); 이상우 「극예술연구회에 대한 연구」, 『한국극예술연구』 7(1997); 박영정 「카프 연극부의 조직변천에 관한 연구」, 『한국연극연구』 창간호(한국연극사학회 1998); 이승희 「극예술연구회의 성립」, 『한국극예술연구』 25(2007); 박영정 『한국 근대연극과 재일본 조선인 연극운동』(연극과인간 2007) 등의 저술이 있다.

카프의 성과와 문학사적 위상

1. 여는 글

카프(KAPF)는 1925년 결성되어 1935년 해산된 우리나라 최초의 문학예술운동조직이다. 카프는 '조선프롤레타리아예술동맹'의 에스페란토어 'Korea Artista Proleta Federatio'의 약칭이다. 박영희·김기진·안석주 등의 파스큘라(PASKYULA)와 송영·이적효 등의 염군사(焰群社)가 주축이 되어 조직이 결성되었는데, 일본의 진보적인 문인 나가니시 이노스께(中西伊之助)의 조선 방문 환영모임이 그 직접적인 계기가 되었다. 카프는 그 이름에서도 미루어 짐작할 수 있듯이 무산계급 예술운동을 강령으로 내걸고 각종 문예강연회, 장르별 창작 및 발표 활동, 기관지 발간, 진보적 사회단체와의 연대활동 등을 전개하였다. 서울에 본부를, 일본 토오꾜오를 포함하여 국내 각 지방에 지부를 두어 활동하였으나 1931년 핵심 맹원들이 검거되는 것을 시작으로 일제 당국의 탄압을 받다가 1933년 극단 신건설사(新建設社)와의 연관으로 맹원(盟員)의 상당수가 검거되어 정상적인 활동이 힘들어지자 1935년 5월 해산되었다.

카프는 문학예술운동의 조직체를 표방했지만 그 활동의 중심은 예술영역보다는 문학에 있었다. 카프가 활동하던 시기의 한국문학은 카프를 중심으로 다양한 문학론이 제기되고 소설과 시가 발표되었으며 또 조직 안팎에서 문학논쟁이 활발하게 벌어지기도 했다. 이 글은 카프의 그같은 활동을 정리해보고 오늘날의 시점에서 카프가 차지하는 문학사적 위치를 설명하기 위해 작성되었다.

2. 카프의 탄생과 해산

카프가 결성된 것은 앞에서 언급했듯이 일본문인의 조선 방문이 직접적 계기가 되었지만 그것은 말 그대로 직접적 계기일 뿐이다. 카프가 결성된 1920년대는 일본이 조선을 식민지로 강점한 이후 처음으로 전국적인 차원의 항거가 일어난 1919년의 3·1운동을 제외하고서는 이해할 수 없다. 3·1운동은 한국 근대사에서 조선의 전민중이 '근대적 민족'을 각성하는 사건이었을 뿐만 아니라, 1910년 일본에 강제합병당한 이후 정치·경제·사회·문화 전부문에서 식민지 조선이 제한적이나마 자유를 쟁취할 수 있었던 사건이었다. 19세기말 20세기초를 전후로 빠르게 진전되다가 일본의 강제병합 이후 주춤했던 근대사회로의 주체적 전환이 이 무렵에 들어와 제한된 자유의 영토

안에서 다시 살아나기 시작했다. 기업의 설립, 학교와 언론의 활성화, 다양한 결사체의 조직 등이 1919년 이후 조선사회에 역동적으로 일어나기 시작했다. 더구나 1917년 러시아혁명은 유럽은 물론 아시아에도 새로운 사회운동, 혁명운동의 가능성을 현실적으로 열어주었다.

1920년대 한국 근대문학은 이런 사회적 분위기와 밀접히 맞닿아 있다. 일본에서 유학하고 돌아온 지식인들이나 근대적 학문과 문학을 맛본 새로운 세대가 근대적 감수성의 총아인 문학을 통해 자아를 실현하려 했던 것이다. 3·1운동의 성과로 새로 창간되기 시작한 여러 언론매체들도 이들에게 작품 발표의 장으로 열려 있었다. 이외에 각종 동인지(同人誌)가 새로 창간되었으며 온갖 서구의 문학사조들이 물밀듯 들어왔다. 그런 사조 안에는 낭만주의나 초현실주의, 자연주의 등이 혼란스럽게 뒤얽혀 있었으나 문학을 통한 생활의 조직, 무산계급의 해방을 표방하는 사상도 있었다. 여기에는 일본을 통해 서구의 사상과 문예사조 등을 쉽게 접할 수 있었던 당시의 사정도 작용하였을 것이다.

『백조(白潮)』 동인으로 활동했던 김기진, 박영희 등이 현실로부터 퇴영적인 문학이 아니라 생활을 새롭게 조직하고 현실을 변화시킬 수 있는 '힘의 문학'을 해야 한다는 문제의식에서 새로운 모임을 결성하는데, 이것이 바로 파스큘라였다. 파스큘라는 동인들의 영문 이름의 첫 글자를 조합한 편의적인 명칭이었다. 한편, 이와 다르게 그간 사회운동에 투신했던 사람들을 중심으로 문학의 중요성을 자각한 염군(焰群, '불꽃의 무리'라는 뜻)이라는 단체가 조직되는데 파스큘라에 비해 이들은 상대적으로 무산계급의 해방에 더 많은 관심을 보였다. 이들이 1925년 8월 모임을 갖고 조직을 통합하여 조선프롤레타리아예술동맹을 정식 발족함으로써 카프의 역사는 시작된다. 이들은 "우리는 단결로서 여명기에 있는 무산계급 문화의 수립을 기함"이라는 강령을 내걸고 서무부·교양부·출판부·조사부를 두어 문학운동조직으로서 활동을 전개하기 시작한다.

그런데 카프는 1935년 해산될 때까지 두 번의 조직개편을 통해 문학예술운동단체로서 자기의 정체성을 고민하는 모습을 보여준다. 물론 이렇게 조직을 개편하는 데에는 당시 사회운동 노선의 변화, 당(黨) 조직을 비롯한 사회주의운동단체들과의 연관성을 무시할 수 없다. 첫번째 조직개편은 흔히 '목적의식적 방향전환'이라 불리는 것으로, 1927년 2월 민족단일당인 '신간회' 결성과 밀접한 관련이 있다. 그 핵심 내용은 종래 사회운동을 경제투쟁으로부터 정치투쟁으로 전환하되 단일한 정치전선을 만들어내야 한다는 것, 이를 위해 운동을 대중투쟁조직으로 전환시켜야 한다는 것으로 요약될 수 있다. 당시 제반 사회주의운동단체는 이런 조직노선을 중심으로 재편되기 시작하였다.

카프 또한 사회운동의 방향전환에 발맞추어 조직을 좀더 목적의식적인 정치투쟁조직, 대중조직으로 전환하게 된다. 이런 변화는 조직부를 신설하여 토오꾜오·개성·수원·해주·평양·원산 등에 지부를 조직하는 것으로 나타난다. 아울러 조직의 노선을 보다 명확히 하기 위해 1927년 9월 임시총회에서 "우리는 무산계급운동에 있어 마르크스주의의 역사적 필연을 정확히 인식한다. 그럼으로 우리는 무산계급 운동의 일부분인 무산계급 예술운동으로서 1. 봉건적 및 자본주의적 관념의 철저적 배격, 2. 전제적 세력과의 항쟁, 3. 의식적 조성운동의 수행을 기한다"라는 강령을 채택한다.

그런데 이같은 '목적의식적 방향전환'은 내부 논쟁을 불러일으키면서 진행된다. 당시 토오꾜오 유학생 소장파로 구성된 '제3전선파'는 기존의 지도부이던 박영희 등의 입장을 원칙 없는 방향전환이라고 공격하였다. 당시 카프 지도부는 예술운동조직으로서 카프의 특수성을 간과한 채 단일한 정치전선을 위한 대중조직으로의 방향전환만을 강조함으로써, 다른 사회운동조직과의 차별성을 확보하지 못하게 된다. 즉 각 지부에서는 문인이 아니더라도 각성된 활동가를 카프 맹원으로 모두 받아들이고 있었던 것이다. 결국 소장파는 카프가 "예술영역 내의 대중의 정치적 사회적 확대를 위해 투쟁"하는 조직이어야 한다고 주장함으로써 논쟁의 주도권을 확보하게 된다. 그렇지만 이들 소장파들도 전체 운동에서 예술운동의 역할이 무엇이고 또 어떠해야 하는가까지 이해한 것은 아니었다.

카프의 조직개편은 1930년에 한 번 더 이루어지는데 이를 보통 '예술운동의 볼셰비끼화'라고 한다. 카프가 조직전환을 하는 것은 앞의 '목적의식적 방향전환'을 포함하여 크게 두 차례이므로 일부 연구자들은 이런 조직전환을 1차 방향전환, 2차 방향전환이라고 부르기도 한다. '예술운동의 볼셰비끼화'는 1928년 12월 코민테른 집행위원회 서기국에서 발표한 「조선 농민 및 노동자의 임무에 관한 테제」, 소위 '12월 테제'와 밀접히 연결되어 있다. 이 테제에 의하면 조선의 혁명은 기본적으로 토지혁명의 성격을 갖고 있으므로 노동자와 농민의 연대를 강조하는 한편, 소부르주아 민족운동과는 분리할 것을 주장하고 있다. 즉 한층 더 선명한 계급적 입장을 내세울 것을 제안했던 것이다. 12월 테제는 이를 위한 실천적 방법으로 공산당 재건사업의 중요성도 강조하였다.

당시 사회주의운동 진영에서는 이 12월 테제에 입각하여 공산당 재건사업에 나서게 되는데 바로 카프 토오꾜오지부 역할을 하던 잡지 『무산자』가 그 거점이 된다. 카프의 볼셰비끼화가 이곳에서 활동하던 임화, 김남천 등의 소장파를 주축으로 빠르게 진행된 이유도 이 때문이다. 이들은 '예술운동의 볼셰비끼화'를 내세우며 카프의 조직 주도권을 장악하여 조직개편을 단행하게 되는 것이다. 예술운동의 볼셰비끼화의 내용은 문학(권환), 영화(윤기정), 연극(김기진), 미술(이상대) 등 장르별 위원회를 기술부 안에 따로 설치함으로써 전문성을 강화하고 노동자, 농민의 운동단체와 유기적 협동전선을 적극적으로 전개해나가며, 조직 자체를 볼셰비끼화하여 기회주의를 배격하는 동시에 '전위의 눈'으로 작품을 창작할 것 등으로 요약된다.

카프는 이렇듯 당시 긴박하게 전개되던 사회운동과 밀접한 연관을 맺으면서 조직노선을 고민하였다. 따라서 항상 일제 당국자들의 감시와 탄압의 대상이 될 수밖에 없었다. 카프는 '예술운동의 볼셰비끼화' 이후 곧이어 예술 각 장르를 동맹형식으로 강화시켜 조선프로레타리아예술단체협의회를 결성하는 조직개편 계획을 세웠으나 일제 당국의 탄압으로 실행에 옮기지는 못한다. 1931년 조선공산당 재건사업과 관련되어 핵심 맹원들이 검거당하고 이어 1934년 카프 산하의 극단이던 신건설사의 순회공연 금지를 계기로 전국적으로 카프 소속 문인들의 검거가 이루어져 모두 38명이 구금됨으로써 실질적으로 활동을 할 수 없는 상태에 놓이게 된다. 급기야 1935년 5월 해산계가 경기도 경찰부에 제출되면서 카프는 그 공식적 활동을 마감하게 된다.

3. 카프의 문학논쟁

카프는 한국 근대문학사에서 최초의 문학운동단체였다. 따라서 운동의 조직노선에 대한 입장을 명확히 하기 위해 또는 조직의 정체성을 강화하기 위해 이론투쟁들이 조직 내외에서 전개된다. 카프라는 조직이 지향하는 미학적 이념과 운동의 노선을 뚜렷하게 하기 위해서라도 논쟁이 벌어지는 것은 자연스런 현상이라고 할 수 있다. 여러 주장과 논쟁적 글들이 당시 문예지·신문·잡지 등에 평론 형태로 한꺼번에 발표됨으로써 문학사에서 카프가 활동했던 시대를 논쟁의 시대로 기록하기도 한다. 앞에서 살펴본 조직의 개편과 전환을 둘러싼 목적의식적 방향전환 논쟁이나 볼셰비끼화 논쟁을 제외하고라도 내용-형식 논쟁, 아나키즘 논쟁, 대중화 논쟁, 농민문학 논쟁, 동반자작가 논쟁, 창작방법 논쟁 등이 연이어 때로는 병행해서 전개된다.

이들 논쟁을 여기에서 모두 검토하기는 어려운 일이다. 다만 이런 논쟁을 통해 카프가 지향하는 문학적 노선과 실천론이 점차 구체화되고 다양해졌으며, 논쟁의 주도권 역시 초기에는 파스큘라 계열의 기존 문인들로부터 이후에는 소장파 신진 문인들로 넘어갔다는 점을 지적할 수는 있겠다. 한편 초창기에 카프를 연구했던 연구자들은 이런 논쟁이 카프와 유사한 일본의 문인조직 나프(NAPF)의 논의에 상당한 영향을 받은 점을 지적하여 카프가 나프의 지부(支部) 격이나 마찬가지였고 지나친 이론 편향을 보였다고 주장하기도 한다. 물론 실제로 그런 면이 없었던 것은 아니다. 게다가 그런 측면들이 카프의 논쟁들을 현실감이 결여된 도식적인 관념의 대결로 보이게 만든 면도 있다. 그러나 카프의 특정한 측면을 확대하거나 카프를 불변하는 고정된 틀로 규정하는 것 역시 올바른 관점이라고 하기 어렵다. 카프를 한국 근대문학사라는 넓은 시각에서 역사주의적으로 접근할 필요가 있는 것은 이 때문이다. 그런 점에서 카프 비평의 관념성을, 초창기의 한국 근대문학이 발전하는 과정에서 겪을 수밖에 없었던 과도기적 현상으로 이해할 필요가 있다. 일본을 통해 소개된 서구의 진보적 사상에 영향을 받은 지식인들이 카프를 주도적으로 조직했다는 점, 근대문학의 경험이 일천한 우리의 문학사적 전통 속에서 문학운동을 일궈나갔다는 점 등을 고려하고 카프의 논쟁을 이해해야 한다는 것이다. 관념적인 급진성의 문제도 그런 사정을 감안하고 생각할 문제이다. 따라서 카프의 문학논쟁이나 비평사를 이해할 때 우리가 주목해 보아야 할 것은 그들의 문제의식이 어떻게 발전해가는가에 있다.

그런 점에서 카프의 여러 논쟁 중에서도 주목해보아야 할 것은 1928, 29년 무렵 전개된 대중화논쟁이다. 대중화논쟁은 김기진과 임화 사이에서 벌어진 논쟁인데 핵심 논점은 어떻게 문학운동에서 대중을 확보할 것인가였다. 문학운동이란 것이 특정한 미적 가치와 목적을 위해 조직적인 실천을 해나가려는 의식적인 행위라면 당연히 그 이념에 동의할 수 있는 동조자, 공감하는 독자층을 많이 확보해야 할 터인데, 그런 점에서 카프는 문학의 대중화 문제를 고민하지 않을 수 없었던 것이다. 이 논쟁에서 김기진은 가급적 더 많은 대중을 확보하기 위해서는 대중의 취향을 분석하고 그들의 감성적 수준에 맞춰 작품을 써냄으로써 카프가 지향하는 이념과 내용을 효율적으로 전달할 수 있어야 한다고 주장했다. 이런 김기진의 주장에 맞서 임화는 그런 생각이야말로 대중을 좇아가려는 잘못된 운동자세라고 김기진을 신랄하게 비판하였다. 그는 김기진처럼 주장하다가는 궁극적으로 문학의 노선도 포기하게 될 것이라면서 오히려 정확한 원칙을 갖고 대중을 올바른 방향으로 이끌어내는 것이 문학운동을 위한 자세라고 주장하였다.

이 논쟁은 몇가지 점에서 중요한 의미를 갖는다. 하나는 이 대중화논쟁을 계기로 카프 내의 노선이 뚜렷하게 분화되기 시작한다는 점이다. 김기진과 박영희 등을 중심으로 한 기존의 파스큘라 그룹과 임화, 김남천 등의 소장파 그룹이 서로 입장을 달리하기 시작하는 것이다. 물론 이들 이외에 이기영, 한설야 등 주로 작가들을 중심으로 한 또다른 그룹도 별도의 노선을 형성하고 있었다고 생각할 여지가 있다(그러나 이들이 대중화논쟁에서 조직적으로 의견을 제출한 것은 아니다). 이들 작가들은 임화, 김남천 등 소장파의 도식적인 이론주의에 대해 경계심을 갖는 한편으로 김기진, 박영희 유의 타협적인 절충주의에 대해서도 비판적이었던 것이다. 그렇지만 이같은 분화와 차이가 어떤 조직적 대립으로까지 나아간 것은 아니었다. 카프는 내부의 갈등과 논쟁은 있었지만 조직 내의 분열을 겪지는 않았다. 오히려 그런 긴장과 노선의 차이가 활발한 논쟁으로 이어졌으며 그것은 카프 해산 이후까지 문학발전에 긍정적인 역할을 했다.

대중화논쟁의 또다른 의미는 이 논쟁을 통해 카프 논자들이 본격적으로 문학운동의 구체적인 형태와 방법에 대해 고민하기 시작했다는 점에 있다. 그전까지 막연히 주장하던 이념형(理念型)으로서의 문학운동이 대중화논쟁을 통해 비로소 현실 속에서의 구체적 운동과 실천론으로 진전되었으며 그것은 이후 창작방법론으로 발전해나가는 기초적인 문제의식을 형성하는 데 결정적인 역할을 하게 되었다.

　대중화논쟁을 계기로 문학을 현실 변혁을 위한 도구와 무기로서만 생각하려던 이론적 편향이 극복될 가능성을 얻게 된다. 물론 그 과정에서 여러 논쟁을 거치지만 결국 카프의 평론가들은 창작방법논쟁을 통해 문학이 어떻게 현실과 연관될 수 있는지를 이론적으로 모색하면서 그런 도구주의적이고 기능적인 문학관을 체계적으로 극복하기 시작한다. 그런 점에서 창작방법논쟁은 카프의 여러 논쟁 중에서 매우 중요한 위치를 차지한다. 그것은 문학의 본령인 작품 창작으로 논의의 초점이 응집되는 계기를 마련했을 뿐만 아니라, 창작방법을 통해 문학이 어떻게 현실을 반영할 것인가를 좀더 체계화된 이론으로 이해하고 인식하는 기회를 마련한 것이었기 때문이다.

　창작방법논쟁은 프롤레타리아 리얼리즘으로부터 유물변증법적 창작방법론, 사회주의 리얼리즘론 등으로 논의의 초점을 옮겨가면서 굴곡을 겪는데, 그런 논쟁과정을 통해 문학작품을 어떻게 창작해야 현실의 변화를 유도할 수 있을 것인가, 더 나아가 어떻게 해야 문학이 현실을 제대로 담아낼 수 있을 것인가, 마침내 어떤 과정을 통해 문학에 현실이 반영되는가를 차례로 발견해가게 되는 것이다. 이런 창작방법논쟁을 통해 문학이 사회현실을 반영하는 과정에서 작가의 세계관이나 창작방법이 어떻게 개입하고 관여하는지에 대한 이론적 관심, 문학예술이 과학이나 철학과는 다른 미적 특수성을 갖고 있다는 점에 대한 고민, 조선사회가 처해 있는 특수한 상황 등에 대한 탐구, 문학의 발전과정에 대한 역사주의적인 태도 등이 본격적으로 토론되기 시작하는 것이다.

　더구나 사회주의 리얼리즘을 놓고서 대규모의 수용 찬반논쟁이 일어났다는 점은 여러 모로 시사적이다. 즉 봉건성조차도 극복하지 못한 조선사회에서 사회주의 리얼리즘을 어떻게 받아들일 수 있겠는가가 논쟁의 초점이었는데, 이런 문제의식의 바탕에는 조선의 현실과 연관하여 사회주의 리얼리즘을 어떻게 이해해야 할 것인가에 대한 주체적인 고민이 깔려 있는 것이었다. 요컨대 외국의 이론을 받아들이는 것에 대한 자기의식(自己意識)이 당시 문인들에게 뚜렷하게 생겨난 것으로 이해될 수 있는 것이다. 이것은 식민지 조선이라는 상황에서 문학의 현실적 역할에 대한 고민을 포함해 문학과 사회 전반에 대한 본질적인 질문과 연관된 것이었다. 결국 카프가 다다른 이같은 문제의식은 한국 근대문학사 전체의 국면에서 생각해볼 때 매우 중요한 문제틀이라고 할 수 있다. 한국 근대문학사에서 카프가 활동했던 시기를 거치고 나면 이제 한국문학도 문학에 대한 평범한 상식론을 넘어서는 단계로 나아가게 되는 것이다.

4. 카프와 리얼리즘 소설의 발전

다른 한편 카프는 우리나라 소설이 발전해가는 과정에서도 매우 중요한 위치를 차지한다. 한국의 근대소설은 1919년 3·1운동을 전후하여 염상섭, 현진건, 나도향 등을 중심으로 그 이전의 관념적이고 계몽적인 이광수류의 소설에서 벗어나 민족현실에 대한 사실주의적 인식을 뚜렷이 드러내는 성취를 거둔다. 염상섭의 중편 「만세전」(1923)이나 현진건의 「운수 좋은 날」(1924), 「고향」(1926), 나도향의 「벙어리 삼룡이」(1925), 「지형근」(1926) 등이 그런 대표적 성과들이다. 그러나 이들 소설은 민족이 처한 현실들을 사실주의적 방법으로 날카롭게 드러냈다는 점에서는 평가할 수 있으나 그 소설들이 궁극적으로 보여주는 세계가 여전히 대안(代案)이 없거나 뚜렷하지 못하다는 한계를 지니고 있었다.

1920년대 중반경 이런 흐름과 달리 현실과 적극적으로 대결하여 그 현실을 어떻게든 극복하고 바꿔보려는 소설들이 출현하고 있었다. 이른바 '신경향파' 소설들이 그것인데, 이런 신경향파 소설의 등장은 카프가 탄생하는 문단적 배경과도 밀접하게 관련된다. 즉 카프의 결성과 신경향파 소설의 출현은 시기적으로 비슷하게 일어난 일인데, 무산계급에 대한 관심이나 현실을 변화시키려는 강렬한 의지라는 점에서 이들은 서로 다른 것이 아니었다. 카프의 결성과 함께 신경향파 소설은 1920년대 중반 한국소설사의 주요한 흐름을 형성해가고 있었던 것이다.

신경향파 소설은 이전과 달리 현실의 변화 가능성을 적극적으로 모색하려는 주인공들을 설정함으로써 현실이 결코 고정불변한 것이 아니라 변화 가능한 것임을 보여주려고 했다. 그런 신경향파 소설을 대표하는 작가가 최서해이다. 그의 소설들은 현실에 좌절하기보다는 현실을 바꿔내려는 주인공의 적극적인 행동을 그려내고 있다. 「탈출기」(1925)나 「홍염」(1927)의 주인공들은 모두 그런 인물들이다. 그러나 여느 신경향파 소설들과 마찬가지로 이 소설들 역시 현실 변화의 계기가 주인공 개인의 울분에 찬 행동에서 비롯되고 있는 점이 문제였다. 현실의 문제에 대한 극단적 저항과 개인적 반발이 신경향파 소설의 주요한 한계였던 것이다. 「탈출기」 같은 작품은 그런 점에서 신경향파 소설의 문제점에서 어느 정도 벗어난 것으로 평가되고는 있으나 여전히 현실 변화의 방법과 대안은 암시적이다.

이런 신경향파 소설의 문제점이 극복되는 것은 카프가 조직되어 활발한 활동을 벌이게 되는 1920년대 후반부터이다. 특히 조명희의 「낙동강」(1927)이나 한설야의 「과도기」(1929)——이들은 모두 카프 소속 문인들이었다——는 이전까지 한국 근대소설이 보여준 한계를 벗어나 현실의 문제에 대한 구조적 인식과 총체적 변화에 대한 가능성을 보여준 작품들이다. 「낙동강」과 「과도기」는 한국 근대 리얼리즘 소설의 새로운 이정표를 세웠다고 평가할 수 있는 성과들이다.

「낙동강」은 박성운이라는 한 혁명가의 일생을 회고함으로써 조선의 사회운동을 소묘한 작품인데, 짧은 단편 형식에 현실에 맞서 투쟁하는 한 혁명가의 삶을 담아내어 현실이 어떻게 변해나가야 하는가를 우회적으로 보여준 작품이다. 「낙동강」에 와서야 비로소 울분에 찬 개인은 사라지고 현실을 각성된 노동자의 눈으로 바라보는 노력이 성과를 드러내게 된다. 「과도기」는 거기에서 더 나아가 창선이라는 한 농민이 어떻게 고향을 떠날 수밖에 없었고 다시 귀향하여 노동자로 재탄생하는가를 '창리'라는 작은 어촌의 변화와 함께 입체적으로 보여주고 있다. 특히 「과도기」는 식민지 조선의 산업화, 즉 자본주의로의 이행 과정과 거기에 내재한 문제를 날카롭게 포착해냈다는 점에서 「낙동강」의 추상성도 넘어서고 있다. 「과도기」는 식민지 조선의 자본주의화가 조선 민중의 삶을 실제로 어떻게 변화시키고 있는지를 구체적으로 보여준 작품이었다. 그런 점에서 「과도기」는 한국 근대소설의 발전과정에서 한 시기를 긋는 작품이라고 할 수 있다.

이런 카프 소설의 성과는 그러나 1930년대 카프의 볼셰비끼적 방향전환으로 굴곡지게 된다. 예술운동의 볼셰비끼화를 주장한 소장파들은 '전위의 눈으로 세계를 보라'는 모토 아래 창작의 자율성을 극도로 억압하고 나아가 프롤레타리아 리얼리즘론을 주창하여 창작의 문제를 작품의 소재적인 요소로 편벽되게 이해함으로써 작가들의 창의성을 억누르는 결과를 빚는다. 예컨대 카프 맹원의 작품에는 파업이나 소작쟁의가 반드시 들어가야 한다거나 혹은 민족주의 자치운동의 허구성을 폭로해야 한다거나 하는 식으로 창작의 문제를 마치 작품의 소재 문제로 이해해서 작가들이 자유롭게 창작하는 영역을 제한하려 하였다. 이런 분위기 속에서 발표된 대표적인 작품이 김남천의 「공장신문」이다. 이 작품은 공장 내에서 노동자들이 파업에 이르게 되는 과정과 그 속에서 활동하는 전위조직의 활동상을 그려내려는 의도로 창작된 것이지만, 정작 결과는 현실에 대한 과도한 단순화와 목적의식의 생경한 강조로 현실성이 결여된 도식적인 소설이 되고 말았다.

그러나 이후 사회주의 리얼리즘 논쟁을 거치면서 문학의 미적 특수성에 대해 새롭게 인식하게 되고 리얼리즘 창작방법에 대해서도 이해가 깊어지면서 과거의 소설들과는 질적으로 다른 장편 리얼리즘 소설이 창작되는 단계로 나아가게 된다. 이기영의 『고향』(1933~34), 강경애의 『인간문제』(1934), 한설야의 『황혼』(1936) 등은 모두 그런 성과물들이다. 이제 카프는 리얼리즘의 방법으로 조선의 농민과 노동자, 여성의 문제를 다룬 본격 장편소설들을 연이어 선보임으로써 한국 근대소설사에 주요한 한 축으로서 자기 위상을 확립하게 된다. 이들 작품은 염상섭의 『삼대』(1931)나 채만식의 『탁류』(1937~38) 등과 함께 한국 근대소설이 식민지시대에 거둔 최고의 성과로 손꼽기에 부족함이 없는 작품들이었다.

5. 카프의 문학사적 성과

카프는 한국 근대문학사 최초의 본격적인 문학운동조직으로서의 의미를 지닌다. 같은 사상과 미적 이념을 공유하고 그것을 실천하기 위한 조직체라는 점에서 카프는 문예지를 중심으로 한 동인 활동이나 친목모임과는 구별된다. 조직체이다보니 조직으로서의 정체성을 지속적으로 유지하기 위해 조직노선에 대한 끊임없는 확인, 문학 관념에 대한 공유, 문학적 실천론 등이 여러가지 방식으로 제기되고 그것이 신문·잡지·기관지 등을 통해 표현되었다. 조직론과 실천론이라는 관점에서 제기된 농민문학론, 동반자작가론 등도 카프의 주된 아젠다(agenda) 가운데 하나였다. 작품 역시 그런 과정을 통해 창작되고 발표되었다. 그런 점에서 카프는 근대비평의 확립과 리얼리즘 소설의 발전이라는 측면에서 한국 근대문학사의 주요한 부분을 차지한다. 시 역시 성과가 없는 것은 아니었으나 비평과 소설 영역에서의 성과가 더욱 뚜렷하다고 말할 수 있다.

사상의 자유가 극도로 억압된 식민지 치하에서 기관지 발간은 지속될 수 없었지만 3·1운동 이후 확보된 정치공간을 카프는 십분 이용하였다. 많은 잡지와 신문 학예면(學藝面)을 통해 카프는 자신의 문학이념을 전파하고 작품을 발표하였으며 이른바 이론투쟁이라는 이름으로 다양한 논쟁을 전개하였다. 이는 자연스럽게 카프 소속의 많은 논객들이 여러 지면을 통해 새롭게 등장하는 기회가 되었다. 평론 한두 편을 발표하고 사라지는 사람도 있었지만 많은 사람들이 카프를 통해 문단의 평론가로 인식되었다. 당시에는 비평가로 문단에 나오는 절차나 제도가 따로 있었던 것이 아니고 동인지나 신문, 문예지 등에 글을 발표하면서 자연스럽게 문인으로서의 길을 걷게 되는 게 일반적이었는데, 카프 소속 논자들이 신문과 잡지에 글을 발표하면서 평론가들이 한꺼번에 배출되는 결과를 낳았던 것이다.

요컨대 한국 근대문학사에서 비평이라는 장르가 독립적으로 자리잡는 데 카프가 미친 영향은 막대하다. 카프 이전에도 비평이 없었던 것은 아니지만 엄밀하게 말해 독립 장르로서 비평이나 독립적 문인으로서 비평가는 카프 이전에 뚜렷하게 그 실체를 갖고 있지 못했다. 대부분 계몽기의 논설류와 비슷하게 비평을 인식하고 있거나 시인, 소설가들의 부수적인 글쓰기로서 문학적 논설을 쓴 것이 카프 이전의 비평이었다. 그러나 카프의 활발한 논쟁과정을 통해 문학평론가라는 존재가 사회적으로 자연스럽게 인정되는 분위기가 자리잡게 된다. 비평이 하나의 문학장르로서 역할을 할 수 있다는 인식들이 그런 과정을 통해 문학 관심층을 중심으로 형성되었을 것이다.

문학운동단체로서 카프는 조직의 운동노선을 비평을 통해 고민했고 작품에 대한 지도력을 비평을 통해 구현하려 했다. 방향전환론이나 대중화론, 농민문학론과 동반자작가론은 모두 그런 운동과정에서 제기된 문제들이었다. 카프를 통해 한국 비평은 문학이 가야 할 길에 대해 고민하면서 문학에 대한 논리적 사고를 본격적으로 시작할 수 있었고 문학에 대한 자기인식적(自己認識的) 사유를 하기 시작했다. 카프는 소설과 시에 종속되었던 그 이전의 비평을 독립적인 하나의 장르로서 문학이라는 제도 안에서 기능할 수 있도록 영역을 확보했던 것이다.

소설 역시 앞에서 살펴본 바와 마찬가지로 3·1운동 직후 소시민

지식인들에 의해 창작되던 한계를 벗어나 신경향파 소설을 주요 흐름으로 만들어나갔다. 신경향파 소설은 그 문제점에도 불구하고 과거의 소설이 보여준 세계와는 근본적으로 다른 가능성을 보여줌으로써 작가들에게 새로운 상상력을 불어넣었다. 이후에도 카프 소속 작가들은 왕성한 창작활동을 보여 그 이전까지 한국 근대소설이 보여주지 못한 새로운 세계를 창조해내었다. 식민지 조선의 현실을 각성된 노동자, 혹은 농민의 눈으로 포착함으로써 조선사회 모순의 실체와 구조적인 문제들을 문학적으로 형상화했다. 리얼리즘적인 창작방법 역시 작품의 창작실천과 함께 지속적으로 논의되고 발전되어 소설과 비평이 서로 소통하고 발전하는 결과를 가져왔다.

물론 카프 내에 문학을 도구주의적으로 사고하는 경향이 없었던 것은 아니다. 작품이 거둔 성과 역시 많은 시행착오를 거치며 나온 것도 사실이다. 공식에 끼워맞추듯이 창작된 작품들도 많았으며 현실의 구체성과 풍부함을 담아내기보다 속류 맑스주의의 도식으로 일관한 작품들도 많다. 그렇지만 카프의 소설들이 신경향파 소설을 지양하면서 현실의 구체성을 확보하고, 살아 움직이는 인물들을 창조하며, 현실의 문제를 담아낸 서사의 구축을 통해 한국 리얼리즘 소설 발전에 결정적 역할을 했다는 점은 부인하기 힘들다.

결국 카프는 여러 논쟁과 작품 창작으로 문학과 사회의 현실 연관성에 대한 이해를 확대하는 것과 더불어 근대적 지식담론체로서 문학이 기능하는 장(場)을 식민지 조선사회에 확대해나갔다. 소설이 단순히 흥미있는 읽을거리이거나 현실과 절연된 고답적인 예술이 아니라 당대 사회와 생생한 긴장관계를 갖고 창작되는 작가들의 고투어린 노력이고 사회를 향한 예술적 대응이자 발언이라는 점, 비평이 작품에 대한 평만 하는 문학의 종속 장르가 아니라 문학에 대한 이론적인 탐구와 문학사에 대한 연구, 그리고 문학과 관련된 다양한 사회현상과 사상을 점검하는 실천적 담론이라는 인식은 카프를 거치면서 얻게 된 과실(果實)이었다. 그것은 다른 말로 하면 한국의 근대문학이 카프를 거치면서 우리사회가 나아가야 할 방향을 본격적으로 점검하고 탐색하는 기능을 얻게 되었음을 뜻한다. 1930년대 후반 다양한 문학적 방향을 모색하기 위한 여러 논의와 실험들이 가능할 수 있었던 것의 근원도, 따지고 보면 카프에 대한 반성이거나 계승이거나 비판 위에 놓여 있었다는 점에서 카프의 그늘을 완전히 벗어난 것은 아니었다.

: 이현식 :

● 더 읽을거리

카프의 활동에 대해 처음으로 충실하게 역사적 사실을 정리한 책은 백철의 『신문학사조사』(백양당 1947; 1949)이다. 백철은 스스로 카프 맹원이기도 했으므로 자신의 경험을 바탕으로 비교적 객관적인 시각에서 관련 사실들을 정리하였다.

카프를 비평사의 관점에서 본격적으로 연구한 최초의 실증적 업적은 김윤식의 『한국근대문예비평사연구』(한얼문고 1972)이다. 어려운 여건에서 카프의 비평적 성과를 체계적으로 정리해낸 역작으로 꼽힌다. 이후 1980년대 월북작가 해금과 더불어 소장학자들의 실천적 관심에서 나온 연구는 역사문제연구소 문학사연구모임의 『카프문학운동연구』(역사비평사 1989)이다. 1980년대 진보적 학술운동의 일환으로 나온 이 책은 처음으로 카프의 전 면모를 작품의 성과와 더불어 조망했다는 데에 의미가 있다. 또한 이 시기에 빼놓을 수 없는 연구성과로 김재용, 이상경, 하정일, 오성호가 함께 쓴『한국근대민족문학사』(한길사 1993)가 있다. 이 책은 한국근대문학사를 민족문학의 관점에서 체계적으로 서술한 첫 성과라는 점에서 연구사적 의의가 있지만, 그외에도 그때까지 이루어진 시·소설·비평 등 카프문학에 대한 진보적 연구성과를 집대성했다는 점에서도 평가받을 만하다.

이후 권영민은『한국계급문학운동사』(문예출판사 1998)에서 카프의 결성과 해체 과정에 대한 실증자료를 보완하였고 김영민은『한국근대문학비평사』(소명출판 1999)에서 카프비평을 논쟁사라는 관점에서 총괄적으로 정리하였다. 김윤식, 정호웅이 함께 쓴『한국소설사』(예하 1993; 증보판 문학동네 2000)는 카프의 소설적 성과를 소설사의 시각에서 정리한 결과물이다. 한편, 최근 들어 카프문학에 대한 새로운 연구 경향과 접근방법을 보여주는 연구성과로는 하정일의『탈식민의 미학』(소명출판 2008)이 있다. 탈식민주의 문화연구가 한국근대문학 연구방법론으로 어떻게 의미를 가질 수 있는가에 대한 시사점을 얻을 수 있는 책이다.

1930년대 장편소설과 리얼리즘

1. 들어가기

1930년대 들어 식민지조선의 상황과 문학 생산조건이 상당히 변화하는데, 무엇보다 1931년 만주사변을 시작으로 제국주의 일본의 대외침략이 본격화한다. 1937년 만주사변을 거쳐 1941년 태평양전쟁과 1945년 패전에 이르는, '15년 전쟁'이라고도 불리는 이 기간 동안 일본의 대외침략과 더불어 가공할 만한 사상탄압이 이어진다. 두 차례에 걸친 카프 맹원의 검거에서 드러나듯이 문학에서도 1930년대초부터 탄압이 시작되며, 카프의 해산과 전향으로 이어진다. 사상탄압의 여파는 사회주의 문학운동뿐 아니라 이에 맞서던 민족주의 쪽에도 상당히 큰 영향을 미쳤다. 이러한 사상과 문학운동에 대한 탄압은 창작방법에 대한 새로운 모색을 낳았으며, 이는 현실을 현상의 풍부함과 구체성 속에서 그려내는 장편소설로 구체화되었다.

1930년대는 또한 비록 제약은 있었지만, 식민지조선에서 자본주의
가 급격히 발전한 시기이기도 하다. 자본주의의 전면화는 소설의 새
로운 생산조건이 되었다. 이 과정에서 신문은 급격히 상업화되었고,
판매 수단으로 장편소설을 경쟁적으로 연재하였으므로 장편소설이
생산될 수 있는 여건이 마련되었다. 그러나 신문의 상업적 발전은 소
설의 내용에도 영향을 미쳐 연재라는 형식이 장편소설의 내용을 규
정하기도 했다. 1930년대에 본격적으로 통속소설 혹은 대중소설이
등장한 것도 이 때문이다.

1930년대 후반에는 리얼리즘이 다양하게 논의되었다. 1930년대초
까지의 도식적인 리얼리즘 이해에서 벗어나 사회주의리얼리즘 논쟁
을 통해 리얼리즘론이 발전했으며, 최재서는 기존 리얼리즘에 문제
를 제기하기도 했다. 그리고 장편소설에 대한 다양한 논의도 나타났
다. 1930년대 후반이라는 폐색(閉塞)된 시대에 당대의 본질을 드러
낼 수 있는 장르로 장편소설이 거론되었고, 이러한 형식을 통해 새로
운 근대, 새로운 세계에 대한 전망을 드러내고자 했다(임화의 '본격소설
론', 김남천의 '로만개조론'과 「소설의 운명」을 참조). 억압에 의해 이론적 논의
가 제약되었을 때, 리얼리즘에 대해 새로이 논의할 수 있게 되었다는
점은 아이러니이다. 소설이 기반한 사상적 원칙이 억압당하면서 비
로소 소설의 내적 전망을 논의하고 모색하게 되었으며, 리얼리즘이
고정된 원리가 아니라 실천과정에서 획득되는 이론임을 점차 인식하
기 시작했다.

이러한 조건 속에서 1930년대에는 1920년대보다 훨씬 더 많은 장
편소설들이 생산되었으며, 질적으로도 1920년대 작품을 능가했다.

물론 1920년대까지의 문학적 모색들을 기반으로 이러한 성취가 가능했으나 이들 장편소설이 일정한 경향성을 띠지는 못했다. 또 이전 소설들에서 보이는 명확한 전망도 발견하기 어렵다. 상황의 악화는 전망을 약화시켰고, 이에 따라 다양한 모색이 나타났다.

2. 농민문학과 노동자문학 : 이기영의 『고향』과 한설야의 『황혼』, 그리고 강경애의 『인간문제』

카프 작가의 대표적인 장편소설은 이기영의 『고향』(1934)과 한설야의 『황혼』(1936)이다. 이 두 소설은 카프 해산을 전후해서 씌어졌기 때문에 1930년대 사회주의문학이 지향하는 바를 잘 드러내고 있다.

카프의 대표적인 농민소설가인 이기영의 『고향』은 당시에 카프가 낳은 리얼리즘 최고의 성취로 받아들여진다. 이 소설은 토오꾜오로 유학을 갔다가 7년 만에 귀국한 김희준이 고향 마을에 터를 잡고 농민으로 거듭나면서, 소작쟁의를 승리로 이끄는 과정을 그렸다.

『고향』에서 무엇보다 주목해야 할 점은 농민의 형상이다. 『고향』 이전에도 많은 농민소설들이 있었지만, 『고향』에 이르러 비로소 식민지시대 농민의 전형성을 획득했다고 말할 수 있다. 『고향』에 그려진 농민은 최서해의 소설에서처럼 지주의 횡포에 즉자적으로 반항하는 자도 아니고, 그렇다고 이광수의 계몽소설에 나오는 인물처럼 자기의식을 갖지 않은 계몽의 대상도 아니다. 『고향』의 농민은 쉽사리 이상화되지도, 손쉽게 폄하되지도 않는다. 그리고 이중적이다. 한편으로는 자기 땅을 경영하려는 욕망을 충실히 드러낸다. 이 점에서 농민들은 기본적으로 개인주의적이다. 또 한편『고향』의 농민들은 오랜 시간에 걸쳐 형성된 공동체의 삶과 의식을 드러낸다. 주인공 김희준은 전통적인 '두레'를 부활시킴으로써, 이런 의식들을 근대를 넘어서는 농민의식과 공동체의 가능성으로 제시한다.

이런 농민의 이중적인 모습들은 생생히 살아 있는 농민의 형상들로 그려진다. 수없이 제시되는 개별 사건들은 모두 농민의 특성을 형상화하는 데 기여한다. 자기 소유에 집착하는 농민의 싸움뿐 아니라, 두레 속에서 하나가 되는 공동체의식도 잘 그려내고 있다. 나이 든 농민들은 확실히 보수적이지만 오랜 경험을 통한 삶의 지혜로 주인공을 재교육하며, 젊은 농민들은 아직 미숙하지만 새로운 농민 지도자가 될 수 있는 가능성을 충분히 보여준다.『고향』은 이런 이중성들을 아주 세밀하게 묘사해내고 있다.

『고향』의 주인공 김희준도 이전과는 다른 새로운 지식인상을 드러낸다. 이전 농민소설에서 지식인들이 대개 매개자로 나온다면, 김희준은 가르치면서 배우는 존재로 그려지며 이상화되어 있지도 않다. 그 또한 다른 사람들과 마찬가지로 개인적인 일 때문에 고민하는 존재이며, 현실 속에서 배우면서 성장하는 존재이다. 농민들의 경험, 삶의 지혜 등이 김희준으로 하여금 현실을 깨닫게 해준다. 김희준은 가르치면서 또한 배우는 것이다.

『고향』은 또한 농민의 투쟁과 더불어 노동자와의 연대, 곧 노농연대를 그린다. 물론 이 연대는 아주 기초적인 수준에 머물러 있다. 그럼에도 불구하고 소설 속에서 노동연대를 이만큼이나마 그린 작품은『고향』이 유일하다고 할 수 있다.

이 소설에서 논란의 여지가 있는 대목은 마름 안승학과의 대립을 승리로 이끄는 과정이다. 소작쟁의는 이 소설의 핵심 갈등이며, 농민들은 이 싸움에서 부분적으로 승리한다. 그러나 이 승리는 전적으로 농민들의 단결과 힘에 의해 얻은 것이라고 할 수는 없다. 마름 안승학의 약점을 무기로 그의 양보를 얻어낸 것이기 때문이다. 바로 이 점에 대해 이 소설에 대한 평가가 엇갈린다. 『고향』의 해결방식이 승리를 얻어내는 가장 현실적인 길이며 그렇기에 가장 자연스러운 결말이라고 볼 수도 있지만, 소설의 전개로 볼 때 결말을 승리로 마감하기 위한 무리한 설정이라고도 볼 수 있기 때문이다. 그럼에도 『고향』이 식민지시대 최고의 농민소설이자 리얼리즘 소설이라는 점에는 논란의 여지가 없다.

이와는 달리 한설야의 『황혼』은 흔히 노동소설로 언급된다. 하지만 과연 노동소설인가에 대해서는 의문의 여지가 있다. 주인공이 지식인이기는 하지만 이기영의 『고향』이 농민들의 삶과 투쟁을 다루고 있음에 비해, 『황혼』은 노동자들의 삶을 중심으로 서술되지 않는다. 『황혼』은 노동자로 존재를 전이하는 여주인공 여순과 토오꾜오유학생인 김경재의 삶을 대비하여, 김경재가 어떻게 자신의 의식과는 무관하게 현실의 압력 속에서 무기력하게 몰락하는지, 그리고 여순이 어떻게 지배계급의 일원이 될 수 있으리라는 환상을 깨고 결단을 통해 노동자로 변회하는지를 그렸다.

『황혼』에서의 '황혼'은 김경재의 몰락을 의미한다. 김경재는 여순을 사랑하면서도 아버지 회사의 도산을 막기 위해 안 사장의 딸과 헤어지지 못하며, 구조조정을 하려는 안 사장의 생각에 동조하지 않으면서도 실제로는 아무런 대안도 제시하지 못하는 무기력한 인물로 그려진다. 이러한 인물의 필연적인 몰락을 상징적으로 드러내는 것이 바로 '황혼'이라는 제목이다. 사실 한설야가 『황혼』에서 가장 잘 그려낸 인물 또한 김경재이다. 의식과 현실의 괴리, 그리고 그 속에서의 적당한 타협이야말로 『황혼』이 묘사한 당대 지식인의 참모습이다.

여순은 이와는 대립되는 인물이다. 가산이 넉넉한 집에서 태어났으나 어려서 부모를 잃고 유산마저 친척에게 빼앗긴 후 고학으로 학교를 마친 여순은 김경재 집 가정교사, 안 사장의 비서를 거치면서 어떤 방식으로든 상층으로 올라가려 노력한다. 그러나 안 사장에게 겁탈당할 뻔한 일을 겪은 후 고민 끝에 노동자의 삶을 선택한다.

김경재와 여순의 관계에서 김경재는 여순을 이끄는 존재로 나온다. 그러나 결정적인 순간에 결단하지 못하고, 앞으로 나아가는 여순과는 달리 뒷걸음질칠 수밖에 없게 된다. 작품이 발표된 1936년이 사회주의자들의 전향이 일반화된 시기임을 감안한다면, 그리고 한설야 자신 그로부터 자유로울 수 없었던 존재임을 생각한다면, 이러한 결단과 존재전이는 대단히 중요한 의미가 있다.

그러나 여순의 결단은 소설에서 내적 타당성을 갖지 못한다. 소설이란 내부에서 완결성을 가져야 하며, 그러한 내적 완결성이 현실에 질서를 부여하는 소설의 힘이다. 그런데 여순은 대단히 급작스럽게 결단을 내려 아쉬움을 남긴다. 물론 여순에게 노동자의 길을 일러준 어린 시절 친구도 나오고, 그 결단이 충분히 고민스러운 문제일뿐더러 결단에 필요한 사유를 드러낼 수 없었던 시기임을 감안한다면 그런 급작스러운 결단도 이해가 가지 않는 바는 아니다. 그러나 여순의 결단이 소설의 핵심인데도 불투명하게 처리되었다는 점은 이 작품의 한계라고 할 것이다.

이 소설의 후반부에서 작가는 노동자가 된 여순의 삶을 노동자들의 현실 속에서 그린다. 이 작품이 노동소설로 불리는 것은 이 대목 때문인데, 하지만 얼핏 풍부해 보이는 노동자의 삶은 현실의 기계적 재현에 지나지 않는 듯하다. 리얼리즘이 현상의 취사선택의 원리라고 했을 때, 취사선택이 없이 드러나는 노동자의 형상이란 리얼리즘에 미치지 못하기 때문이다.

카프에 속하지는 않지만 사회주의를 지향하는 문학에서 카프 작가에 못지않은 성과를 낸 작가가 강경애이다. 강경애의 『인간문제』는 첫째와 선비라는 두 인물을 통해 농민이 어떻게 노동자로 전환되는지를 잘 보여준다.

지주와의 대립으로 고향을 떠날 수밖에 없게 된 첫째와 선비는 사회주의 지식인 신철의 도움으로 노동자 그리고 노동운동가로 변신한다. 하지만 투옥된 신철은 전향을 하고 첫째는 죽음을 맞는다. 그리고 선비는 첫째의 죽음을 지키며 노동운동가로서의 삶을 맹세하는 것으로 끝난다.

고향 농촌의 '용소(龍沼)'라는 상징에서 출발하는 『인간문제』는 그 점에서 농민들이 바라는 것을 적절히 드러낸다. 그리고 지주와의 대립으로 노동자가 될 수밖에 없는 현실은, 자본주의 근대의 발전 속에서 점차 농업 중심에서 공업 중심으로 변화해가는 식민지조선의 모습이기도 하다.

특히 지식인 신철의 전향을 통해 외로움과 가족으로의 귀환이라는 전향 논리를 명료하게 드러낸다. 이를 통해 지식인과 노동자가 결국 자신의 계급적인 본성에 따를 수밖에 없음이 밝혀진다. 1935년 카프 해체 이후 많은 카프 작가들이 소위 전향문학작품을 쓰면서도 실제 전향 논리를 드러내기보다는 후일담에 치중하고 있음을 고려하면,

『인간문제』에서 신철이라는 지식인의 형상화는 대단히 중요하다.

3. 자본주의 근대에 대한 비판적 인식: 염상섭의 『삼대』

사회주의 같은, 근대를 넘어서는 전망을 갖고 있지 않았다 하더라도 식민지 자본주의에 대해서는 많은 작가들이 부정적인 인식을 갖고 있었다. 이런 인식은 전망의 부재 때문에 비관주의적 양상을 띠기도 했다. 염상섭의 『삼대』는 이런 비관주의를 잘 보여주는 리얼리즘 소설이다.

『삼대』는 조의관, 조상훈, 조덕기에 이르는 3대의 삶을 조덕기를 중심으로 묘사하고 있다. 조의관에서 조덕기에 이르는 3대의 삶은 개인의 삶이자 구한말에서 1930년대에 이르는 식민지조선의 발달사이기도 하다. 구한말의 혼란을 틈타 재산을 축적한 조의관은 끊임없이 재산을 모으는 한편 양반 족보를 사서 자신의 출생을 치장하고 족보 간행으로 지위를 굳히려 한다. 곳간 열쇠와 사당 열쇠로 상징되는 조의관의 의식은 식민지조선에 자리잡는 근대가 봉건적인 유제와 결합했음을 의미한다. 조의관의 아들 조상훈은 개화기 지식인으로, 이러한 아버지 조의관의 행위를 부정하고 기독교 민족주의운동을 하기도 했지만 지금은 타락한 지식인에 지나지 않는다. 조상훈의 아들 조덕기는 법과대학에 다니는 청년으로, 할아버지의 그늘에서 벗어나지 못하면서도 아버지 조상훈에 대해서는 연민을 느낀다. 그는 사회주의에 공감한다는 점에서는 당대의 젊은이들과 마찬가지나 친구 김병화와는 달리 적극적으로 이를 실천하지는 않는다. 조덕기는 이를 '심파다이저'라고 말한다. 사회주의운동을 하지는 않으나 사회주의에 공감하면서 뒤를 보아주는 정도의 삶을 살아가겠다는 것이다.

『삼대』의 서사는 다층적이다. 덕기의 할아버지 조의관의 재산을 노리고 그를 독살하려는 작은집 수원댁의 음모, 아들이 아니라 손자에게 재산을 물려주려는 할아버지와 그에 반대하는 아버지의 대립 등이 기본 서사를 이루고 있다. 결국 할아버지는 독살되고, 유산은 덕기가 상속받으며, 아버지는 이를 뺏으려 가짜 형사사건을 일으키다 감옥에 갇힌다. 덕기는 집안을 유지하기 위해 이런 사건들을 적당히 덮으면서 넘어간다. 덕기의 보수성을 잘 보여주는 대목이다.

다른 서사는 조덕기와 그의 친구인 '마르크스 보이' 김병화를 둘러싸고 펼쳐진다. 기분파 맑스주의자에서 일련의 사건을 거치면서 안정된 모습을 보여주는 김병화, 조덕기의 친구이면서 조상훈의 아이를 가진 홍경애, 가난한 집안의 딸인 필순 등의 인물을 통해 염상섭은 당대의 사회상을 세밀하게 그려내고 있다.

조씨 집안 삼대의 삶은 앞서 말했듯이, 구한말에서 식민지조선에 이르는 역사의 한 축을 개별화된 삶을 통해 보여준다는 점에서 전형적이다. 『고향』이 부재지주의 땅을 경작하는 소작농들의 이야기임에 비해 『삼대』는 전형적인 부재지주 집안의 이야기이다. 비록 역사적 전망은 다르고, 그에 따라 각기 다른 삶을 그리고 있지만, 『고향』과 『삼대』는 서로를 보충하는 소설이라고 할 수 있다. 또한 『고향』이 전형적인 농촌의 삶과 산업화되는 양상을 그리고 있다면 『삼대』는 식민지 자본주의의 상징이라고 할 수 있는 경성의 풍속을 세밀하게 그려낸다.

그러나 『삼대』에서는 어떠한 역사적 전망도 찾아볼 수 없다. 조덕기는 양심적으로 살아가고자 하나 기실 풍파를 일으키지 않고 집안의 재산을 지키려는 보수적인 면모를 보여줄 뿐이다. 그의 양심 또한 필순에게 느끼는 감정에 따라 갈등하는 양상을 보인다. 사회주의운동이나 무정부주의운동의 모습도 조금 보여주고 있으나 기본적으로는 신문기자의 관점을 넘어서지 못한다. 식민지 자본주의사회의 부정성이 그 정도나마 그려질 수 있었던 까닭도 이런 소극적인 부정성과 보수성 때문인지도 모른다.

4. 근대의 부정성에 대한 풍자: 채만식의 『태평천하』와 『탁류』

1935년 카프의 해산은 리얼리즘 소설의 변화를 초래할 수밖에 없었다. 리얼리즘 소설이 어떤 방식으로건 현실을 바라보는 전망, 곧 현상을 취사선택하는 관점을 요구한다고 했을 때, 카프의 해산은 이전에 존재했던 사회주의적 전망이 더는 가능하지 않음을 의미한다. 사회주의적 전망은 명시적으로 드러낼 수 없고 그렇다고 이를 대체할 새로운 전망도 없는 상태였다. 이런 상황에서 의미있는 방식이 풍자였다. 채만식의 『태평천하』는 이 시기 리얼리즘의 최고 성취라고 할 수 있다.

『태평천하』는 『삼대』와 마찬가지로 3대의 이야기이다. 하지만 『삼대』에서는 손자 조덕기가 중심에 있다면, 『태평천하』는 할아버지 윤직원이 주인공이다. 풍자가 우회적인 공격이라면, 『태평천하』는 공격대상을 윤직원으로 설정하고 있는 것이다.

윤직원의 삶은 『삼대』의 조의관의 삶과 크게 다르지 않다. 다만 풍자를 위해 적절히 과장되어 있을 뿐이다. 지독한 구두쇠이자 첩치가(妾置家) 행태를 과장함으로써, 사회적 지위와 현실적 삶의 거리를 최대한 벌려놓는다. 윤직원은 자본주의사회의 돈의 위력을 철저히 믿는다. 그리고 자식이나 손자를 자신의 재산을 지켜줄 수 있는 권력자로 만들려 한다. 아들에게서 성취되지 못한 욕망은 토오꾜오에서 유학하고 있는 손자에게로 향한다. 하지만 바로 그 손자가 사회주의 활동과 관련하여 검거됨으로써 윤직원의 욕망은 배반당한다.

『태평천하』는 윤직원을 풍자하기 위해 판소리 사설의 전통을 이어 받고 있다. 리듬감 있는 문체와 독자에게 직접 말을 건네는 어법이 그것이다. 권위에 대한 판소리의 부정성을 최대한 끌어들인 것이다.

하지만 『태평천하』는 대상을 우회적이고 부정적으로 공격하므로 사실 부정적인 전망이 작품을 지배한다. 아닌 것은 확실히 공격하지만 그렇다고 새로운 가능성을 제시하고 있지는 않다. 또한 풍자라는 방식 때문에 대상의 특성을 과장하고 있는데, 과장은 한편 현실의 세부를 지워버림으로써 가능하다는 점을 유념해야 한다.

『탁류』는 초봉이라는 여인의 일대기를 통해 자본주의적 욕망의 끝을 보여주고 있다. 미두(米豆)로 몰락한 정 주사의 큰딸 초봉이 겪는 불행은 자본주의사회의 상품화 속성에 기인한 것이다. 일종의 투기인 미두 때문에 돈을 날리는 정 주사나, 돈 때문에 팔려가는 초봉의 삶은 자본주의사회에서 돈의 위력과 비인간성을 잘 드러낸다. 결국 남편을 죽이고 살인죄로 감옥에 가는 초봉의 비극은 둘째딸 계봉의 삶과 대비된다.

『탁류』는 자본주의적 삶의 황폐함을 잘 드러내고 있지만, 자본주의 현실을 폭넓게 그려내는 데까지는 이르지 못한다. 초봉의 비극을 초봉의 성격 탓으로 돌리는가 하면, 초봉의 삶과 대비되는 동생 계봉과 남자친구 승재의 삶의 방식은 발랄하고 양심적이지만 자본주의사회를 넘어서는 전망을 갖고 있지는 못하기 때문이다. 이 경우 현실의 사실적 재현이 1920년대 최서해 식의 극단적 결말로 이어지는 모습을 보여준다.

5. 역사적 과거로의 회귀: 가족사 연대기 소설과 김남천의 『대하』

1930년대 후반, 자본주의적 근대를 넘어서는 전망을 상실하고 현실을 살아나가는 주체의 위치마저 불확실해졌을 때, 소설이 모색할 수 있었던 길은 역사적 과거의 탐색이었다. 바로 현재를 가능케 한 역사적인 과거를 되돌아봄으로써 현재를 넘어서는 길을 모색하는 것이다. 김남천이 제시한 '가족사·연대기 소설'이라는 창작방법론은 이런 모색의 결과였다.

이기영의 『봄』, 한설야의 『탑』 그리고 이태준의 『사상의 월야』는 모두 역사적 과거의 모색과 결부되어 있다. 그러나 이 세 작품 모두 작가의 개인사 재현에 그치고 마는 한계를 드러냈다.

이와는 달리 1939년에 발표된 김남천의 『대하』는 근대 이행기를 출발점으로 하는 조선의 근대화 전망을 자수성가한 박씨 집안의 서자를 통해 모색하고 있다는 점에서 눈여겨볼 만한 소설이다. 조선사회가 역동적으로 변화한 시기였던 근대 이행기에서 시대적 가능성을 최대한 살리려 했던 인물을 통해 새로운 근대의 전망을 모색한 것이다.

그러나 『대하』는 주인공이 가족의 품에서 떠나 독립하려는 대목에서 마칠 수밖에 없어 그 가능성은 문자 그대로 가능성에 그치고 만다. 개화기에서 시작하여 그때까지의 식민지조선의 역사를 한 개인의 삶을 통해 보여주고자 했지만, 사회적 상황의 악화 때문에 더이상의 발전은 보여주지 못했다. 또한 풍속을 통해 당대의 모럴을 드러내려 했으나 개화기 풍속의 나열에 그치고 말았다.

6. 글을 맺으며: 1930년대의 또다른 경향, 리얼리즘의 통속화

1930년대는 사상탄압이 강화되는 시기이며, 현실의 제약 속에서 문학 역시 다양한 모색을 하던 시기였다. 리얼리즘과 모더니즘이 분화되고, 리얼리즘 내에서도 상당히 다양한 경향이 나타났다.

리얼리즘의 한 지표이기도 한 세부묘사의 진실성은 그것이 장편소설의 서사를 통어할 수 있는 사상성에 바탕을 두지 않을 때는 현실의 직접 재현에 머무를 개연성이 높으며, 그에 따라 서사는 통속적인 성격을 띠게 된다. 명시적으로 대중소설을 표방하고 나섰던 김내성이나 윤백남, 김말봉 같은 통속소설가를 제외하더라도 많은 작품들이 그러한 경향을 띤다.

앞서 보았던 채만식의 『탁류』에 대해서도 통속성이 지적된바 있지만, 아무래도 장편소설의 통속화 경향을 대표하는 예는 이태준의 작품들일 것이다. 『불멸의 함성』을 비롯하여 『청춘무성』 같은 작품들은 양상은 조금씩 다르지만 민족주의 이념에도 불구하고 통속적인 모습을 보인다. 민족주의 이념이 시간적으로 발전하는 서사를 낳지 못할 때, 서사는 인물들간의 삼각관계를 중심으로 펼쳐지면서 통속화된다. 그나마 민족주의 이념마저 억압되는 1930년대로 넘어가면 통속성은 훨씬 더 강화된다.

한설야의 작품에서도 통속성은 발견된다. 현실에 이념이 자리잡을 수 없게 되자 한설야는 그 이념을 식민지 조선의 외부인 만주에서 찾았고, 이념이 사라진 자리에는 애정관계가 남았다. 『청춘기』의 경우 그나마 인물들의 폭을 소시민 지식인으로 제한함으로써 어느 정도 성공을 거두었지만, 『초향』 같은 작품에서는 완전히 파탄에 이른다.

김남천의 소설도 『사랑의 수족관』에서는 통속적인 경향을 띤다. 이 작품에서, 사회주의자였던 만형의 죽음과 함께 이념이 사라진 시대에 그것을 대체할 삶의 원리를 찾아가는 과정 역시 뒤틀린 애정관계로만 드러날 뿐이다.

이처럼 1930년대 장편소설들은 리얼리즘에서 모더니즘, 그리고 통속적인 경향에 이르기까지 다양하게 분화되었다. 장편소설에서의 리얼리즘은 현실의 변화를 따라가면서 다가올 현실을 예견하는 시간성의 이념을 확보해야만 구현할 수 있다. 당시 이론은 리얼리즘론과 소설론을 통해 일정한 성취를 이루었지만, 장편소설에서는 소설의 육체라고 할 수 있는 현실의 구체성을 확보해야만 하기 때문에 그 성취는 리얼리즘론의 직접적인 영향 아래에서 이루어졌다고 하기는 어렵다. 오히려 리얼리즘과 나란히 현실을 천착하면서 획득되었다고 보아야 할 것이다.

: 채호석 :

●더 읽을거리

이기영에 대해서는 이상경 「이기영 소설의 변모과정 연구」(서울대 박사학 위논문 1992)가 좋은 안내 문헌이다. 한설야에 관한 중요한 성과로는 서경석 의 「한설야 문학 연구」(서울대 박사학위논문 1992)가 있고, 강진호의 『그들의 문학과 생애, 한설야』(한길사 2008)를 통해 한설야의 생애와 문학을 전반적으 로 이해할 수 있다. 여순의 성격 문제에 대해서는 이주미의 「한설야의 〈황혼〉 연구: '려순'의 성격적 비약에 대한 해명을 중심으로」, 『한민족문화연구』 1(한 민족문화연구학회 1996.12)가 참고할 만하다. 강경애의 『인간문제』에 대해서 는 차원현 「식민지 시대 노동소설의 이념지향성과 현실인식의 문제」, 『외국문 학』 29(1991년 겨울)를 참고할 수 있다.

염상섭에 대해서는 김윤식의 『염상섭 연구』(서울대 출판부 1987)와 진정석 의 「염상섭 문학에 나타난 서사적 정체성 연구」(서울대 박사학위논문 2006) 가 대표적이다. 채만식과 풍자에 대해서는 정홍섭의 『채만식 문학과 풍자의 정신』(역락 2004)에 잘 정리되어 있다.

김남천에 대해서는 채호석 「김남천 문학 연구」(서울대 박사학논문 1992) 와 정호웅의 『그들의 문학과 생애, 김남천』(한길사 2008)을 참고하면 좋다. 가족사소설과 『대하』에 대해서는 이상화 「일제말 한국 가족사 소설 연구」(상 명대 박사학위논문 2004)가 잘 정리하고 있다. 통속소설과 통속화 경향에 대 해서는 강옥희의 『한국 근대 대중소설 연구』(깊은샘 2000)를 참조할 수 있다.

식민지근대성과 모더니즘문학

1. 새로운 '현실'의 발견

1936년 10월 주지주의를 표방하던 비평가 최재서는 「리얼리즘의 확대와 심화──'천변풍경'과 '날개'에 관하여」라는 평론을 발표하여 문단에 충격을 주었다. 그는 "작가가 주관세계를 재료로 쓰면 주관적이고 객관세계를 취급하면 객관적이라는 소박한 논법을 우리는 무엇보다도 먼저 폐기치 않으면 아니될 것"이라고 말하면서 문단의 주류를 형성하고 있던 카프의 리얼리즘을 겨냥한다. "예술의 리얼리티는 재료, 즉 외부세계나 내부세계에 한해 있는 것이 아니라 객관적 태도로 관찰하는 데 있다"는 것이다. 그가 「천변풍경」과 「날개」를 리얼리즘의 확대와 심화로 평가한 것은 이 때문이다. 박태원은 "객관적 태도로서 객관"을 바라보았고, 이상은 "객관적 태도로서 주관"을 바라보았다는 것이다.

이처럼 최재서는 예술적 리얼리티, 혹은 리얼리즘이라는 개념을 작가의 태도와 관련시킨다. 그래서 소설가는 "카메라인 동시에 이 카메라를 조종하는 감독자" 자격을 부여받는다. 「천변풍경」은 작가가 카메라 렌즈에 "주관의 막"을 덮지 않고 관찰함으로써 "선명하고 다각적인 도회" 묘사에 도달할 수 있었고, 「날개」는 의식의 분열을 겪는 현대인의 내면세계를 냉엄한 태도로 포착함으로써 "분쇄된 개성의 파편"을 형상화할 수 있었다.

최재서의 이러한 태도는 현실의 객관적인 반영을 추구하던 전통적인 사회주의리얼리즘과는 크게 다르다. 사회주의리얼리즘에 따르면, 예술적 묘사대상인 현실은 객관적으로 인식할 수 있는 그 무엇이다. 비록 감각에 의해 포착된다 하더라도 인간의 이성이라는 본질, 혹은 필연성과 법칙성 차원에서 재구성될 수 있기 때문이다. 따라서 객관적인 반영이란 현상의 이면에 숨겨진 본질적인 현실의 인식이다. 하지만 최재서는 본질적 현실로 접근하는 대신 카메라 같은 냉엄한 태도만을 객관적인 것으로 인정한다. 따라서 인간의 바깥에 존재하는 객관세계이건 혹은 인간의 내면에 존재하는 주관세계이건 상관없이 감각적으로 지각된 현실을 형상화하는 것만으로도 리얼리티는 성립되는 것이다. 이원조가 「정축 일년간 문예계 총관——주류 탐색의 한 노정표로서」[1]에서 "리얼리즘이란 말을 쓰지 않고도 성격화시킬 수 있는 것"이라고 불만을 표한 것도 이 때문이었을 것이다.

이러한 최재서의 입장은 T. E. 흄을 소개한 초기의 「현대 주지주의

---

1) 『조광』 26, 1937년 2월.

문학이론의 건설—영국 평단의 주류」와 「T.E. 흄의 비평적 사상」으로 이미 예견할 수 있었다. 흄에 따르면, 실재는 두 개의 동심원에 의해 구분되는 세 개의 평면으로 구분된다. (1) 수학과 물리학의 무기적 세계, (2) 생물학·심리학·역사학에서 취급하는 유기적 세계, (3) 윤리적·종교적 가치의 절대적 세계. 여기에서 세 개의 평면들(혹은 실재)은 절대적으로 단절되어 있어서 불연속적이라고 할 수 있다. 따라서 흄의 입장은 "자연 전체를 단절 없는 실재의 일 연속체로 보는 우주관"인 '연속적 실재관'에 구별되는 '불연속적 실재관'으로 규정된다.

최재서는 이러한 흄의 입장을 받아들여 휴머니즘과 낭만주의를 비판한다. 휴머니즘과 낭만주의는 연속적 실재관에 따라 인간을 완전한 존재로 인식하고 모든 것이 진화한다고 가정한다. 물론 한 사회가 이상적인 상태라면 인간은 절대적인 존재가 될 수 있고 가치를 창조할 수 있다. 하지만 인간은 그럴 수 없기 때문에 유기적 세계를 넘어선 절대적 세계를 인정하고 자신의 한계를 받아들여야 한다. 종교적 절대세계를 믿은 고대인들과 마찬가지로 종교적 절대성에 대응할 만한 "과학적 절대세계 속에서 안정을 찾"아야 하는 것이다. 현대의 예술 또한 마찬가지이다. 고대인들이 자연에 대한 공포심 때문에 자연을 기피한 결과 예술이 "기계적·추상적 경향"을 띠게 되었던 것처럼, 과학적 절대세계를 추구하는 현대예술 역시 기하학적 경향을 띨 수밖에 없는 것이다.

최재서가 「리얼리즘의 확대와 심화」에서 강조했던 객관적인 태도로서의 리얼리즘은 이러한 현대예술의 기하학적 경향과 같은 맥락에 놓여 있다. 최재서가 "시의 대목적은 정확 직절 명료한 묘사에 있다"

라고 하거나 시인은 "무한의 디테일과 곤란을 돌파하여 마침내 자기의 비전과 합치하는 표현"을 얻어야 한다고 말하는 것은 이 때문이다. 또한 "인생의 추학과 전율을 실제 이상으로 과장하고 떠들어대는 리얼리즘"이야말로 "네 발로 기어다니는 낭만주의"[2]라고 격렬하게 비판한 것도 이런 맥락에서 이해할 만하다. 사회주의리얼리즘은 현실의 재현 과정에서 부딪칠 한계를 인정하지 않는다는 점에서 낭만주의와 휴머니즘의 한계를 그대로 답습하고 있는 셈이다.

이러한 최재서의 입장이 본질적 현실의 포착이라는 사회주의리얼리즘에 대한 반론 성격을 띠고 있음은 부언할 필요조차 없을 것이다. 최재서의 논의에 따르면 예술적 리얼리티는 묘사대상이 아니라 그것을 바라보는 시각에 의해서 결정된다. 이에 따라 전통적인 작가의 역할 또한 변모한다. 작가는 이제 현실을 찾아 멀리 헤맬 필요가 없다. 자신의 경험들을 얼마나 객관적인 태도로 바라보고 분석하는가가 문제시될 뿐이다. '본질적인 현실'과 무관했기 때문에 소설적 형상화에서 배제되었던 개인의 무궁무진한 사적 경험들은 이제 새로이 예술적 묘사 대상으로 부상한다.

2. 절망적인 세계 앞에 선 개인의 내면 풍경

1930년대 중반 이후 모더니즘이 성장할 수 있었던 원인은 문단 내부의 상황 변화와도 무관하지 않다. 1930년대에 접어들면서 만주사

---

2) 최재서 「센티멘탈론」, 『조선일보』 1937년 10월 3~8일자.

변 등을 통해서 제국의 확장을 꾀하기 시작한 일본은 식민지의 저항운동을 철저히 억압하기 시작한다. 두 차례에 걸친 카프 맹원 검거사건은 그 좋은 예이다. 이처럼 일제의 탄압으로 사회주의 문학운동이 침체에 빠지자, 그 공백을 메웠던 것은 구인회로 대표되는 모더니스트 그룹이었다. 1933년 8월 이종명, 김유영, 이효석, 이무영, 유치진, 조용만, 이태준, 김기림, 정지용 등 9명의 문인 친목단체로 출발했던 구인회는 저널리즘과 결합하면서 점차 자신들의 영역을 확장한다. 특히 이종명, 김유영, 이효석 대신에 박태원과 이상 등이 참여하면서 소설 창작의 새로운 흐름을 대표하는 세력으로 자리매김한다.

이상은 모더니즘의 특성을 뚜렷하게 드러내는 시, 소설, 수필을 발표한다. 초기에 발표한 「12월 12일」(1930), 「휴업과 사정」(1931), 「지도의 암실」(1932) 등은 대칭적인 구조를 통해 개인적 사정을 소설화한 작품들이다. 이후 「이상한 가역반응」「오감도」「삼차각설계도」「건축무한육면각체」 등을 통해서 일상적인 언어질서를 부정하고 자신의 관념을 통해 고유의 기호와 담론구조를 창출하려는 시도를 보여준다. 그의 작품들은 전통적인 문학양식을 거부하고 불안과 공포에 사로잡힌 현대인의 내면풍경을 담았다. 따라서 이상의 소설에서 일반적인 가치규범이나 윤리의식을 찾아내기란 거의 불가능하다. 구인회의 구성원들이 대체로 잘 짜인 소설들을 추구한 것과 비교한다면 상당히 특징적인 면모라고 할 수 있다.

「날개」의 화자는 "나"라는 지식인이다. 몸이 허약하고 자의식이 강한 그는 도시의 병리를 대표하는 매춘부 아내에게 기생하며 권태롭게 살아간다. 그러한 기형성은 소설 첫머리에서 "나는 그들의 아무와도 놀지 않는다. 놀지 않을 뿐만 아니라, 인사도 않는다"라는 구절을 통해서 알 수 있듯이 외부세계에서 단절된 채 살아가는 단자화된 삶에서 기인한다. 공동체의식이 소멸된 근대 도시에서 흔히 발견되는 고독하고 소외된 인물인 것이다. 이처럼 직업도 없이 고독하게 살아가는 그를 외부세계와 연결시켜주는 유일한 통로는 아내이다. 이러한 인물들의 관계는 아내의 방과 '나'의 방으로 분할된 작품의 내적 공간과 상응한다. '나'는 햇빛이 들지 않은 윗방에서 초라하게 살아가는 데 비하여, 아내는 햇빛이 드는 아랫방에서 화려하고 개방적인 삶을 살아가는 것이다.

그런데, '나'는 아내가 수상한 외출을 하거나 방에 외간남자를 불러들여도 분노할 줄 모르며, 오히려 착한 어린아이처럼 "아무 소리 없이 잘 논다". 그리고 아내의 육체를 매개로 한 '돈'에 대해서도 전혀 알려 하지 않는다. 은화를 모아 아내에게 주고, 아랫방에서 함께 잠잘 때까지 주인공에게 은화는 반짝거리는 장난감에 지나지 않는다. 이러한 의도적인 무관심은 궁극적으로 현실을 지배하는 화폐의 위력에 대한 전복으로 귀결되기에 이른다.

이렇듯 자본주의에 대한 회의와 비판은 작품의 결말 부분에서 극적으로 제시된다. '나'는 아내의 손님이 주고 간 돈을 가지고 외출을 나갔다가 감기에 걸려 아내가 건네준 흰 알약을 먹는다. 하지만 그 약이 아스피린이 아닌 아달린이리는 사실을 깨닫는 순간 아내에 대한 신뢰는 깨지고, "숙명적으로 발이 맞지 않는 절름발이" 같았던 부부관계는 파국을 맞는다. 아내로 상징되는 현실 혹은 화폐의 위력 앞에서 자신이 죽어가고 있는지도 모른다는 위기의식이 '나'의 탈출을 이끌어내는 것이다. 결국 '나'는 아내가 준 돈을 슬며시 놓고 밖으로 나와 미쓰꼬시 백화점의 옥상으로 올라간다. 소설의 서두에서 주인공이 보여주는 무기력한 삶이 "박제"로 표현되었다면, 결말 부분에서의 새로운 삶에 대한 의지는 "날개"로 상징된다.

이상의 작품은 전환기에 처한 현대인의 내면풍경을 새로이 천착할 수 있게 했다는 점에서 커다란 의미가 있다. 의식과 무의식, 서술과 독백의 무작위적 혼합은 외부세계에 적극적으로 대응하지 못한 채 무력하게 내면적 자아로 침잠하던 1930년대 지식인들의 상황을 표현한 것이다. 파시즘의 위협이 현실화되면서 역사의 진보에 대한 신념이 위기에 처한 1930년대 후반의 이러한 정신적 상황은 최명익, 유항림, 허준 등의 작품을 통해서 더욱 첨예하게 드러난다. 그들의 작품에서 현실은 이미 긍정적인 변화를 기대하기 어려운 절망적이고 압도적인 힘으로 그려진다. 따라서 절망적인 상황 속에서 어떻게 자신이 지녀왔던 삶의 태도를 지키며 살아갈 것인가라는 자의식에 강박적으로 집착한다.

최명익은 지식인들의 불안의식을 성실히 표현한다. 「비오는 길」의 병일, 「무성격자」의 정일, 「역설」의 문일, 「심문」의 명일처럼 명명법(命名法)에서 드러나듯 일련의 계열체를 이루는 작품들에서 주인공은 물질적인 이해관계에 집착하는 속물들로 가득한 세계에 적응하지 못한다. 그들은 권태로운 삶 속에서 무력증에 사로잡힌 인물들이지만, 다른 한편 지식인의 자의식과 생활인의 현실감각 사이에서 갈등하는 자의식이 강한 인물들로 나타난다.

최명익 소설에 자주 등장하는 '창', 혹은 '승차'와 '산책' 같은 모티프는 이러한 속악한 세계를 거부하려는 작가의식을 반영한 것이라고 할 수 있다. 즉 닫힌 창을 통해서 보는 바깥 풍경은 현실과 거리를 둠으로써 속물적인 세계에 포섭되지 않으려는 태도를 상징적으로 보여

주는 것이다. 주인공들이 지향하는 독서와 그 은유적 등가물로서의
서점, 도서관, 은둔의 생활양식 역시 마찬가지이다.「비오는 길」의 주
인공 병일에게 독서는 "내용이 없는 형식"일 뿐임에도 불구하고 주인
공에게는 유일한 존재 의미이다. 타인과의 만남을 통해서 존재 의미
를 발견하려 했던 주인공은 이제 독서라는 방편을 통해서만 삶을 겨
우 유지할 수 있을 뿐이다.

　대표작인「장삼이사」는 이러한 절망적인 세계인식을 잘 보여주고
있다. 이 작품은 화자인 '나'가 삼등열차를 타고 가면서 평범하고 다
양한 사람들(장삼이사)의 모습을 관찰하는 형식으로 이루어져 있다.
한 청년의 실수로 중년신사를 둘러싼 작은 소동이 일어나고, 이어서
그의 옆자리에 있는 여자에게 관심을 보이다가 결국에는 모두 자신
의 삶으로 되돌아간다. 서로에게 일시적으로 관심을 보이긴 하지만
그들은 서로 아무런 관계도 맺지 않는다. 이같은 익명성은 소설 속에
서 '당꼬바지' '가죽재킷' '구두' '곰방대 노인'처럼 인격적인 호칭
대신 사물화된 명칭을 사용하는 것에서도 알 수 있다.

　그런데 '나'가 바라본 현실은 무미건조한 일상의 풍경이 아니라 폭
력으로 점철된 세계이다. 표면적으로 타인에게 폭력을 행사하는 인
물은 중년신사와 그의 아들이다. 말쑥한 차림의 중년신사는 아들의
뺨을 때리고, 아들은 여자에게 분풀이를 한다. 그런데 이러한 폭력의
악순환보다 더 문제적인 것은 이러한 폭력적 상황을 목격하고 있는
승객들의 반응이다. 그들은 중년신사가 화장실에 간 사이 험담을 늘
어놓다가도, 술을 얻어먹은 후로는 금세 한패가 된다. 승객들은 목적
지에 도착하면 자연스럽게 헤어지는 관계이기 때문에, 단지 좌석의
취흥을 돋우거나 공통 화제를 찾으려고 도망치다 붙잡혀온 색시를

희롱하는 것이다. 그들의 언어는 여성의 상처를 덧나게 하는 폭력성을 지니고 있다. 그런 점에서 승객들 역시 폭력을 묵인하고 동조하며, 더 나아가 폭력을 행사하는 존재라고 할 수 있다. 기차 안에서의 우연한 만남이라는 익명성에 의해 '하나'의 집단으로 묶였던 그들은 무력한 여성을 대상으로 무차별적인 공격성을 보여주는 것이다.

이러한 세속적인 인간들의 삶을 바라보는 '나'는 방관자적인 시선을 고수한다. 그렇지만 '나'는 여자가 받은 정신적인 상처에 민감하게 반응한다는 점에서 기차 안에 있는 익명의 폭력집단과는 구별된다. 특히 그녀가 중년신사의 아들에게 뺨을 맞고 눈에 눈물이 고인 채 화장실로 사라지자, 색시가 자살할지도 모른다는 예감에 불안해한다. 하지만 이러한 예감은 배반당한다. 색시는 화장을 깨끗하게 하고 직업적인 웃음을 흘리며 전과 다름없는 모습으로 돌아왔던 것이다. 그뿐 아니라 자기와 함께 도망쳤던 옥주 역시 잡혀왔다는 소식을 듣고는 '반갑겠다'는 말로 자신의 현실로 되돌아가는 것이다. 결국 일상적인 인간들이 만들어내는 폭력적인 현실과 거리를 둔 채 냉철한 시선으로 현실을 바라보던 '나'의 자의식은 현실과 유리된 감성적인 유희에 불과했음을 인정할 수밖에 없다. "나는 웬 까닭인지 껄껄 웃어보고 싶은 충동"에 사로잡히는 것이다. 이처럼 최명익의 소설은 군국주의로 접어드는 일제 말기 지식인의 무기력과 절망감, 소외의식을 잘 보여준다.

3. 식민지근대성의 상징, 경성의 발견

이상과 최명익이 섬세하게 포착한 지식인의 자의식이 1930년대 모더니즘 소설의 한 경향을 대표한다면, 박태원의 다양한 실험은 모더니즘 소설을 더욱 풍요롭게 만들었다. 그의 소설은 문체와 표현기교에서 과감한 실험을 보여준다. 소설 전체를 단 하나의 문장으로 구성한 「방란장 주인」에서 잘 드러나듯이, 작품의 내용보다는 문장 그 자체의 예술성을 중시하는 한편, 인물의 내면을 묘사하기 위해 몽따주 같은 새로운 기법을 도입한 것이다. 대학노트 한 권을 끼고 서울 시내를 답사하면서 그날의 일기를 기록한 듯 써내려가는, 이른바 '고현학(考現學)적 방법'을 실험하고 있는 「소설가 구보씨의 일일」은 초기 모더니즘 소설의 특성을 잘 보여준다.

이 작품은 "직업과 안해를 갖지 않은" 스물여섯 살의 소설가 "구보"의 의식적 방황을 외출—귀가의 과정 속에서 펼쳐 보인다. 작품의 표면에는 도시를 배회하는 과정에서 겪는 단편적 사건들이 계기적으로 연속되어 나타난다. 주인공이 산책하고 있던 경성은 근대화되는 중이다. 경성은 미쓰꼬시 백화점, 화신상회가 대표하는 근대적인 문물과 전차와 버스라는 근대적인 교통체계로 이루어져 있는 곳이다. 주인공은 이러한 근대적 공간으로서의 경성을 배회하는 동안 수많은 사람들과 문물들을 만나면서 자신의 옛 기억을 떠올린다.

그런데 구보의 도시 배회과정을 근대적인 경성의 풍경을 효과적으로 묘사하기 위한 방편으로만 이해하는 것은 적절치 않은 듯하다. 왜냐하면 구보는 청계천변에서 조선은행에 곧바로 이르는 길을 마다하고 수많은 우회로를 거쳐 조선은행 앞에 있던 다방 낙랑에 도착하기 때문이다. 다방 낙랑이 있던 곳은 경성의 일본인을 위해 형성된 상가였던 본정의 입구였다. 본정은 경성부청, 조선은행, 경성우편국 등의 관공서와 조선호텔, 미쓰꼬시 백화점 등 상가 건물들이 자리잡은 중심부로서 경성의 '긴자'로 불릴 만큼 화려했다. 그런데 주인공은 이처럼 근대적인 풍물을 한꺼번에 보여줄 수 있는 직선로를 선택하지 않고, 반대로 화신백화점 앞에서 순환 전차를 타고 조선은행으로 향한다. 주인공은 경성의 중심부를 순환하는 전차와 함께 목적지에 이르는 과정을 지연시키고 있는 것이다.

이처럼 근대적인 도시의 중심부에 진입하지 않고 오히려 시간을 낭비하면서 먼 우회로를 통해 거리를 배회하는 주인공을 통해서 근대화 이면에 놓인 식민지의 초라한 모습이 포착된다. 하릴없이 웅숭거리고 앉아 있는 지게꾼의 맥없는 모습, 굳은 표정을 한 시골 노파의 쇠잔한 모습, 황금에 사로잡힌 금광 브로커들의 들뜬 모습, 중학 시절 열등생이었던 전당포집 둘째아들의 저열한 모습 등을 만나는 것이다. 경성이 근대화와 식민지화라는 모순적인 과정을 상징하듯이, 그곳에서 살아가는 사람들의 모습에서도 부조화가 발견되는 것이다. 한편에서는 생계조차 유지하기 어려운 도시 빈민층이 있는가 하면, 다른 한편에서는 물질적 풍요를 얻어보려는 인물이나 육체적인 쾌락을 추구하는 인물들이 있었던 것이다.

이러한 불균등발전 상태의 경성 풍경이 가장 폭넓게 포착된 작품이 장편소설 『천변풍경』이다. 『천변풍경』은 원래 중편 형식으로 1936년 8월부터 10월까지 발표되었으며, 이듬해 1월부터 9월까지 「속천변풍경」으로 다시 연재된다. 이 작품은 전통적인 의미의 장편소설과는 뚜렷이 구분된다. 한약국 주인, 포목전 주인, 신전집 주인, 창수, 귀돌 어멈, 만돌 어멈, 한약국집 아들 부부, 평화 까페 여급인 기미꼬와 하나꼬, 금순이, 민 주사와 안성댁과 전문학교 학생, 이쁜이 모녀, 점룡 모자, 그리고 재봉이 등등, 청계천변에서 살아가는 70여명의 인물들이 펼쳐가는 사소하면서도 평범한 일상을 교차시켜 한편의 이야기로 구성하고 있는 것이다. 각 서사단락들은 내적 완결성을 갖추었으며, 다른 단락과 긴밀한 관련을 맺지 않고 독립적으로 존재한다. "풍경"이라는 제목이 암시하듯이 50개의 짧은 절로 분절화된 개별 에피소드들이 전경화되면서, 장편소설에서 흔히 요구되는 일관된 플롯을 찾아보기 어려운 것이다.

『천변풍경』에서 산만하게 존재하는 인물들과 사건들을 하나의 서사구조에 통합할 수 있었던 형식적인 요건은 공간의 단일성이다. 소설이 진행되는 동안 서술자는 거의 "청계천변"이라는 공간을 벗어나지 않으며, 등장인물들의 삶 역시 이 공간을 벗어나지 않는다. 청계천변은 표면적으로 일본 제국주의의 권력과 경제의 중심부였던 경성 한복판에 있다. 조선인 중심의 상업지대였던 종로와 일본인 중심의 상업지대였던 본정통 사이에 있는 것이다. 하지만 천변은 종로나 본정에 비하면 상대적으로 비근대적인 속성을 면하기 어렵다. 이처럼 비근대적인 것과 근대적인 것이 공존하는 천변의 면모는 제국주의에 의한 식민지 근대화 과정에서 파생된 것이다.

조선의 도시는 자본의 기형적인 집중과 농민층 분해 과정에서 형성된 까닭에 적정한 수준을 넘어선 과잉발전 양상을 띤다. 농촌에서 경제적 기반을 상실한 많은 농민들은 일자리를 얻을 가능성이 아주 적음에도 불구하고 무조건 도시로 밀려드는 것이다. 이러한 과잉발전은 필연적으로 근대적인 도시공간 내부의 비균질화를 수반한다. 근대적인 경제 부문에 포섭되지 못한 채, 상대적으로 저개발 상태에 놓인 주변부 공간이 형성되는 것이다. 이러한 도시 내부의 지리적 불균등성은 제국주의 본국과 식민지, 그리고 도시와 농촌이라는 공간적 위계화 경향과 동시에 나타나는 현상이다. 즉 개발과 저개발, 근대와 비근대라는 이분법적 구도 속에서 공간들이 끊임없이 재배치되는 식민지근대화의 과정에서 새롭게 태어난 공간인 것이다.

작가 박태원은 이렇듯 복합적인 천변에서 근대적인 삶을 살아가는 민 주사를 부정적으로 그리고 있음에 반해 전근대적인 의식 속에서 살아가는 인물들을 대체로 긍정적으로 묘사한다. 그리고 천변을 냉혹한 자본주의적 공간과는 달리 따사로움과 인정이 넘치는 공간으로 구성하는데, 등장인물이 천변에서 이탈했을 때 불행에 빠지고, 천변으로 돌아왔을 때 행복을 되찾는 식이다. 예컨대 하나꼬와 이쁜이는 결혼하여 천변을 벗어나는 순간 불행에 빠지지만, 천변에 들어온 금순이는 행복한 생활을 시작하는 것이다.

이처럼 박태원은 「소설가 구보씨의 일일」을 통해서 근대성의 타자로 규정된 예술가의 자아를 발견한 데 이어 『천변풍경』을 통해 자신이 살아가고 있으며 앞으로 살아갈 수밖에 없는 현실을 발견한다. 발전과 변화의 근대적인 시간성은 천변이라는 공간 속에서는 더이상 아무런 의미도 없다. 시간은 오히려 전근대적인 순환적 시간 질서 속에서 흘러간다. 봄, 여름, 가을, 겨울이라는 사계절의 변화가 작품의 주요 시간축을 형성하고 있는 것이다. 이러한 순환적 시간과 직선적 시간의 착종 현상은 근대적인 경제체계에 강제로 편입된 도시 주변부 인간들의 운명인 동시에, 생존을 위해 자본주의적 근대에 수동적

으로 적응할 수밖에 없는 식민지 주민이 겪을 수밖에 없는 운명이기
도 하다는 점에서 많은 것을 시사한다.

4. 현재성의 미학

최재서 비평의 기저에 놓인 '불연속적 실재관'은 19세기 진화론에
대한 부정에서 출발한다. 진화론적 사유방식에 따른다면 우주의 모
든 실재가 단절이 없는 연속적인 과정으로 이해된다. 실제로 19세기
제국주의 침략을 정당화했던 사회진화론은 말할 것도 없고 역사의
합법칙적인 발전을 주장하는 맑스주의 역시 진화론적 사유방식과 무
관할 수 없다. 하지만 한국 모더니즘이 태동했던 1930년대에 접어들
면서 역사의 발전에 대한 신뢰는 붕괴되기 시작한다. 이 과정에서 직
선적으로 진행되는 공적·사회적 시간 대신에 사적·경험적 시간이
전면에 부각된다.

이상과 최명익, 박태원의 소설에서 과거와 현재, 미래는 구분되는
것이 아니라 현재의 의식 속에서 통합된다. 근대성의 타자로 존재하
는 룸펜 인텔리의 생활과 의식은 가능성의 상실, 곧 미래 전망의 결
여에 의해 규정되어 있다. 이제 그들에게 남겨진 것은 현재와 과거뿐
이다. 이때 현재적 자아의 의식세계에서는 과거와 현재가 직접 연결
되어 있다. 의식의 흐름 속에서 과거의 기억과 현재의 경험 사이에는
단절이 아니라 '지속'이 나타나는 것이다. 따라서 현재는 근대적 시간
처럼 과거에서 미래로 흘러가는 단순한 통과점이 아니라, 생생한 힘
과 부피를 지닌 시간으로 재인식된다. 이러한 과거와 현재의 지속과

통합은 『천변풍경』에서 전근대적인 것과 근대적인 것이 공존하는 "천변"이라는 공간으로 외현된다. 요컨대 1930년대 한국 모더니즘문학은, 도시라는 근대적인 공간뿐만 아니라 그 내부의 억압되고 배제된 공간을 발견하는 과정이, 의식의 흐름 속에서 잃어버린 과거를 탐구함으로써 자기정체성을 확인하는 과정과 나란히 진행된다는 점에서 식민지 현실과 깊이 관련되어 있는 것이다.

: 김종욱 :

● 더 읽을거리

1930년대 모더니즘 소설론과 소설이 차지하는 문학사적 의미에 대해서는 많은 논의가 있었다. 1930년대 문학사 속에서 모더니즘의 특성을 구명하고자 했던 1990년대 연구들에서는 '도시'라는 공간성, '산책자'로서의 주체의 형식, '주관성' 혹은 '내면성'이라는 형상화 원리 등에 대해 전반적인 접근이 이루어졌다. 서준섭 『한국 모더니즘 문학 연구』(일지사 1995); 최혜실 『한국 모더니즘 소설 연구』(민지사 1992); 강상희 『한국 모더니즘 소설론』(문예출판사 1999) 등이 그 좋은 예이다.

최재서의 소설론에 대해서는 김윤식 『한국근대문학사상연구 1: 도남과 최재서』(일지사 1984); 김동식 「최재서 문학비평 연구」(서울대 석사학위논문 1993); 이양숙 「최재서 문학비평 연구」(서울대 박사학위논문 2003) 등에서 포괄적으로 검토되었다. 이와 함께 친일문학론으로의 함몰과정에 대해서는 김재용 「'대동아문학'의 함정: 최재서의 친일 협력」, 『문학수첩』11(2005년 가을호)에 잘 정리되어 있다.

1930년대 모더니즘 소설가에 대해서는 이루 헤아릴 수 없을 만큼 많은 연구들이 축적되어 있다. 고은 『이상 평전』(1974; 향연 2003); 이승훈 『이상』

(건국대 출판부 1997) 등이 이상의 삶을 이해하는 데 도움을 준다. 이상에 대한 연구논문을 집대성한 앤솔로지 권영민 엮음『이상 문학연구 60년』(문학사상사 1998)와 함께 김윤식『이상 문학 연구』(문학사상사 1989); 김주현『이상 소설 연구』(소명출판 1999); 이경훈『이상 철천의 수사학』(소명출판 2000) 등을『이상 문학 전집』1~3(소명출판 2005)과 함께 읽을 수 있을 것이다.

박태원에 대해서는 정현숙『박태원 문학 연구』(국학자료원 1993); 김종회『그들의 문학과 생애: 박태원』(한길사 2008)에 문학적 역정이 가장 잘 정리되어 있으며, 강진호 외 박태원 소설 연구(깊은샘 1995); 구보학회 엮음『박태원과 모더니즘』(깊은샘 2007);『박태원과 구인회』(깊은샘 2008);『박태원과 역사소설』(깊은샘 2008) 등에서 박태원의 다양한 문학적 주제에 대한 심도있는 접근이 이뤄지고 있다. 깊은샘에서 간행되고 있는 일련의 박태원 전집이 가장 방대하고 신뢰할 만한 텍스트라고 할 수 있다.

파시즘시대 한국시의 자유와 부자유

1. 식민지근대와 시 현실의 이중성

1930년대는 '더 나은 삶'을 위한 현재의 성찰과 미래의 기획이 여러모로 제약되는 불확실성의 시대였다. 그 제일의 원인은 단연 식민지근대라는 시대상황이었다. 이것은 조선에 이율배반적인 현실을 강요했다. 이를테면 일상은 일제의 군국주의 확장을 위한 '총후(銃後)'의 기지로 내몰리면서도, "온갖 유리와 강철과 대리석과 지폐와 잉크가 부글부글 끓고 수선을 떨고 하는""현란을 극한 정오"(이상「날개」)를 스스럼없이 맞게 되었던 것이다.

1930년대 시문학은 이 '이상한 가역반응'의 시대를 스스로 내파하면서 언어와 존재의 존엄을 찾아야 했다는 점에서 행복한 반면 불행했다. 흔히 지적되는 대로, 1930년대 시는 언어의 자각과 세련, 수준

높은 근대적 개성과 다양성의 성취, 시와 현실의 연관에 대한 본질적 제고, 시 이론의 전문화 등 창작과 비평에서 공히 '미적 근대성'의 본질과 개념에 부합하는 내용들을 확보해갔다.

하지만 이런 성취의 한편에는 시인들이 쉽게 피할 수 없는 심연이 자리잡고 있었다. 1935년 강제 해산된 카프의 운명이 대변하듯이, 1930년대는 '더 나은 삶'을 위한 사상적·이념적 쟁투들이 일제에 의해 철저히 무력화되어갔다. 또한 식민지 자본의 침투와 지배는 계급 대립의 격화, 개인의 소외와 파편화 같은 근대 고유의 경험을 한층 열악한 것으로 만들어갔다.

이런 악조건은 표현의 부자유를 일상화했으며, 이에 따라 시인들은 역사현실에 대한 구조적 성찰에 상당한 제약을 받게 된다. 어쩌면 이 시대의 언어나 장르에 대한 예민한 자의식은, 단순한 기술적 세련성의 확보 외에 그런 암울한 시대현실을 견디고 또 그런 현실 속에서나마 가능한 삶의 전망을 일궈내기 위한 절실한 의지의 소산이었는지도 모른다. 따라서 1930년대 시를 역사화하고 현재화할 때 가장 필요한 덕목은 당대 시인이 처했던 이런 자유와 부자유를 종합적으로 고려하여 그 실상과 지향을 드러내는 지혜이겠다.

2. 계급혁명의 신념과 주체의 성찰: 임화

1930년대는 계급문학에서 여러모로 획기적인 시대였다. 1920년대 신경향파 문학의 발전적 극복과 계급해방을 목표로 결성된 '카프'의 활약과 해산, 문학의 대중화와 창작방법을 둘러싼 다양한 논쟁 등은 생경한 계급 각성의 구호적 제창에 머물러 있던 신경향파문학을 노동자 당파성에 입각한 본격적인 프로문학으로 견인, 성장시켰다. 이런 과정에서 단연 주목되는 시인은 임화이다.

임화의 시 하면, 대개는 단편서사시를 먼저 떠올리게 된다. 김기진은 「우리 오빠와 화로」(1929)를 단편서사시로 명명하면서, 당시 생경한 이념과 구호의 제창에 머물러 있던 프로시에 새로운 활로를 열었다고 높이 평가했다. 시인과 변별되는 배역(俳役)인 화자와 사건적 요소의 도입은 '단편서사시' 형식의 핵심 요소이다. 가령 「우리 오빠와 화로」는 여동생이 노동운동을 하다 감옥에 간 오빠에게 보내는 편지 형식으로 되어 있다. 전반부에서는 감옥에 가기 전까지의 오빠의 활동과 투쟁과정이 주로 진술된다. 후반부에서는 오빠의 뜻을 받들어 열심히 투쟁하는 노동전사가 되겠다는 다짐이 중심이다. 이런 구체적 사건의 도입과 극적 구성은 식민지 조선의 현실모순을 객관적으로 드러냈다. 또한 그것을 타파하려는 노동자계급의 투쟁에 정당성을 부여함으로써 미래의 전망을 구체화하고 대중들의 투쟁 의욕을 고취하는 데 크게 기여했다.

그러나 임화 스스로는 이 시들을 소부르조아적인 감상성을 넘어서지 못한 것으로 비판한다. 당면한 투쟁과제를 제대로 형상화하지 못하고 오히려 대중들에게 불필요한 감상을 전파했다는 것이 주된 이유였다. 하지만 대안으로 추구된 시의 볼셰비끼화는 오히려 시의 도식화와 관념화를 초래함으로써 사회주의혁명을 위한 선전선동만이 난무하는 '뼈다귀시'를 양산했을 뿐이다. 카프 해산(1935)을 전후해 임화는 이런 오류를 극복하고 프로시의 독자성을 지켜내는 한편, 위기에 처한 주체를 재건하기 위해 자아의 주관적 의지를 강조하는 '낭만

정신론'을 시 창작의 기율로 삼는다.

그 대표적 성과물이 1936년 무렵부터 집중적으로 내놓은「현해탄」연작이다. 토오꾜오 유학에서의 귀향 과정을 '회상' 형식을 통해 그린「현해탄」연작에서 무엇보다 주목되는 것은 '청년'의 사상과 이미지이다. '청년'들은 "늘/ 희망을 안고 (현해탄을—인용자) 건너가, 결의를 가지고 돌아"(「현해탄」)온 혁명의 전위로, "새 시대의 맥박이 높이 뛰는" "새 고향"(「상륙」)에 살기 위해 어떤 고난과 억압에도 굴하지 않고 싸우는 자들이다. 이때 청년들이 오가는 바람 거세고 파고 높은 '현해탄'은 모순과 위기로 가득 찬 당대 현실의 은유이자, 청년들의 투쟁의지와 미래의 희망을 더욱더 단련하는 매개체이다. 말하자면 임화는 악화일로를 치닫는 당대 현실에 맞서 식민지조선의 변혁운동에 존재의 운명을 걸어온 '청년'의 내면풍경을 회상을 통해 재현함으로써 더 나은 삶에의 희망과 의지를 굳건히 했던 것이다.

하지만 낭만정신에 바탕을 둔 주관성의 강화는 현실에 대한 냉철한 사유와 미래에 대한 구체적 전망의 결과물이라기보다는, 청년들의 영웅적인 의지와 불패의 신념을 전제로 한 윤리적 결단의 소산이다. 이와같은 현실과 주체의 불일치로,「향수」「눈물의 해협」등에서 보듯이, 임화의 시는 파시즘이 절정으로 치닫는 냉혹한 현실에서 무기력하게 패배하는 주체의 슬픈 '운명'을 전경화(前景化)하는 낭만적 비가로 흐르고 만다.

3. 언어의 정련과 파괴, 혹은 현실의 견딤과 교란: 정지용과 이상

1930년대 시가 언어의 자율성에 입각한 창작기법의 세련, 언어와 장르 자체에 대한 예민한 자의식 확충에 크게 기여했음은 주지의 사실이다. 하지만 이 말로 1930년대 시의 새로움과 근대성을 제대로 표현할 수는 없다. 왜 언어충동이 필연의 현실로 등장했지를 먼저 물을 필요가 있다. 1930년대는 식민지근대가 본격화되면서 다음과 같은 생활경험이 보편화된다. 근대적 제도의 확충에 따른 삶의 합리화가 하나라면, 자본의 지배가 야기하는 소외현상의 폭증이 다른 하나이다. 후자는 개인의 정체성을 확인, 유지케 하는 '통합적 개성'에 대한 불안과 불신을 낳는다. 이에 따른 내면의 분비물이 '상실' 의식이다. 언어의 절대화를 지향하는 순수시 충동과 의미의 소거를 지향하는 해체시 충동은 이를 초극하기 위한 대표적인 언어적 대응이다. 1930년대 전반 한국 모더니즘의 산실이던 구인회(九人會)의 동인 정지용과 이상은 각 경향을 대표한다.

시적 근대성의 주요 표지 가운데 하나가 자국어의 근대적 세련이라면, 정지용(鄭芝溶)만큼 그에 공헌한 시인을 달리 찾기는 어렵다. 그의 세련된 감각과 표현을 혹자는 기교주의의 소산으로 가치절하하기도 한다. 그러나 그의 언어적 세련은 영혼의 단련과 민족어에 대한 의지의 결과라 해도 크게 그르지 않다. 시란 "언어 문자의 구성이라기보담도 먼저 성정의 참담한 연금술이오 생명의 치열한 조각법"이란 이해나 "언어미술이 존속하는 이상 그 민족은 열렬하리라"란 민족어에 대한 신념은 지용의 정신적 기저를 충실히 반영한다.

정지용의 등단작 「카페 프란스」 「슬픈 인상화」 등에는 이국적인 정서와 식민지 지식인의 감상성이 절묘하게 배합되어 있다. 그는 「카페 프란스」에서 '밤비'를 '뱀눈'에 비유하는데, 감각적 이미지와 섬세한 언어의 구사 같은 특유의 자질은 이때부터 발휘되었던 것이다. 그의 시에서 감각적 이미지는 무엇보다 자신의 경험을 충실히 표현하기 위한 장치이다. 이를 통해 자아의 사물에 대한 느낌이 생생한 현실감을 획득하며, 사물 본래의 풍부성 역시 되살아난다. 가령 고향의 경험과 기억을 환상적인 언어감각으로 묘사하고 있는 「향수」(1927)는 어떤 면에서는 가난과 그 문화사를 세목화한 시로 볼 수 있다. 하지만 그것을 자아를 옥죄는 고통의 근원이 아니라 "참하 꿈엔들 잊힐 리" 없는 성소(聖所)로 감각화함으로써 존재의 출생지이자 귀향지인 '고향'의 풍부성을 되살려내는 것이다.

이는 현실과 무관한 세련된 감각을 예증하는 자료로 흔히 동원되는 「바다」 연작에서도 마찬가지다. 「바다 2」가 대표적인데, 그는 여기서 바다의 물결을 도망치는 도마뱀의 움직임에 비유함으로써 자신이 받은 바다의 인상을 선명하게 전달한다. 말하자면 '도마뱀'은 외부의 현상을 사실적으로 재현하기 위한 수단이 아니라 '바다'에 대한 내면의 경험을 충실히 표현하기 위해 고안된 객관적 상관물인 것이다.

하지만 사물의 풍부성을 향한 그의 언어충동은 파시즘을 향해 치닫는 당대 현실에 의해 심각한 제약을 받게 된다. 이에 대한 정지용의 미학적 대응은 두 가지로 나타난다. 하나가 가톨리씨즘의 내면화라면, 다른 하나는 「백록담」으로 대변되는 동양적 세계로의 귀의이다. 「임종」 「또하나 다른 태양」 등 종교시편들이 생활현실과 거의 무관한 신앙심의 고백에 초점을 맞추고 있다면, 「백록담」은 한시(漢詩)의 전통에 기대어 동양적 은일의 세계를 집중 추구한다.

「백록담」의 자연풍경은 실제 광경이라기보다는 현실의 갈등이나 인위적 행위가 거의 배제된 고요한 정경, 다시 말해 현실의 견딤과 대상에 대한 관조를 통해 획득된 심미화된 풍경이다. 그러나 이런 풍경도 사실은 자기 경험에 대한 충실성에서 나온 것이다. 물론 고답적인 성격이 짙지만, 그가 보여주는 풍경은, 김종철의 말대로 '엄연한 현실성을 지닌 세계'이다. 왜냐하면 그 세계는 인간과 절연되기는커녕 시인의 내면을 통과함으로써 풍부해지는 지극히 인간적인 풍경이기 때문이다. 가령 「백록담」의 경우, 시인은 한라산 등정과정을 묘사할 때 풍경과 사물, 인간을 따로따로 보지 않는다. '뻐꾹채'의 키가 작아져 그것이 산정의 풀밭에서 별이 되는 과정은 자아가 "기도조차 잊"을 정도로 기진하는 과정과 등가이며, 실구름에 흐리운 '백록담'은 '나'의 쓸쓸한 얼굴(내면)과 동일성을 형성한다.

이처럼 「백록담」에서 자연 사물이나 풍경은 그 자체로 독립적이면서도 시인의 정신적 정황이 투사된 객관적 상관물로 기능한다. 더군다나 정지용의 풍경에의 몰입은 무위(無爲)의 경지를 구가하기 위한 신비주의 충동이 아니라 당대 현실을 견뎌내기 위한 일종의 정신의 극기술이었다. 물론 그것은 전체의 더 나은 삶보다는 개아(個我)의 순수한 삶을 향한 정신의 운동이라는 약점을 지닌다. 그렇다고 해서 파시즘의 살풍경 속에서 상상된 심미적 풍경이 조선적 성정(性情)과 언어에 기반한 자기단련의 결과물이란 사실까지 부인할 수는 없다.

정지용의 통합적 태도와는 달리, 이상(李箱)은 세계와 자아의 통합이라는 서정시 고유의 동일성 시학을 정면으로 배반한다. 그는 기존 언어(의미)와 문법(형식)의 의도적 파괴와 혼란을 통해 세계의 의미 없음과 허구성, 통합된 개성의 불가능성을 끊임없이 폭로했다. 그러면서 여전히 전근대적 질서와 윤리의식에 사로잡혀 있던 조선의 현실을 풍자하고 조롱했다. 따라서 그의 시는 기존 사회와 언어관습 그리고 역사에 대한 부정과 반항의 형식이라고 할 수 있다.

식민지근대성이 강제하는 내면의 불안과 소외의식을 표현할 때 이상은 크게 두 가지 방식을 취했다. 하나는 기존 언어와 형식을 완전히 부정하고 해체하는 의미의 소거이고, 다른 하나는 자아의 소외의식이나 허위성을 복합적으로 드러내는 아이러니의 구현이었다.

전자에서 이상은 의미가 없거나 알 수 없는 기호들의 폭력적 병치와 나열, 기존 언어의 의도적 왜곡과 파괴를 통해 의미의 완결성은 물론 언어의 논리적 질서까지도 부정한다. 가령 「오감도」의 '오감도' (烏瞰圖)는 '조감도(鳥瞰圖)'를 변형시켜 만든 말이다. 이 시는 15편까지 씌어진 연작시임에도 내용과 형식에서 어떤 일관성도 없다. 오히려 병적이고 파편화된 의식세계가 이상 특유의 언어유희와 현란한 기교를 통해 조립되고 있을 뿐이다. 이런 일탈된 감각과 표현은 유교적 전통과 식민지근대성에 미래를 저당 잡힌 '현대인' 이상의 절망과 공포를 역설적으로 환기한다. 하지만 현실에 대한 정당한 관심과 전망 없이 나타나는 이같은 언어충동은 현실에서의 패배를 전제로 한 일종의 문학적 물신주의로 비판받을 소지가 다분하다. 기교와 절망의 악무한 속에서 개인과 현실에 대한 객관적 성찰은 어려우며, 문학이란 오로지 개인의 불안과 소외의식을 위무하거나 과장하는 지극히 주관적인 예술형식으로 기능하기 때문이다.

이에 비한다면, 「거울」이나 「꽃나무」 등에서는, 비록 고립된 내면의 불안과 분열을 표현하고는 있지만, 자아에 대한 진지한 성찰이 일정하게 정제된 언어형식 속에서 모색되고 있다. 이 시들은 거울 안과 밖의 '나', 외부의 '꽃나무'와 "제가 생각하는 꽃"나무 등에서처럼 외면적 자아와 내면적 자아의 대립과 분열, 전도된 관계를 주로 표현한다. 그런 까닭에 두 자아의 소통과 화해 가능성은 거의 보이지 않는다. 하지만 "나는지금거울을안가졌소마는거울속에는늘거울속의내가있소" "꽃나무는제가생각하는꽃나무에게갈수없소"에 표현된 아이러니컬한 의식은 이상이 암암리에 지금 여기에 부재하는 어떤 통합된 세계와 의식을 욕망하고 있음을 역설적으로 드러낸다. 그러나 그가 바라 마지않던 '꽃나무'는 끝내 현실화되지 못했다.

4. '실향'과 '귀향'의 변증법: 이용악과 백석

1930년대 후반 문학은 현실이 악화일로를 걸음에 따라 많은 어려움과 위기에 직면했다. 카프의 해산에 따른 사상적 구심점의 붕괴는 리얼리즘문학은 물론, 그것의 대타항으로 존재하던 모더니즘문학도 위축시켰다. 하지만 이런 악조건 속에서도 재능 있는 신인들이 속속 등장함으로써 근대문학은 더욱 다채롭고 풍요로워질 수 있었다. 이용악과 백석, 오장환과 서정주는 시 분야의 대표적인 신인들이었다. 이들은 비록 모더니즘의 세례와 경사에서 출발했지만, 식민지 모더니티의 파행성에 의해 나날이 피폐해지는 민족 현실에 눈을 떠가면서 그것의 형상화에 탁월한 재능을 발휘했다.

이 가운데 이용악과 백석은 식민지근대의 그늘이 가장 짙었던 농촌공동체 혹은 '고향'의 해체와 상실의식, 비극적 이산(離散)이 역으로 강화하는 향수와 귀향의식의 형상화에 시적 역량을 집중했다. 이들은 유이민뿐만 아니라, 북방 태생(이용악은 함경도, 백석은 평안도)으로 고향을 잃기는 마찬가지였던 자신들까지도 시의 대상으로 삼음으로써 고향 상실과 해체, 그것의 확장으로서 민족의 파멸 등 당대 현실의 심각한 위기를 적극적으로 알렸다.

이용악(李庸岳)은 『분수령』(1937)과 『낡은 집』(1938) 같은 대표시집을 토오꾜오 유학중에 출간한 특이한 이력의 소유자이다. 그렇기 때문일까. 「풀버렛 소리 가득 차 있었다」 「제비 같은 소녀야」가 예시하듯이, 자아의 상실감과 슬픔을 고향의 상실과 디아스포라의 현실과 굳건히 결합시켜 드러내는 미학적 전략에 능숙하다.

이런 경향 속에서 형성된 고향을 잃은 자아와 타자에 대한 연민과 연대감은 특히 만주 유이민들의 비극적인 삶에 대한 관심을 촉발하는 계기가 된다. 자발적인 '탈향'과는 거리가 먼 이들의 강제 '실향'과 이산은 당대의 보편적인 민족·민중의 현실을 탁월하게 표상하는데, 「낡은 집」 「전라도 가시내」 「오랑캐꽃」은 대표적인 예이다. 가령 임화의 단편서사시를 계승한 이야기시의 전범으로 흔히 평가되는 「낡은 집」은 야반도주하다시피 고향을 등진 '털보네' 일가의 사연을 통해 농촌공동체의 몰락과 유이민의 광범위한 발생이 식민지 수탈체제에서 비롯되었음을 예리하게 짚어낸다.

하지만 이용악은 '고향 상실'에 기대어 민족 현실의 절망적 상황과 암울한 전망만을 제시하지는 않았다. 1940년 이후 그는 출구 없는 현실에 의해 조장되는 피로감과 허무주의에 침윤(「뒷길로 가자」 「열두 개의 층층계」)되기도 하며, 친일 혐의에 연루된 시들(「죽음」 「길」)을 쓰기도 한다. 그러나 이런 저조(低調)를 '생활'에의 의지를 담은 일련의 '귀향' 시편을 통해 넘어서고자 한다. 해방후 간행된 『오랑캐꽃』(1947)에 수록되지만, 실제로는 1942년 창작된 「항구에서」와 「다시 항구에 와서」가 그것들이다.

그는 후자에서 어느 항구에 모인 사람들을 "서로 모르게 / 어둠을 타 구름처럼 흩어졌다가 / 똑같이 고향이 그리워서 / 돌아온 이들"로 규정한다. 이 구절에는 오랜 고통과 좌절의 시간을 거친 '이산'과 '귀향'의 서사가 명료하게 압축되어 있다. 그러나 중요한 것은 '항구'가 충만한 경험으로 가득 찬 원래의 고향이라기보다는, "그래도 남은 것은 사람"에서 보듯이 인간의 본래적 가치를 새삼 확인케 하는 새로운 고향이란 사실이다. 더군다나 그들의 '귀향'은 일본의 '시바우라'나 '메구로' 같은 징용 혹은 노동현장에서의 돌아옴으로 암시되고 있어 새로운 민족에의 귀향, 다시 말해 새로운 민족 건설에 대한 은밀한 열망으로도 읽힌다.

백석(白石)의 시인됨을 지시하는 첫 기호는 '유년'과 '고향'이었다. 첫 시집 『사슴』(1936)에서 그는 독특한 평북 방언에 기대어 유년기의 '고향'을 인간과 자연, 삶과 죽음 등이 미분화된 채 평화롭게 공존하는 신화적 공동체로 복원한다. 그러나 그가 기억을 통해 재생한 고향의 원초적 풍경은 현실과 무관한 신비주의적 상상력의 소산은 아니다. 오히려 고향 상실의 체험에 맞서 자아와 민족의 동일성을 회복하고 유지하며, 더 나은 삶을 기약하기 위한 유토피아 충동의 심미적 반영물이다.

가령 그가 등단작 「정주성」에서 주목한 것은 신비로운 고향의 풍경이나 풍속이 아니라 식민지근대에 밀려 '문허진' '정주성'과 '청배'를

팔러 다니는 '메기수염의 늙은이'의 초라한 행색이다. 이처럼 '고향'
으로 수렴되는 조선의 전근대적 시공간들은 근대의 진보적 시간원리
에 의해 훼손과 소멸의 비극적 운명을 피할 수 없었다. 어쩌면 백석
은 유년기의 서사시적 세계, 즉 '고향'을 현재화함으로써 근대의 폭력
성에 저항함과 동시에 미래의 전망을 확보하려 했는지도 모른다. 「가
즈랑집」 「여우난곬족」 「모닥불」 등은 그런 욕망이 담긴 대표적인 시
편들이다. 이 시들에서 흔히 주목되는 것은 때로는 이국적인 정취까
지도 풍기는 '고향'의 토속적 풍습과 일체의 인위성과 갈등이 배제된
조화로운 민중들의 생활상이다. 그러나 구체적 면면을 따져보면, 오
히려 가난의 생활사 내지 문화사가 또렷이 드러난다. 다양한 음식의
등장으로 대변되는 유년기의 풍요로움은 일상이 아니라 명절과 제삿
날의 제한된 풍경이며, 「여우난곬족」에서 보듯이, 시인의 친척과 동
족들은 가난의 굴레에서 크게 벗어나지 못하고 있다. 진실을 말한다
면, 명절 같은 예외적 시간의 기억과 재현이 가난과 고통으로 얼룩져
있을 궁핍한 일상을 은폐함과 동시에 신비화하는 이중효과를 낳고
있다.

　이런 효과는 그것을 진실로 받아들이게 하는 현재의 부정성 때문
에 생겨나며 또한 널리 전파된다. 예컨대 백석은 가장 소외된 여성들
에게 렌즈를 들이댐으로써 전근대의 공동체적 가치와 인간적 습속을
식민화하고 파괴하는 근대의 폭력적 본질을 예리하게 묘파한다. "내
지인 주재소장 집에서 / 밥을 짓고 걸레를 치고 아이보개를 하"(「팔원」)
는 '계집아이'의 현실은 유년기의 '고향'이 왜 그저 기억할 만한 과거
가 아니라 바람직한 '오래된 미래'인지를 역설적으로 웅변한다.

　그러나 백석의 '고향'의 파괴와 회복을 둘러싼 반근대의식의 드라

마는 1938년을 기점으로 급격히 약화된다. '총동원체제'로 돌입한 현실의 영향도 있겠지만, 결정적 원인은 시적 비전의 사인성(私人性)과 자족성에 있었다. 그는 '고향'의 상실과 현재의 피폐화가 식민지근대에 의한 것임을 알고는 있었다. 하지만 그것의 구조적 모순에 대한 성찰로까지 시세계를 확장하지는 못했다. 그 대신 심정적 차원에서 현실의 삶을 강하게 부정하는 태도를 내면화하는데, 북방 시편이 특히 그렇다. 이를테면 「북방에서」 「흰 바람벽이 있어」 등에서, 민족의 시원을 향해, 가난했지만 행복했던 과거의 생활을 향해 상상력을 다시 발동시키지만, 결국 인간의 본원적 고독만을 확인할 뿐이다. "가난하고 외롭고 높고 쓸쓸하니 그리고 언제나 넘치는 사랑과 슬픔 속에 살도록 만드신 것이다"(「흰 바람벽이 있어」)라는 낭만적 아이러니와 운명애는 그가 다다른 최후의 자아 인식이다.

결과적으로 백석은 두 가지 '귀향' 혹은 '초월'을 통해 식민지근대에 맞선 것으로 이해된다. 초기에는 유년기의 '고향'이란 신화적 공동체로, 후기에는 인간의 보편적 운명 속으로 귀환함으로써 부정적 현실의 초월을 감행한 셈이다. 그의 시가 당대 현실을 늘 후경화한다는 느낌을 주면서도, 반근대의식을 끊임없이 환기하는 이유가 여기에 있다.

5. 생명 충동과 '고향'의 발견: 서정주와 오장환

1930년대 후반 근대문학은 두 축을 이루던 프로문학과 모더니즘문학의 동반퇴조 현상이 심화됨으로써 위기국면을 맞는다. 하지만 그들의 이념과 기교 편중을 비판적으로 인식했던 신진 시인들에게는 시의 자율성과 다양성의 확대를 적극 주장하고 또 가능케 한 호기였다. 이런 시의 미학적 갱신과 세대교체에 가장 열심이었던 신인들로는 『시인부락』(1936)의 동인들인 서정주, 오장환, 함형수 등과 유치환이 손꼽힌다. '생명파'라 불리는 데서도 알 수 있듯이, 이들은 자신들이 추구해야 할 시의 내용과 가치를 근대적 물질문명에 훼손되지 않는 인간의 본원성이나 약동하는 원초적 생명에 두었다.

오장환(吳章煥)의 대표시집 『성벽』(1937) 『헌사』(1939)는 완미한 근대와 인간의 본원적 자유에 대한 욕망의 산물인 듯하다. 이것들을 향한 열정은 초기시를 전근대적 전통과 습속의 부정(「정문」 「성씨보」 「성벽」)과 '병든 거리'로 상징되는 타락한 근대세계에 대한 비판(「황혼」 「온천지」 「수부」)의 장으로 이끌어갔다.

이를테면 「성씨보」는 "오래인 관습——그것은 전통을 말함이다"라는 에피그램을 달고 있다. 그에게 가계보는 자랑할 만한 전통이라기보다는 "너무나 이기적인 애욕"을 위한 창작품이자 매매물일 따름이다. 오로지 가문의 영광을 위해 인간다운 삶과 자유를 유린하고 억압하는 봉건적 가족제도와 생활 유습은 "진보를 허락치 않"는(「성씨보」) '보수', 즉 '성벽'이다. 한편 계급모순을 심화시키고 윤리적 타락을 조장하는 물질문명 역시 낡은 전통과 마찬가지로 허물어질 줄 모르는 지저분한 '성벽'이다. 이 때문에 신문물이 주로 공급되고 소비되는 근대 도시, 특히 '항구'는 부르주아계급이나 "윤락된 보헤미안"(「매음부」)의 타락한 욕망이 범람하는 환각과 질병의 공간으로 묘사되곤 한다.

전통으로 치장된 낡은 유습과 타락한 물질문명에 대한 오장환의 비판은 현실모순에 대한 객관적 이해와 성찰보다는 새로운 세상을 향한 관념적 진보주의와 급진적 열정에 기반한 것이다. 이 때문에 부정적 대상에 대한 무차별적 폭로와 야유, 극복의 계기 없는 맹목적 부정, 그와 연동된 낭만적 환멸감과 감상성 등이 시의 주조음을 이룬다. 또한 미래의 전망을 꿈꿀 수 없는 맹목적 현실부정은 오히려 자신이 비판해 마지않던 현실의 부정성에 오염되고 함몰되는 역설을 불러온다. 가령 스스로를 "자폭한 뽀헤미안"으로 규정하며, 신문물과 매음부에 탐닉하는 자신의 방탕한 생활을 자조와 절망의 어조로 그린 「해수」가 그렇다. "나요. 카인의 후예요. 병든 시인이요. 벌이요"(「불길한 노래」)로 표현되는 극단적인 자기부정과 허무주의는 그런 무절제가 가닿은 최후의 기착지이다.

하지만 오장환은 허무나 퇴폐와는 무관한, 현실모순을 꿰뚫어보려는 리얼리즘 충동의 시편들 역시 여러편 창작했다. 「모촌」 「북방의 길」이나 해방전 소작(所作)을 모은 『나 사는 곳』(1947)에 수록된 「붉은 산」 「나 사는 곳」 등이 이에 속한다. 마치 이용악과 백석이 그랬듯이, 오장환 역시 사건의 객관적 제시와 환기력 높은 배경의 설정을 통해 식민지근대의 폭력성과 민족과 민중이 처한 암담한 현실을 탁월하게 형상화했다.

이런 극단의 움직임 가운데 오장환 시 전체를 관통하는 것이 있다면, 본원적 고향에 대한 그리움이다. '전통'에 대한 강한 부정은 그것의 물적 토대인 지지(地誌)적 공간 '향토'에 대한 부정 혹은 결별의 욕망을 동반하게 마련이다. 따라서 「성씨보」나 「종가」는 낡은 관습의 비판과 부정일 뿐만 아니라 그것의 실행처와 보호처로 기능하는 향토에 대한 결별 선언이기도 하다. 그러나 뿌리 없음과 정처없음의 자유는 자아의 동일성 유지와 보존에 심각한 위협을 초래한다. 이런 역설은, 『성벽』의 「향수」에서 보듯이, 오장환이 전통의 도저한 부정 속에서도 '고향'을 호명할 수밖에 없었던 이유를 적절히 가르쳐준다.

물론 그의 '귀향' 의지가 전면화되는 것은 미학적 피로감과 현실의 위기감이 중첩되는 1930년대 말엽이다. 하지만 그의 '귀향'은 고향과의 전면적 화해나 신비화의 욕망과는 거리가 멀고, 따뜻한 어버이의 품을 그리워하는 이른바 '탕자의 귀향'에 가깝다. 그런만큼 여전히 고향은 "붉은 흙이 옷에 배는 강퍅한 땅"(「성묘하러 가는 길」)이라는 현실원리가 지배하는 곳으로 인식된다. 파시즘이 광란하는 현실의 견딤 또는 초봄에 대한 우직한 믿음(「초봄의 노래」)은 이런 균형감각 때문에 가능했을 것이다.

오장환과 절친했던 서정주(徐廷柱)의 관심사는, 『화사집』(1941)의 '화사(花蛇)'가 암시하듯이 인간 본연의 특성과 욕망의 탐구에 있었다. 생명충동과 그것이 외화된 형식인 '순라(純裸)의 미'는 그의 시를 건축하는 주요 지평이었다.

그러나 그의 생명충동은 약동하는 생명현상의 탐구와 표현과는 거리가 멀다. 오히려 성적 충동과 원죄의식, 그에 따른 내면의 갈등과 분열에 초점이 맞춰져 있다. 더군다나 그의 생명충동은 문화적 위반의 성격을 띠는데, 이는 인간 본연의 원초적 생명의 구현을 가로막는 제도적 금기와 관습에 대한 비판과 저항을 함축한다. 「화사」의 아담과 이브 설화, 「문둥이」의 유아 약취, 「대낮」의 아편 등은 위반 욕망의 대표적인 예이다. 이런 위반은 보통 도취의 감각과 상황을 동반한다. '도취'란 자기유지(창조)와 자기절멸(파괴)을 매개하는 사회적 장치이자 매 순간 자신의 한계를 넘어 살아남으려는 목숨을 건 도약이라는 점에서 매우 적절한 선택이다.

그러나 서정주의 관능적 생명력에 대한 탐구는 오래 지속되지 못했다. 무엇보다 거기 담긴 모순적 자기동일성이 주체의 위기를 초래했기 때문이다. 새로운 세계로의 도약 없는 자기창조와 파괴의 반복과 지속은 자아와 세계의 허위성과 기만성을 폭로함으로써 환멸의식과 허무주의를 심화하기 십상이다. 「바다」와 「문」 등에 표방된 상실의식과 '탈향' 욕망은 그런 심리상태의 미학적 반영물이다. "길은 항시 어데나 있고, 길은 결국 아무데도 없다"(「바다」)는 상실감과 절망감은 현재의 자아와 가족, 친구 그리고 모국어와 향토에 대한 공공연한 절연 의지와 함께, 이국땅에서의 유랑 의지를 낳는다.

하지만 서정주에게 '탈향' 의식은 현실의 시간에 구애되지 않는 원초적 고향, 다시 말해 '영원성'의 세계로 '귀향' 하기 위한 방법적 제의(祭儀)였다. '탈향'의 열망을 담은 시와 '귀향' 의지를 담은 시(「수대동시」「부활」)가 거의 동시에 쓰였음을 기억해보라. 그는 '시의 이슬'로 상징되는 순수시 충동을 '씨줄'로, 이후 '신라'로 구체화되는 심미화된 조선/동양 세계를 '날줄'로 하여 '귀향'의 문양을 자아낸다.

가령 "애비는 종이었다"는 서슴없는 자기폭로로 시작되는 「자화상」은 가계사의 가난과 고난을 보편적인 민족의 현실로 확장, 심화한다는 점이 높게 평가된다. 하지만 미당의 간단찮은 자의식, 곧 유랑의 대가인 부끄러움과 죄의식, "몇방울의 피가 섞인" "이마우에 언친 시의 이슬"을 향한 욕망 또한 눈여겨보아야 한다. 서구 상징주의에서 보편화된 '저주받은 시인' 의식, 즉 모든 삶의 가치를 시의 제작에 두며 그를 통해 자아와 삶의 완성을 도모하는 근대적 시의식의 한국적 내면화가 확연히 드러나고 있기 때문이다.

그런데 서정주는 자아의 개성과 언어의 자율성에 입각한 '시의 이슬'을 '고향'의 재발견, 즉 동양적 영원성의 세계로 귀향함으로써 맺고자 한다. 그 구체적 지향과 면모는 「수대동시」에 잘 드러나 있다. '귀향'에 따른 내면의 안정감과 자기동일성의 회복("고구려에 사는듯/ 아스럼 눈감었든 내넋의 시골/ 별 생겨나듯 도라오는 사투리")은 조선적인 것으로의 회귀와 재결합("흰 무명옷 가라입고 난 마음"), 서구(근대)적인 것("샤알·보오드레-르처럼 설스고 괴로운 서울여자")과의 결별이라는 이중과정에 의해 성취된다. 이것은 근대의 타자로서 계몽의 대상에 지나지 않았던 조선적인 것이 삶과 시의 근원적 터전이자 이상적 모델이란 기원성과 미래성을 단숨에 획득하는 장면이다. 그러나 구체적 현실에 대한 판단과 개입의 자발적 중지와 '영원성'의 관념적 절대화란 서정주 시의 보수성이 본격화되는 지점이기도 하다. 이로써 그가 「자화상」「밤이 깊으면」 등에서 내보인 식민지근대에 대한 비판적 성찰은 더이상 나아가지 못한다. 결국 그는 역사(과거)로 회귀함으로써 오히려 그것을 탈역사화하고 낭만화하는 아이러니의 창조자이자 희생자로 남는다.

6. 양심적 영혼의 품격과 저항의 진정성: 이육사와 윤동주

1930년대말 일제는 '신체제 건설'과 '대동아공영'의 달성이란 허구적 명분 아래, '황국신민화'와 '내선일체' 정책을 전면 시행한다. 문화와 문학에서는 조선어 교육 폐지, 총독부 기관지 『매일신보』를 제외한 모든 일간지의 폐간, 『인문평론』과 『문장』의 폐간, 조선어 사용 금지 등이 속속 단행되었다. 또한 일제는 '문필보국'이란 미명 아래 문인들을 파시즘 체제의 나팔수로 적극 동원했다. '조선문인보국회'와 『국민문학』은 그것을 충실히 따른 대표적인 어용 단체와 문학지이다. 이런 상황에서 적잖은 문인들이 자발적이든 타율적이든 친일의 붓을 들었으며, 그에 따라 한국문학 자체가 절멸의 위기에 처했다. 물론 이 가운데서도 아예 붓을 꺾고 칩거하거나, 여전히 우리말과 글을 다듬어 민족문학의 전통을 올곧게 지킴으로써 현재를 견디고 미래를 기약하는 양심적 문인들이 존재했다. 대표적인 예로, 곧은 지조와 절개, 시인적 양심과 자기성찰의 엄격함 등을 바탕으로 탁월한 시적 성취를 거둔 이육사와 윤동주를 들 수 있다.

이육사(李陸史)의 시는 항일운동과 연관된 치열한 삶의 소산이다. 여기서 피어나는 품위있는 지사적 기백과 절조, 민족해방에 대한 강인한 의지와 열망 등은 이육사 시의 주요한 자질로 자리매김된다. 「절정」「교목」「광야」는 이런 자질들이 수준 높게 형상화된 명편(名篇)들이다. 이들 시편에서 이육사는 일제의 압제에 대한 저항과 극복, 해방된 미래에 대한 꿈을 수준 높은 정신의 단련과 각성에 근거한 초월 의지를 통해 그려낸다.

가령 생전에 발표되지 못한 채 해방후 간행된 『육사시집』(1946)에 실린 유고(遺稿) 「광야」는 이육사 특유의 심미적 초월 의지를 유감없이 보여준다. 1~3연에서 묘사되는 '광야'의 기원과 형성·변천 과정은 한국 시에서 보기 드문 대륙적 상상력의 한 전범이다. "까마득한 날" "지금은 눈 내리고" "다시 천고의 뒤에"로 표상되는 과거와 현재, 미래로의 유장한 시간의식의 확장과 심화는 유토피아 충동에 견인된 육사의 역사적 상상력의 넓이와 깊이를 충실히 반영한다. 하지만 중요한 것은 가혹한 시대현실에 대처하는 자아의 의식과 태도이다. 영혼의 단련과 현실의 견딤을 핵심으로 하는 초월의지는 흔히 지적되는 대로 자족적이며 영웅적인 정신주의 성격을 띠고 있다. 이는 4~5연 "지금 눈 나리고/매화향기 홀로 아득하니/내 여기 가난한 노래의 씨를 뿌려라//다시 천고의 뒤에/백마 타고 오는 초인(超人)이 있어/이 광야에서 목 놓아 부르게 하리라"에 잘 드러난다.

이처럼 이육사의 초월의지는 역사현실에 대한 객관적 이해보다는 전통적 선비의식에 기반한 주관적 신념과 윤리적 태도의 소산이라는 한계를 안고 있다. 그러나 이런 자아의 주관성이, '사실'과 '힘'이 시대 윤리로 강제 승인되던 일제 말기라는 야만과 암흑의 시대를 초극하는 거의 유일한 방법이었다고 할 수 있다.

윤동주(尹東柱)는 이육사와는 또다른 방식으로 암흑의 현실에 맞서 삶과 시의 윤리적 염결(廉潔)성을 지켜낸 시인이다. 그의 시에서는 청년 특유의 실존적 고뇌와 부끄러움, 그리고 그것을 견디고 초극하기 위한 치열한 자아성찰이 주요한 특질을 형성한다. 「서시」의 "죽는 날까지 하늘을 우러러/한점 부끄럼이 없기를, 잎새에 이는 바람에도/나는 괴로워했다"는 구절은 윤동주가 끝내 고수한 시와 삶의 윤리와 방법을 압축하여 보여준다. 이런 태도는 무엇보다 절대자에 대한 헌신과 소명의식을 강조하는 기독교 신앙의 영향과 그 반영이겠다. 그러나 시대현실에 무기력한 자아의 왜소함에 대한 정직한 인식과 반성의 소산이기도 하다.

'거울' 이미지를 통해 자아가 처한 현실과 고뇌, 그리고 실존적 한계를 진술하고 치열하게 성찰하는 「자화상」 「또다른 고향」 「참회록」 등은 윤동주 특유의 정직성과 순결성을 대변하는 작품들이다. 이 시들은 부정적인 현재적 자아와의 대결과 바람직한 이상적 자아의 모색을 주요한 구성원리로 취한다. 이를테면 「자화상」에는 자아를 대리 표상하는 '한 사나이'에 대한 미움과 연민과 화해의 과정이 가을날 '외딴 우물'에 비친 달과 구름, 하늘, 그리고 바람의 흐름에 대한 풍경 묘사와 절묘하게 조화를 이루고 있다. 이런 정황은 풍경의 이중성, 즉 외부풍경이 실은 자아성찰 행위가 이루어지는 내면풍경이기도 하다는 사실을 말해준다.

끊임없는 자아성찰을 통한 영혼의 지양과 갱신은 그의 '부끄럼' 의식이 현실에 대한 열패감과 허무주의로 귀착하는 대신, 오히려 '십자가'로 상징되는, 역사와 절대자에 대한 헌신 의지로 나아가는 원동력이 된다. 물론 이때의 '십자가'는 단순히 희생만을 의미하는 것은 아니며, "꽃처럼 피어나는 피"(「십자가」)에서 보듯이, 종교와 시대가 요구하는 윤리적 당위와 실존의 의지가 행복하게 결합됨으로써 완성되는 자아의 진정한 자유를 의미한다. 이런 진정성은 『하늘과 별과 바람과 시』(1948)가 해방후 유고시집으로 발간됐음에도, 암흑기의 민족문학을 비추는 외롭고 높은 '별'로 인정받을뿐더러, 시대를 초월하여 현재까지도 보편적 호소력을 발휘하는 가장 큰 이유이다.

7. 1930년대 시의 문학사적 가치와 의의

1930년대 시는 내용과 방법에서 미적 근대성의 본질에 근접하는 성취를 보이고 있다. 이것은 현실의 부자유와 모순을 한껏 강화시킨 일제 파시즘 그리고 식민지근대와의 긴장 그리고 그에 대한 치열한 성찰의 결과라는 점에서 커다란 의미가 있다. 이런 창작의 성과는 또한 치열한 이론적 모색과 동시에 이루어진 것이다. 시의 대중성과 사상성을 둘러싸고 벌어진 프로시의 여러 논쟁, 임화와 김기림, 박용철이 벌인 기교주의 논쟁, 신인 김동리와 중견 유진오 등이 벌인 세대론 성격을 띤 순수문학 논쟁 등은 시의 내용과 형식, 사상성과 미학성에 대한 근본적 검토와 성찰을 한층 확장 심화하였다. 이런 논쟁들은 이후 문학사에서 그 모습을 조금 달리해 지속적으로 되풀이된다. 1930년대 시가 현실적 부자유와 상관없이 매우 풍요롭고 자유롭다는 인상을 주며, 현재까지도 연구자와 독자들에게 커다란 호소력을 발휘하는 것은 창작과 비평상의 이런 균형 잡힌 성취들이 있었기 때문이다.

비록 여기서는 언급하지 못했지만, 다양한 시적 장치를 통해 투쟁하는 노동자 농민의 형상화에 노력한 『산제비』의 박세영, 정지용과는 또다른 방식으로 조선어의 세련에 기여한 미려한 선율의 김영랑, 명랑성의 시론으로 모더니즘 시의 이론적 기초를 튼튼히 다지는 한편, 『기상도』『태양의 풍속』을 통해 그것을 직접 실험해 보인 김기림, 비록 당대 현실과 거의 무관한 이국적 정취의 탐닉이라는 한계는 있지만 세련된 도회 이미지를 선보인 김광균, 근대시에서 보기 드문 남성적 목소리와 시적 구도를 바탕으로 허무의 초극과 강렬한 생명 의지를 노래한 유치환 역시 1930년대 시의 새로움과 풍요로움에 크게 기여한 시인들임을 각별히 기억해두기로 한다.

: 최현식 :

● 더 읽을거리

1930년대 시문학에 대한 전반적 개관 및 문제 설정에 도움을 주는 글로는 한계전의 「1930년대 시문학의 일반적 경향」, 이선영 편『1930년대 민족문학의 인식』(한길사 1990)과 김우창의 「한국시와 형이상」, 『궁핍한 시대의 시인』(민음사 1977)을 들 수 있다. 김용직의 『한국현대시사』 1, 2(한국문연 1996)는 1930년대 시의 미학적 특성과 함께, 이 시기 활동한 중진 및 신인들을 거의 망라한 작가 · 작품론을 수록하고 있다. 이명찬의 『1930년대 한국시의 근대성』(소명출판 2000)은 1930년대 시에 나타난 '고향의식'을 검토함으로써 개별 시인들이 성취한 미적 근대성의 의미를 되묻고 있다. 상허학회가 편찬한 『새로 쓰는 한국시인론』(백년글사랑 2003)은 이 글 소재의 시인들 및 주요한 근대시인을 보다 대중적인 관점에서 재해석하고 있다.

1930년대를 거세게 몰아쳤던 카프 계열 시인들에 대한 연구로는 윤여탁 · 오성호 편『한국현대리얼리즘시인론』(태학사 1990)과, 임화 · 오장환 · 이용악 · 백석의 미적 성취 여부에 주목한 유종호의 『다시 읽는 한국시인』(문학동네 2002)이 유용하다.

개별 작가 · 작품론은 비교적 풍성한 편인데, 주요한 연구성과를 모은 대표 저작을 소개하는 것으로 갈음한다. 문학과사상연구회 편『임화 문학의 재인식』(소명출판 2004)에 실린 4편의 시인론, 김신정 편『정지용의 문학세계 연구』(깊은샘 2001); 김윤식 편『이상문학전집 5 ── 연구논문모음』(문학사상사 2001); 고형진 편『백석』(새미 1996); 조연현 외『미당연구』(민음사 1994); 김용직 편『이육사』(서강대출판부 1995); 권영민 편『윤동주 연구』(문학사상사 1995) 등은 해당 시인들을 다양하게 검토하고 이해할 수 있는 시각을 제공한다.

근대의 위기와 한국문학의 새로운 대응

1. 1930년대 후반: 순환의 끝, 새로운 시작

　일제 말기는 한국의 근대문학사에서 여러모로 중요한 의미를 갖는 시기이다. 무엇보다 이때가 근대문학의 한 순환과정이 끝나는 시기라는 데 주목해야 한다. 신소설이 등장하는 1905년 무렵을 기점으로 하면 30년대 후반은 30여년이 흐른 시점이다. 30년이 한 세대를 가리킨다는 점에서 일제 말기는 한 세대의 문학이 마무리되고 다음 세대의 문학이 출발하는 시점인 셈이다. 실제로 1905년부터 30년대 중반까지의 근대문학은 크게 보아 계몽의 전통이라는 계보로 묶을 수 있다. 조선의 전(前)근대성을 혁파하고 근대성을 구현하려는 계몽의 기획이 근대문학의 중심을 이루었다.

　하지만 30년대 후반으로 가면 계몽의 전통은 심각한 위기를 맞이

한다. 이 위기는 일차적으로 일제 파시즘의 강화라는 정치적 요인에서 비롯되었다. 그와 관련해 카프의 강제 해체는 상징적이다. 카프의 프로문학운동은 계몽 기획이 가장 급진화된 사례라 할 수 있다. 프로문학이 내세웠던 당파성의 원칙은 부르주아 계몽주의를 대체한 급진적 계몽원리였다. 그런 점에서 1935년 카프의 강제 해체는 계몽 기획이 일제 파시즘의 억압에 의해 전면적 파국에 빠진 대표적인 사건이었다. 계몽 전통의 이러한 위기는 카프 해체를 계기로 촉발되어 중일전쟁과 태평양전쟁을 거치면서 돌이킬 수 없는 추세로 굳어졌다.

그러나 일제 말기는 제국주의 파시즘이라는 외적 요인에서 비롯된 위기국면이라는 단선적 의미로만 채색된 시기는 아니다. 문학 내적으로 보자면 이때는 자기반성의 시기이기도 했다. 이 자기반성은 근대문학의 한 순환과정이 좌절한 데 따른 반응일 뿐 아니라 근대문학의 성숙을 보여주는 징표이기도 하다. 1930년대 후반, 특히 1937년을 전후해 대다수 문인들은 근대문학이 결정적인 벽에 부닥쳤음에 동의한다. 그 원인이 무엇이냐에 대해서는 의견이 분분했지만, 이대로는 근대문학이 정상적인 발전을 지속할 수 없다는 점에는 견해가 일치했다. 그리고 위기 해결의 대안으로 휴머니즘론, 지성론, 모럴론, 본격소설론, 생활문학론, 풍속소설론, 가족사 연대기 소설론 등 숱한 주장들이 제시되었다. 이러한 자기반성과 대안의 모색은 타당성이나 현실성 여부와는 별개로, 근대문학이 자신의 역사를 되돌아보고 미래의 가능성을 새로이 기획하기 시작했다는 점에서 그만큼 성숙했음을 보여주는 징표인 셈이다.

이 시기 한국문학을 조망할 때 넘어서야 할 두 편향이 있다. 하나는 민족주의이다. 민족주의의 시각으로 이 시기를 바라보면, 일제 말기는 순응이냐 저항이냐의 두 극단으로 대립하는 시기다. 물론 그 대립이란 지극히 비대칭적인 대립, 즉 절대 다수의 순응과 극소수의 저항으로 구성된 대립이다. 이 시기를 흔히 암흑기라고 부르는 것도 그런 연유에서이다. 다른 하나는 최근 각광받고 있는 해체론적 후기식민론이다. 이 입장에 따르면 이 시기는 순응과 저항, 협력과 일탈이 뒤섞인 '혼종'의 공간이다. 그런데 혼종의 결과는 대체로 '포섭'으로 귀착되는 경향이 강하다. 그럴 수밖에 없는 것이 혼종이란 기존 체제의 승인을 암암리에 전제하기 때문이다. 그렇게 보면, 해체론적 후기식민론 역시 결과론적으로는 민족주의와 비슷하게 암흑기론에 기울어 있다.

민족주의와 해체론적 후기식민론이 일제 말기를 규정하는 문제에서 결과적으로 비슷한 입장을 보이는 까닭은 양자가 공히 식민주의를 자기 완결적이고 견고한 담론/체제로 상정하기 때문이다. 식민주의를 억압적 담론으로 이해하든 헤게모니담론으로 이해하든, 이들에게 식민주의란 억압이나 동의를 관철할 수 있는 대단히 강력한 담론/체제이다. 그래서 민족주의 입장에서는 저항이 엄청난 용기와 결단을 요하는 행위가 되고, 해체론적 후기식민론의 관점에서는 저항이 식민주의의 권역 내부에서 한없이 맴도는 덧없는 일이 된다. 요컨대 양자는 식민주의를 전능(全能)시하고 있다는 점에서 동일한 생각을 공유하는 셈이다. 그 결과 민족주의는 대항 헤게모니 이외의 저항을 인정하지 않으며, 해체론적 후기식민론은 저항의 가능성 자체를 회의한다. 민족주의에서 대항 헤게모니 이외의 저항이란 식민주의의 '허위의식'에 넘어갔다는 점에서 순응의 또다른 표현일 뿐이고, 해체론적 후기식민론에서 모든 저항은 항상 순응을 내장하고 있기 때문이다.

민족주의와 해체론적 후기식민론에도 분명 일정한 진실이 담겨 있다. 식민주의가 억압과 착취를 강제하는 담론인 것도 사실이고, 식민주의에 피식민 주체의 욕구를 일정하게 반영한 동의기제가 담겨 있는 것도 틀림없기 때문이다. 하지만 이들은 식민주의의 한 면만 붙잡고 그것을 식민주의의 '전부'라고 강변하는 '과잉일반화'의 오류에 빠져 있다. 그로 말미암아 공히 일제 말기 한국문학의 풍부한 탈식민적 잠재력을 보지 못하는 심각한 실수를 범한다. 그 타격은 저항담론인 민족주의 쪽이 더한 것이 사실이다. 민족주의라는 잣대가 엄격해지면 엄격해질수록 저항의 여지는 이에 반비례해 더욱더 좁아지기 때문이다. 그렇다고 해체론적 후기식민론의 입지가 탄탄한 것도 아니다. 따지고 보면, 해체론적 후기식민론이야말로 가장 지독한 근본주의이다. '누구도 식민주의로부터 자유롭지 못하다'는 생각만큼 근본주의적인 것이 또 어디 있겠는가. 이 명제는 '누구도 원죄로부터 자유롭지 못하다'는 기독교 근본주의를 연상시킨다. 역사를 기원의 반복으로 여긴다는 점에서 그러하다. 그래서 해체론적 후기식민론의 실제 결과물은 식민주의의 '해체'라는 애초의 취지에서 점점 멀어지는 역설에 빠지기 일쑤이다.

이러한 이론적 곤경을 극복하려면 식민주의를 양가적 담론/체제로 보는 발상의 전환이 필요하다. 요컨대 식민주의를 자기 완결적이면서 비(非)자족적인, 견고하면서 나약한 담론/체제로 이해해야 한다는 것이다. 식민주의의 비자족성은 식민주의가 피식민 타자 없이는 존립할 수 없다는 사실에서 비롯되며, 그로 인해 식민주의 내부에서는 식민 주체와 피식민 주체가 끊임없이 길항하는 분열상이 나타난다. 그런 점에서 식민주의의 균열과 동요는 구조적이다. 식민주의가 나약한 담론/체제인 것은 그래서이다. 식민주의의 이 비자족적이고 나약한 측면이 탈식민 저항의 거점이자 탈식민 주체가 형성되는 계기이다. 요약하자면, 식민주의의 양가성은 피식민 주체와의 피할 수 없는 상호작용이 낳은 '구조적' 결과이며, 이 양가성은 다시 식민주의에 대한 저항을 산출하고 탈식민 주체를 형성시키는 기반이 된다.

일제 말기 역시 이러한 관점에서 접근할 때 비로소 풍부한 저항의 가능성을 찾을 수 있다. 이 시기 한국문학은 대체로 중일전쟁과 태평양전쟁을 경계로 세 단계로 나뉜다. 일제는 중일전쟁 이후 조선을 총동원체제로 재편한 후 태평양전쟁에 즈음해서는 그것을 제도적으로 강제화한다. 이러한 정치적·사회적 변화와 맞물려 문학은 식민주의에 급속히 포섭되는 반면 탈식민 저항은 극도로 간접화된다. 하지만 식민주의는 양가적인, 곧 견고하면서도 나약하고 자기 완결적이면서도 비자족적인 체제/담론이기 때문에 항상 균열과 틈을 산출하게 마련이다. 일제 말기 역시 예외가 아니었다. 총동원체제라는 엄혹한 상황에서도 일제의 식민 파시즘은 곳곳에서 양가성의 모순으로 동요하고 있었다. 이러한 동요는 기본적으로 식민주의의 구조적 비자족성에 기인한 결과였다. 일제 말기의 문학은 식민주의의 나약하고 비자족적인 틈을 거점으로 다양한 방식으로 저항을 수행했다. 총동원체제라는 열악한 조건으로 인해 그 저항은 대단히 은밀하고 간접화되었지만, 다른 한편으로 극히 교묘하고 전략적이기도 했다.

2. 자기성찰과 저항의 내향화

일제 말기 한설야 문학은 생활을 통한 이념 성찰이라는 문제의식
을 바탕으로 하고 있다. 이러한 문제의식에는 파시즘의 대두로 조성
된 근대의 위기를 인정하되, 생활을 거점으로 주체를 재정립하고 지
배체제와 맞서겠다는 의도가 담겨 있다. 이 시기 한설야의 문제의식
이 가장 예리하게 드러난 작품으로는 「이녕」을 꼽을 수 있다. 흔히 전
향소설의 대표작으로 알려진 「이녕」은 통설과는 달리 이념의 자기성
찰이라는 주제가 밀도 있게 그려진 수작이다. 그런 점에서 「이녕」은
프로문학의 새로운 모색을 대표하는 작품이라 할 수 있다.

이 작품의 서사적 긴장은 이념과 생활의 길항에서 비롯된다. 한편
에는 이념이 있다. 주인공은 그 이념을 지키기 위해 소극성과 방관이
라는 처신을 택한다. 그런 점에서 그것은 저항의 한 방편이다. 다른
한편에는 생활이 있다. 생활은 소극성과 방관을 불허하는 세계이다.
그래서 이념의 세계에서는 저항의 한 방식인 소극성과 방관이 생활
의 세계에서는 무능력이 되는 것이다. 「이녕」은 양자의 긴장으로 짜
인 작품이라 할 수 있다. 주인공인 민우에게 이 긴장은 화해 불가능
한 긴장, 곧 이분법적으로 대립하는 긴장이다. 이전 시기의 한설야는
둘 중에 이념을 선택했다. 그러나 이런 식의 양자택일이 잘못된 것이
라는 사실은 무엇보다 그때까지의 한설야 문학에 나타나는 목적론적
주관성이 잘 보여준다. 1930년대 후반 근대의 위기 속에서 한설야는
생활로의 복귀를 통한 이념 성찰이라는 새로운 대응 방식을 선택함
으로써 양자택일적 이분법을 극복하려 한다. 이는 결말부의 '족제비

사건'을 통해 드러난다.

　민우는 이전까지 이념과 생활을 대립관계로 이해했다. 그로 인해 이념을 지키려다보니 생활에 무능력해지는 모순이 발생한 것이다. 하지만 민우는 족제비를 놓치고 분해하는 아내의 모습을 보면서 비로소 이념과 생활에 대한 이분법적 인식이 잘못된 것임을 깨닫는다. 이러한 자각은 자신의 전생애에 대한 근본적 반성과 맞닿아 있다. 자신의 실패가 이념과 생활을 이분법적으로 나누어 생각한 데서, 그리하여 이념을 위해 생활을 버린 데서 비롯되었다는 자각은 참담하지만 빛나는 통찰이라 할 수 있다.

　거기에는 작가 개인을 넘어 프로문학운동, 나아가 한국 근대문학 전체에 대한 발본적 성찰이 담겨 있기 때문이다. 다시 말해 이념을 의지의 수준에서 지성의 수준, 곧 '지혜로운 의지'로 승화시킬 수 있는 새로운 길이 잠재되어 있는 셈이다. 그런 점에서 "밤만 얼뜬 밝으면 돝을 사다가 밤을 기다려 쪽제비를 잡고 말리라"는 민우의 다짐에는 이 시기 한설야의 고민 전체가 응축되어 있다고 해도 과언이 아니다. 이 다짐은 이념과 생활의 관계에 대한 한설야의 새로운 인식을 극명하게 보여준다. 아마도 이전의 그였다면 족제비 잡는 일은 아내의 몫으로 돌렸을 것이다. 이념의 실천이 주인공의 역할이므로. 하지만 「이녕」에서 한설야는 생활을 주인공에게 맡긴다. 이는 작가가 「이녕」에 이르러 생활에 대한 적극성이야말로 이념적 실천의 참다운 출발점이라는 인식에 도달했음을 의미한다. 임화가 「이녕」을 가리켜 "생활의 명석한 관찰자로서 혹은 일상성의 현명한 이해자로서 일찍이 마차 말처럼 앞으로만 내닫던 정신을 달래어 지혜로운 의지"로 승화시킨 "현대문학의 재출발 기점"이라고 상찬한 까닭도 그 때문이거니와, 그렇게 보면 「이녕」은 '의지의 지성화'라는 프로문학의 해묵은 과제를 해결할 실마리를 제공했다고 할 수 있을 것이다.

「이녕」이 프로문학의 새로운 대응 논리를 대표한다면, 저항적 민족주의의 자기성찰을 보여주는 대표적 작품으로는 이태준의 「토끼 이야기」를 들 수 있을 것이다. 「토끼 이야기」는 전형적인 자기확인의 서사이다. 일제의 파시즘화가 절정으로 치닫는 1930년대말이 되면 한국 근대문학의 주요 축을 이루어왔던 계몽의 전통은 결정적인 벽에 부닥친다. 이때 이태준이 택한 길은 계몽의 내면화를 통해 자신의 정체성을 확인하고 유지하는 것이었다. 그러나 이태준의 자기확인은 '내가 옳다'를 거듭 확인하는 데서만 그치지 않고, 오히려 자기 자신에 대한 치열한 반성에 바탕하고 있다. 요컨대 자기반성을 통한 자기확인, 이것이 일제 말기 이태준 문학의 요체 가운데 하나인 셈이다. 「토끼 이야기」의 핵심은 토끼치기의 실패에 대한 부부의 상반된 반응과 그 의미에 대한 성찰에서 찾을 수 있다. 성찰의 요체는 지식인의 비현실적 관념성에 대한 준엄한 자기반성이다. 그렇다면 자기반성의 대상인 지식인의 관념성이란 구체적으로 어떤 내용일까. 이 문제가 「토끼 이야기」의 이면 텍스트를 구성한다.

현이 자신의 신문소설 쓰기에 염증을 내고 조만간 본격소설에 전념하리라고 마음을 다잡고 있을 때『동아일보』와『조선일보』가 폐간된다. 두 신문의 폐간은 전시체제로의 돌입과 직결되어 있어서 일제는 '명랑하라, 건실하라'고 외치며 조선사회를 동원체제로 몰아간다. 그런 점에서 동아와 조선의 폐간은 현으로 하여금 비로소 '시대'와 만나게 해준 계기였다. 말하자면 폐간과 실직으로 식민주의가 이제 남의 문제가 아니라 '나의 문제'가 된 것이다. 이러한 자각 이후에 현이

택한 것이 바로 토끼치기이다. 하지만 토끼치기라는 대응은 현에게 여전히 '관념'의 수준에 머물러 있다. 토끼치기가 실패하자 그것을 소재로 소설이나 써볼 궁리를 하는 모습에서 그 점은 극명하게 드러난다. 이러한 현의 안이한 현실인식에 결정적인 쐐기를 박은 것이 '피칠갑 한 아내의 열 손가락'이다. 요컨대 아내는 한푼이라도 건지기 위해 토끼 가죽을 벗기는 행위를 통해 현의 현실인식이 아직도 '관념'에서 '생활'의 차원으로까지 육화되지 못했음을, 곧 '시대'를 자신의 실존적 문제로 철저히 주체화하지 못했음을 질타하고 있는 것이다.

이처럼 「토끼 이야기」는 '시대'와 생활을 유비적(類比的)으로 병렬시키면서 '시대'의 변화, 곧 일제의 파시즘화를 '나의 문제'로 받아들이는 과정을 그린 소설이다. 다시 말해 식민주의가 외적인 것인 동시에 내적인 것이라는 자각을 이면의 주제로 삼고 있는 셈이다. 이러한 자각이 자기확인이 되는 것은 생활에 대한 새로운 인식을 매개로 해서이다. 시대의 변화와 토끼치기가 교직(交織)되는 순간 관념과 생활이 만나고, 양자의 만남 속에서 현은 자기 자신의 한계, 즉 식민주의를 주체 바깥의 문제로 여겨온 자신의 관념성을 뼈저리게 깨닫는다. 그런 점에서 「토끼 이야기」는 내부 식민주의에 대한 날카로운 비판적 자의식을 보여주는 문제작으로 평가하기에 손색이 없다.

신진문인들 가운데 식민 파시즘에 가장 적극적으로 맞선 작가는 단연 김정한이라 할 수 있다. 대다수의 신진 작가들이 탈근대를 구실로 현실도피에 빠져들었다는 점에서 계몽의 전통을 견지하고 있는 김정한의 문학세계는 이채롭다. 특히 「사하촌」이나 「항진기」와 같은 전면적 저항이 불가능해진 일제 말기에 김정한은 새로운 문학적 저항의 길을 모색하거니와 그 중요한 성과가 「낙일홍」이다. 이 작품에서 주목할 것은 두 가지이다.

하나는 요다 사부로란 일본인이 능력과 상관없이 교장이 되고 재모는 간이학교로 좌천되는 대조적 운명이다. 이러한 대비를 통해 「낙일홍」은 내선일체 이데올로기의 허구성을 은밀하게 풍자한다. 헤게모니적 지배란 항상 억압과 함께 동의를 필수 기제로 삼는다. '일본과 조선은 하나다'라는 내선일체론은 그런 맥락에서 나온 것이다. 그러나 내선일체론이 진정한 동의를 얻어내려면 일본의 양보, 곧 조선인에 대한 민족적 차별의 폐지가 병행되어야 하는데, 그럴 경우 식민지배의 궁극적 목적인 일본 헤게모니가 불가피하게 훼손당한다. 이것이 내선일체론의 양가성이다. 내선일체라는 슬로건을 통해 동의를 끌어내는 것이 견고한 측면이라면, 그럴 경우 헤게모니의 훼손이 불가피해지는 것이 나약한 측면이다. 「낙일홍」은 바로 내선일체 이데올로기의 이러한 양가성을 겨냥하고 있다. 만약 내선일체론이 진정이라면 재모가 교장이 되어야 마땅하다. 공헌도나 능력 면에서 출중하기 때문이다. 하지만 현실에서는 능력도 없고 공헌도도 없는 요다 사부로가 교장이 된다. 그렇다면 내선일체론은 허구에 불과한 것인 셈이다. 내선일체와 민족차별은 양립 불가능하기 때문이다. 그런 점에서 「낙일홍」은 내선일체 이데올로기의 나약한 측면을 우회적으로 비판하고 있는 작품이라 할 수 있다.

다른 하나는 민족차별의 실상을 경험하면서 재모가 자신의 정체성을 자각하게 되는 과정이다. 재모는 학교를 그만둘 것인가 갈고지 간이학교로 갈 것인가를 두고 번민에 휩싸인다. 그 과정에서 재모가 후자를 선택하는 까닭은 교사로서 자신의 정체성을 다시금 자각했기 때문이다. 이 자기확인은 재모로 하여금 체제에 굴복하거나 영합하

지 않고 자신의 소신대로 살아가게 해주는 원동력이 된다. "낙일(落
日)이 일즉 보지 못했을 만큼 아름다웁게 빛나보였다"는 심정은 그런
맥락에서 나온 것이다. 낙일은 재모의 좌천을 상징하는 객관적 상관
물이다. 자신의 좌천이 왜 "아름다웁게 빛나" 보이는 것일까. 그것은
교사로서의 정체성, 즉 아이들을 가르치는 일의 가치를 다시금 깨달
았기 때문이다. 재모의 자기확인은 체제와 자신 사이에 선을 긋는 결
정적 계기가 된다는 점에서 비(非)동일화의 내적 근거가 된다. 요컨
대 재모는 자기확인을 통해 저항의 내적 근거를 마련한 셈이다.

　이처럼 「낙일홍」은 한편으로는 식민주의의 나약한 측면에 대한 우
회적 비판을, 다른 한편으로는 자기확인을 통한 저항의 내향화를 꾀
하고 있는 작품이다. 총동원체제라는 역사적 맥락 속에서 대안적 저
항이란 실질적으로 불가능한 일이었다. 그럴 때 식민주의 내부의 균
열을 추궁하거나 자신의 정체성을 성찰함으로써 저항의 내적 근거를
마련하는 방안은 탈식민 저항의 효과적인 전략이 될 수 있다. 「낙일
홍」에서 우리는 그 점을 재확인할 수 있다.

3. 탈식민 저항의 세 유형

　일제 말기는 식민 파시즘의 창궐로, 임화의 말을 빌리면, '지성'이
'사실'에 패퇴한 근대의 위기국면이었다. 그로 말미암아 한국문학은
급속히 환멸과 냉소에 젖어들었고, 뒤이어 전향과 협력이 속출했다.
이 시기를 흔히 암흑기라 부르는 것도 그래서일 터이다. 하지만 그런
와중에도 달라진 현실을 냉정하게 진단하면서 새로운 대응방식을 모

색하려는 문학작품 또한 적지 않았다. 일제 말기는 그러한 두 경향의 문학이 비대칭적이지만 팽팽한 긴장관계를 이루고 있던 시대였다. 그 과정에서 한국문학은 식민주의에 대한 새로운 방식의 저항을 창출하면서 근대의 해방적 잠재력을 보존했다. 그것들은 크게 세 유형으로 나눌 수 있다.

탈식민 저항의 첫번째 유형은 대안적 저항이다. 대안적 저항은 식민주의를 전면 거부하면서 대안 이념이나 세계상을 제시하는 유형의 저항이다. 탈식민 주체의 '이념적' 위치는 식민주의 외부에 존재하며, 식민주의의 헤게모니에 맞서 대항 헤게모니를 추구한다. 그런 점에서 대안적 저항은 반(反)동일화형 저항이라 할 수 있다. 한국 근대문학에서 대안적 저항을 대표하는 문학으로는 민족주의와 맑스주의가 있다. 반동일화가 항상 식민주의와 거울 관계를 이루는 것은 아니다. 민족주의는, 저항적 민족주의조차, 식민주의와 대쌍(對雙) 관계를 형성하고 있기 때문에 내면적으로 식민주의를 재생산하는 경향을 자주 보인다. 그에 비해 맑스주의는 식민주의와 대쌍 관계가 아니기 때문에 '이념적으로는' 식민주의에 포섭될 가능성이 적다. 식민주의의 '극복'을 목표로 한다는 점에서 대안적 저항은 가장 급진적인 탈식민 저항의 유형이다. 그런 점에서 대안적 저항만이 식민주의를 대체할 새로운 체제/담론을 창출할 수 있다. 대안적 저항은 대체로 1930년대 전반기, 그러니까 중일전쟁 이전까지 많이 나타나는 유형이라 할 수 있다.

두번째 유형은 내적 저항이다. 내적 저항의 '이념적' 주체는 식민주의의 경계, 즉 내부와 외부의 경계에 위치한다. 따라서 내적 저항은 대항 헤게모니를 추구하기 어렵다. 그 대신 일반적으로 자기성찰을 통해 자신의 정체성을 확인하거나 식민주의의 비자족적이고 나약한 측면을 공격하는 방식으로 식민주의에 맞선다. 두 계열 모두 식민주의를 전면 거부하기보다는 식민주의와 탈식민 주체 사이에 일정한 경계선을 그음으로써 차이를 보존하려 한다. 그런 점에서 내적 저항은 비(非)동일화형 저항이라 할 수 있다. 내적 저항이 대안적 저항에 비해 간접화되고 내향화된 것은 사실이지만, 그렇다고 식민주의와 타협했다거나 순응했다는 의미는 결코 아니다. 양자의 차이는 '수준'의 차이가 아니라 '방식'의 차이이다. 대안적 저항이 전면 거부의 방식을 취하는 데 반해 내적 저항은 내부로부터의 격파, 곧 '내파(內波)'를 택한다. 내파는 양가성의 모순관계를 극대화시킴으로써 식민주의를 임계점으로 몰아간다. 내적 저항은 시기적으로는 중일전쟁을 전후한 1930년대 후반부터 주요한 흐름이 된다.

세번째 유형은 혼종적 저항이다. 혼종적 저항의 '이념적' 주체는 식민주의 내부에 있다. 당연히 혼종적 저항에서는 대안적 저항이나 내적 저항과 달리 식민주의와의 경계선이 뚜렷하지 않다. 대신 혼종적 저항의 주체는 양가성 사이를 부유한다. 그런 만큼 순응과 저항, 협력과 일탈의 경계선 역시 흐릿하다. 엄밀히 말해 혼종 자체는 저항이 아니다. 혼종이란 순응과 저항이 뒤범벅된 상태를 가리키기 때문이다. 그렇다고 혼종이 저항도 순응도 아닌 '회색지대'는 아니다. 저항과 협력 사이에는 분명 경계가 존재한다. 다만 그 경계가 유동적이고 다층적일 뿐이다. 혼종의 저항성 여부는 대개 맥락에 의해 결정된다. 다시 말해 어떠한 맥락에서 발화되었느냐에 따라 혼종은 저항 효과를 발휘하기도 하고 순응 효과를 발휘하기도 한다. 혼종의 저항 효과는 식민주의의 자기 완결성에 흠집을 냄으로써 양가성을 구조화시킨다. 양가성이 식민주의와 피식민 주체의 길항작용에서 비롯된 구조적 현상일 때에만 탈식민 주체의 형성이 항상적으로 가능하다. 혼종적 저항은 특히 태평양전쟁을 전후한 1940년대 초반에 집중적으로 발견된다.

세 유형의 탈식민 저항은 통시적으로 변화하는 양상을 보여준다. 중일전쟁 이전까지는 대안적 저항이 지속적으로 추진되는데, 그 헤게모니는 1920년대 중반을 전후해 민족주의에서 맑스주의로 넘어간다. 중일전쟁 이후 태평양전쟁까지는 내적 저항이 주류였으나 태평양전쟁을 전후한 시기부터는 혼종적 저항이 지배적인 추세가 된다. 물론 이러한 구분은 '이념형(idealtype)적'인 것이다. 모든 시기에 걸쳐 세 유형의 저항은 혼재되어 있다. 다만 주요 경향이 그렇다는 말이다. 따라서 공시적으로 보면, 세 유형의 저항은 어느 시기에나 다양한 스펙트럼을 형성한다. 저항과 협력에 관한 논란은 경계를 해체하는 방식으로는 해결할 수 없다. 경계가 사라지는 순간 한국문학의 탈식민적 가능성은 소실되기 때문이다. 그런 점에서 저항의 다양한 스펙트럼을 인정하고 저항과 협력의 유동적이고도 다층적인 경계들을 재구성하는 작업이 요구된다. 그럴 때 일제 말기 한국문학의 복합적 면모와 탈식민적 잠재력을 온전하게 이해하는 일이 가능해질 것이다.

: 하정일 :

● 더 읽을거리
1930년대 후반 한국문학의 전체상에 대한 개괄적 이해를 위해서는 김윤식의『한국근대문예비평사연구』(일지사 1976) 2부와 김재용·오성호·이상경·하정일의『한국근대민족문학사』(한길사 1993) 5부를 참조하면 좋을 것이다.

이현식의『일제 파시즘체제 하의 한국 근대문학비평』(소명출판 2006)은 문학비평을 중심으로 1930년대 후반의 한국문학이 주체의 재건이라는 난제를 어떻게 해결하려 노력했는지를 규명한 연구이다.

권성우의『횡단과 경계』(소명출판 2008)는 1930년대 후반의 한국문학이 저항과 협력으로 양분할 수 없는 복합성을 보여준다는 데 주목하는 동시에 그것의 현재적 의미로까지 탐구의 지평을 확대한 저서이다.

하정일의『분단 자본주의 시대의 민족문학사론』(소명출판 2002)과『탈식민의 미학』(소명출판 2008)은 1930년대 후반을 한국 근대문학의 새로운 출발점으로 재해석하면서 탈식민 저항의 다양한 양상을 정리한 연구이다. 이 저서들에서 관련 내용을 발췌하고 재구성해 이 글이 작성되었음을 밝혀둔다.

1930년대 후반의 한국문학에 대한 기존 연구는 이 시기를 암흑기로 들어서는 길목으로 이해해왔다. 그 점은 민족주의에 근거한 연구나 탈근대주의에 기댄 연구나 비슷하다. 하지만 암흑기론과 같은 단선적 시각으로는 1930년대 후반 한국문학의 복합성을 온전히 설명할 수 없다. 하정일, 이현식, 권성우의 최근 연구는 그러한 기존의 관점에 이의를 제기하면서 지배의 그물망 속에서도 새로운 저항적 주체성이 형성되고 있음을 강조한다. 앞으로 지배와 저항의 길항작용에 대한 연구들이 좀더 활성화되면, 1930년대 후반 한국문학의 복합성이 한층 선명하게 드러날 것이다. 복합성의 규명이 중요한 까닭은 1930년대 후반이 한국 현대문학의 씨가 심어진 시기이기 때문이다.

1940년대 '국민문학'

1. 친일문학, 파시즘문학, '국민문학'

이 장이 서술대상으로 삼는 일제말기(1939~45. 8. 15) 문학은 여전히 논란에 휩싸여 있다. 2005년부터 한시적으로 시행되고 있는 '친일진상규명법'이나 민족문제연구소의 친일인명사전 편찬 작업, 문인 기념사업에서의 충돌 등으로 이 시기 문학에 대한 연구는 과거의 문제가 아니라 현재와 미래의 문제가 되어 있다. 한국사회에서 '친일'이 청산된 적이 없기 때문에 지금 혹은 앞으로 '친일'을 청산해야 한다는 의미에서 그것이 현재적·미래적 문제라고 하는 것은 아니다. 오히려일제 말기의 문학을 어떤 시각에서 바라보아야 하며, 무엇을 계승하고 또 무엇을 청산할 것인가 하는 것 자체가, 우리가 지향하는 사회의 가치와 연결되어 있다는 점에서 현재와 다가올 미래에 속하는 과제인 것이다. 이 시기의 문학을 바라보는 서로 다른 시각과 입장은 대상을 규정하는 개념에서부터 충돌한다.

우선 '친일문학'이라고 규정하는 입장은 민족주의와 제3세계주의에 입각해 각각 '친일／반일' '저항／협력'의 이분법으로 이 시기 문학을 규정한다. 민족주의의 입장은 90년대 이전의 문학 연구에서 주류적 위치에 있었으며 임종국의 『친일문학론』(1966)으로 대표된다. 이 입장에서 보면 식민지 시기 문학의 과제는 민족어·민족문화·민족정신, 그러니까 민족문학의 건설과 수호에 있었고, 그것의 반대편에 서 있던 문학이 일제 말기의 매국문학인 '친일문학'인 것이다. 이러한 문학에 대한 담론 차원의 고발과 단죄는, 일제 식민지를 지탱하던 상층 조선인들을 지배계급으로 하여 세워진 대한민국의 민주화를 요구하는 움직임과도 연관되는 문제이기에 도덕적 정당성마저 띠고 있었다. 그러나 민주화와 경제성장을 통해 국제사회에서 대한민국의 위치가 격상됨에 따라 90년대 이후에는, '친일문학'을 배제함으로써 순정한 민족문학을 건설하려는 민족주의 입장이, 저항이라는 의미를 잃고 배타적 국수주의로 빠질 위험에 처한다.

민족담론이 동아시아담론으로 확장됨으로써 계속 저항담론일 수 있었던 것과 마찬가지로 '친일문학'론은 민족주의를 확장한 제3세계주의에 입각함으로써 저항의 거점을 갱신하고자 했다. 그것을 대표하는 것이 김재용의 '친일문학'론(『저항과 협력』 2004)이다. 그가 '친일문학'의 청산을 통해 보호하려는 것은 민족사적 정의가 아니라 세계사적 정의이다. 그렇기 때문에 국민문학의 논리 자체는 긍정함으로써 '친일문학'을 배제하고 민족문학을 수립하려 했던 임종국과는 달리, 그는 제3세계론에 입각해 세계사 속에서 일본의 제국주의 논리를 비판하고 그것에 협력한 식민지인들을 비판할 수 있는 객관적 근거를 마련하고자 했다. 그러나 제3세계론이 그러하듯이 제국주의에 대한 저항은 여전히 민족주의를 주요 동력으로 하여 전개되기 때문에 그 역시 임종국의 입장과 크게 다르지 않아 '확장된 민족주의', 혹은 '동일성에 의한 재영토화'라는 비판을 받기도 한다. 임종국에 비해 민족주의적 기준을 훨씬 유연하게 적용하지만 그가 '저항/협력'의 이분법과 그 경계 설정에 여전히 집착하는 것도 이 때문이다.

일제 말기 문학에 대한 완전히 새로운 시각은 『문학 속의 파시즘』(김철 외 2001)이 제시한다. 이 입장은 '파시즘문학'론이라고 부를 수 있는데, 그것이 입각하고 있는 것은 탈근대론·탈민족론(포스트콜로니얼리즘)이다. 이 입장에 따르면 '친일문학'은 그렇게 쉽사리 청산될 수 없다. '친일문학'은 의식·행위·정신의 문제가 아니라 무의식·구조·신체의 문제이기 때문이다. 사실 이 입장에서는 '친일'보다는 근대와 동전의 양면을 이루는 식민주의가 부각된다. 식민주의는 근대의 앎과 제도가 형성한 것이기에 식민지 주체 또한 거기서 자유롭기 힘들다. 그에 따르면 오히려 해방 이후 대한민국의 앎과 삶의 원리가 되었던 민족주의 자체가 식민주의의 부산물에 불과하다. 따라서 이 입장은 앎과 문학의 명백하고 의식적인 일본 제국주의와의 근친성(친일)보다 무의식적·구조적 근친성을 더욱 문제 삼는다. 그동안 일제와 다소 먼 거리에 있었다고 여겨졌던 이효석, 김동리, 이태준 등의 무의식이 고발대상이 된다. 이 입장은 1990년대 이후의 한국사회가 독재정권의 폭력적 지배로부터 동의·자발성에 근거한 관리적 지배로 이행하고 있다는 진단에 근거를 두고 있다. '친일'담론 자체가 그러한 관리사회의 이데올로기로 전화되고 있기에 그것을 명백히 거부해야 하며, 일제 말기의 문학과 담론에서 보아야 할 것도 의식적·폭력적 지배(친일)가 아니라 무의식적·관리적 지배라고 주장한다. 그 기원이 일제 말기 총력전체제에 있기 때문이다.

반면 '파시즘문학'론의 이러한 문제설정은 일제 말기의 담론을 근대담론으로 환원(근대의 외부는 없다)하거나 식민지 주체의 담론을 제국주의의 담론으로 환원(주체=종속)함으로써 반제국주의적 저항의 가능성을 봉쇄했다는 비판에 직면할 수밖에 없다. '파시즘문학'론 이후의 일제 말기 문학에 대한 연구는 '친일문학'론이 제기했던 고정된 저항축과 '파시즘문학'론이 제기했던 저항의 불가능성을 모두 비판하고 저항과 협력축의 복수화를 꾀한다. 이 관점을 통칭할 수 있는 명칭은 아직은 없기 때문에 편의상 당시의 명칭인 '국민문학'론이라 부르고자 한다. 이 관점은 민족주의적 저항이라는 이름하에 가려졌던 다양한 계층과 계급에 주목한다. 그 대표적인 것이 젠더와 써발턴(subaltern, 하위주체성)의 문제이다. 과연 여성과 하위계층에게 남성 부르주아의 전유물인 민족주의적 저항이 무슨 의미가 있는가? 또한 이 입장은 일제 말기의 경험을 민족사로 환원하지 않고 세계사의 관점에서 볼 수 있는 시각을 '친일문학'론과는 다른 방식으로 제시하려 한다. 식민주의 협력행위에 대한, 세계사에서 유례가 없는 책임추궁은 어떻게 가능한가?

이 글은 일제 말기의 문학을 마지막 관점에 입각해 고찰한다. 사실 마지막 관점이라고 해도 연구자마다 생각이 다르기에 일괄해서 말할 수는 없다. 더군다나 '친일문학'론과 '파시즘문학'론자들의 관점도 한데 엉켜 복잡한 양상을 보이고 있기에, 객관적 입장에 서서 서술하는 것은 불가능에 가깝다. 더군다나 이런 첨예한 쟁점이 되는 문제에서 객관적 입장에 선다는 진술보다 더한 허위는 없다.

2. '국민문학'의 사상

이 시기의 문학은 '국민문학' 혹은 '국책문학' 등으로 불렸다. '국책'이라는 좁은 의미의 협력에만 국한되지 않는 광범위한 협력을 표현하기에는 '국민문학'이라는 용어가 더 적당하다고 할 수 있다. 이 시기 문학자들은 '국민'이라는 새로운 주체를 형성하기 위한 문화적 장치로 '국민문학'을 주장했다. 일본문화로의 일방적인 동화가 아니라 일본문화와 조선문화를 포괄하는 일본제국의 문학을 '국민문학'이라 불렀던 것이다. 일본 민족주의의 표현에 불과했던 국민문학을 전유한 식민지 조선인의 이러한 '국민문학'을, 식민지 본국의 국민문학과 구별하여 '식민지 국민문학'이라 부르는 연구자(윤대석『식민지 국민문학론』)도 있다. 그러나 여기서는 일본 및 서구 식민지 본국의 국민문학과 구별하여 따옴표를 친 '국민문학'이라 표현하는데, '국민문학'의 식민성은 일본제국이 설정한 임계점을 넘나든다.

최재서는 「조선문학의 현단계」에서 '국민문학'의 요건을 ① 국체관념의 명징, ② 국민의식의 앙양, ③ 국민사기의 진흥, ④ 국책에의 협력, ⑤ 지도적 문화이론의 수립, ⑥ 내선문화의 종합, ⑦ 국민문화의 건설로 설명한다. 여기서 ④를 제외하고는 모두 미래형으로 기술되어 있음에 유의할 필요가 있는데, 이로써 그가 주장하는 '국민' 혹은 '국민문화'가 현재 존재하는 일본 민족, 혹은 일본 민족문화에의 동화가 아님을 확인할 수 있다. 그것은 오히려 민족주의 · 사회주의 · 개인주의·자유주의로 표상되는 근대주의를 뛰어넘어 '국민'을 새롭게 형성하려는 노력이라 할 수 있다. "내선일체의 실질적 내용"은 "내선문화의 종합과 신문화의 창조"인 것이다. 문화의 일방적 동화가 아니라 새로운 문화의 창조라는 최재서의 주장은 곳곳에서 일본인 문학자에게 저지되지만, 조선인 문학자에게는 일정한 공감을 얻는다.

이러한 공감은 일본제국 내에서의 조선의 위치를 강조하는 담론을 만들어내는데, 그것이 집약적으로 표현된 것은 김종한의 '신지방주의'론이다(「일지의 윤리」). 그의 논리의 핵심은, 일본에서 생산해내는 가치를 그대로 이어받는 존재가 아니라 중앙과는 다른 가치를 생산해내는 주체로 조선과 조선문학을 위치짓는다는 것이다. 이처럼 새로운 가치를 생산해내는 조선과 조선문학을 상상하는 조선 지식인들에게 대동아공영권은 자신을 주체로 세울 수 있는 적극적인 계기로 포착된다. 아직 그 모습을 드러내지 않은 채로 형성중인 일본제국을 적극적인 참여로 만들어낼 수 있다는 생각은 식민통치의 대상에서 식민지배의 주체로 자신을 변신시키려는 욕망이기도 하지만, 반대로 중심을 해체하려는 욕망이기도 하다. 이들이 상상한 대동아공영권은 중심이 확장된 제국주의가 아니라, 중심이 없이 권력이 편재하는 제국적인 형태였다. "토오꾜오나 경성이나 다 같은 전체에 있어서의 한 공간적 단위에 불과"한 것이다(「일지의 윤리」).

식민지문화인 조선문화까지 존중받는 다문화·무중심의 일본제국을 상상하는 최재서의 '국민문학'론이나 김종한의 '신지방주의'론은 그 뿌리를 평행제휴론에 두고 있다. 일본제국을 주체정립의 계기로 받아들인 사람들은 크게 평행제휴론과 동화일체론으로 구별될 수 있는데, 후자는 조선문화의 전폐를 주장했으나 이와 반대로 전자의 경우 다양한 내적 편차가 있었다. 즉 동아협동체론, 동아연맹론 등의 이념에 자극받아 조선의 자치를 주장하는 적극적인 입장뿐만 아니라, 내외지의 일원화를 지지하면서도 문화적 측면에서 조선적인 것을 보존하려는 소극적인 입장도 존재했다. 그러나 평행제휴론의 공통점은 조선적인 것의 온존과 내선일체의 융합이었다.

3. '국민문학'의 언어

신지방주의론 혹은 평행제휴론을 통해 '국민문학'을 바라볼 때 그 핵심은 역시 언어였다. 이는 조선어를 유지하면서도 일본인이 될 수 있는가, 조선어로 쓴 작품이 일본문학이 될 수 있는가 하는 문제로 나타난다. '국민문학'이 주장하는 문화 다양성의 시금석이 언어문제가 될 터인데, 그런 점에서 언어문제는 "고민의 씨앗"(최재서)이었다.

결론적으로 말하면 '국민문학'의 언어는 일본어였다. 당시 조선어 문학이 다수 존재했음에도 불구하고 '국민문학'은 일본어로 대표되었다. 이것은 '국민문학'의 문화통합적 주장이 문화 다양성 주장을 억압한 결과라고 할 수 있고, 이것이 '국민문학'의 임계점이었다. 그러나 1942년 5월의 징병제 결정 이전까지 언어 사용 문제가 여전히 논란중이었고, 그러한 논란의 타협점이『국민문학』의 조선어 8, 일본어 4(연 12회 발간)로 드러난 것처럼 1942년 이전까지는 여전히 조선어와 일본어가 공존하고 있었으나, 전쟁이 진전됨에 따라 통합에 대한 요구가 '국민문학'의 언어 사용에 한계를 제시했다고 할 수 있다.

1942년 5월의 징병제 결정과 '국어전해운동' 이전의 언어 사용을 둘러싼 논란은 1939년 중반 무렵에 벌어진 한효, 김용제, 임화의 논쟁에 그 원형이 제시되어 있다. 한효가 조선의 현실은 조선어로만 표현할 수 있다는 민족본질주의를 주장한 데 반해(①), 김용제는 국가적 보편성의 입장에서 일본어의 우수성을 주장한다(②). 임화는 이 문제를 정치적으로 결정할 것이 아니라("언어는 국경표지가 아니다") 작가에게 가장 사용하기 쉬운 언어를 사용하면 그만이라고 함으로써 간접적으로 조선어 사용을 옹호한다(③). 이 세 갈래 언어관은 1942년 무렵 일본어를 사용할 수밖에 없는 상황이 되면 붓을 꺾든가(①), 일본어로 내선일체와 동양주의를 찬양하는 글을 쓰든가(②), 일본어로 어떻게든 조선의 현실을 재현하고자 하는 글을 쓰는 길(③)로 나뉜다. 조선어로 일본문학을 생산할 수 있는 가능성이 완전히 봉쇄된 것은 아니라고 할 때, 붓을 꺾지 않고 창작한 ①과 ③이 '식민지 국민문학'의 스펙트럼을 보여준다.

이 세번째 글쓰기를 이중어 글쓰기라고 부를 수 있을 것이다. 이중어 글쓰기란 단순히 일본어와 조선어 양쪽의 글쓰기를 시도하는 것을 가리키지는 않는다. 식민지 본국의 언어로 글을 쓰면서도 식민지의 기억과 현실, 언어를 글 속에 새겨넣을 때에야 이중어 글쓰기라 할 수 있을 것이다. 이러한 이중어 글쓰기의 최대치를 보여준 작가는 김사량이었다. 그는 일본어로 조선의 현실을 재현할 경우, 일본어의 감각을 고집하면 조선의 현실이 엑조틱해지기 때문에 "조선의 현실을 충실히 재현하기 위해" "모국어를 생경한 직역으로 옮기"거나 하는 방식으로 일본어를 "죽여서", 그러니까 비틀어서 사용할 수밖에 없다고 한다. 일본어 비틀기가 제국주의담론의 비틀기로 드러나는 것은 김사량의 「풀속 깊이」인데, 이 소설에서 작가는 엉터리 일본어를 구사하는 군수를 통해 제국주의담론이 비틀리고 조롱당하는 모습을 보여주고 있다.

이 시기 작가들은 조선어 가나와 일본어 방언을 사용하거나 생경한 조선문화를 삽입함으로써 일본문학과는 구별되는, 일본어로 된 조선문학, 조선적 일본문학을 생산했고, 그를 통해서 일본문학의 질서에 개입하고자 했다.

4. '국민문학'과 민족

식민지 국민문학에서 여전히 문제적인 것은 '민족'의 문제이다. 많은 대립이나 고민과 고투는 '민족'을 둘러싸고 이루어진다. 그러나 그럴 경우에도 '민족'을 버릴 것인가, 말 것인가 라는 '친일/반일'의 이분법이 아니라 다양한 스펙트럼으로 '민족'이 드러난다.

인정식이 "민족의 전향"을 이야기한 근거는 대동아공영권 내에서의 조선 민족의 지위였다. 제국주의에 대한 협력이 민족의 포기가 아니라 민족의 재정립으로 표현되는 것은 그 때문이다. 따라서 "민족의 힘을 욕망한 친일 내셔널리스트"(조관자)라는 표현은 어느 정도 적절하다. "내란과 탐관오리에 백색자본의 착취와 쿠리, 아편"밖에 없는 중국 민족에게 중국의 땅은 과분하기 때문에 "동아의 장자인 우리 일본 민족"(「대륙경륜의 장도, 그 역사적 의의」)이 그 주인이 되어야 한다는 채만식의 말은 조선인의 일본 국민으로의 재정립이 대동아공영권의 여타 민족을 타자화함으로써 가능하다는 것을 보여준다. 그것이 문학 속에 집약적으로 표현된 것은 '만주' 소재 문학이다.

만주에서 조선인이, 이꿔즈(一鬼子)인 일본인의 뒤를 이어 얼꿔즈(二鬼子)로 불린 데서도 알 수 있듯이, 이등국민 조선인이라는 설은 일정한 의미를 지닌다. 실질적으로 이등국민이었는지 여부보다 만주와 만주인을 야만으로 표상함으로써 스스로를 일본 국민으로 주체화한다는 점이 더욱 중요하다. 이기영의 장편소설 『대지의 아들』과 『처녀지』는 만주를 자연으로 표상하고 이에 대비되는 인공과 문명을 조선인의 생산력에서 본다. 이태준의 「농군」은 '만주인의 무지'의 맥락을 고찰하는 데 실패함으로써 '야만/문명'의 이분법으로 돌아간다. 이들 작가의 시선이 오로지 일본인의 시선과 합치되는 것은 아니지만, 만주에서 조선인이 자기주장을 하기 위해서는 일본인의 시선을 취할 수밖에 없음을 잘 보여준다.

일본 국민이 되는 것이 얼마나 지난한 일인가는 내선일체 소설에서 가장 잘 드러난다. 차이가 곧 문화창조의 동력이라는 신지방주의론을 포기한 최재서가 쓴 「민족의 결혼」은 차이의 소멸이 얼마나 어려운 일인가를 잘 보여준다. 이 소설에서는 차이를 소멸시키려는 그의 노력과, 차이를 온존하여 그것을 차별로 전환시키는 일본인에 대한 격렬한 분노가 드러나 있다. 차이 소멸의 불가능성과 차이의 차별로의 전환을 가장 극명하게 드러내고, 그에 절망한 작가는 이석훈이다. 그의 소설 「선령」에서 주인공은 내선일체의 불가능성을 인식하고 만주로 떠나는데, 이것은 작가의 실제 행적과 일치한다. 만주는 조선인과 일본인이 만주인을 타자화하여 일체가 되는 내선일체의 모범사례로 드러난다.

내선일체가 민족의 소멸이 아니라 민족성의 온존으로 표상하는 것은 김사량의 소설 「빛 속으로」와 「광명」이다. 전자에서는 내선일체의 혼종성을 혼혈을 통해, 후자는 내선일체 가정을 통해 살펴보았다. 일본 민족의 순혈주의에 저항하여 이효석이 「녹색탑」에서 제시하는 것은 혈액형(문화)의 논리이다. 민족과 민족의 결합을 남녀문제로 치환한 이효석이 다른 민족 사이에도 같은 피(혈액형)가 존재할 수 있음을 주장함으로써 민족을 가로지르는 문화의 논리를 민족결합의 원리로 제시하고 있다. 「대륙」에서 민족협화론을 확장한 동아협동체라는 이상을 토대로 피와 문화의 차이를 극복할 수 있음을 보여준 한설야는 그러한 이상의 비현실성을 깨달은 이후 「그림자」와 「피」에서는 내선일체의 불가능성을 내세우고 있다.

이처럼 내선일체를 둘러싼 민족의 문제는 작가에 따라서 다양한 스펙트럼을 보인다. 그러나 일반적으로 다른 민족을 타자화할 때 조선 민족과 일본 민족의 차이는 줄어든다. 반면 다른 민족을 개입시키지 않을 경우에는 내선일체 속에서 조선 민족의 특권성이 부각된다.

5. '국민문학'과 젠더

'국민문학'이 조선 민족의 특권성을 일본제국 속에 새겨 넣으려는 시도였다면, 여성이나 민중은 그것을 이루기 위한 동원대상에 불과했다. 민중을 소재로 한 소설에서는 노동과 일상에 대한 통제와 계몽으로 일관했고, 여성은 흔들림 없는 강한 모성으로 그려졌다.

『조광』 1943년 9월호에 실린 꽁뜨인 이석훈의 「어머니의 고백」, 정인택의 「불초자식」, 정비석의 「어머니의 말」은 모두 전쟁에 나간 아들을 가정에서 든든하게 후원하는 어머니를 그렸는데, "너희들은 머뭉거리지 말고 전쟁에 가라. 뒤는 내가 맡으마"라는 이석훈의 표현처럼 강한 어머니가 강한 군인을 만든다고 말한다. 이러한 강한 어머니로서의 여성상은 정인택의 「뒤돌아보지 않으리」에서 확대된다. 이 소설에서는 여성의 목소리는 아들에 의해 재현되는데, 거기서 작가는 어머니가 개인만을 생각하는 마음을 버리고 국가를 생각해야 한다는 말을 협박에 가깝게 내뱉는다.

아들의 죽음에도 흔들림 없는 모성을 남성작가들이 식민지 여성에게 강요했다면, 여성작가들은 제국주의담론을 받아들이면서도 거기서 제시한 모성에 의문을 제기한다. 모윤숙의 「여성도 전사다」는 여성이 안방에만 있지 말고 바깥으로 나와서 전쟁에 도움이 되는 일을 하자는 주장인데, 1920, 30년대 이상적 여성상이 '현모양처'라는 점을 생각하면, 이는 국민으로의 호출을 이용해 여성의 사회진출과 여성해방을 주장하는 목소리로도 읽을 수 있다. 그러나 전쟁을 수행하는 데 여성의 역할이 여전히 보조적이고 부차적인 것이고, 그러한 여성해방적 요소도 자발적으로 쟁취한 것이 아니라 사회적 필요에 의해 동원된 것이라면, 진정한 여성해방담론으로 보기는 힘들다고 할 수 있다. 그러나 여성작가들이 완전히 제국주의담론으로 흡수되었다고 보기도 어렵다. 그것을 잘 보여주는 것이 최정희의 소설 「야국초」이다.

이 소설에 대한 평가는 엇갈리지만, 여성이 제국주의를 자기주장의 기회로 전용했음을 보여주기에는 충분하다. 이 소설의 주인공은 승일의 아버지로 나타나는 조선 민족주의를 넘어선 권력을 제국주의에서 발견하고 그것과 결탁함으로써 여성을 억누르는 남성적 민족주의를 넘어서려고 했다. 그러나 이러한 결탁과 협력은 미묘한 흔들림을 동반한다. 아이가 죽을 수도 있는 제국주의를 선택하는 것은 강한 모성을 만들어줄 수도, 여성해방을 가져다줄 수도 있지만, 모성을 파괴할 수도 있는 독이 든 선택이기도 했다. 나에 대한 복수이자 당신에 대한 복수라는 마지막 구절은 이러한 양가감정이 개입된 표현이라고 볼 수 있다. 제국주의에 편승한 여성해방은 여성에게 가사와 남성으로부터 벗어난 길을 제시해줄 수도 있지만, 여성을 얽어매는 이데올로기로도 작용할 수 있다는 것을 최정희는 이러한 흔들림을 통해 제시한 것이다.

6. '국민문학'과 써발턴

'국민'으로 호명된 써발턴은 동원의 대상이었다. 일상과 노동, 그리고 시간의 통제를 통해 만들어내는 새로운 인간형이 '국민문학'이 지향한 '국민'이었다. 각종 생산소설, 개척소설이나 지원병소설은 이러한 인간개조를 목표로 한 것이었다. '국민문학'은 결국 남성 지식인 문학이기도 한데 그 한계를 여기에서도 찾아볼 수 있다.

그렇다면 이러한 근대 규율권력이 성공적으로 써발턴을 '국민'으로 개조해냈을까. '국민' 형성의 욕망을 드러낸 소설들과는 달리 써발턴의 자율적 질서를 보여준 소설은 최병일의 「풍경화」이다. 이 소설은 시골 사람들의 정경을 스케치 형식으로 그렸다. 여기에는 여타 '국민문학' 작품들처럼 애국반이 자세히 묘사되어 있지만, 너무나 사실적이어서 오히려 생경한 느낌을 자아낸다. 이상화된 애국반, 그러니까 반원들이 일치단결해서 총후의 직역봉공(職域奉公)을 하는 최소단위로서의 애국반의 모습은 어디에도 없다. 그 대신 시끄러운 시골장터처럼 여러 사람들의 욕망이 교차되고 섞이는 장으로서 애국반이 그려져 있다. 민중이라는 개념으로도, 국민이라는 개념으로도 묶이기 힘든 써발턴은 분명히 저항할 힘도 협력할 능력도 없다. 이 소설에서 묘사한 사람들은 다른 '국민문학'에서 묘사한, 국민으로 묶여 협력하고 동원되는 존재가 아니다. 그렇다고 민족주의 사학이나, 맑스주의 사학이 말하는 저항하는 존재도 아니다.

그들은 애국반상회가 지향하는 애국의 길로 한묶음이 되어 전진하는 것이 아니라, 애국반상회에서 제각각 말의 보따리를 풀어놓고 불평을 토로하고 안부를 묻는, 제각기 다른 방향을 지향하는 존재들이다. 그들은 애국반상회라는 형식에 묶여 있었고, 그 틀 속에서 활동했다는 점에서 분명히 협력적이다. 그러나 애국반상회에 완전히 포섭되지 않았다는 점에서 저항적이다.

식민지의 하위계급인 써발턴의 실천은 애국반이라는 구조를 모방하지만, 차이를 두어 모방함으로써 제국적 질서를 전유한다. 엄숙하고 진지해야 할 식민지 본국의 담론, 즉 국민의 각오나 황국신민 서사는 써발턴의 자율적 정치의 장에서는 이들에 의해 반복되면서 우스꽝스런 모습으로 전락하고 만다. 마치 식민지 본국의 권위의 상징인 가장 신성한 책을 원주민들이 담배 싸는 종이로 전유하듯이, 조선의 식민지 주민들도 반상회를 비롯한, 식민지 본국이 마련한 국민화 기제를 자율적 공간으로 전유하는 것이다.

이 소설에서 화자는 이들 써발턴 사이에 전혀 개입하지 않는다. 다른 작가들은 이러한 사람들의 신체를 규율하거나 계몽적인 언사를 동원해 어떤 방식으로든 국민으로 유도하려고 했을 터이나, 이 소설의 화자는 민중의 카니발적인 담론의 분출을 조용히 지켜보고 있을 따름이다.

: 윤대석 :

● 더 읽을거리

앞서 말한 대로 일제말기 문학에 대한 입장은 첨예하게 대립되어 있다. 이는 다양한 입장들이 현재적·미래적 가치와 연결되어 있기 때문이다. 각각의 입장은 모두 객관적인 연구로 포장되어 있지만, 그 객관성은 같은 신을 섬기는 사람에게만 통용되는 객관성이다. 그러나 문학과 문학사를 처음 배우는 사람은 너무 일찍 하나의 신에 빠져들어서는 안된다. 다양한 입장을 섭렵하기 위해서는 다음과 같은 책을 모조리 읽는 것이 좋다. 그리고 현재의 자신의 입장과 가치를 끊임없이 대입해보아야 한다.

임종국 『친일문학론』(평화출판사 1966)은 이 분야 연구의 고전으로 실증적 연구가 돋보인다. 1990년대까지 독재체제에 항거했던 선배들은 모두 이 책에 의지했다. 시대적 배경과 함께 이해할 필요가 있다.

김재용 『저항과 협력』(소명출판 2004)은 IMF 이후 세계자본주의체제에 전면적으로 노출된 한국사회의 응전으로 읽을 필요가 있다. 세계화 시대에 '친일'을 거론하는 것이 적절한가? 저자는 그렇다고 말한다.

김철 외 『문학속의 파시즘』(삼인 2001)은 일제말기 문학을 왜 '친일'이라는 관점에서 접근해서는 안되는가를 설득력 있게 이야기하고 있다. '친일'이 아니라 '동원'과 '관리'가 지금 한국사회에서는 가장 중요한 문제라고 주장한다.

한수영 『친일문학의 재인식』(소명출판 2005)은 '친일문학'이란 제국주의 담론으로의 흡수가 아니라 그것과의 고투임을 잘 보여주는 책이다. 제국의 전일적 지배에 우리가 저항할 수 있는 거점은 그러한 각투를 통해 마련될 것이다.

권명아『역사적 파시즘』(책세상 2005)에서 '친일'은 이데올로기가 아니라 일상이다. 거창한 이념이 아니라 일상에 주목함으로써 여성, 써발턴의 저항과 협력을 밝혀낸 책이다.

윤대석『식민지 국민문학론』(역락 2006)은, '친일문학'에서 주목할 점은 그것의 부정적 측면이 아니라 긍정적 측면이라고 주장한다. 그것이 타자의 논리였기에 탈근대적·탈민족적 논리 구성이 가능했다고 한다.

국민국가의 수립과 문학적 대응

해방 직후

1. 해방 직후의 역사적 성격: '해방'과 '분단'

1945년 8월 15일은 우리 근현대사에서 가장 뚜렷한 분기점 가운데 하나이다. 이날 정오, 일본 천황의 항복선언과 함께 일제강점의 식민지 상태에서 벗어남으로써 한반도는 새로운 민족공동체를 건설할 수 있는 절호의 기회를 맞이한다. 따라서 8·15는 일반적인 사건과 확연히 구별되는 역사의 전환점이자 새로운 출발점이다. 그런데 정작 현실은 그 중요성만큼 창조적인 역사의 물길을 생성하지 못했다. 남과 북으로 갈라져 미군과 소련군이 분할점령한 군정시대가 곧바로 찾아듦으로써 해방과 피점령이 함께하는 모순된 상황에 빠져들었다. 그리하여 또다시 비극적인 시대로 물꼬를 트고 말았으니 이른바 '분단시대'가 그것이다. 실제로 미군정하의 남쪽은 정부가 수립되는 48년

8월까지 그야말로 혼란의 연속이었다. 정부수립 후에도 반민특위 문제, 여순반란 사건, 김구의 피살 등 이데올로기의 갈등과 사회·정치적 혼란은 끊이지 않았다. 거기에 한국전쟁까지 더해져 민족사의 가장 파국적인 시대로 귀결되고 말았다. 불과 3년 만에 '대한민국'과 '조선민주주의인민공화국'으로 쪼개지고 더군다나 국제전의 성격을 겸한 내전까지 겪게 되면서, 한반도는 냉전체제의 가장 큰 희생양이 되고 말았다.

우리의 근대사가 식민지시대에 이어 곧바로 분단시대로 빠져들게 된 것은 일본의 식민통치와 미군과 소련군의 한반도 분할점령에 직접적인 원인이 있다. 그러나 우리 민족사회 전체가 당시 민족해방에 대한 객관적 이해가 투철하지 못했고, 한반도의 지정학적 위치에 대한 국제정치적 이해도 높지 못했다. 무엇보다 식민지시대에 어렵게 지탱해온 민족해방운동의 통일전선이 8·15 이후 제대로 계승되지 못한 채 분열로 치달아 결국 '한밤중에 도적같이' 찾아온 해방의 주체가 되지 못하고 단순히 대상이 되거나 들러리에 머물고 만 데 역사적 한계와 비극이 있다.

해방 직후라는 역사적 국면은 이처럼 일제치하의 오랜 질곡과 탄압에서 벗어나 모든 것을 새롭게 형성할 수 있으리라는 기대치가 높은 열린 공간으로 출발했으면서도 사실상 자유와 평화를 누리기 어려운 닫힌 공간으로 고착화되는 과정이었다. 미군과 소련군이 해방군에서 점령군으로 바뀌듯, 해방에서 남북 분단으로 반전하는 역사 속에서 일어난 혼란과 갈등이 연속된 시기였다. 모든 것이 극과 극의 대립으로 귀결되는 이분법의 세계인지라 그 양상은 남과 북이나 좌와 우 등으로 너무나 쉽사리 나눌 수 있지만, 시작과 결말, 지향과 도달점이 완전히 달라진 탓에 가치의 저울추는 늘 흔들릴 수밖에 없었다.

따라서 이 시기는 아주 단순하게 정리되는 듯하지만 의외로 복잡하고, 아주 분명한 흐름을 보이는 듯하지만 매우 갈등적인 국면이다. 이러한 특징은 문학에도 자연스럽게 투영될 수밖에 없으니, 오히려 우리가 눈여겨볼 것은 단순함 속의 복잡성, 분명함 속의 갈등적 양상이다. 그러므로 복잡한 듯 보이는 혼란 속에서 급격히 고착화되는 단순한 성격, 매우 갈등적인 대립 속에서 선명하게 결정화되는 역사의 성격을 역동적으로 포착하는 일만큼이나, 매우 단순하게 결정되고 분명하게 현실화된 결과 속에 감춰진 복잡한 면모와 갈등상을 생생하게 이해하는 쌍방적 투사가 필요하다.

실제로 이 시대를 둘러싸고 주요하게 이야기되어온 몇가지 사실만으로도 대단히 혼란스럽다. 단순하게 규정하거나 쉬 정리할 수 없는 면모들이 도처에 나타나는데, 이 시대를 지칭하는 용어의 문제만 놓고 보아도 그 혼란상을 짐작할 수 있다. 이 시기는 관점과 시대범위에 따라 '해방 직후' '해방공간' '해방정국' '해방기' '미소군정기' '8·15 직후' '해방 3년' '해방 8년' 등 다양하게 불린다. 일차적으로 1945년 8월 15일부터 1948년 남·북한 정권의 성립까지 3년간을 문제 삼지만, 거기에 더해 1950년부터 1953년까지 한국전쟁 시기를 포함한 8년간을 하나로 묶기도 한다. 남·북한정권의 성립으로 만들어진 일차적인 분단상황이 한국전쟁으로 완전히 고착된 것으로 보기 때문이다.

거기에 '해방'이란 용어와 '미소군정'이란 용어가 대척점을 이루고, 그 사이에 '8·15'란 숫자 용어가 자리잡는다. 일제 식민지상태에서 벗어난 새로운 시대의 출현에 중점을 두는 관점에서 해방과 함께 곧바로 수립된 미군정을 실질적인 권력체로 설정하는 관점에 이르기까지 다양한 시선이 혼재한다.

그런데 이런 용어들 속에서 가장 문학적인 개념으로 자연스럽게 받아들여진 것이 '해방공간'이다. 이는 통상 일본통치의 공식적인 종결(1945)과 분단국가 성립(1948) 사이의 3년간을 지칭하는데, 미군과 소련군이 각기 남북을 점령하여 냉전세계질서로 편입시키는 본격적인 분단체제의 형성 이전에 주어져 있던 해방의 '가능성'과, 아울러 급속히 양극화되는 냉전질서의 강제 속에서 겪게 되는 역사적 국면의 혼돈을 환기시켜주는 은유적 용어이다.

또한 당연히(그러나 역사적 결과를 넘어서) 남북 전체를 아우르는 한반도적 시각이 당연하고도 필요한데, 그럼에도 불구하고 실제로는 남북으로 쪼개지면서 각기 상대 지역을 배제하고 자기 지역 중심의 문학사로 서술해나간 경우가 대부분이었다. 부분적으로 남북을 가능한한 하나로 통합하여 다루려는 노력은 있었으나 그 경우에도 당위의 차원이지 실제에 있어서는 다른 한쪽을 온전히 알 수 없는 반쪽 문학사로 이미 서술되어왔다. 남북한을 다같이 문제삼고 싶어도 그렇게 할 수 없는 현실적 조건과 제약이 이미 해방 직후부터 만들어졌던 것이다. 해방 직후의 문학부터 벌써 '삼팔선'의 문학이었다. 이전 시대와 대비하여 제아무리 새로움을 이야기하더라도 반쪽으로 토막난 채 새롭게 형성되는 문학적 사태는 결코 은폐될 수 없다. 설혹 1945년 8월 15일을 기점으로 어느 시기까지는 한반도 전체를 부분적으로 이야기할 수 있다손 치더라도 '삼팔선'은 이미 이 시기를 가늠하는 결정적 표지이다.

우리는 분명 '해방'이나 '광복' 등을 내세워 이 시기를 우선적으로 표현한다. 그러나 이전 시대와 견줘서 그렇다는 것이지 정작 그 시대 속으로 파고들면 문제는 전혀 달라진다. 1945년부터 남북 양쪽에 각기 정부가 수립되는 1948년까지를 문제삼든, 아니면 한국전쟁이 발발하고 휴전이 이루어지던 1953년까지를 문제삼든 분단의 형성과 고착화가 결과적으로 이 시대의 주요 흐름을 이루고 말았다. 더군다나 남한만의 독자적인 흐름은 전쟁으로 더욱 공고해진 분단 이데올로기를 등에 업고 더욱 강화되었다.

그러므로 일반적인 문학사의 시대적 성격으로 보자면 해방 직후의 시기는 그 자체로 어떤 완결적이고 독자적인 성격을 갖지 못한 미정형의 과도적 양상에 가깝다. 일제강점기에서 분단시대로 넘어가는 과도기적 국면에 놓임으로써 이 시기의 본질은 결국 결과적 사실보다는 모색된 여러 과정 속에서 찾을 수 있다고 해야 할 것이다. 이 시기가 내포하는 역사적 위상과 그 중요성은 이후에 지속적으로 이루어진 문학적 관심과 탐구의 과정이 잘 말해준다. 이 시기는 오랫동안 문학사의 실종시대라 불릴 만큼 남한 중심의 분단국가적 틀과 반공주의적 시각에 의해 강제적으로 배제되거나 왜곡되었다. 그런데도 정작 한국의 현대문학, 특히 소설이 이루어낸 최대의 성과 상당수가 바로 해방 직후를 배경으로 이루어진 이른바 '분단문학' 혹은 '분단극복문학'이다. 행방불명된 현대사의 '아비'와도 같은 존재가 바로 해방 직후이다. 그리하여 이 시대는 후대의 자식들이 힘들게 뿌리를 찾아나서야 했던, 당대보다는 후대에 완성될 수밖에 없는 불운한 시대인 것이다.

2. 정치의 시대와 문학의 정치화 : '조직'과 '운동'

우리의 근대가 국권 상실과 맞물려 진행된 특수한 성격 때문인지 문학에서도 정치적 성격과 계몽적 속성은 유난했다. 35년간의 식민지 체험 이후 갑작스레 찾아온 해방 직후는 새로운 나라를 만드는 일에 민족 전체의 에너지가 집중되면서 문학과 정치의 거리가 극단적으로 좁혀지고 문학의 계몽성 역시 최고도로 발휘될 수밖에 없는 상황이었다. 해방 직후는 뭐라 해도 '정치의 시대'였으며, 이 시기 한국 문학의 가장 큰 특징 역시 '문학의 정치화'였다.

어떤 체제와 이념을 선택할 것이냐가 곧 문학적 실천과 동일시될 정도였으니 이러한 특징은 자연스럽게 조직 및 단체 활동으로 표출되었다. "좌우를 막론하고 문인은 붓을 던지고 칼을 든 것은 아니나 문학을 정치 궤도에 올려놓고 붓 대신에 '핸들'을 붙잡은 듯이 보인다"라는 염상섭의 말처럼 문인들 대부분이 이런저런 문학단체들에 가입하고, 또 직접 자신의 문학적 이념을 정치와 관련시켜 주장하거나 또 특정한 상대를 그런 맥락에서 비판한 것도 이 시기의 특수한 정치적 상황 및 문인들의 분위기와 떼어놓고 해석하기 어렵다. 따라서 이 시기 문학계의 실제적 흐름과 구조적 성격을 잘 보여주는 문학사적 표지가 조직의 활동상이며, 거기서 문학의 정치성은 가장 뚜렷하고 즉각적인 형식을 취한다. 물론 그 가운데에서 좌파 계열이 문학을 정치적 실천의 강력한 일부로 간주한 만큼 이들의 문학에서 정치적 성격은 한결 뚜렷하다. 그렇지만 문학과 정치의 분리를 강력하게 주장하는 듯한 우익 계열에서도 쉽사리 드러날 정도로 '문학의 정치화'는 해방 직후 문학의 일반적인 특성이다. 가령 우익 쪽에서는 박종화 등을 내세워 '중앙문화협의회'(이하 '중문협')라는 단체를 만들어서 이승만의 대외적인 선전기관 역할을 하면서 독립 촉성에 앞장섰고, 좌익 쪽에서는 임화 등이 주도한 '조선문학가동맹'(이하 '문학가동맹')이 남로당이나 민주주의민족전선 등과 밀접한 관계를 맺고 신탁통치 반대운동에 적극 나섰다. 한마디로 좌우 이념의 대립과 싸움이 갈수록 격화되면서 모든 국면이 집단적 양상으로 분열되었다.

물론 해방 직후의 문학사를 무조건 좌우대립의 양단적 측면에서만 조망하는 시각은 문제가 많다. 남쪽만 보더라도 1945년의 문단 상황은 좌익 성향이 짙었다고는 하나 실상 임화·김남천·이태준·김기림 등이 주도하여 만든 '조선문학건설본부'(이하 '문건')와 이기영·한설야·한효 등 과거 카프(KAPF)계 일부가 별도로 조직한 '조선프롤레타리아문학동맹'(이하 '프로문맹')의 대립이 있었고, 거기에 또 김광섭·김진섭 등이 '문건'에서 이탈하여 만든 우익 계열의 문학단체인 '중문협'이 가세하였다. 1946년 '문건'과 '프로문맹'이 전국문학자대회를 거쳐 '문학가동맹'으로 통합된 이후에도 좌익 계열의 문단은 실질적으로 재북파 문인과 월북파 문인의 대립적 양상으로 전개되었고, 이후 우익 계열도 '전조선문필가협회'(이하 '전문협')와 '조선청년문학가협회'(이하 '청문협')의 신구 세력 사이에 대립이 일어나는 등 당시의 문단을 단순히 좌우대립의 도식만으로 파악할 수는 없다.

문제는 그런 다양성이 조화로운 공존을 향하거나 합치를 통한 통합의 길로 나가기보다는 '분단'이 한마디로 환기하듯 결과적으로 극단적인 대결과 배척을 통해 아주 단순화되어버렸다는 점이다. 문학이론이나 문단적 대립이 자체 내의 갈등을 거쳐 화합으로 승화되지 못하고 정치적 변화에 편승하여 쉽게 무마되거나 아예 배제되는 결과를 초래하였다. 양자 모두가 '민족문학의 건설'이라는 명분을 내걸었지만 정치적으로 서로 대립되는 방향으로 결국 등을 돌리고 말았다.

그러므로 좌우를 논할 때에도 내세운 정치성이 각기 무엇이며 또 문학작품으로서 혹은 조직운동으로서 어떻게 정치성·이념성을 소화하고 실천했느냐를 구체적으로 문제삼아야 한다. 가령 좌익과 우익 간의 조직적 움직임은 정치성의 성격부터 달랐다. 임화, 김남천 등과 이태준, 김기림 등 범좌익 계열의 문인들이 해방이 되자마자 재빨리 조직화에 나서 단체를 결성하고 활발한 문학논의를 통해 자신들의 정치적·문학적 입지를 넓혀나간 데 반해, 나중에 우익 계열이라고 불리는 문인들은 해방 직후엔 때로는 좌익 계열의 주장에 동조하기도 하고, 또 그들이 조직한 단체에 참여하기도 하는 등 일정한 방향성을 설정하지 못했다. 물론 박종화, 변영로 등이 뒤늦게 좌익 측의 조직화를 좌시할 수만은 없다는 이유로 '중문협'을 결성하기는 하였으나 특별한 문학적 담론도 내지 못한 채 좌익 측에 맞선다는 형식적 역할을 수행했을 따름이다. 그러나 곧 이어진 신탁통치 국면에서 문단도 정치적 대립에 편승하여 급격하게 대립한다. 좌익 측의 전조선문학자대회에 자극받아 우익은 '전문협' 결성대회를 갖고 곧이어 '청문협'이 결성되어 좌익 측과의 투쟁에 앞장선다. 우익 측의 문단이 표면상 내세운 명분은 '순수'였지만, 그것은 대(對)좌익투쟁을 위한 이데올로기의 역할을 적극적으로 호명하는 상징적 기호였다.

그래서 해방 직후 시기에 관건이 되고 논란의 중심이 되는 조직은 '문건'과 '문학가동맹'이다. 특히 '문건'은 해방 다음날인 8월 16일에 결성되어 가장 빨리 조직된 단체, 동시에 가장 광범위한 인사들이 참여한 통일전선적인 단체, 또한 무엇보다 이 시기 문학과 관련한 주요 쟁점을 선도한 단체이다. 그 가운데서도 그들이 내건 방침이 주목된다.

1) 일제 잔재 소탕
2) 문화에 있어서 철저한 인민적 기초를 완성키 위해 봉건적 문화 잔재, 특권계급적 문화 요소와 잔재, 반민주주의적 지방주의 문화 요소와 잔재를 청산
3) 세계문화의 일환인 민족문화 건설
4) 문화전선에 있어서의 인민적 협동의 완성을 기하여 강력한 문화의 통일전선을 조직

한마디로 누구나 받아들일 만한 내용들로, 그러한 조직적 성격이 가장 광범위한 인사들을 참여케 한 원동력이었다. 그래서 결성 초기에 카프맹원 출신인 임화·김남천·이원조·이기영·한설야는 물론, 카프와 대립하던 구인회 출신인 이태준·박태원·정지용·김기림, 해외문학파 출신인 김광섭·김진섭·이양하 등에 이르기까지 온갖 부류의 인물들이 '문건'에 가담하게 된다.

그런데 이 단체에 도전하는 세력이 곧바로 등장하는데, 그것은 해방정국의 이데올로기적 추이와 맞물려 매우 현실적인 양상으로 나타났다. 하나는 '프롤레타리아문학동맹'의 출현이고, 또 하나는 민족주의문학 진영의 등장이 그것이다. 이런 모습은 좌우합작의 통일전선체가 다시 좌우로 깨져나가는 퇴행적인 것으로 비치기도 한다. 이런

분열과 통합은 이전 식민지시대의 경험이 연장되는 측면이면서 또 남북분단의 이원화로 연결되는 구조이므로 그 실체에 대한 해명은 매우 시사적인 과정일 수 있다.

그래서 문학의 정치주의화는 마땅히 경계되어야 하지만, 바람직한 문학의 정치성까지 좌우 이분법에 직결시켜서 보면 여러 문학적 실천의 가능성을 민족현실의 올바른 이해와 제대로 결부시키는 일에서 멀어지고 만다. 그런 점에서 이태준이나 안회남, 김기림, 오장환 같은 작가들이 이전 시기와 달리 해방 직후에 새로운 문학적 변신을 시도하며 작품과 비평적 실천을 수행한 일은 이 시기의 매우 중요한 문학사적 사건 가운데 하나이다.

또 현실적으로 좌우의 대립구도를 배제할 수는 없을지라도, 아니 오히려 대립구도를 더 심층적으로 파고들어가면 좌우파 내부에서도 각기 다른 인식들이 충돌할 수 있으며, 이것은 또다른 차원에서는 좌우파 간에도 대립만이 아니라 공통분모도 찾을 수 있다는 것을 뜻한다. 가령 김기림이 해방기 시의 특징으로 말한 '공동체의 발견'도 좌우를 포괄할 수 있는 하나의 사례일 것이다. 그렇듯 단선적 대립구도를 넘어설 때 좌우의 분열과 통합상은 완료된 역사의 단순한 사후정리나 정치의 추수주의가 아닌, 완료되지 않은 현실의 전사(前史)로서 무엇보다 독특한 문학적인 위상을 갖게 될 것이다.

실제로 염상섭이나 채만식 같은 세칭 중간파 작가들이 좌나 우로 손쉽게 범주화되는 작가들보다 훨씬 더 섬세하게 당대 현실의 본질적인 측면과 마주하고 있다. 가령 이 시기에 자기비판 소설과 현실비판 소설들을 주로 쓴 채만식을 보라. 해방기의 현실 속에서 자기비판과 현실비판이라는 양날의 칼이야말로 해방 직후 문학인들에게 부과되었던 가장 핵심적인 과제였다.

　사실 중간파란 어떤 정치적 이데올로기를 직접 배경으로 한 것이 아닌 만큼 확실한 노선이나 조직 등이 없다. 그럼에도 그들의 작품이 문학사에서 높이 평가되는 것은 비록 당대 문단에서는 확고한 제자리를 갖지 못하고 변방에 있었다 하더라도 당대 현실을 누구보다 올바로 파악하고, 한반도의 불행한 운명을 아프게 전망하고 문제삼았기 때문이다. 또한 좌파 내에서 보더라도 남과 북의 차원에서 이태준의「해방전후」가 보여주는 개별성의 중시와 이념의 유연성, 상대적으로 이기영의『땅』이 보여주는 이념의 경직화와 형상의 도식화는 남과 북의 문예관의 특성으로 확대할 수 있는 성질의 것이기도 하다.

　이러한 맥락에서, 좌우 양단적 시각을 견지한 입장을 보면 시간이 흐를수록 그 부정적인 면모가 더욱 도드라진다. 이 시대를 관류한 지도적 용어들, 이를테면 '민족문학'이나 '순수문학'이란 말도 지극히 이데올로기적인 것이 되어 이론 내부의 창조적 논리화를 위한 개념으로 심화되기보다는 단순한 정치적 용어로 수사화되는 경향이 많았다. 문학이념상의 논쟁이 전체적으로 추상화되거나 지지부진하다가 결말 없이 소멸되고 만 것도 그때문이었다. 1947년 이래의 '순수문학 논쟁' 역시 김동석 등이 순수문학을 비판하자 여기에 맞서 김동리의 반박이 이어지고 뒤이어 김병규 등이 가세하여 김동리를 비판하는데, 서로의 입장을 되풀이만 할 뿐 구체적인 접점을 만들어내지 못했다. 문학적 논의로 심화되지 못하고 정치적 공방 수준으로 논쟁이 이어지면서 자연 민족현실과 거리가 먼 추상적 논의로 빠지고 말았던 것이다.

3. 민족문학론의 의의와 한계: '민족'과 '문학'

해방 직후는 모든 것이 민족의 이름으로 또한 그것을 명분으로 말하고 인식하고 느껴야 하는 시대였다. 따라서 모든 문인, 모든 문학단체가 '민족문학의 건설'이라는 간판을 매달았고, 또 그 깃발 아래 모여들었다. 그만큼 이 시기 문학에서 가장 중요한 문제는 '민족문학'이었다. 누구나 다 '민족'을 관형어로 앞세워 문학을 이야기했다. 무엇보다 식민지시대가 극적으로 마감되면서 마주한 역사적 국면이 그것을 구심으로 하여 움직여질 수밖에 없었기 때문이다. 최우선으로 국가를 만드는 일에 모든 역량을 집중할 수밖에 없는 터라 그와의 관련 속에서 사회 전 분야도 그곳에 중심축을 두고 각기 이론체계와 활동방식을 만들지 않을 수 없었다.

당시의 상황에 발맞추어 이 시기 문학운동은 강한 정치지향성을 드러냈지만, 결코 단순한 정치의 보조자 역할에만 머무르지 않았다. 정치와 문학의 긴장관계 속에서, 그동안 일제 식민지 지배로 인하여 올곧은 발전을 저지당해온 우리 문학을 제 궤도에 올리기 위해 전력을 기울였다. 문학 이론·비평의 차원에서 그 노력이 결정화된 것이 바로 민족문학론이다.

실제로 해방 직후 우리 문학의 흐름은 조직적 입장에 따라 몇갈래로 정리할 수 있다. 당시의 주요 문학단체들은 정치적 상황과 문학전통 그리고 민족문학론 자체에 대해서 서로 입장과 이념을 달리하였다. '문학가동맹'과 '북조선문학예술총동맹'(이하 '북예총')이 남북을 대표하는 좌익계로, 두 단체는 모두 자주적이고 진보적인 민주주의국가 건설을 강조하였다. 그러나 문화운동과 통일전선의 노선을 민주주의 민족문학으로 할 것이냐('문학가동맹'), 프롤레타리아문학으로 할 것이냐('북예총')로 대립하였으며, 과거의 카프문학운동에 대해 해소파적 태도를 취하느냐('문학가동맹'), 아니면 비해소파적 태도를 취하느냐('북예총')로 또 갈라진다. 우익계로는 남쪽의 '전문협'과 '청문협'이 대표적인데, 양자는 모두 좌익계 문학이 정치에 예속되었다고 비판하였고, 좌익계처럼 명확한 노선의 차이를 보이지는 않았다. 다만 세대론적 활동에 기반하여 좌익에 대한 비판의 정도 등 이념적·실천적 강도에서 차이가 났다.

이런 점에서도, 이 시기의 가장 새로운 문학적 모색은 실천적인 반성을 통해 30년대 중후반부터 싹터 나온 여러 이론적인 모색이 바탕이 되어서 해방 직후에 제출된 민족문학론이 아닐 수 없다. 그 가운데에서 30년대 중반부터 근대적인 민족문학의 수립이라는 과제의 중요성을 내놓은 임화의 활약은 단연 돋보였다. 물론 민족문학론은 해방과 함께 즉각적으로 제기된 것은 아니고 몇달간의 혼란스런 과정을 거친 다음에 나온바, 무엇보다 많은 사람을 포용할 수 있는 우리 문학의 과제를 객관적으로 제출해 실질적으로 다수 문학인들을 결집시킨 문학단체를 건설해냈다. 그런 점에서 '문건'의 결성과, '문건'에서 '문학가동맹'으로 나아가는 과정은 우리 문학사에서는 가장 아름다운 장면의 하나다. 우리 사회의 현실적 과제가 부르주아민주주의혁명이라는 것, 그것을 위해서 구체적으로 친일잔재와 봉건잔재 그리고 새로 대두하는 외래자본주의 세력, 국수주의 파시즘 세력 등과의 투쟁을 통해서 새로운 민주주의국가를 건설하는 데 문학 역시 함께해야 한다는 이념의 객관화에 민족문학론의 가장 큰 의의가 있다.

　해방 직후의 문학은 과연 그 이전의 문학과 어떤 관계를 맺는가. 식민지시대의 무엇을 계승하여 새로운 상을 만들어갔으며, 또한 무엇이 다음 시대로 이어지는 역사적 계기가 되는가. 이렇게 역사적 맥락에서 문제를 파악할수록 해방 직후의 민족문학론의 위상은 더욱 도드라진다. 또한 그럴 때 이 시기 '민족문학'은 단순한 당대의 정치적 전술 개념이 아니라 식민지시대의 경험을 이어받으면서 새롭게 형성되는 개념으로, 나아가 70년대 이후 민족문학운동과도 큰 맥으로 이어지는 역사적 그물망으로 범주화할 필요성이 생겨난다. 말하자면 20년대의 프로문학과 민족주의문학, 30년대의 경향문학과 모더니즘문학과의 대결과 논쟁 속에서 틔워낸 소중한 역사의 싹이 해방 직후의 '민족문학'에 뿌리내리고 있는 것이다.

　실제로 '문학가동맹'은 '해방된 조선민족이 건설할 문학'으로 계급문학이 아니라 근대적인 의미를 가진 반제반봉건의 민족문학임을 내걸었다. 또 민족보다 프롤레타리아 헤게모니를 중시하는 '북예총'과는 달리, '문학가동맹'은 친일파와 매판적 부르주아를 제외한 노동자·농민·소부르주아의 광범한 연대를 기반으로 한 인민전선과 당대 현실에서 출발하여 이데올로기보다 문학적 과제를 우선시하는 현실주의적 원칙을 강조하였다. 무엇보다 노동자계급의 헤게모니가 문예통일전선의 전제조건이 되어서는 안되며, 계급적 헤게모니는 통일전선 건설과정에서 강화해나가야 할 과제로 파악한 임화의 견해가 주목된다. 국수적 민족주의문학과 계급적 민족문학을 내건 좌우, 남북의 주도적 경향에 맞서 제출한 민족성·인민성·당파성의 미적 이념과 '인민＝민족＝국가'의 정치적 이념은 이후 민족문학론의 가장 중요한 이론적 뼈대이자 논쟁적 저울추가 된다.

물론 민족문학론이 내부적으로 올곧게 전개된 것만은 아니다. 무엇보다 중국의 경험이 우리 문학인들에게 중요한 참고가 되었음은 연안에서 활동하다 온 김태준의 역할과 활동에서 쉬 짐작할 수 있다. 그리고 이후 북한의 문예정책이 소련화하면서 더욱 경직되었다는 점에서, 이 시기 문학론이 안이한 세계인식과 추수주의에 빠져들면서 비정상적인 궤도로 이끌어져갔음도 간과할 수는 없다. 한편으로는 소련 중심의 당대 사회주의 진영과의 연대에, 그리고 다른 한편 그것과 자본주의 진영 간의 대립을 통한 사회주의 진영의 확산과 이를 통한 세계혁명이란 구도에서 우리 역시 크게 벗어나지 않았다. 민족문학론의 내용도 결국 국제적 흐름과 정치적 노선의 선명성으로 치달으면서 계급담론으로 귀결되고 말았던 것이다. 말하자면 민족문학의 흐름 역시 남과 북, 좌와 우의 분단이 더욱 심화되면서 다시 정치주의화의 길로 빠져들고 동시에 소멸의 길로 접어들고 말았던 것이다.

'월남 작가'나 '월북 작가'라는 용어가 말해주듯 이 시기 문학인들도 자신의 처지나 신념, 이념에 따라 차츰 남으로 북으로 이동하기 시작하였다. 월남·월북 문인이라는 독특한 범주의 문인들은 그 자체로 남북 문단의 분단 상황을 대표하는 상징적인 부류가 되었다. 1946년에 들어서 남쪽에 '문학가동맹' 등이 만들어지자 북한에도 '북예총'이 만들어지는 등 문단 또한 남북으로 쪼개졌다. 이기영, 한설야 등이 초기부터 평양을 중심으로만 활동한 것이나 비교적 일찍 월북한 한효 등의 경우처럼 좌파 계열 내에서도 그런 경향이 나타났다. '북예총'의 경우도 곧바로 평양중심주의를 강하게 내세우면서 서울

중심주의, 곧 남로당 계열의 '문학가동맹'을 견제했으며, 47년에 접어들면서부터는 훨씬 더 경직된 이념을 내세우며 작가들을 조직적으로 동원하기 시작하고, 거기에 포섭되지 않은 문인들은 철저히 배제했다.

남쪽의 '문학가동맹'은 46년에 접어들자마자 이적단체, 비합법단체로 간주되어 쫓기게 되면서 핵심구성원의 상당수가 월북하게 된다. 냉혹한 반공주의가 전방위적 지배력을 행사하기 시작한 가운데 '청문협'을 중심으로 한 우익 '문협 정통파'에 의해 적극적인 통합과 배제작업이 노골화되기 시작했다. 결국 남북 양쪽의 정치체제에 부합되는 작가들만이 살아남는 획일적 상황이 만들어져, 이데올로기적으로 중립적이거나 혹은 양쪽 체제에 대해 비판적인 경향은 발붙일 수 없게 되었다. 가령 염상섭을 비롯한 중간파 작가들은 미소공동위원회와 좌우합작 노선에 큰 기대를 가지면서 남북한의 분단을 막아보려고 노력했지만, 갈수록 노골화되는 냉전체제 하에서 아무런 생산적 결과를 낳지 못하였다. 실제로 48년 정부수립 이후에는 잔존한 '문학가동맹'과 그외의 중간파 문인들은 아예 설자리가 없어져 결국 국민보도연맹에 강제로 가입할 수밖에 없는 처지가 되었다. 이러한 상황 속에서 민족문학론 역시 미래를 선도하는 깃발로서의 자격을 잃고 일종의 역사적 미아가 되고 말았던 것이다.

이런 인적 차원의 이동부터가 사실은 분단문학의 실질적인 물적 토대를 이룬다. 초기에는 좌우 양자 간에 어느정도 소통이 이루어지다가, 점점 남과 북 양쪽 체제에 영합하지 않는 문인들이 설 자리가 없어지는 과정은 해방 직후부터 한국전쟁이 끝나기까지 계속 이어졌고, 갈수록 가속화되었다. 그러므로 이 시기의 역사적 흐름은 분단으로 자연스럽게 수렴된 것이 아니라, 남북 양 진영이 철저한 통합과 배제 정책을 펼침으로써 역량이 대거 손실되고, 양쪽 모두 자파 권력에 밀착된 세력만이 할거하는 최악의 분단으로 귀결된 것이다. 다른 시기에 비해 남한의 50년대 문학이 보여주는 상대적 빈약함이나, 북한에서 한국전쟁 이후 수많은 숙청과 함께 곧바로 주체문학으로의 일방적 변질이 시작되는 것 등이 이를 잘 말해준다.

4. 해방 직후의 창작성과와 성격: '시'와 '단편소설'

'해방' 혹은 '광복'이란 말이 환기하듯 해방 직후는 그동안 억압받아온 모국어를 자유롭게 사용할 수 있는 등 모든 면에서 당연히 문예부흥이라 할 만한 상황을 연상케 한다. 더구나 아무런 제한 없이 자기 언어로 자기 민족의 현실과 삶을 형상화하는 것이 근대적 민족문학의 최소 필요조건이라면, 1945년 8월 15일이야말로 비로소 문학이 온전히 '민족적'이 될 가능성을 확보한 결정적인 역사적 전환점이다.

그러므로 작고한 문인들의 시집이 활발히 간행되고, 그동안 묵혀두었던 모국어 서적들이 간행의 홍수를 맞이하게 된 것도 당연하다. 무엇보다 1944년 뻬이징 감옥에서 옥사한 이육사의 유고시집 『육사시집』과 1945년 일본 감옥에서 옥사한 윤동주의 유고시집 『하늘과 바람과 별과 시』가 주목된다. 그리고 '청록파'라는 이름을 탄생시킨, 박목월·조지훈·박두진의 합동시집 『청록집』이 간행된 것도 이 시기 시문학의 한 성과다. 또한 우리 민족의 전통적 정서를 계승하고자 한

이병기의 『가람시조집』, 김상옥의 『초적』, 정인보의 『담원시조』, 조운의 『조운시조집』 등이 대거 간행된 것이나, 『해방기념시집』 『3·1 기념시집』 『햇불』 『년간조선시집』 등 앤솔로지 형태의 기념시집이 많이 발간된 것도 이 시기의 특징적 현상이다.

그런데 반전되는 현실상황의 혼란상만큼이나 이 시기의 창작 역시 상당히 복잡한 면모를 보여준다. 해방 직후 문학의 필연적인, 그러나 과도한 '정치화' 현상은 이 시기 창작 방면에 대체로 부정적인 영향을 주었다. 정치가 문학을 압도함으로써 정치적 과제가 문학적 의제 설정에 영향을 미쳐 창조적 상상력이 상대적으로 크게 위축되었다. 또한 해방공간에서 잇달아 겪게 되는 어이없는 사건들로 창작활동이 크게 제한받는 사태가 전개되기도 했다. 그 대표적인 예가 남녘에서 벌어진 전위파 시인 유진오의 필화사건과 사형 구형, 그리고 북녘에서 일어난 대규모 필화사건인 '응향사건' 등이다.

창작의 견지에서 8·15 직후의 가장 큰 성과를 든다면 앞서 보았듯이 민족문학론 수립을 둘러싸고 활기찬 논쟁이 벌어졌던 비평 분야, 그 다음으로 시 분야를 꼽을 수 있다. 현실에 민감하게 대응하여 자기 입장과 감정을 즉각적으로 표출하기 쉬운 비평과 시 장르가 소설 장르보다 해방의 감격과 흥분, 자주독립국가 건설의 도정을 표현하는 데 아무래도 유리하기 때문일 것이다. 이 점은 격동기마다 나타나는 우리 문학사의 특징이기도 하다.

해방 직후의 경우에는 카프의 전통을 이어받은 중견시인들과 새로 변혁운동에 뛰어든 신진시인들의 활동이 두드러졌다. 그 가운데에서도 해방을 맞이한 격정을 찬가풍(讚歌風)의 어조로 표현한 '서술적 선동시' 혹은 '행사(기념)시'가 가장 대표적인 양식이었다. 임화, 박세영, 권환 등이 이 방면에서 주도적으로 활동했다. 거기에 『전위시인집』을 간행하여 '전위파'라 불리는 유진오, 박산운, 김광현, 이병철, 김상훈 등의 신진시인들의 활약이 두드러졌다. 소설계의 이태준과 유사하게 시 분야에서 새로운 변신을 보인 오장환의 「병든 서울」도 주목되는 작품이다. 우리 시의 주류가 대개 개인의 내면적 서정을 노래한 데에 비추어 해방 직후의 시들은 대체로 외적 현실과 매개된 이념을 강렬하게 표출하였다. 물론 이들 시인들의 작품은 대부분 추상적 구호, 관념적 상투어의 나열, 시 형태의 미숙성이란 약점을 지닌다. 그래서 우리 시사에서 생경한 구호시·선전선동시로 평가절하되기도 했다. 그러나 한편으로 정치시·행사시 계열은 특별한 시대의 특별한 시양식으로 이 시대의 성격을 잘 말해주는 것이기도 하다. 또한 그런 성취가 유진오의 「순이」와 이병철의 단시 같은 정제된 서정시의 성취, 김상훈이 보여준 가족관계의 인륜 속에서 갈등하는 내면적 심리묘사와 함께 산출되었다는 점을 놓쳐서는 안될 것이다.

상대적으로 불리했던 소설 분야에서의 성취로는 염상섭과 채만식의 작품을 들 수 있다. 중도적 시각에서 이 시기의 현실을 형상화한 염상섭의 「양과자갑」이나 채만식의 「미스터방」「논이야기」 같은 작품은 이 시기의 대표작이다. 또한 이태준의 「해방전후」, 이선희의 「창」, 지하련의 「도정」, 김학철의 「균열」 등과 황순원의 「목넘이마을의 개」, 김동리의 「역마」「혈거부족」, 최인욱의 「개나리」 등은 각기 좌우 진영을 대표하는 나름의 성취작들이다. 그외에도 이근영, 김영석 그리고 허준같이 1930년대 후반에 등장하여 해방 직후에 활발히 작품을 발표했던 젊은 소설가들의 작품도 주목된다.

그런데 이 시기의 소설에 당대 현실에 대한 반영이 두드러지기는 하지만, 그럼에도 당시 사회에 대한 총체적인 형상화 수준까지는 미치지 못했다. 어느정도 현실에 대해 비판적인 거리를 확보할 수 있을 때 비로소 올바른 소설적 형상화가 가능하다는 사실을 이 시대 역시 보여주고 있는 셈이다. 당대 현실을 단편적으로밖에 담아낼 수 없었던 것은 한편으로 이 시대의 한 특징이다.

　당대에 발표된 소설 작품의 주요 경향은 귀환동포 등 유랑하는 민중의 삶에 대한 형상화, 그리고 토지개혁을 둘러싼 농민문제의 소설화, 그리고 작가들 자신과 직접 결부된 지식인의 자기 비판과 고백 등을 들 수 있다.

　해방 직후 귀국한 동포들의 숫자가 무려 300여만 명에 이른다는 통계가 있을 정도로 이 시기는 우리 역사상 유례가 없는 민족대이동과 재편성의 시기이기도 했다. 귀환동포들의 삶에 대한 형상화가 해방 직후 소설에서 가장 많이 보게 되는 모티프 가운데 하나인 것은 이 때문이다. 또한 '농민문학'은 우리 문학에서 매우 특별한 위치에 있다. 외형상 소재의 범위로만 한정할 수 없는 매우 복잡한 사회적 성격이 담겨 있다. 민족 성원의 대다수가 농민이고 산업의 근간을 이루는 것 역시 여전히 농업이라는 점도 있지만, 지금까지 우리 민족의 생활방식의 뿌리에 해당하는 것이 농경사회이기 때문이다. 따라서 근대문학이 시작된 이후 농민소설은 일련의 소설유형 가운데 항상 최다의 소재이자 또 최고의 작품을 산출하는 테마로 전통화되었다. 그런데 해방 직후의 토지개혁 문제는 남과 북을 막론하고 새로이 구성될 사회, 국가의 체제와 연결되면서 민족의 생활양식 자체를 새롭게 재편하는 데 가장 본질적인 사안이었다.

아울러 해방 이후 우리 민족에게 부과되었던 과제 중 가장 시급하고도 본질적인 문제의 하나가 민족반역자 및 친일분자들을 색출, 처벌하는 일이었다. 그러나 이 과제는 끝내 실현되지 못했다. 이러한 사회적 정황은 일찍이 문단 안에서도 자연스럽게 제기되어 해방 직후부터 문인들의 작가적 양심의 복원 문제가 문단의 중요과제로 부각되었다. 수필이나 고백록 혹은 좌담 등을 통해서 드러나는 일련의 자기비판에 관한 관심은 새 시대 민족문학의 수행자로서의 자격 심판이라는 외적인 요인뿐 아니라, 문인으로서의 양심의 점검과 회복이라는 실존적인 문제와도 연관되는 사안이다. 자기비판의 문제를 소설화한 대표적 작품으로는 이태준의 「해방전후」와 지하련의 「도정」을 들 수 있다. 「해방전후」가 소시민작가가 좌익 문학진영에 동조하는 과정을 그린 일종의 자전적 전향소설이라면, 「도정」은 사상의 갈등과 양심의 문제로 고민하던 한 지식인이 '당'에 투신하는 과정을 담은 작품이다.

그런데 이 시기 염상섭이 보여주는 변모양상은 사실상 해방 직후의 역사적 성격 변화와 연관하여 특별히 주목된다. 식민지시대에 염상섭이 발표한 「삼대」나 해방 직후에 발표한 「양과자갑」 「재회」 등의 작중인물에게서 드러나는 이념지향 혹은 중립적 태도는 「두 파산」 『취우』에 이르러 방관자적 입장으로 변모된다. 해방 직후 좌우익의 이념적 갈등과 대립 속에서 제3의 길을 모색했던 염상섭이 전쟁이라는 극한 상황에서는 중립지대에서조차 물러나 다분히 우익적으로 일탈하거나 이념을 아예 배척하는 부정적 묘사로 일관하게 된 것이다. 비판적 시각으로 뛰어난 문학적 성취를 보여주던 염상섭이 남한 단독정부 수립 이후의 작품에서는 대부분 세태묘사로 시종하고 만다.

해방 직후에는 좌우합작노선에 기대를 걸고 현실의 발전전망을 보았지만, 남북이 분단되고 특히 남한의 극우적 냉전체제가 고착되면서 더이상 현실 자체에 기대를 갖지 못한 때문일 것이다.

이처럼 남한에서 「양과자갑」 같은 성취가 숨어들고 『취우』 같은 경향이 도드라지듯 북한에서도 「개벽」의 성취가 약화되고 『땅』 같은 경향이 주도적이 되었다. 1946년과 48, 49년에 발표된 이기영의 두 작품은 북한에서 '고상한 리얼리즘론'이 대두되기 이전과 이후를 대표하는 소설로 간주되는데, 특히 「개벽」은 입체적인 구성과 장면의 인상적인 묘사, 그리고 기본 갈등의 첨예화와 함께 토지개혁 당시의 다양한 인물들의 심리를 사실적으로 형상화하여 개성을 잘 살려낸 문제작이다. 무엇보다 가족과 지주 황주사 사이에서 갈등하는 소작농 원 첨지의 형상은 이후 『땅』을 비롯한 북한문학에서 찾아보기 힘들 만큼 그 성격 묘사가 사실적이고 진실하다. 오히려 『땅』에 와서는 복합적인 갈등양상은 사라지고 결국 모범적인 사회주의적 인물을 통한 일방적 계몽형 소설로 치닫고 말았다. 이러한 문학적 사실이야말로 식민지시대 문학에 대한 반성과 극복 위에서 활기차게 나아가던 해방 직후의 문학이 분단과 냉전체제의 고착화로 어떻게 움츠러들었는가를 보여주는 매우 구체적인 사례이다. 이것이 냉전시대로 접어들면서 나타난 가장 실질적인 문학상의 폐해인 것이다.

: 임규찬 :

● 더 읽을거리

해방 직후에 발표된 각종 비평과 소설 및 시 작품에 관한 자료는 송기한 김외곤 편『해방공간의 비평문학』I·II·III(태학사 1991); 신형기 편『해방 3년의 비평문학』(세계 1988); 김승환·신범순 편『해방공간의 문학』1·2(돌베개 1988) 등을 참조할 수 있다.

또한 지금까지 이 시기의 문학에 관한 각종 연구를 다양하게 살펴볼 수 있는 주요 연구 자료집으로는 이우용 엮음『해방공간의 문학연구』I·II(태학사 1990); 김윤식 엮음『해방공간의 문학운동과 문학의 현실인식』(한울 1989) 등이 좋다. 다양한 연구자의 글이 한데 모여 있어 이 시기를 바라보는 다양한 시선과 이 시기의 주요 쟁점을 두루 살필 수 있다. 다만 해방 직후 시기에 대한 해금조치가 있은 후 일시적으로 급격하게 확산된 초기 연구의 성과라는 점을 감안할 필요가 있다.

그외에 개인별 연구성과 중 참고할 만한 주요 단행본을 분야별로 간략히 정리하면 다음과 같다. 해방 직후에 활발히 전개되었던 문학운동과 조직 양상, 그리고 주요 문학담론에 관한 총괄적 안내서로는 정한숙『해방문단사』(고려대 출판부 1980); 김윤식『해방공간의 문학사론』(서울대 출판부 1989);『해방공간 한국 작가의 민족문학 글쓰기론』(서울대 출판부 2006); 신형기『해방 직후의 문학운동론』(도서출판 화다 1988) 등이 있다. 그중에서 민족문학론과 관련해서는 권영민『해방직후의 민족문학운동연구』(서울대 출판부 1986); 하정일「해방기 민족문학론 연구」(연세대 박사학위논문 1992), 그리고 김영민『한국현대문학 비평사』(소명출판 2000) 중 해방 직후의 시기를 참조하기 바란다.

시 분야에 관한 총괄적 연구서로는 김용직『해방기 한국시문학사』(민음사 1989);『한국시와 시단의 형성전개사: 해방직후(1945~1950)』(푸른사상 2009); 신범순「해방기 시의 리얼리즘 연구」(서울대 박사학위논문 1990) 등이 있으며, 소설 분야에 관한 연구로는 신덕룡「해방직후 리얼리즘소설 연구」

(경희대 박사학위논문 1989); 김승환 「해방공간의 농민소설」(서울대 박사학위논문, 1990) 등이 있다. 그외에 이 시기의 북한문학의 동향과 관련해서는 김재용『분단구조와 북한문학』(소명 2009) 등에서 도움을 얻을 수 있다.

식민지, 전쟁 그리고 혁명의 도상에 선 문학

1. 사회·문화적 환경과 1950년대 문학의 형성

　1950년대 문학은 사회사적 맥락으로는 한국전쟁과 4·19혁명 사이에, 즉 1950~60년 사이에 걸쳐 있지만, 그 시기를 엄밀하게 규정하자면 해방 직후인 1948년부터 4·19 이후인 1960년대 초반까지 상한과 하한의 경계가 넓어진다. 그렇게 보는 중요한 이유 중의 하나는 1950년대 한국문학의 성격이 틀지워진 때가 1948년이며, 4·19 이후에도 한동안 1950년대 문학의 성격이 그대로 유지되기 때문이다. 그러므로, 문학사를 정치사나 사회사의 변화에 대입시켜 10년 단위로 끊는 관습에서 벗어난다면 1950년대 문학이 펼쳐진 시기는 앞뒤로 다소 유연성을 확보할 수 있다. 이 시기에 한국문학에 가장 큰 영향을 끼친 것은 무엇보다 한국전쟁과 분단체험이라고 할 수 있는데, 우선 이 문제를 검토함으로써 이 시기 문학의 배경을 이해해보기로 하자.

첫번째로 이야기할 것은, 민족 대이동과 연동된 문단 인구의 이동이다. 전쟁과 분단은 우리 민족에게 일찍이 없었던 대규모 민족 이동을 초래하는데, 많은 문인들 역시 각자의 처지와 입장에 따라 삶의 터전을 옮겨야 했고 이는 곧 남북한의 문단 재편으로 이어졌다. 그 성격에 따라 월북 문인, 월남 문인, 재북 문인, 재남 문인으로 나눌 수 있는 문단 인구 이동으로 남북한 문학의 성격이 크게 달라지게 되었다.

우선 월북 문인의 경우, 그 숫자가 월남 문인보다 훨씬 많았다. 월북 문인으로는 이기영, 한설야, 임화, 김남천, 박태원, 이태준, 정지용, 오장환, 엄흥섭, 박노갑, 김동석, 송영, 안회남, 한효 등, 해방전에 활발히 활동하던 구카프계와 민족주의 계열, 혹은 모더니즘 계열의 작가들을 막론하고 대부분의 중견문인들이 북으로 올라갔다. 이에 비해, 남쪽으로 내려온 작가들로는 황순원, 박남수, 김이석, 최태응, 안수길, 정비석, 임옥인 등이 해방전부터 활동하던 작가군에 속하고, 전후에 새롭게 등장한 작가나 시인들 중 월남한 이들로는 선우휘, 오상원, 이범선, 장용학, 곽학송, 이호철, 박연희, 전광용, 최인훈, 전봉건 등을 들 수 있다.

1948년 대한민국 정부 수립 이후, 남북한 문학의 상호교섭이 불가능해지자, 남한의 문학은 '조선청년문학가협회'(이하 청문협)를 주도한 김동리, 조연현, 서정주, 곽종원 등과 이에 대응하는 백철, 김광균, 홍효민, 염상섭 등의 이른바 중간파 작가들의 대립구도로 재편성되는데, 물론 이 대립이 조직이나 매체 같은 뚜렷한 물적 토대를 가진 것은 아니었고, 더욱이 중간파의 입장은 훨씬 수세적이었다. 그러나 이 대립구도마저 한국전쟁을 치르고 분단체제가 고착화되면서 허물어져, 남한 문단은 청문협 중심으로 구도가 짜이게 되었다. 이들은 구체적인 역사나 정치 현실에서 벗어난 추상적 휴머니즘과 부르주아 민족주의 성향을 강하게 띠었다.

둘째로, 한국전쟁과 분단체험은 우리 민족에게 유례없는 이데올로기 대립과 전쟁의 참혹한 경험을 안겼고, 이 과정에서 남한사회에는 강력한 반공 이데올로기가 형성되었다. 전후의 남한사회는 자유로운 발언과 토론이 극도로 제한되고, 배타적이며 편향된 논의만이 허용되는 의사소통의 불구적 상황이 빚어졌다. 이러한 상황은 작가나 문인을 포함한 지식인들에게 엄격한 자기검열을 강요했고, 자유로운 창작을 방해하는 억압 요소로 자리잡았다. 또한 이런 이데올로기적 상황은 남한 문단에 강한 반북정서와 반공논리를 강화함으로써, 과거 우리 근대문학의 빛나는 전통과 유산을 제대로 계승하기 어렵게 만들었고, 동시에 우리가 처한 역사적 상황과 현실을 구체적으로 인식하는 데 큰 걸림돌이 되었다.

냉전체제가 낳은 이러한 이데올로기적 왜곡과 편향으로, 작가는 자신이 발 딛고 선 역사적 구체성 위에서 창작하기보다는 세계적 보편성과 추상적 현실인식에 기대는 부작용이 생겨났다. 이 시기에 모더니즘이나 실존주의가 풍미한 까닭도 여기서 비롯된바가 적지 않다.

1950년대의 문학은 전쟁 직후부터 1955년까지를 전반기로, 1955년부터 나머지 5, 6년 정도를 후반기로 나누어 볼 수 있다. 우선 1950년대 전반은 전쟁이 진행되는 상황이었기 때문에 문학인들로서는 활발히 창작할 수 있는 절대적인 시간과 공간, 그리고 물질적 환경을 갖출 수가 없었다. 남성 문인들 대부분은 육해공군에 편입되어 종군작가단의 일원으로 전선이나 후방에 배치되어 군인으로 살아야 했고, 이 상황은 50대를 넘어선 염상섭 같은 노작가의 경우도 예외가 아니었다.

더구나 활발한 창작에 반드시 전제되어야 할 다양한 매체와 발표지면, 그리고 출판시장의 활황 등을 전시체제에서는 기대할 수 없었다. 전시판 『전선문학』이나 『문예』를 찍는 데 종이를 구할 수가 없어 허덕일 정도로 1950년대 전반기의 상황은 암담했다. 더구나 해방전부터 활동하던 많은 문인들이 대거 월북한 후여서, 당시의 남한 문단은 소수의 작가와 시인, 비평가들이 남아 겨우 문단의 명맥을 유지해나갈 정도로 인력난에 시달렸다. 1930년대 후반이나 1940년대 초반에 등단해 실제로는 신인티를 막 벗은 신진 문인들이 일거에 문단의 핵심세력으로 부상할 수 있었던 까닭도 이러한 문단 인력의 공백 때문이었고, 이른바 '예술원 파동'으로 불리는 1954년의 소동이 이들 신진세력이 문단 권력을 장악하게 된 최종 거사로 해석되는 이유도 이 '소동'을 통해 청문협 출신 젊은 문인들이 실질적인 주도그룹이 되었기 때문이다.

또한 전쟁중이나 전쟁 직후였던 1950년대 전반은 한국전쟁의 경험을 어떻게 해석하고 예술로 재현해야 할지 난감한, 즉 그 체험의 직접성에서 창작에 필요한 객관적 거리를 확보하기 어려운 시기였다는 점도 창작이 활성화되지 못한 이유 중의 하나였다.

그러나, 1950년대 후반에 들어서면 전반기의 이러한 상황은 상당히 달라지는데, 그중 첫째로 꼽을 수 있는 변화는 신세대 문인들의 대거 등장이다. 소설 쪽에서는 손창섭, 장용학, 김성한, 박연희 등 조금 이른 시기에 등단한 작가를 포함해, 선우휘, 오상원, 이범선, 이호철, 송병수, 박경리, 김광식, 곽학송, 한무숙, 한말숙, 전광용, 최인훈 등이, 시인으로는 박재삼, 박희진, 김남조, 이형기, 박성룡, 이성교, 박용래, 유경환, 박봉우, 신동문, 정공채, 전영경, 민재식, 구자운, 김관식 등이, 그리고 비평가로는 최일수, 김우종, 김양수, 김종후, 유종호, 이영일, 정창범, 홍사중, 고석규, 이철범, 윤병로, 이어령, 김상일, 이환, 안동민, 이석재, 김성욱, 정하은, 천상병, 신선규 등이 1956, 57년을 전후해서 앞서거니뒤서거니 새롭게 등단했다. 근대문학 역사를 100년 정도로 잡을 때, 일정한 시기에 이렇게 여러명의 신진문인들이 한꺼번에 등단한 것은 일찍이 없던 일이다.

그 이유 중 하나는 전후에 다양한 매체가 새롭게 나타나 갑자기 수요가 늘어났기 때문이다. 1954년에 『문학예술』, 1955년에 『현대문학』, 1956년에 『자유문학』이 창간되었고, 『사상계』『신천지』『신태양』『자유공론』등 문예에 지면을 할애하는 다양한 잡지매체가 등장해 많은 필진이 필요했는데 당시의 문단 인력으로는 이러한 수요를 감당키 어려웠고, 따라서 새로운 문학 인력의 충원은 필연이었다.

1950년대 후반의 변화는 단지 문단 내부에만 국한된 것은 아니었다. 1954년, 초대 대통령이었던 이승만의 재선 제한 철폐를 골자로 한 '제5차 개헌파동'(이른바 '사사오입 개헌 파동')을 계기로 이승만과 자유당의 독재권력이 그 모순성을 분명히 드러낸다. 이에 대한 국민적 저항 역시 좀더 확실하고 조직적인 형태로 나타나기 시작했다. 1955년에는 '사사오입 개헌 파동'을 계기로 광범위한 반(反)자유당 성격의 단일 야당이 결성되었고, 조봉암을 중심으로 진보당 창당이 추진되었으며, 이와 또다른 방향에서 혁신계의 대동단결운동이 활발해지고 있었다.

나라 바깥에서는 이 해에 인도네시아의 반둥에서 인도와 중국의 주도로 제2차 세계대전 이후 제국주의 외세에서 독립한 아시아와 아프리카의 신생독립국 29개국이 참가했던 '아시아·아프리카회의'(일명 반둥회의)가 개최되어, 냉전체제를 탈피하려는 국제연대가 모색되고 있었다. 이 회의는 '반식민주의'와 '비동맹주의'를 표방했는데, 당시 국내의 지식인과 문인들에게도 적지않은 파장을 불러일으켰다. 문단 안팎의 이러한 역동적인 변화는 1950년대 문학에도 적지 않은 영향을 끼쳤다.

2. 반공 이데올로기와 보편적 휴머니즘, 그리고 새로운 문학의 지평

1950년대 전반기의 문학은 대체로 전쟁의 영향 아래 놓여 있었던 까닭에, 『전선문학』이나 전시판 『문예』에는 북한이나 인민군에 대한 적대의식과 공산주의 이데올로기에 대한 혐오를 강하게 표출하는 선전선동류 또는 반공 이데올로기에 입각한 문학이 주로 실렸다. 1953년경까지는 이런 작품들이 지배적이었는데, 그것은 주로 인민민주주의와 자유민주주의, 또는 공산주의와 자유민주주의를 선악의 이분법적 구도로 파악하면서, 적은 '악'이요 국군과 대한민국은 '선'이 되는 도식을 즐겨 사용했다. 그리하여 전투에서의 투쟁 의욕을 고취시키고 사기를 진작시키기 위한 목적문학의 의도를 뚜렷이 드러냈다.

시에서 이영순의 「연희고지」, 김순기의 「일분간 휴식」, 유치환의

「보병과 더불어」, 모윤숙의 「국군은 죽어서 말한다」 같은 작품들이나, 소설에서 박영준의 「암야」나 「김장군」, 정비석의 「간호장교」 「남아출생」, 최인욱의 「면회」 등이 이러한 성격의 창작물에 해당한다. 평론에서도 이선근의 「이념의 승리──결전문화인에게 격함」이나 조연현의 「공산주의의 운명──6·25사변의 세계사적 의의」, 이무영의 「전쟁과 문학」 등에서 냉전체제의 논리에 충실한 반공 이데올로기와 반북정서를 드러내면서 한국전쟁을 일종의 '성전(聖戰)', 즉 공산주의를 붕괴시키는 성스러운 전쟁으로 해석하는 논리를 폈다. 전시문학의 이러한 특징들은 구체적인 상황이나 전쟁으로 야기되는 실질적인 고통과 억압을 그려내지 못하고, 현실을 일정한 이데올로기에 기대어 왜곡하거나 과장함으로써 전쟁을 제대로 형상화하지 못하는 한계를 보였다.

다른 한편으로는, 전쟁의 비극과 폭력적 경험을 너무 추상적 휴머니즘의 시각에서만 그리려는 문학작품들도 많이 나타났다. 이러한 특징은 주로 신세대 문인들의 작품에서 많이 나타났는데, 대체로 실존주의가 기성세대들보다는 젊은 문인들에게 더 큰 영향을 미쳤기 때문이었다. 이들 젊은 작가들은 한국전쟁의 특수한 성격이나 민족사적 배경보다, 전쟁 일반이 초래하는 폭력성과 비인간성에 더 집중해서 전쟁체험을 형상화하려고 애썼다. 그러다보니, 1950년대의 한반도에서 일어난 동족상잔이라는 전쟁의 본질과, 이 전쟁을 둘러싼 20세기 현대사와 제국주의 열강들의 영향력 같은 주객관적인 조건보다도, 전쟁이라는 상황하에서의 인간의 '실존'과 '본질'의 길항, 삶과 죽음에 관한 형이상학적 질문, 배덕과 보은이라는 '윤리적 딜레마' 같은 것이 작품의 전면에 등장했다. 이러한 추상적이고 형이상학적인 질문은 종종 극단적인 '인간성의 부정'을 통한 환멸의 수사에 경도되거나, '이성에 대한 회의'를 거쳐 존재에 대한 허무주의로 경사되는 양극화를 드러냈다. 특히 소설에서 이러한 특징이 두드러지게 나타났는데, 전자를 대표하는 손창섭과 후자를 대표하는 장용학이 1950년대 소설계에서 가장 이채로운 작가들이었다.

시의 경우에도 서정주의 뒤를 잇는 전통 서정시의 계보에 충실한 신진 시인들도 많았지만, 1950년대 시단의 압도적인 경향은 모더니즘이었다. 전통 서정시는 이 당시에도 활발하게 활동했던 청록파 3인을 비롯하여, 서정주의 계보를 잇는 박재삼, 박희진, 이동주, 이형기 등에게로 그 흐름이 면면히 이어지고 있었지만, '후반기' 동인들을 중심으로 한 이른바 '후기모더니즘'의 거센 바람이 1950년대 시단을 풍미했다. 이들은 한국사회의 특수성이나 한국전쟁의 구체적인 양상을 시로 노래하기보다는, 그러한 모순과 부정의 근본 원인으로 파악되는 '현대사회'에 대한 회의와 혼돈을 읊는 데 주력했다. 이미 해방 직후부터 '신시론'을 비롯해『새로운 도시와 시민들의 합창』등의 사화집을 통해 후기모더니즘의 기치를 올렸던 '후반기' 동인들을 비롯해, 『현대의 온도』『전쟁과 음악과 희망과』『평화에의 선언』등의 사화집을 통해 모더니즘시의 영향력이 확대되었다. 그러나 이들의 시는 서구의 개념과 시적 방법론을 무비판적으로 수용하고, 우리 언어에 천착하지 않았을뿐더러, 시형태의 민족적 특성 등을 충분히 고려하지 못한 탓에 성과작은 그렇게 풍부하지 못했다. 1950년대 모더니즘 시의 그러한 한계가, 모더니즘이라는 모태에 존재하면서도 스스로 그 한계를 떨치고 나와 새로운 경지를 개척해갔던 김수영 같은 시인을 낳았는지도 모른다.

평단 역시 모더니즘과 실존주의의 영향이 절대적이었고, 다른 한 편으로는 기성세대 비평가들이 주도하는 보수적 민족문학론, 즉 부르주아 민족주의에 입각한 민족주의문학론이 강한 영향력을 발휘했던 점은 시나 소설계와 크게 다르지 않았다. 그런 가운데에서도 실존주의문학론은 '행동'과 '참여'라는 개념을 매개로 문학이 현실에 개입할 수 있는 여지를 모색하거나, 엘리엇의 '언어혁명으로서의 모더니즘'이 아니라, '사회현실에 개입하는 정치적 모더니즘'을 시도하는 이론적 작업도 나타났다.

그러나 무엇보다 1955년을 분기점으로 앞에서 열거한 여러 한계와 모순을 뚫고 구체적인 현실과 직접 부딪쳐 활로를 모색하기 위한 실천적인 움직임이 나타났다는 사실에 주목할 필요가 있다. 시에서 박봉우를 비롯한 김수영, 신동엽 등의 새로운 실험, 소설에서 이범선, 오상원, 하근찬, 박연희 등을 중심으로 한 리얼리즘 소설의 적극적인 회복 노력, 그리고 비평에서 최일수와 정태용을 위시한 민족문학론의 새로운 구상과 이론이 전개되었던 것이다.

박봉우의 「휴전선」, 신동엽의 「진달래 산천」 같은 시, 그리고 이범선의 「오발탄」, 오상원의 「부동기」, 송병수의 「쇼리킴」, 박연희의 「증인」, 하근찬의 「수난 이대」 같은 소설들은 한국전쟁의 비극과 전후 사회의 피폐함을 보편성의 미망에 빠지지 않고 훌륭하게 형상화한 이 당시의 수작(秀作)들이라고 할 수 있다. 이러한 창작계의 변화에 부응하는 비평계의 새로운 이론 모색이 최일수의 '민족문학론'으로 나타났다. 최일수는 동시대의 정태용이나 김우종과 더불어, 비평계를 지배하고 있던 반공 이데올로기와 냉전의식의 두터운 벽을 허물고 민족문학의 역사적 정당성을 밝혔으며, 우리 민족의 문학이 놓여야 할 자리를 '제3세계'라는 지평 속에서 구했다. 한편 그 창작방법의 근원으로는 리얼리즘을 표방하는 등 인위적으로 단절된 1930년대 문학사를 계승하는 동시에, 1950년대 문학이 순수문학의 외피를 벗고 적극적으로 현실과 역사 앞에 나서도록 고무했다.

이런 의미에서, 전반기와 후반기로 나뉘는 1950년대 문학은, 한편으로는 반공 이데올로기와 냉전의식, 서구에서 들여온 보편주의와 추상성에 함몰되어가는 분위기가 지배적이었으나, 그 속에서도 현실과 역사의 구체성을 회복하기 위한 자기모색을 멈추지 않았던 역동성을 원동력으로 삼은 시기라고 할 수 있다.

3. 1950년대 문학의 더 깊은 이해를 위한 몇가지 논점들

이 시기 문학을 해석하는 데 '한국전쟁'이 중요한 프리즘이자 콘텍스트라는 점은 결코 부인할 수 없다. 그러나, 그동안의 연구와 문학사는 '한국전쟁'과 이 시기 문학의 상관성을 거의 맹목에 가깝게 강조해왔음에도, 그 상관성의 역사적 의미를 제대로 검토해왔다고 보기 어렵다. 지금까지 '한국전쟁'을 중심으로 이 시기의 문학을 해석했을 때 나타난 분석틀은 대체로 다음 몇가지로 도출할 수 있다. 가장 흔한 경우로는 '전쟁'이라는 폭력적 상황과 개인을 대비시키는 방식이다. 이런 접근은 결국 전후문학을 '실존주의'와 접속시킨다. 실존적 존재인 '개인'이 그를 둘러싼 폭력적 상황인 '전쟁' 한가운데에서 인간의 '본질'과 '실존'을 붙잡고 어떻게 고뇌하는가에 주목한 것이다. 이 접근방식은 이런 유의 형이상학적 질문을 자주 차용한다.

두번째는 '민족 수난의 서사'로서 전후문학을 읽는 방식이다. 이 경우, '민족 수난의 서사'를 가능하게 만든 '민족주의' 이데올로기가 '반공 이데올로기'와 어떻게 접속하는가의 여부에 따라 해석 방향이 달라진다. '민족주의'와 '반공주의'가 서로 공모하는 방식으로 진행되는 경우에는 추상적인 휴머니즘에 호소하면서 역사허무주의로 나아가는 경우가 대부분이다. 즉 구체적인 역사상황이나 이데올로기보다 우선하는 것은 '인간'이며, 공산주의 이데올로기는 그렇게 본원적인 '인간'을 지우고 그 자리에 '이데올로기'와 '계급'을 들여놓았다는 비판이 제기된다. 이 경우에는 역사적 실천을 구체적인 역사상황에 맞서는 인간의 '역사적 행위'로 읽지 못하고 윤리적 판단을 먼저 들이댐으로써 역사란 허무한 것이라는 인식으로 유도한다.

'민족 수난의 서사'로 읽는 것이 추상적인 '인간' 일반이 아니라 '민족'과 접속할 경우에는 다른 해석의 지평을 열어놓는다. 이 경우에는 '민족'이 가장 본원적이며 보편적인 인간의 유적 집단이라는 전제가 밑자락에 깔려 있다. 따라서 한국전쟁은 '민족'의 공생공존을 깨트린 비극적 전쟁이라는 인식이 중요하게 대두되며, 이런 태도는 좀더 나아가면 '민족의 공존과 공생'을 가로막는 외세에 대한 저항과도 연결된다.

한국전쟁은 1950년대 문학을 이해하는 중요한 프리즘이자 시금석임에는 틀림없지만, 그 둘의 상관성을 좀더 입체적이고 풍요롭게 이해하기 위해서는 다음 몇가지 논점의 재설정이 필요하다. 우선 한국전쟁의 체험을 역사적으로 고립되고 단절적인 개별적 체험으로 한정짓지 말고, 그 앞에 놓여 있었던 '태평양전쟁'이나 '중일전쟁'의 체험과 연결하여 이해하는 인식의 전환이 필요하다. 1950년대 문학을 담당했던 중요한 주체들은 대부분 일제시대에 청장년기를 보냈던 사람들이며, 이들에게는 자신들이 직간접으로 겪었던 태평양전쟁 혹은 중일전쟁의 기억들이 고스란히 내장되어 있었다. 모든 인간은 자기 앞에 나타난 현상을 이해할 때 먼저 자신이 경험한 감각의 영역 안에 그것을 대입해본다. 특히, 전후세대들의 전쟁 인식을 역사적 정황에 적합하도록 재구성하기 위해서는 이런 전제가 반드시 필요하다. 실제로 그들의 전쟁 경험과 인식은 분명 태평양전쟁과 한국전쟁의 연속선상에 머물러 있었을 것이다. 그러나 이런 중요한 사실들이 그동안 한국전쟁과 1950년대 문학의 상관성을 해석하는 데 충분히 고려되었다고 보기 어렵다.

한국전쟁과 관련해 필요한 또하나의 관점은, 이 전쟁을 국민국가의 형성 과정과 연결짓는 것이다. 사회과학자들 중 일부는 '한국전쟁'을 '국민 만들기'의 과정으로 해석하기도 한다. 이 경우 참전 경험은 막연한 '수난'이나 '폭력의 경험'이 아니라 '동원된 국민의 경험'으로 의미화된다. 이런 까닭에 예컨대 하근찬의 「수난 이대」가 새롭게 해석될 필요가 제기된다. 일반 연구에서든 문학교과서에서든 '불행한 민족의 수난사'로 해석되는 이 텍스트가, 사실은 '국가와 전쟁'을 문제 삼고 있으며, 그 와중에 '국민 만들기 혹은 국민되기란 무엇인가'를 되묻고 있다는 점을 제대로 포착하지 못하고 있다.

나아가 비단 한국전쟁뿐 아니라 1950년대 문학주체들의 역사적 경험과 기억들을 식민지 체험과의 연속선상에서 이해하는 일은 그들이 견지했던 다양한 이데올로기적 기제들을 역사적으로 맥락화하는 데에도 중요한 의미가 있다. 이를테면 1950년대 문학인들이 공유한 '반공 이데올로기'나 자유주의 혹은 개인주의 등은 엄밀한 의미에서 전쟁중이나 전후에 형성된 것이 아니며, 식민지 시기의 교육이나 경험과 일정하게 연결되어 있다. 선우휘 같은 작가들이 전체주의와 공산주의를 병치하는 것은, 반공 이데올로기를 구축하기 위한 억지 설정이 아니라, 그 자신이 경험하거나 학습한 역사적 자장 안에서 주관적으로 맥락화한 결과라고 할 수 있다. 그러므로 1950년대 문학인들의 이데올로기 지형을 정확히 이해하고 그 기반 위에서 문학사를 구성하기 위해서는, 지금까지 해왔던 것처럼 특정한 시기를 고립적이고 단절적으로 구획할 것이 아니라, 선행하는 역사적 시공간과 연결해 맥락화하는 작업이 무엇보다도 필요하다.

이 시기 문학의 개성적 측면을 한국문학사 전체의 맥락에서 균형 있게 이해하려면 '전후세대'를 둘러싼 문화사적 배경을 면밀히 이해하는 일 또한 절대적으로 필요하다. 이른바 '전후세대'는 1950년대 한국문학사의 가장 중요한 문학주체였다. '전후세대'에만 한정해서 이 시기 문학을 이해한다면 사실에 부합하는 균형 잡힌 관점이라고 할 수 없지만, '전후세대'를 논의하지 않고 이 시기 문학을 이해하기도 불가능한 일이다. 그러므로 '전후세대'를 어떻게 이해할 것인가 하는 점이 중요하다. 이 시기 문학사를 역사적으로 정당하게 맥락화하기 위해서는 한국문학의 전후세대 대부분이 이른바 '이중언어 사용자'들이었다는 사실을 다시 주목할 필요가 있다. 개인에 따라 다소의 차이는 있지만, 그들은 먼저 일본어를 배워 쓰기와 읽기를 했으며, 한글은 해방 이후에 새롭게 익힌 세대이다. 모어인 한국어를 말하고 들을 수는 있었지만, 한글로 된 텍스트를 읽거나 쓸 능력은 제대로 갖추지 못한 상태로 해방을 맞이했던 것이다. 언어적 정체성을 둘러싼 이런 조건은 '언어'를 매개로 한 창작과정에 직간접으로 크고작은 영향을 미칠 수밖에 없었다. 그러나 놀랍게도 전후세대의 이러한 언어적 상황과 정체성은 전후문학의 연구와 비평에서 그다지 큰 관심을 끌지는 못했다.

앞서 말했듯이, 그동안의 전후문학 연구는 한국전쟁과 실존주의, 그리고 반공 이데올로기라는 세 축을 중심으로 진행되었다고 해도 지나친 말은 아니다. 실제로 이 세 축은 전후문학의 상당 부분을 해석할 수 있는 중요한 프리즘이기도 하다. 그러나 이 키워드들은 당시 전후문학이 놓인 조건을 환기하면서, 전후문학의 형성에 이미 선재(先在)하는 식민주의 영향은 부지불식간에 은폐하는 결과를 낳는다. 전후문학을 전쟁과 전후 한국사회에만 대입해서 읽는 것은 불과 수년 전까지만 해도 엄연한 현실로 존재했던 식민지 과거와 깨끗이 결별하고 새로운 시간을 창조할 수 있다는, 포스트식민성 특유의 역사적 기억상실에 맞물려 있다. 그러한 '의도적 망각'의 중심에, 전후세대들의 언어적 정체성이 놓여 있다. 그간의 전후문학 연구는 믿기 어려울 만큼 이 문제를 연구와 비평의 사각지대에 방치해두었다. 더러 전후세대의 언어적 정체성에 주목한 논의가 없었던 것은 아니지만, 그 경우조차도 이 문제는 전후세대의 결여와 한계를 진단하는 도구로만 인식될 뿐, 전후문학을 형성했던 '주체'가 언어적 정체성으로 인해 어떤 혼란과 균열을 드러내는지, 그리고 그것이 문학에 어떤 영향을 미쳤는지를 본원적으로 규명하는 작업에까지는 이르지 못했다.

기실 전후세대는 여러 방식으로 자신들을 둘러싼 언어 환경과 정체성이 대단히 혼란스러웠음을 고백하고, 새로운 한국문학의 주역이 되고자 하는 자신들의 언어가 식민지시기에 배우고 익힌 '일본어' 때문에 한없이 어눌함을 호소했음에도, 전후문학의 연구에서 이 점은 뚜렷이 부각되지 않았다. 그 이유는 무엇일까. 그것은 아마도 '식민주의 이후'와 '식민지 과거'를 단절하려는 '과거에 대한 억압'의 욕망 때문일 것이다. 그리고 그 욕망은 최소한 해방 이후의 '한국문학'은 식민지 시절에 강제로 빼앗긴 '말과 글'을 되찾아 자유롭게 향유하는, '민족'의 '문학'이라는 자기동일성의 신화와 맞물려 있기 때문일 것이다. 한국 근대문학사를 가로지르는 이 '욕망'과 '신화'는 전후문학에 '식민화된 것들이 왜곡되어 존속하는 것'을 은폐했다. 전후문학이 시종일관 '한국전쟁'이나 '실존주의'라는 키워드로만 해석되어온 이유는 이 때문이다. 그점에서, 전후세대의 언어적 정체성에 대한 재인식은 한국문학사가 의도적으로 지우려 했던 식민지 과거가 전후문학에 어떻게 존속되었는가를 확인하는 중요한 통로이다.

엄밀한 의미에서 말하자면, 한국 근대문학사는 그 출발부터 이중언어적 상황에 놓여 있었다고 해도 과언이 아니다. 근대문학의 초입은 한문과 한글이 충돌하는 이행기였다. 이후 식민지 시기는 두말할 나위 없이 줄곧 한글과 일본어를 둘러싼 이중언어적 조건에 구속되어 있었다. 그러므로 근대문학사의 수많은 텍스트는 이러한 이중 혹은 삼중언어적 상황을 하나의 콘텍스트로 설정하여 재해석해야만 한다.

전후세대의 언어적 정체성도 넓은 의미에서는 근대문학사 언어 조건이라는 특수성의 부분집합에 해당한다. 그럼에도 전후세대에 각별히 주목해야 할 이유는, 근대전환기나 식민지 시기의 이중언어적 상황이 그것을 초래한 시대상황과 함께 드러나 있는 데 반해, 전후세대의 그것은 그동안 철저히 은폐되거나 가리워져 있었기 때문이다. 따라서 그러한 은폐와 망각의 배후에 놓인 의식적·무의식적 기제를 드러내고, 그것이 전후세대 자신들뿐 아니라 그 이후 세대들에도 어떻게 이월되고 전이되었는지 밝힐 필요가 있다.

: 한수영 :

●더 읽을거리

문학사 일반 또는 개별 갈래의 문학사로서 추천할 만한 책은 권영민『한국현대문학사』1, 2(민음사 2002); 김우종『한국현대소설사』(성문각 1989); 이재선『한국현대소설사』2(민음사 2000); 김용직『한국현대시사』1, 2(한국문연 1996); 김영민『한국현대문학비평사』(소명출판 2000) 등을 꼽을 수 있다.

한국예술종합학교 한국예술연구소에서 엮어 펴낸『한국현대예술사대계』2(시공사 2000)는 문학사뿐 아니라 1950년대 문화예술 전반(연극·영화·건축·미술·음악·무용)에 대한 사적 흐름을 짚어주는 책이어서 이 시기의 예술사를 문학사와 접맥시켜 이해하는 데 유용하다. 정희모『1950년대 한국문학과 서사성』(깊은샘 1998)은 이 시기의 장·단편을 새로운 관점에서 재해석한 연구서이다.

한수영『한국현대비평의 이념과 성격』(국학자료원 2000); 이명원의『종언이후——최일수와 전후비평』(새움 2006)은 1950년대 비평사를 기존의 부르주아 민족문학론이 아니라 '최일수'를 중심으로 한 새로운 '민족문학론'에 무게중심을 두면서 재해석한 연구서이다.

김건우『사상계와 1950년대 문학』(소명출판 2003)은 이 시기의 지성사와 주도적 매체의 관련 양상을 살펴 일종의 문학사회학적 접근을 시도한 연구서이다.

전후세대의 언어적 정체성과 관련된 최근의 연구서로는 서석배「단일언어사회를 향해」,『한국문학연구』29(동국대 한국문학연구소 2005); 한수영「전후세대의 문학과 언어적 정체성」,『대동문화연구』58(성균관대 대동문화연구원 2007)을 주목할 만하다. 이외에 참고할 만한 문학사 연구서를 밝히면 다음과 같다.

강경화『한국문학비평의 실존』(푸른사상 2005).

권명아「한국전쟁과 주체성의 서사연구」(연세대 박사학위논문 2002).

김윤식 · 정호웅『한국소설사』(예하 1993).

김윤식 · 김현『한국문학사』(민음사 1996).

전승주「1950년대 한국문학비평 연구」(서울대 박사학위논문 2002).

최성실『근대, 다중의 나선』(소명출판 2005).

한국 현대희곡사 개관

1. 전후 희곡의 지형도 : 반공주의와 실존주의의 풍경

1950년대는 전후에 수입된 실존주의사상의 영향이 컸던 시대이다. 까뮈, 싸르트르 등으로 대표되는 프랑스 실존주의사상은 6·25라는 동족상잔의 극한상황을 직접 체험한 남한 주민의 '화전민(火田民)' 의식 속에 크게 여과되지 않은 채로 수용되었다. 제2차 세계대전 이후 프랑스를 중심으로 확산되기 시작한 실존주의 사조는 불안의식, 공포, 절대고독, 소외, 우수, 절망, 극한의식, 무한 저항 같은 어휘들을 남한에 퍼뜨렸다. 동족간의 전쟁을 생체험으로 겪은 남한 지식인들은 실존주의 사조가 마치 자신들을 위해 생겨난 것인 양 이를 자연스럽게 체화했다.

해방공간과 6·25전쟁을 소년기, 또는 청년기에 경험한 세대들은 식민지 세대들과는 근본적으로 다른 감성구조를 지닐 수밖에 없었다. 태평양전쟁을 수행하는 일제의 '신체제(新體制)' 하에서 식민지 주민들은 '심전개발(心田開發) 일선동근(日鮮同根) 총후부인(銃後婦人) 창씨개명(創氏改名)' 등과 관련된 민족정체성 문제에서 자유로울 수 없었다. 그러나 해방공간과 6·25전쟁은 민족 내부의 갈등, 즉 첨예한 이데올로기적 갈등과 그로 인한 비극적인 살육의 체험을 강요했다. 이 새로운 세대들에게 세계는 무(無)의 공간, 사막의 공간이었다. 1950년대 중반 이후 신문, 잡지, 극단 등의 등용문제도를 통해 등장한 젊은 작가들은 소위 '전후파(신세대) 작가'로 불리면서 새로운 경향의 작품들을 선보이기 시작했다. 이 전후파 작가들의 내면에 실존주의사조가 깊이 배어 있었던 것은 매우 자연스럽고 보편적인 모습이었다. 이들은 전전(戰前)세대 작가들의 감수성이나 세계관과는 전혀 다른 방식으로 작품세계를 펼쳐나갔다. 소위 전후파 작가들은 전쟁의 극한상황과 이 속에서 느꼈던 인간의 본질적인 모순과 한계를 간파하고, 삶의 부조리함에 대한 극한의 저항을 통해 실존적인 생존방식을 모색하려고 했다. 이 부류에 속하는 극작가로 오학영이 가장 돋보인다.

오학영의 실존주의적 실험극 3부작은 우리나라 근대극의 주류였던 사실주의극에 대한 본격적인 반발을 알린 작품이다. 「닭의 의미」 「생명은 합창처럼」 「꽃과 십자가」 등 그의 실존주의극 3부작은 현실을 재현하려 하거나 인과적으로 플롯을 구성하지 않는다. 그는 부조리한 삶과 모순적인 사회상황에 처한 실존적 자아의 극히 사적(私的)이고 주관적인 반응에 초점을 맞춘다. 그러나 극도의 추상성, 관념성, 현학적인 문어체 등의 무분별한 사용은 극의 전달성과 완성도에 치명적인 한계로 남았다. 특히 일제의 식민정책을 강요받았고, 동서 냉전체제 아래에서 동족끼리 전쟁을 벌였으며, 미국과 소련에 의해 남북이 분단된 특수한 역사적 상황에 대한 작가적 성찰이 누락되어 있다는 것은 본질적인 문제점으로 남는다. 그의 비사실주의적 희곡들이 근대 사실주의극이 고집하고 있는 내적 필연성, 인과성, 논리성, 이성중심주의 등을 해체하고 심문하고 있는 것은 사실이다. 그러나 도전적이고 실험적인 극작행위는 분단사회의 총체적인 모순, 동서 냉전의 세계체제론적 모순에서 눈을 돌림으로써 '전위극'의 정치적 진보성을 확보하지 못했다.

소위 전후파 극작가로 새롭게 등장한 신인들로는 오학영 외에도 이용찬, 차범석, 하유상, 김상민, 김경옥, 주평 등을 들 수 있다. 이들 신진 극작가들은 각기 다른 경향의 극작술을 통해 전후 사회의 문제를 취급하고 있지만 다들 '세대갈등'을 주요 모티프로 채택했다.

이용찬은 「가족」을 통해 '수정 사실주의' 경향의 작품을 선보였다. 기존 사실주의 연극 문법에 따르면서도 조명을 통한 시공간의 이동 방식, 또는 플래시백 수법을 통한 영화 기법 등을 차용하면서 수정된 사실주의 연극의 한 면모를 보여주었다. 이 작품은 아버지세대에 대한 자식세대의 불신과 정서적 괴리감을 드러내고 있다. 차범석의 「불모지」역시 기성세대와 신세대의 불협화음을 주요 모티프로 활용하고 있다. 이 작품에서는 기성세대를 대표하는 '낡은 가치'와 전후세대를 대표하는 '새로운 가치'의 갈등 국면을 통해 사회변화의 필연성을 옹호한다. 하유상은 「젊은 세대의 백서(白書)」「딸들 자유연애를 구가하다」 등을 통해 새롭게 등장한 신세대들의 정서와 문화를 묘사한다. 앞의 작품에서는 신세대들의 결혼에서 부모와 자식세대의 대립과 갈등을 보여준다. 뒤의 작품에서는 미국 자본주의문화에 익숙한 젊은 세대들의 삶을 호의적으로 그림으로써 새로운 사회 분위기가 도래했음을 강조한다. 김상민의 「비오는 성좌(星座)」「벼랑에 선 집」, 김경옥의 「배리(背理)」, 주평의 「한풍지대(寒風地帶)」, 김자림의 「돌개바람」역시 구세대와 신세대의 갈등과 불협화음이 주요 모티프이다.

1950년대 소위 전후파 작가들의 작품들은 유치진, 김영수 등 식민지세대 극작가들의 작품과는 차별성을 보인다. 기성 작가들이 반공극과 민족주의 성향의 역사극에 몰두할 때, 전후파 작가들은 현대인의 실존의식, 전후 사회의 풍경, 신세대와 구세대의 갈등에 주목했다. 이들 새로운 작가들은 구세대들의 식민지 체험을 걷어내고자 노력했지만, 거꾸로 미국 연극이나 유럽 연극에 경도됨으로써 한국만의 연극 문법을 개척하는 데에는 한계를 드러냈다.

2. 1960년대, 혁명과 일상의 근대성

4·19혁명의 달콤한 꿈은 오래 지속되지 못했다. 5·16군사쿠데타로 남한사회는 급속히 군사독재체제로 재편되었다. 군사정권은 강력한 중앙집권적 통치력을 발휘하면서 국민들로 하여금 반공 이데올로기를 내면화하도록 강요했고, 정권 유지를 위해 신식민지적 대외의존적 경제 씨스템을 가동하였다. 군사정권의 가부장적인 폭력성과 정치·경제·사회의 총체적인 모순성은 반공주의를 배경으로 하는 민족주의담론 속에 묻혀버렸다. 강압적인 사회 분위기 속에서 선을 보

인 이근삼과 오태석의 희곡들은 그런 의미에서 매우 생경하고 낯선 풍경을 보여준다.

1960년에 발표된 이근삼의 「원고지」는 사실주의 연극에 익숙해 있던 당시 관객들에게는 매우 낯설었다. 이 작품에서는 소도구로 '시계', 플롯을 전개시키는 동력으로 '시간'이 빈번하게 등장한다. 이는 현대인들이 근대 시각체제에 종속되어 있음을, 그리고 자본주의적인 규율 씨스템에 포박되어 있음을 상징하기 위한 기법이었다. 표현주의와 서사극 기법을 적용한 「원고지」는 1960년대 남한의 근대화 프로젝트에 포섭되지 않는, 문명비판적인 시각을 견지하고 있다. 또한 「국물 있사옵니다」에서는 과학이나 산업 같은 근대체제에 복무하는 등장인물들을 통해 자본주의의 탐욕성과 물신주의를 풍자하고 있다. 이러한 문명비판적 경향은 「위대한 실종」이나 「인생개정안 부결」에서도 지속되고 있다. 이들 작품은 물신주의에 물든 사회에서 개인들 역시 물신주의의 노예로 전락할 수밖에 없다는 메씨지를 담고 있다.

오태석의 등장은 1960년대 한국 희곡계에 비사실주의 경향 작품의 본격 등장을 알리는 계기였다. 우리나라 희곡사의 주류라 할 수 있는 사실주의극 문법을 과감히 해체하고 뒤집는 그의 작품들은 발표될 때마다 격렬한 찬반논쟁을 불러일으켰다. 「웨딩드레스」의 무대공간은 고궁(古宮)의 파라솔 주변이다. 여기에서 '고궁'과 '파라솔'은 각각 박제화된 '전통'과 천박한 '자본주의'를 상징한다. 박제화된 역사는 파라솔 아래의 산책자와 관찰자에게 시각적인 물신으로 기능한다. 근대적인 시공간에 대한 작가의 회의적인 시선은 「육교 위의 유모차」 「환절기」 등의 작품에서도 여전하다. 그는 부조리하고 비사실주의적인 상황 설정과 무의미해 보이는 대사 교환을 통해 근대성의 부박함을 풍자한다. 그렇기 때문에 오태석의 희곡들은 당대 사회와 역사적 현실과 정서적으로 거리감을 유지할 수밖에 없었다.

한편 신명순은 「전하」에서 극중극 형식을 통해 세조의 왕권찬탈을 현대적으로 재해석한다. 신명순의 극작술에서 나타나는 전략은, 현대인의 생존방식에서 형성된 정체성이 지배 이데올로기에 의해 호명되어 구성된 것임을 각성하게 하는 것이다. 한편 윤대성은 「망나니」를 통해 양식실험과 민중의식의 정립이라는 두 가지 시도를 한다. 우리나라 근대극 역사는 유럽의 근대극을 수용하고 적용하는 한도 내에서 진행되었는데, 윤대성은 기존 근대극 양식과 우리나라의 전통극 양식을 조합하려 했다. 또한 파편화된 개인, 국적불명의 현대인, 소시민 같은 등장인물 설정을 지양하고, 민중사관에 입각하여 역사를 개척하고 사회모순에 저항하는 민중상을 정립하고자 노력했다.

박조열은 분단체제에 대한 일관된 관심을 바탕으로 고도의 상징성과 알레고리적 기법을 추구하였다. 특히 분단체제에 대한 그의 문제의식은 1960년대의 폭력적인 반공정책과 불협화음을 빚을 수밖에 없었고, 그의 작품들은 국가의 검열정책 때문에 수난을 겪는다. 그의 희곡은 극중 공간 이미지를 통해 분단체제의 불합리성과 비인간성을 폭로한다. 「관광지대」의 철책선, 「목이 긴 두 사람의 대화」의 경계책, 「토끼와 포수」의 말뚝과 빨랫줄, 「불임증 부부」의 이승과 저승의 경계선 등은 남과 북으로 나뉜 분단체제에 대한 강한 저항감을 표출한다. 또한 '시간의 정체(停滯)와 지연'을 통해 시간에 대한 등장인물들의 강박증을 주요 모티프로 사용한다. 이는 분단과 냉전 이데올로기, 정치경제적 낙후성, 반공의식의 폭력성 등에 대한 남한 주민의 강박증을 시사한다.

3. 1970년대, 직설법과 암유(暗喻)의 사이

1970년대의 해외 번역극 공연은 동시대의 실험적인 연극을 소개했다는 점에서 한국의 극작계에 큰 자극이 되었다. 「에쿠우스」와 「빨간 피이터의 고백」 등의 흥행 성공은 새로운 감각의 주제의식 개발과 형식실험에 도움이 되었다. 서구 연극의 수용은 국내 작가들에게 새로운 해석의 기회를 제공했는데, 몰리에르의 「스카펭의 간계」가 오태석의 번안·연출에 의해 「쇠뚝이 놀이」로 공연되었고, 셰익스피어의 「햄릿」이 안민수에 의해 「하멸태자」로 재해석되었으며, 쏜턴 와일더의 「우리 읍내」가 허규에 의해 동명 연극으로 재구성되었다.

1971년 동아일보 신춘문예로 등단한 이강백은 1970년대를 관통하는 이 시기 한국 희곡의 한 아이템이었다. 「알」 「파수꾼」 등을 통해 종전 한국 희곡과는 크게 변별성을 갖는 작품 성향을 선보였다. 그의 희곡들은 한국의 근대극과 달리 사실적이고 구체적인 시공간 설정을 따르지 않는다. 이국취미라 할 만큼 낯선 시공간을 배경으로, 익명적이고 관념적인 캐릭터로 구축된 인물들이 극도의 알레고리적인 메씨지를 만들어낸다. 그의 희곡이 당대 현실과 맺는 관계는 간접적이고 우의적이다. 이는 1970년대 박정희정권의 강압적인 문예정책과 관계가 있다고 볼 수 있다. 당시 문화공보부는 모든 희곡의 사전검열과 공연금지 조치를 통해 정부 입장을 따르지 않는 작품들을 통제했기 때문이다.

이강백이 우화적인 방식으로 시대의 모순과 질곡을 풍자했다면, 이현화는 폭력과 공포를 통해 시대상을 드러내고자 했다. 「누구세요?」「카덴자」 등의 작품들은 기존 사실주의극에서 보기 힘든 기괴하고 비현실적인 상황을 전개하면서 인간 내면의 공포를 표출한다. 소위 '잔혹극'으로 분류되기도 하는 그의 작품들은 거의 예외 없이 육체에 대한 가학적인 폭력 행사와 그로테스크한 분위기 조성을 통해 현대인의 불안한 내면을 묘사하고 있다. 이러한 작품 경향은 1970년대의 억압적인 정치체제에 대한 국민의 피해의식을 간접적으로 극화한 것으로 볼 수 있다.

한편 윤대성은 1960년대의 작업의 연장선상에서 서사극과 마당극을 접맥한 작품을 계속 창작하였다. 「노비문서」「너도 먹고 물러나라」「출세기」 등의 작품은 사실주의극 양식에 마당극이나 서사극적 기법을 적용하여 비판적인 사회의식을 표출한다. 그의 희곡을 지탱하는 장치는 서사극적 기법이라 할 수 있다. 그가 「노비문서」와 「너도 먹고 물러나라」에서 탈춤과 황해도 장대장네굿을 차용한 것과 「출세기」에서 서사극적인 해설자를 설정한 것은 동일한 극작 의도에서 나온 것으로 볼 수 있다. 우리나라의 전통극 양식에서의 개방연극적 특징과 브레히트의 서사극은 내적 속성 측면에서 밀접하게 연관돼 있기 때문이다. 마당극이나 서사극은 서양의 근대극 양식, 즉 프로씨니엄 무대의 환상성을 해체함으로써 극중 현실에 대한 관객의 동일시를 방해한다. 무대 위 가공의 시공간과 관객의 현실적 시공간 사이에 비평적 거리감을 개입시켜 객관적이고 비판적인 사회의식을 고양하려는 것이다. 그러나 윤대성의 비판의식은 사회와 역사에 대한 모호성과 추상성으로 인해 구체적 역사성을 획득하는 데까지는 이르지 못한다.

1970년대 희곡계에서 특이한 점은 오영진의 활동이다. 일제 말기부터 창작활동을 해온 오영진이 이 시기에 정력적으로 희곡을 발표했다는 것은 매우 이례적인 느낌을 준다. 오영진은 「아빠빠를 입었어요」 「모자이크 게임」 「나의 당신」 등을 발표하는 등 정력적으로 활동한다. 오영진은 반일, 반공 사상에 투철한 민족주의자로서 일본문화의 한국 침투에 대한 경계심을 늦추지 않았다. 특히 「모자이크 게임」과 「나의 당신」 같은 싸이코드라마나 「아빠빠를 입었어요」 같은 희곡들에서는 일본에 대한 극도의 거부감과 공포심을 드러낸다.

연극사에서 1970년대는 소극장 연극이 활성화된 시기로 기억할 만하다. 실험소극장, 민예소극장, 삼일로 창고극장, 세실극장 등을 포함하여 1960년대와는 비교도 되지 않을 정도로 많은 소극장들이 생겨났다. 이러한 소극장 중심 연극 환경은 한국 연극계에 큰 변화를 가져온다. 첫째, 대극장의 스펙터클한 대형 연극 중심에서 탈피하여 각자의 개성에 맞게 실험할 수 있는 계기가 마련되었다. 둘째, 프로씨니엄 무대로 일관하던 대극장 무대양식을 지양하고 다양한 무대형식을 실험했다. 이에 따라 비사실주의적인 연극 공연이 활성화될 수 있었다. 셋째, 극단 전용 소극장 제도로 인해 대관 일정에 속박되지 않고 다양한 레퍼토리의 연극을 공연할 수 있었다. 이러한 소극장의 확산으로 연극 관객이 증가했고 다양한 양식의 연극을 실험해볼 수 있는 길이 열렸다.

이처럼 1970년대의 제도권 연극은 서구극의 왕성한 공연, 다양한 작가들의 등장, 소극장을 중심으로 펼쳐진 연극 실험 등으로 특징지을 수 있을 것이다. 그러나 이 시대는 제도권 연극 이외에 비제도권 영역에서의 마당극이 본격화한 시기이기도 하다. 김지하가 쓰고 연출한 「진오귀굿」(1973)을 시작으로 1970년대 마당극은 본격적으로 부각되기 시작했다. 이 시기의 마당극은 제도권 연극에 대한 부정과 극복 의식을 통해 지배담론에 저항하였다. 마당극운동은 1970년대 정부의 폭력과 억압에 대항하여 하층계급의 해방을 촉구하였다. 특히 관객과 무대의 경계선을 해체하여 서구 근대극 중심의 관람 양식을 지양했고, 연극의 정치적인 발언과 사회참여의 가능성을 확장시켰다.

4. 1980년대, 통제와 해금의 분열

박정희정권이 무너진 후 민주화시대가 도래한 듯했지만 곧이어 등장한 전두환의 신군부가 집권하면서 정세는 급격히 냉각되었다. 신군부는 외면상 개방과 자율 정책을 펴는 듯했지만 실제로는 1970년대와 큰 차이가 없는 억압적 정책을 고수하였다. 희곡 창작과 연극 공연에 대한 정부의 감시와 검열도 지속되었기 때문에 제출된 대본이 수정, 반려되거나 공연중인 연극이 중단되기도 했다. 이에 따라 이강백의 「파수꾼」, 오태영의 「매춘」, 박조열의 「오장군의 발톱」 같은 작품들이 대본 검열에서 반려되거나 극장폐쇄 조치로 공연이 중단되었다. 이러한 일련의 조치들로 극작가들이나 연극인들은 자기검열의 덫에 걸려 상상력이 제한되는 부정적인 결과를 낳았다.

특히 1984년에 공륜(한국공연윤리위원회)이 마당극 「나의 살던 고향은」 공연을 빌미로 연우무대에 내린 6개월 공연정지 처분, 1986년에 『한국연극』 지면을 통해 박조열과 공륜이 벌인 '표현의 자유' 논쟁, 그리고 1987년 바탕골이 올린 「매춘」의 외설성을 빌미로 극장 강제 폐쇄 조치를 내린 일 등은 1980년대 연극제도의 억압성과 폭력성을 드러내는 사건들이었다.

한편 정부는 연극 활성화 정책을 시행함으로써 연극의 외형적 성장을 도모하였다. 1977년부터 시작된 '대한민국연극제'와 1983년부터 시작된 '전국지방연극제'는 1980년대 제도권 연극이 정착되는 계기로 작용했다. 이 두 연극제는 양면성을 띨 수밖에 없었다. 국가적인 지원으로 성대하게 운영되어 극작가, 연출가, 배우, 관객들에게는 연극문화의 풍요로움으로 간주되기도 했지만, 관변 축제 특유의 보수주의적 경향의 확산이라는 측면도 나타났다. 관이 주도하는 연극제에서는 주로 사실주의극이 공연되었는데, 이는 제도권 연극이 사실주의극에 집중되었음을 의미한다.

이 시기의 대표적인 사실주의 희곡 작가로는 차범석, 이재현, 윤조병, 노경식 등을 떠올릴 수 있다. 1950년대 후반에 데뷔한 차범석은 사실주의 희곡의 계보를 꾸준하게 이어온 작가이다. 1980년대에 창작한 「식민지의 아침」「꿈하늘」 등은 역사적, 전기적 사실을 토대로 한 사실주의극에 속한다. 그러나 이 시기 차범석의 희곡은 자신의 이전 사실주의극보다 오히려 완성도와 문제의식이 떨어진다. 이재현의 희곡 역시 전통적인 사실주의극 경향을 따르고 있는데, 「포로들」「멀고 긴 터널」 등이 그것이다. 그러나 그의 작품들은 치열한 역사의식을 갖추지 못하여 당시 지배집단의 이데올로기에 포섭되는 결과를 낳고 말았다. 한편 농촌이나 광산촌 문제를 집중적으로 다룬 윤조병의 희곡들은 당대 현실을 섬세하게 다루고 있다. 「농토」「농녀」 등의 작품은 농촌과 광산촌을 배경으로 소외된 계층이나 억압받은 민중의 내면을 포착했다.

이 시기에 등단하여 사실주의극을 창작한 작가로 최인석과 노경식

을 들 수 있다. 최인석은 「어떤 사람도 사라지지 않는다」와 「시간의
문법」을 통해 산업화시대의 인간소외와 환경파괴 문제를 언급하고,
「그 찬란한 여름을 위하여」와 「쌀」에서는 식민지시대의 역사적 질곡
을 그려냈다. 한편 노경식은 「정읍사」「달집」 등의 작품에서 토속적이
고 설화적인 분위기를 살려내거나 남북 이산가족의 애환을 다루었다.

　1980년대에 비사실주의 경향의 희곡을 창작한 작가들도 있었는데
오태석, 이강백, 이현화, 정복근 등이 그 예라 하겠다.

　먼저 오태석은 1980년대 들어 기존 실험극 중심의 극작활동에서
벗어나 현대극과 전통극을 융합하는 방향으로 나아갔다. 「자전거」
「부자유친」 등의 희곡은 극단적 모더니즘 경향을 지양하고, 한국의
근현대사를 진지하게 성찰하는 면모를 보여주었다. 특히 6·25로 인
한 동족상잔의 기억을 소환하여 현재 살아남은 사람들과 충돌시킴으
로써 '과거와 현재의 갈등' '용서와 화해 문제' '실재와 환상의 관계'
를 꾸준히 탐구한다. 또한 '굿'이라는 우리나라 전통양식과 모더니즘
적 극양식이 접합된 텍스트에 역사를 기입함으로써 한국 희곡양식의
새로운 가능성을 타진해보았다.

　이강백의 경우 1970년대에 펼쳤던 자신의 시도를 이 시기에도 계
승하고 있다. 그러나 이전 시대에 비해 달라진 점이 있다면 1980년대
의 이강백 희곡에는 역사적 현실이 더 적극적이고 구체적으로 반영
되었다는 점일 것이다. 「쥬라기의 사람들」「유토피아를 먹고 잠들다」
「칠산리」 등의 작품이 그 예이다. 「쥬라기의 사람들」은 1981년의 사
북사태를 소재로 삼았고, 「유토피아를 먹고 잠들다」는 1980년대 진
보세력의 무력감과 패배주의를 냉소적으로 그리고 있다. 한편 「칠산
리」는 빨치산의 자식들을 데려와 키우는 '어미'의 역할을 통해 민족의

의미를 성찰하고 있다. 또한 이 시기에 발표된 이강백 희곡들은 1970년대에 창작된 작품들에 비해 한국의 전통적 정서를 폭넓게 수용하고 있다는 장점을 지닌다.

이현화는「불가불가」「산씻김」같은 작품에서 육체를 중심으로 펼쳐지는 사디즘과 마조히즘을 통해 현대인의 내면 깊이 숨어 있는 성적 욕망과 근원적인 공포감을 보여준다. 그의 희곡들은 자극적인 묘사와 과장된 상황설정 등으로 내러티브의 개연성을 상실한 측면도 있지만, 1980년대의 사회적·정치적 상황에 대한 고도의 알레고리로 볼 수 있는 부분도 있다. 이를테면「산씻김」과「불가불가」는 집단적 광기와 훼손당하는 육체 이미지를 통해 1980년대의 억압적 분위기를 간접적으로 드러내 보인다.

1980년대에 등장한 정복근은 여성주의 시각에서 한국사회의 계급 문제를 천착한 작가이다.「덫에 걸린 집」「실비명」등의 현대적 감각의 작품들은 계급적 입장에서 중산층의 위선적인 내면을 포착했다. 정복근은 일상의 공간 속에 숨겨진 계급갈등의 본질과 문제점들을 섬세하게 묘사했다.

1980년대는 연극에 대한 국가의 감시와 통제가 심화된 시기이면서 국가 주도로 연극을 지원한 모순의 시대였다. 그러나 시대적 질곡 속에서도 창작극 발표가 활성화된 시기이고, 재야 연극운동이 본격화된 시기로 기억할 만하다.

: 박명진 :

● 더 읽을거리

1950년대 이후 한국 희곡에 대한 전반적이고 집중적인 논의는 민족문학사학회 희곡분과가 펴낸 『1950년대 희곡연구』(새미 1998);『1960년대 희곡연구』(새미 2002);『1970년대 희곡연구』1, 2(연극과인간 2008)를 들 수 있다. 또한 한국예술종합학교 한국예술연구소에서 엮은 『한국현대 예술사대계』2~5(시공사 2000~2005) 씨리즈도 이 시기 희곡에 대한 이해에 도움을 준다.

단행본으로는 1950,60년대 희곡에 대한 전반적인 개관인 오영미『한국전후연극의 형성과 전개』(태학사 1996); 박명진『한국 전후희곡의 담론과 주체구성』(월인 1999); 백로라『1960년대 희곡과 이데올로기』(연극과인간 2004) 등의 저서가 참고할 만하다. 이 외에 김옥란『한국 현대 희곡과 여성성/남성성』(연극과인간 2004); 서연호 편『한국연극의 쟁점과 새로운 탐구(현대극)』(연극과인간 2001); 홍창수『역사와 실존 ── 한국희곡연구』(연극과인간 2006); 김성희『한국 현대희곡 연구』(태학사 1998); 한국연극평론가협회 편『한국 현역 극작가론』1, 2(예니 1994) 등은 1950년대 이후 한국 희곡의 다양한 특징을 살필 수 있는 자료가 된다. 특히 이영미의『마당극 · 리얼리즘 · 민족극』(현대미학사 1997);『마당극 양식의 원리와 특성』(시공사 2002)은 진보적 연극으로서의 마당극에 대한 전반적인 이해를 돕는다.

한국 현대희곡에 대한 논문은 거의 대부분 극작가론에 집중되어 있다. 백로라「오영진 희곡의 〈풍운〉 연구」,『한국극예술연구』5(한국극예술연구학회 1995); 김옥란「1950년대 희곡에 나타난 전후세대의 현실인식」,『한양어문연구』13(한양대 한양어문연구회 1995); 양승국「해방 이후의 유치진 희곡을 통해 본 분단현실과 전쟁체험의 한 양상」,『한국의 전후문학』(태학사 1991); 박명진「이근삼 희곡의 일상성과 근대성 ── 1960년대를 중심으로」,『한국극예술연구』9(1999); 이미원「박현숙 희곡 연구」,『한국연극학』11(한국연극학회 1998); 백로라「〈오장군의 발톱〉의 공간 연구」,『숭실어문』12(숭실대 숭실어문연구회 1995); 김방옥「오태석론」,『한국희곡작가연구』(태학사 1997) 등이 그것이다.

한편 한국 현대희곡의 실험적 경향에 대한 논문으로는 김미도 「1950년대 희곡의 실험적 성과」, 『어문논집』 32(민족어문학회 1993) ; 오영미 「1950년대 후반기 희곡의 변이 양상」, 『한국극예술연구』 2(한국극예술연구학회 1992) 등을 추천할 수 있다. 또한 1950년대에서 1990년대까지의 한국 연극사의 전통 담론을 분석한 백현미의 「한국연극사의 전통담론 연구」 씨리즈(2000~2007) ; 백로라 「1950년대 연극 운동론」, 『숭실어문』 13(1997)과 「1960년대 연극 운동론」, 『한국극예술연구』 12(2000) ; 정호순 『한국의 소극장과 연극운동』(연극과 인간 2002) 등은 한국 희곡의 배경 이해를 위해 참조하면 좋을 것이다.

1960년대 문학

1. 개관

1960년대 한국사회는 전쟁의 상흔과 전후복구의 피로감 속에서도 자유민주주의의 가능성을 열어준 4·19의 열정에 힘입어 활기찬 출발을 보였다. 민주주의에 대한 시민들의 열망과 참여의식을 확인시킨 4·19혁명은 이승만정권의 종말을 가져왔다는 점과 한미일 간의 새로운 관계정립의 시발점이 되었다는 점에서 역사적 의의를 찾을 수 있다. 반면, 학생과 지식인으로 구성된 주체세력이 경제적 이해관계를 초월한 비조직적인 존재여서 4·19가 정치적인 변혁을 수반하지 못한 '미완의 혁명'으로 머물렀다는 점은 부정할 수 없는 한계이다. 이처럼 4·19는 정치사적으로 명백한 한계를 내포하고 있지만, 이후에 진행된 근대적 민주화운동의 '기원' 역할을 한다는 점에서 정신사적 차원의 '혁명'으로 자리매김될 수 있을 것이다.

4·19혁명으로 인해 촉발된 자유민주주의의 가능성은 곧이어 일어난 5·16 쿠데타로 좌절되고, 군사정권하에서 진행된 급속한 경제성장과 산업화는 1960년대를 매우 불안하면서도 역동적인 시대로 만들어갔다. 전후 원조경제에 의존했던 한국사회는 군사정권이 들어서면서 적극적인 외자유치를 통해 경공업 중심의 경제개발을 추진하였다. 당시의 냉전체제는 미국과 일본, 한국의 정치적 공조를 강화시켰고 경제적 유착관계 또한 자연스럽게 형성되었다. 다시 말해 한미일 3국은 반공주의를 공유함으로써 과거와 현재의 식민-피식민 문제는 덮어둔 채 정치적·경제적 유대관계를 공고히 할 수 있었던 것이다. 선진 자본주의 국가를 모델로 삼아 추진된 공업 중심의 경제개발은 이농을 촉진하여 도시의 비대화를 초래했다. 도시인구가 급격히 증가함으로써 한국사회 일상의 모습도 커다란 변화를 겪는다.

1960년대는 사회·문화 영역에서의 변화도 두드러져, 자본주의 시장의 성장으로 교육과 문화의 수요가 폭발적으로 증가했으며, 급속한 도시화에 비례해 대중문화의 저변도 확장되어갔다. 한국영화는 최고의 전성기를 누렸고, 교양잡지와 더불어 대중적 호기심을 자극하는 대중매체들도 양산되었다. 이 시기는 4·19를 통해 시민의식을 직간접적으로 공유한 근대적 개인들의 자유로움과 자신감이 충만한 시기이기도 했다. 그러나 근대화 기획으로 무장한 국가주의의 억압성이 노골화되면서 시민의식은 내면화의 길을 걷게 된다. 그럼에도 1960년대의 시민사회적 분위기는 사회에 대한 비판의식을 자극하였으며, 민족과 민중에 대한 인식과 탈식민적 지향을 심화 확대시켰다.

1960년대 문학은 이러한 복합적이고 중층적인 상황을 반영하고 있으며, 그 근저에는 여전히 한국전쟁의 경험이 광범위하게 자리잡고 있다. 그러나 1960년대 문학은 1950년대 문학에 비해 전쟁 체험으로부터 객관적 거리를 확보함으로써 체험의 직접성에 함몰된 감상주의에서 벗어나 더욱 다층적이고 구조적인 시각에서 한국전쟁을 바라보게 된다. 특히 1960년대 문학을 주도한 세대에게 유년기에 겪은 전쟁 체험은 정신적 외상을 만들어낸 '원체험'으로 각인되어 있어, 간접화되거나 내면화된 방식으로 문학에 반영된다. 물론 1960년대 문학에서는 4·19의 경험을 절대화하는 경향이 일반적이며, 그 시점의 절묘함 때문에 더욱더 신화화된 4·19는 1960년대 문학의 정신과 의미를 논하는 자리에서 피해갈 수 없는 규정력을 지닌다. 김윤식은 4·19가 이전 사회운동과는 비교할 수 없는 자발적인 움직임이었으며 "개인의 자유가 원칙적으로 인정된 사회"를 꿈꿔볼 수 있었다는 점에서 이를 '리얼리즘의 출발지'로 규정한다. 이는 4·19를 통해 처음으로 개인과 사회의 문제를 동등하게 비교해볼 수 있게 되었다는 의미이다. 4·19가 '개인의 발견'이나 '의식의 전환' 같은 문제에 상당한 영향을 미침으로써, 그것을 특징으로 하는 1960년대 문학이 한국문학사에서 전환점을 마련한 것은 분명하다. 그러나 1960년대가 전쟁 체험과 분단, 더 거슬러올라가 식민지 체험이라는 과거의 역사와 단절된 시공간이 될 수 없듯이, 1960년대 문학도 새로운 의식과 감수성이 표면에 드러나기는 해도 이전의 역사적 경험을 여전히 중심에 두고 있다는 점을 간과해서는 안될 것이다.

해방 이후 한국 현대시는 이념과 사회에 대한 관심을 배제하는 방향으로 나아갔다. 따라서 그 공백은 심미적 대상으로서의 자연 혹은 서구문학에 대한 동경으로 메워졌다. 하지만 전쟁으로 대표되는 1950년대라는 엄연한 현실의 모순과 상처에서 자유로울 수는 없었다. 이 시기를 거치면서 사회와 역사에 대한 자각이 싹트는 것은 자연스러운 일이었다. 문제는 이러한 생각이 자유롭게 표현될 수 없었다는 점에 있었다. 당시의 시문학계에서는 해방을 기점으로 이전의 구세대와 이후의 신세대 사이에 문학에 대한 관점의 차이로 인한 갈등이 빚어졌다. 서구문학의 자연스러운 유입에 따른 문학관의 확대, 현실 속에서 살아가는 존재로서 시인이 느끼는 사회와 현실에 대한 자각 등은 점차 새로운 표현욕구를 현실화시키고 있었다. 이렇듯 여러 요인들이 새로운 물꼬가 트이기를 기다리면서 정체되어 있었다. 그 물꼬를 튼 사건이 바로 4·19였으며, 이를 기점으로 마치 판도라의 상자가 열린 듯 한국사회의 여러 문제가 한꺼번에 쏟아져나왔다. 돌이켜보면 4·19는 문제의 해결이라는 측면보다는 새로운 문제의식을 가능하게 했다는 점에서 중요시되어야 한다. 1960년대 시문학에서 빼놓을 수 없는 두 시인인 김수영(金洙暎)과 신동엽(申東曄)의 시세계는 이전의 가치를 넘어선 자리에서 시작되었다. 그리고 이를 가능케 한 요인이 바로 당대의 현실이었다. 문학과 현실의 긴장에서 이들이 보여준, 같으면서도 서로 다른 포즈는 이후 한국 현대시의 이정표 구실을 했다는 점에서 눈여겨보아야 한다.

1960년대 소설은 한국전쟁을 원경(遠景)으로, 4·19를 근경(近景)으로 하면서 근대화 과정에서 파생하는 개인과 사회의 문제를 성찰하는 데 집중했다. 1960년대 문학의 지형을 파악하기 위해 단순화하자면, 개인과 사회라는 두 관계항 가운데 어디에 방점을 두느냐에 따라 두 경향으로 대별할 수 있다. 개인의 문제에 강조점을 두는 소설들은 대부분 서사성이 약화되는 대신 내면화의 길을 걷고, 개인을 억압하는 제도와 체제에 대한 비판적 인식으로 귀결했다. 사회문제에 천착하는 소설들은 자본주의 근대, 혹은 신식민주의적 상황의 필연적 귀결인 경제적·정치적 불평등의 문제를 전면에 내걸었다. 이 두 경향은 미학적 방식에서도 모더니즘과 리얼리즘으로 대별될 수 있지만, 각각의 방식으로 개인과 사회를 매개한다는 점에서 나름의 의의를 찾을 수 있다.

2. 1960년대의 시: 새로운 언어질서의 추구

1960년대의 시작원리

1960년대에 김수영과 신동엽, 이 두 시인이 보여준 활동은 어떤 의미가 있을까? 1950년대 후반에는 문학에서도 점차 사회적 관심이 커져갔지만, 이를 지탱해줄 새로운 문학세대의 출현은 아직 확인할 수 없었다. 그러던 과정에서 김수영을 비롯한 김춘수, 전봉건, 김종삼 등의 활동은 전후 현실이 빚어낸 새로운 시적 전언처럼 비치기 시작했다. 그것은 새로운 현실을 표현할 수 있는 언어의식을 자각한 결과라고 할 수 있을 것이다. 또한 4·19를 통해 사회와 역사에 대한 참여의식이 고조되었다. 이러한 역사의식의 자각은 한국 현대시의 새 장을 여는 계기가 되었다. 여기서 놓치지 말아야 할 것은 1960년대의 시가 전시대의 시문학을 혁신하고 새 단계로 나아가는 데는 여전히 많은 한계를 드러냈다는 점이다. 다시 말하면 문학과 현실의 자각을 통한 개인의 표현이라는 과정을 생략할 수는 없는 것이다. 이러한 변화의 시점에서 김수영과 신동엽은 가장 뚜렷한 개성을 보여준 시인들이었다.

　1960년대 시문학에서는 이전 세대의 시와 다르게 언어의식을 기반으로 한 의미 전달에 상당한 노력을 기울였음을 엿볼 수 있다. 전통 지향의 서정시와 현대성을 추구하는 모더니즘 시 그리고 사회현실에 대한 참여의 확대를 보여주는 시들이 새로운 언어질서의 추구라는 점에서 서로 경쟁하고 있었다. 1960년대는 그 첫걸음부터 새것에 대한 갈망이 강했던 시기라고 할 수 있다. 4·19를 통해서 시문학에서도 사회의식의 확대가 나타났다. 하지만 이러한 변화가 문학의 주요 흐름으로 자리잡기에는 시간이 필요했다. 적어도 4·19를 겪은 학생세대가 사회에 진출하여 자신의 목소리를 내고 일정한 역할을 하기까지는 어느정도 시간이 흘러야 했던 것이다. 1960년대 후반에『창작과 비평』이나『시인』같은 잡지의 출현을 통해 시적 지형이 그려지기까지는 여전히 무언가를 모색하는 시기였다. 이 과정에서 김수영과 신동엽의 존재는 여전히 불투명한 시적 비전에 하나의 기준점을 제공해주었다. 이 점이 오늘날 현대시의 기원으로 이 두 시인을 거론하는 이유이다.

모더니티의 눈으로: 하…… 그림자가 없다

　1960년 4월 19일 수많은 학생과 시민이 서울 도심에 운집하여 역사적 진실을 밝힐 것을 요구하였다. 정권은 위협을 느끼자 경찰에 발포를 허가했고 이로 인해 수많은 사상자가 발생했다. 결국 대통령 이승만은 권좌에서 물러난다. 1960년 4월 26일의 일이다. 그날 아침 김수영은 "우선 그놈의 사진을 떼어서 밑씻개로 하자 / 그 지긋지긋

한 놈의 사진을 떼어서/조용히 개굴창에 넣고/썩어진 어제와 결별
하자"(「우선 그놈의 사진을 떼어서 밑셋개로 하자」)라고 시작하는 시를 써내
려갔다. 4·19의 감격을 거칠게 그리지 않으면 안되기라도 하듯이.

　김수영은 「묘정의 노래」(『예술부락』 1945)를 통해 시작활동을 시작하
였으며, 김경린, 박인환, 임호권 등과 어울려 『새로운 도시와 시민들
의 합창』(도시문화사 1949)이라는 앤솔러지를 펴내기도 했다. 이렇듯 해
방기의 김수영은 모더니즘의 영향 아래에서 자신의 시세계를 모색해
나갔다. 하지만 좌우익의 격심한 대립 속에서 시대가 요구하는 명제,
이를테면 민족의 독립과 진정한 해방이라는 문제에서 결코 자유로울
수는 없었다.

　김수영은 해방 이전에는 연극을 하면서 일본과 만주를 유랑한 바
있으며, 한국전쟁중에는 인민군으로 참전하였다가 전쟁포로가 되었
다. 그리고 거제도 포로수용소를 거쳐서 다시 서울로 돌아왔다. 이러
한 그의 남다른 이력 때문에 본격적인 시작은 한국전쟁이 끝나고 나
서야 비로소 가능해졌다. 그 결과물이 『달나라의 장난』(춘조사 1959)이
다. 크게 내세울 것 없는 초라한 시인의 일상에서 '설움'과 '양심'은 하
나의 '자(針尺)'이다. 김수영은 이를 바탕으로 시세계를 직조해간다.
「병풍」「폭포」「눈」 같은 작품에서 그러한 시인의 면모를 발견할 수
있다. 그리하여 시인은 다음과 같이 말한다.

　　우리들의 싸움은 하늘과 땅 사이에 가득 차 있다
　　민주주의의 싸움이니까 싸우는 방법도 민주주의식으로 싸워야
　한다
　　하늘에 그림자가 없듯이 민주주의의 싸움에도 그림자가 없다

하…… 그림자가 없다

──「하…… 그림자가 없다」 부분

이 시에서 시인은 나날의 일상이 또다른 싸움의 연속이라고 말한다. 일상의 생활이 의지에서 비롯되듯이 모든 생활은 의지의 싸움인 것이다. 그런데 일상처럼 민주주의는 민주주의다워야 한다. 일상이 자신의 모든 체적과 일치할 때 본모습을 보이듯이, 민주주의는 자신의 정체성 속에서 구체적이어야 한다. 추상적인 민주주의는 민주주의가 아닌 까닭이다. '하늘에 그림자가 없듯이'라는 비유는 시선이 어디에 가닿아야 하는가,라는 문제이기도 하다. 하늘 아래 사람은 하늘의 그림자를 볼 수 없듯이, 민주주의 속에서 시민은 민주주의를 의식하지 않아도 된다. 이 자명한 이치를 통해서 그는 그 깨달음의 순간을, 시와 시인과 의미의 일치를 '그림자가 없다'라고 묘사했다. 이 시는 4·19의 비극을 예감하듯이 그해 4월 3일 쓰였다.

김수영은 4월 19일 이후 다른 어떤 시인보다 활발하게 작품을 발표한다. 「기도──4·19 순국학도 위령제에 부치는 노래」「육법전서와 혁명」「푸른 하늘을」「만시지탄은 있지만」「가다오 나가다오」「중용에 대하여」「그 방을 생각하며」 등을 포함하여 18편을 이듬해 군사쿠데타가 발생할 때까지 쓴다. "적막이 오듯이/적막이 오듯이/소리 없이 가다오 나가다오/다녀오는 사람처럼 아주 가다오!"(「가다오 나가다오」) 같은 표현은 김수영의 의식이 민족통일이라는 과제에 어떻게 반응했는가를 보여준다. 특히 몸소 겪은 현대사의 생생한 체험과 결부되어 시인 김수영이 4·19에서 어떤 일체감을 느꼈는지 잘 드러내고 있다.

그리고 4·19 이후에 수많은 '4·19 시'가 쏟아져나왔지만, 4·19의
정신을 가장 잘 표현한 시로 들 수 있는 것은 김수영의 「푸른 하늘을」
이다. 어떤 의미에서는 당시의 현실에 대한 혹독한 비판처럼 보이기
도 하는 「푸른 하늘을」에서 그는 "어째서 자유에는／피의 냄새가 섞
여 있는가를／혁명은／왜 고독한 것인가를 // 혁명은／왜 고독해야 하
는 것인가를"이라고 말한다. 피와 희생 없이 자유를 얻을 수 없듯이,
혁명은 과거의 기억으로만 존재해서는 안되고 일상의 매순간은 혁명
에 버금가는 것이어야 한다. 아니 매순간은 혁명이어야 한다. 하지만
그 본질을 매순간 지각하는 것 또한 현실임을 김수영은 말하고 있다.
김수영은 이러한 자각을 '고독'이라고 이름 짓는다. 이를 다시 김수영
의 산문어법으로 바꾸면 다음과 같은 진술이 될 것이다.

  시인의 스승은 현실이다. 나는 우리의 현실이 시대에 뒤떨어진
것을 부끄럽고 안타깝게 생각하지만, 그보다도 더 안타깝고 부끄
러운 것은, 이 뒤떨어진 현실을 직시하지 못하는 시인의 태도이다.
오늘날의 우리의 현대시의 양식과 작업은 이 뒤떨어진 현실에 대
한 자각이 모체가 되어야 할 것 같다. 우리의 현대시의 밀도는 이
자각의 밀도이고, 이 밀도는 우리의 비애, 우리만의 비애를 가리켜
준다. 이상한 역설 같지만 오늘날의 우리의 현대적인 시인의 긍지
는 '앞섰다'는 것이 아니라 '뒤떨어졌다'는 것을 확고하고 여유 있
게 의식하는 점에서 '앞섰다'.[1]

<hr>

1) 김수영 「모더니티의 문제」(사상계), 1964년 4월.

'이상한 역설' 같은 김수영의 자긍심은 그의 시와 산문을 관통한다. 그는 "모든 설움이 합쳐지고 모든 것이 설움으로 돌아가는"(「긍지의 날」, 1954) 날에도 긍지(矜持)를 발견한다. 마찬가지로 「푸른 하늘을」에서 혁명의 숨겨진 차원으로 찾은 '고독'은 또다른 가치인 것이다. 아울러 4·19의 희생으로 등장한 장면정권의 교체와 정치권을 바라보면서 어떤 신문기사의 제목처럼 '방만 바꾸어진 것'은 아닐까 우려 섞인 시선을 보내기도 한다. 기실 「그 방을 생각하며」를 거론하면서 4·19를 통해 고양된 시인의 정치의식이 소시민의식으로 이우는 모양새로 보는 견해도 있지만, 분명 "혁명은 안 되고/ 나는 방만 바꾸었"음에도 시인이 "이제 나는 무엇인지 모르게 기쁘고/ 나의 가슴은 이유 없이 풍성"한 진정한 이유에 대해서는 지금까지 너무 평이하게 접근해온 것 또한 사실이다.

시정신을 뿜어내는 분수처럼

신동엽은 「이야기하는 쟁기꾼의 대지」(『조선일보』 1959년 1월)라는 시를 통해 본격적인 시세계를 일궈나간다. 1950년대 후반 한국의 현대시는 전후 모더니즘의 해독에서 벗어나 더 건전한 역사의식의 투영을 요구받는다. 신동엽의 남성적인 목소리와 역사의식 그리고 서사적 상상력은 그의 초기 시부터 뚜렷한 목표를 지니고 나타나며, 개인의식을 위주로 한 문학적 인식은 역사라는 층위에서 재조명된다. 이때 고대에서부터 흘러온 시간의 연속성은 현재에서 그 빛을 발한다.

—— 애인의 가슴을 뚫었지?
아니면 조국의 기폭을 쏘았나?

그것도 아니라면, 너의 아들의 학교가는 눈동자 속에 총알을 박
아보았나?——

죽지 않고 살아 있었구나
우리들의 피는 대지와 함께 숨쉬고
우리들의 눈동자는 강물과 함께 빛나 있었구나

　　　　　　　　　　　　　　　　　　　——「아사녀」 부분

　4·19를 지켜본 신동엽은 『학생혁명시집』(교육평론사 1960)의 간행을
서두르는데 여기에 「아사녀」를 발표한다. 신동엽의 역사적 상상력이
현재적 시간으로서의 4·19와 만나는 순간이기도 하다. 신동문이 저
항의 순간을 "아 신화같이 나타난 다비데군들"이라고 노래한 절창과
는 또 다르게, 신동엽은 "또다시 오늘 우리들의 눈앞에 솟구쳐 오른
아사달 아사녀의 몸부림"으로 해석한다. 수많은 우리들은 과거의 아
사달 아사녀가 아닌 오늘의 아사달 아사녀이며, 그 역사적 연속성은
대지와 함께 숨쉬고 강물과 함께 빛난다. 이러한 신동엽의 역사의식
은 미래의 기억을 민족의 이름으로 불러온다. 민족의 이름 앞에 분단
체제의 현실은 분명 극복 대상이다.
　4·19는 크게 두 축으로 이루어져 있다. 하나는 독재정권에 대한 항
거 그리고 민주주의와 자유의 회복이다. 다른 하나는 이를 바탕으로
한 민족통일운동의 전개다. 하지만 4·19를 통해 집권한 민주당정권
은 새로운 역사의 요구에 부응할 능력도 의지도 없었다. 당시 정계
일각에서는 '유엔 감시하의 남북통일을 위한 총선거 실시'가 주장되
었고, 혁신계에서는 중립국통일화방안 등이 제출되었다. 이러한 통

일에 대한 다양한 모색이 역사의 굴절 속에서 훼손되었음은 익히 아는바이다. 하지만 신동엽은 이를 문학적으로 수용하여 울타리를 두르고 기초를 마련하고 집을 지어나갔다.

신동엽의 『아사녀』(문학사 1963)는 4·19를 통해 우리 현실이 어떻게 바뀌어야 하는가라는 질문에 대한 답변이다. 등단 이후의 작품이 망라된 이 시집은 4·19를 거치면서 신동엽의 역사의식이 어떻게 구체화되는지 보여주는 청사진이기도 하다. 이 시집에서 '완충지대'는 "바심하기 좋은 이슬 젖은 안마당"(「완충지대」)으로 묘사되는데, 시인은 한발 더 나아가 「주린 땅의 지도원리」에서 선언한다. "아사달 아사녀의 나란 완충, 완충이노라고."(『사상계』 1963) 고대의 시간에서 잇달려온 민족의 본원적 시간에 대한 모색은 완충이라는 물리적 용어를 통해 표현되며, 이내 이 용어는 중립이라는 정치적 용어를 통해 간추려진다. 이러한 과정을 거쳐 「껍데기는 가라」(『52인 시집』 1967)는 완성된다. 시인의 육성과 체온은 "아사달 아사녀가 / 중립의 초례청 앞에 서서 / 부끄럼 빛내며 / 맞절할지니 // 껍데기는 가라 / 한라에서 백두까지 / 향그러운 흙가슴만 남고 / 그, 모오든 쇠붙이는 가라"라는 표현에 집약되어 있다.

지금의 관점에서 중립화통일론은 더이상 시대적 요청에 값하지 못한다. 하지만 신동엽이 말한 '중립의 초례청'은 통일이라는 문제가 민족 구성원 모두의 현실과 밀접한 관련을 맺고 있다는 측면에서 구체적인 의미로 다가온다. 그리고 민족의 분단과 이 때문에 빚어진 한국전쟁의 비극을 넘어선 민족의 비전을 제시한다는 측면에서 이 시는 분명 현재적 가치를 여전히 지니고 있는 것이다. 한편 신동엽은 대지를 경작하는 쟁기꾼이라는 의미에서 '전경인(全耕人)'의 가치관을 강조한다. 시인 자신도 '귀수성(歸數性)'의 세계를 염두에 두고 노력할 것이라고 말한다.[2] 이는 물질문명이 빚어낸 환경오염과 생태계 파괴가 오늘날 어떤 가치관을 통해 극복되어야 하는가를 보여주는 그 시작점이라고 할 수 있다.

서양세력이 동양으로 밀려들어올 때, 경주의 수운 최제우는 한반도를 떠돌면서 민중과 함께 궁핍한 생활을 겪었다. 동학은 이러한 현실에서 움터 동학농민전쟁을 통해 새로운 역사적 가치를 제시한 바 있다. 신동엽은 동학의 이념과 역사적 현실의 결합을 「금강」(1967)이라는 장편서사시를 통해 벼려낸다. 김동환의 「국경의 밤」처럼 근대서사시의 맥을 이으면서 동시에 그 현재적 가치와 의미를 퇴색시키지 않으려는 시도라는 점에서 「금강」은 획기적인 작품임이 틀림없다. 또한 신동엽은 자신의 모든 문학적 역량을 「금강」이라는 용광로 속에 쏟아부으려 했다. 따라서 신동엽의 문학 전체와 「금강」은 같은 무게를 지닌다고 해도 과언이 아니다. 물론 신동엽의 「금강」은 역사의식의 전면적인 노출과 오늘날 서사시의 실효성 때문에 논란의 대상이 된 바 있다. 그러나 이 모든 논의에도 불구하고 4·19의 의미와 그 문학적 표현이 어떤 진로를 보여야 하는가 하는 문제에서 가장 구체적인 모습을 보여주었다는 측면에서 신동엽의 가치는 여전하다. 그리고 그의 장시 혹은 서사시에 대한 모색은 신경림의 「남한강」 연작 등에 영향을 미쳤다.

2) 신동엽 「시인정신론」, 『자유문학』 1961년 2월.

이후의 영향에 대하여

10년 터울의 김수영과 신동엽 두 시인은 같은 시대를 살았지만 세대차에서 자유롭지 못했던 것도 사실이다. 어느 글에서 신동엽은 김수영을 도시적 지식인의 감성에 머물려는 '시민시인'으로 구분하는 한편 자신을 '저항파' 시인으로 구분한 바 있다.[3] 하지만 이러한 지적에 대해 김수영은 신동엽의 「발」(『현대문학』 1963)이라는 작품을 예로 들면서, 사회의식과 역사의식을 가진 시로서 보기 드물게 성공을 거둔 작품이지만 시 속에 그려진 군중 혹은 민중과의 유리감이 엿보인다는 문제점을 지적했다. 김수영은 그 이유를 참여 지향의 신진시인들의 '너무나 투박한 민족주의'에서 찾는다. 시인은 민중을 바라보아서는 안되고 '자기 안에 살고 있는 민중'을 그려야 한다는 것이다. 그런 의미에서 김수영의 민중과 현실은 항상 앞서간다.

김수영은 1960년대 4·19를 거치면서 쏟아낸 시들을 뒤로하고 내면으로 침잠한다. 이러한 모습은 정녕 김수영의 소시민의식으로 비치기도 한다. 하지만 김수영의 시세계에서 중요한 성과로 인정받는 「거대한 뿌리」「현대식 교량」「어느 날 고궁을 나오면서」「이 한국문학사」「사랑의 변주곡」 등의 작품이 대체로 이 시기에 쓰였음을 감안하면 김수영의 문학의식에 대한 면밀한 재검토가 요청된다. 김수영에 대한 끊임없는 관심과 애정의 일단에는 이러한 사정이 분명히 개입되어 있다.

한편 신동엽의 작품 가운데 「그 입술에 파인 그늘」(시극)이나 「석가탑」(오페레타)같이 무대에 올려진 작품들이 있다. 이러한 작품들

---

3) 신동엽 「60년대 시단분포도」, 『조선일보』 1961년 3월 30~31일자.

을 통해 다음 시대 문학과 연극의 결합 가능성이 어떻게 진전될지 검토해야 할 것으로 보인다. 한편 김지하는 「풍자냐 자살이냐」(『시인』 1970)에서 김수영의 시구를 빌려 자신의 문학관을 표현한다. 이 글에서 김지하는 시인과 민중의 만남이라는 문제를 '풍자와 민요정신의 계승'이라는 측면에서 접근한다. 민요에서 볼 수 있는 전통적인 골계를 비판적으로 극복하여 현대적인 새로움으로 시에 접목하려 한 것은 '저 풍성한 형식가치'를 재발견하려는 노력이라고 할 수 있다. 이러한 생각은 1980년대 중반 제기된 김지하의 민족미학론의 원형이기도 하려니와 당시 「오적」과 「대설 남」을 통해서 이미 그 실체를 드러내기도 했다. 이러한 문제의식은 시인과 민중이 어떻게 만나는가 하는 문제의식에서 비롯된 것들인데 김준태, 양성우, 이성부, 조태일, 최하림 등을 통해 1970년대 참여시의 영역을 확대 심화시키는 계기로 작용한다.

한편 1960년대 시문학에서 간과할 수 없는 사항 중 하나는 뛰어난 언어의식을 갖고 있는 새로운 시인들이 대거 등장한 시기라는 점이다. 현상적으로 동시대의 시는 언어의식의 표출 양상에 따라 형식적 갈래를 나누게 된다. 하지만 당시에는 언어의 지향이 어디로 향하고 있는지에 대한 구체적인 모습을 결하고 있었으며 언어의 실험성이 강조되는 양상으로 나타났다. 이 시기의 시인들로는 강우식, 강은교, 김광협, 김윤희, 김종철, 이종해, 마종하, 박의상, 박리도, 박제천, 오규원, 오세영, 윤상규, 이가림, 이건청, 이근배, 이수익, 이승훈, 이탄, 정현종, 허영자 등의 이름을 열거할 수 있다. 이들은 박목월, 박두진, 조지훈, 서정주 등 해방 이전에 등장하여 한국 시문학의 주류를 형성한 시인들의 영향을 받은 한편 1950년대 이후 변화된 시대의 감수성을 적극 표현하려 했다. 이로써 시인은 자의식을 성찰하게 되었다. 그뿐 아니라 언어에 대한 자의식과 언어 표현의 세련 그리고 방법적 구축을 통한 시세계의 제시가 두드러지게 나타났다. 이는 전시대의 시인과 확연한 차이를 보여주는 지점이다. 1960년대의 시문학은 추상적인 개념과 한자어 표현을 탈피했으며, 구체적이고 일상적인 소재와 내용을 시에 담았다. 이것은 시라는 그릇과 거기에 담길 내용물에 대한 정체성을 회복하는 과정에서 나타난 뚜렷한 변화와 움직임이었다. 이것의 실질적인 결과는 상당한 시일이 경과한 뒤에 드러나기에 여기서는 그 잠재적인 양상만을 지적하고자 한다.

3. 1960년대의 소설: 근대적 개인의 성찰과 비판적 현실 인식

개인과 내면의 발견, 비판적 자의식의 문학

4·19로 촉발된 자유에 대한 열망은 진정한 의미의 근대적 개인에 대해 진지하게 성찰할 수 있는 기회를 제공하였다. 국민의 정치적 권리란 어떤 것이며, 그것이 어떻게 행사될 수 있는가를 체험하게 한 4·19혁명이 개인을 근대 시민사회의 주체로 자각하게 한 것이다. 이렇게 근대적 개인에 대한 인식의 문제를 1960년대 문학의 중요한 화두라고 볼 때, 이 주제의식을 전면화한 대표적인 작가로 최인훈(崔仁勳)과 김승옥(金承鈺)을 꼽을 수 있다. 김승옥은 대학시절 4·19를 경험한 전형적인 4·19세대로서 '1960년대적 감수성'을 대표하며, 최인훈은 '빛나는 4월'의 고양된 의식의 세례를 거쳐 『광장』을 발표함으로써 1960년대 문학의 상징으로 자리매김되었다.

최인훈의 『광장』(1960)은 서로 다른 두 정치체제의 대비를 통해서 남북한의 실상을 고발한 작품으로, '밀실'과 '광장'이라는 이분법적 상징을 통해 개인 삶의 필수 환경인 '자유'과 '평등'의 의미를 부각시킨다. 주인공 이명준은 전후 남한사회의 비속함과 속악성에 환멸을 느끼지만 적어도 그곳이 개인의 자유로운 의식과 사유공간으로서의 '밀실'은 보장해준다고 위안하며 살아간다. 그러다 월북한 공산주의자 아버지로 인해 경찰서에 끌려가 굴욕적인 취조와 참담한 고문을 당하자 자신이 "돈과, 마음과, 몸을 지켜준다는 법률의 밖"에 있는 존재임을 절감하고 월북을 감행한다. 하지만 열린 광장을 기대한 이명준에게 북한사회는 인민의 웃음이 사라진 '잿빛 공화국'으로 다가온다. 사회주의적 인간형의 창조와 새로운 사회의 건설이라는 거대한 대의명분 아래 철저히 통제되는 북한사회를 경험한 이명준은 이후 전쟁포로가 되자 결국 제3국행을 선택하는데, 이 선택은 자살로 이어진다. 이명준의 비극은 국토와 민족의 분단, 그리고 이데올로기 대립을 바탕으로 재편된 해방 이후 한국사회의 태생적 운명과 상통한다. 이러한 최인훈의 문제의식은 또다른 문제작 『회색인』『서유기』에서도 반복되어, 관조적 지식인의 관념적 사유 속에서 남북한사회의 모순이 함께 냉소의 대상이 된다. 이처럼 최인훈의 소설은 식민지와 해방, 분단과 전쟁 등 근대 한국사회의 불행한 역사가 신체의 자율성은 물론이고 상상력과 의식의 자율성마저도 규율하는, 철저히 억압적인 사회를 낳았음을 여실히 보여준다는 점에서도 의의가 있다.

또한 연작소설 『크리스마스 캐럴』은 4·19 이후 한국사회의 풍경을 독특한 필치로 묘사하고 있으며, 한편으로는 신식민주의적 상황에 대한 비판적 인식을 보여주고 있어 주목된다. 이 소설은 소중한 목숨을 희생한 4·19혁명의 열기가 채 1년도 안되어 사라지고 어느새 전람회에 출품된 사진의 소재로 박제화되는 상황을 그린다. 최인훈은 4·19의 경험이 너무 빨리 과거의 유물로, 진행형이 아닌 아득한 신화로 변질되고 있음을 지적하고 있는 것이다. 이러한 현상에 대한 문학적 재현은 4·19 정신의 단절에 대한 냉소적 표현임과 동시에, 4·19 정신을 자기의식의 기원으로 삼은 세대 스스로 너무 성급하게 그것을 과거의 신화로 상징화하는 태도에 대한 환멸의 표현이기도 하다. 요컨대 4·19가 가져다준 '환희와 절망'의 경험을 자기 문학의 중심으로 삼았던 최인훈은 환멸과 허무주의적 색채를 완전히 걷어내지는 못했지만 '응시하는 시선'으로서의 비판력을 끝까지 견지했다는 점에서 4·19 정신의 문학적 계승자라고 평가할 수 있을 것이다.

그외에 『구운몽』『회색인』『서유기』 등은 관념적이고 추상적이라는 평가에도 불구하고, 개인의 삶을 규정하는 절대적 존재로 군림하는 '정치'의 영역을 전면화하고 있다는 점에서 문제적이다. 특히 근대 사회에서 자본이라는 물질적 규정력만큼이나 정치제도나 권력의 규율이 절대적인 권위를 지닌다고 볼 때, 개인을 억압하는 정치제도와 이데올로기의 문제를 집요하게 천착한 최인훈의 소설은 근대적 개인에 대한 인식의 지평을 확대했다는 의의를 지닌다.

김승옥은 '4·19세대' 비평가들에 의해 "정치적 4·19를 언어와 감성, 의식과 행동의 문화적 4·19로 확산시킨 '60년대적'이란 이름을 붙일 수 있는 새물결의 기수"라고 일컬어질 만큼 '4·19세대 문학'을 대표하는 작가이다. 1960년대 문학의 특성으로 언급되는 '감수성의 혁명'이 바로 김승옥 문학에서 출발했음을 상기하면, 개인의 문학성이 시대의 문학성으로 승격된 대표적인 사례라고 하겠다.

김승옥은 1962년 「생명연습」을 시작으로 「무진기행」 「서울, 1964년 겨울」 「환상수첩」 등을 통해 비정하면서도 탈출구가 없는 답답한 현실에 둘러싸인 주체의 불안과 혼란을 형상화했다. 「생명연습」에서 대학생이 된 주인공은 자신의 유년시절을 지옥이라고 기억하며 가정을 증오와 공포의 공간으로 받아들인다. 이 소설에 그려진 가족 구성원은 아버지가 부재하는 가운데 외도를 일삼는 방탕한 어머니, 이런 어머니를 증오하며 살의를 느끼는 형, 그리고 어머니를 살해하는 일에 공모하자는 형의 강요에 괴로워하는 누나와 '나' 등이다. 결국 형은 자살하지만 가족들은 슬퍼하기보다 안도하며 오히려 감사의 눈물을 흘린다. 이처럼 그의 소설에서는 개인을 보호하는 최후의 보루로서의 혈연공동체조차 적의와 억압이 지배하는 부정적인 대상으로 인식된다. 「무진기행」(1964)에 그려진 현실 또한 가치관 부재와 도덕적 혼란 속에서 위선과 속물성이 지배하는 세계이며, 「서울, 1964년 겨울」(1965)도 물화된 도시의 삶이 배태한 비정성과 소외를 그 기저에 깔고 있다. 이처럼 김승옥의 소설은 허무감 속에서 자신이 추구해야 할 가치와 사회적 전망을 찾을 수 없었던 1960년대 지식인의 내면 풍경을 감각적으로 포착해내고 있다고 하겠다.

　김현과 더불어 『산문시대』 동인으로 참여했던 김승옥은 이전 세대와 차별되는 '새로운 문학'을 통해 자기 세대의 정체성을 확인하고자 했다. '4·19세대' 비평가들은 자유에의 의지, 삶의 실존적 의미와 윤리성, 세계를 인식하는 주체로서의 개인, 혹은 자아에 대한 강한 의식 등 이른바 '4·19 의식'이 그의 문학을 지배하고 있다는 점에서, 김승옥 소설이 성취한 개인주의적 자아 획득은 4·19라는 정치적 사건이 빚어낸 1960년대의 가장 중요한 문학적 성과라고 평가한 바 있다.

사실 김승옥의 소설에서 역사적 사실로서의 4·19에 대한 직접적이고 구체적인 반영은 찾아보기 힘들다. 김승옥의 소설을 읽다보면 동시대 평론가들이 붙인 화려한 수식어들이 다소 과장되었다는 인상을 지울 수 없는데, 한국전쟁의 상흔을 기반으로 형성된 1950년대 문학의 실존적 허무주의를 강하게 계승하고 있다는 점에서 전세대 문학과 구별되는 '새로운 문학'이라고 지칭하기도 다소 망설여진다. 특히 앞에서 언급한 '문화적 차원에서의 4·19'와의 관련성을 인정한다 하더라도, 매우 간접적이고도 내면화된 방식으로 존재하는 '4·19의식'을 김승옥의 문학에서 과장해서 거기에 의미를 부여하는 것은 재론의 여지가 있다고 본다. 요컨대 전후 한국사회가 추진한 자본주의적 근대화의 부정성과 그 병적 징후를 감각적으로 포착해낸 점에서 김승옥의 소설은 '4·19세대적'이라기보다 '1960년대적'이다. 1960년대에 추진된 근대화는 확실히 그 이전의 자본주의와는 차별화되는 것이고, 따라서 그 사물화와 소외의 정도도 심각할 수밖에 없었다. 김승옥의 소설은 바로 이 지점을 비판적 감각으로 포착한 탁월한 사례이며, 이야말로 한국문학사에서 중요한 성과라고 할 것이다.

1960년대적인 개인주의를 지적 성찰이라는 방식으로 접근하는 이청준(李淸俊)의 소설은 근대화 과정에서 소멸되어가는 인간적 가치, 혹은 삶의 방식을 안타깝게 재현하고 있다는 점에서 의미를 지닌다. 그의 소설에 그려진 인물들은 대부분 현실 부적응자들로서, 그들이 처한 상황은 언뜻 인간 본연의 실존적인 문제처럼 보이지만 사실은 경험적 현실과의 촘촘한 관계망 속에서 포착되는 문제이다. 「병신과 머저리」(1966)에 그려진 형의 방황은 환자의 죽음에 대한 의사로서의 자책감 때문이지만, 그의 깊은 내면에는 그로 인해 환기된 전쟁의 어두운 기억이 자리잡고 있다. 과거 전쟁에서 전우의 죽음을 방조한 죄의식이 여전히 형의 현재를 지배하고 있는 것이다. 형의 분명한 '환부'와 자신의 '환부 없는 환부'를 대비시켜 냉소하는 동생의 모습에서 우리는 산업사회를 살아가는 개인들의 불안을 발견한다. 동생의 '환부'야말로 선명한 인과율의 원리로 해명할 수 없다는 점에서 더욱 두렵고 고통스럽다. 육체와 정신의 결핍을 의미하는 '병신과 머저리'는 결국 과거와 현재의 한국사회가 만들어낸 희생물을 의미한다. 한편 이청준 문학에서 주요한 흐름을 형성하고 있는 예인(藝人) 혹은 장인(匠人) 소재의 소설 「매잡이」 「과녁」 「줄」 등은 이제는 존재 의미를 상실한 전근대적 풍속의 세계를 비극적 정조로 심미화함으로써 근대화 과정의 비정함을 강조한다. 특히 이러한 계열의 소설은 '한국적인 것'이 무엇인가를 탐색하는 전통 논의와 맞물려 비극적인 정한이 마치 '한국적인 것'의 원형질인 것으로 이해하게 함으로써 이후 논란을 불러일으켰다.

구성과 문체의 심미성으로 주목받아온 서정인(徐廷仁)도 대표작 「강」(1968)을 비롯해 「나주댁」(1968) 등에서 산업화 과정에서 소외된 무직자, 창녀 등 하층민의 일상을 서정적이면서도 허무주의적인 색채로 묘사한다. 그는 성장과 발전의 가속도와는 무관하게 답답하고 무기력한 일상에 갇혀 하루하루를 반복하는 소외된 자들의 삶을 섬세한 시선으로 탁월하게 포착해낸다. 이와는 달리 군대를 배경으로 한 등단작 「후송」(1962)을 비롯해 현실사회를 알레고리화하고 있는 「미로」(1967) 등에서는 체계의 억압성을 문제 삼고 있다. 이들 소설은 근대적 주체의 위기, 구체적으로 말하자면 부도덕한 독재권력의 가증스러운 행태를 인식하는 개인의 혼란과 절망을 함축적으로 보여준다. 비현실적인 공간을 배경으로 하는 「미로」의 '나'는 군중의 다수성 혹은 집단성에 합류해 자신을 숨김으로써 안정을 얻는 익명화된 개인을 대표한다. 북을 울리며 모형 '돼지 대가리'를 내걸고 군중을 현혹하는 선동가와 고기를 서로 먹으려고 아우성치는 군중들의 모습, 그러나 고기를 내놓기는커녕 오히려 군중들을 설득하여 그들이 깊은 곳에 숨겨둔 '먹을 것'을 자발적으로 내놓게 만드는 아이러니한 상황에서 국가주의적인 근대화 기획의 허위성에 대한 우회적인 비판을 읽을 수 있다.

소외와 저항, 산업화사회의 문학적 응전

경제발전을 지상과제로 삼아 물량 위주의 성장을 추진한 박정희정권의 근대화정책은 전쟁으로 피폐해진 한국사회의 절대빈곤을 해소했다는 점에서는 분명 성공적이었다. 그러나 태생적으로 민주주의 원리를 도외시한 정권의 어쩔 수 없는 한계가 도처에서 표면화되었다. 자유와 평등에 기초한 자유민주주의의 원리가 원천적으로 억압된 상황에서 진행된 경제발전은 빈부의 차를 극단화함으로써 경제적 불평등으로 인한 사회적 소외와 계층갈등을 촉발시켰다. 1960년대 리얼리즘 소설은 한국 정치의 비민주성과 경제성장의 파행성이 서로 무관하지 않으며, 양자가 일종의 공모관계를 형성하고 있음을 문제적으로 형상화하고 있다.

「탈향」(1955)을 통해 실향민의 애환을 다루었던 이호철(李浩哲)은, 이후 「판문점」(1961)을 발표하여 남북한사회의 이질화와 분단의 고착화 문제를 비판적으로 제기하였다. 「판문점」은 분단상황에 점점 무감각해지는 사람들의 일상과 함께 남북한의 이질화와 적대감 등을 보여주고 있다. 이호철은 과거보다 물질적으로 풍요해졌다는 이유로 분단상황을 방기하고 소시민적 일상의 안일함에 젖은 당대의 분위기를 신랄하게 공격한다. 실제로 남북회담이 진행되는 판문점 분위기는 평화나 통일에의 의지보다 적대감과 거리감이 지배한다. 그런 의미에서 이 소설에 그려진 '판문점'은 남북을 매개하고 소통시키는 역할보다는 분단을 확정짓고 공고화하는 단절의 기능을 수행할 뿐이다.

이호철의 대표작 『소시민』(1964)은 전후 산업화 과정에서 돈을 매개로 새롭게 재편되는 계층화 문제를 전면적으로 다룬다. 여기서는 부정부패가 만연한 이승만정권하의 일상에서부터 4·19, 한일회담 등 1960년대의 정치상황을 구체적으로 언급하면서, 개인의 이기적 욕망을 위해서라면 부정한 정권이라도 상관없다는 속물적인 정치관이 판치는 세태를 적나라하게 보여준다. 과거 적색노조 활동을 했던 김씨도 신분상승에 눈멀어 물질주의를 신봉하는 인물이 되었고, 순박하고 인정 많던 고향 사람들 역시 발 빠르게 돈을 좇느라 여념이 없다. 그런가 하면 이들과 반대편에 존재하는 정씨나 강 영감 같은 인물들은 물질주의에 오염된 타락한 현실과 타협하지 못함으로써 어쩔 수 없이 몰락의 길을 걷는다. 그런데 이호철은 양심과 신념을 지닌 인물의 패배를 그리면서도 한편으로는 그들의 자손이 부정한 현실에 저항하는 주체로 성장하는 것을 보여줌으로써 긍정적 가능성을 열어두고 있다. 이는 이호철의 소설이 경제발전이라는 미명 아래 천민자본주의를 정당화하는 전후사회의 속악성을 비판하는 데 그치지 않고 암울한 현실을 의식하는 새로운 주체들을 등장시켜 문제해결의 지향을 포기하지 않고 있음을 보여주는 것이라 하겠다.

식민지시대에 등단한 「사하촌」(1936)의 작가 김정한(金廷漢)은 20

년간의 공백을 깨고 1966년 「모래톱 이야기」를 발표하면서 문학활동을 재개하였다. 그의 소설은 개발을 우선으로 하는 근대화정책의 부조리함과 그것에 희생당하는 하층민의 수난을 사실주의적으로 형상화한다. 「모래톱 이야기」는 홍수에서 섬마을을 구하려다 엉뚱한 살인을 저지르게 되는 갈밭새 영감의 비극을 통해 민중들의 삶의 터전을 사유화한 권력의 부도덕성, 그리고 경제력에 따라 사람의 목숨값이 정해지는 비정한 현실을 고발한다. 개발이라는 미명 아래 민중들의 삶의 터전을 박탈하는 산업화의 부정적인 현장을 고발함으로써, 누구를 위한 발전이고 성장인지를 묻는 것이다. 마찬가지로 「제3병동」(1969)에서는 아파도 치료를 받지 못해 결국 죽음에 이르는 가난한 사람들의 슬픔과 원통함을 보여줌으로써 '가난이라는 병'을 키워가는 속악한 현실을 비판한다.

그런가 하면 중편 「수라도」(1969)는 엄격한 양반가문의 며느리인 가야 부인을 내세워 왜곡된 현대사를 비판함과 동시에 과거와 현재를 의도적으로 단절시키는 근대화 기획의 부정성을 문제 삼고 있다. 이 소설은 주인공 가야 부인을, 희생정신과 부덕을 지닌 전통적 여성의 면모를 지니면서도 유교의 가부장적 권위에 저항하고 민중계층을 포용하는 주체적 여성으로 그려낸다. 이러한 가야 부인의 형상은 한국사에서 전통과 근대가 대립적 단절이 아니라 포용과 화해로 이어질 수도 있음을 보여주었다는 점에서 의의가 있다. 한편, 이 소설에서 김정한이 가장 비판적으로 재현하고 있는 부분은 주객이 전도된 해방 이후의 사회현실이다. 일제 식민지에서 벗어나 해방은 되었지만 정작 해방을 반겨야 할 사람들은 죽거나 어디론가 사라져버렸고, 살아남은 사람들이라 하더라도 심신이 온전치 못한 경우가 대부분이다. 반면 일제에 협력했던 인물들은 잠시 위축되는가 싶더니 어느새 다시 부와 권력을 장악해간다. 지조 있던 시아버지 오봉선생은 해방을 보지 못하고 눈을 감았으며, 국토를 분단하고 민족을 갈라놓은 해방을 진정한 해방으로 보지 않는 남편은 무기력에 빠져버렸고, 징용이나 '정신대'에 끌려간 사람은 대부분 돌아오지 못하거나 다쳐서 돌아온다. 그러나 일제 치하에서 경찰을 했던 사람은 해방 이후에도 경찰로 복귀하고 국회의원까지 되어 승승장구한다. 이처럼 김정한은 민족주의적 관점에서 해방 이후의 부조리한 현실을 형상화함으로써 현대사의 왜곡을 바로잡고자 하는 작가적 욕망을 강하게 드러낸다.

대학생 때 직접 4·19에 참여했던 박태순(朴泰洵)은 4·19의 생생한 현장체험을 다룬 「무너진 극장」(1968)을 발표하였고, 도시빈민의 애환을 다룬 「정든 땅 언덕 위」(1966) 등 이른바 '외촌동 연작'을 통해 소외의 구체적인 현장을 실감나게 형상화하였다. 박태순은 4·19세대에 속한다고 볼 수 있지만 지식인적 내면지향을 그리기보다는 산업화정책의 그늘에서 소외된 민중의 현실을 형상화하는 데 주력하였다. 「정든 땅 언덕 위」는 서울 도시계획에 의해 주변으로 밀려난 사람들이 외촌동의 무허가 판자촌에 살면서 일구는 소박하지만 다채로운 일상의 풍경을 담고 있다. 경제개발로 인해 도시로 유입된 농촌 인구 일부는 산업노동자로 편입되지만 대부분은 도시빈민으로 전락한다. 자본주의적 도시화는 공간배치를 통해 사람들을 계층화한다. 외촌동에 산다는 것은 이미 그들이 모자라거나 실패한 존재임을 드러내는 것이나 다름없다. 따라서 외촌동 사람들은 고향 잃은 실향민이거나 노인, 아니면 술집 과부, 폐병쟁이 등으로 하나같이 소외된 약자들이다. 그럼에도 박태순은 외촌동의 삶을 암울하거나 부정적으로 그리지 않으며, 비현실적으로 미화하지도 않는다. 다만 그들도 보통사람들과 마찬가지로 현재보다는 나은 삶을 꿈꾸는 평범한 개인들이고, 나름의 규율을 통해 마을의 안전과 발전을 도모하는 사회적 존재들임을 보여준다. 자유분방하면서도 긍정적인 민중의 삶의 방식에서 시대의 희망을 발견했던 박태순의 소설은 이후 1970년대 문학으로 이어져 황석영 소설과 함께 민중문학의 중요한 전범으로 자리잡는다.

1960년대는 반공주의가 더욱 공고해지고 분단상황이 고착화되었던만큼, 전쟁과 분단과정을 통해 한국의 실질적인 지배자로 군림한 미국의 제국주의적 성격에 대한 인식이 확대된다. 물론 여전히 미국을 풍요의 상징이자 한국을 도와준 시혜자로 인식하는 경우가 일반적이었지만, '양공주'와 더불어 미군에 초점을 맞춰 미국을 침략자로 재현한 경우도 드물지 않다.

1957년에 발표한 「수난 이대」에서 전쟁으로 대표되는 민족사의 수난을 함축적으로 형상화했던 하근찬(河瑾燦)은, 1960년대에 들어서는 한국인의 소외된 현실과 대비하여 미국을 그려냄으로써 반외세적 지향을 강하게 표출하였다. 「왕릉과 주둔군」(1963)에서는 왕릉에서 술판을 벌이는 미군 병사들과 양공주들로부터 자신이 신성시하는 전통의 가치를 지키기 위해 왕릉 주변에 담을 쌓는 박첨지의 모습을 통해, 이미 승산이 없는 저항이라 해도 수동적 약자에 머물지 않고 구체적인 행동을 통해 대응하는 것의 의미를 부각시킨다. 그러나 박첨지의 이러한 저항은 가출한 딸 금례가 혼혈아를 낳아 집으로 돌아오자 허물어지고 만다. 이 소설은 시대착오적인 과거 지향이 결국 패배함을 보여줌으로써 쓸쓸함을 느끼게 하지만, 미국의 존재를 침략적이고 방탕한 '주둔군' 이미지로 그려낸 부분은 당대 현실에서 의미있는 형상화라고 평가할 수 있다. 외래적인 것에 대한 거부감을 드러내는 「삼각의 집」(1966)은 가난한 사람에 대한 사랑을 내세우며 선교하는 기독교가 자신들의 교회를 짓기 위해 빈민들의 판자촌을 철거하는 아이러니한 상황을 비판적으로 그린다. 비슷한 삼각형 모양을 하고 있지만 서울의 도시빈민이 살고 있는 판잣집은 미국 중산층의 개집만도 못하다. 미국과 한국의 삶의 질을 극명히 대비시킴과 동시에, 교회가 가난한 사람들의 생존권마저 박탈해버리는 상황을 교차시킴으로써 현실의 불합리를 고발하고 있다.

　반공주의 이데올로기는 박정희정권의 독재를 정당화하는 데 일조하여 표현과 언론의 자유를 탄압하는 데 이용되었다. 따라서 검열이 일상화되었고, 이는 작가들의 비판의식을 위축시킬 수밖에 없었다. 이런 상황에서 남정현(南廷賢)은 필화사건을 야기한 「분지」(1965)를 발표하여 미국으로 대표되는 외세문제를 과감하게 비판하였다. 1961년에 발표한 「너는 뭐냐」에서 비상식적인 행태가 만연하는 현실을 특유의 독설과 풍자로 그려냈던 남정현은 「분지」를 통해 홍만수 일가의 불행한 가족사를 외세에 침탈당한 민족수난의 알레고리로 형상화했다. 홍만수의 어머니는 해방을 축하하러 거리에 나갔다가 미군에게 겁탈당한 후 죽임을 당하고, 여동생은 가난 때문에 미군 상사와 동거하며 폭행에 시달리는가 하면, 홍만수 자신은 이 모든 원한을 풀기 위해 미군 상사의 부인을 유인해 추행하고 만다. 이러한 인물들의 극단적인 삶의 행태는 제국주의 미국에 대한 저항감을 노골적으로 표현한 것으로 볼 수 있다. 그러나 남정현이 이 소설을 통해 궁극적으로 비판하고자 한 대상은 한국사회 내부에 군림하는 외세의존적인 정치권력과, 그것과 결탁한 매판자본일 것이다. '반미＝친북'이라는 당대의 억압적 논리에 의해 작가가 구속되는 심각한 상황을 맞기도 했지만, 이는 오히려 문학과 현실의 관계를 심각하게 인식하는 계기로 작용하였다.

이처럼 4·19라는 새로운 활력과 가능성 속에서 출발하여 진지한 성찰과 문제의식 속에서 다양한 문학적 경향을 보여주었던 1960년대 소설은, 정치권력의 억압성과 자본주의적 속물성에 저항하여 문학적으로 쉼없이 응전했다고 평가할 수 있다.

: 서은주·허윤회 :

● 더 읽을거리

1960년대 문학을 집중적으로 조명하는 단행본으로는 민족문학사연구소 현대문학분과 편 『1960년대 문학연구』(깊은샘 1998); 문학사와 비평 연구회 편 『1960년대 문학연구』(예하 1993)가 있다. 그리고 문학을 포함해 1960년대 예술사 전체를 조망하고 있는 한국예술종합학교 한국예술연구소 편『한국현대예술사대계』3(시공사 2001)도 1960년대 문화 전반을 폭넓게 이해하는 데 도움을 준다.

4·19혁명을 중심으로 1960년대 문학을 개관한 대표적인 글로는 김윤식의 「4·19와 한국문학──무엇이 말해지지 않았는가?」, 『사상계』 1970년 4월호를 들 수 있고, 박태순의 「4·19의 민중과 문학」, 강만길 외『4월혁명론』(한길사 1983)도 좋은 길라잡이가 된다. 최원식·임규찬이 엮은『4월혁명과 한국문학』(창작과비평사 2002)은 현재적 시점에서 4·19의 역사적 의의를 문학의 범주에서 광범위하게 재조명하고 있다는 점에서 추천할 만한 책이다.

김수영의 작품은『김수영 전집』1, 2(민음사 1981; 2003)에 비교적 정리가 잘되어 있다.『김수영 전집』의 별권인 황동규 엮음『김수영의 문학』은 김수영

348

문학의 입문서이자 성과를 한눈에 볼 수 있게 해준다. 이 책에 수록된 글 가운데 한 편을 고르라면 김종철의 「시적진리와 시적성취」를 들 수 있다. 김수영의 시에 대한 깊이있는 이해가 돋보이는 글이다. 김수영에 대한 관심이 새롭게 부각된 것은 현실사회주의의 몰락과 관련성이 있다. 이른바 거대담론이 사라진 뒤 개인의 의식과 시적 본질에 대한 모색이 시작되면서 김수영에 대한 관심은 증폭되었다. 김상환의 『풍자와 해탈 혹은 사랑과 죽음』(민음사 2000); 김승희 편 『김수영 다시읽기』(프레스21 2000); 김명인 · 임홍배 엮음 『살아 있는 김수영』(창비 2005) 등이 그 예들이다. 이러한 성과를 김수영이라는 개인에 접목한 경우로는 최하림의 『김수영평전』(실천문학사 2001)을 빼놓을 수 없다.

신동엽의 시세계는 『신동엽 전집』(창작과비평사 1975)에 잘 정리되어 있다. 한때 출판금지의 대상이기도 했던 이 책은 『누가 하늘을 보았다 하는가』(창작과비평사 1979)라는 시선집의 형태로 세상과 소통하기도 하였다. 그의 문학을 다룬 대표적인 글들은 구중서 편 『신동엽──그의 삶과 문학』(온누리 1983)에 잘 정리되어 있다. 이후의 성과를 포괄하여 구중서 · 강형철 편 『민족시인 신동엽』(소명출판 1999)이 출간되었다. 이 책은 신동엽의 문학을 이해하는 데 있어서 좋은 지침서 역할을 하고 있다.

민중·민족문학의 양상

1970, 80년대의 문학

1. 개관

1970년대에서 1980년대에 걸쳐 한국사회는 냉전적 분단체제와 그에 조응하는 억압적 군부독재체제 그리고 그 경제적 토대인 예속적 국가독점자본주의체제를 온존·강화하려는 힘이 지배했다. 그리고 근대적 자본주의의 발전에 조응하는 부르주아 민주주의를 요구하는 민주적 세력과 예속적 분단체제를 극복하려는 민족적 세력이 독재체제에 맞섰으며 양자는 첨예하게 대립하는 양상을 띠었다. 이것은 현실에서는 군부독재를 축으로 한 지배블록과 피지배민중의 갈등과 투쟁으로 나타났으며, 문화의 영역에서는 냉전적 지배 이데올로기와 민중적 민족문화운동의 각축과 투쟁으로 나타났다.

이 시기 한국문학은 자유주의문학과 민중·민족문학으로 대별되고 그것이 진영개념으로까지 받아들여졌지만, 본질적으로 이 둘은 사실 피지배민중의 문학적 자기표현에 해당하는 것이었다. 다만 자유주의 문학은 보편적 부르주아 민주주의적 요구의 문학적 표현이고, 민중·민족문학은 그러한 일반 민주주의적 요구를 일정하게 담아내는 동시에 분단과 예속성을 비롯한 신식민지적 특수성을 극복하기 위한 민중·민족적 요구를 문학적으로 표현했다는 차이가 있을 뿐이다. 그리고 구체적이고 개별적인 문학작품들 속에서는 이러한 차이가 날카롭게 드러나기보다는 두 가지가 중첩되고 혼성되는 경우가 더 많다고 할 수 있다.

1970년대의 눈부신 생산력 발전의 잉여는 민중에게 환원되지 않고 독점자본가들을 비롯한 지배블록의 확대재생산을 위해 소비되었다. 국가기구와 이데올로기의 통제 아래 소소유자적 자기이익조차 제대로 실현해보지 못하는 농민, 저임금에 시달리며 기본권조차 요구하지 못하는 노동자, 농촌에서 쫓겨났으나 도시에 제대로 뿌리내리지 못하고 룸펜의 삶을 강요당하는 산업예비군인 도시빈민들, 그리고 지배블록의 말단부에 속했지만 충분히 잉여를 분배받지 못한 화이트칼라들, 이들이 바로 1970년대 문학이 포착하고 형상화해낸 민중의 모습이었다.

이들 1970년대 민중은 아직 자신들의 계급·계층적 정체성을 확립하지 못한 미정형의 존재들로서 이들에게 근대는 소외와 불안의 표정으로 다가왔다고 할 수 있다. 1970년대 문학——농민문학이든 노동문학이든 대중문학이든 지식인문학이든 분단문학이든——을 지배하는 '뿌리뽑힘'의 감각은 바로 이 소외되고 불안한 정체성에서 온 것이다. 그러나 근대적 관계로 이행하는 과정에서 경험하는 이러한 뿌리뽑힘의 감각, 혹은 정체성의 혼란상은 당대 문학에는 오히려 풍부한 낭만적 상상력의 원천으로 작용했다. 비록 그것이 자기의 손으로 근대변혁을 이룬 시민계급의 발랄한 상상력이 아닌 비자발적으로 신식민지적 근대화라는 소용돌이에 휩쓸린 민중들의 우울한 상상력이기는 했지만, 거기에 깔린 이 타율적 근대에 대한 본원적인 거부 혹은 낯섦의 감각은 우리 문학에 유토피아적 감수성을 부여했다고 할 수 있다.

1980년대는 한국 자본주의가 세계적 호황국면에 힘입어 세계경제체제의 신자유주의적 재편과정의 충격을 효과적으로 흡수하면서 바야흐로 세계시장과의 적극적 교섭이라는 세계화, 개방화 단계에 진입하는 시기였다고 할 수 있다. 1980년대 전야에 일어난 박정희정권의 파국과 신군부체제의 등장이라는 역사적 사건은 권위주의적 개발독재의 종언, 즉 정치권력으로부터 시장이 자립하고 정치논리에 대해 자본논리가 우세해지기 시작했음을 뜻한다. 이는 그만큼 한국사회가 명실상부한 근대적 부르주아 국가체제 성립에 한발 더 다가서게 되었음을 의미한다. 근대적 부르주아 국가체제를 갖춘다는 것은 부르주아 헤게모니 아래에서 사회적 계급·계층 구성이 안정되고 부르주아 민주주의가 완성되며, 그에 대응하여 민중들도 합법적인 자기이익 실현의 전략과 수단을 확보하게 된다는 것을 의미한다.

하지만 1980년대 벽두의 정치적 격변은 이러한 의미에서의 시민사회화를 장기간 지연시켰으며, 한국사회 전반에 유례없이 격렬하고 지속적인 갈등과 투쟁 국면을 낳았다. 그것은 1980년대 한국사회 지배블록의 급격하고도 우발적인 재편과정에서 비롯되었던바, 독재자 박정희의 죽음과 개발독재권력의 붕괴가 자유주의적 부르주아 문민정권의 수립으로 나아가지 못하고 전두환을 정점으로 하는 신군부세력의 쿠데타에 의해 군사정권의 연장으로 이어진 것이다.

한국 자본주의의 양적 발전에 조응하는 정치적 민주화, 즉 정상적인 부르주아 민주국가체제의 수립을 대망했던 당대의 민중들에게 신군부체제의 돌연한 등장과 민주화의 좌절은 식민지와 분단체제의 오랜 기억과 군부독재의 끔찍한 기억을 한꺼번에 되돌려주었으며, 이는 한국 근현대사의 특수성을 주관적으로 절대화하는 결과를 낳았다고 할 수 있다. 1980년대의 한국사는 세계사의 시간에서 고립되고 단절된 측면이 있었고, 광주학살이라는 극단적 경험은 이 새로운 지배세력에 대한 투쟁을 초역사적인 것으로 만들었다.

그것이 1980년대 후반 6월항쟁을 통한 부분적 승리를 경험하면서 민중·민족운동과 민중·민족 문화운동이 더욱더 열광적으로 급진화하고 과격해진 정신사적 배경이라고 할 수 있다. 이와 마찬가지로 1970년대 민중과 민중문학의 저항성과 유토피아적 감각은 1980년대라는 건널목을 건너면서 훨씬 더 급진적으로 낭만화했고, 1980년대 문학은 이러한 급진적 낭만주의에 단단히 사로잡힐 수밖에 없었다.

하지만 돌이켜보면, 당시 신군부세력의 집권은 미국이 주도하는 세계체제의 신자유주의적 전환이 한반도에서 특수한 형태, 즉 문민화의 일정한 지연이라는 형태로 구현된 상부구조적 특수현상에 불과했으며, 이미 한국사회는 돌이킬 수 없이 부르주아사회로 돌입하고 있었다. 따라서 1980년대 후반 6월항쟁을 통해 5공화국이 소멸하고 부르주아 민주변혁이 일정하게 수행되기 시작하자, 이러한 1980년대 민중·민족문학의 초역사적인 급진적 낭만성과 경직성은 갑자기 낯설고 이질적인 것이 되고 말았다.

2. 민중 주체의 형상화와 이상주의적 열정: 1970, 80년대 민중시

민중적 서정의 모색과 비극적 초월의식: 1970년대 민중시

우리 시사(詩史)에서 1970년대는 민중시가 본격적으로 등장한 시기이다. 이는 사회적 제 모순에 대한 인식이 발전하고 이에 따라 억압받는 자, 즉 '민중'에 대한 관심이 높아졌기 때문에 가능한 일이었다. 따라서 시에서도 이들의 고단한 삶의 양태를 진지하게 조명하고 형상화하려는 노력이 시작되었다. 이는 이미 1960년대의 '참여시'에서부터 예고되었던 일이다. 김수영이 그의 유작 「풀」에서 지향했던 '혁명'과 '시'의 결합, 신동엽이 서사시 「금강」을 통해서 지향했던 '역사'와 '시'의 만남은 이제 1970년대 시인들에게는 보편적인 지향점이 된다. 신동엽의 「금강」에서 형상화되었던 '신하늬'와 종로5가의 '소년'이 1970년대 시의 보편적인 주인공이 된 것이다.

1970년대 시사를 열어젖힌 가장 큰 사건은 김지하(金芝河)의 「오적」 필화사건'이다. 1970년대 현실에서 「오적」(1970)이 상징하는바는 컸다. 서슬 퍼런 유신이라는 칼날이 미처 벼려지기도 전에 '오적'이라는 주적이 먼저 설정되고, 더 나아가 이들에게 내려질 천벌을 예고한 이 걸쭉한 입담은 살벌한 정치판과의 한판 전쟁이 아닐 수 없었기 때문이다. 특히 이 「오적」은 '담시'라는 장르 실험을 했다는 데 더욱 의미가 깊다. 담시는 판소리 사설 형식을 차용해 민중의 목소리로 현실의 모순을 단죄하려는 형식적 시도였다. 이러한 실험은 전통적 형식을 현대적으로 변용하려는 시도이며, 서정적 장르인 시에 '이야기

[譚]', 즉 서사성을 결합하고자 하는 시도에서 이루어진 것이다. 그 결과 서사와 서정을 절묘하게 통일하는 효과를 낳았다. 그리하여 민중의 목소리로 표현된 예언자적 잠언, 신령스러운 한판 굿이 뿜어내는 신성성이 형성되는데 그것이 바로 담시 「오적」이 실현한 시적 영험성이었다.

김지하는 「오적」 이외에도 저항적 서정시집 『황토』(1970)를 통해서 당대 시의 지평을 넓힌다. 담시 「오적」이 현실에 대한 비판적 시선으로 서사의 세계를 지향했다면, 시집 『황토』는 고통스러운 현실과 대결하는 주체의 내면적 고통을 형상화한다. 이 시집의 제목 '황토'는 「황톳길」에서 형상화된 대로 "하늘도 없는 뜨거운 폭정의 여름" "총부리 칼날 아래"서 신음하는 '조국'을 의미한다. 그곳은 "식민지에 태어나 총칼 아래 쓰러져간 나의 애비"의 "선연한 핏자국" "땀과 눈물"이 서린 잔인한 현실이다.

막 사회과학적인 현실인식이 시작되었지만, 1970년대의 주체들은 현실의 모순을 인식하는 순간 그 현실의 괴물 같은 실체를 깨달아야 하는 비극적 운명을 맞는다. 김지하 외에도 양성우, 조태일, 고정희 등 1970년대 민중시인들은 이처럼 현실에 짓눌린 주체를 형상화하는 데 주력한다. 김지하가 엄혹한 현실을 메마른 '황토'로 표현했다면, 양성우는 그것을 '겨울 공화국'이라 했다. 조태일의 「국토」 역시 지금 '여기'의 현실에 대한 분노와 다가올 새날에 대한 기다림을 표현했다.

이러한 1970년대 민중시의 주제의식은 '죽음과 재생'의 모티프로 상징적으로 표현된다. 『황토』의 주체는 '애비'의 죽음을 딛고 일어선다. 양성우의 '겨울'도 '봄'의 도래를 위한 제의였으며, 이러한 죽음과 그것을 통한 재생의 모티프는 당대 민중시의 가장 강력한 미학적 토대었다.

한편 이러한 비극적 서정과는 조금 거리를 두고 해학, 혹은 신명이라는 미학적 장치를 통해 당대의 척박한 삶과 그것을 이겨내고자 하는 민중의 의지를 드러낸 것이 신경림(申庚林)의『농무』(1973)의 세계였다. 신경림은 이 시집에서 "비료 값도 안 나오는" 헛농사를 지어야 하는 농촌 현실을 그들 자신의 가락과 목소리로 재현해낸다. 이 시집의 제목이자 대표작인「농무」에서 시적 주체들은 '농무'를 추면서 그 막힌 응어리를 풀어내고 '신명'을 낸다. '신명'을 통해 자신들의 주체성을 가다듬는 것이다. 이러한 모습이 시인이 표현하고자 한 민중의 생명력이었다.「농무」의 등장은 1970년대 문학뿐만 아니라 예술 전반에서의 '변혁적 민중문화 전통'의 발견과 궤를 같이하는 것이기도 하다. 신경림의『농무』는 단지 내용적인 측면에서만 민중성을 구현하려고 한 것이 아니라 쉬운 시어의 사용으로 형식 전체를 통해 민중들에게 친근하게 다가가려 했으며, 이는 이후 1970년대 시인들에게서 민중성의 내용과 형식을 창출하려는 커다란 흐름으로 자리잡게 된다.

'쉬운 시'에 대한 지향은 '위대한 단순성'을 표방한 1970년대 후반『반시』동인들의 시에서도 그 예를 찾아볼 수 있다. 1970년대는 민중시의 시대이면서 시동인지의 전성기이기도 했다. 1970년대 동인지 시운동은 산업화로 인한 '시인의 궁핍화' '시의 뿌리뽑힘, 혹은 변두리화'(김현)로 과장되게 일컬어지는 상황에서 자본의 힘으로부터 시의 순수성을 구해내려는 수공업적 시운동이었다고 할 수 있다. 특히『반시』는 그 이름부터가 현실성을 탈각한 '언어세공'으로 이루어진 시에 대한 부정이라는 의미였다. 김창완, 김명인, 정호승, 김성영, 이동순(이후 권지숙, 이종욱, 하종오) 등이 참여하여 당대 민중들의 삶을 형상화하고 그들에게 쉽게 다가가는 쉬운 시를 지향했던 이들의 활동 역시 이러한 1970년대 시의 주요 맥락 속에 있는 것이다.

이들 중 김명인의 「동두천」 연작시에서는 1970년대 시적 대상인 '민중'의 형상이 대표적인 미군 기지촌이었던 동두천의 혼혈아로 등장한다. 여기에 등장하는 동두천의 아이들은 모두 '버려진 자'들이다. 버려진 자들의 '고아의식', 혹은 '불행의식'을 지닌 주체는 1970년대 시인들이 바라본 민중이라는 전형적 형상이다. 시인은 이들에 대한 연민으로, "나는 이제 너에게도 슬픔을 주겠다/사랑보다 소중한 슬픔을 주겠다"고 한 것이다.

그러나 1970년대 시에서는 삶에 대한 낙관적 전망을 쉽사리 찾아볼 수 없다. 그저 "봄을 기다리며 / 한사코 온몸을 바둥거려야 하지 않은가"(양성우 「겨울 공화국」)라며 절규할 뿐이다. 1970년대 시인들에게는 현실의 모순을 인식하는 것 자체가 최선이었던 듯하다. 현실의 모순을 과학적으로 분석하고 그것을 극복할 대안을 만들기에는 고통이 너무 컸던 것이다. 그런 면에서 김지하나 신경림의 시적 주체들이 신명을 통해 풀어낸 새로운 생성의 몸짓은 최선의 대안이었다. 그렇기 때문에 1970년대는 '우울한 상상력'을, 고통스럽지만 이상을 버리지 않았던 '서정시'의 비극적 파토스를 구현해낼 수 있었던 시대인지도 모른다. 그것이 1970년대 시의 아름다움이다.

전복적 주체성의 구현과 무기로서의 시: 1980년대 노동시·반미시

변혁에 대한 낙관적 신념, 혹은 전망은 1980년대 시에 와서야 나타난다. 그것도 1980년 광주학살을 경험한 직후에는 불가능했다. 하지만 점차 사회과학적 인식이 깊어지고 변혁의 방도를 고민하면서 서서히 변혁에 대한 열망이 구체적으로 표출되기 시작한다. 그러면서 민중시가 다양한 양상으로 분화된다.

민중시는 사회변혁운동의 주체에 따라 '노동시/농민시'로, 그리고 변혁운동의 방향성에 따라 '노동시/반미시'로 계열화된다. 이렇게 민중시가 다양한 양상으로 드러나는 까닭은 그만큼 활발하게 창작되었기 때문이다. 또한 이러한 계열화의 기준이 사회과학적 인식에 따른다는 점은 그만큼 1980년대 시가 '이념'의 영향 아래 놓여 있었음을 보여준다. '정치적 이념과 시의 결합', 바로 이것이 1980년대 시의 중요한 의미인 동시에 한계였다.

1980년대 시에서 가장 중요한 특성은 시적 주체의 변화이다. 1970년대 민중시의 시적 대상은 민중이었지만, 그들을 호명한 이는 '시인'이라는 지식인 계층이었다. 1970년대 시에서 민중은 시인들에게 연민의 대상이었으며, 시적 화자는 그들에게 늘 시혜적 태도를 견지했다. 그러나 1980년대가 되면 이러한 한계가 극복되고 민중이 스스로 시창작의 주체로 나선다. 이 역시 변혁운동의 발전과 긴밀한 연관이 있다. 변혁운동이 각 계급, 계층별로 다양하게 진행됨에 따라 시가 그 현장에서 노동자, 농민 등 운동주체들의 계급적 자각을 이끌어내는 데 유효한 도구가 되고, 이들이 스스로 시를 창작하고 낭독하면서 당당히 변혁의 주체로 선다.

그 대표적인 시인이 바로 박노해와 백무산이다. '노해'는 '노동자의 해방'을 줄여 만든 필명이다. 그는 이 필명으로 시집 『노동의 새벽』(1984)을, 백무산은 무산계급을 의미하는 '무산(無産)'이라는 필명으로 시집 『만국의 노동자여』(1988)를 펴낸다. 이들은 이 시를 통해 노동자들이 현장에서 겪는 삶의 고통과 이를 극복하기 위해 계급적으로 자각해가는 과정을 살아숨쉬는 듯한 육성으로 생생하게 전달한다.

박노해와 백무산의 시에서 전해지는 노동자들의 삶의 실상은 비참함 그 자체이다. 이들의 시는 '비참함' 그 자체의 리얼리티를 생명으로 여긴다. 기계에 잘린 동료의 "펄쩍펄쩍 뛰는 팔 한짝을 주워들고" 뛰어가야 하는 극한상황(백무산「지옥선·2—조선소」), 그리고 그 상황에서도 그들이 지켜내려는 인간의 존엄성은 극단적인 상황과 맞물려 엄숙한 비장미를 자아낸다.

이러한 비장미가 빚어내는 준엄한 파토스는 시에서 드러난 리얼한 상황에 대한 공감대를 확장시킨다. 이들은 '시를 통한 혁명의 완수'가 이 시대 노동시의 주목적이며, 그것은 생생한 리얼리티를 통해 대중들의 공감대를 확장시키는 데에서 출발한다는 점을 분명히 알고 있었다.

이는 1970년대 민중시에 구현된 현실이 비관적이고 다소 추상화된 형태로 묘사되었던 것과도 비교된다. 1980년대 민중시의 생명력은 고통스러운 현실을 '직시'하는 것, 즉 생생한 리얼리티에서 더욱 살아났다. 이들 이외에도 김해화, 박영근 등 여러 노동자 시인들의 출현은 1980년대가 민중시의 대중화 시대임을 증명하는 현상이었다.

김남주(金南柱) 역시 '시가 무기다'라는 명제를 가장 잘 체현한 시인이다. 동시대의 박노해, 백무산이 노동해방의 전사였다면, 그는 반미민족해방전선의 전사로 1980년대 저항시단의 한 주축을 이룬다. 그는 남민전사건으로 구속되어 옥중에서 첫 시집 『진혼가』(1984)를 출간했으며, 이후 『나의 칼 나의 피』(1987) 『조국은 하나다』(1988)를 출간하는 등 활발한 시작활동을 지속해나간다. 「진혼가」 「잿더미」 등의 초기 시세계가 보여주는 주술적 생명력은 바로 민중의 힘 그 자체를 시화(詩化)하려 한 데서 나온다. 또한 "조국은 하나다" 같은 직설적인 언술은 거리에서 외치는 생생한 구호 그 자체이다. 정치적 전력만큼 그는 시에서도 전사로서의 면모를 보여준다. 물론 때론 "나는 푸른 옷의 수인이다"라고 아프게 읊조릴 줄 아는 서정시인의 면모도 드러난다. 이처럼 그는 직설적 언술의 진실성을 다양한 형상으로 구현할 줄 아는 시인이었다.

그밖에 김용택(金龍澤)은 시집 『섬진강』(1985)으로 1970년대 신경림의 뒤를 이어 농민시의 전통을 이어간다. 섬진강가에 살아가는 가난한 사람들에 대한 애정이 절절히 묻어나는 이 시집은 급속히 진행되는 자본주의 현실의 사산아, 가장 큰 피해자가 누구인가를 드러낸다. 그밖에 4·3항쟁을 다룬 이산하(李山河)의 장시 「한라산」(1987)은 1980년대 민중시가 지향하는 이념의 역사적 정당성을 확인시켜준다. 이 시가 말해주듯이 기억해야 할 역사야말로 1980년대가 지향해야 할 이념의 버팀목이었다. 역사적 전망 역시 1980년대 '민족' '민중'에 대한 인식이 낳은 가치지향점이었다.

고은(高銀) 역시 1970, 80년대 민중시를 논할 때 빼놓아서는 안될 시인이다. 초기시의 선(禪)적 허무주의를 직조해낸 유미주의 시대를 거쳐 1970, 80년대에 그가 다다른 현실주의적 시세계는 「화살」(1978)의 거침없는 발언처럼 현실에 대한 '시의 유격성'을 어김없이 실현한다. 이후 『만인보』에서는 '만인의 삶에 대한 시적 기록'이란 뜻 그대로 민중의 삶을 역사화하려 한다. 이러한 시인의 포부와 미래에 대한 이상주의적 신념은 그가 바로 1970, 80년대 민중시의 적자임을 확인시켜준다.

『지울 수 없는 노래』(1982)의 김정환(金正煥)도 '민중'과 '혁명'이라는 키워드가 절절한 내면적 서정 속에 융화되는 1980년대 서정시의 한 전범을 보여주는 시인으로 기억해야 할 것이다. 그밖에 채광석, 안도현, 이시영, 김사인, 문병란, 고정희, 정호승, 김준태 등도 우리가 기억해야 할 1980년대 민중시인들이다.

이처럼 1980년대는 다양한 방식으로 민중들의 삶의 세계가 리얼하게 펼쳐진 민중시의 전성기였다. 그러나 이들의 시에 등장하는 '민중'이라는 형상의 경직성과 태도의 투박성은 이 시들의 이념적 편향성을 반영하는 것이다. 형상의 단순성은 그만큼 당대 현실을 바라보는 인식의 틀이 경직되어 있음을 의미하기 때문이다. 1980년대 민중시인들은 '이념'이라는 창을 통해서 세상을 보았고, 또 그랬기에 미래에 대한 이상주의적 열정 또한 간직할 수 있었다. 이러한 태도가 시에 고스란히 반영된 것이다. 그리고 이들 1980년대 민중시 모두가 인간의 해방과 자유를 향한 운동의 일환이었다는 점은 깊은 의미가 있다. 특히 소설과 달리, 1980년대에 항쟁의 거리에서 직접 낭송된 시는 유효한 무기였으며, 그 현장성은 1980년대 시의 특권이자 의무였다.

3. 민중·민족문학적 전통의 부활과 급진적 전망: 1970, 80년대 소설

1960년대 소설은 4·19혁명을 계기로 1950년대 전후소설의 주된 경향인 자아의 위축과 세계의 절대화라는 터널을 빠져나와 자아의 주체성과 현실세계에 대한 객관적 인식을 회복하기 시작했다. 그리하여 1960년대 후반에 이르면 이러한 현실인식의 회복은 점차 식민지시대에서 분단상황하의 독점자본주의시대로 이어지는 남한의 역사과정에 대한 이해로 이어지고, 근현대사를 관통하는 민중의 고통에 대한 공감과 분노의 미학을 일깨운다. 1930년대「사하촌」으로 등단하여 식민지 민중의 고난과 투쟁을 형상화하다가 오랫동안 절필했던 김정한의 복귀는 그런 점에서 대단히 상징적인 문학사적 사건이었으며, 송기숙, 이문구, 방영웅, 황석영, 박태순 등 신세대 작가들의 등장은 하나의 커다란 흐름이 형성되는 계기가 된다. 분단과 전쟁기를 지나며 한동안 맥이 끊겼던 한국문학의 좌파적 전통은 1960년대 후반부터 되살아나기 시작해 1970년대에 본격적으로 꽃을 피우는데, 1970년대의 큰 흐름인 노동·빈민·농민소설과 분단소설이 바로 그 꽃이라고 할 수 있다.

민중소설과 분단소설의 향연 — 1970년대

1970년대 한국 자본주의는 원시적 축적 단계를 지나 초기 산업화 단계에 접어들었다. 그리하여 민중들의 사회적 정체성이 급격히 변화하고 계급갈등이 본격적으로 나타났는데, 이를 가장 뛰어난 방식으로 보여준 작가가 황석영(黃晳暎)이다. 뜨내기 건설노동자들의 파업투쟁과 좌절을 그려 남한 노동자운동의 대두를 예고한「객지」(1970), 농촌에서 내몰렸으나 아직 근대적 산업노동자로 전화하지 못한 뿌리 뽑힌 민중들의 서사인「삼포 가는 길」(1972)은 진지한 시선과 견고한 서사구조 속에 당대 민중들의 비극적 낭만주의 정서를 담아냈다.

박태순(朴泰洵) 역시 지식인적 자의식의 간섭에도 불구하고「정든 땅 언덕 위」(1966)「한 오백년」(1971)「무너지는 산」(1972)「독가촌 풍경」(1977) 등 이른바 '외촌동 연작'을 통해 고향과 서울 어느 곳에도 뿌리를 내리지 못한, 그러나 산업예비군으로서 노동계급의 일원인 도시 변두리 빈민층의 삶의 실상과 거기에 드리워진 개발논리의 비인간성을 지속적으로 고발한 작가로 기억되어야 할 것이다. 윤흥길(尹興吉)의 연작 『아홉 켤레의 구두로 남은 사내』(1977) 역시 도시빈민 문제를 다룬 작품으로, 하층계급으로의 전락과 뿌리뽑힘의 체험이 단지 일부 빈곤층의 문제가 아니라 민중층의 양극분해를 통한 계급구조 재편 과정에서 나타난 전면적인 문제이며, 그로 인한 상실감 또한 동시대의 집단적 트라우마임을 보여주었다.

1975년에 시작되어 1978년에 끝난 조세희(趙世熙)의 『난장이가 쏘아올린 작은 공』 연작은 도시빈민인 1세대의 몰락과 노동계급 2세대의 고통을 세밀하게 부감하면서, 그들의 희망과 투쟁에 역사철학적 시민권뿐 아니라 미학적 시민권까지 부여한 1970년대 노동소설의 결정판이라고 할 만하다. 이 작품이 거둔 예술적·상업적 성공은 이 작품이 노동문학이면서도 한국 근대시민문학의 정점에 도달했다는 사실을 웅변해준다.

한편 근대적 산업자본주의 성장과정에서 발전을 억제당하고 계층분해의 운명을 밟아갈 수밖에 없었던 소농계층의 몰락해가는 삶에 대한 문학적 보고 역시 김정한의 「모래톱 이야기」(1966) 이래 1970년대 민중문학의 주요한 범주가 되었다. 김춘복의 「쌈짓골」(1976)이 정치·경제적으로 소외되고 수탈당하는 농촌과 농민의 현실을 충실히 그렸다면, 송기숙의 『자랏골의 비가』(1977) 『암태도』(1980) 등은 몰락을 예감하기 시작한 소농계층의 박탈감과 피해의식을 농민운동의 역사적 경험의 복원을 통해 낙관적 전망으로 치환하려 했다.

하지만 김춘복과 송기숙의 농민소설은 피폐해가는 1970년대 농촌과 농민에 대한 정서적 공감과 현실 극복을 위한 낭만적 의지를 제시한다는 점에서는 분명 의미가 있지만, 당대 농촌과 농민 현실을 스테레오타입화한 측면이 있다. 오히려 이문구의 『우리동네』 연작(1977~80)이 산업화 과정에서 주변계급으로 내몰리면서 도시 자본주의문화에 침윤되고, 공동체문화와 농민의식이 변질되어가는 농촌과 농민 현실에 대한 냉정한 보고서로 더 많은 것을 말해준다고 할 수 있다.

이 시기의 노동·빈민·농민소설 등 민중소설들이 민중의 곤핍한 일상세계의 필연적인 문학적 반영이었다면, 그와는 달리 민중의 고통스러운 기억이 빚어낸 문학적 형상물이 이른바 '분단소설'이라고 할 수 있다. 4·19혁명 직후 최인훈의 『광장』이 최초로 분단이라는 조건이 한 개인에게 미치는 파괴적 영향을 관념적으로나마 자각적 형태로 보여주었고, 1971년에는 황석영의 중편 「한씨연대기」가 같은 주제를 리얼리즘 방식으로 심화시켰다면, 김원일(金源一)의 「어둠의 혼」(1973)과 『노을』(1978)은 그것을 기억/상처의 복원이라는 방식으로 다시 보여주었다. 이는 이후, 1940년대에 태어나 유년시절에 전쟁과 분단이 가족사에 끼친 불행을 경험한 일군의 좌익 2세대 작가들이 기억 속에 각인된 상처를 응시하고 그것을 '말하기' 시작하여, 이윽고 냉전의 역사 속에 묻힌 비극적 기억의 집단적 복원과 치유에 대한 사회적 요구를 불러일으킨 동인이 되었다. 김원일 외에도 『관촌수필』(1977)의 이문구, 『영웅시대』(1984) 『변경』(1992)의 이문열, 『만다라』(1978) 「오막살이 집 한 채」(1982)의 김성동 등 좌익 2세대 작가들과 더불어 유년시절 크건 작건 분단과 관련된 끔찍한 기억들을 지니고 있던 「장마」(1973)의 윤흥길, 「순이삼촌」(1979)의 현기영, 「아베의 가족」(1979)의 전상국 등 동세대 작가들이 집요하게 추구하고 이루어낸 '기억과 복원의 서사'로서의 '분단소설'은 '민중소설'과 함께 1970, 80년대 한국소설사의 가장 뚜렷한 성취로 기억되어야 한다.

급진적 전망과 리얼리즘 서사의 위기 —— 1980년대

1970년대는 소설의 시대라고 해도 좋을 만큼 뛰어난 작가들이 출현했고 그들에 의해 주목할 만한 성취가 이루어진 시대였다. 그것은 분단과 전쟁, 독재라는 억압의 역사가 20년 이상 지속되는 동안 한국 사회와 역사에 대한 객관적 인식이 그만큼 발전했고, 그때까지 침묵하는 타자였던 민중의 말문이 트이기 시작했기 때문이다. 또한 작가들 자신의 삶이 당대 민중의 보편적 뿌리뽑힘의 경험과 일치한 점도 빠뜨릴 수 없다. 당대의 민중은 곧 작가 자신이거나 작가의 가족, 이웃이었고 그들 작품 속 주인공의 행로가 곧 동시대 민중의 전형적인 행로였던 것이다.

하지만 1980년대 초반의 극한적 폭력에 의한 단절적인 지배블록 재편성 과정은 1970년대 소설이 그린 정상적인 시민민주주의적 전망이 낭만적 아이러니에 불과했음을 여실히 증명했고, 1970년대 소설의 민중적 주인공들의 굳건해 보였던 행로는 갑자기 혼돈 속으로 빠져버렸다. 1980년대 초반 광주민중항쟁 이후 수년간 시 장르가 보여준 감동적 문화투쟁에 대비해보면, 소설 장르는 동시대적 서사의 논리를 구축하지 못하고 소시민 지식인 작가들의 신변만을 쇄말적으로 변주하는 데 그쳤다.

그나마 1970년대 후반부터 제 영역을 구축해가던 '분단소설'만이 1980년대 초반 소설계의 명맥을 이어나갔다고 할 수 있는데, 박완서의 「엄마의 말뚝」 연작(1980, 1981), 김성동의 「오막살이 집 한 채」

(1982), 전상국의 「술래 눈뜨다」(1982), 조정래의 「유형의 땅」(1981) 『불놀이』(1983), 이문열의 『영웅시대』(1984), 김원일의 『불의 제전』(1983) 등이 그 성과라고 할 수 있다. 하지만 억압된 기억의 복원이라는 의의에도 불구하고, 1980년대 초반의 분단소설 붐에는 '당대에서의 도피'라는 숨은 동기가 작동하고 있었음을 부인할 수 없다. 이는 1980년대 중반의 대하역사소설 간행 붐과도 무관하지 않은 현상이다.

이 시기에 박경리의 『토지』(1969~94)가 비로소 10권 이상의 단행본으로 묶여나와서 일반대중과 만났고, 1983년부터 연재되던 조정래의 『태백산맥』(1부. 1986)이 간행되었으며, 1970년대 중반부터 연재되던 황석영의 『장길산』(1984)이 완간되었고, 김주영의 『객주』(1984)도 이 무렵에 나왔다. 이 작품들은 한국소설사에 굵은 획을 그은 역작 장편소설로서 조선시대부터 식민지시대에 이르는 민중사의 흐름을 큰 화폭 속에 담아냈다는 점에서 1970년대 이래 민족·민중운동 담론의 문학적 수렴이라는 의미, 즉 문학을 통한 민중성의 역사적 확인이라는 획기적 의미를 갖는다. 그리고 거기엔 분명 1980년대의 역사적 반동에 대한 근원적 저항의 맥락이 흐르고 있기도 하다. 하지만 문제는 이 대하역사소설들이 곧 당대의 서사로서 시대에 직핍(直逼)하는 것은 아니었다는 점이다. 상대적으로 동시대에서 자유로운 과거 시간들 속에서 전개되는 이 작품들의 큰 서사는 피할 수 없이 '로망'화하여 근대적 리얼리즘의 규율로부터 원심화하게 되는 것이다.

하지만 이런 굴곡을 거치면서 1980년대 소설은 현실로 귀환한다. 『장길산』의 연재를 끝낸 황석영은 소설이 아니라 극적인 르뽀르따주 한편을 들고 당대 현실의 한복판으로 돌아왔는데, 바로 광주민중항쟁의 기록인 『죽음을 넘어 시대의 어둠을 넘어』(1985)였다. 이 르뽀의 간행과 1980년대 중반의 이른바 '유화국면'을 계기로 한국소설은 비로소 '말할 수 없는 공포'와 '말하지 않을 수 없는 강박'을 왕복하던 답답함을 벗고 당대 현실로 직핍해들어간다. 물론 이 작가들은 1970년대의 민중문학 작가들이 아니라 1980년대에 새롭게 등장한 신인들이었다.

이 신인들은 대략 1950년대말~60년대 초반에 태어나 20대 초반 대학시절에 광주민중항쟁을 겪은 광주세대들로서, 신군부세력과의 투쟁을 절대화하고 그 투쟁을 통해 한국사회에 급진적 변혁프로그램을 실현하는 것을 목표로 삼은 당대 학생·노동운동세력의 정치노선을 문학의 핵심 주제로 삼은 세대들이었다. 이들에 의해 이른바 '운동권소설'이 등장한다.

김남일의 『청년일기』(1987), 정도상의 「친구는 멀리 갔어도」(1988), 김인숙의 『79~80』(1987)은 당대의 급진적 학생운동과 헌신적인 학생운동가들의 모습을 그린 작품들인데, 작가들 자신이 학생운동 출신이거나 당시 노동운동과 반체제운동에 깊이 관여하고 있던 운동가들이었다. 이 작품들은 대학가 서점을 통해 대학생들에게 널리 읽힘으로써 당대 반체제 학생운동의 텍스트 역할을 하기도 했다.

이 시기에 이들 학생운동소설보다 훨씬 큰 영향력을 발휘한 것은 노동소설이었다. 정화진의 「쇳물처럼」(1987)과 방현석의 「내딛는 첫발은」(1988) 「새벽출정」(1989)이 발표되었을 때, 이 작품들은 시에서의 박노해, 백무산 등과 함께 혁명적 노동문학의 전형으로 간주되었으며, 6월 시민항쟁의 승리에 뒤이은 87년 노동자대투쟁을 통해 고양된 노동계급운동의 불퇴전의 낙관적 전망을 형상화한 새로운 단계의 민중문학의 탄생을 알리는 선구적 작품으로 평가되었다.

그러나 이 작품들은 조세희의 「난장이가 쏘아 올린 작은 공」의 비운동적 한계를 가까스로 넘어서서 이제 막 단위사업장에서 싹트기 시작한 민주노조 결성운동 수준의 노동운동을 객관적으로 반영하고, 단지 거기에 '노동자'라는 이름의 새로운 사회적 주체의 의식과 감수성을 다소 과장하여 형상화한 것뿐이었다. 그러나 1980년대 후반이라는 '과잉의 시대'는 작가, 독자, 비평가 들에게 작은 씨앗을 큰 나무로 인지하게 하는 착시현상을 일으켰다. 하지만 이 작품들은 노동자계급이 노동3권 보장을 요구, 관철시킴으로써 비로소 부르주아 민주주의 단계의 시민권을 획득한 1980년대 후반 노동운동의 국면을 상당히 정확하게 반영하고 있다고 볼 수 있을 것이다.

이렇듯 1980년대 후반 '민족·민중소설'의 갑작스러운 세대교체와 급진적 낭만성, 그리고 그것을 사뭇 선동한 급진적인 비평의 위세는 1980년대 소설과 문학 전반에 커다란 정치적 편향과 탈문학화를 낳았다고 할 수 있다. 세계관과 객관현실의 부정합은 작가들의 창작 실천을 부단히 고통에 빠뜨렸으며, 그로 인한 다양성의 쇠퇴와 미학적 불균형은 1970년대까지 현실과의 창조적 긴장 속에서 발전해온 한국 현대소설의 리얼리즘 전통을 위기에 빠뜨렸다. 이는 1990년대 이후 문학의 세대교체 과정에서 1970, 80년대적인 것들의 합리적 핵심이 온당하게 전승되지 못하고 일거에 추방당하는 결과를 낳았다.

이를테면 김영현의 「멀고 먼 해후」(1989)나 김원일의 「마음의 감옥」(1990), 그리고 최윤의 「회색 눈사람」(1992) 같은, 1980년대적인 시대적 긴장을 잃지 않으면서도 그 긴장을 급진교조적 운동논리 대신 현실을 살아가는 인간의 실존적 지평 위에 단단히 결합시킨 뛰어난 문학적 성과들이 나왔을 즈음, 이미 1980년대적인 것들은 새로운 세대들에 의해 집단적으로 퇴거명령을 받고 있었던 것이다.

: 김명인 · 박지영 :

● 더 읽을거리

이 시기 문학에 대한 전반적 개관으로는 민족문학사연구소가 펴낸 『민족문학사강좌』하(창작과비평사 1995)의 임규찬, 채호석, 하정일 등의 글과, 문학사와 비평연구회가 엮은 『1970년대 문학연구』(예하 1994), 역시 민족문학사연구소 현대문학 분과가 펴낸 『1970년대 문학연구』(소명출판 2000), 하정일 등이 지은 『1980년대 문학』(깊은샘 2003) 등이 있다.

1970,80년대 민중시에 관한 전체적 지형도를 그린 논문으로는 황정산 「70년대의 민중시」, 민족문학사연구소 현대문학분과 『1970년대 문학 연구』(소명출판 2000); 유성호 「민중적 서정과 존재탐색의 공존과 통합: 1980년대의 시적 지평」, 『작가연구』 2003년 상반기; 오세영 「80년대 한국의 민중시」, 『한국현대문학연구』 9(한국현대문학회 2001)를 들 수 있다. 최두석 「민중시의 확충과 전통계승」, 『실천문학』 1990년 여름호도 1980년대 시의 이해에 인식적 토대를 제공하는 글이다. 그외에도 양길승 「시로 본 한국 현대사 1970년대: 김지하 ─〈오적〉 그리고 〈타는 목마름으로〉─」, 『역사비평』 1995년 겨울호와 이강은 「민중시의 시적 주체와 객관현실 ─『노동의 새벽』과 그 이후」, 『문예미학』 9(문예미학회 2002)도 추천할 수 있다.

이 시기의 소설에 관해서는 이재선의 『현대한국소설사』(민음사 1991); 김윤식 · 정호웅 『한국소설사』(예하 1993)에서 전반적 개괄이 시도되고 있다. 또한, 이 글에서 다루지는 않았지만 80년대에 치열하게 전개된 비평적 논쟁을 떼어놓고는 이 시기의 문학을 이해할 수 없을 것인데, 이 비평적 논쟁을 다룬 글로는 김용락의 『민족문학 논쟁사 연구』(실천문학사 1997); 윤지관 「80년대 민족민중문학의 평가와 반성」, 『실천문학』 1990년 봄호; 김명인 「80년대 민중·민족문학론이 걸어온 길」, 『불을 찾아서』(소명출판 2000); 성민엽 「문학에서의 민중주의, 그 반성과 전망」, 『변하는 것과 변하지 않는 것』(문학과지성사 2004) 등을 참조하면 좋을 것이다.

1970, 80년대 자유주의문학

1. 1970, 80년대 자유주의문학의 위상

1970, 80년대 한국문학사에는 민족·민중문학 외에 또하나의 기억할 만한 계보가 있다. 자유주의문학이다. 1970년 무렵, '생의 구경적 (究竟的) 형식'이라는 초월적 가치에만 집착하는 문협 정통파식의 문학은 물론 민족의 위기에 적극적으로 대응하는 민족문학에도 거리를 두는 일련의 작가들이 서서히 등장하기 시작한다. 그들은 어느 누구에게도, 어느 제도에도, 또는 어느 (상징)권력에도 얽매이지 않고 자신의 지성에 따라 사유하고 행위하고 반성하고 재정립하는 자율적 주체를 지향하는바, 이들의 문학을 자유주의문학이라 일컬을 수 있겠다.

한데, 이들 자유주의 작가들이 처음부터 자유주의자이고자 한 것은 아니다. 애초에 이들은 그저 자신들이 '남과 다른 자기세계'(김승옥의 표현)를 지닌 존재들임을 인정받고자 한다. 아니, 이것은 부정확하다. 이들은 이미 남과는 나누어가질 수 없는 자기만의 세계를 지닌 존재들이었고 이를 타인들에게 공인받고 싶어한다. 이들은 공교롭게도 태어나고 성장하면서 식민지, 8·15해방, 한국전쟁과 남북분단, 4·19혁명과 5·16쿠데타, 급격한 산업화와 도시화, 그리고 남북분단을 교묘하게 활용한 (독재)권력, 그리고 1980년 광주 등을 차례차례 거친다.

이들은 유아기에 치유하기 힘든 정신적 외상을 입었음은 물론 이후에도 이 시대에서 저 시대로 바뀌는 근본적인 단절들을 거듭 경험한다. 그 과정에서 개인의 필사적인 상징화를 간단히 무력화시키는 '타자의 성적이고 수수께끼 같은 메씨지에 노출된'(슬라보예 지젝)다. 타자와의 외상적 마주침이라는 무의식적인 기억과 체험 때문에 이들은 기표와 기의를 이어주는 동시대적 상징체계 속에 자신을 위치시키지 못한다. 대신 기의와 기표 사이를 자신들의 우발적인/부적절한 상징화들/번역들로 메운다. 한마디로 이들은 바디우적 '사건'과의 잦은 조우로 이미 자신만의 고유성을 지닌 존재들인 것이다. 이들은 그저 이러한 자신들의 존재성을 인정받고 싶었을 뿐이다. 이것이 이들의 출발점이다.

하지만 1970, 80년대라는 시대적 정황은 그들의 실재성, 그러니까 그들이 동시대적 상징체계 바깥에 있을 수밖에 없는 '질적인 독특성'을 인정하지 않는다. 1970, 80년대는 한국사회가 비약적으로 자본주의화되던 시기이다. 자본주의란 모든 가치를 교환가치로 등가화할 뿐만 아니라 그 규율에 순응하는 신체를 강요한다. 그러하니 '남과 다른 자기세계'라는 가치가 용인될 리 만무하다. 게다가 한국의 1970, 80년대는, 그 어느 시대보다 '자본주의적 규율에 순응하는 신체'를 절대적으로 강요하던 시대이다. 당시 국가장치는 경제성장을 이곳의 저열한 삶을 저곳의 풍요로운 삶으로 비약시킬 수 있는 유일한 방법으로 확신하고, 한국사회 전반을 자본주의라는 세계경제체제의 단일한 씨스템 아래 폭력적으로 재편하고자 했다. 그러니 '남과 다른 자기세계'를 추구하는 존재들이란 국가장치의 입장에서 보자면 자신들의 일사불란한 위계를 전복하고 해체하려는 자들이나 다름없다.

그렇다고 자유주의 작가들이 당시 민주화세력에게 환영받았는가 하면 그렇지도 않다. 1970, 80년대는 다른 방식으로 말하자면 반민주·반통일·반민중·친외세(특히 미국)를 특징으로 하는 야만적인 국가장치에 맞서 대대적인 민족·민주·통일·민중운동이 펼쳐진 시대이다. 국가장치의 독재적인 인과율의 강요가 시민사회의 전방위적 반발을 불러일으킨 까닭이다. 국가장치의 위계질서가 워낙 확고부동했던 만큼 1970, 80년대 민주화운동 역시 '철의 규율'로 그에 맞선다. 당연히 민주화세력에게 '남과 다른 자기'이고자 하는 존재들이란 눈앞의 민족적 위기를 외면하고 한가하게 개인의 고유성이나 인정받으려는 허위의식에 감염된 자들일 뿐이다.

어떻게 보면 고작 이미 '남과 다른 자기'를 인정받고자 했을 뿐인데, 이들에게 가해진 탄압과 야유는 결코 만만한 것이 아니었다. 1970, 80년대 두 초자아의 대립은 그만큼 격렬했다. 전쟁 같은 상황이므로 두 초자아는 현존재 각자의 내밀한 역사와 욕망, 염원 들을 인정할 수 없었고, 사회구성원 모두에게 어디엔가 귀속될 것을 노골적으로 강요했다. 이 강요가 이들을 자유주의자로 전신(轉身)하게 했다. 이들은 이미 남과 다른 세계를 지닌 단독자들이어서 어디론가의 귀속이 불가능했던 터. 그런데도 두 초자아들이 자신들의 상징적인 연쇄고리들을 엄혹하게 강요하니, 이들은 어쩔 수 없이 그에 저항하기 시작한다. 두 초자아가 이중으로 그들을 구속하자 '남과 다른 자기세계'를 인정받기 위해서는 의식적으로 자유주의자가 되어야 한다는 것을 깨달았다고나 할까.

하여간 이렇게, 경제개발을 절대선이라 획정하고 인간이 사물화·도구화되는 현실마저도 인정하지 않았던 국가장치의 이데올로기는 물론, 그것에 강렬하게 저항했던 민족·민중문학의 역사철학적 맥락에서도 동시에 억압을 읽어낸 소수집단의 문학이 1970, 80년대에 있었으니, 소위 자유주의문학이다.

2. '끔찍한 모더니티'와 지배언어의 해체: 1970, 80년대 자유주의 시들

소외의 현실과 새로운 언어의 탐색

1970년대는 경제가 급속히 발전하면서 도시화·산업화가 진행되었으며, 이에 따라 전통적인 공동체의 삶이 붕괴되고 인간의 사물화와 소외가 심화되던 시기였다. 또한 유신체제의 정치적 억압이 극심해지면서 집단과 개인의 이념갈등이 극단적으로 표출된 시기이기도 했다. 1970년대의 시는 이러한 억압과 소외의 현실에 대응하는 다양한 방법론을 모색하였다. 이 시기 모더니즘 시들은 정치적 억압과 자기소외, 산업화에 따른 인간의 사물화라는 상황 속에서 출발한다. 모든 가치를 상실한 속악한 현실에 대한 자각과 미학적 저항 의식은, 이러한 현실을 견뎌야 하는 자신에 대한 비판과 성찰의 의식을 통과하여 당대의 언어지평을 넘어서고자 한다. 황동규, 정현종, 오규원, 이승훈 등의 시인들은 비판적 시선이라는 원심력과 자기성찰이라는 구심력이 긴장을 이루는 지점에 자신들의 미학적 좌표를 설정하였다. 이들은 시적 가치가 파괴된 현실에 대한 미학적 대응으로 공포와 환상 세계의 구축, 속화된 언어에 대한 풍자, 절대언어의 구축 등 다양한 방법을 추구한다.

정현종(鄭玄宗)은 사물화된 세계와 자아의 단절을 극복하기 위해서 '도취'와 '교감'의 세계를 구축한다. 시집 『사물의 꿈』(1972) 『나는 별아저씨』(1978)에서 그는 '바람'과 '별'이라는 초월적 이미지를 통해서 억압적인 현실과 비루한 언어의 세계를 초월하고자 한다.

> 나는 감금된 말로 편지를 쓰고 싶어 하는 사람이 아닙니다. 감금된 말은 그 말이 지시하는 현상이 감금되어 있음을 의미하지만, 그러나 나는 감금될 수 없는 말로 편지를 쓰고 싶어 합니다. 영원히. 나는 축제주의자입니다. 그중에 고통의 축제가 가장 찬란합니다.
>
> ──「고통의 축제 1」 부분

시인에게 현실의 언어는 '감금된 말'이며, 이러한 억압된 언어는 시인의 의식을 짓누르는 무거움으로 인식된다. 따라서 그에게 시쓰기는 이 감금된 언어를 풀어놓는 자유를 추구하는 일이며, 그것은 동시에 현실의 무거움을 극복하기 위한 가벼움의 추구와 닿아 있다. '감금될 수 없는 말'로 쓰인 '편지'는 단절의 벽을 뚫고 타자와 소통하기 위한 매개, 곧 세계와 자아가 혼융하는 '축제'의 시간을 환기한다. 축제는 고착된 현실의 언어를 뚫고 나가는 것이기에 고통인 동시에 희열이 된다. '감금될 수 없는 말'이 분출되는 축제의 순간에 자아를 짓누르던 현실의 억압적인 무거움은 사라지고 시인은 본질적인 자유의 세계로 나아간다. 그의 다른 시 「안개」에서 안개와 가로등이 보여주는 뜨거운 소통의 몸짓은 이러한 축제의 변용으로 읽힐 수 있다. 이렇듯 세계와 자아의 거리가 사라진 도취의 세계에서 시인은 억압과 감금의 상태에서 풀려난 자유를 맛볼 수 있게 된다.

정현종의 시가 보여주는 소통의 상상력과 발랄한 언어감각과 달리, 황동규(黃東奎)의 시는 당대 현실의 억압성을 고립된 자아의 위기감으로 내면화한다. 실존적 고독을 노래하던 초기 시세계에서, 1970년대 『열하일기』(1972) 『나는 바퀴를 보면 굴리고 싶어진다』(1978)에 이르면, 황동규의 시는 억압적 현실에 대한 인식에서 비롯되는 비극적 정조와 공포의 감각을 드러내는 데 집중한다.

> 어둠이 다르게 덮여오는군요. 요샌 어둡지 않아도 오늘처럼 어둡습니다. 이젠 더 자라지 않겠어요. 마음먹은 조롱박 덩굴이 스스로 마르는 창엔 **이상한 빛**이 가득 끼어 있습니다. (…) 길이 없군요. 없습니다. 한 점씩 불을 켠 채 언덕을 오르는 아이들. 자 문을 나서는 아이들의 길을 걸어보실까요. 아이들은 넘어지지 않습니다. 쓰러집니다. 우리들은 휘청대다 넘어집니다.
>
> ──「바다로 가는 자전거들」 부분

이 시에서 시인의 독백은 현실의 맥락을 지워버린 내면의 공간에서 시작된다. 여기서 시인은 죽음의 충동과 맥락 없는 공포에 시달린다. '어둡지 않아도 오늘처럼 어둡습니다'라는 진술에 내포된 역설은, 어둡지 않은 세계를 어둡게 인식하는 자아의 불안한 내면을 드러내는 동시에 자아의 시각을 교란하는 현실의 억압을 환기하고 있다. '길이 없군요'라는 직설적 진술이 보여주는 출구부재의 상태는 시인을 고립과 단절의 시간에 묶어놓는다. 성장을 멈춘 '조롱박 덩굴' 역시 생명력이 고갈된 현실의 황폐함을 가시화하는 이미지이다. 이러한 불안 속에서 '아이들'은 자신의 길을 걸어가지 못하고 쓰러지거나 넘어지는 절망의 몸짓을 보여준다.

이 시에서 가장 주목되는 것은 '이상한 빛'의 존재이다. '우리'를 둘러싼 그 빛은 자아의 시선을 빼앗음으로써 세계를 어둡게 인식하도록 만드는 억압적인 힘을 상징한다. 이러한 억압적 빛으로 인해 자아는 대상과의 거리를 조율할 능력을 상실한 채 자신을 덮쳐오는 불안과 공포에 지배당한다. 이렇게 황동규는 현실의 억압을 직접 드러내는 대신, 부조리한 세계 속에 놓인 존재의 불안과 공포를 전면화한다. 공포의 언어를 통해 세계와 절연된 고독한 자아의 내면을 펼쳐놓음으로써 1970년대의 현실에 대응해간 것이다.

'말에 대한 집착이 강한 시인'이라는 김현의 말에서 알 수 있듯이, 오규원(吳圭原)은 당대의 언어에 대한 집요한 사유를 보여준다. 그는 시적 언어와 일상언어의 구별을 지워버림으로써, 속화된 세계의 언어에 대한 비판적 해체를 시도한다. 첫 시집 『분명한 사건』(1971)에서 『순례』(1973) 『왕자가 아닌 한 아이에게』(1978)에 이르는 길은 관습적 언어의 자장을 파괴함으로써 새로운 세계를 모색하려는 방법론을 찾는 과정으로 이해된다.

시에는 무슨 근사한 얘기가 있다고 믿는

낡은 사람들이

아직도 살고 있다. 詩에는

아무것도 없다

조금도 근사하지 않은

우리 생밖에

— 「용산에서」 부분

여기에서 시인은 '시'를 둘러싼 숭고한 아우라를 파괴함으로써 시적 언어로 착색되지 않은 현실의 맨 얼굴을 드러내려 한다. 시 속에 근사한 이야기가 들어 있다고 믿는 관습적 인식을 거부하면서, 누추한 일상의 삶으로 독자들의 시선을 돌려놓는다. 우리의 삶은 모든 신비가 파괴되고 신성한 가치가 몰락한 세계이며, 이러한 세계 속에서 쓰인 시 역시 무의미한 것에 지나지 않는다. 「이 시대의 순수시」에서, 그는 '자유'라는 단어에서 숭고한 가치를 박탈하고 속물화된 일상의 자유만이 허락된 세계를 폭로한다. 이 시에서 세계에 넘쳐나는 '자유'라는 시어는 역설적으로 진정한 자유의 부재를 드러내는 효과를 낳는다. 그것은 자유의 이름으로 주체를 유혹하는 현실의 논리가 '사랑, 시대, 꿈'을 팔아서 얻는 허구나 다름없다는 인식에서 비롯된다. '팔다'라는 수식어는 현실의 언어가 자본주의적 물질관계에 기초하고 있음을 냉소적으로 드러내는 기능을 한다. 이렇듯 '자유'는 세계와 사물의 본질을 담지 못하고 위조된 관계만을 지시하는 매우 '불순한 언어'가 된다.

시적 언어와 일상언어가 통합되면서 비속한 삶의 가치를 전면화하는 아이러니의 방법론은 오규원의 시가 부조리한 현실의 이면을 깊이 꿰뚫어보고 있음을 보여준다. 일상적 언어와 그 허위성을 비판하는 오규원의 시 작업은 1980년대로 이어져 『가끔은 주목받는 생(生)이고 싶다』(1987)에 수록된 「프란츠 카프카」처럼, 패러디 시와 광고 시 등을 통해서 소비사회의 불순한 언어를 비판하는 방향으로 나아간다. 훼손된 언어에 대한 오규원의 비판은 이러한 시대를 살아가는 자신에 대한 비판적 시선을 내장하고 있다는 점에서 의미가 있다. 다시 말해 현실인식과 자기반성이라는 이중나선으로 진행되는 시쓰기는 오규원을 비롯해 1970년대의 시쓰기 전반을 관통하며, 이는 최현식의 지적대로 이 시기의 시쓰기를 '김수영적인 것의 전면화'라고 부를 수 있게 하는 근거가 된다.

산업화, 문명화에 의해서 빚어진 자기소외라는 비극적 정황을 환상의 방법론을 통해서 드러낸 시인이 이승훈(李昇薰)이다. 그는 언어의 순수한 자율성과 기호성에 입각해 현실을 기각해버린다. 순수 내면의 세계에서 드러나는 분열적 자의식과 언어의 해체를 통해서 그는 현실과 무관한 절대언어의 세계를 구축하고자 한다.

보이지 않는 시계가
가라앉는 열두 아이
얼굴에 손을 대고 운다
오래오래 컴컴한 골짜기로
초록빛 새들이 빠져나간다
個人의 質疑가 번쩍이며

달리는 어둠을 뚫고 질주한다

─「내 몸속을 바다가」 부분

이 시에서는 이미지들의 연관성이 배제된 환상의 풍경이 드러나고 있다. '보이지 않는 시계' '열두 아이' '초록빛 새' 등의 이질적 이미지들이 인과성을 상실한 무중력의 공간에 병치되어 있다. 이러한 이미지들은 의미를 휘발시켜버린 기호로서만 자기 존재를 드러낸다. 제 의미를 감당하지 못하는 각각의 이미지들은 언어의 맥락에서 벗어나 환상적 세계를 구성하는 퍼즐조각이 된다. 이러한 환상적 풍경은 현실을 휘발하고 의미론적인 공허를 은폐하는 과잉된 언어들로 구축되는 것이다.

이승훈 시에서 환상은 현실의 허구적 맥락을 해체하고 파편화함으로써 인과적 의미를 균열시킨 지점에서 출현한다. 그에게서 왜곡된 현실에 대한 절망은 곧 대상의 의미를 담아내지 못하는 언어의 불구성으로 인한 좌절로 귀결된다. 이러한 언어의 불가능성에 대한 인식은 의미를 소거한 기호(기표)들의 유희로 전면화되는데, 이는 '비대상'의 시론으로 구체화된다. 이승훈의 시가 보여주는 것처럼, 현실과 절연된 자의식의 세계로의 퇴행은 세계와의 소통이 불가능해진 시대적 정황에 대한 미적 대응으로 이해할 수 있다.

이밖에 물질문명의 황폐함과 존재의 위기를 냉정한 시선으로 비판한 이하석은 광물적 상상력으로 산업화와 문명의 비극을 지속적으로 탐색하였다. 또한 도시화 현실과 자연의 대립을 날카롭게 파악한 신대철, 장영수 그리고 당대의 역사적 비극을 포착한 「동두천」의 김명인 등도 산업화시대에 민감하게 반응한 시인들이다. 한편 이 시기에는 여성시인들의 등장이 두드러지는데, 존재의 허무에 대한 깊은 탐색을 보인 강은교, 현실의 억압에 대응하는 새로운 언어를 창조한 최승자 등의 시가 1970년대 시단을 다채롭게 구성하고 있다.

1970년대 시는 산업화에 따른 사물화, 인간소외, 비인간화된 세계에 대한 미학적 저항으로 출현한다. 이 시기 대부분의 시인들이 보여주는 언어에 대한 자의식은 현실의 언어에 대한 불신과 저항의 자의식에서 비롯된다. 그것은 현실의 언어를 탈색시키고 대신 새로운 언어미학을 건설하려는 방법론의 탐색으로 이어진다. 이러한 시적 방법론은 김준오의 지적에 따르면, 정치적 허무주의의 심화와 자유에 대한 각성에서 기원하는 것이다. 이러한 폭력적 현실에 대한 절망과 속악한 세계에 대한 환멸은 역설적으로 1970년대의 시가 '자아'(개인)를 발견하는 과정이라고 할 수 있다.

지배언어의 해체와 소음의 전략

현실을 지배하는 언어를 거부하고 자신의 고유한 방법론을 통해 현실에 대응하려는 의식은 1970년대뿐만 아니라 1980년대 시인들에게서도 발견되는 시적 특징이다. 불합리한 현실에 대한 미학적 저항으로서의 분열적 자의식, 시양식의 파괴, 새로운 방법론의 모색은 현실과의 충돌 속에 미학적 거점을 마련하려는 시적 의지에서 비롯되는데, 이는 1970, 80년대 시가 공유하는 지점이기도 하다.

1980년대 시는 광주항쟁이라는 외상에 대한 깊은 반향으로 출발한다. 이 시기에는 민주주의를 향한 열망이 좌절되고 파시즘적 억압이 강화되는 한편 후반기에 접어들면서는 후기자본주의의 소비문화가 개화하는, 복합적이고 혼돈스러운 시기였다. 정치적 억압과 새로운 세계를 향한 열망, 소비적 향락이 뒤엉킨 세계를 황지우는 '끔찍한 모더니티'의 세계라고 명명하였다. 즉 1970년대 시인들이 '이상한 빛'(황동규)으로 상징되는 정치권력의 비가시적 억압과 이에 대응하는 자의식의 세계를 문제 삼았던 것에 비해서, 정치권력의 맨얼굴과 비천한 자본주의의 실체를 직접 대면한 1980년대 시인들은 더욱 직설적인 방법으로 현실의 균열을 드러내기에 이른다.

정치적 억압과 자본의 지배가 만연한 당대의 현실에 대한 비판은 황지우(黃芝雨)의 시에서 발견된다. 황지우 초기 시의 특징적인 요소는 다양한 시적 일탈과 형식파괴의 전략이다. 그는 신문기사, 만화, 오락실의 소음, 일상의 천박한 농담들을 적극적으로 시에 수용한다. 이러한 방법론은 "일상적 현실에서 낯설게 환기되는 새로운 국면을 발견하려는"(『사람과 사람 사이의 신호』, 1986) 적극적 비판 전략으로 이해된다. 그는 '돈범벅, 피범벅인 프로야구'로 대변되는 자본주의적 욕망의 메커니즘과 정치적 폭력이 결합되어 삶의 곳곳에 편재하는 1980년대의 현실을 '소음'으로 인식하며, 이 소음의 현실을 텍스트에 직접 수용하여 지배언어를 해체하고자 한다.

장만섭씨(34세, 보성물산주식회사 종로지점 근무)는 1983년 2월 24일 18:52 #26,7,8…… 화신 앞 17번 좌석버스 정류장으로 걸어간다. 귀에 꽂은 산요 레시바는 엠비시에프엠 "빌보드 탑텐"이 잠시 쉬고, "중간에 전해드리는 말씀" 시엠을 그의 귀에 퍼붓기 시작한다

쪼옥 빠라서 씨버 주세요. 해태 봉봉 오렌지 쥬스 삼배권!

더욱 커졌씁니다. 롯데 아이스콘 배권임다!

뜨거운 가슴 타는 갈증 마시자 코카콜라!

머신는 남자 캐주얼 슈즈 만나 줄까 빼빼로네 에스에스 패션!

—「徐伐, 셔볼, 셔블, 서울, SEOUL」부분

이 시에서는 라디오 광고, 오락실 소음, 일상의 천박한 농담들이 여과 없이 흘러넘친다. 절제되지 않은 요설은 현실의 폭력적인 소음에 둘러싸인 자아의 피로함을 드러내는 시적 장치이다. 초기 시집에 실린 대부분의 시편들에서 시인은 현실의 소음을 시에 끌어들여 '시적인 것'을 현실과의 경계까지 최대한 밀고 나간다. 이러한 소음의 언어들은 정치적 억압을 내면화한 '벽'이라는 상징물을 넘어서려는 시인의 욕망을 보여준다. 넘치는 소음과 진실의 부재라는 현실의 아이러니를 그는 '벽'의 이미지가 환기하는 단절 상황으로 드러낸다. 벽 같은 현실 앞에서 시인이 발견하는 것은, 방송매체에서 흘러나오는 온갖 소음이 결국은 거대한 침묵과 다름없다는 아이러니뿐이다. 이렇게 황지우가 보여주는 형식의 개방성과 일탈은 주체를 긴박하는 견고한 '벽'을 해체하고자 하는 의지의 전략적 표출로 이해된다. 그는 텍스트를 현실의 소음에 개방함으로써 '소음의 현실'과 '침묵의 벽'이라는 이중의 억압으로부터의 해방을 추구하는 것이다.

황지우가 현실의 소음을 적극 수용함으로써 '시'의 장르적 관습을 깨뜨리고 현실의 허구성을 해체하려 한다면, 이성복(李晟馥)의 경우는 자아의 분열과 해체를 통해 당대 현실의 균열을 가시화한다. 이성복은 불모의 현실을 '유곽'이라는 상징적 공간에 비유함으로써 훼손된 세계에 놓인 고통스러운 자아의 무의식을 텍스트화한다. 그의 시에서 '위험한 가계'로 환유되는 현실의 부조리함은 '모두 병들었는데 아무도 아프지 않았다'라는 비극적 역설로 치열하게 표현된다.

앵도를 먹고 무서운 애를 낳았으면 좋겠어
걸어가는 詩가 되었으면 물구나무 서는
오리가 되었으면 嘔吐하는 발가락이 되었으면
발톱 있는 감자가 되었으면 상냥한 공장이
되었으면 날아가는 맷돌이 되었으면 좋겠어

—「구화」 부분

이 시에서는 자유연상에 의해 이어지는 이질적인 이미지들이 동원되고 있다. '물구나무 서는 오리' '구토하는 발가락' '발톱 있는 감자' '상냥한 공장' '날아가는 맷돌' 등은 아무런 내적 연관성 없이 각각 선행하는 이미지들을 밀어내며 출현한다. '~되었으면'이라는 서술어의 반복은 각각의 문장에서 출현한 이미지를 균질화하는 기능을 한다. 그리하여 대등한 이질적 이미지들이 평면화된 시적 텍스트에서 분열되고 중첩되면서 진동한다. 이렇게 하나의 중심 이미지로의 수렴을 거부하는 환유적인 치환을 통해서 시인은 특권화된 언어의 구심력을 해체하고 현실에 대한 부정과 이탈의 욕망을 가시화하는 것이다. 이러한 분열의 수사는 폭력적 현실에 대한 시인의 환멸을 드러내는 방식이며, 억압적 언어체계에서 미끄러져가는 방법론으로 기능한다. 이렇게 이성복은 훼손된 현실의 공간을 낯설고 이질적인 방식으로 드러내기 위한 다양한 시적 장치들을 동원한다. 그는 오염된 현실을 언어를 통해 재구성하는 것이 아니라, 문장의 해체와 말더듬기, 이미지의 반복과 이질적인 시어의 충돌 등 언어 자체의 분열을 통해서 훼손된 삶을 적극 확대하여 드러내는 방식을 취한다.

황지우와 이성복이 1980년대 초반 억압적 현실에 대응하기 위해 언어의 분열과 시적 해체를 적극적 방법론으로 선택했다면, 유하와 장정일(蔣正一)은 1980년대 후반의 소비자본주의에 대한 비판과 성찰을 시의 테마로 삼는다.

유하는 '압구정'이라는 공간을 자본의 향락적 세계를 상징하는 공간으로 바라보고, 이를 자연의 원초적 생명력이 살아 있는 공간인 '하나대'와 대비하고 있다. 하나대가 산업화 과정에서 몰락하고 소멸하는 농경사회의 공동체를 상징하는 반면, 압구정은 온갖 상품과 물질적 기호들이 난무하는 향락의 공간으로 드러난다. 『바람 부는 날은 압구정동에 가야 한다』(1991)는 이러한 향락이 우리사회를 지배하는 상징적 기호로 자리잡는 과정을 잘 보여준다.

> 쩝쩝대는 파리크라상, 흥청대는 현대백화점, 느끼한 면발 만다린
> 영계들의 애마 스쿠프, 꼬망딸레부 앙드레 곤드레 만드레 부띠끄
> 무지개표 콘돔 평화 이발소, 이랏샤이마세 구정 가라, 오케
> ──「바람 부는 날은 압구정동에 가야 한다 3」 부분

시인은 "모든 잔잔했던 것을 풍차 돌리는" 무서운 가속도를 통해 자본주의적 현실을 비판한다. 쉴새없이 거리를 질주하는 "흐벅진 허벅지"들은 지칠 줄 모르고 몸 바꾸기를 실현하는 욕망의 기호들이다.

의미와 맥락을 상실한 기호들이 치환되면서 만들어내는 속도감은 동시다발적으로 분출되는 욕망의 가속성을 효과적으로 드러낸다. 이후 유하는 『세운상가 키드의 사랑』(1995)에서 사회적 규율체계의 밑바닥에 흐르는 다양한 하위문화의 욕망을 전면화함으로써 가식적이고 허구적인 지배문화의 본질을 폭로한다.

이러한 문화 비판의 자의식은 장정일의 시에서도 발견된다. 장정일은 『햄버거에 대한 명상』(1987)에서 소비사회와 대중문화적 감수성에 대한 비판적 성찰을 보여준다. 허구적 기호와 이미지에 사로잡힌 현대인의 모습을 풍자적으로 드러내는 그의 시는 산업사회의 과잉된 욕망에 지배되는 인간, 사물화된 세계에 종속되어 자기를 상실한 인간의 모습을 냉소적으로 포착하고 있다.

한편 1980년대에 들어 우리 시단에 여성시인들이 대거 등장한다. 1970년대말부터 활동을 시작한 최승자는 『이 시대의 사랑』(1981) 『즐거운 일기』(1984) 등의 시집에서 폭발적인 언어를 통해 현실의 억압을 뚫고 나가려는 시적 지향을 보여준다. "일찌기 나는 아무것도 아니었다/마른 빵에 핀 곰팡이/벽에 누고 또 눈 지린 오줌 자국/아직도 구더기에 뒤덮인 천년 전에 죽은 시체/아무 부모도 나를 키워주지 않았다"(「일찍이 나는」)에서 보듯, 자기 존재에 대한 극단적인 부정의 언어는 견고한 세계의 질서를 해체하려는 강한 에너지를 담고 있다. 이렇게 1980년대의 시들은 지배담론의 허구성에 대한 날카로운 통찰을 해체의 미학으로 표출하고 있다.

3. '순종하는 신체'와 실재의 윤리: 1970, 80년대 자유주의 소설들

자본주의적 합리성과 '순종하는 신체'의 출현

1970, 80년대 자유주의 시들이 산업화에 따른 인간의 사물화와 정치적 이중구속이라는 상황 속에 '남과 다른 자기세계'를 인정받기 위해 격렬하게 언어와 형식을 파괴했다고 할 수 있다면, 이 시기 자유주의 소설 또한 그와 다르지 않다. 1970, 80년대 자유주의 소설 역시 상징체계 바깥의 기이한 현실이 임리(淋漓)하다. 또 기존 규범을 벗어나는 괴상망측한 디테일들이 넘쳐나는 만큼 서사구조 또한 혁신적이다. 1970, 80년대 자유주의 소설도 동시대 자유주의 시처럼 무슨 운명처럼 떠안은 '남과 다른 자기세계'를 공인받기 위해 기이하고 외설적인 디테일이나 그것만큼이나 파괴적인 서사를 발명해야 했던 것이다.

1970, 80년대 자유주의 소설은 무엇보다 어떤 것이 이토록 집요하게 '남과 다른 자기세계'를 불가능하게 하는지에 관심을 기울인다. 억압의 실체를 알아야만 억압에서 벗어날 수 있겠기에 이는 당연하다. 1970, 80년대 자유주의 소설은 이 시기 전방위적으로 진행된 자본주의화를 먼저 '남과 다른 자기세계'를 용인하지 않는 핵심 기제로 지목한다. 그렇다고 자유주의 작가들이 처음부터 자본주의가 발생시킨 것들, 그러니까 분업화, 도시화, 물신화, 지속되는 시간, 영원한 파괴와 쇄신 등을 '개인의 죽음'의 발원지로 설정한 것은 아니다. 등단 초기 이들의 소설에는 생명력을 잃은 순종하는 신체들은 넘쳐나되 인

간을 순종하는 신체로 전락시킨 실체가 제시되어 있지 않다. 단지 이들 소설은 현대인의 치명적인 우울만을 강박적으로 그려낸다. 이들 초기 소설의 주인공은 하나같이 세상 밖으로 나가는 것이야말로 불행의 기원이라는 것도 잘 알고, 그렇다고 세상 안에 머무는 것은 더욱 불행해질 뿐이라는 것을 잘 아는 인물들이다. 그것이 아니라면 슬프고 아픈데 도대체가 누구 때문에 아프고 왜 슬픈지를 모르는, 그러니까 애도할 대상을 찾지 못해 우울증에 빠져 있는 인물들이기도 하다. 이들의 우울은 루카치적이기도 하고 프로이트적이기도 하다. 박완서(朴婉緖)의 「가을 나들이」, 이청준의 「퇴원」 「병신과 머저리」, 서정인의 「후송」 「강」 등 이들의 초기 소설에는 하나같이 기원을 알지 못하는, 기원을 안다 하더라도 어떤 행위도 하지 못하는 현대인의 우울이 그야말로 우울하게 반복된다.

그런데 중요한 것은 이 인물들의 우울이 곧 작가들의 우울의 반영이라는 점이다. 어떤 면에서 이들 작가 역시 공포에 떨고 있으나 그 기원을 알 수 없고, 걷잡을 수 없이 슬프나 애도의 대상을 기억할 수 없는 처지에 놓여 있었던 것이다. 그래서 이들 작가들이 개인의 죽음의 발생론적 기원으로 자본주의적 규율을 지목하기까지는 다음과 같은 원장면이 필요했다고 볼 수 있다.

1) 하여 그 친척 누님이 코를 막고 당장 그 상한 게자루를 쓰레기통에다 내다버렸을 때, 나는 마치 그 쓰레기통 속으로 자신이 통째로 내던져버려진 듯 비참스런 심사가 되고 있었다. (…) 그 게자루에는 다만 상해 못 쓰게 된 게들만이 아니라, 남루하고 초라한 대로 내가 그때까지 누추하기 그지없는 가난과 좌절, 원망과 눈물

까지를 포함한 내 어린 시절의 삶 전체가 담겨 있었던 어린 시절의
삶 전체가 무용하게 내던져버려진 것 한가지였다. 그리고 그것은 어
찌 보면 지극히 당연한 노릇이기도 하였다. (이청준 「키 작은 자유인」)

2) 내가 최초로 만난 대처는 크다기보다는 눈부셨다. 빛의 덩어
리처럼 보였다. 토담과 초가지붕에 흡수되어 부드럽고 따스함으로
변하는 빛만 보던 눈에 기와지붕과 네모난 2층집 유리창에서 박살
나는 한낮의 햇빛은 무수한 화살처럼 적의(敵意)를 곤두세우고 있
었다. (박완서 「엄마의 말뚝 1」)

1)과 2)에서 볼 수 있듯 이들은 어쩔 수 없이 교환 씨스템, 그러니
까 도시에 편입된다. 그 과정에서 이들은 '토담과 초가지붕의 따스
함'을 서둘러 포기한다. 왜냐하면 전지구적 자본주의 씨스템 속에서
'토담과 초가지붕의 따스함'이란 터부의 대상이기 때문이다. 그 과정
에서 이들은 고향으로 표상되는 전근대적인 질서를 아무런 의미도
없는 곳으로 스스로 폄훼하고, 더 나아가 전근대적인 질서의 잔여물
들을 떨치기 위해 오히려 시민적 냉정함의 화신이 된다. 다시 말해
이들은 자신의 개인적인 오이디푸스 서사를 지우고 그 자리에 초자
아의 공적인 오이디푸스 서사를 대신 채워넣는가 하면, 사회적 초자
아가 지정해주는 프로그램대로 공포의 원장면마저 상징적으로 재구
성한다. 이러한 과정을 통해 이들은 시민적 냉정함을 어쩔 수 없이
승인하는 정도가 아니라 진화의 표지로 내면화한다. '출세한 촌놈'이
되는 것이다. 그러니 이들은 어느 순간부터 아프더라도 아픈 데를 알
수 없고, 벗어나고프나 예전 상태로 돌아갈지도 모른다는 공포 때문

에 벗어나지 못하는 멜랑꼴리에 갇혀버리고 만다. 그랬는데 1), 2)와 같이 이 거세공포의 순간들을 복원해내고 귀환시켜낸다. 무의식의 저편으로 밀어넣었던 원장면을 되찾아온 것이다.

그러면서 이들은 드디어 그 기원을 알기 힘든 멜랑꼴리 상태에서 벗어나 현존재들이 경험하는 '개인의 죽음'의 핵심 요인이 전지구적 자본주의화와 그것이 발생시키는 권태, 소외, 도시화, 물신화, 고독 등의 사회적 증상임을 밝혀낸다. 가령 박완서는 「카메라와 워커」「그 가을의 사흘 동안」「꿈꾸는 인큐베이터」 등을 통해서 자기만의 이윤을 추구하는 시민적 환금가능성의 세계가 전쟁을 겪은 세대는 물론 그 이후 세대들까지 얼마나 쉽게 현혹시키는지, 그리고 그 타락한 가치에 매혹된 존재들이 또다른 타자들을 얼마나 억압하고 구속하는지를 치밀하게 그려낸다. 그런가 하면 이청준은 인간을 순종하는 신체로 전락시키는 근대적 규율과 제도들을 하나하나 지목하며 현대인의 고통의 기원을 제시한다. 그것은 도시화이기도 하고(「거룩한 밤」「잔인한 도시」), 언어이기도 하며(『잃어버린 말을 찾아서』), 주체의 테크놀로지와 정치기술의 교묘한 야합이기도 하다(「예언자」「가면의 꿈」「빈방 혹은 딸꾹질 주의보」). 또한 서정인의 소설은, 「토요일과 금요일 사이」「귀향」「분열식」「벌판」「나주댁」 등에서 볼 수 있듯, 도시에서 서서히 순종하는 신체로 전락하는 '출세한 촌놈'들의 타락상과 모더니티의 물결 속에서 급속히 스러져가는 목가적 풍경들을 날카롭게 포착해낸다.

이렇게 이들 소설은 사소한 것이라도 자족적인 통일성이나 고유성을 취하고 있으면 반드시 단일하게 만들어버리는 근대성 특유의 동일화 의지를 현대인들의 멜랑꼴리와 트라우마의 발생론적 기원으로 지목한다. 이러한 성찰은 결코 만만히 볼 것이 아니다. 이 발견으로 인하여 한국문학사도 순종하는 신체로부터의 탈주라는 문명사적 과제를 같이 고민하게 되기 때문이다.

정치적 이중구속과 알레고리

1970, 80년대 자유주의 소설이 '개인의 죽음'의 발생론적 기원으로 먼저 자본주의적 규율이나 제도를 주목한 것은 사실이지만, 그렇다고 분단상황이나 독재정치 등 당대의 야만적 정치현실과 절연되어 있었던 것은 아니다. 1970, 80년대 자유주의 소설도 격렬하다 할 정도로 정치적이어서, 이들이 당대 야만의 정치에 가한 비판과 해체의 열도는 이 시기 민족문학과 여러 면에서 친연성을 보이기도 한다. 하지만 자유주의 소설과 민족문학의 정치 비판은 세 가지 정도에서 큰 차이를 보이며, 이는 곧 자유주의 소설의 고유한 문법을 나타낸다.

우선, 1970, 80년 자유주의 소설 전반이 특정 정치행위가 아니라 주체들을 순종하는 신체로 만들기 위해 어떠한 폭력도 마다 않는 정치행위 자체를 비판하고 부정한다는 것이다. 이들 자유주의 소설은 당시의 정치적 상황을 계급모순, 분단모순 등으로 파악하지 않는다. 이들은 당시의 정치상황을 죄가 있는 자를 죄인으로 호출하는 것이 아니라 아무나 불러놓고 그를 죄인으로 만드는 것으로 파악한다. 그런 점에서 이들이 파악하는 정치적 상황은 다분히 카프카적이며, 동시에 최인훈적이기도 하다. 최인훈이 『광장』에서 당시의 정치적 현실을, 아무런 인과관계가 없는 사실들에 자의적으로 인과성을 부여하고는 그 자의적인 인과성으로 한 존재를 죽음의 문턱으로 몰고 갈 수 있는 상황이라고 파악한 바 있다면, 이들 역시 그러한 정치인식의 연장선상에 있다고 할 수 있다. 해서 이들은 어느날 갑작스레 죄도 없이 끌려가 죄인이 되고 결국 죽음의 문턱에까지 이를 수 있는 정치적 현실에 무엇보다 전율하고 공포를 느낀다. 아니, 그러한 잉여억압 혹은 과잉억압을 행하는 것이 정치행위라고 규정한다. 서정인의 「가위」, 박완서의 「조그만 체험기」, 임철우의 「붉은 방」 등은 이들의 정치행위에 대한 인식이 단적으로 드러난 소설들인데, 이들 소설을 보면 당대 자유주의 소설이 국가장치의 정치적 억압에 얼마나 공포를 느꼈으며 정치적인 것 자체를 얼마나 불신했는지를 충분히 확인할 수 있다.

1970, 80년대 자유주의 소설의 정치적인 관심은 당시의 민중문학과도 다른데, 이 소설들은 당시 민족민중문학과 이념적 동질성을 보이던 민족, 민중, 민주화운동의 논리에서도 정치적 억압을 읽어낸다. 이들은 자본주의적 합리성을 넘어서려는 당시의 또다른 권력의지에 대해 무조건 호의적인 시선을 보내지는 않는다. 그것 역시 '당신들의 천국'을 건설하기 위한 또다른 권력일 뿐이며, 어떤 대목에서는 끔찍한 자본주의를 넘어서고자 한다는 선의 때문에 역시 '카프카적이면서 최인훈적인 폭력'을 수시로 행해왔다고 파악한다.

　　눈이 부시도록 밝은 전짓불을 얼굴에다 내리비추며 어머니더러 당신은 누구의 편이냐는 것이었다. 하지만 어머니는 그때 얼른 대답을 할 수가 없었다. 전짓불 뒤에 가려진 사람이 경찰대 사람인지 공비인지를 구별할 수 없었기 때문이다. 대답을 잘못 했다가는 지독한 복수를 당할 것이 뻔한 일이었다. 하지만 어머니는 상대방이 어느 쪽인지 정체를 알 수 없는 채 대답을 해야 할 사정이었다. 어머니의 입장은 절망적이었다. 나는 지금까지도 그 절망적인 순간의 기억을, 그리고 사람의 얼굴을 가려버린 전짓불에 대한 공포를 생생하게 간직하고 있다. (이청준「소문의 벽」)

이처럼 이들은 이미 유아기에 카프카적 부조리 상황을 경험한 적이 있는 존재이다. 그런 까닭에 이청준은 사회적 병증을 치유하고 전혀 새로운 세계를 창조하겠다는 정치행위는 그것이 무엇이건 간에 사회구성원들 자체를 목적으로 하지 않고 그들을 오로지 도구나 사물로서만 만난다고 믿는다. 이는 박완서의 소설에도 일관되게 나타나는 문제틀이기도 하며, 심지어 이러한 전쟁 체험이 없는 임철우의 소설에도 계승되어 있다. 어쨌든 1970, 80년대 자유주의 소설은 야만의 국가기구를 '철의 대오'로 넘어서려는 당시의 민족·민중운동에서도 역시 만만치 않은 억압을 발견하며, 그것 역시 해체하고자 한다. 이를 위해 이청준은 『흰옷』『키 작은 자유인』 등을 통해 해방 직후와 한국전쟁기의 좌익운동을 살아 있는 전사로 획정하려는 1970, 80년대 민주화운동의 논리와 치열하게 맞선다. 마찬가지로 박완서는 『나목』「엄마의 말뚝」 연작 등에서 거창한 대의명분을 내세워 사회구성원의 어떠한 시행착오도 인정하지 않는 것은 물론 인간에 대한 최소한의 예의도 갖추지 않았던 과거의 변혁운동, 그러니까 당시의 사회주의자들을 비판적으로 역사화한다.
1970, 80년대 자유주의 소설의 또하나의 특이성은 이들 소설이 야만의 정치를 주로 알레고리적으로 표현한다는 것이다. 서정인의 「가위」가 그러하고, 이청준의 「예언자」『자유의 문』 역시 그러하다. 그뿐만 아니라 1980년 광주체험을 다룬 소설들의 경우는 더욱 그러하다. 임철우의 「직선과 독가스」「사산하는 여름」 등이 현격하게 알레고리

적이며, 최윤의 「저기 소리 없이 한 점 꽃잎이 지고」 역시 마찬가지다. 이는 1970,80년대 민족·민중문학이 전형성과 총체성이라는 리얼리즘 규율을 앞세워 바로 이 사건만이 본질적인 것이라고 규정하고 특정 상황을 사실주의적으로, 그러니까 있는 그대로 객관적으로 그려냈던 것과 크게 비교된다. 1970,80년대 자유주의 소설은 전혀 현실적이지 않아 보이는 사건들을 사실적이지 않은 방식으로 그려낸다. 벤야민(W. Benjamin)의 표현을 빌리자면 '사물을 그것의 일반적인 연관성에서 떼어놓는'다. 즉 야만의 정치가 빚어낸 파괴의 잔해들을 그야말로 '비유기적으로' 펼쳐놓는 것이다. 그렇게 무형적인 파편으로 제시된 부자유, 미완성, 추문, 죽음의 현장, 파괴된 육체 등을 통해 이들 소설들은 역사의 파괴 혹은 파괴된 역사상을 제시한다. 이러한 당대 정치에 대한 알레고리적 표현은, 모든 사물들을 유기적·총체적으로 연관시키려는 이데올로기적 모험이 얼마나 많은 폐허와 폐허 속의 신생을 쓸모없는 실존으로 격하시키는가를 비판하는 것이자, 그럼에도 그러한 세계창조자적 열정을 고집할 경우 더욱더 역사를 파괴하고 말 것이라는 강력한 경고이기도 하다.

실재의 윤리, 혹은 1970,80년대 자유주의 소설의 전망 혹은 절망

앞서 살펴본 것처럼 1970,80년대 자유주의 소설은 '남과 다른 자기세계'를 인정하지 않는 폭력적인 세계를 어떤 계보 못지않게 격렬하게 비판하고, 더 나아가 그 세계를 탈영토화하고자 한다. 이들의 의미는 여기서 그치지 않는다. 그것은 70,80년대 자유주의 소설이 역사의 지속적인 파괴(혹은 파괴된 역사상) 속에서 구원의 힘을 찾아나선다는 점이다.

이들이 구원의 힘으로 찾아낸 것은, 앞질러 말하자면, 실재의 윤리들이다. 이들의 꿈은 '남과 다른 자기세계'를 유지, 존속, 발전시키는 것이다. 그런가 하면 동시에 '남과 다른 자기세계'를 가진 모두가 조화를 이루는 사회를 건설하는 것이기도 하다. 다시 말해 이들은 자기를 보존하면서도 타자를 충분히 감싸안는 어떤 경지 혹은 사회를 꿈꾸고 있는 셈이다. 아마도 이들의 꿈은 다음과 같은 것이리라.

"그런 때가 올 수 있을지 없을지는 모르지만 섬이 끝끝내 실패만 하고 있지 않으려면 그때는 결국 와야겠지요. 그게 아무리 시간이 오래 걸리는 일이라도 (…) 그게 아마도 상상 이상으로 긴 세월이 걸리게 될 일인지도 모르지만 말이야요." (…)

"그야 물론 기다려야지요. 운명을 합하는 일이 실제로는 얼마나 어렵다 하더라도 난 그것으로 일단 섬사람들의 믿음의 씨앗은 구할 수 있었으니까요. 믿음의 씨앗과 싹만 있으면 그 믿음 속에 기다릴 수는 있는 거지요. 그것이 처음엔 아무리 작고 더디고 약한 것이라고 하더라도 그것이 자라서 그 공동 운명의 튼튼한 가교로 이어질 때를 기다리면서……" (이청준 『당신들의 천국』)

'당신들의 천국'이 아닌 '우리들의 천국'이 되기 위해서는 '운명을 합하는 일'이 필요하다는 것. 즉 자기를 타자화하고 타자를 자기화하는 끊임없는 소통과정을 거쳐서 합의된 꿈만이 진정한 낙원의 꿈이며, 상상 이상으로 긴 시간이 걸리더라도 이 소통과정을 통해 마침내 도달한 공동운명체만이 진정으로 우리들의 천국이라는 것. 그러니 이들이 정치적인 것에서 구원의 힘을 찾아내기란 애초에 불가능하다. 유토피아를 코앞에 세워놓고 그 꿈을 짧은 시간 내에 실현하고자 하는 것, 그리고 그 꿈을 위해 '남과 다른 자기세계'들을 효율적으로 억압하는 기술이 곧 정치라 한다면, 이들의 꿈은 그것과는 전혀 이질 적인 것이다. 그러므로 이들은 새로운 윤리를 발명하거나 실재의 윤 리를 귀환시키는 데서 구원의 힘을 찾는다. 어찌 그렇지 않겠는가. 각기 다른 운명을 지닌 인간들이 '운명을 합'할 수 있는 길이란 윤리 적인 영역에서나 가능하며, 현존재는 운명을 합하는 일과는 거리가 먼 삶을 살고 있는만큼, 그 윤리란 상징질서 너머에 있는 것을.

실재의 윤리를 찾기 위해 고투를 지속한 작가 중 먼저 주목되는 것 은 이청준이다. 이청준 소설은 무엇보다 귀향의 모멘텀을 강조하고 그를 통해 타자윤리학을 강하게 환기한다. 이청준의 소설은 『당신들 의 천국』『자유의 문』 등을 통해 볼 수 있듯, 모더니티 전반이 치밀한 정치기술을 통해 사회구성원들을 복종시켰다고 비판하고는, 모더니 티에 의해 쓸모없는 실존으로 폐기처분된 세계 속에서 각기 다른 운 명을 하나로 합할 수 있는 윤리적 내용을 찾아나선다. 그리고 그 모 색 끝에 한국의 모더니티가 끊임없이 백지화하려 했던 고향으로 돌 아간다. 이제 이청준의 소설은 모더니티에 의해 일방적으로 비위생, 야만, 비합리의 터전으로 규정되었던 그 고향에 바로 자아와 타자의 삶을 끊임없이 개입시키고 감싸안는 공동운명체의 진정한 정신이 있 음을 확인한다. 그후 그의 소설은 고향 바깥에서 고향 정신의 잔여물 들을 찾는다. 운명을 합하기 위한 방법으로 용서와 화해의 정신을 타 진해보고(「벌레 이야기」), 종교성을 인간적 합일의 경지에 이르는 길로 제시하기도 하며(『낮은 데로 임하소서』 「비화밀교」), 말이 아닌 소리에서 운명을 합할 가능성을 찾기도 한다(「서편제」 연작). 그러다가 산자와 망자를 대면시켜 서로 화해하게 하는 굿과 같은 제의적 경험을 운명공동체를 건설할 수 있는 구체적 가능성으로 전망하기도 한다(『축제』『신화를 삼킨 섬』).

이청준 소설이 '남과 다른 나'를 인정하지 않는 한국적 모더니티에 대한 불안과 불만, 그리고 그로부터의 탈출 가능성을 주로 관념의 영역에서 추구하고 있다면, 서정인의 소설은 그러한 주제를 주로 구체적인 생활세계 속에서 찾는다. 특히 자본주의적 등가성의 원리에 의해 서서히 스러져가는 하위주체들의 '소리 없는 아우성'들에 끊임없이 관심을 갖는다. 아니, 하위주체들의 '소리 없는 아우성'에 맞추어 세상을 읽고 그들의 목소리를 소설로 옮겨적는다. 그러면서 서정인 소설은 아이러니에 의해 구성된다. 세상에서 말하는 행복은 곧 불행이고, 현대적 인공낙원의 상태는 곧 잔인한 도시이며, 사회로부터 쓸모없는 실존으로 낙인찍힌 자들은 곧 문명의 불만과 불안을 넘어설 수 있는 풍요로운 존재들이라는 것이다. 이후 서정인의 소설은 자본주의적 등가성에 의해 버려진 하위주체들의 '소리 없는 아우성'들을 적극 호명하고 또 그들의 목소리를 대신 받아쓴다. 그리하여 『달궁』 『철쭉제』 『모구실』 등에 이르러서는 말 그대로 '말'의 성찬, 그것도 방언이나 비주류 인생들의 언어의 성찬이 펼쳐진다. 서정인의 소설은 구술언어를 적극 도입함으로써 모든 개성을 등가화시키는 문자어의 세계를 비판한다. 그뿐만 아니라 하위주체들의 소리 없는 아우성 속에서 문자어의 세계를 넘어설 수 있는 활력이나 구원의 힘을 발견한다.

그런가 하면 박완서의 소설은 '보이는 나'와 '보는 나', 대타자의 시선과 개인 욕망의 변증법, 곧 진정성의 에토스를 무엇보다 중요한 덕목으로 제시한다. 박완서는 「엄마의 말뚝」 연작과 『나목』 『그 많던 싱

아는 누가 다 먹었을까』 등을 통하여, 한국전쟁중 진정 사회주의자가 아니라 누군가에게 사회주의자로 보이기 위해서, 또 진정 우익이 아니라 우익으로 보이기 위해서 행했던 연극적 행동들이 초래한 참극을 냉정하게 고발한다. 또 전쟁이 끝난 이후에도 남북분단과 산업화를 활용한 대타자의 치밀한 정치기술로 인해 한국의 사회구성원들이 대타자의 시선에 순응하는 삶을 강요받았으며, 그런 까닭에 그러한 비굴한 삶을 자기치료하기 위해 항시 거창한 대의명분을 앞세우는 속물성에 물들었다고 진단한다(「세상에서 가장 무거운 틀니」「지렁이 울음소리」「도둑맞은 가난」「꿈꾸는 인큐베이터」).

박완서의 소설은 속물성에 노골적으로 냉소를 보낸다. 그 대신 속물성에 맞서 대타자의 시선과 개인 욕망의 변증법, 곧 진정성의 에토스를 복원하고자 한다. (남과 다른, 대타자가 용인하지 않는) 자기 그대로의 내면의 목소리를 좇아 행동하다가는 카프카적이고 최인훈적인 공포를 경험할 개연성이 높지만, 그래도 그 내면의 목소리에 의거하여 용기있게 결단을 내리지 않으면 외부에서 부과된 이데올로기를 좇아 누군가를 고발하고 죽이게 된다는 것이다. 그런 극단적인 경우는 아니더라도 계속 대타자의 도덕률에 굴복할 경우, 각 존재들은 '남과 다른' 자신만의 역사를 지우고 저 내면에서 솟아오르는 목소리들을 스스로 부정하게 된다는 것이다. 그러니, 목숨을 걸고라도, 세간의 입방정에 오르더라도, 거창한 대의명분이 없어 투박하고 순진해 보일지라도, 자신만의 역사지리지에 따라야 한다는 것, 이것이 「그 가을의 사흘 동안」「복원되지 못한 것을 위하여」「지 알고 내 알고 하늘이 알건만」「너무도 쓸쓸한 당신」「친절한 복희씨」 등 박완서의 뛰어난 소설들이 일관되게 말하는 실재의 윤리이다.

실재의 윤리에 관한 한 언급해야 할 작가들이 또 있다. 박상륭(朴常隆)과 이인성(李仁星)이다. 『열명길』『죽음의 한 연구』『칠조어론』의 작가 박상륭은 한국문학사에서 가장 이질적인 존재이다. 박상륭 소설은 문명(혹은 모더니티)을 인간의 초인적 의지나 창조적 생명력을 앗아간 타락의 출발점으로 전도시킨다. 그리고 거듭거듭 문명화가 인간에게서 빼앗아간 본래적인 가치, 초인적인 힘, 우주적 성찰 등을 귀환시키고자 한다. 이러한 박상륭의 시도는 근대적인 규율 전반이 인간 특유의 생명력을 얼마나 지독하게 순종적인 신체로 전락시켰는가를 드러내는 한편, 인간이 진정 인간이기 위해서는 '질서화되지 않은 혁명적 에네르기'를 발견하거나, 질서에 의해 통제된 '혁명적 에네르기'를 되찾는 것이 필요하다는 중요한 깨달음을 전달해준다.

반면 이인성의 소설은 모더니티 안의 모욕 같은 삶을 견디면서 진정한 삶의 형식을 찾아내고자 한다. 『낯선 시간 속으로』『한없이 낮은 숨결』 등에서 볼 수 있듯, 이인성의 소설은 아버지의 강력한 시선 때문에 자신의 경험을 하나로 지양하지 못하는 분열증적인 인물들의 이야기이다. 이인성 소설의 인물들은 질풍노도의 시기를 경과하며 결코 사소하지 않은 사건을 통과해나오건만, 아버지의 거대하고 강력한 시선은 그 경험을 그들의 역사철학에 따라 맥락화하는 것을 불가능하게 한다. 때문에 이인성 소설의 인물들은 분열증에 빠져든다. 스스로 통합적인 서사를 완성하지 못하는 까닭에 '그때그때의 그'(또는 나)가 각자 독립된 정부를 이루며 살아간다. 한데 이인성 소설의 인물들은 이 여러개로 '분열된 나'(또는 그)를 특정 위계를 부여하여 통합하지 않는다. 오히려 다중인격체인 것이, '그'(혹은 나) 안에 있는 서로 다른 인격체끼리 대화하는 관계를 형성하는 것이 가치 있다고 말한다. 이를 통해 이인성의 소설은 대타자의 시선에 영혼을 내준 기계가 되기보다는, 대타자의 시선을 만족시키기 위해 거창한 대의명분을 찾아내거나 싸이보그처럼 주어진 정언명령이 무엇이더라도 그것을 착오없이 실행에 옮기는 것보다는, 오히려 분열증을 견디는 주체가 될 것을 권유한다. 그것이 '남과 다른 자기세계'를 용인하지 않는 이 세계에서 진정한 인간으로 살아가는 방법이라는 것이다.

이처럼 1970, 80년대 자유주의 소설은 '남과 다른 자기세계'를 용인하지 않는 강력한 대타자들 속에서 '남과 다른 자기세계'가 지니는 의미와 가치를 인정받기 위해 혼신의 힘을 다한다. 그 노력 끝에 이들 소설은 대타자에 의해 쓸모없는 실존으로 격하된, 비교할 수 없는 수많은 가치들·고유성·특이성들을 귀환시키거나 새로이 호명한다. 해서 1970, 80년대에 한국문학은 너무나 강력한 두 대타자가 지배했음에도 유례를 찾기 힘들 정도로 다양하고 풍요로운 세계로 충만했으니, 이것이야말로 당대 자유주의문학의 중요한 업적이다.

: 류보선·이기성 :

● 더 읽을거리

1970, 80년대 자유주의 문학의 발생론적 기원과 위상을 좀더 폭넓은 시각에서 객관적으로 파악하기 위해서는 우선 1970, 80년대 문학 전체가 어떠했는지를 파악하는 것이 큰 도움이 된다. 1970, 80년대 문학 전체를 체계적으로 조망한 논의로는 문학사와 비평연구회 엮음 『1970년대 문학연구』(예하 1994); 민족문학사연구소 현대문학 분과 『1970년대 문학연구』(소명출판 2000); 하정

일 『1980년대 문학』(깊은샘 2003) 등이 참조할 만하다. 또 한국문학사 전체에서 1970, 80년대 문학의 특이성을 확인할 수 있는 권영민 『한국현대문학사』 1, 2(민음사 2002); 김윤식·김우종 외 『한국현대문학사』(현대문학 1989)도 중요한 참고자료가 된다.

1970년대와 80년대 자유주의 시의 전체적인 지형도를 그린 저술로는 김현의 『분석과 해석』(문학과지성사 1988)과 『젊은 시인들의 상상세계』(문학과지성사 1984); 김우창 「괴로운 양심의 시대의 시」, 『시인의 보석』(민음사 1993); 이숭원 「산업화 시대의 시」, 박현수 「민중 혁명기 시기」, 오세영 외 『한국현대시사』(민음사 2007); 이기성 「전체의 신화와 개인의 신화」, 한신대 인문학연구소 엮음 『한국문학과 지배–저항 이념의 헤게모니』(역락 2007); 이광호 「한국시의 현대성을 둘러싼 연대기——'문지 시선'의 역사」, 권오룡 외 『문학과 지성 30년』(문학과지성사 2005)을 들 수 있다.

이 시기 자유주의 소설에 대한 깊은 이해를 위해서는 김현의 『문학과 유토피아』(문학과지성사 1980); 김윤식의 『김윤식선집 4——작가론』(솔 1996); 김윤식·정호웅 『한국소설사』(예하 1993; 문학동네 2000); 이재선 『현대한국소설사』(민음사 1996); 정과리 『문학, 존재의 변증법』(문학과지성사 1985); 우찬제 『타자의 목소리』(문학동네 1996) 등이 참고할 만하다.

현대희곡의 전통 수용과 마당극

1. 현대희곡이 불러온 '전통'이라는 대상

해방 이후 우리나라 현대희곡사, 더 넓게 현대연극사는 한마디로 '한국적인 연극'을 정립해나가는 과정이라고 할 수 있다. '희곡'이라는 개념 자체가 근대 초기 서구에서 들어온 것이기 때문에, 식민지 시기 희곡이 서구적 개념, 근대적 개념의 희곡 정립과 그것의 대중적 확산에 초점을 맞추었다면, 해방 이후에는 서양의 이론에 뿌리를 두되 그것과 변별되는 '한국적' 의미의 독자성과 특수성을 겸비한 희곡을 모색하였다. 이러한 '한국적'인 것에 대한 요구는 우리나라 고유의 것에 대한 관심으로 이어지고, 과거의 유산과 흔적은 '전통'이라는 이름의 적극적이며 다양한 연극 작업으로 체화되기에 이른다.

전통이 고정된 무엇이라기보다는 그것을 호출해내는 당대의 관점과 필요성, 호출 주체의 욕망에 의해 즉자적으로 재구성되는 것이라고 볼 때, 해방 이후 희곡은 '민족연극'의 수립, '한국적 연극'의 구현이라는 요구에 따라 끊임없이 다양한 연극 전통을 발견하고 재구성해왔다. 이러한 희곡계, 연극계의 움직임은 당연하게도 당대의 학문적 성과와 사회적 환경의 직접적인 영향을 받았는데, 특히 1960, 70년대 활발하게 진행된 민속학계의 자료 발굴과 정리, 그리고 미학적 분석의 연구성과들은 곧바로 희곡계와 연극계의 전통 담론과 실천으로 이어졌다.

이렇게 호출된 연극적인 전통, 이른바 '전통극'에 해당하는 연희 형태는 크게 가면극, 판소리, 인형극, 굿, 네 가지로 구분된다. 조동일, 최상수, 이두현 등을 중심으로 한 민속학자들이 일찍부터 주목했던 가면극의 경우 전국에 산재해 있는 자료의 채집과 정리는 물론 그 발생과 연행원리의 규명 등이 매우 활발하게 진행되었으며, 그 성과는 1960년대 '탈춤부흥운동'이라고 일컬어질 만큼 적극적인 연구, 보전, 활용으로 이어졌다. 근대적 의미의 연극과 상당부분 맞닿아 있다는 특성 때문에 가면극은 기존 연구성과를 바탕으로 연극계에 자연스럽게 수용되어, 가장 직접적이며 풍부하게 현대 무대로 옮겨져 다양하게 호출되었다.

민속학과 구비문학의 한 장르로 연구된 판소리의 경우, 학계에서는 그 기원과 전승의 실체를 파악하는 데 주력했기 때문에 연극성의 발견은 크게 주목받지 못했다. 반면 연극계에서는 1962년 국립창극단 창단을 통해 판소리의 연극적 구현을 가시화하고 현대적 면모의 판소리를 적극 모색해나갔다. 이는 인형극이나 굿과는 다른 양상이다. 심우성, 서대석 등이 주축이 된 인형극과 굿 연구는 그 담당자인 남사당패와 무속인들에 대한 연구와 함께 그 실체를 복원하는 데에 중심을 두었기 때문에 공연 성과가 상대적으로 풍부한 편이었다. 그러나 실제 연극계는 인형극의 제한적인 변용 가능성과 굿의 제의성 및 신성성에 대한 적극적인 수용의 어려움 때문에 다른 전통극에 비해 현대적인 무대로 호출해내는 데 소극적이었다. 전통이라고 명명된 과거의 연행예술 중에서 연극계가 적극적으로 받아들인 것은 현대적 의미의 연극과 결합하기 쉽고 수용이 상대적으로 자유로운 것들에 치우쳐 있었던 것이다.

이렇듯 한국적인 연극, 민족적인 연극의 모색을 위해 호출해낸 연극적 전통은 연극계에서 크게 두 가지 양상으로 수용된다. 하나는 학계의 성과를 받아들여 연행양식과 표현형식 등에 초점을 맞추어 전통을 보전하거나 형식적 측면에서 현대 연극과의 접목을 실험하는 것이고, 다른 하나는 전통연희의 존재기반인 민중과 민중의식에 주목하여 형식적 수용을 넘어서 민중성에 대한 추구를 통해 그것을 변증법적으로 재창조하는 경우이다. 기성 연극계의 전통 호출과 수용 방법이 전자에 해당한다면, 문화운동의 측면에서 발생하고 전개된 마당극은 후자에 해당한다. 다시 말해 기성 연극계에서 진행된 전통의 호출과 수용은 연극의 형식미학적 실험성 강조로, 마당극은 양식을 수용함과 동시에 당대 현실과 민중성을 담보하는 방향으로 나아간다.

2. 보존과 실험: 전통을 호출하는 기성 연극계의 시선

해방 이후 연극계에서 전통에 대한 관심이 간헐적으로 나타난 것은 1950년대부터지만 엄밀히 말해 1960년대까지의 연극은 대체로 서구극의 무대화에 기울어 있었다. 이것은 사회 상황과 제도에 밀접하게 연관된 연극적 작업의 특성에 기인하는데, 한국전쟁 이후 급속히 진행된 미국 중심의 서양문화 도입은 식민지 시기를 벗어나려는 움직임과 맞물려 사회 전반에 걸쳐 진행된다. 민족의 특수성과 독자성보다는 서양의 보편성에 더 치중한 사회적 흐름은 연극계에도 그대로 적용되어, 전통에 대한 관심보다는 서양의 다양한 연극양식과 작품이 소개되거나 번역되어 공연되었으며, 창작 희곡 역시 전쟁의 상처나 실존의 문제를 다룬 작품들이 대다수였다.

1960년대에 접어들어 지배정권에 의해 새로운 민족문화의 수립이라는 대명제가 부여되면서 국립창극단이 창단되고, 국학계와 문화 전반에 걸쳐 '탈춤부흥운동'이 일어난다. 이 영향으로 전통에 대한 연극적 탐색이 진지하게 진행되는데, 특히 당시 서양에서 일어난 오리엔탈리즘과, 연극 주체들의 서양 연극에 대한 직접 경험은 전통 호출의 필요성을 제기하는 데 큰 영향을 미쳤다. 이 시기 연극계 전통담론의 중심에 선 인물은 유치진(柳致眞)으로, 그는 1년간 미국에 머문 경험을 통해 한국의 고유한 전통 연극에 대한 인식을 바꾸었으며, 진정 한국적이고 민족적인 연극이란 전통을 체화시킨 연극이라고 주장했다. 그러나 이 논의는 하나의 흐름을 형성하지 못한 채 단발성 주장으로 머물렀으며, 1970년대에 이르러서야 유덕형(柳德馨)과 안민수(安民洙) 등 유치진의 영향을 받은 드라마센터의 연출가와 작가에 의해 구체적으로 실현된다.

전통에 대한 진지하면서도 다각적인 연극적 호출은 '전통'과 '실험'이라는 두 가지 화두로 정리될 수 있는 1970년대에 이르러 본격화한다. 정부의 문화지원정책과 맞물려 '민족연극'의 수립이라는 연극계 내부의 문제의식은 이전부터 진행되어온 전통담론의 영향을 받아 '전통의 현대적 계승'이라는 큰 흐름을 형성하는데, 그 활동 유형은 크게 '보존'과 '실험'으로 정리될 수 있다. 보존은 전통연희예술의 원형을 그대로 이어받아 현대적 무대에 구현하는 데 초점을 맞춘 것이고, 실험은 현대연극의 기조에 전통적인 다양한 공연형식들을 적극 수용하여 새로운 연극을 창조해내는 것이다. 이 두 유형의 대표적인 단체가 허규(許圭)를 중심으로 한 극단 민예와 유덕형이 이끄는 드라마센터이다.

1973년 「고려인 떡쇠」(김희창 작)를 올리며 결성된 극단 민예는 '우리 민족 고유의 극예술을 창조'한다는 목표하에 전통연희의 다양한 모색을 도모한다. 「서울 말뚝이」(1974, 장소현 작, 손진책 연출) 「물도리동」(1977, 허규 작·연출) 「다시라기」(1979, 허규 작·연출) 등의 작품은 극단 민예의 지향점과 특색을 여실히 보여주는 것으로, 가면극은 물론 제의적 성격이 강한 굿을 현대 무대로 옮겨 그 원형을 연극적으로 충실히 재현한다. 특히 허규는 대부분 야외공간에서 행해지던 전통연희를 현대적으로 재창조하기 위해서는 이를 극장이라는 실내무대로 들여올 수밖에 없음을 작품을 통해 보여주었다. 따라서 허규와 극단 민예의 활동은 전통연희 원형의 무대적 보존이라는 특색을 지니는데, 동시대 평론가들과 연구자들은 여기에 전통의 '박제화'라는 문제를 제기한다. 극단 민예의 공연들이 무대 위에서 전통을 재현하면서 그것을 호출해내는 현재적 의미는 배제한 채 오로지 형식미학적 측면에서 그 원형에 접근하려 했기 때문이다. 전통과 관련된 허규의 활동은 이후 국립창극단장 활동 등을 통해 1990년대까지 일관되게 이어진다.

허규와 극단 민예의 활동이 전통의 '보존'에 치우쳐 있다면, 유치진이 기틀을 마련한 드라마센터(이후 동랑레퍼터리극단으로 개칭)는 '실험'에 중심을 둔 전통의 호출을 보여준다. 가장 먼저 활동한 인물들은 연출가들로, 유덕형과 안민수는 각각 「초분」 그리고 「하멸태자」 「태」 등을 통해 서구연극에 기반을 두고 전통연희의 제의적 속성을 원초적인 형태로 다양화했다는 평가를 받았으며, 이들 작품은 외국에서 공연되기도 했다. 이는 전통 호출의 절실함을 주장한 유치진의 영향을 직접적으로 받은 드라마센터의 모든 연출가와 배우가 전통연희의 연기법과 장단을 몸으로 익히며 전통을 현대화하는 데 주력한 결과라고 할 수 있지만, 한편으로 이 작품들이 서양 관객과도 소통할 수 있었던 것은 한국적 전통 때문이라기보다는 서양의 정서와 서구극의 어법에 초점을 맞추고 형식과 표현에서 전통을 활용한 측면이 강하기 때문이다. 따라서 이 작품들은 한국적 색채가 강하지만 오히려 외국 작품의 분위기가 더 지배적이라는 평가를 받기도 했다. 이것은 드라마센터를 중심으로 활동한 작가들에게서도 나타나는 특징이다.

　　연극의 형식적 표현에 주력한 연출가들과는 다른 측면에서 전통의 현대적 호출에 적극적이었던 1970년대 작가로 오태석(吳泰錫)과 윤대성(尹大星), 최인훈을 꼽을 수 있다. 오태석은 꼭두각시놀음의 인물을 현대화한 「이식수술」과 판소리의 공연양식을 그대로 가져온 「약장사」 등을 발표하고 연출하면서 전통의 다양한 형식을 현대희곡 속에 융합·접합하려는 노력을 지속하였다. 전통연희의 현대적 수용에 대한 오태석의 실험은 1990년대 제의적 굿의 형식과 해원의식의 내용이 합일되었다는 평가를 받는 「백마강 달밤에」에 이르러 큰 성과를 거둔다.

윤대성은 역사적 사건을 내용으로 하여 그것을 표현하는 방식에서 전통연희의 현대적 수용을 도모했다. 특히 「너도 먹고 물러나라」는 원혼을 위로하는 굿의 형식을 빌려 당대 현실의 문제를 전면화했다는 점에서 전통의 현대적 호출을 효과적으로 성취한 작품으로 평가된다. 또한 「노비 문서」는 가면극에 등장하는 노장과 취발이를 중요한 인물로 배치해 극의 전개와 사건의 의미를 관객에게 직접 전달하여 전통연희의 요소들을 적극 활용했다.

한편, 이 두 작가와는 달리 소설가로 출발한 최인훈은 설화를 변용하여 희곡화했다는 점에서 전통 수용의 연극적 구현 영역을 확장했다고 할 수 있다. 「어디서 무엇이 되어 만나랴」 「둥둥 낙랑둥」 「달아 달아 밝은 달아」 등 1970년대에 집중 창작된 그의 희곡들은 각각 온달설화, 호동설화, 심청전같이 대부분 구비전승된 설화를 현대적으로 변용하여 작품화한 것이다. 연극계, 희곡계의 전통에 대한 호출이 연출가들을 중심으로 형식적인 측면에 치우쳤다면, 최인훈은 전통연희라는 연극적 예술장르에 얽매이지 않고 설화를 토대로 거기에 작가적 상상력을 가미하여 설화의 보편성과 당대 현실의 특수성을 절묘하게 결합했다.

이렇듯 전통의 연극적 호출에 적극적이었던 1970년대 연극계는 다양한 성과를 거두었지만, 대부분 전통연희의 형식적 측면, 연극적 표현에 초점을 맞춘 경향이 강했고, 전통연희의 태생과 기능, 현실반영의 측면에는 주목하지 않았다. 이에 따라 기성 연극계의 전통 호출은 원형 그대로의 '보존'이나 서구연극의 새로운 '실험'의 의미를 강조하는 데 그쳤다.

1980년대에는 이러한 태도가 지양되면서 1970년대부터 활성화되던 마당극의 영향을 받아 형식과 내용의 상호보완적 측면에서 전통의 호출이 진행된다. 그 중심에 선 극단은 서울대 문리대 연극반 출신들이 조직한 연우무대로, 이들은 「장산곶매」「멈춰선 저 상여는 상주도 없다더냐」「나의 살던 고향은」 등을 무대에 올린다. 이 작품들은 역사와 환경 등 다양한 문제를 굿의 형식을 빌려 담아내려는 노력이 돋보여 1980년대의 전통 호출이 형식에만 머물지 않음을 보여준다. 연우무대의 활동과는 달리 더욱 대중성을 확보하는 방식으로 전통을 호출한 것은 극단 미추이다. 극단 민예 초기부터 허규와 함께 전통의 현대화 작업을 지속해온 손진책이 대표로 있는 극단 미추는 MBC의 후원으로 「춘향전」「심청전」 등의 익숙한 고전 레퍼토리에 '마당놀이'라는 명칭을 붙여 전통연희에 내재한 해학과 풍자의 정신을 전면화한다. 이들은 같은 시기 마당극이 민중지향과 현실비판으로 강한 정치성을 띤 것과는 달리 전통연희의 틀거리 안에 전래의 내용을 담아내 대중적 성공을 거두었고, 현재까지도 전통연희의 현재적 수용의 대명사로 자리잡아 지속적인 공연을 하고 있다.

　1990년대는 전통연희 중에서도 특히 '굿'의 연극적 형상화에 집중한 시대라고 할 수 있는데, 이 시기에 연극계에 일어난 '굿 논쟁'은 그것을 단적으로 보여주는 좋은 예이다. 김명곤의 「점아 점아 콩점아」와 이윤택의 「오구——죽음의 형식」의 공연을 놓고 월간 『한국연극』 지면에서 굿의 연극적 형상화 방법에 대해 김명곤, 이윤택, 이상일이 격렬한 논쟁을 벌인다. 이 논쟁은 각 작품을 직접 창작하고 연출한 입장에서 김명곤과 이윤택이 굿의 연극적 변용과 효용성을 주장한 반면, 이상일은 굿의 연극성보다는 그것의 종교적인 제의성에 더욱 무게를 둔 논의를 펼쳐 '굿'을 어떻게 보느냐에 대한 연극계의 다양한 시각 차이를 확인하는 자리가 되었다.

이 시기에 주목받은 작품으로는 해원의식으로서의 굿의 형식과 내용을 효과적으로 결합하고 현대화한 오태석의「백마강 달밤에」, 손진책이 남사당패의 연행 방식을 충실히 재현해낸「남사당의 하늘」(윤대성 작) 등이 있으며, 이윤택은 연희단거리패를 조직하여 죽은 자의 영혼을 위로하는 '오구굿'을 적극적으로 무대화한「오구—죽음의 형식」을 연출하였다. 이 작품들은 대체로 형식적인 측면에만 입각한 전통의 수용에서 벗어나 전통연희의 연극적 표현방법에 그것과 결합하여 상승작용을 일으킬 수 있는 내용을 접목하려 했으며, 대체로 가면극보다는 제의성과 신성성, 그리고 놀이성이 강조된 굿을 호출의 중요한 대상으로 삼았다는 점에서 1990년대적 특성을 드러낸다고 할 수 있다.

전통에 대한 기성 연극계의 호출은 대부분 서구 연극의 자장 안에서 기능적이며 형식적인 부분에 집중되었는데, 이러한 방법과 경향에 대한 반성과 비판은 대학생들을 중심으로 한 문화운동의 흐름 속에서 제기되었다. 그리하여 전통연희의 주체와 수용자, 그것의 존재이유 등에 민중성이라는 지향점을 설정하고, 형식적 측면보다는 내면에 숨겨진 논리와 현실비판의 풍자정신을 그대로 이어받으려는 노력은 마당극이라는 새로운 전통 호출 방법을 탄생시킨다.

3. 전통의 변증법적 재창조: 마당극의 형성과 전개

1960년대부터 일기 시작한 '탈춤부흥운동'은 대학에도 영향을 미쳐 탈춤연구반의 결성이 활성화된다. 이 시기는 정부의 한일수교와 관련된 대학생들의 저항행동이 일어나 다양한 정치집회가 열렸는데, 탈춤에 대한 관심과 반체제적인 정치성향이 자연스럽게 결합하여 새로운 공연양식을 탄생시킨다. 1963년 11월 서울대학교에서는 정부의 한일국교 정상화에 반대하여 '향토의식 초혼굿'이 열린다. 「원귀 마당 쇠 놀이」「사대주의 장례식」「난장판 민속놀이」로 구성된 이 행사는 정권에 반대하는 강한 정치적 지향을 전통적인 장례의식을 빌려 다양한 형식으로 풀어냈다.

이렇듯 시대적 요구에 의한 정치성과 전통연희의 결합은 전통문화를 수용하는 주체들에게 운동적인 시각을 부여하게 되는데, 무대라는 제한된 공간 속에 전통연희의 형식을 호출했던 기성 연극계와 달리 이들은 전통연희를 적극 수용하고 계승한 주체, 즉 민중에 대한 인식을 전제하여 활동해나갔다. 전통연희의 형식미학적 측면과 더불어 거기에 내재한 존재 의미와 정치적 지향성을 민중주의로 규정하면서 반체제적이며 정치적인 현실 문제를 전통연희의 틀 안에 담아내려는 시도가 본격화된 것이다. 이로 인해 전통연희의 미학적 전승 원리와 구비문학적 연구성과들은 곧바로 대학 탈춤반의 연행원리로 이어졌고, 그것은 정치적 사안에 민감한 대학생들의 현실인식과 결합하여 내용과 형식이 변증법적으로 통일된 전통의 재창조, 즉 마당극이라는 실체로 나타났다.

본격적인 마당극의 시작은 일반적으로 1973년 김지하의 「진오귀굿」을 꼽는데, 이 작품은 서구 연극의 구성과 탈춤, 판소리 등 전통연희 형식이 조합된 농민 대상의 계몽극이다. 이어 1974년에는 「소리굿 아구」(김지하 작)가 임진택, 채희완 등의 공동연출로 공연되는데, 당시 유행하던 일본인들의 한국 기생관광을 가면극 형식을 빌려 신랄하게 비판한 작품이다. 이 공연을 계기로 마당극 전문 극단인 놀이패 한두레가 결성되었고, 이후 마당극은 조직적, 운동적 성향을 띠면서 본격적으로 현실의 문제를 전통의 틀 속에 담아낸다.

특히 1970년대에는 정권이 언론마저 통제하던 상황이었기 때문에 여러 반체제 민주화운동이 왜곡보도되거나 묻혀버리는 경우가 대부분이었는데, 마당극은 민중지향적 성격과 민족적 미의식의 확보를 기치로 민감한 사회문제들을 공연으로 형상화한다. 1975년 동아일보의 자유언론수호운동을 다룬 「진동아굿」, 1978년 동일방직 사건을 다룬 「동일방직 문제 해결하라!」와 노래굿 「공장의 불빛」, 함평 농민들의 고구마 수매 싸움을 그린 「함평 고구마」, 그리고 광주의 철거민 이야기를 다룬 「덕산골 이야기」 등이 여기에 해당한다. 이 작품들 속에 형상화된 사건은 당시 첨예한 사회문제였지만 억압된 상황에서 제대로 진상이 밝혀지지 않았다. 그래서 작품의 내용은 사건의 전달과 경과를 중심으로 하였으며, 굿과 가면극, 재담 등 다양한 전통연희 형식들을 중요한 틀거리로 삼아 마당이라는 야외공간을 중심으로 전통연희의 공동체적 관극 체험을 극대화했다. 그리하여 관객을 수동적인 대상으로 설정하지 않고 무대 위에서 벌어지는 사건에 적극 개입하는 주체로 상정하였으며, 이에 걸맞은 선전선동성까지 담아내 공연행위 자체가 집회의 성격을 강하게 띠었다.

여기에 덧붙여 1970년대 후반에는 마당극의 양식적 정립에 대한 구체적 실험의 일환으로 기성 작가의 작품을 마당극으로 형상화하는 노력도 진행되었는데, 황석영의 「돼지꿈」, 윤대성의 「노비문서」 「출세기」가 임진택의 연출로 이화여대와 서울여대 연극반에 의해 공연되었다. 이미 기성 극단에서 공연된 작품을 마당으로 옮겨와 역동적으로 재구성하고 연출한 것은, 전통연희의 판을 짜는 원리가 보편성을 획득하고 있음을 실증하는 작업이며, 마당극의 양식적 역동성을 구체화한 것이라고 할 수 있다.

기성 연극계가 전통연희를 실내 극장무대로 끌고 들어가 형식적 수용과 실험을 다양화했다면, 마당극은 집회의 현장, 생활의 현장인 마당으로 그것을 들고 나와 관객과 함께 향유하는 집단 신명의 장으로 승화시켰다. 마당극의 현장성과 기동성 그리고 강한 선전성 등은 당대 민중과 호흡하던 전통연희의 내적 논리를 그대로 이어받았기 때문에 가능했다. 그리고 이는 1980년대의 다양한 노동극, 농민극 등 정치적 목적극으로 자연스럽게 전환되었다. 여기에는 김지하를 비롯하여 임진택, 채희완, 김민기, 김석만, 이애주 등 이른바 문화운동 1세대들의 적극적인 노력과 개입이 기여했으며, 이들의 영향을 직접 이어받은 2세대, 즉 장만철(장선우), 박인배, 김명곤, 박효선 등에 의해 1980년대의 마당극은 사회적 영향력을 확보함은 물론 기성 연극계에도 큰 영향을 미치게 된다.

1980년대 마당극은 당시의 치열한 민주화운동과 함께하면서 연행 현장과 주체, 그리고 각 지역별로 세분화된다. 1987년 이후로 치열한 투쟁이 벌어진 노동현장을 중심으로 한 노동연극과 농민들 중심의 농민극, 광주, 대구, 부산, 제주, 대전 등에서 활동한 지방 마당극 단체들의 활동 등이 풍성하게 펼쳐졌다. 마당극 1세대들의 주된 활동무대인 연우무대가 김지하 원작, 임진택 연출의 「밥」 같은 작품을 공연하면서 이전까지의 성과를 집약하여 무대 위에 구현했다면, 2세대들은 공연 현장을 중심으로 지역적 특색과 사안을 부각시켜 활동했다.

박인배가 대표인 극단 현장은 주로 노동현장에서 「횃불」「노동의 새벽」「돈놀부전」「껍데기를 벗고서」 등을 공연했고, 한두레는 「우리 공장 이야기」「일터의 함성」을, 놀이패 일터는 「흩어지면 죽는다」「동지여 너와 함께라면」 등을 공연하면서 공연 현장과 결합된 노동연극 작업을 지속한다. 대전에 근거를 둔 극단 우금치는 「호미풀이」「아줌마 만세」 등을 통해 농민극의 가능성을 보여줌과 동시에 지역적 특색을 담아냈다.

지역극단으로는 1980년 광주민주화항쟁 관련 작품을 집중 공연한 놀이패 신명(「일어서는 사람들」)과 극단 토박이(「금희의 오월」)가 광주를 대표하는 극단으로, 제주도의 수눌음이 「땅풀이」「줌녀풀이」 등 제주 4·3항쟁을 소재로 한 작품을 지속적으로 공연하여 제주의 지역극단으로 자리잡는다. 부산의 극단 자갈치는 「복지에서 성지로」「뒷기미 병신굿」「날거라, 아침 갈매기야!」 등을 공연하였고, 대구의 극단 함께사는세상은 「이 땅은 니캉내캉」「노동자 내 청춘아」 등을 통해 지역극단으로서의 존재를 명확히했다. 이렇게 다양화되고 분화된 마당극 활동은 1988년 전국민족극운동협의회 결성으로 더욱 조직적인 활동의 기틀을 마련하였고, 그 가시적 성과로 전국적인 마당극제인 '민족극한마당'을 개최하기에 이른다.

마당극이 현실의 민감한 문제들을 다양한 현장에서 자유롭게 표현할 수 있었던 것은 전통연희에 기반을 둔 양식적 특성에서 비롯된 것이며, 이 시기 마당극은 전통연희의 민중적 성향과 미학적 특징의 무한한 생명력을 공연 현장에서 직접 확인할 수 있다. 1990년대에 접어들면서는 1980년대 마당극의 존재 기반이었던 운동 현장이 줄어들면서 정치성을 배제한 연극 미학적 완성도가 요구되었고, 그에 따라 공연활동이 상대적으로 줄어들었다. 하지만 마당극의 궁극적인 목표가 연행을 통한 민중의 놀이성 회복임을 생각하면, 마당극의 성격은 지역극단의 지속적인 활동과 지역축제로의 전환을 통해 지속적으로 구현되고 있다고 볼 수 있다.

4. 현대희곡의 전통 수용이 남긴 과제

과거를 불러오는 까닭은 현재의 문제점들을 직시하고 나름의 개선책을 찾기 위해서이다. 해방 이후 우리나라 연극계에서 꾸준히 진행된 전통연희의 호출과 수용은 무엇보다 '한국적인 연극' '민족적인 연극'의 수립이라는 과제를 실천하기 위한 것이었다. 기성 연극계에서 이루어진 전통연희의 형식미학에 대한 무대적 수용이나 마당극계에서 진행된 전통연희의 형식과 내용의 결합은 모두 이를 성취하려 노력한 결과이다. 그러나 엄밀한 의미에서 만족할 만한 성과를 거두지는 못했다고 할 수 있다.

우선 기성 연극계의 경우, 현실과의 관련을 배제한 채 양식적 실험 측면에서만 활용하는 전통은 지극히 제한적이라는 것을 지적할 수 있다. 1970년대에는 가면극을 중심으로, 그 이후에는 점차 굿으로 옮겨가는 양상은 서구 연극의 표현방법을 다양화하는 데에 그친 측면이 많기 때문이다. 말뚝이, 취발이 등 가면극 인물들의 극중 역할은 부분적이며, 굿의 형식을 빌려온 작품들은 한결같이 해원이라는 주제에서 자유롭지 못하다. 이로 인해 관객들은 '전통적'이라는 수식이 사용된 작품들에 대해 지루하거나 고루하다는 선입견을 자연스레 갖게 되었고, 극단 미추에서 공연하는 마당놀이도 다른 작품에 비해 생동감 있고 해학적임에도 어르신들만이 향유하는 옛날 문화로 받아들여진다. 이러한 현상은 연극계에서 끌어온 전통 자체가 시의성을 확보하지 못하고 옛것을 재현하는데 그치거나, 서구 연극보다 이해하기 힘든 장치로 인식되어온 데서 기인한다.

전통연희의 형식과 내용을 변증법적으로 재창조한, 우리나라의 독자적 양식으로 평가받는 마당극 또한 문제점을 가지고 있는데, 미학적 연행원리의 완성도에 대한 추구보다는 공연 현장의 역동성과 민중성에 더 무게중심을 두었기 때문에 인물과 사건의 전개가 엇비슷한 틀 속에 정형화되어 식상해져버렸고, 정치성이 강해 마당극 자체가 연극이라기보다는 시위의 한 방법으로 소비되는 경향이 있었다. 그러다보니 운동 현장이 변화된 지금의 마당극은 전래의 내용이냐 현실의 내용이냐 하는 레퍼토리만 차이가 있을 뿐, 마당놀이와의 변별점을 찾기 힘든 모습으로 위축되어 있다.

전통을 어떻게 수용하는 것이 효과적인가는 섣불리 단정하기 어려운 문제이지만, 적어도 기성 연극계의 형식미학에 치우친 수용이나 마당극의 정형화된 양식적 적용은 조금씩 지양하고 극복해야 할 것이다. 지금까지의 노력들을 이어받아 엄밀히 검토하고 반성하면서 더 '한국적 연극' '민족적 연극'에 가까운 작품들을 만들어내는 것이 우리나라 희곡계, 연극계가 앞으로도 끊임없이 고민해야 할 과제이다.

: 배선애 :

● 더 읽을거리

전통담론을 포함하여 해방 이후 현대희곡의 맥락을 짚어나가는 데는 한국예술종합학교 한국예술연구소가 펴낸 『한국현대예술사대계』 2~6(시공사 2001~2005)이 많은 도움이 되며, 전통담론의 수용에 적극적인 연출가들에 대해서는 김숙현 『드라마센터의 연출가들』(현대미학사 2005)을 참고할 만하다. 특히 현대희곡의 전통담론에 대한 개별 연구로는 우선 1950년대부터 1990년대까지를 다루고 있는 백현미의 일련의 연구성과를 참고할 수 있다. 백현미 「1950·60년대 한국연극사의 전통 담론 연구」, 『한국연극학』 14(한국연극학회 2000); 「1970년대 한국연극사의 전통담론 연구」, 『한국극예술연구』 13(한국극예술연구학회 2001); 「1980년대 한국연극의 전통담론 연구」, 『한국극예술연구』 15(2002); 「1990년대 한국연극사의 전통담론 연구」, 『한국극예술연구』 25(2007) 등이다. 김미도 「1970년대 한국연극의 전통 수용에 관한 연구(1)」; 서연호 외 『한국연극의 쟁점과 새로운 탐구(현대극)』(연극과인간 2001); 이미원 「한국 현대연극의 전통 수용 양상(1)」, 『한국연극학』 6(1994)도 참고할 만하다.

마당극과 관련된 연구로는 마당극의 형성과 전개 및 미학에 대한 전체적인 조망을 할 수 있는 이영미 『마당극 양식의 원리와 특성』(시공사 2001); 『마당극·리얼리즘·민족극』(현대미학사 1997)이 있다. 마당극 양식 및 미학적 특징에 대한 개별 연구로는 김재석 「마당극 정신의 특질」, 『한국극예술연구』 16(2002); 김현민 「1970년대 마당극 연구」(이화여대 석사학위논문 1993); 배선애 「1970년대 마당극의 양식 정립과정 연구」, 『한국극예술연구』 18(2003)이 참고할 만하며, 마당극의 작품 및 작가, 연출가에 대한 연구로는 박영정 「1970년대 김지하 희곡 연구」, 『한국극예술연구』 17(2003); 박명진 「1970년대 희곡의 탈식민성」, 『한국극예술연구』 12(2000); 김재석의 「〈진동아굿〉과 마당극 '공유정신'」, 민족문학사연구소 『민족문학사연구』 26(2004); 배선애 「임진택 연출론 연구」, 『한국극예술연구』 24(2006) 등이 도움이 된다.

1990년대와 탈이념시대의 문학
소설을 중심으로

1. 90년대 문학을 바라보는 두 가지 관점

'1990년대'라는 연대기적 구분과 '탈이념'이라는 시대정신의 규정
은 곧바로 1990년대 문학과 연관된 여러가지 익숙한 이분법을 환기
시킨다. 그것은 이념에서 욕망으로 전화된 문학이고 역사에서 일상
으로 귀환한 문학이며 거대담론이 해체되고 미시담론이 번성한 시대
의 문학, 한마디로 탈이념 시대의 문학이다. 이러한 문학적 패러다임
의 전환은 사회주의의 붕괴와 자본주의의 전지구적 확산이라는 세계
사적 추세를 배경으로 하며, 보수대연합에 의한 민주화의 제한적 진
전과 대중소비사회의 성숙이라는 국내적 상황의 변화에 의해 가속화
된 것으로 설명된다. 80년대 문학과 90년대 문학의 차이와 단층을 강
조하는 이러한 설명 방식은 일정한 현실적 근거와 논리적 체계를 갖

추고 있으며, 90년대 문학을 바라보는 가장 일반적인 관점이라고 할 수 있다. 그러나 이러한 단절론적 시각은 다음 두 가지 측면에서 90년대 문학의 실상과 괴리된 것이라는 비판도 있다.

첫째, 80년대와 90년대의 차이가 세대론의 전략에 의해 실제보다 과장되었다는 지적이다. 모든 세대론은 인정투쟁의 속성과 세대교체의 욕망을 내포하며, 연속성보다는 단절과 불일치를 강조하는 경향이 있다. 80년대 문학과의 의식적인 단절을 통해 자기정체성을 구상한 90년대 초반의 '신세대' 비평 역시 80년대 문학을 낡고 억압적인 것으로 간주하고 여기에서 벗어난 것이 바로 90년대 문학이라는 세대론의 논법을 구사한다. 사실 탈이념 시대의 문학이라는 표현부터가 90년대 문학이 완료된 뒤에 나온 사후 규정이 아니라 90년대 초반의 '신세대' 비평가들에 의해 주도된 일종의 자체 평가, 자기정의에 가까운 것이다.

둘째, 근대와 탈근대, 모더니즘과 포스트모더니즘의 차이를 80년대 문학과 90년대 문학에 자의적으로 대입했다는 비판이다. 잘 알려진 바와 같이 90년대를 전후한 시기에는 포스트모더니즘을 비롯한 각종 포스트 담론이 크게 유행했으며, 90년대 문학의 근본적 새로움에 대한 표지로 모던과 포스트모던, 근대와 탈근대의 대차대조표가 자주 인용된 바 있다. 그러나 90년대의 사회적 변화에 대한 탈근대론의 해석이 한국의 실정과 일정한 낙차를 보였던 것처럼, 90년대 문학에 대한 포스트모더니즘의 설명 역시 실제 문학의 흐름과 상당한 차이를 보여주는 것이 사실이다.

단절론적 시각에 대한 비판은 80년대 문학과의 연속성에 주목하는 다양한 논의로 이어진다. 단절론적 시각이 사회주의의 몰락에 따른 패러다임의 변화를 강조한다면, 연속론의 관점은 1987년 6월항쟁에서 시작된 한국 사회의 형질 변화를 중시한다. 현실사회주의의 몰락이 진보적 문학의 전망에 타격을 준 것은 사실이지만, 한국의 사회적 상황과 민중현실에는 근본적인 변화가 없었다는 것이다. 연속성의 시각은 90년대 문학이 80년대 문학에 대한 부정과 극복에 열중한 나머지 그 합리적 핵심을 정당하게 계승하는 데 실패했으며, 80년대가 억압했다고 가정한 '문학주의'에 경도되면서 오히려 현실과의 접점을 상실하고 결국 문학의 위기를 더욱 심화시켰다고 비판한다.

90년대 문학을 바라보는 서로 다른 시각이 공존하는 현상은 90년대 문학이 고정된 실체가 아니라 유동적인 흐름이며, 관점에 따라 다양한 성격과 의미 부여가 가능한 현재적 대상이라는 사실을 말해준다. 한 가지 확실한 것은 90년대 문학을 균형잡힌 시각으로 파악하기 위해서는 단절 속의 지속, 차이 속의 공통점에 유념해야 하며, 80년대의 이념적 문학을 90년대의 탈이념적 기준으로 평가하는 것처럼 90년대 탈이념의 양상을 80년대의 이념에 비추어볼 필요도 있다는 것이다. 차이와 불연속을 각별히 강조한 90년대 문학 역시 넓은 맥락에서 보면 파괴와 단절을 통해 연속되는 문학사의 일반적인 전개 양상에서 크게 벗어나지 않기 때문이다.

2. '후일담'적 상상력과 내성의 글쓰기

'90년대 문학'으로 통칭되기는 하지만, 90년대 문학의 속성이 90년대라는 10년의 시간대에 균질하게 분포되어 있는 것은 물론 아니다. 90년대 초반의 문학적 경향 가운데 상당수는 이미 80년대 후반부터 나타나기 시작했으며, 1997년 외환위기 이후의 문학은 주제와 스타일에서 2천년대 문학을 예고하고 있기도 하다. 어떤 측면에서는 90년대 문학이라는 관행적 연대기보다 1987년 6월항쟁 이후의 문학과 1997년 외환위기 이후의 문학을 말하는 것이 더 생산적인 분류법일 수도 있다. 특히 90년대 초반의 문학은 80년대적인 것과의 비교와 대조를 통해 스스로의 정체성을 구성해나간다. 비평 분야에서 신세대론과 포스트 담론이 80년대의 이념을 대신하는 유사(類似) 이데올로기 역할을 담당했다면, 창작 방면에서 이 시기의 문학적 모색을 대변하는 형식은 이른바 '후일담문학'이라고 할 수 있다.

　후일담의 사전적 정의가 '어떤 사건 이후의 경과에 대한 이야기'라면 이는 있었던 일이나 있음직한 일을 서술하는 서사문학의 일반적 속성과 일치한다. 모든 소설은 일종의 후일담인 것이다. 그러나 한국문학에서 후일담이라는 용어는 이러한 서사문학의 일반적 속성이 아니라 변혁운동의 좌절 이후에 나타난 특정한 시기의 문학적 현상을 가리킨다. 1930년대의 후일담이 카프 해체 이후 생활인으로 복귀한 전향자의 심리를 그리고 있다면, 1990년대의 후일담은 사회주의의 몰락 이후 정신적 공황에 빠진 운동권의 내면을 그린다. 90년대 벽두를 장식한 이른바 '김영현 논쟁'을 불러온 김영현의 『깊은 강은 멀리 흐른다』를 비롯, 후일담이라는 용어를 널리 확산시킨 최영미의 『서른, 잔치는 끝났다』, 공지영의 『고등어』 등에서 볼 수 있듯이, 후일담문학의 주인공들은 더이상 80년대의 혁명적 열정을 완강하게 고수하지도 않지만, 그렇다고 해서 90년대의 탈이념적 일상을 전적으로 승인하지도 못한다. 공동체적 연대감에서 분리된 개인의 자전적 회상을 통해 현재와 과거, 이상과 현실, 80년대와 90년대를 대조하는 후일담의 형식은 90년대 문학의 대표적인 사례 가운데 하나일 뿐 아니라, 황석영의 『오래된 정원』과 방현석의 『랍스터를 먹는 시간』, 배수아의 『독학자』 등 2천년대에 씌어진 작품들에까지 영향을 미치게 된다.

급변하는 현실의 변화를 기존의 소설양식으로 담아내는 데 곤란함을 느낀 작가들은 시대적 이념에 대한 탐색을 소설 쓰기의 의미에 대한 질문으로 연결시킨다. 조성기의 「우리 시대의 소설가」, 양귀자의 「숨은 꽃」, 정찬의 「신성한 집」, 구효서의 「깡통따개가 없는 마을」, 박상우의 「호텔 캘리포니아」 등 소설가가 주인공으로 등장하여 소설 쓰기의 어려움을 토로하고 글쓰기에 대한 자의식을 드러내는 이른바 '소설가소설'이 대거 등장한 것이다. 정치적 긴장의 상실이 소설적 긴장의 이완으로 이어진 주인석의 「소설가 구보씨의 하루」 연작이 보여주는 것처럼, 소설가소설과 후일담문학은 심층심리의 측면에서 상당한 유사점이 있다. 현재와 과거에 연속성을 부여하려는 부채의식이 후일담문학으로 나타난다면, 현재에서 미래로 나아갈 길이 보이지 않는 불투명한 상황이 소설가소설로 드러난 것이다. 대체로 리얼리즘의 방황이 후일담문학으로 나타났고 모더니즘의 피로가 소설가소설의 형태를 띠었지만, 많은 작가들은 이 두 가지 방식을 병행하였다. 한편, 소설가소설은 문학의 주변화 추세 속에서 전업작가가 처한 곤경을 그려냄으로써 빠르게 변화하는 90년대 문학 생산의 조건을 반영하기도 한다. 90년대의 소설가소설에는 이 시대의 작가가 더이상 실천적 지성도 시대의 예언자도 아니며 다만 소설을 쓰는 자, 다시 말해 자본주의적 분업체계의 일부를 구성하는 직업인에 불과하다는 자조적 인식이 투영되어 있다.

    후일담문학과 소설가소설은 집단에서 개인으로, 역사에서 일상으로, 행동에서 내면으로 전환하는 과도기적 특성을 보여주며, 윤대녕과 신경숙은 이러한 방향 전환을 90년대의 새로운 미학적 차원으로 정착시킨 작가들이다. 일상적 개인의 내면적 진실에 대한 존중은 근대문학의 중요한 전통 가운데 하나이지만, 90년대 문학에서 특히 우세하게 나타난 문학적 경향이기도 하다. 90년대는 한편으로 '주체의 해체'나 '저자의 죽음'을 선언하는 탈자아 담론의 시대였지만, 다른 한편으로는 시대적 이념과 집단적 정체성의 압박에서 벗어난 개인의 자아와 내면적 진실에 대한 탐색이 활발하게 진행된 시기이기도 했던 것이다. 윤대녕은 『은어낚시통신』과 『남쪽 계단을 보라』에서 타자와의 만남을 통해 자아의 분열을 극복하고 개인의 내면적 진실에 도달하는 '시원으로의 회귀' 과정을 매력적으로 그려내며, 신경숙은 『풍금이 있던 자리』와 『외딴 방』에서 주변화된 개인의 자아 탐색과 소통에 대한 관심을 글쓰기의 자의식과 유려하게 결합시킨다.

    한편, 단절의 상상력과 탈주의 언어가 풍미한 90년대에도 최인석 공선옥 김소진 한창훈 김한수 전성태 등은 여전히 민중적 현실과 서민의 생활에 대한 관심을 보여준 작가들이다. 이들의 문학세계가 집단적 저항의 모티프를 반복하는 교조주의적 민중문학의 단순한 연장은 물론 아니다. 민중의 이상화에 대한 반성적 의식이 싹트기 시작한 90년대의 작가들답게 이들의 문학세계는 민중의 도식적 이념형과 일정한 거리를 유지한 상태에서 다양하게 분화된다. 극단적 캐릭터와 알레고리적 상황 설정을 통해 강렬한 유토피아적 충동을 내장한 '환상적 리얼리즘'의 세계를 선보인 최인석의 『내 영혼의 우물』과 『혼돈을 향하여 한 걸음』, 가족사의 상처를 사회사의 맥락과 연관시키고 변두리 인간군상의 맨얼굴과 대면함으로써 민중서사와 지식인 문학, 후일담문학의 새로운 가능성을 타진한 김소진의 『열린 사회와 그 적들』, 『장석조네 사람들』은 90년대 문학의 또다른 개성적 성취에 속한다. 한편, 빈민층 여성 가장의 곤궁한 삶을 생생한 실감과 낙천적 직관으로 그려낸 『피어라 수선화』의 공선옥, 해학적인 어조로 서민적 삶의 건강한 활력과 인간적 유대를 그려낸 『바다가 아름다운 이유』의 한창훈을 비롯, 『매향』의 전성태와 『저녁밥 짓는 마을』의 김한수는 공동체의 기억과 연대에 기초한 민중적 리얼리즘의 전통을 이어간 작가들이다.

3. 대중소비사회의 대두와 문학적 대응

90년대의 '신세대 문학론'은 개인적 가치에 대한 존중과 다원성의 강조를 통해 80년대 문학과 구별되는 90년대 문학의 고유한 특징을 부각시킨다. 앞에서 살펴본 후일담문학과 소설가소설, 그리고 내면적 탐구의 경향은 모두 이러한 '신세대'적 특징을 공유하고 있다. 그러나 '신세대 문학론'에서 말하는 90년대 문학의 특징이 이전에는 없었던 90년대만의 새로운 감수성과 방법을 가리키는 것이라면, 후일담과 소설가소설, 내면적 탐구의 문학을 전적으로 새로운 차원이라고 하기는 어렵다. 후일담문학은 탈정치적 분위기의 반영이자 정치적 상상력의 변형이고, 소설가소설은 메타서사의 형식으로 시대정신의 상실과 소설 쓰기의 곤경을 연관시키며, 내면적 탐구의 문학 역시 개인들 사이의 연대나 제휴의 가능성을 완전히 봉쇄하지는 않기 때문이다. 90년대 문학의 진정한 새로움은 80년대의 흔적과 이어진 이런 '중간적' 형태들이 아니라, '바깥이 없는' 자본주의가 전지구를 장악한 소비문화의 현실을 자양분으로 태어난 문학, 현존 질서를 거부하는 저항의 에너지가 혁명과 해방이라는 윤리적 비전이 아닌 전복과 위반이라는 문화적 일탈 충동으로 표현되는 90년대 후반의 문학에서 좀더 확연하게 드러난다.

장정일은 90년대 문학의 공간에서 기성체제와 문화적 질서를 조롱하는 전복과 위반의 상상력을 가장 극단적으로 실연한 작가라고 할 수 있다. 그는 『아담이 눈 뜰 때』 『너에게 나를 보낸다』 『너희가 재즈를 믿느냐』 등의 작품을 통해 성적인 터부를 비롯한 기성의 도덕적 관념과 문화적 권위를 조롱하고, 모방과 재현, 통일적인 서사와 같은 소설의 관습적 규칙을 파괴하며, 문학적 유희 또는 유희로서의 문학을 극단적으로 실험한다. 작품의 질적 수준보다는 제작의 의도가, 작품의 효과보다는 작가의 자의식이 앞선다는 비판도 적지 않았지만, 장정일 문학의 자유분방한 형식실험과 권위주의에 대한 공격은 90년대 중반 이후에 본격화된 '신세대' 문학을 예비한 선구적인 시도에 속한다.

장정일 자신도 직접 토로한 바 있지만, 90년대 후반의 작가들은 공동체의 서사적 기억이 빈곤한 반면 문화적 정보의 체험은 상대적으로 풍부한 편이다. 이들의 문화체험을 형성하는 요소들은 영화, 팝뮤직, 오페라, 조형예술 등 인접예술이 제공하는 심미적 체험에서부터 휴대폰, 컴퓨터, 전자오락, 만화 등 정보화시대의 첨단기기들이 제공하는 새로운 형태의 가상체험에 이르기까지 매우 다양한 분포를 보인다. 간접적인 문화체험이 우세한 경험적 특성은 반영과 재현의 관습적 문법에 대한 회의로 이어진다. 이들에게 반영과 재현으로서의 문학관은 적극적인 추구의 대상이 아니다. 이들은 세계의 의미를 단도직입적으로 추궁하기보다 그것이 표현되는 방식, 즉 소설문법에 대해 좀더 자의식적이다. 세계의 본질과 의미에 대해 이전보다 훨씬 간접적이고 매개된 질문을 던지고 있는 것이다.

김영하 백민석 송경아 김경욱 김연수 등은 소비사회의 문화적 경험을 미학적으로 가공하고 대중문화의 상상력을 자유롭게 활용하면서 전통적인 서사형식을 다양한 방식으로 변형하는 작가들이다. 김영하는『호출』에서 현대적 취향의 참신한 발상법과 견고한 소설적 구성력을 선보였으며, 백민석의『목화밭 엽기전』은 하위문화적 감수성과 반리얼리즘 정신을 심화, 확장시킨다. 송경아의『책』은 문학적 재현의 관습과 작가의 정체성에 대한 의문을 던지고, 김경욱의『베티를 만나러 가다』는 문화적 체험이 일상화된 영상세대의 감각적 상상력을 보여주며, 김연수의『7번 국도』에서는 문학적 허구와 삶의 진실에 대한 복합적인 성찰이 시작된다. 한편 배수아의『푸른 사과가 있는 국도』는 이미지 중심의 서사 구성과 소비문화 기호의 전용이라는 신세대 문학의 특징을 공유하는 한편, 고립되고 단자화된 개인들의 근원적인 결핍과 고통을 통해 시대적 삶의 한 국면을 절실하게 반영하는 독특한 개성을 보여준다.

신세대 작가들의 글쓰기가 가상체험과 문화적 텍스트들 사이의 공시적인 참조에 의해서만 구성되는 것은 아니다. 선배 작가 또는 선행 텍스트와의 관계도 그에 못지않게 무의식적인 참조의 대상이 된다.『루빈의 술잔』의 하성란,『불란서 안경원』의 조경란,『여수의 사랑』의 한강은 수공업적인 글쓰기 방식과 전통적인 문체미학을 고수하면서 각각 정밀한 묘사를 통한 일상의 성찰, 존재론적 고독과 소통 부재의 삶에 대한 응시, 인간의 근원적 슬픔을 수락하는 고전적 낭만주의의 세계를 보여준다.

은희경과 성석제는 90년대 후반 소설의 주류적 문법인 내성적 독백과 나르시시즘에서 벗어나되 전통적인 리얼리즘과도 거리를 둔 개성적인 소설세계를 선보인 작가들이다. 은희경의『타인에게 말 걸기』『행복한 사람은 시계를 보지 않는다』는 섬세한 세태 관찰과 비범한 심리묘사를 통해 현대인들의 일상적 관계에 내재한 이해타산과 자기기만을 예리하게 해부하며, 성석제는『새가 되었네』『아빠 아빠 오, 불쌍한 우리 아빠』에서 삶의 아이러니를 감싸안는 농담과 유머의 화법을 통해 장르적 관습과 경계를 넘나드는 서사의 활력을 보여준다.

4. 여성적 체험의 형상화와 일상의 발견

가부장제의 전통이 강한 한국 사회에서 여성의 사회 진출과 여성 경험의 문학적 표현은 그다지 활발하지 못한 편이었다. 그러나 1990년대에 접어들면서 이른바 '남성적 서사'의 위축이 우려될 정도로 여성 시인, 작가 들이 대거 등장하여 활발하게 활동함으로써 여성문학의 새로운 국면이 열리게 된다. 80년대 중반부터 본격화된 여성운동의 확산과 페미니즘 담론의 활성화는 여성문학의 사유와 상상력에 경험적, 이론적 자원을 제공했으며, 여성문학의 활성화는 다시 90년대 한국문학의 주제와 깊이를 확장, 심화시켰다. 탈이념적 분위기가 지배적인 1990년대 문단에서 여성문학은 생태주의적 상상력과 더불어 가장 전위적이고 이념지향적인 문학행위를 대변하는 범주였다고 할 수 있다. 사회적 존재로서의 여성에 대한 자각과 견고한 여성주의적 시각으로 무장한 90년대의 여성문학은 크게 다음 세 가지 양상으로 전개되었다.

첫째, 자전적 회고 형식에 입각한 여성 성장소설의 등장이다. 90년대에는 최인훈의 『화두』, 현기영의 『지상의 숟가락 하나』, 이문열의 『변경』 등 장편 성장소설들이 집중적으로 발표되는데, 이는 개인의 욕망과 공동체의 윤리가 불화하고 있으며, 둘 사이의 조화와 통합에 대한 시대적 요구가 증대하고 있다는 사실을 말해준다. 90년대의 여성 성장소설은 개인과 공동체의 관계를 재조정하려는 성장소설의 일반적 요구에 부응하는 한편, 여성적 삶의 경험에 대한 자전적 탐색을 통해 남성의 성장담이 배제한 여성적 정체성의 사회적, 역사적 구성에 관심을 기울인다. 박완서의 『그 많던 싱아는 누가 먹었을까』와 『그 산이 정말 거기 있었을까』, 김형경의 『세월』, 공선옥의 『시절들』, 이혜경의 『길 위의 집』, 은희경의 『새의 선물』, 권여선의 『푸르른 틈새』 등은 자전적 회상과 독백의 화법을 통해 여성가장의 고난과 가족 이데올로기에 대한 비판, 여성적 정체성의 재구성, 관습과 욕망의 길항, 성장과 반성장의 관계 등 여성 성장소설의 다양한 주제와 개성을 보여준다.

둘째, 연애, 결혼, 가족 등 사적 영역에 침투한 성적 억압의 실상을 폭로하는 흐름이다. 공지영의 『무소의 뿔처럼 혼자서 가라』, 김인숙의 『칼날과 사랑』, 공선옥의 『오지리에 두고 온 서른살』 등은 낭만적 사랑을 탈신비화하고 억압적인 결혼제도의 허구성을 파헤치며 중산층 주부의 허위의식을 드러냄으로써 자율적이고 의식적인 여성주체의 탄생을 꿈꾼다. 그밖에 이청해의『빗소리』, 차현숙의『나비, 봄을 만나다』, 김형경의『담배 피우는 여자』, 서하진의『책 읽어주는 남자』, 전경린의『염소를 모는 여자』등은 여성의 일상적 경험을 성찰하면서 일상의 이면에 내재한 미세한 균열을 드러내거나 도덕적 금기를 위반하는 여성 주인공의 과감한 일탈을 그려내기도 한다.

　셋째, 일상적 경험의 소설화를 통해 소비사회의 욕망과 허위의식을 성찰하는 흐름이다. 소비사회의 욕망이 집적된 슈퍼마켓과 백화점에서 중산층 여성의 고립과 절망을 예리하게 포착한 이남희의『수퍼마켓에서 길을 잃다』와 윤영수의「벌판에 선 여자」연작이 예증하듯이, 여성문제에 대한 인식과 일상적 감각의 결합은 90년대 여성문학이 개척한 새로운 영토라고 할 수 있다. 이런 일상의 '재영토화'에는 '반영'과 '발견'의 영역이 함께 존재한다. 먼저 '반영'적 측면은 90년대 한국사회가 본격적인 대중소비사회의 면모를 띠게 된 것과 연관된다. 일상적 현실에 내재한 소비사회의 일그러진 욕망이 여성적 시각과 감수성으로 치밀하게 분석되는 것이다. 소설미학의 측면에서 좀더 중요한 것은 '발견'의 영역이다. 본질과 현상이 변증법에 바탕을 둔 리얼리즘적 현실 개념을 따를 때, 일상이란 단어에는 항상 가짜 욕망, 허위의식, 비본래성 등 부정적인 뉘앙스가 동반된다. 거대 담론이 쇠퇴하고 리얼리즘적 '현실'의 현실성이 의심받게 된 90년대 이후 사소하고 진부한 일상의 영역이 비로소 조금씩 재조명되기 시작하며, 일상의 새로운 의미화를 통해 복합적인 현실에 접근하는 다양한 통로가 열리게 된 것이다.

　물론 '현실'이라는 거대서사의 억압에서 해방된 '일상'은 또다른 억압의 현장일 수 있다. 그러나 90년대 여성문학에서 '일상'과 '현실',

사적 영역과 공적 영역이 행복하게 만난 경우는 그다지 많지 않았다. 리얼리즘적 원근법을 견지하는 경우 일상적 현실은 단순한 극복의 대상으로 나타나고, 반대로 일상의 생태학에 충실한 경우에는 거시적 전망이 불투명해지곤 했던 것이다. 한 가지 더 기억해둘 것은 90년대 들어 비현실적이면서 비일상적인 허구들, 예컨대 판타지나 로맨스 장르가 급속하게 팽창한 현상이다. 어쩌면 90년대 문학의 진정한 대립은 '일상'과 '현실' 사이가 아니라 '현실'과 '비현실' 또는 '일상'과 '비일상' 사이에서 벌어졌는지도 모른다. '진정한 허구'와 '사이비 허구'가 경쟁하는 현실은 여성문학의 딜레마를 넘어 진지한 문학 자체의 존립이 위태로운 상황을 암시한다.

5. 맺음말

90년대는 문학의 위엄이 추락하고 문학의 사회적 소외가 심화되는 '문학위기론'의 시대였지만, 그런 악조건 속에서도 유례없는 '위기 속의 풍요'를 누린 '문학주의'의 전성기이기도 하다. 소재와 스타일에서 다양한 실험과 모색이 진행되었고, 여러 세대가 공존하는 두꺼운 창작층을 갖게 된데다, 문학 자체의 제도적 기반에 대해서도 한층 근본적인 질문이 제기되었기 때문이다. 빈곤 속의 풍요, 죽음 뒤의 재생, 위축과 심화의 역설 속에서 전개된 1990년대 이후의 한국문학은 몇가지 새로운 조건과 환경을 맞이하게 된다.

첫째, 시장적 가치의 전면화에 따라 문학의 주변화가 점차 심화되는 현상이다. 90년대 이후 부쩍 활발해진 한국문학의 해외 소개와 세계 진출, 국제적인 문학교류 등은 한국문학이 바야흐로 세계화의 추세 속에 본격적으로 진입했다는 사실을 실감하게 해준다. 그러나 현재진행중인 문학의 세계화는 세계문학 이념의 현실화 과정보다는 신자유주의적 세계화 과정의 일환에 좀더 가깝다. 모든 것을 상품교환의 논리로 흡수하는 신자유주의적 세계화는 문학의 상품화를 강제하며, 문학을 인간과 세계에 대한 심오한 성찰이 아니라 경쟁력 없는 읽을거리로 전락시킨다. 가속화되는 주변화의 추세 속에서 이제 문학은 상업주의의 유혹과 은둔주의의 함정을 견제하면서, 시장적 가치를 부정하는 상품의 형태로 존립해온 아포리아를 더욱 근본적으로 성찰할 필요가 있다.

둘째, 문학의 제도적 성격이 본격화되면서 한국문학 특유의 통합적 상상력이 퇴조하는 현상이다. 20세기 한국문학의 창조적 활력 가운데 상당부분은 문학이 자율적 예술의 영역에 머물지 않고 지적, 인식적, 도덕적 과제와 연결되는 지점에서 만들어진 것이다. 분업화와 전문화의 흐름 안에서 자율적인 영역을 확보하는 것이 근대문학의 기본전제이지만, 한국문학의 창조적 권능은 전문화와 제도화의 경계를 넘어 총체적 시각을 포기하지 않는 데서 나온 것이기도 하다. 그러나 90년대 이후의 문학이 출판제도와 교육제도, 문단제도 등을 중심으로 전문화, 제도화되면서 한국문학 특유의 통합적 성격과 포괄적인 정치적 상상력은 급격한 퇴조 양상을 드러낸다. 전문화, 분업화, 제도화의 진전에 따라 이제 문학의 자율성이나 사회비판적 기능은 좀더 복잡하고 불리한 환경 속에서 수행될 수밖에 없을 것이다.

이러한 변화는 물론 특별히 새로운 현상이 전혀 아니다. 하지만 문제는 90년대부터 본격화되기 시작한 이 변화가 예상보다 훨씬 급진적이고 근본적이며 장기적인 것일 수 있다는 점이다. 앞으로 오랫동안 우리는 10년 단위로 분절되는 문학사 서술의 관행 대신 90년대 이전의 문학과 90년대 이후의 문학을 말해야 할지도 모른다. 90년대에 진행된 정치적, 사회적 변화와 90년대 문학이 고민했던 문화적, 예술적 과제는 2천년대를 넘어 앞으로도 상당한 기간 동안 한국문학이 안고 가야 할 기본조건이기 때문이다. 이 점에서 90년대 문학은 여전히 현재진행형이다.

: 진정석 :

● 더 읽을거리

　1990년대 문학 전반에 대한 비평적인 개관을 위해서는 황종연 외『90년대 문학 어떻게 볼 것인가』(민음사 1999)가 유용하며, 비교적 최근에 나온 작가와비평 편『비평, 90년대 문학을 묻다』(여름언덕 2005)는 2천년대 문학 세대의 관점에서 다양한 테마와 경향을 중심으로 1990년대 문학의 공과를 점검하고 있다. 한편 '2000년을 여는 젊은 작가 포럼'의 발표문과 토론을 모은 정과리 외『21세기 문학이란 무엇인가』(민음사 1999)에서는 1990년대 문학현장에서 활발하게 활동한 시인, 소설가 들의 생생한 육성과 구체적인 실감을 접할 수 있다.

　포스트모더니즘 논쟁의 양상은 정정호 편『포스트모더니즘과 한국문학』(글 1991)에서 살펴볼 수 있고, 이어진 근대성 논쟁의 수준과 문제의식은 김성기 편『모더니티란 무엇인가』(민음사 1994)에 정리되어 있으며, 민족문학사연구소 편『민족문학과 근대성』(문학과지성사 1995)은 근대성 논의의 성과를 한국문학 연구에 적용한 공동연구의 산물이다. 1990년대 초반에 집중적으로 진행된 리얼리즘 논쟁의 경과는 실천문학 편집위원회 편『다시 문제는 리얼리즘이다』(실천문학사 1992)에 비교적 상세하게 소개되어 있지만, 신세대 문학 논쟁이나 1990년대 후반의 리얼리즘-모더니즘 논쟁 등은 해당 지면을 따로 찾아보는 수고가 필요하다.

주요 문예지의 문학특집을 비롯한 현장평론들과 단행본으로 출간된 평론집을 일별해보는 것도 1990년대 문학의 윤곽을 잡는 데 많은 도움이 된다. 90년대 문학을 결산하는 문예지 특집은『창작과비평』88호(1995년 여름)의 '90년대 문학의 현황 점검'과 104호(1999년 여름)의 '세기의 갈림길에 선 우리문학: 90년대 비판', 그리고『문학동네』가 20, 21호(1999년 가을, 겨울)에서 연속특집으로 기획한 '90년대 한국문학이란 무엇인가' 등이 대표적이다. 1990년대 문학의 지형도를 그리는 데 참고가 되는 평론집으로는 염무웅『혼돈의 시대에 구상하는 문학의 논리』(창작과비평사 1995); 서영채『소설의 운명』(문학동네 1995); 권성우『비평의 매혹』(문학과지성사 1995); 김병익『새로운 글쓰기와 문학적 진정성』(문학과지성사 1997); 임규찬『왔던 길 가는 길 사이에서』(창작과비평사 1997); 이광호『소설은 탈주를 꿈꾼다』(민음사 1998); 최원식『문학의 귀환』(창작과비평사 2001); 윤지관『놋쇠 하늘 아래서』(창작과비평사 2001); 황종연『비루한 것의 카니발』(문학동네 2001); 신수정『푸줏간에 걸린 고기』(문학동네 2003) 등을 추천한다.

민족문학론의 역사적 전개

1. 머리말

20세기 들어 우리 문학사에서 근대문학이 형성 발전됨에 따라 문학의 근대성에 대한 자각도 뒤따랐는데, 이 근대문학에 대한 자각을 분명히 드러내는 데에는 '문학평론'이라는 새로운 장르의 형성이 요구되었다. 물론 중세문학에서도 문학평론 혹은 비평에 해당하는 시화(詩話)나 서발(序跋) 유의 글과 장르가 없었던 것은 아니다. 하지만 전문 평론가, 평론을 발표할 매체, 평론을 통해 드러나는 문학에 대한 인식의 논리적 수준 등의 면에서 문학평론은 근대에 이르러 비로소 중세문학의 단편적인 비평과 달리 한 '장르'로 묶일 만큼 독보적인 영역을 확보했다. 우리 문학에서도 20세기초 근대적인 신문과 잡지(특히 문학잡지) 등이 발간되면서 근대적인 문학평론이 발표되기 시작하여 이후 문학에 대한 대단히 다양한 논의들을 담아내는 그릇 역할을 했다. 문학평론은 개별 문학작품에 대한 평가에서 시작하여 문학 장르에 대한 일반적인 이론적 논의뿐 아니라, 문학과 여타 인간 활동과의 관련성에 대한 논의, 더 나아가 올바른 문학적 실천을 위한 방법(곧 문학이념론)에 대한 모색에 이르기까지 대단히 폭넓게 진행되었는데, 20세기를 통틀어 가장 줄기차게 논의된 주제로는 단연 '민족문학론'을 꼽을 수 있다.

우리 문학을 올바로 실천하려면 '민족'과 관련한 문제의식을 가져야 한다는 이론인데, 여기서 '민족문학'은 세계사적으로 근대적인 국민국가 형성기에 국민적 자각의 매개자 역할을 한 국민문학(國民文學)과 같은 개념(둘 다 영어로는 National Literature)으로 사용되지만, 우리 문학사에서는 좀더 특별한 의미를 지닌다. 서구에서 국민문학이라는 개념이 근대적인 민족 혹은 국가의 형성과 함께 자각되었던 반면, 근대적 민족국가의 수립 과정이 순탄하지 않아 그 과정에서 식민지와 민족분단을 경험했던 우리에게는 자연히 민족 자주성의 회복과 통일된 근대국가의 수립이라는 과제가 중첩되거나 통일되어 제기되었고, 그에 걸맞게 문학을 비롯한 제반 문화운동에서도 민족적 과제와 근대문학(문화)의 수립이라는 과제의 연관성이 첨예하게 자각되었다.

그리하여 민족문학론은 식민지시대에 제기된 이후 해방 직후를 거쳐 남한에서는 20세기 후반기에 이르기까지, 사회적 실천과의 관련을 중시하는 진보적인 문학운동의 중요한 이념 역할을 해왔다. 20세기말에 이르러 탈근대적 사유가 우리 문학의 중심에 자리잡으면서 그 지위가 흔들리게 되었지만, 민족문학론은 20세기 내내 우리 문학

에서 가장 영향력있는 담론 중 하나로서 진보적 실천운동을 이끌어
온 셈이다. 물론 오랜 기간 생명력을 유지해온 만큼 민족문학론이 생
성, 발전해온 과정은 단순하지 않으며, 민족문학론은 우리 민족사의
굴곡만큼이나 복잡한 변천을 겪어왔다.

2. 20세기 전반기 민족문학론의 역사

문학과 민족의 관련성에 대한 사유는 멀리는 조선 후기부터 싹텄
지만(김만중의 국자國字 의식이나 정약용의 '조선시론' 등), 그것이
본격화한 것은 20세기에 접어들면서부터이다. 그것은 우선 '언어' 문
제에서 촉발된다. 한글이 발명된 이후로도 우리 문학은 20세기에 접
어들기까지 한글보다는 한문을 주요 표현수단으로 삼아왔다. 물론
시조나 가사, 소설 등의 장르에서 한글 창작이 확산되었지만 한글이
공식 문학어로 인정받지는 못했다. 그러나 외세의 침탈로 국권이 상
실될 위기에 처하자 한글 창작은 불현듯 대세를 이루게 된다. 이를
반영하듯 우리 문학이 한글로 창작되어야만 우리 민족정신을 살릴
수 있다는 사유가 본격화되는데, 천희당(天喜堂, 신채호로 추정됨)의
'동국시계(東國詩界)혁명론' [1]을 비롯하여 이광수 등 근대문학 초창
기의 주요 문학인들이 한글 창작의 중요성을 강조하였다. 나아가 우
리 근대문학은 한편으로는 이미 근대문학을 이룩한 서구의 문학형식
을 일본을 거쳐 '이식' 또는 '수입'하여 형성되기 시작하였다(자유시와

---

1) 「천희당시화」, 『대한매일신보』 1909년 11월 19일자~12월 4일자.

근대소설). 그에 따라 이처럼 이식된 문학형식이 과연 우리 민족혼을 담아낼 수 있는가에 대한 사유도 발전하기 시작했다(황석우 등). 하지만 이들은 체계화된 이론의 형태를 갖추지는 못한 맹아적 사유들이었다.

체계화된 담론의 형태를 갖춘 최초의 이론은 1920년대에 최남선, 양주동, 김영진, 염상섭 등이 참가한 민족주의문학론이었다. 이들은 흔히, 김윤식 교수가 『한국근대문예비평사연구』(1973)에서 지적한 이래, 계급문학론에 맞서 대타적(對他的)으로 제기된 것으로 알려져 있다. 그러니까 당시 계급문학론이 왕성하게 대두하자 그것을 의식하여 대응논리로 '민족'을 들고 나왔다는 것이다. 물론 타당한 지적이지만, 이외에도 1910년대부터 일본에서 대두된 '문화적 민족주의'(이는 정치나 경제, 사회를 중심으로 보편성을 강조하는 문명론을 대신해서 문화나 종교, 예술에서의 민족적 특수성을 강조한 독일 중심의 문화론의 영향을 받은 것으로 알려져 있다)와 무관하지 않다는 점도 기억해둘 만하다. 또 이러한 영향관계를 넘어, 이 무렵이 국민문학적 자각이 이루어질 만한 시기였기 때문에 국민문학론 혹은 그 변형으로서의 민족문학론이 대두할 만한 역사적 필연성 또한 있었다.

중세문학이 지방적인 특수성을 몰각하고 중세적 보편성을 추구했다면, 근대문학의 경우 중세에는 지방어에 지나지 않던 자국어를 문학 공용어로 채용하면서 이를 중심으로 '국민문학'을 발전시키는 시기가 있게 마련이다. 나아가 문학이란 기본적으로 자국어를 중심으로 창작될 수밖에 없는 만큼 오늘날까지도 국민문학 혹은 민족문학의 틀을 완전히 탈각하지 못하고 있다. 오늘날에도 프랑스어로 쓰이는 문학은 대부분 프랑스문학이며, 독일어로 쓰이는 문학은 대개 독일문학으로 분류된다(물론 예외는 있다. 자국어의 전통이 박약한 제3 세계에서는 제1세계 언어인 영어나 프랑스어를 빌려 문학을 창작하는 경우가 적지 않다). 만약 앞으로 영어가 됐든 다른 언어가 됐든 세계 공용어가 더 널리 확산되어 이들 공용어로 문학작품이 광범하게 쓰이는 시기가 온다면, 그때 비로소 국민문학의 시대가 막을 내릴 것이다.

어쨌든 우리는 20세기에 들어서야 우리 말글로 문학을 '본격적으로' 하기 시작했고, 이미 식민지시대에 우리 말글로 된 문학은 충분히 성장한다. 특히 1920년대에 들어서면 한문이나 국한문혼용체를 몰아내고 오늘날과 거의 다를 바 없는 우리 말글이 문학 공용어로 확고히 자리잡는다. 따라서 1920년대 민족주의문학론은 국민문학론의 한 형태로 제기된 셈이고, 그런 점에서 역사적 필연성이 있는 셈이다. 하지만 그 내실은 그다지 튼튼하지 않았다. 거기에 동조했던 문학인도 몇명 되지 않았거니와 그 지속적인 전개도 이루어지지 않았다. 그 이유는 아마도 더 많은 문학인들을 사로잡은 '계급문학론' 때문이었을 것이다. 잘 알다시피, 오히려 식민지시대에 더욱 큰 영향력을 행사한 문학이념은 계급문학으로서의 프롤레타리아문학이었다.

문학이념의 타당성 차원에서, 즉 '문학의 발전방향'을 얼마나 타당한 논리로 담보하고 있느냐는 차원에서 계급문학론은 민족문학론보다 '한수 위'이다. 왜냐하면 사실 민족의 특수성을 강조하는 것은 발전 혹은 진보의 논리가 되기 어려운 반면, 계급문학론은 단순한 계급질서 타파 혹은 계급해방을 넘어서서 사회의 발전방향을 내장하고 있기 때문이다. 물론 국민문학론도 나름대로 진보의 논리를 내장할 수 있다. '귀족문학으로부터 국민문학으로'라는 방향이 있기 때문인데, 그 방향은 창작의 내용뿐 아니라 그것을 향유할 대상을 일부 귀족층으로부터 '국민'이라는 인민으로 확대하고 있다. 하지만 1920년대 민족주의문학론에서는 이러한 봉건문학에서 근대문학으로의 발전 방향을 분명히 담지하고 있지는 않다. 그러나 계급문학론은 이미 이 무렵부터 '민족문학'의 '역사적' 한계에 대해서도 분명히 자각하고 있었을 뿐 아니라, '민족해방'과 달리 '계급해방'은 인류사회 전체의 역사발전방향에 대한 시각(그것의 타당성 여부를 떠나서)과 결합해 있었다.

그러나 일제강점기의 계급문학론은 외래사조의 수입에 지나치게 의존해서 독자적이고 주체적인 이해나 논리화가 부족한데다, 일제의 탄압과 이론 수입의 중개상이었던 일본 프로문학의 몰락에 따라 더 이상 진전을 보이지 못하고 역시 퇴조하고 만다(물론 1930년대 후반에는 리얼리즘론을 중심으로 사회주의적 문학이론이 괄목할 만한 주체적 발전을 이룬다).

그 뒤 해방 직후가 되면 다시 민족문학론의 시대가 된다. 일제 식민지시대에 계급문학론을 주장했던 좌파 문학인들이 이제는 민족문학을 이념으로 내세우는데, 이는 단순한 '위장'이 아니라 여러 요인들이 작용한 전환이자 계급문학론에 대한 반성에서 '논리적으로' 도출된 것이기도 했다. 사회주의문학인들이 민족문학론을 주장하게 된 데에는 물론 1930년대 중반에 꼬민떼른이 제시한 인민전선전술과, '사회주의적 내용에 민족적 형식'이라는 민족문화에 대한 스딸린의 테제 등이 주요 원인으로 작용했다. 하지만 이러한 요인들을 수동적으로 받아들인 것은 아니며, 과거 계급문학론에 대한 내적 반성과 새로운 이론적 모색을 통해 주체적으로 민족문학론을 수립한 경로가 존재한다.

이 경로에 가장 뚜렷하게 기여한 사람은 임화(林和)이다. 임화는 우선 프로문학에 대한 반성에서 시작하여, 문학이 '민족어'에 기초할 수밖에 없다는 점을 인식한다. 그러면서 프로문학 역시 민족문학의 일 영역임을 인정하고, 나아가 기존 봉건성을 떨치지 못한 역사적 민족문학과 이를 극복할 '진정한' 근대적 민족문학을 구별하면서, 진보적 문학을 비롯한 우리 문학이 이 후자의 길로 나아가야 한다는 인식에 이른다. 또 우리 신문학이 아직 서구문학의 이식 상태에서 벗어나지 못하고 있다는 '이식문학사론'을 제기하는데, 이 역시 민족문학론으로 발전하는 과정의 한 매개고리라 할 수 있다.

그런데 '조선의 신문학사는 이식문학사의 역사다'라는 명제로 잘 알려진 이식문학(사)론이 민족문학론과 연결되는 데 대해 의아해할 수도 있을 것이다. 그러나 이식문학사론은 우리 문학의 주체적인 발전을 '부정'하는 논리라기보다는 그간의 문화이식을 극복하자는 논리이다. 식민지(혹은 후발 근대화 국가를 포함하여)의 경우 일단은 문화 창조에서 기존 문화 유물보다는 문화이식에 더 많이 의존하게 마련이다. 이식문학사론은, 그러한 문화이식을 인정한 위에서 이식을 초래한 사회경제적 문제를 해결하기 위한(곧 식민상태를 극복하기 위한) 주체적 노력과 함께 이식문화를 극복해 주체적인 근대문화를 창조해나가는 길을 모색해야 한다는 논리이다. 물론 이식문학사론 단계에서 임화가 민족문학을 이념화한 것은 아니지만, 중요한 것은 이식문학론이 '민족'을 단위로 불구적 근대의 한 양상인 이식상태의 극복을 지향하는 논리적 방향성을 지닌다는 것이다. 그래서 사실 1940년경에 제출된 임화의 이식문학론과 해방 직후에 임화가 주도하여 제출한 민족문학론 사이에는 거의 아무런 단절이 없는 셈이다.

3. 민족문학론의 패러다임

해방 직후의 민족문학론(물론 여기서는 조선문학가동맹의 민족문학론에 한정한다. 그 외에 북조선의 문학예술총동맹이나 남한의 우파들도 민족문학론을 내세우지만, 이들은 민족문학론사에서 부차적이라고 생각된다)이 중요한 이유는, 그것이 문학이념론으로서의 민족문학론이 보여줄 수 있는 '원형'적인 패러다임을 거의 다 제시하고 있기 때문이다. 이 이론은 우선 역사적으로 문학이 민족 단위로 발전해나간다는 것을 상정한다. 요컨대 일종의 '발전담론'으로서, 현재 상태가 불만족스러운 수준이어서 그것을 더 발전시켜 일정한 목표에 도달하도록 해야 한다는 논리이다. 또한 민족이 하나의 국가를 형성해야 한다는 생각에 연결되어 있으므로 문학의 일국적 발전을 꾀한다고도 할 수 있다. 사실 문학이 반드시 일국 단위로 발전하는지 여부는 분명치 않다(그에 비해 계급문학론은 분명 일국 단위의 발전을 중시하지 않고, 오히려 세계적 차원의 발전을 꾀하는 이념이라 할 수 있다). 하지만 전세계적으로 근대가 자본주의 경제체제와 근대국가라는 두개의 축을 중심으로 하여 전개되었다면, 어느 시기에는 근대문화가 국가 단위의 발전양상을 보일 수도 있지 않을까 한다(예컨대, 우리나라의 경우 이인직의 신소설에서 출발해 이광수의 「무정」, 염상섭의 「만세전」을 거쳐서 1930년대의 성숙한 장편소설 시대에 이르기까지는 일정한 발전양상이 나타난다).

그러나 그것이 일정 시기를 넘어서서 더 장기간 지속되지는 않으리라는 것이 필자의 판단이다. 자본주의 발전이 일정 수준에 도달하면 국가와 민족의 경계를 넘어 전개되듯이, 문화 발전에서도 유사한 양상이 나타나지 않을까. 사실 임화의 민족문학론도 그렇거니와 1970년대 민족문학론을 체계화하는 데 가장 크게 기여한 백낙청의 민족문학론도 '민족문학'을 일종의 단계로 설정해 일정 시기가 지나면 지양되어야 할 것으로 상정한다. 임화는 민족문학의 목표를 '(서구적 의미의) 완미(完美)한 근대문학의 형성'에 두었고 그 뒤에는 더 높은 차원의 이념이 필요하다고 보았다.

　다음으로 민족문학론은 민족을 주체화하고자 한다. 하지만 민족이란 일종의 '상상된 공동체'(베네딕트 앤더슨)여서 그 내부의 균열을 간과할 경우에는 여지없이 자민족중심주의, 나아가 국수주의로 빠져들게 마련이다. 이러한 심정적 민족주의를 경계하기 위해서 민족문학론은 국수주의를 경계할 뿐만 아니라 민족 내부를 새롭게 재구성하려는 논리를 편다. 거기에 이용 혹은 동원된 것이 꼬민떼른의 인민전선전술이다. 노동자, 농민, 소시민 등 인민이 바로 민족이 되고, 봉건지주나 매판자본가는 민족에서 배제되며, 매판적이지 않은 민족자본가는 '그때그때 달랐던' 듯하다. 이러한 구도는 다소 변형되기는 하지만 1970, 80년대의 민족문학론에서도 크게 다르지 않게 반복된다. 이같은 민족의 재구성이 당대의 역사적 상황에서 필연적이었는지(당대의 역사적 상황을 괄호 친 채 타당성을 논하는 것은 별 의미가 없을 것이다) 판단하는 것은 역사가의 몫으로 돌리더라도, 결국 민족문학론이 개별 인민이든 계급 차원의 노동자·농민이든 이들을 '민족'이라는 주체로 호명한다는 것은 분명하다. 계급적 차이를 넘어 민족 단위의 주체화가 필요하다고 본 것이다. 조금 더 일반화하자면, 일단은 '민족' 단위로 주어진 과제를 해결한 뒤에 다음 단계의 역사발전을 꾀해야 한다는 단계론적 사유가 민족문학론에는 불가피하게 부착되어 있다.

세번째로 민족문학론은 문학과 사회적 실천과제와의 결합을 강조하며, 나아가 그 과제가 절박함을 강조하기 때문에 '위기론'과 연결될 수밖에 없다. 현단계는 민족 단위로 일종의 위기에 처해 있으며, 그 위기를 극복하기 위해서는 이러저러한 과제를 해결해야 하며, 문학은 그 과제를 해결하기 위한 실천에 여타 사회 부문과 동참해야 한다는 논리인 것이다. 해방 직후에 그 과제는 대개 '일제 잔재의 청산, 봉건 잔재의 청산'에다 더러 '신래(新來)한 외국자본주의의 배격'을 결합해 우리나라에서 '부르주아민주주의혁명'을 완수하는 것으로 제시되었으며, 1970, 80년대에는 '위기에 빠진 민족의 주체적 생존'의 해결과 분단체제의 극복, 혹은 민족해방민중민주주의혁명이나 민족민주혁명 등이 되었다.

문학과 사회적 실천의 결합은 비단 민족문학론이 아니더라도 주장할 수 있는 내용이며, 또 언제라도 원론적으로 타당한 내용으로서, 우리의 경우 그러한 실천 논리를 펴는 데 민족문학론이 기여한 바도 적지 않다. 하지만 구체적인 실천과제를 제시하고 그것을 문학과 결합하는 것은 지나치게 문학 외적인 실천과제의 해결을 중시하다가 결국에는 문학적 실천의 폭을 협소화하는 결과를 낳기 쉽다. 눈앞의 실천과제보다 더 근원적이고 근본적인 사유의 개진을 허용하지 않을 수 있기 때문이다. 그럴 경우 민족문학론이든 또다른 이념론이든, 한편으로는 눈앞에 주어진 실천적 과제에만 복무하도록 문학을 '이용'하려는 실용주의적 노선이 될 수도 있고, 다른 한편으로는 여타의 실천적 가능성을 배제하는 억압의 기제가 될 수도 있다. 해방 직후 임

화는 그러한 구체적인 실천과제와 결합한 민족문학론을 정초하기에
앞서서 식민지시대의 문학을 비판하면서 그것이 보여온 '사회성으로
부터 유리된 개성의 강조' 경향과 '개성이 탈각된 사회성의 강조' 경
향의 지양 그리고 '사회성과 개성의 완미한 결합'을 우리 문학의 과제
로 제시했는데, 장기적인 안목에서는 민족문학론 못지않은 중요한
문제제기였다고 생각된다.

　네번째로 민족문학론은 어쨌든 '특수성'을 강조하는 논리이기 때문
에 다른 한편으로는 '보편성'과의 결합을 상정하지 않을 수 없다. 곧
세계문학과의 연관을 강조하는 것인데, 해방 직후의 민족문학론 역
시 '전세계 진보적 문학과의 연대'를 강령에 포함했으며, 임화 역시
다르지 않았다. 1970년대 민족문학론도 '제3세계 문학론'을 곁들였
다. 하지만 우리의 '특수한' 민족문학이 어떻게 '보편적' 세계문학과
연결될 수 있는지, 그 매개에 대한 사유는 부족했다. 임화의 경우 처
음부터 '지방주의와 편협한 국수주의 대신 세계적인 의미의 민족문
화'를 내걸었으며, "우리 민족 대다수의 복지와 타민족 타국가와의
진정한 우의, 세계의 공통하고 동일한 해방을 목표로 하는 세계관"을
요구하였을 뿐 아니라, 나아가 노동계급의 이념을 토대로 한 철저한
인민적 민족문학은 "그 높은 민족성에도 불구하고 (…) 다른 나라의
인민과 다른 곳의 민족들에게 이익과 유락(愉樂)을 주고, 모든 나라
의 인민과 모든 곳의 민족의 문화 위에 커다란 재산을 기여하는 문학
일 것"이라고 주장했다. 하지만 이러한 부언에도 불구하고 민족문학
이 어떻게 세계문학으로 승화될 수 있는지 그 매개는 설명하지 않았
다. 이같이 세계문학과의 연관을 충실히 규명하지 못할 때 민족문학
은 얼마든지 자립화하여 편협해질 수 있으며, 임화의 민족문학론 역

시 그 한계에서 벗어나지 못했다고 할 수 있겠다.

해방 직후의 좌파 민족문학론이 세계(사회주의)문학에 대해 다소 의타적이었던 반면, 1970년대 민족문학론은 적어도 의타적이지는 않다. 제국주의(및 소련의 사회주의적 패권주의)가 초래하는 모순에 함께 맞서는 제3세계문학의 연대를 꾀했으며 더 나아가 (제3세계의) 민족문학이 오히려 서구문학보다 세계사적으로도 더 선진적일 수 있다고 주장하고 있기 때문이다. 하지만 제국주의가 초래하는 모순을 직접 형상화할 수 있느냐만으로 과연 세계사적 선진성이 담보될 수 있을지 의문이며, 나아가 '반제국주의적 지향'이나 '제3세계간의 연대'라는 것도 기존 악경향에 대한 부정이기는 하지만, 새로운 역사 방향을 담지하지는 못한 '반동'(antagonism)에 불과하다. 또 아쉬운 것은, 오늘날 제3세계라는 개념 자체가 얼마나 현실성을 유지하고 있느냐라는 문제와 별도로, 그 뒤 민족문학 진영조차 이른바 '제3세계'문학과의 연대를 위해 얼마나 노력했느냐 혹은 노력할 수 있었느냐는 점이다. 우리 스스로 '제3세계'에 속한다고 생각했던 1970년대부터 1980년대 초반까지는 그런대로 제3세계문학을 소개하고 연구하는 풍토가 미미하게나마 마련되는 듯했지만, 한국 자본주의가 제3세계 수준을 넘어선 뒤로는 제3세계문학이 우리의 관심권에서 점점 멀어져가고 있다.

4. 20세기 후반기 민족문학론의 역사

해방 직후를 지나 다시 민족문학론이 우리 문학운동의 이념으로 본격 제출된 것은 1970년대에 들어서이다. 분단과 한국전쟁으로 황폐해진 우리 문단은 4·19 이후 역사적 생명력을 회복하기 위한 노력을 기울이기 시작했는데, 이러한 노력이 1960년대의 참여문학론, 소박한 차원의 민중문학론, 농민문학론, 시민문학론, 리얼리즘문학론 등을 거쳐 1970년대 들어 높은 수준의 문학이념으로서의 민족문학론으로 종합된 것이다. 정태용, 백철, 김병걸, 구중서, 임헌영, 염무웅 등의 문제제기에 이어서 이들을 체계화하고 발전시키는 데 결정적인 역할을 한 논자는 백낙청(白樂晴)이다.

일찍이 시민문학론을 제창했던 백낙청은 1974년에 「민족문학 개념의 정립을 위해」를 발표해 산발적으로 전개되어온 당시의 민족문학론을 체계화하여 민족문학이라는 개념을 이념적 차원으로 승화시켰고, 이어서 「민족문학의 현단계」라는 글을 통해 우리 민족문학 발전의 현재 수준을 구체적으로 점검했다. 그는 민족문학 이념의 역사적·현실적 근거와 그 구체적인 규정을 제시하고, 그것이 그때그때의 구체적인 정세에 의해서 규정되는 철저히 역사적인 개념임을 분명히 했다. 나아가 현재 우리 민족의 위기를 규정하는 핵심 상황이 바로 분단이고 분단의 극복이 현 시기 민족운동의 시급한 과제인만큼, 민족분단의 극복과 이를 위한 민주주의의 성취를 민족문학의 과제로 제출했다. 이어서 그는 「인간해방과 민족문화운동」 「제삼세계와 민중문학」 등의 글에서 제3세계 민족문화운동의 일환으로서의 우리 민족문학(문화)운동의 특수성을 규명하는 가운데 그것의 세계사적 선진성을 밝히고, 나아가 그것이 보편적인 인간해방에 어떻게 기여할 수 있는지에 대해서도 철학적으로 조명함으로써 민족문학 이념의 내실을 다져나갔다.

1970년대에 어느정도 체계화된 민족문학론은, 1980년 5월 광주민
중항쟁으로 상징되는 우리 민족사의 격동기를 거치면서 우리사회의
구조와 변혁과제를 인식하는 문제에서 계급론적 시각이 대두함에 따
라 또 한 단계의 변화를 겪는다. 우리사회의 성격과 변혁과제에 대한
'사회과학적' 인식 그리고 변혁의 진정한 주체가 누구냐에 대한 성찰
이 심화됨에 따라, 문학운동에서도 그러한 인식에 발맞추어 민족문
학 이념을 더 '과학화'하려는 시도가 나타났다. 문학의 민중성과 노동
계급성, 사회주의적 당파성이 강조되고 기존 민족문학론의 민중적 성
격의 불철저성이 비판의 초점이 되면서 새로운 이념을 수립하려는 움
직임이 이어졌다. 또한 이러한 논쟁 형태의 논의를 통해 진보적 문학
운동권 내에서도 민중적 민족문학, 민주주의 민족문학이라는 새로운
이념적 기치가 등장했으며, 마침내 민족문학을 대신해 노동해방문학
혹은 사회주의문학이라는 새로운 이념을 채택하는 분파도 생겨났다.
　　하지만 이들의 '새로운' 주장은 사실 그다지 새로운 것이 아니었다.
물론 논리적 깊이 면에서 차이가 있을지는 몰라도 크게 보면 해방 직
후에 전개되었던 민족문학 논쟁의 범주에서 크게 벗어나지 못했거
나, 혹은 이미 쇠망해가던 현실사회주의 진영의 논리들에 많이 의존
했기 때문에, 이러한 이념은 1990년을 전후한 현실사회주의권의 몰
락과 함께 급격히 생명력을 상실하고 말았다. 이들 신종 이념론의 몰
락은 나아가 한국 자본주의의 놀라운 성장과 세계 자본주의의 새로
운 국면이라는 현실의 변화에 따른 이념 일반의 퇴조에 동반된 것이
었으며, 따라서 이들과는 구별되는(그만큼 내실있었던) '1970년대 이
래의' 민족문학론(백낙청을 중심으로 1970년대 민족문학론의 연장선
상에서 발전해간 민족문학론) 역시 강한 변화의 압력에 노출되었다.

때마침 도입된 포스트모더니즘 유의 사조와 소비문화의 발전 등이 작용하면서 민족문학론 역시 점차 입지가 좁아져갔다. 이후 민족문학론 갱신을 위한 노력들이 간헐적으로 시도되었으나, 민족문학론의 현실적합성을 의문시하는 주장은 갈수록 예리해진 데 비해 민족문학론은 괄목할 만한 갱신을 이루어내지 못한 채 오늘에 이르고 있다.

물론 1970년대 이래의 민족문학론이 1980년대의 신종 이념론들보다 더 생명력이 있었던 것은 우리 민족 현실에 대한 더 현실적이고 설득력있는 논리를 갖추었기 때문일 것이다. 1980년대를 화려하게 수놓았던 온갖 변혁론들이 깃발을 내린 뒤에도, 아니 그 뒤에야 비로소, 1970년대 이래의 민족문학론이 1980년대에 발전시켰던 '분단체제론'이 각광받을 수 있었다. 가만히 생각해보면, 오늘날에도 민족문학론이 그나마 명맥을 유지하는 이유는 바로 지난 반세기 동안 우리 민족의 운명을 끈질기게 사로잡고 있는 '분단'에 힘입은 까닭이 아닐까?

분단체제론은 바로 그 분단이 유지되는 메커니즘에 대해서도 가장 설득력있는 설명을 제공하고 있으며, 나아가 분단을 극복하는 '통일' 방안에 대해서도 가장 '윤리적인' 길을 제시한다(무조건 통일하자는 것도 아니고, 통일될 수 있는 가장 가능성 있는 길을 찾자는 합리주의도 아니며, 분단된 남북한 각 체제를 넘어서는 통일을 이루면서 현재 자본주의 세계체제에 균열을 낼 수도 있는 가장 바람직한 통일을 이룰 수 있도록 노력해야 한다는 주장이다). 그러나 분단체제론 역시 여러 논자들이 지적하듯이, '분단'을 우리사회의 주요모순으로 간주함으로써 논리적 무리를 범하고 있다. 물론 분단은 아직 우리사회의 변화에서 반드시 감안해야 할 중요한 변수이며, 통일은 분명 우리사회에 굉장한 지각변동을 가져올 것이다. 하지만 분단체제의 동요나 통일 같은 분단과 관련된 변화나 변동이, 지금 상황에서 우리가 처한 (분단이라는 요인을 제외한) 현실의 변화 방향과 크게 어긋나는 방향으로 전개될 것 같지는 않다. 요컨대 통일이 된다고 해서 우리사회의 민주주의와 대외 자주화가 더 진전될지는 불투명한 것이다. 또한 분단체제론은 분단의 극복이 세계자본주의 체제와 맞물려 있는 강고한 열국체제에 균열을 가져올 수도 있다고, 아니 그럴 수 있도록 분단체제 극복운동을 펼쳐나가야 한다고 주장한다. 과연 그렇게만 된다면 분단극복운동은 세계사적으로도 선진적인 실천운동이 될 수 있을 것이다. 하지만 이 역시 1970년대 민족문학론이 민족문학의 세계사적 선진성을 주장했던 것과 마찬가지로 매우 윤리적이기는 하되 실현 가능성은 그다지 높아 보이지 않는다. 마지막으로 분단체제론이나 혹은 그것이 제시하는 통일 방안이 오늘날 문학의 나아갈 길과 관련해 어떤 실천적 지침을 제시하는지도 의문이다. 요컨대 분단체제로 인한 모순이라든가 그 극복을 위한 노력이 문학적 실천과 어떻게 결합될 수 있느냐에 대해 민족문학론은 충실하고 구체적인 방향을 제시하지 못하고 있다.

5. 마무리

민족문학론은 20세기를 넘어 21세기를 맞이한 오늘날에도 여전히 담론으로서 생명력을 유지하고 있다. 민족문학 이념의 유효성을 주장하는 문학인들이 아직 존재하기 때문이 아니라, 아직 그것을 대체할 만한 더 튼실한 문학이념이 제출되지 않고 있고, 무엇보다 민족문학론에 내장된 문제의식이 오늘날의 현실에서도 유효하기 때문이다. 최근의 민족문학론은——탈근대담론처럼 이미 '근대'가 종결되었으므로 근대의 산물인 민족과 관련한 문제의식도 구시대적인 것이 되었다고 보는 시각과 달리——'근대 적응과 근대 극복의 이중과제'를 내세운다. 한편으로 근대의 긍정적인 성취들(예컨대 민주주의나 민족해방, 합리성의 추구 같은)을 인정하고 더욱 발전시키면서, 다른 한편으로는 근대가 노정해온 부정적 측면들을 극복해가려는 입장인데, 이는 탈근대담론이 주로 근대의 성취에 대한 고려나 대안 없이 근대 비판에만 몰두하는 경향을 보이는 데 반해 더 현실성 있는 시각이다. 세계화가 진행되는 한편으로 국민(민족)국가들간의 경쟁이 더욱더 치열해지는 오늘의 현실에 비추어서도, 민족적인 주체성을 멸실하지 않으면서 세계화에 대처할 수 있는 길을 모색하려는 민족문학론의 문제의식은 중요한 의미를 갖는다.

한편 민족문학론은 이미 제기된 비판들을 넘어 새 시대에 걸맞게 환골탈태할 필요성에 직면해 있다. 최근 들어 민족문학적인 사유가 현역 문학인들에게 긴요한 창작 지침이 되지 못하고 있다는 점도 민족문학론이 더이상 실천적인 문학이념으로 작동하지 못하고 있다는 방증이다. 이미 세계사적인 현실이 민족적 경계의 수호와 그에 입각한 주체화를 한참 넘어서서 진행되고 있는 것이다. 그런만큼 특히 민족문학론의 약점이었던 '세계문학'과의 관련에 대해 더 깊은 고민과 탐색이 필요하다.

자본주의 세계시장의 형성과 그와 동반된 세계문학의 형성에 관한 19세기 맑스의 예언이 그야말로 전세계적 규모에서 실현된 것은 비교적 최근의 일이다. 그와 발맞추어 한국의 자본주의도 세계 자본주의체제에 전면적으로 편입되어 있으며, 우리의 삶 역시 교통과 통신의 전세계적 네트워크에 연결되어 이미 '세계화'되어 있다. 이러한 조건 때문에 자동적으로 세계문학이 실현될 수 있다고 주장한다면 그 역시 단순한 기계론일 것이다. 그보다 이미 전세계 거의 모든 인민의 삶이 자본주의 세계체제와 불가분하게 결합된 공동운명체를 형성해버렸고 우리 민족 역시 그로부터 벗어날 수 없으며, 나아가 지역적 차원의 문제들도 서로 직간접적으로 연관되어 있기 때문에, 이제는 민족의 일 성원으로서가 아니라, 다시 말해 '민족'의 매개 없이도 세계시민으로서 사유해야 할 필요가 대두하고 있는 것에서 세계문학의 가능성을 찾을 수 있을 것이다. 그리고 그것은 단순히 선택할 수 있는 옵션 중 하나가 아니라 마땅히 대처하지 않으면 안될 윤리적 요청이 되고 있다. 세계시민의 사유를 빠트리면 자본주의 세계체제와 그 하위체제인 열국체제에 대한 정당한 대응도 불가능할 것이며, 나아가 민족문제와 관련해서도 우리 민족만의 특수한 사례를 넘어 세계적으로 다시 민족주의가 강화되고 있는 경향에 대한 비판적 접근도 불가능할 것이다.

: 신두원 :

● 더 읽을거리

민족문학론을 직접 피력한 글들을 보기 위해서는, 우선 20세기초부터 해방 직후 시기까지 민족과 관련된 문학적 담론들을 묶어낸 한형구·신두원 공편 『우리 문학에서의 민족담론 자료집』(가제, 소명출판 2009 근간)을 참고할 수 있다. 특히 해방 직후 민족문학론을 정초하는 데 공헌한 임화의 글을 보기 위해서는 김재용 · 류보선 · 신두원 · 임규찬 · 하정일이 공편한『임화문학예술전집』(소명출판 2009 근간)을 보기 바란다.

1970년대 이후 민족문학론을 일별할 자료집은 나와 있지 않다. 백낙청의 민족문학론은 그의 평론집『민족문학과 세계문학』1, 2(창작과비평사 1978; 1985);『민족문학의 새 단계』(창작과비평사 1990)에서 접할 수 있으며, 특히 그의 분단체제론은『분단체제 변혁의 공부길』(창작과비평사 1994);『흔들리는 분단체제』(창작과비평사 1998)에서 살펴볼 수 있다.

1980년대의 계급론적 시각에 입각한 민족문학론의 대표적인 저서로는 조정환『민주주의민족문학론과 자기비판』(연구사 1989); 김명인『희망의 문학』(풀빛출판사 1990) 등을 들 수 있다. 한편 연구서 가운데 일제 식민지시대 비평사 전체를 개괄하기 위해서는 김윤식『한국문예비평사연구』(일지사 1976); 김영민『한국근대문학비평사』(소명출판 1999)가, 해방 이후 비평사에 대해서는 김영민『한국현대문학비평사』(소명출판 2000)가 길잡이가 된다.

그외 민족문학론에 대한 의미있는 연구서로는 권영민『한국 민족문학론 연구』(민음사 1995); 신승엽『민족문학을 넘어서』(소명출판 2000) 1부의 글; 하정일『분단 자본주의시대의 민족문학사론』(소명출판 2002); 고명철『1970년대의 유신체제를 넘는 민족문학론』(보고사 2002) 등을 들 수 있다.

북한문학사의 쟁점*

1. 우리 문학사에서 북한문학의 위상

'한국문학'과 '조선문학'의 상호인식

새로 쓰는 민족문학사 강좌의 쟁점 중 하나는 북한문학의 위상 설정 문제이다. 우리 학계에서 관행적으로 통용되는 한국문학사가 아닌 민족문학사란 용어와 개념을 굳이 사용한다면, 그 내용물은 남북문학을 합친 것인가 하는 문제이다. 민족문학사란 표현이 한반도 남북(북남)문학의 공통항을 찾고 언젠가 서술될 통일된 민족문학사로 나아가기 위한 중간도정이라면 어떨까.

1945년 이후 문학의 역사적 흐름을 서술한 남북의 기존 문학사를

---

* 이 글은 원래 북한문학사의 세 시기(1945~53, 1953~67, 1967~2007)를 각기 서술한 유임하, 오창은, 김성수의 원고를 하나로 합친 것이다.

보면 대부분 상대 문학을 원천적으로 배제한 채 '한국문학사/조선문학사'를 당연시한다. 하지만 남북이 상대방의 대표 작가, 작품을 인정하지 않는다면 우리의 문학사적 유산은 초라해질 것이다. 외연이 초라할 뿐만 아니라 내포 또한 부실하니 문제이다. 다행히도 이에 대한 진지한 문제의식과 분단극복 의지의 문학사적 산물을 찾아볼 수 있다. 최동호 편 『남북한 현대문학사』의 경우 또는 김병민, 김춘선 등 중국의 조선족 학자들이 우리 문학을 언급할 때 '조선-한국문학사'라고 쓴다. 조동일은 2005년에 새로 고친 『한국문학통사』 제4판 제1권에서 둘을 통합하여 '우리문학사'로 쓰자고 제안한 바 있다. 최근 대표적인 문학사 서술에 나타난 북한문학에 대한 기본 인식은 다음과 같이 정리된다.

(가) 한국 현대문학사에서 북한문학은 논외로 한다: 김윤식 외 『한국 현대문학사』; 신동욱 편저 『한국 현대문학사』; 장석주 『20세기 한국문학의 탐험』 1~5권 등.

(나) 북한문학은 한국 현대문학사의 일종의 부록이다: 권영민 『한국 현대문학사』 제2권; 민족문학사연구소 편 『민족문학사 강좌』 하권.

(다) 북한문학은 한국 현대문학사와 병렬되는 남북문학사, '(남)한국-(북)조선문학사'의 일부이다: 최동호 『남북한 현대문학사』; 김병민 외 『조선-한국 당대문학사』; 김춘선 『한국-조선 현대문학사』.

한반도의 당대문학은 한국문학인가, 조선문학인가, 아니면 한반도문학인가, 우리문학인가? 그도 아니면 '통일신라-발해' 이래 제2기 남북국시대의 남한국(대한민국) / 북조선(조선민주주의인민공화국)

의 남북조문학인가? 과거사는 오늘날의 거울이다. 불행히도 1200~1300년 전 신라 육두품 지식인들은 발해를 분단된 조국의 일부로 생각하지 못하고 말갈족 중심의 중국 변방으로 치부한 결과, 우리 역사에서 다시는 대륙적 인식을 만회하지 못하게 되었다. 어떤 태평천하에서도 문제의식을 지닌 비판적 지식인에게 의문과 회의는 끝없이 생긴다. 가령, 2008년의 독일문학사가는 1945년부터 1989년까지 동서분단기 현대문학사를 (다)처럼 동독-서독 분단문학사로 서술할까, (나)처럼 동독문학이 부록인 서독문학사 중심 문학사를 쓸까, 아니면 세 단계를 지양한 통합된 독일문학사로 서술할까? 적어도 (가)처럼 동독문학을 아예 원천 삭제하지는 않을 것이다. 그렇다면 남북분단 경험이 있는 통일 베트남이나 예멘은 어떻게 했을까?

분단을 경험한 다른 나라의 선례를 참조해도 그렇고 6·15선언 (2000) 이후의 교류 협력 노력에 비추어봐도, 우리 민족문학사 서술에서 북한문학을 원천 배제하거나 외국문학(학술진흥재단의 학문분류 표상 북한문학은 '기타 동양어문학'에 속한다)으로 취급했던 통념은 바뀌어야 한다. 언젠가는 통합적으로 인식해야 할 우리 근현대문학사의 하위범주로 재규정될 필요가 있다. 다시 말해 해방 직후 지금까지 고착화된 '서울중심주의와 평양중심주의'의 대립은 이제 한반도적 시각으로 지양되어야 한다. 남북 학계가 쉽게 의견일치를 볼 수 없더라도, 남북이 함께 만나서 2000년 이상의 유구한 오랜 문학사적 전통에서 출발하여 상호 이해, 교류, 협력, 동거, 통일, 통합 등 단계론적 통합논리를 찾을 수도 있지 않을까 싶다.

이러한 맥락에서 북한문학을 바라보는 시각을 좀더 진전시키기 위해 단계론적 인식을 설정할 수 있다. 북한문학을 아예 논외로 하거나

'기타 동양문학'으로 치지도외(置之度外)하는 자기중심적 단계(가)에서 벗어나 남한문학의 일부 내지 부록으로 인식하는 포용단계(나)를 거쳐 '북한문학' 대신 '제2기 남북국시대의 조선문학'을 사용할 정도로 용어의 개념까지 상대 입장을 배려하는 전향적 자세(다)가 필요하다. '한국문학/조선문학'의 공존을 인정해야 그 기반 위에서 '남측문학/북측문학'의 상호 교류와 협력을 늘려나가는 현단계가 진정성을 획득할 수 있다. 나아가 한반도 이북지역 문학을 하나로 보고 '이북 지역문학'으로 자리매김함으로써 통일을 구체화하는 단계까지 상정할 수 있는 것이다. 그런 점에서 모든 북한문학은 그 자체로 근대문학이며 한반도문학의 일부인 지역문학, 지방문학으로 볼 필요가 있다.

이렇게 한반도적 시각을 가진다면 북한문학에 대한 단순한 이해에서 출발하여 다음 단계로 교류와 협력을 상정하고, 나아가 '남북문학의 동거와 통일, 통합된 민족문학'이라는 역동적 구상을 가시화할 수 있지 않을까. 오랜 기간 지속된 남한문학의 자기중심주의에서 벗어나 북한문학을 이해하되, 성급하게 당장 통일문학을 이루자는 비현실적 구호만 단순 반복하지 말고, 중간 단계에 '남북문학의 협력, 동거' 상황을 설정하자는 것이다. 이제 '북한문학' 연구는 '남북문학·통일문학' 연구로 내포와 외연을 심화 확대할 시점이다. 예컨대 이남·이북간 지역문학의 통일도 정책·조직·언어의 통일이라는 1단계와 사상·이념·정서의 통합이라는 2단계를 구분하여 유연하게 대처하는 것이다.

사회주의리얼리즘문학의 변동과 주체문학으로의 도정

북한문학의 역사적 흐름을 개괄한다면, 초창기에는 사회주의문학, 1967년 이후에는 주체문학이 주류였다고 할 수 있다. 1948년 이후 정권 초기에는 맑스레닌주의미학에 기초한 사회주의리얼리즘문학이 공식원리로 채택되었다. 즉 개인의 서정과 낭만, 상상력의 자유를 부르주아 미학사상이라 배제하고 오로지 프롤레타리아 당과 노동계급에 복무하는 정치적 무기로서의 당(黨)문학만을 인정한다는 것이다. 사회주의리얼리즘문학의 핵심을 '민중성, 계급성, 당파성'(현재는 인민성, 노동계급성, 당성)이라 규정하여, 노동계급 등 피지배층을 중심으로 문학을 해야 한다고 요구한 것이다. 그 때문에 서정적·낭만적 성향의 '순수문학'은 아예 설 자리를 찾지 못했다.

북한문학의 기본이 되는 당 문예정책과 노선을 보면 '주체사상이 유일사상체계화'되는 1967년부터 주체사상에 기초한 '주체문학예술'이 지배적인 흐름으로 자리잡는다. 전통적인 사회주의문학의 기반 위에 이른바 '항일혁명문학예술'의 전통과 수령론을 앞세운 주체문예가 덧붙은 것이다. 주체문학이란 현금의 북한문학을 그들 스스로 일컫는 말이다. 하지만 역사적으로 지난 반세기 동안의 북한문학사 전체를 주체문학(또는 주체문예)으로의 일방적 도정으로 일컫는 것으로 보아 역사와 이념이 합쳐진 개념으로 볼 수 있다. 주체문학은 예술방법으로 말하면 해방 직후의 '고상한 리얼리즘'문학, 전쟁 전후 부르주아문학과의 투쟁에서 형성된 '사회주의리얼리즘'문학, 1967년 유일사상체계의 확립 전후 항일혁명문학예술의 발굴과 그에 근거한 '주체사상에 기초한 문학예술', 그리고 1992년 김정일의 주도로 새롭게 재편된 '주체사실주의'문학까지 포괄하는 개념이다.

따라서 북한문학을 주체문학으로의 일방적 도정으로 본다는 말은, 북한문학의 과거와 현재를 주체사상이라는 이념적 틀로 바라보려는 노력의 산물이며 정치적·현실적 힘을 지닌 공식부문에 주로 관심을 두겠다는 뜻이다. 이는 1920~30년대 카프문학의 사회주의리얼리즘 전통보다는 항일 빨치산 투쟁기의 노래, 촌극, 정론 등에서 유래한 주체문예의 전통을 가장 중요한 문학사적 유산으로 여기는 현금의 북한 문예정책이나 노선과도 상통한다.

북한에서는 자신들의 문학을 사회변동과 연관시켜 1945~50년의 '평화적 민주건설기', 1950~53년의 '조국해방전쟁기', 1953~60년의 '전후 복구건설과 사회주의 기초 건설을 위한 투쟁기', 1960년대 이후의 '사회주의의 전면적 건설과 사회주의 승리를 앞당기기 위한 투쟁기' 등으로 나누었다. 1967년 이전에는 맑스레닌주의 보편론에 입각한 사회주의리얼리즘미학이 중심이었으나 이후에는 주체사상, 김일성주의라는 특수성에 무게중심이 실린 주체문예이론이 점차 강화되었다. 1970년대 이후는 주체문학의 전성기라 하여 '사회주의 완전 승리를 앞당기기 위한 시기'와, '사회주의 완전 승리의 결정적 전환 시기'로 나누어 지칭하기도 하지만 작품 실상이 크게 달라진 것은 아니다. 1980년대 후반에 일상적 영웅의 형상화 등 사회주의 현실을 중시하는 유연한 문학이 잠시 성행했으나, 1990년대초 세계 사회주의진영의 몰락에 자극받아 다시 체제문학으로 경직되는 성향이 강화되었다. 1990년대 중반 이후에는 기존 입장을 종합한 '주체문학론'과 체제위기의 극복 과정에서 나온 '선군(先軍)문학'을 제창하기에 이른다.

2. 건설기·전쟁기(1945~53) 북한문학의 쟁점

건설기 북한문학은 남한의 문학 동향에서 자립적인 위상을 설정하며 문화적 정체성을 재구성하기 시작했다. 북한사회에서는 신탁통치 논쟁으로 좌우연정의 희망이 사라지면서 좌익정파가 정세를 주도해 나갔으며, 북한사회에서는 남한사회에 비해 토지개혁이 비교적 성공리에 마무리되었고, 이러한 물적 토대에 기반해 사회주의정권이 대중의 지지를 받으며 성립했다. 제도개혁과 사회변화 속에서 문학은 사회주의 이념에 바탕을 둔 정체성을 새롭게 주조했다. 이 과정에서 북한문학은 '인민민주주의'와 '고상한 리얼리즘' '사회주의리얼리즘' 원리에 입각하여 새롭게 변화하는 시대상을 반영하는 과제를 부여받는다. 북한문학의 이런 모습은 소련 사회주의문학의 이념과 제도를 지향한 것이었으나, 점차 정치의 선전선동 도구로 활용되면서 체제문학을 표방하기에 이른다.

1948년에서 1953년까지 북한사회는 남한과의 이데올로기적 대립 속에서 대남 선전선동을 강화해갔고, 한국전쟁 발발과 함께 국가주의적 전시동원체제가 강화되는 양상을 보였다. 전후복구시기에는 '천리마 영웅 형상화' 등을 통해 정세와 호응하는 창작원리를 구현하려 했다. 문학은 이데올로기적 성격이 강화되면서 전사회적 동원체제에 복무하였고, 정치적 수단으로 기능하는 양상을 보였다.

해방 직후 북한 초기 문학의 형성과정

해방 직후 북한사회는 보수적인 우익정파가 배제된 채 좌익정파를 중심으로 국가사회주의의 기반을 조성해나갔다. 좌익정파는 계급성에 바탕을 둔 민족 개념을 근간으로 반식민, 반봉건, 반민족적 경향과의 투쟁을 선언하며 국가 수립에 박차를 가했다.

문학 분야에서는 조선문학예술총동맹의 전신인 북조선예술총동맹이 결성(1946. 3)되어 문단조직의 틀이 마련되었다. 북조선예술총동맹은 '진보적 민주주의에 입각한 문학예술'의 수립을 목표로 삼았고, 이 목표를 달성하기 위해서 '조선 예술운동의 전국적 통일조직'을 지향했다. 이 조직은 건설기 북한문학에서 '일제적 봉건적 민족 반역적 파쇼적 및 반민주주의적 반공예술의 세력과 그 관념'을 일소하는 한편, '인민 대중의 문학적 창조적 예술적 계발을 위한 계몽운동'을 전개하고자 했다. 또한 북조선예술총연맹은 카프를 비롯한 '민족 문화유산'을 비판적으로 계승하는 한편, 민족 예술문화와 소련 예술문화를 위시한 국제문화와의 교류를 표방했다.

국가사회주의의 기획을 담은 「20개 강령」(1946. 3. 23)은 해방기 북한사회의 변화를 보여주는 방향타였다. 「20개 강령」은 정치 분야를 비롯해 사회 각 분야에서 전개될 제반 민주개혁을 위한 제도의 실천 방향을 담았는데, 강령이 정한 원칙에 따라 문학도 새 역사 건설에 걸맞은 새 역할을 부여받았다. "문학의 계급적 기능"[1]이 강조되면서 작가 개개인은 혁명역량 강화를 위해 노력해야 했고, 일제 잔재 청산을 위해 노력하는 문학예술 전사(戰士)라는 역할을 부여받았다.

1946년 10월, 북조선예술총동맹에서 개편되어 출범한 북조선문학예술총동맹은 이데올로기적으로 이질적인 문인들의 작품을 배제하

---

1) 「20개조 정강」, 『원자료로 본 북한: 1945~88』(동아일보사 1989), 37면.

는 한편, 사회주의리얼리즘에 바탕을 둔 창작방법론을 일률적으로 전파해나갔다. 이렇게 해서 북한의 해방기 문단은 인민성과 낙관성, 혁명성을 담은 '고상한 리얼리즘'을 채택하며 문학의 이념과 색채를 단일화해나갔다.

이 과정에서 이른바 '응향사건'이 일어났다. 1946년말 원산지부 시인들이 합동시집 『응향』을 펴냈다. 북조선문학예술총동맹은 이 시집을 자본주의의 퇴폐성을 단적으로 드러낸 사례로 비판하며 발매금지라는 강경한 조치를 내렸고 진상조사에 착수했다. 이 사건은 좌익 문인들이 주축이 된 북한 초기 문단에서 자유주의 성향의 문인들이 배제, 축출당한 첫번째 사례였다. 이 사건으로 근대문학의 전통이 공유해온 다양성의 가치가 부정되었고, 문학이 관료적 통제를 받게 되었다.

초기 북한문학의 양상은 남한사회나 서구 근대문학과는 그 출발부터 근본적으로 달랐다. 당과 국가, 인민이 우선시되는 국가사회주의에서 문학의 역할은 새로운 사상으로 무장한 건국사업에 동참해야 하는 정치와 이념 선전의 수단으로 규정되었다. 이제 작가들은 새로운 사상으로 무장하고 새롭게 변전하는 현실을 긍정적으로 담아야 한다는 방침에 따라, 시대변화를 담은 인민성과 혁명적 낙관성을 그려내야 했다.

토지개혁과 혁명적인 사회변화의 문학적 반영

해방 직후 북한에서 우익정파가 몰락함으로써 반공주의 성향의 인사들과 친일 반민족 세력이 대거 월남했다. 제한적으로 자율성을 보장했던 소군정의 시책과 지원 속에 해방 직후 출범한 민간대표기구의 하나였던 북조선임시인민위원회는 정국을 주도하며 급진적인 정책들을 수립하고 이를 제도로 정착시켜나갔다. 그중에서도 「북조선 토지개혁에 관한 법령」과 「토지개혁 실시에 대한 임시조치법」은 건당, 건국, 건군으로 이어지는 사회개혁의 핵심이었다. 이들 법령에 따라 전격적으로 시행된 토지개혁 조치(1946. 3. 5)는 '무상몰수 무상분배'의 원칙에 따라 일사천리로 마무리되었다. 토지개혁은 반봉건, 반식민 경제구조를 일거에 소농 중심의 농업기반구조로 바꾸어놓았고, 이렇게 탄생한 소농 계층은 북한의 국가사회주의정권 등장을 지지하는 중추세력이 되었다.

「개벽」(리기영 1946)은 새로운 계층으로 부상한 소작인과 노동자계급이 '개벽'에 가까운 혁명적인 사회변화를 실감하는 모습을 포착한 첫번째 작품이다. 이 작품은 소작농 가족이 토지개혁 같은 민주개혁으로 새로운 세계를 실감하는 과정을 보여준다. 이외에도 남녀평등권법령 발효에 대한 감격을 토로한 「녀인도」(백인준 1946) 「농촌위원회의 밤」(김우철 1946) 「동트는 바다」(동승태 1949), 장편서사시 「생의 노래」(조기천 1950), 가사 「녀성의 노래」(리원우 1947) 등의 시가 있고, 소설로는 「산곡」(황건 1947) 「선화리」(윤세중 1947) 「땅의 서곡」(천세봉 1949) 「호랑령감」(천세봉 1949) 「공등풀」(최명익 1949), 희곡으로는 백문환의 3막 희곡 「성장」(1948) 등이 주요작으로 꼽힌다.

이 시기를 대표하는 작품은 리기영(李箕永)의 『땅』(1948~49)이다. 이 작품은 토지개혁으로 촉발된 사회 전반의 변화를 담아낸 첫 장편으로, 토지개혁의 의의를 적출해낸 「개벽」 이후 북한사회의 엄청난 변화와 활력을 담아낸 성공작으로 평가받는다. 『땅』은 북한의 민주개혁을 성공적으로 수행하는 대중적인 인물상으로 주인공 곽바위를 제시한다. 곽바위는 식민지 시절의 상처를 딛고 토지개혁에 앞장서는데, 버려진 땅을 개간하는 개척자, 대의원에 선출되어 평양을 방문하는 민주개혁의 대변자로 형상화되었다.

1946~48년에 북한사회가 당면한 과제는 일제의 패망과 함께 파괴된 산업시설을 재건하는 일이었다. 이러한 시대상황을 반영하는 것이 북한문학의 과제였다. 북한문학이 건설현장을 배경으로 형상화한 것은 인민의 이익과 시대변화를 담아내는 노력의 일단이었다. 「로동일가」(리북명 1947) 「칠현금」(김사량 1948) 「탄맥」(황건 1949) 등은 산업시설을 복구하고 할당된 증산계획에 매진하는 노동자 농민의 모습을 담아냈다.

이 시기 작가들은 노동자들의 활력에 주목하여, 그들이 함께 지혜를 모아 새로운 사회 건설에 매진하는 헌신적 모습을 그리는 데 집중했다. 「조국에 바친 쌀」(김우철 1947) 「나무리벌의 증산보」(강승한 1947) 「축제의 날도 가까워」(안룡만 1947) 「용광로 앞에서」(김북원 1947) 등의 시편은 증산경쟁과 수확의 기쁨을 노래한 작품이다. 희곡에서는 「새날의 설계」(한태천 1947) 「원동력」(류기홍 1948) 「자매」(송영 1949) 등이 민주개혁 조치로 변모한 사회경제적 현실을 배경으로 인민들의 풍족해진 생활상과 헌신적인 애국심을 담아냈다. 이외에도 산업시설과 관개시설의 정비를 소재로 한 「생활의 흐름」(김조규 1946) 「흘러라 보통강 노래처럼 그림처럼」(리찬 1946) 등이 꼽힌다. 이들 시는 제2차 세계대전 패전 이후 일제가 북한의 산업시설을 조직적으로 파괴한 만행을 지적하며, 이를 복구하기 위해 북한사회가 기울인 노력을 상찬하였다. 특히 보통강 개수공사는 만성적인 홍수에 시달리던 평양 일대를 정비한 거대한 역사(役事)로서 주요한 시적 대상이 되었다. 산업시설과 사회 인프라의 정비를 통해서 북한사회는 1949년에 이르러 해방 전년도 수준을 넘어설 만큼 제반 시설을 복구했다. 북한 초기 문학은 이같은 사회의 발전상을 적극적으로 그려나갔다.

북한에 불어닥친 소련 열풍

북한사회에서 소련은 해방군이자 참된 우정의 원조자, 국제주의의 모범으로 간주되었다. 북한사회는 소련의 인민민주주의 사회제도를 자본주의의 힘과 제국주의화한 서구식 자유민주주의를 극복하는 대안으로 삼았다. 조소문화협회가 결성된 것도 같은 맥락에서였다.

이태준은 『소련기행』에서 사회주의 선진국 소련에 대한 찬양과 동경을 피력했다. 소련에 대한 낭만적 동경은 「영광을 모쓰크바에」(김상오 1947) 「니꼴라이 나의 마음의 형제야」(강승한 1948) 같은 서정시에서도 잘 목격된다. 리기영은 장편 『땅』에서 소련을 해방자, 원조자, 선진국으로 묘사했다. 민족주의적 경향이 강했던 김사량도 자신의 문학적 전범을 소련에서 구했다. 그는 「칠현금」(1948)에서 인도주의를 실천하는 소련인 의사를 사상과 인간성이 결합된 이상적 인간형으로 지목했고, 고난을 딛고 노동소설을 써낸 노동자 출신 소련 작가들을 자신이 추구해야 할 인민문학의 이상으로 삼았다. 「얼굴」(한설야 1948) 「남매」(한설야 1949) 「안나」(리춘진 1948) 「지질기사」(윤시철 1950) 또한 인도주의적 이상을 실현하는 소련인을 등장시키는 한편 소련사회를 선진문화의 전형으로 그렸다.

그렇다고 북한문학이 소련을 동경의 대상으로만 그린 것은 아니다. 한설야(韓雪野)는 「모자」(1946)에서 독일군에게 가족을 잃은 소련군 병사가 북한에서 난폭한 행동을 자행하는 모습을 묘사했다. 북한에 진주한 소련군은 초기에 일본군과의 전투를 염두에 두었던 까닭에 범죄자 중심으로 부대를 편성했다. 이같은 사정 때문에 해방 초기에 소련군에 의한 민간인 재산 약탈이 자심했던 것은 사실이다. 이러한 세태를 가감없이 담아낸 소설이 「모자」였다. 이 작품은 소련군을 부정적으로 묘사했다고 해서 소군정 당국의 항의를 받았으며, 그 결과 작품을 게재한 『문화전선』 창간호가 폐간되기도 했다. 이는 당시 북한문학에도 친소적 경향과 차별화된 시각이 있었음을 보여준다(그러나 한설야는 훗날 발간한 자신의 작품집에는 관련 부분을 삭제하고 우호적으로 수정하여 수록했다).

북한사회에서 해방 직후부터 생겨난 친소 경향은 동서냉전체제의 구축과 냉전구도의 관철이 역사적 선택이 아니라 현실정치의 결과였음을 말해준다. 이 현상은 친미반공구도가 남한사회에 관철되면서 친미 경향이 대중적으로 확산되었던 점과도 대비된다. 북한사회의 친소 경향은 스딸린의 사망(1953)과 1958년 8월 종파사건 이후 김일성 유일체제가 등장하면서 차츰 수그러든다.

김일성 우상화와 항일무장투쟁의 문학화

김일성은 1945년 10월 평양군중대회에서 처음 모습을 드러냈다. 이후 다수파였던 김두봉의 조선독립동맹(연안파)과 연합하여 조선로동당 창건을 주도하면서 건국의 중심세력으로 부상했다. 김일성 일파의 정치세력화는 해방 이전부터 준비되었다는 것이 북한학계의 통설이다. 그는 소군정의 지원 아래 30대 초반의 나이에도 불구하고 대표적인 항일빨치산 지도자로 인정받아 대중의 지지를 획득하는 데 성공했다.

북한의 초기 문학에서도 김일성의 지도자 위상은 중요한 문학적 소재로 취급되었다. 그에 대한 문학적 형상화는 귀국 직후부터 건국사업에 매진하는 모습을 그린 「김일성장군 찬가」(리찬 1946) 「해볕에서 살리라」(박세영 1946) 「3천만의 태양」(김우철 1947) 「김일성 장군님께 올리는 시」(윤시철 1947) 등의 시에서 확인된다. 소설에서 김일성의 형상화는 「혈로」(1946) 「개선」(1948) 등을 창작한 한설야가 주도했다. 시와 소설에서는 김일성의 항일무장투쟁과 그의 지도자적 덕성을 담아내는 데 주력했다. 그중에서도 장편서사시 「백두산」(조기천 1947)은 보천보전투를 통해 김일성의 항일무장투쟁과 국내 항일조직과의 연계를 서사화한 성과작으로 거론된다.

김일성 우상화는 소군정하에서 좌익정파가 결속하는 대연정의 기반 위에서 "제국주의의 침략을 응징하는 영웅"[2]을 갈망하는 사회정치적 욕망을 반영한 것이었다. 북한의 정권 수립 직후 김일성은 '전조선민족의 영도자'[3]로 공표되었다. 1972년부터 그의 일대기를 1, 2년씩 분절해서 만든 장편대작 '총서 불멸의 력사'는 김일성 유일체제의 정통성을 공표하는 작업으로, 북한문학이 체제중심적이라는 점을 재확인하게 한다.

이렇듯 문학을 통한 김일성 우상화 작업은 해방후부터 바로 시작되었다. 김일성 우상화와 빨치산 세력의 역사화는 '총서 불멸의 력사'로 수렴되었고 '수령형상문학'으로 이론화되었다. 남북분단의 현실에서 북한의 문학은 정치의 과잉상태가 빚어낸 '문학의 도구화'의 한 사례를 보여준다. 정치에 복속된 북한의 문학은 훗날 문학의 도식성

2) 신형기·오성호 『북한문학사』(신구문화사 2000), 46~47면.
3) 한재덕 『김일성장군개선기』(민주조선사 1948).

을 반복 재생산하는 가운데 김일성의 항일무장투쟁을 외세에 저항한 신성한 민족 이야기로 격상시켜나갔다.

대남 선전선동과 격화된 냉전구도

북한사회는 민주기지론에 입각하여 '남조선혁명과 조국통일을 위한 인민의 투쟁'을 중요한 정치적 과제로 설정했다. 북한사회는 미군정의 반공 일변도 정책과 이승만 정파의 등장을 비판하며 '남한을 해방하는 민주기지' 역할을 자임했다. 이는 남북한에 팽배했던 군사적 충돌과 정치적 긴장에서 우위를 점하려는 정치적 선동의 일환이기도 했다. 따라서 북한문학은 남한에서의 혁명투쟁을 호소하는 작품들을 다수 창작해나갔다. 북한문학의 이러한 면모는 문학의 정치적 역할과 대남 선전선동 임무를 떠안은 결과이기도 했다.

남한사회를 향한 선전선동과 격화된 냉전구도를 반영하는 북한 초기 서정시로는 최석두의 「레포」(1946) 「삐라대」(1947) 「앞으로만 간다」(1947), 박세영의 정론시 「그치라 요녀의 소리」(1946), 리정구의 「분노」(1947), 유진오의 「누구를 위한 벅찬 우리의 젊음이냐」(1946), 제주 4·3 사태를 소재로 한 강승한의 서사시 「한나산」(1948), 여순사태를 다룬 조기천의 연작시 「항쟁의 려수」(1949), 안룡만의 서정시 「동백꽃」(1948) 등이 있다. 소설에서도 대남 정치선동의 목소리는 크게 다르지 않았다. 김사량은 「남에서 온 편지」(1948)에서 남북연석회의에 참가한 남한 청년의 편지를 소개하는 방식으로 남한사회의 부패상과 정치적 억압을 '지옥'과 '감옥'으로 표현하며 해방의 필연성을 부각시켰다. 또한 그는 「태양은 대오를 향하여」(1950)에서 농민들의 해방구 투쟁을 소재로 '민족의 태양'인 김일성의 혁명노선을 선동 고무했다. 이밖에도 남한 노동자들의 노조단결투쟁을 그린 리동규의 「그 전날 밤」 (1948), 하의도 소작쟁의를 형상화한 남궁만의 희곡 「하의도」(1947), 남한의 매판세력을 풍자한 송영의 희곡 「금산군수」(1949) 등이 있다.

북한 초기 문학이 남한의 지배세력을 향해 분노와 적개심을 피력하는 한편으로, 남한 노동자 농민의 혁명투쟁을 선동하는 모습은 냉전시기 북한정치가 남한의 사회현실에 관여하는 또다른 면모이다. 남한의 지배세력에 대한 이러한 적대감은 남한의 북진통일론에 맞선 북한의 남조선해방론의 연장선이라는 점에서, 체제대립과 반목을 넘어 전쟁의 암운이 짙게 드리운 폭풍전야 긴장 국면의 일단이었다. 문학에 표현된 냉전의 양상은 남북한의 가파른 대립을 반영하는 것이었고, '조국해방'과 '국토완정'(국토의 통일)이라는 전쟁담론으로 넘어가기 직전의 모습이었다.

전쟁과 냉전체제의 고착 : '조국해방전쟁'과 북한문학

한국전쟁은 남북정치의 대결국면이 빚어낸 민족사 최악의 재앙이었다. 북한정권은 남한정부의 존재 자체를 부정했으며(이 점은 남한정부도 마찬가지였다), 이승만정부를 매판식민정권으로 규정하여 타도 대상으로 삼았다. 북한의 공식 역사에 등장하는 표현을 빌리면, 전쟁은 "해방 후 5년간의 보람찬 생활에 대한 열렬한 긍정에 기초하여 침략자 미제를 몰아내고 (…) 성스러운 조국을 수호하기 위한 정의의 투쟁"이었고, "친일 반민족세력과 결탁한 미제국주의의 괴뢰정권의 부패와 정치적 탄압에 신음하는 지옥"인 남한사회를 해방하는 신성한 투쟁이었다.[4]

전쟁 발발과 함께 북한의 문인들은 '북조선문학가동맹 열성자회의'를 개최했다. 회의에서는 "창작과 종군활동으로 종국적 승리에 이바지하자"는 결의문을 채택했다. 이와 함께 북조선문학가동맹은 동맹사업의 군대규율화, 인민적 민족문학 수립을 위한 사상적 무장, 고상한 리얼리즘에 바탕을 둔 예술이론의 실천, 인민군대의 투쟁과 산업 분야 복구사업에 동원된 인민상의 표현 등을 내용으로 한 결정서를 채택했다.[5] 이 결정서는 전시 북한문학의 창작지침이기도 했다. 전쟁과 함께 북한의 문인들은 종군하거나 후방에서 '미제 침략자에 반대하여 조선 인민의 생활과 영웅상과 애국적 위훈을 고무하는 임무'를 수행했다.

전시 북한문학은 인민군의 활약상을 부각하여 혁명성과 전투적 기백을 고양하는 도식적인 면모를 보여주었다. 전시에 종군실기문학의 창작이 장려되었던 것도 같은 이유였다. 종군실기문학은 전장의 현장성을 전달하는 강한 선동력을 지니고 있어서 선전계몽의 수단으로는 안성맞춤이었다. 김사량, 김남천, 리북명, 남궁만, 고일환, 박웅걸, 리정구, 리동규, 황건 등 많은 문인들이 종군기를 써서 발표했다.

김사량(金史良)은 「서울에서 수원으로」「우리는 이렇게 이겼다」「낙동강반 참호 안에서」「지리산 유격지대를 가다」「바다가 보인다」 등 모두 6편의 종군기를 연재하였다. 종군기에서 김사량은 국토완정론에 입각하여 '조국해방'을 꿈꾸며 인민군이 연전연승하는 활약상과 패퇴하는 국군의 모습, 보도연맹원들을 학살하는 현장 등을 담아내며 승전 의지를 고취했다. 그는 전쟁이 발발하자 바로 다음날인 6월 26일에 종군에 나섰다가 인천상륙으로 인민군이 퇴각할 때 원주 부

4) 과학원 역사연구소 『조선통사』 하(오월 1989).
5) 『해방일보』 1950년 9월 9일자.

근에서 낙오하여 생사불명이 되었다.

전투 현장을 다룬 경우는 단편소설로는 월미도 방어작전의 실화를 소재로 삼은 황건(黃鍵)의 「불타는 섬」(1952)이 대표적인 사례이다. 이 작품은 남한 출신 중대장과 여성 통신원이 주인공으로 등장하는데, 해안포 중대원들의 희생정신을 형상화해 전쟁소설의 전범으로 평가받는다. 작전 수행을 위해 신구세대가 단결하여 적의 진지를 와해시키는 모습을 담아낸 「구대원과 신대원」(윤세중 1952) 「명령」(리종렬 1953) 등도 북한문학에서 자주 거론되는 전쟁소설이다.

서정시인들 또한 종군에 나서서 전장체험을 담아내거나 후방 인민들의 고군분투하는 모습을 그려나갔다. 「전선에로! 전선에로! 인민의용군은 나아간다」(임화 1950) 「진격의 밤」(박팔양 1950) 「나의 따발총」(안룡만 1920) 「이 사람들 속에서」(김조규 1950) 「독로강 기슭에서」(김학연 1951) 「숲속의 사수 임명식」(박세영 1951) 「나의 고지」(조기천 1951) 등이 그러한 예이다. 이들 서정시는 한결같이 전투 현장의 긴박한 모습과 격앙된 감정을 담아내는 데 주력했다.

인천상륙작전으로 전세가 역전되면서 '일시적 후퇴시기'에 이르면 북한문학은 전쟁 초기에 보여준 조국해방의 맹목적인 열정이 수그러드는 양상을 보인다. 그러한 경향은 인민군 투쟁을 원조하거나 인민군의 후퇴 속에 마을을 지키는 후방 인민들의 모습을 담아내는 소재의 변화에서 확인할 수 있다. 천세봉의 「싸우는 마을사람들」(1952) 같은 작품은 고향땅으로 밀려든 미군의 약탈과 학살을 격퇴하는 마을 치안대의 활약상과 생활감정을 그리고 있다. 이는 전세 변화에 따른 수세적 상황을 형상화한 사례들이다. 시에서는 「증오의 불길로써」(김상오 1950) 「얼굴을 붉히랴 아메리카여」(백인준 1951) 등이, 희곡에서는

「수원회담」(1막, 허춘 1950)이 미국을 평화로운 도시와 농촌을 무차별 폭격하는 야만적인 제국주의자로 그려냈다.

전쟁기의 북한문학은 '고상한 리얼리즘' 원리에 따라 인민군의 영웅적인 활약상과 후방 인민들의 헌신적인 투쟁, 반미구국을 소재로 한 애국심과 영웅주의, 불굴의 투지를 보여주고자 했다. 그러나 전쟁의 상처는 후방 민간인들의 간고한 투쟁과 미군의 폭격에 대한 증오심에서도 잘 나타난다. 전쟁은 남북한을 막론하고 엄청난 피해를 유발하며 재난을 초래했던 것이다. 그럼에도 북한문학은 전쟁의 정당성을 한치도 의심하지 않는 인민군 전사의 영웅성과 고향을 침범한 미군과 국군을 축출하기 위한 후방 민간인들의 헌신성을 담아내는 체제문학의 면모를 보여주었다.

3. 전후복구와 사회주의 건설기 북한문학의 쟁점

전후 북한문학제도의 재편

1953년 9월 제1차 전국작가예술가대회가 개최되었다. 이 대회에서 조선문학예술총동맹이 조선작가동맹, 조선작곡가동맹, 조선미술가동맹으로 재편되었다. 단순한 조직개편처럼 보이지만, 그 내막은 의외로 복잡하다. 제1차 전국작가예술가대회를 기점으로 북한문단은 이전과는 다른 새로운 질서를 형성한 것이다.

이러한 조직재편의 맥락을 파악하기 위해서는 해방 이후의 문단구도를 살필 필요가 있다. 해방이 되자 남쪽에서는 조선문학가동맹이 좌익문단의 중심 조직이 되었고, 북쪽에서도 좌익문단의 통합체로 북조선문학예술총동맹이 출범했다. 그러다 남쪽의 조선문학가동맹의 구성원이 대거 월북하면서, 북쪽에서는 두 개의 문단조직이 공존하게 되었다. 이러한 상황은 한국전쟁 시기까지 이어지는데, 조선문학가동맹의 구성원과 북조선문학예술총동맹의 구성원은 따로 종군할 정도로 보이지 않는 알력관계를 형성했다. 그러다 이 두 조직이 1951년 3월, 평양에서 조선문학예술총동맹으로 통합되었다. 조선문학예술총동맹의 핵심 구성원이 임화, 김남천, 이원조 등이었다는 사실은 주목을 요한다. 해방 이후 남쪽에서 구성된 조선문학가동맹 출신이 북조선문학예술총동맹 출신의 문인들을 제치고 북한문단의 주도권을 잡은 셈이었다. 부연하자면, 전쟁기 남로당계 문인이 중심이되어 북한문학조직을 이끌어나갔음을 '조선문학예술총동맹'의 조직구성을 통해 확인할 수 있다.

북한 내부의 권력구조 개편은 정전 직전 남로당계에 대한 대대적인 숙청을 통해 이루어졌다. '박헌영 간첩사건'으로 인해 남로당 계열의 주요인사가 당에서 축출되었고, 임화, 김남천, 이태준 등도 문학계 내부의 종파주의자로 규정되어 축출당했다. 여기서 간과하지 않아야 할 부분은 이들 남로당계 문인의 배척이 단지 정치논리로만 이뤄지지는 않았다는 점이다.

1947년, 당중앙위원회의 결정으로 '고상한 리얼리즘'이 주창된 이후 긍정적 주인공의 형상화가 북한문학의 과제였다. '고상한 리얼리즘'은 문학작품 속에 나타나는 주인공의 인물형상과 관련해 '새로운 조선문화의 창조자로서 노동자, 농민, 인쩰리겐찌야 등 전인민을 긍정적으로 형상화'할 것을 요구했다. 구체적으로는 인물 형상이 '애국적 인간, 즉 주권 확립을 위한 사회적 투사, 민주개혁 및 경제건설에서의 애국적 노동자, 노력 농민 및 인민항쟁의 애국적 투사'로 제시되기까지 했다.

전쟁은 긍정적 주인공의 형상화를 강조한 '고상한 리얼리즘'이라는 문학적 흐름에 균열을 냈다. 그리하여 전후 1950년대 북한문학의 당면 문제를 해결하고자 '사회주의 리얼리즘'의 성격을 둘러싼 다양한 논쟁이 벌어졌다. '리얼리즘, 비판적 리얼리즘, 사회주의리얼리즘의 발생 발전' 논쟁과 '혁명적 대작장편' 논쟁, '천리마 기수 형상' 논쟁 등이 60년대 중반까지 이어졌다. 그 결과 고대중세문학의 전통과 근현대문학의 현재성 사이의 결합 문제, 맑스레닌주의미학의 보편성과 조선적 특수성 사이의 통합 문제, 매 시기를 대표하는 인간형을 찾기 위한 전형화 문제 등, 비평사적·문학사적 쟁점이 백가쟁명을 이루었다.

북한문학은 전후복구시기에 부르주아 미학사상의 잔재 청산을 강렬하게 주창하면서 '전후문학의 특수성에 기반한 사회주의 사실주의의 과업'을 강조했다. 노동계급의 당파성이 미학적 척도로 작용하면서 통일전선을 주창하는 다양한 논의는 부르주아 미학사상의 잔재로 규정되었던 것이다. 그 대표적인 표적으로 남로당계 문인인 임화, 김남천, 이태준이 거론되었다. 임화의 시집『너 어느 곳에 있느냐』와 김남천의 단편「꿀」, 이태준의「농토」는 부르주아미학의 잔재가 남아 있는 대표적인 작품으로 규정되어 젊은 평론가들의 집중적인 비판을 받았다. 따라서 북한문학의 이념은 정치적 맥락 속에서는 남로당계 숙청, 미학적 맥락에서는 '사회주의 리얼리즘' 이념의 형성과정에서 이른바 '부르주아미학 잔재 청산'이라는 명분을 내세워 새로이 구성되었음을 주목해야 한다.

1953년의 전국작가예술가대회는 남로당계 작가들을 축출한 이후 북한문단의 새로운 틀을 짜기 위한 작업이었다고 할 수 있다. 실제로 이 대회를 기점으로 안함광, 한효, 윤세평, 신구현, 김하명 등이 북한문학의 주도권을 잡기 시작했다. 그리고 엄호석, 김민혁, 연장렬, 현종호, 장형준, 강능수, 방연승 등 새로운 세대가 부상했다. 이들 중 엄호석, 장형준, 강능수, 방연승 등은 이후 북한 비평계의 주도세력으로 활약했다.

제도적 측면에서의 변화도 눈에 띈다. 『문학예술』이 『조선문학』 (1953. 10)으로 제호를 바꿔 발행된 것도 전국작가예술가대회 이후였다. 또 신진 작가를 양성하기 위해 '작가학원'을 설립하는 등 북한 문학제도의 기본틀이 형성되었다. 이후 조선작가동맹은 『조선문학』을 중심으로 북한문학을 대표하는 문학예술단체로 발돋움하게 되었다.

작가 현지파견 사업과 사회주의리얼리즘

전후 북한문학은 전쟁 이전의 상태로 북한사회를 재건하는 데 어떻게 기여할 것인가를 고민했다. 더 나아가 이러한 복구과정에서 생산관계를 사회주의적으로 바꿔나가려는 당의 방침을 문학적으로 구현하는 과제를 동시에 안고 있었다. 전쟁은 북한사회 전역을 폐허로 만들었다. 더구나 미국을 중심으로 한 제2차 세계대전 전승국인 연합군과의 전쟁은 북한사회를 참혹할 정도로 피폐하게 했다. 이 와중에서 북한사회가 동원할 수 있는 최대의 동력은 인민들이었다. 인민들의 전후복구 의지와 새로운 사회 건설 의지를 최대한 끌어내기 위해서는 문화예술의 이데올로기적 동원이 필수적이었다. 그래서 이 시기 북한문학은 "전후 복구건설과 사회주의 기초 건설을 위한 우리 인민의 혁명투쟁을 힘있게 고무추동하는 투쟁의 무기로, 생활의 교과

서로서의 역할"을 수행해야 했다.[6]

전후 복구에 문학이 효과적인 역할을 수행할 수 있도록 하기 위해 선택한 제도 중 하나가 '작가 현지파견 사업'이었다. 1950년대의 주목할 만한 문학작품은 대부분 이 '작가 현지파견 사업'의 결과물이기도 하다. 윤세평의 기록에 의하면 전쟁이 끝난 후인 1954년에만 60여명의 작가가 흥남질소비료공장, 청진제철소, 성진제강소 등 대공장과 국영 농목장, 농업협동조합 등에서 '작가 현지파견 사업'의 일환으로 직접 노동을 경험했다고 한다. 1950년대에 신예작가로 부상한 천세봉(千世鳳)도 전쟁 이후 고향인 함경남도 고원에 머물면서 농업협동조합 창설 과정을 직접 관찰했고, 스스로 농업협동조합 준비위원회 위원으로 활동했다. 이때의 경험을 소설화해 『석개울의 새봄』(1~3부, 1955~63)을 발표했는데, 이 작품은 전후복구시기 북한소설을 대표하는 작품으로 꼽힌다. 이근영(李根榮)의 중편소설 「첫 수확」(1956)도 북한 농촌의 협동화 과정을 성공적으로 형상화한 대표작인데, 그도 평남 문덕군에서 2년여 동안 생활한 바탕 위에 이 작품을 창작했다.

전후복구시기의 소설문학에서는 노동계급을 형상화한 작품이 활기를 띠기 시작했다. 윤세중(尹世重)의 『시련 속에서』(1957)는 노동현장인 제철소를 배경으로 중공업 발전의 희망찬 미래를 그린 전후복구시기의 대표작이다. 이 소설은 새로운 노동계급의 주체로 등장한 '림태훈'이 대학의 교원 자리를 마다하고 노동현장에 투신해 제철노동자가 되는 과정을 그렸다. 『시련 속에서』는 전후복구의 기본정책과 깊은 관련을 맺고 있기에 북한문학사에서 주요 작품으로 평가되고

6) 사회과학원 문학연구소 『조선문학사(1945~1958)』(과학백과사전출판사 1977), 298면.

있다. 1950년대 북한사회는 전후의 경제복구를 어떻게 해나갈 것인가에 대해 치열한 논쟁을 벌였다. 중공업을 중심으로 한 자립경제 달성이냐, 경공업을 중심으로 한 인민생활의 향상이냐가 쟁점이었다. 이 와중에서 김일성의 지도노선이 '중공업을 중시하되 경공업과 농업을 동시에 발전시키는 정책'으로 정해졌다. 『시련 속에서』는 이러한 방침을 상징적으로 구현한 장편이기에 북한문학사에 더욱 비중 있게 '전후복구시기 대표작'으로 고평되고 있다.

『시련 속에서』 외에도 노동계급의 전후복구를 서사화한 작품으로 이북명의 「새날」(1954), 유항림의 「직맹반장」(1954), 변희근의 「빛나는 전망」(1954) 「겨울밤의 이야기」(1955) 등이 거론된다. 더불어 농촌의 농업협동화 과정을 그린 작품으로는 강형구의 「출발」(1954), 김만선의 「태봉령감」(1956), 김승권의 「그가 갈 길」(1956) 등이 있다. 『시련 속에서』가 노동계급을 형상화한 대표작이라면, 앞서 언급한 천세봉의 『석개울의 새 봄』(1부, 1957)은 농촌현실을 형상화한 가장 주목할 만한 작품으로 거론된다.

시의 경우, 노동자계급의 창조적 노동생활을 고양하고 집단주의 정신을 시 속에서 어떻게 구현할 것인가가 주요 쟁점이었다. 따라서 서정시 속에서 노동계급의 전형을 창출하기 위해 이야기적 성격이 가미되었다. 이 시기 북한 시문학의 고민을 보여주는 것으로 한명천의 「보통로동일」이 있다.

자, 반장동무여 그어 달라
청년작업반 의무수첩에
오늘도 굵다란 연필로 내 이름 아래 또 한금 힘차게

단 여덟 시간, 이 짧은 나의 로력은
몇만 평의 땅을 기름지우며
몇십 세대의 농민들의 생활을
보다 풍족하게 할 것이니
어찌 내 가슴 흐뭇하지 않으랴

——한명천 「보통로동일」 부분[7]

「보통로동일」은 흥남비료공장 노동자가 시적 화자로 등장해 노동계급의 연대를 강조한 작품이다. 노동자계급의 적극적인 활동이 농민계급의 작업과 연결된다는 인식은 공업의 발전이 경제발전을 선도해야 한다는 북한사회의 의지를 담고 있다. 노동자계급의 헌신성과 연대의식을 통해 당파성을 강조한 이 작품은 1950년대 북한 시의 이상을 구현한 작품으로 거론된다. 「보통로동일」 외에도 정문향의 「새들은 숲으로 간다」(1954), 김우철의 「굴착기」(1958), 석광희의 「로라운전수」(1955) 등이 이 시기의 주요 작품이다.

농촌에서의 사회주의적 협동화 과정을 그린 시도 다수 창작되었다. 정서촌의 「등불」(1954), 류종대의 「노을」(1954), 김북원의 「열두삼천리벌의 새 노래」(1955), 최영화의 「땅」(1955) 등이 협동농장의 생활상을 그린 서정시이다. 이 시기 북한문학사가 주목하는 시집으로는 이용악의 『평남관개시초』(1956), 김학연의 『소년빨찌산 서강렴』(1953), 조벽암의 『삼각산이 보인다』(1956) 등이 있다.

---

7) 앞의 책 319면 재인용.

속도의 정치와 천리마 기수 형상화

천리마운동이 시작된 것은 1957년이었다. 전후복구 3개년 계획 (1954~56)이 끝난 후, 사회주의 경제건설에 박차를 가하기 위해 '천리마운동'이 제기되었다. 천리마운동은 속도를 중시하는 성과주의운동으로, 그 궁극 목표는 사회주의 공업의 토대를 마련하는 것이었다. 비(非)서구지역에서 속도는 근대에 대한 도착적 열망을 불러일으킨다. 서구보다 뒤처졌다는 인식으로 인해 '따라잡아야 한다'는 강박적인 사고가 자리잡게 된 것이다. 물적 자원이 풍부하지 않고 기술적 역량도 축적되지 않은 상태에서 속도를 높이기 위해서는 인적 자원의 동원이 필수적이다. 이런 맥락에서 북한사회도 대중적 열정을 통해 '속도전'을 감행하기 위해 '천리마운동'을 기획했다고 볼 수 있다. 이 운동은 소련의 스따하노프운동(1935)과 중국의 대약진운동(1958)을 닮았다.

천리마운동을 확산시키기 위해서는 도덕성에 기반한 정치적 자극을 강화할 필요가 있었다. 노동자의 자발적이고도 헌신적인 노력을 독려하기 위해 명예심에 호소하는 방법이 동원되었다. 영웅칭호를 통해 노동영웅을 창출하고, 노동영웅들을 최고인민회의 대의원으로 선출해 정치적으로 보상해주기도 했다. 문학과 예술 영역에서도 혁명의식을 고취하고 노동자의 자기희생을 강조하는 작품을 생산하는 것이 중요 과제로 제기되었다. 바로 여기서 사회주의리얼리즘문학의 전형으로 '천리마 기수'가 등장했다.

속도에 대한 강박적 열정은 최영화의 「천리마로!」(1959)에 잘 나타나 있다. 최영화는 "조국이여!/더 빨리 다우쳐 내닫기 위해/네 굽을 안으며 갈기를 날리며/먼 앞날을 주름잡아 나래치는/천리마로 내닫

자 또 내닫자!"라고 노래했다. 천리마는 궁극적 극복의 대상으로 미
제국주의·종파주의·수정주의를 상정했고, 이를 위해 노동계급의 열
정과 속도를 중시했다. '천리마운동'은 천리마 기수라는 노력영웅의
속도전을 통해 전투에 승리하겠다는 의식을 표방한 군중동원체제의
실천 형태였다고 할 수 있다.

소설의 경우 서칠성이라는 청년 건설노동자를 천리마 기수로 형상
화한 김병훈의 「해주−하성서 온 편지」(1960)는 낭만적이면서도 서정
적인 작품이다. 이 작품은 전쟁중 희생된 동료들이 실현하지 못한 이
상을 철길 건설을 통해 이뤄내려는 서칠성의 헌신적인 노력을 그리
고 있다. 무엇보다 이 작품은 1인칭 화자가 편지글 형식으로 서사를
이끌어감으로써 사적인 형식을 통해 '천리마 기수'라는 공적인 내용
을 담아내고 있어 인상적이다.

윤시철의 장편소설 『거센 흐름』(1964)은 건설현장의 과제를 해결해
가는 청년 노동자의 불굴의 의지를 다룬다. 이 작품은 부르주아 잔재
를 청산하지 못한 건설기술 전문가 '리윤서'와 새롭게 부상하는 청년
노동자 '서창주'의 대립을 근간으로 한다. 소설은 발전소 건설에 필요
한 막대한 양의 씨멘트를 지방의 현지 원료를 통해 조달한다는 내용
을 담고 있다. 이 작품은 북한사회가 당면한 과제를 외국의 기술이나
재료의 수입을 통해서가 아니라, 주체적으로 현지에서 조달함으로써
해결해야 한다는 주장을 펼치고 있다. 1960년대초 북한사회가 사회
주의 종주국인 소련과 갈등하면서 이른바 독자노선을 채택한 맥락과
『거센 흐름』의 서사가 맞닿아 있어 이채롭다. 윤시철의 『거센 흐름』
은 문제해결 방식이 다소 낭만적이기는 하지만, 이 작품을 통해 북한
사회가 주체사상을 제창하게 된 배경을 읽을 수 있다.

천리마 기수들을 형상화한 대표적인 단편소설로는 김병훈의 「길동무들」(1960), 권정웅의 「백일홍」(1961), 김북향의 「당원」(1961), 이윤영의 「진심」(1961), 이병수의 「령북땅」(1964), 최창학의 「애착」(1963), 석윤기의 「행복」(1961) 등이 있다. 그리고 중편소설로는 김홍무의 「회답」(1963), 이북명의 「당의 아들」(1961) 등이 주요 작품으로 꼽힌다.

천리마 기수 형상화와 관련해 이 시기 북한문학이 요구한 서정시의 과제는 "천리마의 진군을 다그쳐가는 로동계급의 숭고한 내면세계를 깊이있게 개방"하는 것이었다.[8] 하지만 속도는 필연적으로 내면성과 갈등하게 마련이다. 천리마운동 시기의 북한 시가 과도한 영탄으로 점철되어 있는 것도 '속도에 대한 강박' 때문이다. 그렇다보니 시 속에서 "힘차게 앞으로!" "마음이여!" "기쁨이여!" 같은 감정의 즉각적인 분출이 빈번하다. 도식주의 경향이 엿보이는 대목이다. 1960년대 시의 격앙된 분위기 속에서 오영재의 시는 비교적 차분한 면모를 보여준다. 「조국이 사랑하는 처녀」(1963)는 그 한 예이다.

　　아름답다. 조국이 사랑하는 처녀는 아름다워라
　　네가 손으로 하던 일들이
　　모두 기계로 대신하게 될 때
　　좋은 날과 좋은 해들이 너를 맞아주고
　　너를 안고 조국이 달려가는 미래의 락원에서
　　너는 더 행복한 화원을 가꾸게 될 것이다
　　그때면 그 꽃을 너에 비기며

■
8) 사회과학원 문학연구소 『조선문학사(1959~1975)』(과학백과사전출판사 1977), 130면.

480

사람들은 더 아름다운 노래를 너에게 불러줄 것이다

　　　　　　　　　　　　　—오영재 「조국이 사랑하는 처녀」 부분[9]

　시인은 시적 대상인 농촌 처녀를 차분한 태도로 관조하고 있다. 「조국이 사랑한 처녀」는 북한문학에서 '천리마 기수들이 발휘한 헌신적 노력과 아름다운 품성, 숭고한 정신세계를 노래'한 서정시로 꼽힌다. 이 시는 현재의 노력을 통해 보상받을 미래를 낭만적으로 제시하고 있다. '미래의 낙원'에 대한 희망적 제시는 현재의 고단한 노동을 위무한다. 현재의 고통이 보람찬 행복일 수 있다는 오영재의 시적 태도는 '개인을 뛰어넘는 조국'에 대한 의미부여로 이어진다. 이러한 집단주의적 태도가 '천리마 기수'를 형상화한 시 곳곳에서 발견된다.

　이 시기 천리마 인간상 형상화에 바쳐진 대표적인 시로는 백인준의 「큰 손」(1960), 정문향의 「시대에 대한 생각」(1961), 김상훈의 「인계」(1962), 박호범의 「천리마」(1964) 등과 전관진의 서사시 「흐르라 나의 강아」(1963) 등이 있다. 개인의 정체성을 집단의지 속에서 구현하려 했던 1960년대 북한문학의 태도는 이후 '문학의 정치화'를 공고히 하는 방향으로 나아갔다. 주체문학론이 강조하는 주체성은 '개인의 주체성'이 아니라 '집단의 주체성'이다. 북한사회와 북한문학은 개인을 '사적 인간'이 아닌 '정치적 주체'(혹은 집단적 주체)로 설정하려 한다. 이는 한국전쟁 이후 세계정세의 변화 속에서 내면화된 북한사회의 '방어적 태도'와 연관이 있다. 이러한 방어적 태도가 자기위안을 위해 '혁명적 낭만성'을 과장하는 방향으로 나아가고 있다고 볼 수 있다.

---

9) 오영재 「조국이 사랑하는 처녀」, 『조선문학』 1963년 3월호(조선문학예술총동맹 출판사), 82~83면.

4. 주체문학시대(1967~현재) 북한문학의 쟁점

항일빨치산문학의 전통 발굴과 주체문학의 형성

먼저 주체문학의 형성에서 결정적 계기가 된 1967년의 문학사적 의미부터 살펴보자. 1966년 10월 제2차 당대표자회의가 열리면서 북한사회는 격렬한 변화를 맞는다. 성장 일변도였던 북한 경제가 정체에 빠져 7개년 계획의 목표달성이 불가능해지고, 월남문제 및 문화혁명을 둘러싼 중국과의 갈등으로 국제적 고립 위기에 처하자, 지도부는 난국을 돌파하기 위해 김일성의 개인숭배를 신격화 차원으로 끌어올리고 주민동원체제를 강화하였다.

1967년 5월에 이르면 유일사상체제에 대한 전인민의 동의를 얻기 위한 대대적인 선전작업이 행해지면서 문예계에도 엄청난 정세 변화가 나타난다. 항일 빨치산 회상기가 폭발적으로 소개되면서, 그동안 꾸준히 소개되고 연구되었으나 문예의 전체 위상에서 보면 부분적이었던 항일빨치산문학이 전면적으로 부상된다. 이후 북한문학에서는 김일성의 '항일혁명문학'이 최고 유일의 정통성과 권위를 가지게 되며, 나아가 김일성 가계(家系)의 문학이 발굴, 성역화되면서 '주체문예론으로의 일방통행식 도정'이 시작된다. 다시 말하면 '주체사상이 유일사상체계화'되는 1967년부터 보편적인 사회주의리얼리즘문학에서 멀어지기 시작한 것이다.

이 시기 들어 김일성의 1930년대 항일 빨치산 활동기에 불리고 공연된 운동가요, 촌극, 정치 선동물 등이 발굴되었다. 1960년대 후반 이른바 '혁명가요, 혁명연극, 정론' 등 개별 장르에 속한 작품이 경쟁적으로 발굴되고 여기에 의미를 부여하는 평론과 연구자료가 축적되면서 김일성의 문예사상이 조금씩 그 형태를 드러낸다. 1960년대 초중반 문단의 주된 관심이었던 '혁명적 대작' 창작론의 전범을 찾던 중 바로 이 빨치산 문예물을 이상적 창작물로 떠받들기 시작한 것이다. 빨치산 투쟁 참가자들이 수기를 연재하고 그 과정에서 가요「용진가」나 촌극 대본「피바다」「경축대회」「성황당」등이 발굴되었다(북한 공식문학사에는 이들 작품이 김일성 창작으로 되어 있지만 실상은 수집, 각색, 보급 정도일 것이다). 동시에 김일성의 부모인 김형직과 강반석이 식민지시대에 항일운동을 하면서 창작하고 보급했다는 애국가류와 계몽가사류도 발굴되어 근대문학사 초기의 대표작으로 부각되기에 이르렀다.

1970년대 초기에 들어서서 문학사 인식이 전면 개편되었다. 1930년대 빨치산 활동기의 촌극 대본인「피바다」「꽃 파는 처녀」「한 자위단원의 운명」「안중근 이등박문을 쏘다」등이 문학사적 전통으로 재발견(호명)되며, 1970년대 초중반에 김정일이 주도한 이른바 '문학예술혁명' 과정에서 4·15창작단 등 집단창작팀이 이를 문헌으로 정착시켰다. 이들은 가난하고 평범한 민중(인민대중)이 일제 치하의 엄혹한 현실 속에서 김일성 빨치산부대의 투쟁을 중심으로 혁명대열에 참여하는 과정을 그리고 있다.

「꽃 파는 처녀」에서는 농촌의 한 가정을 중심으로 일제의 탄압과 지주들의 횡포로 부모를 잃은 여주인공이 조선혁명군의 대원이 된 오빠의 도움으로 시련을 이겨내고 혁명투쟁에 나서는 과정이 그려진다. 또한「피바다」는 일제 침략으로 남편을 잃은 아낙네가 공작원을 살리기 위해 아들마저 잃게 되나 강인한 의지로 혁명투쟁에 나선다는 이야기이며, 「한 자위단원의 운명」은 일제의 강압으로 친일조직인 자위단에 끌려간 남자 주인공이 소극적이고 순응적인 태도에서 벗어나 일제에 대항하여 유격대에 참여한다는 이야기이다. 이 작품들은 수령이 영도하고 노동계급이 앞장서 인민을 투쟁에 동참시킨 북한식 혁명투쟁을 그려냄으로써 그들을 계급적으로 각성시킬 뿐 아니라, 인민의 요구와 참여로 만들어졌다는 점에서 주체문학의 전형이라는 평가를 받는다.

항일혁명문학예술은 기억 속의 촌극 대본으로 구전된 1930년대 빨치산 문예물이 1970년대초에 장편소설, '피바다식 가극'(북한식 오페라), '성황당식 혁명연극'(북한식 연극), 무용, 영화, 종합공연물 등으로 정착된 것이다. 따라서 이들이 유일한 문학사적 전통이라 강변되지만 정치적 목적에 따라 문학사적 전통이 거꾸로 재규정되는 자기모순을 드러낸다는 점을 간과할 수 없다. 게다가 신파조 줄거리를 물량 위주의 대작으로 과장하는 대작주의적 허세 등의 한계까지 더해 민족문학과 리얼리즘의 대의에서 상당히 벗어났다고 아니할 수 없다.

항일혁명문학예술의 발굴 그리고 문헌 재창작과 병행해서 1970년대엔 수령형상문학도 자리잡게 된다. 당의 유일사상체계, 전체 사회의 주체사상화를 내세우는 시대 분위기 속에서 김일성을 찬양하는 송가(頌歌)문학이 정착된 것이다. 대표작으로 정서촌의 「어버이 수령님께 드리는 헌시」, 집체창작 「영원히 빛나라 충성의 해발이여」, 김상오의 「나의 조국」 등이 있다.

상대적으로 비중은 작지만 최학수의 『평양시간』(1976), 변희근의 『생명수』(1978), 오대석의 「로장의 말」, 동기춘의 「우리 모두 다 쟁취하리라, 3대혁명 붉은 기를」처럼 1970년대 사회주의 현실을 소재로

한 시, 소설도 꾸준히 창작되었다. 이들 작품은 3대혁명 기수들과 3대혁명 소조원, 숨은 영웅들을 비롯한 각 분야의 1970년대적 인간상을 그려냈다. 또한 과거 친일지주와 소작인 등 선악으로만 구분되던 인물 평가에서 한발 나아가, 생산성 향상 문제가 대두함에 따라 모범적·긍정적인 인물로서 노동영웅을 이상화하는 경향을 보여준다.

사회주의 현실과 수령론 사이

1980년대 이후에는 당대 현실을 사실적으로 그린 작품이 많이 나왔다. '사회주의 현실'을 소재로 한 리얼리즘 작품은 이전처럼 영웅적 인물의 형상화라는 창작지침에서 벗어나 일상생활 속에서 평범하고 진실한 인물을 그려내자는 '숨은 영웅 찾기'에 주력한다. 이를 긍정적으로 해석하면 개성과 철학적 심도를 지닌 '사상예술성'의 강화가 창작에 적극 반영되었다고 볼 수 있다.

사회현실의 이면을 사실적으로 묘사하고 생활 속에서 '숨은 영웅'을 찾는 1980년대 대표작으로는 남대현의 『청춘송가』(1987), 림종상의 「쇠찌르레기」, 백남룡의 『벗』(1987) 「생명」, 박찬은의 「해빛」(1985)과 김봉철의 「그를 알기까지」(1981), 변희근의 「뜨거운 심장」(1984) 등이 있다. 문학 본연의 내적 자율성과 체제유지를 전제로 한 자기반성이 어느정도 허용되자 남녀간의 애정, 직장 갈등, 이혼, 도농 격차, 세대갈등 같은, 예전 혁명영웅과는 거리가 있는 일반인들의 일상사에 더 많은 관심을 기울이게 되었다. 백철수의 『넘원』(1987) 같은 작품에서는 주인공 청년 과학자와 기술자가 당과 수령에 대한 충성심이 강하고 창조적 지혜와 열정을 지닌 인물로 그려지며, 사회 최말단 현장의 민중은 혁명적 열정을 간직하고 있는 데 반해 중간관료가 문제라는 식으로 사회갈등이 설명된다.

민족문학사의 시각에서 볼 때 1980년대 후반기 문학의 다양함과 이념적 유연성은 주목할 만하다. 특히 남한 독자들에게도 인기 있었던 『청춘송가』나 『벗』은 일상의 리얼리즘에 근접했으며, 서정적이고 낭만적인 정조 속에 구세대의 관료주의적 부정부패에 대한 비판과 신세대에 대한 희망을 담았다. 청춘남녀의 사랑, 그 속에서도 과학기술자로서의 자긍심을 잃지 않는 새로운 인간상은 북한문학사 전체 흐름에서도 이념적 유연함이 유독 도드라져 보인다. 사랑이란 기성 열매가 아니고 신세대가 자신의 손으로 가꾸고 창조할 수 있는 것이라는 단순한 문제의식도 우리에겐 신선하게 다가온다.

분단과 통일, 반외세를 주제로 한 문학은 1980년대 이전의 맹목적 반미투쟁과 영웅적 이상화에서 벗어나 분단 때문에 겪는 현실적 애환을 세심하게 그리는 경향으로 변화한다. 림종상의 「쇠찌르레기」처럼 이산가족의 아픔을 형제애로 그림으로써 민족적 휴머니즘을 중심에 둔 작품도 있지만, 대부분은 북한체제 옹호에 급급한 한계를 벗어나지 못한다. 가령 권정웅의 『푸른 하늘』처럼 남한 현실을 악의적으로 과장되게 비판하거나, 김석주의 「떠나선 못 살아」, 설진기의 「조국과의 상봉」같이 해외동포의 현실적 애환을 북한에서 다 해결해준다는 식으로 그리거나, 리종렬의 「산제비」, 남대현의 「상봉」처럼 남북교류를 자기중심적으로 다루는 문제도 드러낸다.

사회주의 현실을 다룬 1980년대 대표 시로는 간척사업을 그린 권태여의 「사랑의 지평선」, 3대혁명소조원의 심정을 그린 한기운의 「하나의 목소리」, 오영재의 「대동강」, 백하의 「불타는 해」 등이 대표적이다. 바다를 육지로 만드는 간척사업을 형상화한 「사랑의 지평선」

(1982)은 "~보라구/제발로 나한테 오고야 말걸//~아이참, 내가 시집을 왔나요? 뭍이 섬으로 왔지" 하는 유머 넘치는 대화식 시구를 통해 북한 특유의 생활화된 서정과 낭만의 한 경지를 잘 보여준다. 같은 서정시라도 박희구의 「위대한 심장을 지녀」, 전동우의 「지새지 말아다오 평양의 밤아」 등이 정치색 짙은 상투적 애국주의를 불러일으킨다면, 그 반대쪽에 자연 풍치 그 자체를 민족적 정서로 노래한 유영하의 「진주담」(1987) 같은 수준작도 있다. 금강산 풍광을 그린 다음 구절을 보면 정교한 언어구사와 빼어난 서경 묘사에서 북한 시의 한 수준을 볼 수 있다.

아깝게 흘러가는 억만구슬/알알이 다 모아/금강산에 진주봉을 더 세워볼가/사방을 둘러봐도 빈 자리가 없구나//봉이 봉이 만이천 봉에/아름다운 진주구슬로/또 한 봉이 쌓은들/금강산엔 혹이 되려니

이처럼 1980년대에 다양하게 개화한 현실을 주제로 한 리얼리즘 작품들의 성과와 함께 역사소설의 성과도 빼놓을 수 없다. 대표적 역사소설로는 셔먼호 사건을 다룬 박태민의 『성벽에 비낀 불길』(1983), 박태원과 권영희의 『갑오농민전쟁』(1977~86), 삼포왜란을 그린 홍석중의 『높새바람』(1983), 임진왜란을 그린 리영규의 『평양성 사람들』(1981) 등이 있다. 이중 수령론, 주체사상에 침윤되지 않고 민중이 역사의 주역이라는 인식을 방대한 서사시적 화폭과 화려한 한글문체로 형상화한 박태원의 역사소설 『갑오농민전쟁』이 가장 우수한 성과라 할 수 있다.

하지만 1990년대 중반 '고난의 행군'으로 지칭되는 사회주의체제 붕괴 위기 이후 1980년대 같은 문학적 다양화, 유연성은 시나브로 사라지고 체제옹호적 이념성이 다시금 강화되었다. 사회주의 현실의 다양한 형상화보다 수령 형상이 더욱 늘어난 것이 문제이다. 수령형상문학의 대표작인 '불멸' 총서가 그 정점이라 할 것이다. 1930년대부터 해방 전후, 사망시까지 김일성의 일대기를 수십편의 장편소설 씨리즈로 내는 방대한 분량의 '불멸의 력사' 총서에 이어, 김정일의 일대기를 그린 '불멸의 향도', 김정숙의 일대기를 그린 '충성의 한길에서' 총서 등이 때로는 집체창작으로 때로는 개인창작으로 계속 나왔다. 이들 씨리즈는 북한 공식문학사의 대표로 지칭되는 대작형 수령형상문학이지만, 일종의 '건국 이야기'이자 왕실 찬가에 가깝다. 조선조 '악장(樂章)'문학에 비견될 전근대적인 발상의 산물이기에 민족문학사의 전면에 내세우긴 어렵다. 외면하긴 쉽지만 객관적 자리매김이 어려운 수령문학을 어떻게 평가할 것인가 하는 문제야말로 우리 민족문학사 서술의 주요 쟁점이라 아니할 수 없다.

2천년대 들어 민족문학의 대의와 리얼리즘에 충실한 1980년대적 경향은 더이상 발전하지 않고 있으며 대표작도 그리 눈에 띄지 않는다. 식량난, 에너지난으로 대표되는 체제 위기 속에서도 나남지역 탄광지대 사람들의 자력갱생을 그린 김문창의 『열망』이나 7·1 신경제관리체제 이후 변화하는 농촌 현실을 다룬 변창률의 「영근 이삭」 등이 그나마 북한 현실을 제대로 드러냈다고 할 수 있다. 변창률 이외에도 한웅빈, 최련 등의 단편소설에서 1920년대 신경향파 소설 수준으로 '고난의 행군' 시기 전후의 현실을 사실적으로 형상화한 편린을 발견할 수 있을 뿐이다. 시에서도 이미 사망한 김일성이 살아 있다는 수령영생론을 펴는 대작 추모시를 쓰는 김만영의 장시가 있는데, 그 반대편에 있는 사회주의 현실을 서정적으로 함축하는 노력을 보이는 렴형미의 단편 서정시가 돋보이는 정도다.

5. 남는 문제들: 선군문학의 현실과 문학사 통합의 이상

해방에서 전쟁, 그리고 1950, 60년대는 남북한을 막론하고 혁명의 시기였다. 해방후 북한사회는 소련군정의 지원으로 좌익 인민단체들이 친일 반민족세력 척결과 계급성에 바탕을 둔 인민민주주의 문화 건설을 지향하는 인민정권을 수립했다. 정권의 주체는 항일무장투쟁의 경력을 지닌 김일성 일파를 비롯한 연안파, 소련파 등의 좌익정파와 이들의 사회개혁을 지지하는 노동자 농민 계급이었다. 특히 토지개혁 조치로 토지를 분여받은 소작농은 인민정권의 가장 강력한 지지계급이었다. 이후 한국전쟁을 거치면서 북한사회는 급격히 남로당 세력을 배제하고 김일성 중심으로 재편되었다.

북한문학은 이러한 해방정국과 인민정권 출범, 그리고 북한체제의 고착화와 보조를 맞추며 당의 지도를 받는 국가사회주의하의 체제문학으로 기획되었다. 조선문학예술총동맹은 재북 좌익문인들과 남한에서 월북한 좌익·진보문인들을 주축으로 결성된 대표적인 문학예술단체였다. 이들은 근대문학의 전통을 비판적으로 계승하는 한편, 계급성에 기반을 둔 인민민주주의 문화 건설을 지향했다. 북한문학의 이러한 출발점에는 근대문학의 분화와 함께 냉전구도의 고착이라는 해방정국이 가로놓여 있었던 것이다. 그러다 전쟁후인 1953년 9월

제1차 전국작가예술가대회가 개최되면서, 북한 문단은 새롭게 재편되었다.

이후 북한문학은 개인의 문학이 아닌 체제문학으로서의 성격을 강화하며 당과 국가, 인민의 이익을 적극 반영하는 '정치의 문학화'로 전개되었다. 이 행로야말로 남한문학과 뚜렷한 차이를 보이는 대목이다. 북한문학의 소산들은 작가 개인의 창작임에도 불구하고 당의 정책과 국가 이념을 적극 반영하여 인민의 이익에 봉사하는 문화적 실천에 가깝다. 북한문학이 정세변화와 관련된 시대변화를 적극 반영한 것은 일견 당연했다. 그 결과 북한문학은 '천리마 기수 형상화' 같은 공산주의 이념에 충실한 도덕적 인간상을 재생산하는 도식성을 보이기도 했다. 해방 직후 형성된 문학의 새로운 가치를 평가할 때 사상성과 계급성을 준거로 삼았으며, 그에 따라 전사회적 동원체제 안에서 사상과 교양을 계몽하는 속성을 강화해나갔다.

북한문학은 또한 항일혁명문학예술의 혁명적 전통을 계승·발전시키는 것을 가장 중요한 과제로 내세웠으며, 당의 문예정책 또한 혁명사상의 구현을 목표로 하여 문예 창작과 비평에서 혁명성이 최고의 가치로 인정받았다. 그러나 혁명성과 사상성, 선전적·선동적 기능을 강조하는 특성으로 인해 1967년 이후 작품 구성과 인물 성격의 형상화에서 도식화·경직화·신성불가침의 고정된 틀을 되풀이하는 역효과를 초래했다. 혁명적 영웅의 이상화, 비노동계급 인물형상의 고정화, 선악/신구/자타의 도식적 대립, 김일성 부자의 개인숭배 성향, 주체사상에 대한 무조건적 찬양, 행복한 결말 등이 그 도식성의 주된 내용이다.

현재 북한에서는 '주체사실주의' 창작방법을 내용으로 한 김정일시대의 주체문학과 체제붕괴 위기를 군대를 통해 돌파하려는 '선군문학'이 중심이다. 그들 스스로 그 핵심을 사람, 인민대중의 자주성에 기초한다고 주장하지만, 실은 '수령에 대한 충실성'이 가장 중시되는 듯하다. 공식 대표작으로도 김일성, 김정일의 일대기를 대하 연작소설로 그린 '불멸의 력사' '불멸의 향도' 총서를 내세우는데, 이는 봉건왕조의 왕실 찬양, 개인숭배 문학이라는 평가를 받는다. 물론 일반 민중의 생활감정을 다룬 세태소설과 신파조 드라마도 많이 나와 있지만, 시적 감수성과 소설적 갈등 어딘가에는 반드시 수령에 대한 충성심이 간접적으로라도 끼어든다. 1990년대 이후 세계사에서 현실사회주의가 거의 소멸하다시피 했는데도 북한이 여전히 혁명의 중심이라는 허장성세가 담긴 리종렬의 『평양은 선언한다』, 박윤의 『총대』에서 엿보이는 사고방식이 여전히 위력을 발휘한다는 데 문제의 심각성이 있다.

1990년대초 문학의 경향이 '사회주의 현실 주제'를 중시함으로써 상대적으로 다양한 내용이 나타난 데 비해, 1994년 김일성 사망 후 3년간의 유훈통치기와 이후의 체제 위기('고난의 행군' 시기) 동안 북한의 문예이념과 정책, 작가조직과 실제 창작 경향은 조금씩 변화하는 변모를 보였다. 1990년대 중반에 오면 수령형상문학의 자장 내에서 '수령영생문학'이라는 독특한 형태의 추모문학과 그 연장선상에서 '단군문학'이 변주, 반복되었다. 2000년을 지나면서는 군부를 노동계급보다 우위에 놓는 '선군(先軍) 정치'와 그에 따른 '선군혁명문학'이 제시되어 오늘에 이르고 있다.

선군혁명문학은 고난의 행군으로 불리는 1990년대 중후반의 체제붕괴 위기의 극복을 반영하는 문학적 슬로건이며, 수령형상문학론의 현실적 변이 형태라고 할 수 있다. 따라서 통일문학사의 기준으로 볼 때 북한의 주체문학, 그 현실적 변이 형태인 선군문학은 대부분 민족문학사의 반열에 올려놓기 어려운 측면이 있다. 다만 민중사적 시각을 견지하면서도 멜로드라마적 요소와 민족적 형식을 떠올릴 문체 수준을 보인 홍석중의 『황진이』, 김혜성의 『군바바』 같은 역사소설이나, 비전향장기수의 북한 정착기라 할 남대현의 『통일련가』 등에서 1967년 이전의 사회주의리얼리즘미학이나 1980년대식의 유연한 사고를 연상할 수 있어 희망을 갖게 한다. 앞으로 이들 작품을 중심으로 '민족문학과 리얼리즘'에 입각한 통일문학사가 서술되길 기대한다. 이를 통해 남북문학사의 통합도 궁극적으로 가능하리라 전망한다.

이제 민족문학과 리얼리즘의 대의에 따라 문학사의 어느 시기에는 북측 성과를 강조하고 어느 국면에선 남측 성과를 부각하면서 서술하는 가운데 남북문학사를 통합적으로 인식하는 노력이 필요하다. 가령 민중사적 역사소설의 문학사를 통시적으로 기술할 때, 그 근대적 원천으로 1930년대 홍명희의 『임꺽정』을 정점에 놓고, 그 문학사적 지류가 북에서는 『두만강』『대하는 흐른다』『고난의 역사』『갑오농민전쟁』『황진이』로, 남에서는 『토지』『장길산』『태백산맥』『아리랑』으로 흘러왔다고 보는 관점이다. 이렇게 되면 60여년 전 갈라진 반쪽 문학사를 단순히 재결합하는 수준이 아니라, 한반도의 평화문학이라는 새로운 의제를 던짐으로써 세계문학사 발전에 기여할 수 있을 터이다.

: 유임하 · 오창은 · 김성수 :

●더 읽을거리

북한 주체문론론과 관련된 대표적인 이론서로는 사회과학원 문학연구소 『주체사상에 기초한 문예리론』(평양: 사회과학출판사 1975); 한중모 · 정성무 『주체의 문예리론 연구』(사회과학출판사 1983); 김정일 『주체문학론』(조선로동당출판사 1992) 등이 있다.

1945년 이후 건설기 북한문학을 개괄하는 데 도움이 되는 1차자료로는 엄호석 외 『해방후 10년간의 조선문학』(평양: 조선작가동맹출판사 1955); 윤세평 외 『해방후 우리 문학』(조선작가동맹출판사 1958); 과학원 언어문학연구소 문학연구실 『조선로동당의 문예정책과 해방후 문학』(평양: 과학원출판사 1961); 1949년부터 발간된 『조선중앙연감』(조선중앙통신사) 들을 참조할 수 있다.

북한의 대표적 문학사 문헌은 다음과 같다. 과학원 언어문학연구소 문학연구실 『조선문학통사』 하권(1900~전후시기)(평양: 과학원출판사 1959. 11; 서울: 인동출판사 1988); 김하명 · 류만 · 최탁호 · 김영필 『조선문학사』(1926~1945)(과학백과사전출판사 1981; 열사람 1988); 사회과학원 문학연구소 『조선문학사』(1945~1958)(과학백과사전출판사 1978); 사회과학원 문학연구소 『조선문학사』(1959~1975)(과학백과사전출판사 1977); 은종섭 『조선문학사』 2권(김일성종합대학출판사 1982); 박종원 · 류만 『조선문학개관』 2권(1926~)(사회과학출판사 1986). 최근에 새로 나온 90년대판 문학사는 다음과 같다. 류만 『조선문학사(8)항일혁명문학』(사회과학출판사 1992); 오정애 · 리용서 『조선문학사(10)평화적 민주건설시기』(사회과학출판사 1994); 김선려 외 『조선문학사(11)조국해방전쟁시기』(사회과학출판사 1994); 리기주 『조선문학사(12)전후복구시기——사회주의 건설 초기』(사회과학출판사 1999); 최형식 『조선문학사(13)——사회주의 전면적 건설기』(사회과학출판사 1999); 천재규 · 정성무 『조선문학사(14)——1970년대시기』(사회과학출판사 1996); 김정웅 · 천재규 『조선문학사(15)——주체사상화 위업시기』(사회과학출판사 1998).

남한의 북한문학 연구서로는 김윤식『해방공간의 문학사론』(서울대 출판부 1989);『북한문학사론』(새미 1996); 신형기『해방 직후 문학운동론』(제3문학사 1988); 김승환『해방공간의 현실주의문학 연구』(일지사 1991); 김재용『북한문학의 역사적 이해』(문학과지성사 1994);『민족문학의 역사와 이론 2』(한길사 1996);『분단구조와 북한문학』(소명출판 2000); 신형기 · 오성호『북한문학사』(평민사 2000); 김성수『우리 문학과 사회주의리얼리즘 논쟁』(사계절 1992);『통일의 문학, 비평의 논리』(책세상 2001); 동국대 한국문학연구소 편『북한의 문학과 문예이론』(동국대 출판부 2003); 북한연구학회 편『북한의 언어와 문학』(경인문화사 2006); 이화여대 통일학연구원 편『북한문학의 지형도』(이화여대 출판부 2008) 등이 대표적이다.

북한문학의 위상과 문학사 통합을 쟁점화한 논문으로는 김성수의「북한 현대문학 연구의 쟁점과 통일문학의 도정」,『어문학』91(한국어문학회 2006) 등이 있다. 북한의 비평자료는 이선영 · 김병민 · 김재용 공편『현대문학 비평자료집』(태학사 1993)이 유용하다.

여성의 관점에서 본
근·현대문학사의 (재)구성

1. 여성문학 연구의 현재

여성문학 연구자는 주로 문학 텍스트에 내재된 성정치학을 발견하고 기술하는 일을 한다. 텍스트에도 성별이 있는가, 성차라든가 쎅슈얼리티와는 전혀 관련이 없는 듯한 텍스트를 여성의 시각에서 읽었을 때 얻을 수 있는 효과는 무엇인가, 등이 여성문학 연구가 관심을 기울이는 문제이다.

여성문학론이 본격적으로 우리사회에 소개된 1980년대 이후 문학연구 방법론이자 실천담론으로서 여성문학론은 당대의 지배적인 담론과 건강한 긴장관계를 유지해왔다. 국문학 연구 분야에서 여성문학 연구는 1980년대 중반 무렵부터 몇몇 연구자들에 의해 산발적으로 진행되다가, 1990년대 중반 이후 기존 국문학 연구 방법론을 혁신하고 문학사의 시각을 교정하고 넓힐 수 있는 대안으로 여겨지게 되었다. 1990년대 근대 비판과 근대 이후를 모색하는 움직임들 속에서 여성문학론은 탈근대 기획을 대표하는 문학이론으로 자리잡는다. 탈근대담론은 동일성보다는 차이, 통일성보다는 다양성이 빚어내는 틈과 균열에 주목했고, 그 와중에 여성문학론은 탈근대담론이 내세우는 차이의 정치를 효율적으로 수행할 수 있는 이론으로 여겨졌다.

여성문학 연구는 1990년대 후반, 2천년대 들어서면서부터 근대성의 성별을 묻는 과정에서 신여성담론 연구를 촉발시켰다. 그 결과 근대 초기 여성작가들의 재조명과 함께 『신여성』 『여성』 같은 식민지시대 여성잡지에 드러난 젠더정치에 관한 유의미한 연구성과를 내기도 했다. 이같은 매체 연구는 일제시대를 넘어 1950, 60년대로 그 대상을 확장해가는 추세이다. 이 과정에서 여성문학 연구는 문화 연구, 문학제도 연구로까지 확장되고 있다. 범박하게 말해 1990년대 여성문학 연구가 여성성, 여성적 글쓰기, 여성작가들의 작품 발굴과 재해석을 중심으로 이루어졌다면, 2000년대 여성문학 연구는 기왕의 연구성과를 수렴하면서 문학제도사와 일상사, 문화사 등 학제간 연구로 그 범위를 넓히고 있다. 또한 근대성, 민족주의, 식민주의, 파시즘 등을 젠더정치학이나 젠더 위계질서와 관련하여 조망하는 작업이 활발하게 진행되고 있다.

이와같은 최근의 연구 경향은, 여성문학 연구가 남성중심의 문학제도와 이른바 정전(正典)으로 불리는 남성작가 위주의 작품으로 기술되어 있는 문학사에 대한 저항에서 시작되었다는 본래 정신에서 크게 벗어나지 않는다. 보편적이거나 객관적인 연구방식이 남성중심의 젠더정치학에 기반해 있다는 사실을 비판하면서 여성의 관점에서 이론들을 재입론화하는 것을 이론을 젠더화하기(gendering)라고 부른다. 마찬가지로 국문학 연구에서도 젠더에 무관심한(gender indifferent) 기존 연구 태도에서 벗어나 젠더에 민감한(gender sensitive) 연구가 자리잡기 시작한 것이다.

이 글은 국문학 분야에서 여성문학사나 여성문학 연구의 전개과정을 원론적으로 되짚어보지는 않을 것이다. 그보다는 여성 혹은 젠더의 관점에서 국문학 연구 분야에 개입하는 여러 양상들을 크게 민족, 식민성과 젠더정치학 간의 관련성, 여성문학 장(場)의 형성과정, 여성성과 여성적 글쓰기 등 여성주의 시학을 재고찰하는 문제로 나누어 살펴볼 것이다.

2. 민족·젠더·문학

최근 여성문학 연구는 기존 문학사를 여성의 시각으로 비판하고 재해석하는 데에서 한 단계 나아가 우리 근대문학사와 문학제도를 젠더정치학으로 보려고 한다. 근대문학 텍스트를 추동한 내적 동인을 여성(성)의 배제/포섭 같은 젠더정치학에 입각해 분석하는 관점은 텍스트를 좀더 역동적으로 해석할 수 있는 여지를 제공한다.

민족과 젠더가 관계를 맺는 다양한 동학(動學)의 핵심은 민족담론이 성차 관념에 기반해 자기를 증명하는 방식을 취한다는 것이다. 여성문학은 근대의 산물이자 상상의 공동체인 민족-국가가 남성성의 형식이자 이를 재생산하는 기제이고, 여성은 이 민족-국가의 형성원리에 선택/배제라는 중층적인 방식으로 전용되고 있다는 것, 한국

근대문학은 남성(성)의 형식을 갖추기 위해 고투하는 과정에서 여성(성)을 결락된 것, 열등한 것, 남성 주체의 식민지 무의식을 감추기 위한 기제로 전용해왔다는 점을 규명해왔다. 그 예로 식민지시기 문학이나 1970년대 민족문학에서 여성성이나 모성성을 민족의 전통을 상징하는 것으로 신비화하거나 민족의 수난을 '여성 수난사'에 빗대어 표현하는 한편, 여성(성)을 감성, 비합리성, 야만성 같은 열등한 계열체로 재현함으로써 타자화하는 양가적인 전략을 취한 것을 들 수 있다. 여성(성)은 민족/국가—남성성의 위기를 극적으로 드러내기 위한 보충물로 기능하며, 이 과정에서 피식민지 여성은 민족적, 성적으로 식민화된다.[1]

하지만 남성 주체가 자신의 '식민성'을 여성에게 투사하는 이른바 '이중의 식민성'으로만 한국문학사 전체를 해석하는 것은 지나친 일반화이다. 이는 제국주의와 식민지의 차이를 설명하지 못할 뿐만 아니라 제국의 여성과 식민지 여성의 차이, 식민지 여성 내부에서 계층이나 지역, 교육 정도, 내면화든 의식적으로든 받아들인 이데올로기의 입지점 등에 따라 빚어지는 다양한 차이들을 간과하고 있기 때문이다.

그럼에도 불구하고 민족주의담론을 (초)남성적인 담론으로 규정하고, 그것이 여성을 배제하는 동학을 밝히는 데에 한국 여성문학 연구가 정향되어 있는 까닭은 무엇인가. 첫째, 이런 관점이 한국의 특수

1) 이에 대해서는 다음 글에서 주로 다루었다. 권명아 「여성 수난사 이야기, 민족국가 만들기와 여성성의 동원」, 『여성문학연구』 7호(한국여성문학학회 2002); 김양선 「식민시대 민족의 자기 구성방식과 여성」, 『근대문학연구』 8호(한국근대문학회 2003); 최정무 「한국의 민족주의와 성(차)별 구조」, 일레인김·최정무, 박은미 옮김 『위험한 여성——젠더와 한국의 민족주의』(삼인 2001).

한──하지만 제3세계나 아시아적 경험에서는 보편성을 띤──'식민지'근대의 무의식을 해석하는 유효한 단서를 제공하기 때문이고, 둘째, 식민시기와 그 이후 시기를 연속적인 관점에서 파악할 수 있는 틀이 되기 때문이다. 민족이 강제로 지워진 시기이든, 민족을 강제로 재기입하는 시기이든, 이같은 삭제와 재기입의 방식에서 여성이 식민화-탈식민화-재식민화 과정을 거치면서 남성(성)의 형성에 전유되었다는 것은, 부정적으로나마 연속적인 관점에서 문학사를 파악하려는 시도에서 흥미로운 관점이 아닐 수 없다. 또한 이같은 작업은 우리 근대문학의 식민성과 탈식민성의 동학을 밝히는 데 의미심장한 기여를 했다. 하지만 이러한 일종의 구성주의적 방법론은 주체가 지배질서와 담론에 한편으로는 순응하고 다른 한편으로는 저항하면서 틈새를 만들고 자기 목소리를 낸다는 점에 대해서는 무심했던 것이 사실이다.

여성은 한편으로는 민족의 자기구성에 동원되었고, 다른 한편으로는 민족이 설정한 배타적인 경계를 벗어나고자 했다. 따라서 민족과 근대, 여성 사이에 차별과 억압, 강제만이 아닌 경합과 협상, 동조, 침묵의 다양한 스펙트럼이 존재한다는 것을 역동적이고 세밀하게 드러낼 필요가 있다. 가령 근대문학사뿐만 아니라 여성문학사에서도 문제적 시기라 할 수 있는 일제 말기를 보자. 강경애, 백신애, 박화성, 최정희, 모윤숙, 노천명 등 이 시기를 대표하는 여성작가들이 민족/국가와 여성(성)을 그리는 방식은 각각 다르다. 모윤숙이 '여성도 전사'로서 남성의 자리를 대신할 수 있다는 입장에서 일제의 국가주의에 적극 동조했다면, 최정희는 여성(성), 모성성을 강조하며 국가주의에 귀속되었다. 자발적으로 제국의 신민이 되는 길을 택했던 이들도 여성(성)을 배제하느냐 포섭하느냐에 따라 차이를 보인다.[2] 그런가 하면 강경애나 백신애는 여성이 체험하는 가난을 주로 그림으로써 국가주의와 식민주의를 우회적으로 비판하는 방식을 택했다. 이들보다 조금 늦게 등단한 지하련은 지식인 여성의 내밀한 심리와 욕망을 일관되게 그렸다. 민족/국가의 문제를 말하지 않으면서도 여성의 관점에서 경험한 근대를 서사화했다고 볼 수 있다. 다시 말해 민족문제와 젠더문제는 상호 배리되지 않으며, 젠더문제가 민족문제의 보충물도 아니다. 따라서 여성의 역사적 경험의 차이를 적극적으로 해석하고 민족문제와 젠더정치가 결합하거나 경합하는 양상을 복합적으로 사고하는 것이 무엇보다 중요하다.[3]

3. 여성문학사 서술의 과제: 여성문학 장(場)의 형성원리 규명

근대성과 식민성에 대응해온 여성 주체의 목소리를 발견하는 작업은 그동안 문학사에서 소외된 여성작가를 복원하거나 새롭게 평가하고 다양한 계층, 다양한 세대 여성들의 이질적인 목소리들을 분석함으로써 가능하다. 하지만 그것은 궁극적으로 기존 문학사와 '같으면서도 다른' 여성들의 자기 서술의 역사, 여성문학사의 서술로 이어져야 할 것이다.[4] 또한 한국의 '근대문학'장이 탄생, 구성, 확립되는 과

---

2) 이에 대해서는 다음 논문에서 다루었다. 이상경 「식민지에서의 여성과 민족의 문제——일제 파시즘하의 최정희와 임순득」, 『실천문학』 69호(2003년 봄); 이선옥 「여성해방의 기대와 전쟁동원의 논리」, 『친일문학의 내적 논리』(역락 2003).
3) 이선옥 「우생학에 나타난 민족주의와 젠더정치」, 『실천문학』 69호, 95면.
4) 이경하는 여성문학사 서술의 의의는 자국의 문학사를 인식하는 새로운 시각을 마

정에서 여성의 개입과 배제가 어떻게 이루어졌으며 문학장 속에서 '여성'이라는 개념이 어떻게 구축되었는가를 살펴보는 작업이 병행되어야 한다. 그것은 '여성문학'이라는 근대문학의 하위범주이면서도 상대적으로 독립적인 문학장의 형성, 여성문단과 여성문학 정전으로 대표되는 문학제도의 형성과 정착과정을 분석하는 작업이기도 하다.

　이같은 과제를 해결하기 위해서는 다음과 같은 질문에서 출발해야 한다. 여성문학사 서술에서 문학제도 연구는 왜 필요한가, 다시 말해 여성문학제도라는 문제설정은 타당한가, 기존 문학제도와 여성문학제도는 어떤 면에서 동질성과 이질성을 보이는가, 문학제도 연구에 젠더 관점이 왜 필요한가?

　근대 여성작가의 탄생은 근대 문학제도의 형성과정과 밀접한 관련이 있다. 근대 초기 매체를 통한 글쓰기 활동, 문학이 독자적이고 자율적인 제도로 분화된 징표라 할 수 있는 1920년대 문학동인지와 문예지의 등장 이후 본격적으로 전개된 문학적 글쓰기 행위는 성별과

──

련하고 그것을 다시 쓰는 일이라고 말한다. 또한 여성문학이라는 범주의 독립, 별도의 여성문학사 서술이 현재 문학 연구 판도 내에서 여성을 주변화시킬 위험이 없지 않지만, 남성중심의 문학사를 극복하고 궁극적인 단계로서 '젠더문학사'로 나아가기 위한 전 단계로 여성문학사 서술이 필요하다고 주장한다. 최기숙 역시 젠더적 관점으로 문학(사)를 독해해온 작업들은 기존의 문학사 이해에 저항/도전하는 작업 또는 기존의 문학사를 보완하는 보조적 방법론이 아닐뿐더러, 문학 개념 자체를 재정의하고 그에 따라 문학사를 재구성해야 한다는 적극적인 문학 연구의 필요성을 제기한다고 본다. 필자 역시 이같은 관점에 동의하며 여성문학 장의 형성원리를 규명하는 일종의 제도 연구가 그 구체적인 방법이 될 수 있다고 본다. 이경하 「여성문학사 서술의 필요성에 관하여」, 『여성문학연구』 11호(한국여성문학학회 2004), 396~97면; 최기숙 「젠더비평: 메타비평으로서의 고전 독해──고전 서사의 젠더 비평적 독해를 위한 방법론적 고찰」, 『한국고전여성문학연구』 12호(한국고전여성문학학회 2006), 321면.

는 무관하게 당시 근대적인 지식인 집단이 미적 근대성을 성취했다는 증거이다. 그런데 근대문학과 문단은 여성들의 문학행위를 첫째, '작품 없는 작가생활' 같은 비문학적, 비전문적인 활동으로 폄하하거나 둘째, '여류문단' '여류문학'으로 명명하고 그것에 '감상적' '낭만적' '소녀 취향' 같은 열등한 자질을 부여하는 차이와 배제의 정치학을 구사함으로써 자기정체성을 확보했다.[5] 나혜석, 김명순, 김일엽 등 제1기 여성작가들에게는 첫번째 방식이, 강경애, 박화성, 백신애, 최정희, 이선희, 모윤숙, 노천명 등 제2기 여성작가들에게는 두번째 방식이 주로 구사되었다. 강경애와 박화성만 예외적으로 사회문제를 리얼리즘적으로 형상화한 작가로 고평받았지만 이 경우 '여성성 소실'이라는 식의 이중잣대가 적용되었다. 사실성/낭만성, 계급적/반계급적(부르주아적) 같은 이항대립적 잣대에 남성을 전자, 여성을 후자에 속하는 것으로 규정하고 전자를 더 가치있는 것으로 여기는 담론방식은 근대문학제도의 형성에서 '젠더'가 규정적인 요소로 작용했음을 보여준다. 따라서 근·현대문학사를 온전히 서술하고 근대문학제도의 실상을 파악하기 위해 젠더의 시각은 반드시 필요하다.

하지만 근대문학제도의 형성과 정착을 젠더 위계질서에 입각해 일방적으로만 해석하는 것 역시 온당하지는 않다. 이같은 문단의 중심논리에 적극 동조함으로써 여성문학의 장(場)을 형성하고 지배한 여성작가군이 있었기 때문이다. 1930년대 문학장과 저널리즘이 가장

---

5) 대표적으로 다음 논문을 참고할 수 있다. 심진경 「문단의 여류와 여류문단—식민지시대 여성작가의 형성과정」, 『한국 근대문학의 형성과 문학장의 재발견』(소명출판 2004); 김양선 「여성작가를 둘러싼 공적 담론의 두 양식—공개장과 좌담회를 중심으로」, 같은 책.

선호한 작가들인 최정희, 모윤숙, 노천명은 자신들을 나혜석, 김명순 등의 제1기 여성작가들과는 차별화된 제2기 여성작가들로 규정한다. 이들은 일제 말기 친일담론을 이끌었을 뿐만 아니라 실제로 적극적인 단체활동으로 일본의 총동원체제에 협력했다. 이들은 특유의 '여성적' 면모로 남성중심의 문단에서 어느정도 지분을 얻었으며, 이들의 친일담론 역시 '여성성'을 전시체제에 맞게 재규정해서 드러내는 데 주력했다. 이 작가들은 해방 이후 치열한 각축 끝에 새롭게 재편된 문단 질서에도 안정적으로 편입된다. 한국전쟁기 종군작가활동, 반공주의를 표방한 매체에 실린 작품 경향에서 볼 수 있듯이 이들은 국가주의에 협력하고 여성성을 이에 맞게 전유함으로써 여성문학장을 지배한다. 여성문단이 제도적으로 형성된 시기가 1930년대인데, 여성문단 내에서의 위계화, 서열화는 1950년대 전후(戰後) 시기까지 지속되면서 오히려 공고해졌다.

물론 '지배적인' 여성문학장의 형성이 남성중심 문단과 국가주의에 대한 협력과 긴밀하게 연관돼 있다는 시각은 '전체' 여성문학장의 다양한 형성 계기를 간과할 위험성도 있다. 하지만 근대 초기부터 식민지 시기까지 여성작가들의 수가 군소작가들을 포함한다 하더라도 스물을 넘지 않는 상황, 잡지와 신문 등의 미디어를 남성이 장악하고 있는 상황에서 일제 말기 임순득이나 간도에서 작품활동을 했던 강경애 정도를 제외하고는 여성이 집단적인 전복의 목소리를 내기는 힘들었다. 이러한 상황이 변화한 것은 1950년대 후반, 1960년대부터라고 할 수 있다. 여성문학장은 1960년대 이후 여성작가들의 등단 경로가 신문 신춘문예, 여성잡지나 문학잡지 현상공모 등으로 다양해지고 그에 따라 다양한 작가들이 등장하면서 변화한다. 문학장과 제도의 변화는 양식과 글쓰기 주제의 변화를 가져왔다. 대표적으로 박경리와 강신재는 전후(戰後)의 반공주의와 거리를 두면서 한국전쟁과 전후의 경험을 젠더의 시각으로 서사화했다. 또한 이들은 신문이나 잡지 연재소설을 통해 소설의 장편화 경향, 그리고 장편의 여성화 경향을 주도했다. 이 시기에는 '한국여류문학인회'가 결성(1965)되고, 『한국여류문학전집』『한국여류문학33인집』 등의 독자적인 정전 만들기가 시도되었다. 여성들의 글쓰기 욕망이 이전과는 다른 차원에서 남성중심적인 문학제도와 경합하면서 독자성을 확보할 근거를 마련한 셈이다.

여성문학장, 여성문학제도의 형성과 정착 과정을 실증적인 자료에 입각해 규명하는 작업뿐만 아니라 일관된 개념틀을 세우는 것도 필요한데, 필자는 '여성성의 제도화'를 핵심 개념으로 제안하고자 한다. 근대 여성문학은 식민담론, 국가주의, 민족주의 등 당대 지배 이데올로기를 긍정적으로든 부정적으로든 주체적으로 전유하면서 제도화되었다. 기존 문학제도가 수용한 여성작가, 여성성은 지배 이념과 담론이 요구하는 여성성의 범주를 크게 벗어나지 못했다. 여성성은 현실적인 맥락에 따라 유동하는 범주임에도, 근대문학제도에서 대표적인 여성작가로 호명되는 몇몇 작가들의 경우 남성작가들과는 문체가 다르고 작품세계가 '여성적인 것'으로 명명되었는데, 이런 차이를 통해 문학사적 위상을 확보하였다.

다만 여성문학의 제도화, 여성성의 제도화는 여성문학장을 공고히 하는 데 기여했다는 긍정적인 측면도 있지만, 여성문학을 고립시켰고 현실의 다양한 맥락들을 충분히 고려하지 않았기 때문에 한계가 있다. 앞으로 여성문학(사) 연구는 이런 공과를 세심히 분별하고, 제도화의 다른 요인들을 유연하게 규명해야 한다. 다음 장에서 다룰 여성적 글쓰기에 대한 새로운 개념 정립, 여성의 독서와 글쓰기 행위에 대한 문화사적 접근, 장르나 양식의 젠더화 양상 등에 대한 고찰은 여성문학제도의 형성원리를 역동적으로 규명하는 데 기여할 것이다.

4. 여성성, 여성적 글쓰기 : 여성주의 시학 정립

여성문학 연구에서 여전히 이론적 난제에 봉착해 있는 분야는 여성성과 여성적 글쓰기라 할 수 있다. 여성성과 여성적 글쓰기는 문학에 젠더적으로 접근할 때 항상 논의되는 핵심 개념들이다. 하지만 두 개념(내지 용어)은 연구자가 어떤 입장인가에 따라 전략적으로 다르게 쓰이며, 때로는 여성작가들의 작품을 게토화하고 폄하하는 의미로 쓰이기도 한다.

근대와 이성을 남성성과 동일시하고, 이에 대한 대타개념으로서 전근대와 감성을 여성성과 동일시하는 익히 알려진 공식에 따르면, 여성성은 한편으로는 근대 비판의 맥락에서 이성중심주의, 남성중심주의의 폐해를 치유할 수 있는 속성인 보살핌과 배려, 타자를 위한 윤리, 모성성과 같은 긍정적인 의미로 쓰이고, 다른 한편으로는 주관적이고 감정적이기에 남성성보다 열등한 의미로 쓰이기도 한다. 다시 말해 여성성은 단일하고 고정된 것이 아니라 다양한 속성을 지니고 있다는 것이다. 여성성을 모성성과 동일시하거나 타자를 위한 윤리로 파악하는 입장은 여성의 생물학적 특성에 기댄 본질주의적 관점이라는 비판도 있다. 이와같은 비판을 견지하는 측은 여성성 역시 민족, 계급, 지역, 이데올로기에 따라 구성된다는 입장을 취한다. 하지만 구성주의적 입장 역시 여성이 '주어진' 여성성에 맞서 고투하는 실제 현실을 도외시한다는 점에서 어느정도 한계가 있다.

여성문학사 연구나 텍스트 분석에서 우리가 놓치지 말아야 할 것은 여성을 규정하는 다양한 항목이나 층위들을 고려해야 한다는 점이다. 또한 여성작가들이 '여성성'을 내면화하거나 글쓰기 실천의 동력으로 삼으면서 당대 지배적인 문학제도와 타협 혹은 저항하는 양상을 세심히 규명하는 것이 필요하다. 가령 박완서와 오정희가 추구하는, 혹은 그리는 '여성성'이 다르듯이 식민지 시기 여성작가 중에서도 최정희가 추구한 여성성과 박화성이나 강경애가 추구한 여성성은 다르다. 전자가 여성성을 특화함으로써 남성중심의 문학제도에서 일정한 자기 영역을 확보했다면, 후자는 여성의 현실과 체험을 리얼리즘적으로 형상화함으로써 여성성을 확보한 경우라고 할 수 있다.

또다른 쟁점은 여성적 글쓰기이다. 여성적 글쓰기는 남성중심주의적 글쓰기에 반하는 여성의 생물학적 특성과 경험에 기반한 몸으로 글쓰기, 여성의 욕망을 풀어내는 주변적이고 전복적인 글쓰기로 정의되어왔다. 때문에 여성적 글쓰기는 여성의 생물학적 특성에 착안한 복수적이고 유동적인 글쓰기라는 프랑스 페미니스트들의 주장 역시 본질주의에 함몰되어 있다는 비판을 받아왔다. 여성적 글쓰기라는 용어 자체가 남성적 글쓰기에 대한 대타개념에서 나온 것이기에 이분법적 사고방식이라는 지적도 있다. 하지만 글쓰기 주체의 성별, 텍스트의 성별을 분별하는 것은 엄연히 실재하는 차이'들'의 기원을 해석하는 유효한 틀이 될 수 있기에 여전히 중요하다. 근·현대문학의 다기한 흐름을 제대로 파악하기 위해서는 중심보다는 주변, 동일성보다는 차이에 주목해야 하며, 현존하는 차이들을 봉합하기보다는 민족·지역·계층·세대에 따른 차이와 마찬가지로 성차를 인정하고, 나아가 여성 내부의 차이들까지 밝히는 것이 온당하다. 만약 여성적 글쓰기의 실체가 모호하다면, 여성의 글쓰기 욕망의 기원을 따지는 것, 여성적 글쓰기가 지닌 전복적·주변적 속성이 어떤 현실적 맥락에서 나왔으며, 어떻게 실감을 얻게 되는지를 증명하는 것이 필요하다.

이런 점에서 지금까지 '여성성 소실의 작가'로 문학사에서 운위된 박화성, 강경애의 리얼리즘 소설을 여성의 시각에서 재독해할 필요가 있다. 박화성, 강경애, 백신애 등의 작품은 '빈곤의 여성화' 양상을 띤다. 이들의 작품을 여성의 시각에서 적극적으로 다시 읽어야 하는 까닭은 첫째로 이들의 작품이 한국 근대문학사의 정전 형성 과정에서 차지하는 위치와 관련이 있다. 이들의 작품은 식민지 시기 『현대조선여류문학선집』(조선일보출판부 1937) 『여류단편걸작집』(조선일보사 1939)과 해방후 한국여류문학인회 편의 『한국여류문학전집』(삼성출판사 1967)에 실려 있다.

이 전집들에 수록된 식민지 시기 여성작가들의 소설[6]은 주제와 경향에서 유사성이 있다. 여성이 주인공이나 주 서술자로 설정되어 있고, 주로 빈곤·이주·가부장적 폭력 등을 여성의 시각에서 그린다는 점, 식민지조선의 현실을 리얼리즘적으로 그린 작품들이 주류를 이룬다는 점이다. 물론 당대 여성작가와 작품들의 목록이 여러 경향들을 보여줄 만큼 다채롭지 않았던 이유도 있다. 그럼에도 주로 리얼리

6) 『현대조선여류문학선집』에는 강경애 「어둠」, 박화성 「춘소」, 백신애 「꺼래이」가 실렸고, 『여류단편걸작집』에는 강경애 「지하촌」, 박화성 「춘소」, 백신애 「채색교」 「호도」가 실렸다.

즘 경향의 작품들이 수록된 것은 당대 문학제도와 저널리즘이 사회현실의 형상화를 소설의 작품성을 평가하는 주된 잣대로 삼았으며 그런 기준이 여성문학에도 적용되었음을 방증한다.

소설장르에서 나타나는 리얼리즘 지향성은 저널리즘이 여성작가와 작품 중 정전에 들어갈 목록을 선택하거나 포섭할 때 사회문제의 리얼리즘적 재현을 주요 기준으로 삼았음을 보여준다. 하지만 여성현실의 리얼리즘적 재현이라는 정전 선택 원리를 문학제도가 일방적으로 구사한 것으로 파악하는 시각 역시 온당하지는 않다. 우선 강경애, 백신애, 박화성은 식민지 시기 문학장의 중심에 있었던 작가들이 아니다. 이 작가들은 지리적·성적으로 주변부에 있으면서 식민지 하층계급 여성들의 처지를 실제로 목도했고, 사회주의 이념의 세례를 직간접적으로 받았던 터라 이들의 현실을 핍진하게 형상화할 수 있었다. 박화성의 「춘소」 「한귀」, 백신애의 「호도」 「적빈」, 강경애의 「지하촌」 「마약」 등은 가부장적 폭력의 양상, 모성이 제대로 보호받지 못하는 절대빈곤 상황을 몸의 체험에 기반해서 그리고 있다. 모성이나 몸의 체험은 제도가 구획지은 여성성의 범주를 뛰어넘는다. 여기서 우리는 여성문학 정전의 형성원리가 제도화된 여성성으로 고착되지는 않았으며, 정전 내부에 저항과 균열의 다양한 목소리들이 존재했음을 확인할 수 있다.

두번째는 이들의 작품이 여성의 빈곤과 수난을 다루고 있지만 민족주의 서사에서 여성(성), 모성(성)을 민족 전체의 수난을 표상하는 것으로 재현하는 관습과는 거리가 있기 때문이다. 이들의 작품은 식민, 근대성, 젠더, 계급, 민족의 문제를 다루고 있다. 가령 박화성의 「춘소」에서 양림네 가족이 가뭄에다 남편의 실직으로 절대 궁핍에 처한 상황은 막내딸 양림의 사고와 죽음과 맞물리면서 식민지 현실에서 빈곤이 여성과 아이들에게 가장 참혹한 형태로 나타난다는 것을 보여준다. 백신애의 작품 「적빈」 「호도」, 강경애의 「지하촌」 「마약」은 민족문제와 계급문제가 성차의 문제와 중층적으로 얽혀 있음을 단적으로 보여준다. 특히 이 작품들은 임신과 출산을 하는 여성의 몸에 가부장적 폭력, 식민지 현실, 계층적 위계가 새겨져 있음을 사실적으로 그린다. 가부장적 이데올로기가 주조한 여성성, 모성성을 탈신화화하는 전략은 노동과 출산으로 피폐해진 여성/어머니의 몸을 '비체화(非體化)'해서 재현하는 것으로 드러난다.

이들의 작품은 최근 식민지 시기 문학과 문화 연구에서 초점이 되고 있는 신여성을 다루고 있지 않다. 신여성을 다루는 담론들이 이들이 식민지근대의 수혜자이면서 동시에 최대 피해자라는 점, 이들이 자신의 욕망을 실천함으로써 당대 사회에 저항하고 질서에 균열을 일으켰다는 점에 주목한다면, 이들의 작품은 구여성의 현실에 주목한다. 이 구여성들은 신여성들처럼 자신의 주체적 목소리를 발화하지도 못했고 저널리즘의 주목 대상이 되지도 못했다. 이들의 작품은 이 구여성들의 존재를 '대신' 말함으로써 여성들 내부의 차이를 드러내고, 여성적 글쓰기를 자족적인 내면의 영역이 아닌 식민지 현실과 연관지어 리얼리즘적으로 그렸다는 점에서 적극적으로 평가받을 만하다.

5. 결론

　'성차의 페미니즘'을 주장한 로지 브라이도티(Rosi Braidotti)는 "성차는 여성들 각각의 차이들을 인식"하는 것이고 "남근 이성 중심적인 것에 거슬러 사유하며, 여성들 자신에게 체현된 것을 자신들의 언어로 말하는 '페미니즘의 계보학'"이 긴요하다고 말한다. 페미니즘 계보학은 여성 자신의 시각과 언어로 남성중심주의, 국가중심주의 질서에 한편으로는 포섭되고 한편으로는 저항하는 여성들의 지적 전통과 말하기, 글쓰기를 복원하고 재구성하는 작업이다. 여성문학사 서술은 이와같은 계보학을 실천하는 작업이라 할 수 있다. 그리고 이런 계보학 짜기가 구체성을 획득하기 위해서는 여성성과 여성적 글쓰기를 우리 현실에 맞게 재맥락화할 필요가 있다.

　또한 근대성과 여성성의 관계가 그러하듯 기존 문학제도와 여성문학제도가 상호 배타적이거나 일방적인 관계가 아니고 서로의 필요에 의해 경합하고 협상하면서 위상을 정립해왔다는 점에 주목해야 한다. 젠더 혹은 성차에 기반한 차이의 정치(학)는 남성/여성의 차이뿐만 아니라 여성들 내부의 차이까지 아우르고, 아직까지도 침묵하고 있는 혹은 말할 방법들을 찾지 못한 텍스트의 여성, 현실의 여성들에게 말을 건네고 대신 말해야 한다. 이것은 근대문학사에 대한 정당한 이해이자, 근대 이후를 상상하는 문학사가 갖춰야 할 전제조건이기도 하다.

∶ 김양선 ∶

● 더 읽을거리

민족(주의)담론과 젠더정치학 간의 관련 양상을 고찰한 글들로는 일레인 김·최정무, 박은미 옮김『위험한 여성——젠더와 한국의 민족주의』(삼인 2001); 권명아「여성 수난사 이야기와 파시즘의 젠더 정치학」, 김철·신형기 외『문학 속의 파시즘』(삼인 2001);「여성 수난사 이야기. 민족국가 만들기와 여성성의 동원」,『여성문학연구』7(한국여성문학학회 2002); 김양선「식민 시대 민족의 자기 구성방식과 여성」,『근대문학연구』8(한국근대문학회 2003); 이상경「식민지에서의 여성과 민족의 문제——일제 파시즘하의 최정희와 임순득」; 이선옥「우생학에 나타난 민족주의와 젠더 정치」,『실천문학』69(2003년 봄) 등이 있다.

식민지시대 여성작가의 형성과정과 남성 중심의 근대문단에서 여성작가가 포섭, 배제되는 양상을 실증적으로 규명한 글들로는 김양선「여성 작가를 둘러싼 공적 담론의 두 양식——공개장과 좌담회를 중심으로」; 심진경「문단의 여류와 여류문단——식민지 시대 여성작가의 형성과정」, 민족문학사연구소 기초학문연구단 엮음『한국 근대문학의 형성과 문학 장의 재발견』(소명출판 2004); 이상경「1930년대의 신여성과 여성작가의 계보 연구」,『여성문학연구』12(한국여성문학학회 2004) 등을 주목할 만하다.

박무영「『한국문학통사』와 '한국여성문학사'」,『고전문학연구』28(한국고전문학회 2005); 이경하「여성문학사 서술의 필요성에 관하여」,『여성문학연구』11(한국여성문학학회 2004); 최기숙「젠더비평: 메타 비평으로서의 고전 독해——고전 서사의 젠더 비평적 독해를 위한 방법론적 고찰」,『한국고전여성문학연구』12(한국고전여성문학학회 2006) 등은 기존 문학사의 남성중심적 시각을 비판하고, 독자적인 여성문학사 서술의 필요성과 방법론에 대해 고찰한 글들이다.

또한 이상경『한국근대여성문학사론』(소명출판 2002)은 근대 여성작가들의 작품세계를 페미니즘적 시각으로 분석한 연구서이며, 김복순『페미니즘 미학과 보편성의 문제』(소명출판 2005)는 페미니즘의 시각에서 근대 문학 및 미학을 검토하면서 새로운 서사학을 정립하려고 시도한 연구서이다.

이혜령 「젠더와 민족·문학·사」, 『민족문학사연구』 23(민족문학사학회 2003); 김양선 「탈근대, 탈민족 담론과 페미니즘 (문학) 연구——경합과 교섭에 대한 비판적 읽기」, 『민족문학사연구』 33(2007)는 민족(담론)과 여성문학의 역학관계에 정향된 여성문학 연구의 동향을 비판적으로 점검한 글들이다.

한국여성문학학회 편저 『한국 여성문학 연구의 현황과 전망』(소명출판 2008)은 최근 10여년간 한국여성문학의 쟁점과 연구성과를 총체적으로 점검할 수 있는 책이다.

아동과 문학

아동문학, 무엇이 문제인가

1. 잘못된 통념: 동심천사주의와 교훈주의

아동문학은 어린이가 읽는다는 것을 특별히 의식하고 만들어낸 문예적 창작물을 가리킨다. 그런데 어린이가 읽는 작품을 문학으로 인정하는 기반은 매우 허약하다. 일례로 초등교과서에 수록된 작품은 특정 교육의 관점에서 개작되기 일쑤다. 교과수준에 맞게 일부 수정하는 것이 불가피할지라도 원문 훼손을 둘러싼 중등교과서만큼의 자의식과 긴장이 없다. 대학의 문학 전공학과는 아동문학 연구를 포함하고 있지 않다. 심지어 초등교원을 배출하는 교육대학에서조차 문학 일반에 관한 교과목만을 편성해서 운영할 정도이다. 아동문학을 전공한 교수가 없고 교과목이 편성되어 있지 않으니 학습할 기회가 없다. 문학 전공자들은 아동문학을 영역 바깥의 것으로 인식하고 있으며, 초등학교 교사들은 아동문학에 대한 수업을 받아본 경험이 없이 교단에 서는 실정이다.

이처럼 아동문학은 그 고유한 영역을 인정받지 못했고 연구와 비평의 사각지대에 놓여 있었다. 아동문학을 둘러싼 일반인의 상식은 초등교과서, 신춘문예, 디즈니 만화영화, 상업적 전집류 등을 통해서 만들어진 일정한 통념을 되풀이한다. 어린이를 순수하고 무구한 존재로만 보는 동심천사주의, 현실의 때가 묻지 않은 어린이에게 기성세대가 바라는 덕목을 가르쳐주어야 한다는 교훈주의 등이 이와 관련된다. 물론 통념도 진실의 한 끝에 닿아 있긴 하다. 그러나 어느 일면을 배타적으로 강조하거나 고정적으로 바라보는 데서 문제가 생긴다. 동심천사주의와 교훈주의는 문학으로는 함량미달인 작품이 양산되는 통로가 되고 있다. 아동문학은 유치한 것이라는 오해도 여기에서 비롯된다.

"큰 중 작은 중/지붕 위에 박님/머리 맞혀 자고 있네/사이좋게 자고 있네// 큰 중 작은 중/지붕 위에 박님/머리 덮고 주무시지요/모기와서 뭅니다."[1] 이 작품의 1연은 어린이다운 천진함의 발로라고 여길 수 있다. 그러나 2연에 이르면 어린이다움이란 게 유치한 것으로 바뀌고 만다. 박에서 중의 머리를 떠올린 것은 상상력의 작용으로 볼 여지가 있지만, 박이 모기에게 물릴까봐 걱정하는 마음은 어린이의 무지에서 재미를 느끼라는 주문에 지나지 않기 때문이다. "보슬보슬 봄비는/새파란 비지/그러기에 금잔디/파래지지요."[2] 여기에서도

■
1) 신맹원 「박님」, 동아일보 1935년 8월 18일자.
2) 강소천 「봄비」, 동아일보 1935월 4월 14일자.

인식의 발달을 방해하는 것 외에는 별 뜻도 없는 유치함이 느껴진다. 이렇게 사물의 원리를 깨닫기 이전의 유아적인 발상을 귀엽고 재미있는 것인 양 바라보는 태도가 동심천사주의다.

동심천사주의는 어린이의 심성을 이상화하고 신비화하는 낭만주의에 기원을 두고 있다. 근대산업사회가 낳은 현실의 피로와 중압감을 상상된 전원이나 어린이의 순수성에 기대 치유하고 구원받으려는 어른의 낭만적 충동이 동심 지향의 문학을 낳는다. 이 지향은 도피와 퇴행으로 이어지기 쉽다. 어린이의 성장 욕구를 억누르는 노인의 분재 취향과 같은 것이다. 현실과의 긴장을 잃고 막연히 별님, 꽃님, 씨앗, 이슬, 무지개, 비눗방울 등의 상투어를 반복하게 되니까, 결국엔 세상 이치를 외면하는 혀짤배기소리가 동심으로 여겨지게 되었다. 초등교육의 장에서는 여전히 "기차는 기차는 바아보……" "구름은 구름은 요술쟁이……" 식의 유치한 발상을 동심이라고 치켜세우고 있다.

동화 쪽도 사정이 비슷하다. 흙이 벌레를 징그러워하고 거름냄새를 싫어한다든지, 도토리가 나무에서 떨어지면 아플까봐 걱정하는 장면이 아무렇지도 않게 나온다. 이런 작위적인 설정은 작가의 훈계가 개입할 틈을 손쉽게 만들려는 데에서 비롯한다. 결말의 교훈을 위해 얼마든지 자연의 질서를 왜곡하고 삶의 진실을 희생해도 좋다는 발상이다. 이미 정답이 있는 도덕교과서의 예문 같은 것을 문학작품이라고 할 수는 없다. 동시의 동심천사주의와 동화의 교훈주의는 언뜻 보기엔 다를 것 같아도 은밀히 서로 내통하고 있다. 모두 어린이를 어른의 완롱물(玩弄物)이자 수동적 존재로 바라보는 '식민화(植民化)'의 관점인 것이다.

어린이는 한순간도 멈추지 않고 끊임없이 성장하는 존재이며, 역사의 진공지대가 아니라 구체적인 현실에 발을 딛고 사는 사회적 존재이다. 우리가 '동심'을 예찬할 수는 있지만, '영원한 어린이'라는 관념에 어린이를 가두어둘 수는 없다. 또한 어린이는 '작은 어른'이 아니라 '작은 인간'으로서 인생의 한 시기를 살고 있다. 인생의 어느 한 시기를 목적이 아닌 수단으로 인식하는 것은 잘못이다. 따라서 어린이에게 삶을 진실하게 그려 보이는 아동문학은 낮은 단계의 교육이 아니라 자기완결적인 문학으로서 진지한 관심의 대상이 되어야 한다. '아동문학의 단순성은 그 자체가 하나의 예술적 장치, 종종 성인문학에는 부족한 어떤 장치'라고들 한다. '어른 중개자들의 취미, 이데올로기, 모럴, 종교와 맞지 않는 것들이 씻겨나가는 순화 현상은 어린이의 텍스트에 대한 보편적인 방해의 형태'이다. 아동문학의 형식과 내용이 단순소박하다고 해서 열등하거나 빈곤한 문학으로 치부해서는 안된다.

2. 성립과 전개: '일하는 아이들'과 현실적인 작품경향

아동문학은 어린이를 독립적인 인격체로 바라보는 시각, 곧 '아동관의 근대'를 전제로 한다. 혹자는 전래동화의 뿌리인 설화나 고전문학에서 아동문학의 흔적을 찾고자 하나, 이는 소급적용하는 사례이다. 구전문화에 속하는 '민간설화'와 근대에 들어 작가가 어린이에게 적합하게 고쳐 쓴 '전래동화'는 탄생 배경, 전달과 수용자, 내용 등에서 뚜렷한 차이가 있다. 근대의 요구에 따라 '아동의 발견'이 이뤄졌다는 점을 염두에 둔다면, 아동문학의 존재는 어디까지나 근대적인 현상일 것이다. 우리의 경우는 신문학운동을 주도한 최남선(崔南善)의 『소년』(1908~11) 『붉은 저고리』(1913) 『아이들 보이』(1913~14) 『새별』(1913~15) 등을 거쳐 방정환(方定煥)의 『어린이』(1923~34)에 이르러 아동문학이 성립했다. 방정환은 천도교 청년회의 핵심인물로서 한평생 어린이를 위한 활동에 헌신했다. 이 땅에서 '어린이'의 탄생은 동학에서 천도교로 이어지는 근대적 개혁사상의 구현이기도 했다.

한국 아동문학은 '식민지근대'에 기반하고 있었기 때문에 독특한 성격을 띠고 전개되었다. 아동문학을 개척하고 주도한 이들은 민족·사회운동의 하나인 소년운동의 지도자들이었다. 전국 각지의 소년회 집회에서는 동요가창, 동화구연, 동극공연 등이 성황을 이루었다. 아동문학이 소년운동과 굳건히 결합해서 전개되는 양상은 세계 어느 곳에서도 유례가 없는 현상이었다. 1920~30년대 『어린이』『신소년』『별나라』의 주요 독자는 10대 중후반이었고, 이들 가운데에서 곧바로 아동문학 창작 2세대가 배출되었다. 당시의 소년운동이 일제의 감시와 탄압을 받았기 때문에 아동문학은 제도권 바깥에서 더욱 활력을 얻었다.

본디 아동문학의 발전은 근대성의 지표와 불가분의 관계에 있다. 특히 가족과 학교제도의 변화가 큰 몫을 차지한다. 그런데 우리 아동문학은 근대적인 의미의 아동기가 충분히 보장되지 않았음을 말해주는 이른바 '일하는 아이들'과 마주하고 있었다. 도시인구보다는 농촌인구가 많았고, 도시인구도 근대의 전형적인 핵가족을 대표하는 중산층보다는 서민층이 근간을 이루었으며, 취학률은 낮은 데 비해 취학연령은 높았다. 초창기 아동문학이 번안동화를 제외할 경우, 상대

적으로 낮은 연령대 아이들을 대상으로 하는 공상이나 환상적인 것
보다는 높은 연령대 아이들을 대상으로 하는 현실적인 작품경향이
훨씬 우세한 까닭이 이런 데에 있다.

한국과 일본의 근대동화선집에 수록된 두 나라의 작품들을 살펴보
면, 일본은 공상적인 것들이 더 많은데 우리는 현실적인 것들이 압도
적 다수를 차지한다. 한국 아동문학은 일본 아동문학을 참조해서 전
개되었지만, 두 나라의 상이한 근대성의 지표가 이런 차이를 만들어
낸 것이다. 해방후에도 유아와 유년을 대상으로 하는 문학의 토대는
미약했다. 이를테면 자유분방한 주인공이 공상세계에서 모험을 즐기
는 '피노키오 경향'보다는 헌신적인 주인공이 수난의 민족현실에서
역경을 딛고 일어서는 '쿠오레 경향'이 더한층 폭넓게 수용되었다.
우리 아동문학의 현실주의 색채는 한국사회의 성격에서 비롯된 자연
스러운 모습이라 할 수 있다. 방정환, 마해송, 이주홍, 현덕, 이원수,
이오덕, 권정생 등으로 이어지는 주요 작가들의 대표작품에서 이러
한 경향은 뚜렷이 확인된다. 그럼에도 표면상으로 동심천사주의와
교훈주의가 판을 치게 된 까닭은 냉전 이데올로기에 편승한 분단시
대 아동문학의 왜곡된 이미지 탓이다.

분단시대의 아동문학은 초등교과서와 연계되어 국민교육의 일환
이자 체제동원의 도구로 전락하는 양상을 보였다. 이런 잘못된 지배
조류를 비판하면서 민족현실과 서민 어린이에게 다가서려는 아동문
학운동이 이원수와 이오덕을 중심으로 전개되었다. 정권의 탄압과도
맞서야 했던 분단시대의 비제도권 아동문학은 일제시대와 마찬가지
로 민족현실에 대한 자각을 일깨우고 가난한 아이들에게 용기와 격
려의 메씨지를 전하는 현실주의 색채를 이어나갔다. 이재철은『한국

현대아동문학사』(1978)에서 일제시대를 '아동문화운동시대'로, 분단시대를 '아동문학운동시대'로 구분하는데, 이는 우리 아동문학의 현실주의적 성격을 '문학 이전'의 문화인 양 바라보려는 순수주의 문학이념을 드러낸 것이다. 이오덕은 현실비판적인 아동문학의 전통을 복원하고자 1970년대 민족문학론의 맥락에서 치열한 비평활동을 펼쳐나갔다. 이른바 '순수파'와 '사회파'가 대립하는 가운데 동시대의 작품경향을 둘러싸고 뜨거운 논쟁이 불붙곤 했다. 그런데 일반적이고 보편적인 원론과 역사현실에 직핍한 실천적인 이론 사이에 일정한 간극이 발생했다. '일하는 아이들'을 마주하는 상황에서는 유희성이라든지 환상성의 요소가 극히 제한적일 수밖에 없고 왜곡되기 쉬웠다. 우리 아동문학의 전개를 역사주의에 입각해서 바라보지 않는다면, 유희성과 진정성, 현실성과 환상성 등을 서로 대립하는 개념으로 파악할 위험이 있다.

1990년대 이후 아동문학은 커다란 전환점을 맞게 되었다. 폭압적인 정치상황이 후퇴하고 경제가 성장하면서 시민사회가 본격적으로 자리잡기 시작했다. 도시 핵가족을 기반으로 하는 시민사회문화는 아동기의 삶을 새롭게 규정했고, 어린이책 출판시장을 크게 자극했으며, 장르와 스타일 면에서 불균등하게 발전해온 아동문학에 대해 변화를 요구했다. 근대성이 취약했던 탓에 온전한 발전이 저해되었던, 상대적으로 낮은 연령대 아이들을 위한 아동문학이 최근 급격히 떠오르는 추세이다. 연령이 내려갈수록 유희성과 환상성의 비중은 더욱 높아진다. 한편, 오늘의 아동문학은 과거에는 그리 절실하게 여겨지지 않았던 근대의 새로운 억압기제들과 마주하고 있다. 학교붕괴·가족해체 같은 문제현상을 근대의 가치관으로 해결할 수 있다고 믿는 것은 시대착오다. 새로운 세대일수록 작가의 어린 시절과 판이한 환경에서 매체의 첨단을 구가하며 살고 있기 때문에, 세대간 소통을 둘러싼 문제 또한 가볍지 않다. '즐거움'보다는 '헌신'의 가치를 높이는, 위에서 아래로 흐르는 교육적 발상에는 억압성이 내포되어 있다. 우리 아동문학에 부족한 전복과 일탈의 상상력을 비롯해서, 판타지·난센스·패러디·유머 등 그동안 억제되었거나 주변부로 여겨졌던 요소들을 재인식해야 하는 시점이다.

3. 장르 구분: 동요·동시·어린이시와 동화·소년소설·판타지

아동문학에서의 '아동'은 성인과 대비될 때는 하나의 범주지만 그 안에도 다양한 편차가 있다. 성장기의 3년은 성인기의 10년보다 변화의 진폭이 훨씬 크다. 유아·유년·소년·청소년 등 서로 다른 층위를 고려하지 않고 아동문학의 특성을 논한다면 초점을 벗어나기 십상이다. 아동문학은 어린이의 심리특성에 기초해서 성장 단계별로 가장 적합한 문학형식을 보전 또는 발전시켜왔다. 아동문학 자체가 독자의 연령에 기반을 두고 성립되었듯이, 아동문학의 하위장르 또한 일정하게는 독자의 연령에 기반을 두고 형식상 분화 발전해왔다. 동요와 동시가 그러하고 동화와 소년소설(아동소설)이 그러하다. 그림책은 가장 낮은 연령대 아이를 일차독자로 하는 장르라고 할 수 있다. 하지만 아동문학의 장르에 대해서는 아직 합의된 명칭이나 계보학이 마련되지 못한 형편이다. 이는 우리의 독특한 창작전통이 다른 나라의 전통과 일치하지 않기 때문이고, 아동문학의 이론이 그만큼 빈약하다는 증거이기도 하다. 더욱이 장르는 끊임없이 자신을 변화시켜 간다. 따라서 중요한 것은 명칭의 통일이라기보다 장르를 성립시키는 작품군(群)에 내재하는 고유의 질서와 특성을 밝히는 일이다. 장르이론은 단순히 작품을 분류하기 위해서가 아니라 작품의 성취를 가늠하는 구체적인 잣대와 관련해서 더욱 요구되는 것이다.

아동문학의 서정양식은 동시라는 명칭이 대표하고 있으나, 원래는 동요에서 출발했다. 동요는 정형률을 지닌 노랫말을 가리켰는데, 자유로운 시형의 작품들이 뒤를 이으면서 동시라는 명칭이 새로 생겨났다. 이후 아동문학의 서정양식은 동요와 동시로 나뉘어 발전해왔다. 동요는 시형의 일정한 반복에 따른 율격을 빼고는 생각할 수 없다. 그렇더라도 단순히 글자수를 맞추려 드는 게 아니라 시적인 특성을 살린다는 뜻에서, 또 어린이가 부르는 노래와 구분짓기 위해서 동요시라는 명칭을 쓰기도 한다. 동시를 정형동시와 자유동시로 나누기도 하지만, 동요와 동시의 구분법이 더욱 역사적인 장르 명칭이라고 할 수 있다. 동시 전반이 침체한 원인의 하나로 노래에서 멀어진 현상이 지적되는 만큼, 동요에 대한 관심을 높이는 것이 어느 때보다 소중하다. 한편, 어린이가 쓴 시는 동시라 하지 않고 따로 어린이시라고 부른다. 어른이 아이들을 위해 짓는 동시와 아이들이 스스로를 표현하는 어린이시에 대한 혼동이, 아이들의 시쓰기 지도를 어른의 동요 흉내내기로 치닫게 했다는 비판에 따른 결과이다.

아동문학의 서사양식은 동화라는 명칭이 대표하고 있으나, 일찍부터 소년소설이 동화와 양립해왔다. 동화는 옛이야기나 우화처럼 시공간과 캐릭터가 비현실적인 것을 가리켰다. 반면 현실적인 작품에는 소년소설이라는 명칭을 썼다. 동화와 소년소설은 상대적으로 낮은 연령과 높은 연령의 독자에게 각기 대응하는 양식이다. 그런데 우리 아동문학은 상대적으로 높은 연령의 독자 기반이 우세했기 때문에 동화에 일정한 굴절이 가해졌다. 더욱이 계급주의 아동문학운동의 일각에서 동심의 현실성을 강조하고 나서자 동화도 실생활을 다뤄야 한다는 문제의식이 높아졌고, 이후로 생활동화 또는 사실동화라는 작품이 많이 나왔다. 이때, 동화의 특성과 리얼리즘의 문제의식을 둘러싸고 혼선이 빚어졌다. 관념적인 동화 작품에 대한 반발이 동화의 바탕인 현실초월성(비현실성, 초자연성, 공상과 환상 등)에 대한 부정적인 인식을 초래한 것이다.

생활동화나 사실동화라고 일컬어지는 작품은 소년소설과 구별되는 독자적인 형식으로 발전한 것이 아니라, 주인공이 더 어리고, 일상의 행동반경이 더 좁은 정도의 차이를 보일 뿐이다. 이처럼 시공간과 캐릭터가 현실적인 작품을 생활동화나 사실동화라고 부르게 되니까 동화와 소년소설의 구분이 불분명해졌다. 소년소설과 형식적으로 구별되는 동화는 의인동화가 명맥을 이었고, 의인동화가 아닌 경우에는 '공상'동화라고 해서 부득이 불필요한 말을 앞에 붙여 썼다. 생활동화·사실동화·공상동화·환상동화 등은 모두 부자연스럽거나 불필요한 수식어가 덧붙은 명칭으로서 동화, 소년소설, 판타지 등 기본적인 장르 인식에도 혼선을 초래하고 있다. 생활동화·사실동화라는 말이 모순형용에 가깝다면, 공상동화·환상동화라는 말은 이중형용에 가깝다.

만일 동화가 아동문학의 서사양식 전반을 포괄하는 명칭으로 고정된다면, 편의적으로 동화라는 말 앞에 환상성 여부를 드러내는 또다른 어휘를 붙여 써야 할 경우가 적지 않을 것이다. 그런데 우리 아동문학은 동화와 소년소설을 제대로 구분하지 않는 데에서 비롯되는 문제점이 의외로 크다. 동화는 소설과 구분되는 고유의 형식을 내세운다. 하지만 소년소설은 아동문학으로서 동화와 중첩되는 면이 없지 않음에도 어디까지나 소설의 범주에 속한다. 낮은 연령대 아이를 일차독자로 하는 동화는 단순성의 원리가 두드러지며, 권선징악·천우신조·사필귀정 등 하늘의 의지(마법의 선물)로 갈등을 해결하고 조화로운 세계에 이르는 초자연성과 상징성을 지닌다. 하지만 어린이도 경험을 쌓아가면서 현실이 자기에게 반드시 우호적이지만은 않다는 사실을 깨닫는다. 조화롭지 못한 세계에 대해 이성적으로 성숙한 태도가 요구되는 연령대에 이르면 동화에서 소설의 세계로 들어선 것으로 봐도 좋을 것이다. 동화는 유아·유년의 물활론(物活論)적 인식을 바탕으로 경험을 초월해서 궁극의 조화를 그려 보이는 추상적 서술의 양식이고, 소년소설은 어린이가 이해할 수 있는 수준에서 경험 가능한 현실의 문제를 그려 보이는 구체적 서술의 양식이다. 물론 이는 상대 비교했을 때 드러나는 특성이므로, 양자가 공히 아동문학으로서 성인문학과 대별되는 공유지대에 놓여 있다는 사실을 지나쳐서도 안된다. 그러나 생활동화와 사실동화라는 용어는 소설방식으로 현실의 균열을 드러내놓고 동화방식으로 미봉하는 통속적인 미담가화(美談佳話), 이를테면 '되다 만 동화, 되다 만 소설'을 낳는 빌미가 되어왔다.

초자연성이 담보되지 않은 동화 개념은 나름의 서술원리를 지닌 판타지 장르의 발전에도 제약을 가한다. 판타지는 동화의 초자연성을 가리키는 말이기도 하다. 이때의 판타지는 별도의 장르 명칭이 아니다. 그런데 현대의 장편 판타지 작품은, 주인공이 비현실적인 캐릭터와 시공간을 아무렇지도 않게 받아들이는 동화와는 달리, 그것을 비현실적인 것으로 자각하는 사실주의적 기율에 의거해서 내용이 전개되는 경우가 많다. 전근대 양식인 민담의 성격을 드러내는 동화 작품군이 한쪽에 있는가 하면, 근대 양식인 소설의 성격을 드러내는 판타지 작품군이 아동문학의 범주 안에서도 따로 존재하는 것이다. 따라서 옛이야기처럼 현실과 비현실의 구분이 없는 추상적 시공간, 달리 말해 과장과 축소가 자유로운 일차원의 세계를 보여주는 작품은 다만 동화라고 하고, 소설 방식의 리얼리티에 입각해서 현실세계와 구분되는 또다른 차원의 세계를 구체적으로 그려 보이는 작품을 판타지라고 하는 방안을 고려해봄직하다. 판타지의 양상이 다양하다고는 하지만, 낮은 연령대의 물활론적인 사고체계와 이어진 동화의 서술원리와, 높은 연령대의 현실적인 사고체계와 이어진 판타지의 서술원리를 발생론적인 면에서 일단 구분하는 방안이 지금 단계에서는 각 장르의 발전에 도움을 주리라고 보는 것이다. 동화와 마찬가지로 판타지도 유(類)개념으로 보느냐 종(種)개념으로 보느냐에 따라 다른 장르와의 관계설정이 달라진다. 그러므로 아동문학의 산문(픽션)에 해당하는 동화, 소년소설, 판타지 장르의 기본 특성을 일단 상대적인 관점에서 파악할 필요가 있다.

주의할 점은 장르의 특성을 하나의 구심력으로 봐야지 그렇지 않고 경계선을 긋는 데에 치중하다보면 얻는 것보다 잃는 것이 많으리라는 사실이다. 우리는 동화 명칭을 포괄적으로 사용하는 관습이 워낙 완고한데다 현대 동화의 흐름 자체가 소설 또는 판타지 사이에 경계선을 긋기 어렵게 발전해가고 있다. 그래서 실제로 어느 작품을 어느 장르에 귀속시킬 것이냐의 문제로 들어가면 난감한 경우가 많다. 작품 창작과 장르 이론은 서로 영향을 주고받으면서 발전한다. 작품의 성과를 장르 이론에 비춰 살필 때에는 탄력적이고 유연한 접근이 요구된다.

4. 연구과제: 실증적 기초와 고유이론의 확립

아동문학 연구는 역사가 짧기 때문에 축적된 성과가 그리 많지 않다. 하지만 1990년대 이후 어린이책 출판시장이 커지면서 비평과 연구에 관심을 갖는 전공자들이 꾸준히 증가하고 있다. 아동문학 연구는 이제 비로소 궤도에 들어섰다고 할 수 있다. 이 시점에서 가장 시급한 과제는 연구의 기초를 확고히 다지는 것이다. 어린이책은 제대로 보관되는 경우가 거의 없기 때문에 일차자료를 확보하는 일에서부터 어려움을 겪는다. 그렇다고 바늘허리에 실 붙들어매고 나설 수는 없다. 지금까지 제출된 아동문학 분야의 논문들은 이재철의 아동문학사 저술을 제외하고는 실증적인 확인과정이 없이 선행연구를 그대로 받아들이면서 무책임한 해석과 평가에 매달린 것들이 적지 않다. 작가와 작품 연보조차 확실하게 정착되어 있지 않다. 과거의 문학유산을 다룰 때에는 힘들더라도 서지연구와 원본비평에서 출발하려는 학문적 성실함이 소망스럽다.

아동문학은 일반 문학과의 소통이 그리 원활하지 못한 편이다. 우물 안 개구리가 되지 않기 위해서는 한국문학 전반으로 시야를 넓혀 아동문학을 연구하는 태도가 바람직하다. 북한의 아동문학사는 항일혁명문학을 주류로 서술하고 있지만 이는 실상과 많이 다르다. 이 점에서 광범한 일차자료에 바탕을 두고 각 시기의 작가활동과 작품경향, 문단추세와 잡지현황 등을 체계적으로 서술한 이재철의 『한국현대아동문학사』를 주목할 필요가 있다. 아직까지 본격적인 비판과 도전을 받지 않은 이 저서에서 수정 보완해야 할 점을 찾는 것은 문학사 연구의 과제를 고스란히 드러내는 일이 될 것이다. 이를 몇가지로 요약해보면, 첫째, 시기별 작품경향과 변화의 계기를 올바르게 포착해서 시대구분을 다시 확정하는 일, 둘째, 한국문학 전체의 흐름과 조응하는 일관된 통사체계를 세우고 개별 작가와 작품을 문학사적으로 정당하게 자리매김하는 일, 셋째, 누락된 자료들을 발굴 복원하고 냉전 이데올로기를 극복한 시각에서 계급주의 아동문학을 새롭게 해석하고 평가하는 일, 넷째, 비평사 연구를 통해서 각 시대의 주된 과제와 쟁점을 살피는 일 등이다.

우리 아동문학은 주요 작가와 대표 작품이 뚜렷하게 부각되어 있지 않다. 이 문제를 해결하기 위해서는 뛰어난 작품과 그렇지 못한 작품을 가려낼 줄 아는 비평적 안목과 문예학적 소양이 필수이다. 오랫동안 아동문학은 교육의 보조수단으로서 단지 '좋은 책'이라는 것에 만족하려는 비문학적 관심에 둘러싸여 있었다. 어린이를 대상으로 하는 작품의 문학적인 자질을 규명하고 아동문학 고유의 이론을 확립하려는 노력은 지속되어야 한다. 아동문학은 아동을 중심에 두느냐, 문학을 중심에 두느냐의 문제로 시소게임을 벌여온 역사이기도 하다. 두 중심을 지닌 타원형으로 보자는 견해가 있는데, 아동과 문학의 관계맺음은 두 중심이 팽팽한 상호긴장을 유지하면서 시대의 과제에 따라 기울기가 이동할 수 있다고 보는 것이 온당하다. 아동문학의 장르 구분이나 창작방향은 아동의 발견과 재발견을 추동해온 시대 흐름과 더불어 논의해야 하기 때문이다.

: 원종찬 :

● 더 읽을거리

한국 아동문학의 역사를 문헌자료에 기초해서 체계적으로 서술한 저작은 이재철『한국현대아동문학사』(일지사 1978)가 유일하다. 이재복『우리 동화 바로 읽기』(한길사 1995)는 시대별로 대표작가와 작품경향에 대해 알기 쉽게 설명한 책이다. 이원수『아동문학입문』(소년한길 2001); 이오덕『시정신과 유희정신』(창작과비평사 1977)은 동심천사주의와 교훈주의의 폐해를 지적하면서 아동문학의 올바른 지향점을 논한 것으로, 아동문학에 대한 잘못된 통념을 바로잡는 데 참고가 된다. 이들 연구서 및 평론집의 의의와 한계는 원종찬『아동문학과 비평정신』(창작과비평사 2001)에서 논했다.

한편, 세계 아동문학의 역사는 존 로 타운젠드, 강무홍 옮김『어린이책의 역사』(시공사 1996); 폴 아자르, 햇살과나무꾼 옮김『책 · 어린이 · 어른』(시공주니어 1999), 그리고 아동문학의 현대적 이론은 마리아 니콜라예바, 김서정 옮김『용의 아이들』(문학과지성사 1998); 페리 노들먼, 김서정 옮김『어린이문학의 즐거움』(시공주니어 2001)에서 풍부한 시사점을 얻을 수 있다. 우에노 료, 햇살과나무꾼 옮김『현대 어린이문학』(사계절 2003)은 '헌신의 계보'와 '즐거움의 계보'를 대비하면서 '즐거움'의 가치를 새롭게 조명한 것이다.

아동문학의 종류와 그 특징을 밝힌 개론서는 릴리언 H · 스미스, 박화목 옮김『아동문학론』(새문사 1979); 이재철『아동문학개론』(탐구당 1983)이 참고할 만하다. 이밖에 이 글에서는 다루지 않았지만, 최근에는 옛이야기와 그림책에 대한 연구서들도 많이 나오고 있다.

대중문학의 이해*

1. 대중문학이란 무엇인가: 범주와 개념

　대중문학이 학술담론의 주목을 받기 시작한 것은 비교적 최근 일이다. 그동안 학계의 무관심과 냉담한 태도에도 불구하고, 대중문학이 새로운 연구대상으로 인정받게 된 것은 광범위한 대중적 영향력과 잇따른 상업적 성공 때문이라고 할 수 있다. 한국문학(연구)의 이념과 외연을 지탱해왔던 거대이념의 쇠퇴와 포스트모더니즘 같은 신사조(新思潮)의 득세, 자본과 첨단기술을 등에 업은 대중문화의 가파른 성장 등이 연구자들이 대중문학에 주목하게 된 이유라 할 수 있을 것이다. 덧붙여 본격문학과 대중문학의 경계가 갈수록 약화되는데다

＊이 글은 필자의 『한국문학, 대중문학, 문화콘텐츠』(소명출판 2006)에 먼저 수록한 글을, 이 책에 수록된 논문과 관련 평론들을 토대로 재구성하고 수정, 보완한 것이다.

우리 문학에 영향을 미치는 다양한 문화적 현상들을 분석·해명해야 할 현실적 필요성 또한 대중문학 연구를 가속화하는 중요한 계기로 작용했다.

그러나 아직 일천한 연구사가 잘 보여주고 있듯 현재의 대중문학 연구는 여러가지 어려움과 과제를 안고 있다.

대중문학 연구가 직면한 과제의 하나는 대중문학의 개념과 범주와 관련된 것이다. '대중문학이란 무엇이며, 어디까지를 대중문학으로 보아야 하는가' 하는 물음이다. 아울러 통속문학, 상업주의문학, 주변부문학, 장르문학(genre literature), 공식문학(formula literature), 정크 픽션(junk fiction), 펄프 픽션(pulp fiction) 등 난맥상을 보이고 있는 명칭들이 잘 보여주듯이, 이는 문학의 패러다임과 제도 그리고 다양한 관점들이 얽혀 있는 복잡한 난제라 할 수 있다.

대중문학(大衆文學, popular literature)은 그 범주와 개념이 지극히 모호하고 난해한 용어로, 그것이 무엇인지 명쾌하게 규정하기란 사실상 불가능하다. 문학의 실체가 무엇인지 규명하는 작업 자체가 쉽지 않은데다 실제 현실 속의 대중문학은 끊임없이 변화하고 변용되며, 연구자들의 관점과 태도 그리고 주어진 상황과 맥락에 따라서 얼마든지 다른 방식으로 규정될 수도 있기 때문이다.

우선 대중문학은 대중적인 시들을 포함해서 판타지·과학소설·무협소설·연애소설·역사소설·추리소설(탐정소설)·인터넷소설·팬픽(fan-fiction의 준말) 등 수많은 하위장르들을 포괄하는 큰 개념이라 할 수 있다. 최근에는 다소 부정적인 의미를 띠는 대중문학 대신 장르문학이라는 말이 널리 쓰이는 추세이다. 장르문학이란 각 장르별로 고유한 서사규칙과 관습화한 특징들이 있어서 작가나 출판사가 독자들에게 작품에 대한 특별한 정보를 주지 않아도 누구든지 책을 펼쳐드는 순간 그것이 어떤 장르에 해당되는지 알 수 있을 만큼 정체성이 뚜렷한 작품들을 가리킨다.

　대중문학은 또한 공식문학으로 일컬어지기도 한다. 대중문학에 내재된 분명한 특징들, 이를테면 누구든지 알고 있는 뻔한 플롯들·값싼 감상주의·통속성(vulgarity)·영웅주의·도피주의·상투성·해피엔딩·권선징악·대중추수성 등이 바로 대중문학을 공식문학으로 규정할 수 있도록 하는 근거들이다. 전혀 다르지도 않으면서 아주 같지도 않은, 유사한 구조와 패턴과 내용을 갖는 작품들! 그것이 대중문학을 공식문학으로 규정하게 하는 이유일 것이다.

　통상 대중문학은 경멸과 폄하의 뜻으로 사용되는데, 상업주의문학이라든지 통속문학 같은 용어들이 여기에 해당된다. 상업주의문학이란 말은 작품성이나 진정성보다 경제적인 이해가 최우선으로 고려되는, 이른바 교환가치가 우위에 놓이는 문학이라는 의미로 사용된다. 통속문학은 독자대중의 저급한 취향에 영합하기 위해서 동시대의 세태와 유행에 민감하게 반응할 뿐만 아니라 도식성·감상성·선정성 등이 두드러진 저급한 문학이라는 의미로 사용된다. 그러나 이들 용어는 아직 엄정한 학술적인 검토나 합의 없이 상황에 따라 자의적으로 사용되고 있는 실정이다.

　이런 점들을 염두에 두고 대중소설의 개념과 범주를 살펴보자면, 다음과 같이 세 층위로 나누어 생각해볼 수 있을 듯하다. 하나는 우리의 현실경험과 문학적 통념 혹은 관행에 따라 특정한 작품들을 대중소설로 분류 혹은 정의하는 것이고, 다른 하나는 개별 작품의 서사구성 원리와 미적 특질 그리고 작품의 내용과 이념 등을 고려하여 개

넘을 규정하는 것이며, 끝으로 정전(正典) 목록에서 배제되거나 타자
화된 작품들을 대중소설로 정의——모든 정의에서 금기시되는 방식
을 감수하고 규정하는——하는 방법, 이른바 반정립적(反定立的)이고
부정적인 방식으로 정의하는 것이다. 구체적으로 살펴보면 다음과
같다.

첫째는 현실경험에 비추어 대중소설이라고 생각되는 작품들, 이른
바 ① 대중들을 겨냥해서 창작되고 출판된 상업적·대중적 지향이 분
명한 작품 ② 대중들의 삶과 이야기를 흥미롭게 다루는 통속적인 작
품 ③ 대중들이 즐거움을 얻기 위해 읽는 오락물로서 특별한 학습과
훈련 없이도 쉽게 읽고 소비할 수 있는 작품들이다.

둘째는 근대사회의 도래와 함께 상업성을 띠고 등장한 문학상품
들, 곧 대중들의 위안과 오락 욕구에 부응하기 위하여 관습과 규범에
순응하는 한편, 어떤 패턴과 도식성을 보여주는 작품들이다. 공식문
학과 장르문학 성격이 더욱 분명한 작품들이 여기에 해당한다.

셋째는 모든 정의에서 금기시되는 방식, 이른바 반정립적이고 부
정적인 방식으로 정의하는 것이다. 이러한 관점에서 대중문학은 정
전의 목록에서 배제된 작품들이라고 정의할 수 있다. 전문적인 연구
기관에서 연구되고 교육을 목적으로 선정된 모범적인 텍스트들 또는
지속적으로 연구되고, 보존될 만한 가치가 있다고 널리 인정받는 고
상한 작품들, 이른바 정전 목록에서 배제되었거나 명시적(또는 묵시
적)으로 대중소설로 간주되는 작품들이 그러하다.

물론 정전에서 배제된 작품들이 모두 대중문학이라고 할 수는 없
다. 필연적으로 문학은 예술적 성취와 중요성에 따른 위계화를 피할
수 없고, 현실적으로 정전에 포함되지 못하는 경우가 훨씬 더 많기

때문이다. 만일 특별한 의미가 주어지거나 상황이 달라진다면, 어느 시점에서는 대중문학으로 간주됐던 작품들이 정전이 될 수도 있을 것이다. 따라서 대중문학의 개념과 관련하여 가장 문제가 되는 것은 위계화와 구별짓기 그 자체보다도 오히려 위계화되는 방식과 관점일지도 모른다.

이같이 문학에서 특정한 개념을 규정하고 정리하는 데에는 많은 어려움이 따른다. 왜냐하면 본격소설과 대중소설의 경계는 대단히 자의적이고 모호할 뿐만 아니라 그 경계를 자유로이 넘나드는 것이 문학의 한 속성이기 때문이다. 그뿐만 아니라 대중소설이라는 용어 자체가 본격소설 또는 정전 개념을 전제로 하고 있는 이항대립적인 것이기 때문에, 대중소설의 범주를 설정하는 순간 대중문학과 본격문학을 나누는 이항대립적 관점과 패러다임을 용인하는 결과에 빠져버리고 만다. 그러나 이때의 이항대립은 배타적인 것이 아니라 우리 문학사의 실상과 문학적 현실을 파악하기 위해 과도적으로 설정된 불가피한 이항대립이라는 점에서 기왕의 이항대립적인 패러다임과는 구별되어야 할 것이다.

대중문학의 개념과 범주를 둘러싼 이 복잡하고 혼란스러운 절차가 잘 보여주듯이, 대중문학이란 단일하고 고정된 의미를 갖지 않으며 그것을 제시하기도 곤란하다. 왜냐하면 대중문학의 개념과 범주는 그것이 어떠한 관점과 맥락에서 사용되고 재현되는가의 문제 그리고 그것을 지배하는 동시대의 패러다임과 제도의 자장에서 벗어날 수 없기 때문이다.

2. 대중, 독자, 그리고 대중문학

대중문학을 규정하는 중요한 조건 중의 하나이며, 주요 독자층이라 할 수 있는 대중은 그동안 우중(愚衆)으로 오해되어왔다. 대중이란 말은 매스(mass)와 같은 말로 사용되나 사실 이 말은 상황과 맥락에 따라 그리고 정치적 입장에 따라 내포된 의미가 전혀 다른, 대단히 복잡하고 애매한 용어이다. 그뿐 아니라 우리의 경우에는 문화적·역사적 상황이 다르기 때문에 언표된 내용은 같을지 몰라도 그 내포는 서구와 여러 면에서 구별된다.

대중의 일차적인 의미는 그저 '많은 사람들을 지칭하는 말'이지만, 본래는 비구·비구니·우바새·우바니 등 불교에서 말하는 네 부류 사람들 곧 사부대중(四部大衆)이란 말에서 비롯되었다. 그러던 것이 근대화의 급속한 진전과 함께 등장한 익명의 많은 사람들을 가리키는 '매스'의 번역어로, 나아가 상업적인 대중문화와 우민화정책에 의해 호명된 집단이라는 부정적이고 경멸적인 의미로 바뀌었다.

이같은 보수적인 관점과 화용론에 이의를 제기하면서 대중을 매스가 아니라 정치적 변혁의 주체인 파퓰러(popular)로 다시 규정하려는 움직임이 생겨났다. 현대문화연구소의 핵심 이론가이자 문학평론가인 레이먼드 윌리엄스(Raymond Williams)는 대중이란 현존하는 실체가 아니라 단지 특정한 사람들을 대중으로 바라보는 경멸적인 시선 내지 방법만이 있을 따름이라는 진일보한 관점을 제시한다. 그에 의하면, 대중은 엘리뜨주의자들의 주장처럼 단지 수동적인 우중이 아니라 변혁의 주체이며 새로운 희망의 담지자이기도 한 양면적 존재이다. 이를테면 지난 2002년 한일월드컵 당시 전국을 붉은 물결로 뒤덮은 군중들, 미군 장갑차에 치여 숨진 두 여학생을 추모하는 대중들, 그리고 보수 기득권 세력의 부당한 대통령 탄핵에 맞서 촛불을 들고 자발적으로 광화문을 비롯해서 전국의 광장을 가득 메운 대중들이 그 비근한 예다. 1987년 6월항쟁 이후, 갑자기 들이닥친 현실 사회주의의 붕괴 그리고 신자유주의의 외피를 두른 전지구적 자본주의의 공세에 밀려 역사 속으로 사라져버렸다고 여겨졌던 군중이, 우민화정책의 고전적인 수법의 하나로 간주됐던 스포츠를 통해서 다시 역사의 전면에 등장했다는 것은 참으로 역설적이다. 이처럼 대중은 지배 이데올로기와 상업적 대중문화에 의해 호명된 존재이지만 그와 동시에 역사를 움직여나가는 주체이기도 하다.

이 점에서 대중을 구체적인 실체라기보다는 비실체적인 실체, 이른바 현대인들에게 내재된 다양한 실존적 양상들로 해석하는 새로운 관점이 제시되고 있기도 하다. 대중문화라는 '문화적 대기권' 속에서 자유로울 수 없는 동시대인들은 자신의 의지나 사회적 지위 등에 상관없이 상황에 따라 관객으로 시청자로 때로는 독자로 살아갈 수밖에 없으므로, 대중이란 특정한 실체라기보다는 현대인들의 삶의 국면에서 나타나는 다양한 양상으로 보아야 한다는 것이다. 독자들의 환상과 욕망의 충족을 위해 판매되는 상품이라는 대중소설의 본질을 간과하지 않으면서도 그들을 지배 이데올로기에 놀아나는 우중으로 간주하지 않는 좀더 열린, 그리고 섬세하고 복합적인 관점이 요구되는 것은 바로 이러한 이유에서이다.

대중문학을 포함한 일체의 대중예술을 자기표현수단을 지니지 못한 대중들의 저항으로 읽어내는 윌리엄스식 독법이나 독자(소비자)

들의 자발성과 능동성을 강조함으로써 결과적으로 상업주의문화에 대한 옹호로 환원되고 마는 능동적 소비자론 등에 맹목적으로 동의할 필요도 없지만, 기왕의 관성에 떠밀려 독자를 어리석은 대중으로 간주하는 것 또한 경계해야 한다. 그들은 자기 나름의 판단기준을 가지고 작품들을 선택하며 작품 속의 환상과 실제 현실을 혼동하지 않을 만큼 영악한 현실적 존재라는 상식적인 사실에 주목해야 할 필요가 있다. 그렇다면 대중과 대중문학의 관계는 어떠하며, 그 의미는 무엇인가.

독서를 통해서 매개되는 대중과 대중문학의 관계는 대단히 복잡하고 중층적이다. 대중문학은 출판자본과 시장논리에 지배되며, 대중들의 주체적 의지와는 상관없이 강요되거나 주어지는 일종의 문화상품이라는 것은 주지의 사실이다. 자기표현수단을 갖지 못한 대중들은 여기에 의지해서 자신의 환상과 욕망을 충족시킬 수밖에 없다. 그런데 중요한 것은 현상적으로는 독자들이 현실에서 이루지 못한 욕망이나 꿈을 문화상품의 자발적 선택을 통해서 해소하는 것처럼 보이지만, 실제로는 그들의 욕망이 이 상품에 의해 선택당하고 복제된다는 점이다. 요컨대 이들 문화상품이 대중들의 욕망을 부추기고 유혹하면서 또다른 독서에의 욕망을 만들어내고 판매하는 것이다.

그런데 대중문학과 독자대중이 이루는 관계를 다양한 층위에서 살펴보지 못하면, 이 모든 과정이 은폐되어 마치 대중들이 욕망의 해소를 위해서 대중문학을 구입하고 소비(독서)하는 현상으로만 보이게 된다. 이와같이 대중(의 욕망)이 자본의 논리에 지배되고 있다는 것은 틀림없는 사실이지만, 역설적이게도 상품으로서의 대중문학은 독자의 선택을 받아야만 비로소 자기의 존재를 실현할 수 있는 아주 허

약한 것들이기도 하다. 『장한몽』 『무정』 『찔레꽃』 『자유부인』 『청춘
극장』 『별들의 고향』 『인간시장』 『무궁화 꽃이 피었습니다』 『소설 동
의보감』 『퇴마록』 『드래곤라자』 등 우리 문학사에서 명멸했던 수많은
베스트셀러들은 바로 이를 입증하는 예이다. 도서시장에 헤아릴 수
도 없이 쏟아져나오는 수천 수만 종의 상품 가운데서 선택받아 살아
남은 극소수의 작품들, 그것이 바로 베스트셀러인 것이다. 대중과 대
중문학과의 관계는 이처럼 서로가 서로를 옭아매는 상호 종속적이고
순환적인 복잡한 관계를 이루고 있다. 이런 상호 종속성과 양면성이
야말로 대중문학의 한 특징이라 할 수 있다.

3. 대중문학의 전개

대중문학은 시민계급의 성장, 인쇄술의 발달, 상업적 저널리즘의
등장, 대중교육의 확산 등 근대사회의 개막과 함께 시작된 근대문학
의 쌍생아라 할 수 있다. 근대계몽기를 대표하는 서사문학인 신소설
은 이러한 근대문학사의 면모를 잘 드러내는 전형적인 사례이다.

근대 대중문학의 효시이며 신파문학의 원조인 『장한몽』이 잘 보여
주듯 처음부터 대중소설은 사회적·계급적·민족적 갈등을 희석하고
봉합하는 일종의 사회적 씨멘트(social cement)로 작용하였는바, 『장
한몽』이 연재됐던 『매일신보』가 대표적인 식민지배 수단이었다는 점
을 상기할 필요가 있다. 제국주의 권력은 '신문지법' 등 온갖 규제와
정치적 검열을 통해서 대중문학 같은 대중문화를 일제에 저항하거나
현실을 비판하고 부정하는 미적 가능성을 차단하는 식민지배의 도구

로 활용하려는 의도(또는 그러한 시장의 논리를 방관하고 묵인하는 태도)를 지니고 있었다.

신소설이나 딱지본소설 등을 통해서 서서히 그 모습을 드러내기 시작하던 대중문학은 1920년대의 다양한 문학적 경험과 숙련 과정을 거쳐, 자본주의화가 더욱 가속화하고 출판과 저널리즘의 상업적 이윤추구 경향이 더욱 뚜렷해지는 1930년대 중·후반기로 접어들면서 마침내 미증유의 전성기를 구가하기 시작하였다. 이광수의 『사랑』, 김말봉의 『찔레꽃』, 박계주의 『순애보』, 이태준의 『청춘무성』, 방인근의 『방랑의 가인』, 김남천의 『사랑의 수족관』, 함대훈의 『순정해협』 등 유명한 단절기법, 삼각관계, 해피 엔딩, 권선징악 등 대중소설 특유의 서사문법으로 무장한 각종 연애 이야기들을 비롯하여, 이광수의 『단종애사』와 김동인의 『운현궁의 봄』 그리고 박종화의 『금삼의 피』와 현진건의 『무영탑』 등의 역사소설들, 그밖에 김래성의 『마인』 같은 추리소설들이 이 시기의 대중들을 사로잡은 베스트셀러들이다. 일제에 의한 극도의 억압은 본격문학과 대중문학에 많은 영향을 주었거니와, 특히 대다수 대중문학에서 현실과는 격절된 채 흥미위주로 전개되는 역사소설류나 남녀간 로맨스를 다루는 연애소설이 주류를 이루고 있는 것은 단적인 예이다. 아니, 오히려 이같은 억압적 상황은 오히려 대중문학을 더 활성화하는 계기로 작용했다고 보는 것이 더욱 타당할 것이다.

한국 대중문학의 본성과 체질은 해방 이후에도 별로 달라지지 않았다. 이 시기 대중문학은 친미 반공 이데올로기의 득세, 미국식 자유주의의 물결과 대중문화의 영향을 받게 되는데, 전후 이런 사정을 잘 반영한 작품이 정비석의 『자유부인』과 김래성의 『청춘극장』이다.

이같은 경향은 1960년대에 접어들어서도 그대로 이어졌으니 박계형의 『머물고 싶었던 순간들』 같은 대중소설 역시 이런 맥락에서 크게 벗어나지 않는다.

다만 이 시기의 대중문학사에서 특기할 만한 사항은 화교사회를 통해서 무협소설이 유입, 웨이츠원(蔚遲文)의 『검해고홍』을 번역한 김광주의 『정협지』가 선풍적인 인기를 끌면서 무협소설이 대중문학의 중심 장르로 떠올랐다는 점이다. 공교롭게도 폭력과 무력의 로망이며 무협사의 서막을 연 『정협지』가 번역된 1962년은 5·16 군사 쿠데타가 발발한 바로 그 이듬해였으며, 무협소설의 중요한 전환점이된 진융(金庸)의 『영웅문』(1986) 씨리즈가 번역되어 공전의 히트를 친 1980년대 중반 역시 광주민중항쟁을 폭력으로 진압한 군사독재체제가 정점에 올라선 억압적이고 폭력적인 시기였다. 무협사의 주요 분기를 이루는 작품들은 이처럼 동시대 사회현실과 묘한 대구를 이루며 크게 유행하였다.

무협물이 폭력과 남성성을 바탕으로 한 남성의 로망이라면, 연애소설은 감정적 구원과 성적 판타지를 서사의 근간으로 삼는 여성의 로망이라 할 수 있을 것이다. 최근 들어 연애소설의 연애를 자유를 실천하는 장인 동시에 근대성이 복잡하게 작동하는 역사적인 현상으로 주목하는 논의가 집중적으로 이루어지긴 했지만, 장르문학으로서의 연애소설은 김창식의 지적대로 "남녀간의 사랑을 행동 발전의 중심축으로 하여 사건이 시작되고 종결되는 소설"로서 대체로 낭만적이고 통속적이다.

대중문학은 성과 연령 그리고 취향을 고려하는 기민함과 함께 동시대 사회상황과 세태를 잘 반영하는 강력한 사회성을 갖는다. 예컨대 1970년대 산업화와 도시화 그리고 대중매체의 발전에 힘입어 초대형 베스트셀러가 된 최인호의 『별들의 고향』이나 조선작의 『영자의 전성시대』 같은 이른바 호스테스 소설들이 대표적이다. 이들 작품은 통기타, 청바지, 생맥주, 포크쏭 등 동시대 저항문화와 시대적인 분위기를 잘 반영하고 있다는 점에서 비판적으로만 볼 수는 없다. 왜냐하면 개발독재와 민주화운동 시대의 대중문학 속에는 고도성장, 검열, 정치적 억압 등을 사회적 배경으로 하여 금욕주의 등의 체제순응적인 모습과 함께 저항적인 청년문화와 소비 향락주의적인 모습이 착종되어 있기 때문이다.

추리소설, 과학소설, 판타지는 1990년대 들어 각광받은 장르이다. 국내 창작물보다는 주로 번역소설이 주류를 이루고 있지만, 독자들의 충성도는 다른 장르보다 높은 편이다.

한국 추리소설(탐정소설)은 1908년 『제국신문』에 연재된 이해조의 『쌍옥적』을 시작으로 박병호의 『혈가사』, 방정환의 『칠칠단의 비밀』, 채만식(서동산)의 『염마』 등을 거쳐 김래성에 의해 본격화되었다. 김래성은 1935년 일본에서 발표한 「타원형의 거울」을 시작으로 『마인』 『광상시인』 『사상의 장미』 『비밀의 문』 등을 연속으로 내놓으며 큰 인기를 얻었으며, 여기에 방인근의 『국보와 괴적』 등도 독자들의 주목을 받았다. 그러나 한국의 추리소설은 나름대로 명맥을 이어가며 선전했음에도 서양 탐정소설들의 유명세에 눌려 일부 작품을 제외하고는 큰 호응을 얻지 못했다. 김래성 이후 맥이 끊겼던 추리소설은 김성종이나 이상우 등에 의해 다시 이어졌으며 최근에는 구효서, 이인화, 김탁환 등의 역사추리소설들이 독자의 호응을 얻고 있다.

국내의 과학소설은 순수창작물보다는 번역물이 중심이었다. 우리

나라에 소개된 최초의 과학소설은 쥘 베른의 『해저 2만리』로, 『태극학보』에 『해저여행기담』(1906)이란 제목으로 연재되었고, 이해조의 번안소설 『철세계』(1907)와 김교제의 『비행선』(1912)이 그 뒤를 이었으며, 방인근과 신일용 등이 과학소설을 번역한 바 있다. 특기할 만한 것은 과학소설의 주요 소재인 로봇(robot: '노동하다'라는 뜻의 체코어 robota에서 파생된 단어로 산업자본주의시대 노동자들에 대한 은유이다)이 처음으로 등장하는 까렐 차뻬끄(Karel Čapek)의 실험극 『롯섬 유니버설 사(社)의 로봇』(*Rossum's Universal Robot*, 1920)을 박영희가 『인조노동자』란 제목으로 번역하여 1925년 2월부터 총 4회에 걸쳐 『개벽』에 연재했다는 사실이다. 이후 김동인의 「K박사의 연구」(1929)와 김래성의 『백가면』(1949) 등 창작물이 발표되었다. 그밖에 김종안(후일 문윤성으로 개명)의 『완전사회』(1966)와 서광운의 『4차원 전쟁』 그리고 1980년대 복거일의 『비명을 찾아서』 『파란 달 아래』 『역사 속의 나그네』 등이 발표되어 주목을 끌었고, 1990년대 통신문학 시대를 거치면서 이성수의 『아틀란티스의 광시곡』, 듀나의 『나비전쟁』과 『면세구역』 등이 독자들의 큰 호응을 얻었다.

 판타지 역시 1990년대 중반부터 현재까지 장르문학의 중심을 이루며 독서시장을 이끌었다. 톨킨(J. R. R. Tolkien)의 『반지의 제왕』과 롤링(J. K. Rowling)의 『해리 포터』 씨리즈를 비롯하여 이우혁의 『퇴마록』과 이영도의 『드래곤 라자』 같은 장르 판타지들이 온·오프라인을 석권하며 인기를 끈 대표적인 작품들이다. 특히 인터넷 등 멀티미디어와 결합된 판타지는 영화와 만화의 원천 콘텐츠가 되는가 하면, 반대로 영화와 MMORPG(대규모 다중사용자 온라인 롤플레잉 게임)의 게임 스토리가 소설로 만들어지는 등 대중문학과 콘텐츠 산업을 주도하고 있다.

　판타지 이외에도 무협·SF·호러·추리·연애 등의 장르문학들 역시 1980년대 후반 모뎀을 활용한 통신문학이 등장하면서부터 창작과 소비의 패턴이 달라지는 양상을 보여주고 있다. 특히 인터넷이 대중화한 1990년대 중후반부터는 동호인 그룹을 중심으로 아마추어 작가들이 웹싸이트에 자기 작품을 올리고 이에 대한 독자들의 반응을 실시간으로 확인할 수 있게 되어, 활자 텍스트 시대와는 달리 작가와 독자와 작품이 서로 영향을 주고받는 상호작용성이 크게 강화되었다. 앞으로 이같은 강력한 상호작용성을 바탕으로 한 매체간, 장르간 융합이 더욱더 강력해질 것이며, 그에 따라 '읽는 텍스트'에서 '보고 즐기고 참여하는 텍스트'로의 전환이 이루어지는 것은 물론, 선형적 활자문학과 비선형적이고 리좀적인 웹문학이 서로 경쟁하고 공존하면서 새로운 환경을 만들어나갈 것으로 보인다. SF와 추리가 결합된 김민영의 『팔란티어』처럼 멀티미디어 시대의 대중문학은 RPG(Role Playing Game)나 MUD(Multi-User Dungeon) 같은 뉴미디어 장르들을 모방·계승하는가 하면, 역으로 뉴미디어 텍스트에 영향을 주기도 한다. 그런가 하면, 대중문학의 소통과 향유방식에 영향을 미치는 뉴미디어들은 앞선 시대의 미디어의 흔적을 지우기도 하고 이를 수용하기도 하는 이중적인──또는 재매개(remediation)하는──모습을 보여주기도 한다.

　단언하기는 어렵지만, 앞으로 대중문학은 이같은 매체환경 속에서 많은 변화를 겪을 것이다. 그렇지만 디지털 미디어를 매개로 이루어지는 하이퍼텍스트 문학의 경우, 통신문학·싸이버문학·인터넷소설·전자문학·싸이버 텍스트·에르고딕(ergodic)문학 등 다양한 용어로 일컬어지는 데서도 알 수 있듯이, 대다수 작품들이 여전히 실험 차원에 머물러 있거나 창작 성과가 기대에 못 미치는 상황이어서 앞으로의 진행 경과와 추이를 좀더 주의 깊게 지켜보아야 할 것이다.

4. 대중문학의 의미와 가능성

지금까지 대중문학에 대한 논의는 주로 경제적이고 이데올로기적이며 윤리적인 차원의 비판과 분석에 집중되어 있었다. 이를테면 대중문학은 이윤추구를 목적으로 한 상업주의문학이며 독자들을 지배 이데올로기에 순종하는 존재로 만드는 일종의 이데올로기적 국가장치(ideological state apparatuses) 또는 이데올로기이자 상품인 문화산업의 결과물, 나아가 대중들의 저급한 욕망을 자극하며 정신적 도피주의를 조장하는 비도덕적인 통속문학이라는 비판들이다. 물론 이러한 주장은 그 나름의 타당성을 갖고 있지만, 대중문학에 대한 연구는 이보다는 훨씬 더 정교하고 섬세한 독법을 요구한다. 이제까지 살펴보았듯이 대중문학은 그 자체가 다양한 의미와 복합적인 성격을 지니고 있기 때문이다.

그럼에도 이제까지의 대중문학론은 주로 대중사회론이나 비판이론(문화산업론) 등에 근거하여 대중문학의 저급함, 부정적인 측면, 이데올로기적인 효과 등에 집중하는 편향에서 벗어나지 못했다. 그럴 수밖에 없는 것이, 정색하고 논의할 만한 작품이 드물었으며, 그로 인해 대부분의 논의들은 문학의 상품화를 조장하는 현실적 조건에 대한 비판과 윤리적인 성토를 되풀이하는 데 그쳤다. 이를테면 연구대상의 강력한 규정력에 의해 연구의 성격과 방향이 결정되고 영향을 받는 사태가 벌어진 것이다.

이런 상황에 변화가 생겨난 것은 1990년대 중반, '대중문학연구회' 등의 연구모임과 신진 연구자들이 대거 등장하면서부터이다. 이들은 대중문학이 문화의 질적 하락을 가져오며 창조적인 예술을 위축시킬 것이라는 이른바 '밑으로부터의 타락'을 강조하는 귀족주의적 관점이나 대중문학의 이데올로기와 윤리적 내용을 문제 삼는 종래의 비관주의로는 대중문학을 올바로 인식하기 어렵다고 비판하면서 대중문학의 중층적 의미에 주목하였다. 즉 과거처럼 상투적 비판을 반복하는 것이 아니라 이를 올바로 이해하고 객관화하려는 노력, 곧 비판을 위한 비판에서 비판에 대한 비판으로 연구 방향과 흐름이 바뀌기 시작한 것이다.

특히 2천년대로 접어들면서 대중문학 연구는 대중문학의 각 하위 장르들과 개별 텍스트에 대한 정밀한 문학사회학적 읽기를 시도하는 한편, 컴퓨터게임의 문학성에 주목하면서 매체환경의 변화에 따른 대중문학 존재 방식과 그 미래를 살펴보는 등 개방적이고 다변화한 연구가 새 경향으로 자리잡기 시작했다. 요컨대 대중문학의 중층성, 곧 대중문학 속에 내재하는 '지배와 저항' 같은 양면성에 주목하는 것이다. 1980년대를 대표하는 베스트셀러인 김홍신의 『인간시장』에 대한 다음과 같은 독법을 그 예로 들 수 있을 것이다.

이 작품은 부패 정치인·악덕 기업주·고위 공직자·조직폭력배·포주 등 서민들 위에서 군림하는 부도덕한 인물들을 징치하고 사회정의가 살아 있음을 보여주는 장총찬이란 영웅의 활약상을 그린 대하소설이다. 탁월한 무술실력으로 불의와 사회악을 제압하는 주인공

'장총찬'은 무협지형의 영웅이다. 이처럼 황당무계한 내용이 전편에 걸쳐 반복되다보니 작품에 등장하는 온갖 사회적 불의와 부조리가 무협소설적 작품을 그려내기 위한 극작술(劇作術) 내지 알리바이 차원으로 약화되고 있기는 하지만, 다른 한편에서 부패와 부정과 차별로 가득한 불평등한 사회에 대한 보통사람들의 울분과 비판의식을 낮은 차원에서나마 반영하고 있다는 점만은 주목할 필요가 있다. 이렇게 좌충우돌하며 불의에 맞서는 장총찬이란 인물의 개인적 저항은 일종의 미봉이며 사회구조적 모순에 대한 대중소설적(낭만적) 해결에 지나지 않지만, 여기에서 대중소설이 갖는 사회성과 저항의 계기, 곧 그 양면성을 섬세하게 읽어낼 수 있는 것이다.

대중문학은 자본의 논리와 지배 이데올로기가 작동되는 영역이자, 불평등하고 가혹한 현실에 대한 대중들의 불만과 저항이 발생하는 (투영되는) 특수한 영역이다. 게다가 체제 내적이면서도 체제비판적이고, 상업주의적이면서도 유토피아적인 면모가 공존하는 중층성을 가지고 있다. 이같이 대중문학이 우리 일상의 문화에서 중요한 비중을 차지하고 있음은 분명한 현실이며, 이 자체가 다양한 의미를 갖고 있는 한 이 역시 민족문학적 탐색과 성찰과 비평의 대상이 되는 것이 마땅하다.

: 조성면 :

● 더 읽을거리

대중문학에 대한 연구는 대중서사학회의 전신인 대중문학연구회에 의하여 본격화되었다.『대중문학이란 무엇인가』(평민사 1995)를 시작으로『신문소설이란 무엇인가』(국학자료원 1996);『추리소설이란 무엇인가』(국학자료원 1997);『연애소설이란 무엇인가』(국학자료원 1999);『과학소설이란 무엇인가』(국학자료원 2000);『무협소설이란 무엇인가』(예림 2001);『역사소설이란 무엇인가』(예림기획 2003) 등의 씨리즈가 그렇다. 또한 동국대 한국문학연구소의『대중문학과 대중문화』(아세아문화사 2001); 정덕준 외『한국의 대중문학』(소화 2001)을 대표적인 개설서로 꼽을 수 있다. 여기에 대중문학의 하위 장르 및 개별적인 텍스트들에 천착한 연구성과로 김창식『대중문학을 넘어서』(청동거울 2000); 강옥희『한국 근대대중소설 연구』(깊은샘 2000), 그리고 추리·무협·장르 판타지·SF·컴퓨터게임 등에 대해서 분석한 조성면『대중문학과 정전에 대한 반역』(소명출판 2002)과『한국문학, 대중문학, 문화콘텐츠』(소명출판 2006); 전형준『무협소설의 문화적 의미』(서울대 출판부 2003); 최혜실『문학과 대중문화』(경희대 출판부 2005); 최유찬·김원보『컴퓨터게임과 문학』(이룸 2005) 등이 있다.

대중문학 및 대중예술에 대한 주요 이론서로 안토니 이스트 호프, 임상훈 역『문학에서 문화연구로』(현대미학사 1994); 박성봉 편역『대중예술의 이론들』(동연 1994); 박성봉『대중예술의 미학』(동연 1995); 존 스토리, 박만준 역『대중문화와 문화연구』(경문사 2002); 레이먼드 윌리엄스, 박만준 역『문학과 문화이론』(경문사 2003); 안토니오 그람시, 박상진 옮김『대중문학론』(책세상 2003) 등을 꼽을 수 있다. 그밖에 로버트 스콜즈·에릭 라프킨, 김정수·박오복 공역『SF의 이해』(평민사 1993); 츠베탕 토도로프, 이기우 역『환상문학서설』(한국문화사 1996); 캐스린 흄, 한창엽 옮김『환상과 미메시스』(푸른나무 2000); 로즈마리 잭슨, 서강여성문학연구회 옮김『환상성』(문학동네 2001); 에르네스트 만델, 이동연 옮김『즐거운 살인』(이후 2001) 등도 주목할 만한 참고도서들이다.

| 글쓴이 소개 |

김명인 인하대 국어교육과 교수
김성수 성균관대 학부대학 교수
김양선 한림대 기초교육대학 교수
김영민 연세대 국어국문학과 교수
김종욱 세종대 국어국문학과 교수
류보선 군산대 국어국문학과 교수
박명진 중앙대 국어국문학과 교수
박지영 성균관대 동아시아학술원 연구원
박현수 성균관대 동아시아학술원 연구원
배선애 성균관대 대동문화연구원 연구교수
서은주 연세대 국학연구원 HK 연구교수
신두원 민족문학사연구소 연구원
오창은 단국대 한국문화기술연구소 연구교수
원종찬 인하대 인문학부 교수
유문선 한신대 국어국문학과 교수
유임하 한국체육대 교양과정부 교수
윤대석 명지대 국어국문학과 교수
이기성 이화여대 인문과학부 강사
이승희 성균관대 대동문화연구원 연구교수
이현식 추계예대 대학원 겸임교수
임규찬 성공회대 교양학부 교수
정선태 국민대 국어국문학과 교수
정우택 성균관대 국어국문학과 교수
조성면 인하대 강의전담교수
진정석 성공회대 교양학부 외래교수
차혜영 한양대 한국언어문학과 교수
채호석 한국외국어대 한국어교육과 교수
최원식 인하대 인문학부 교수
최현식 경상대 국어국문학과 교수
하정일 원광대 한국어문학부 교수
한수영 동아대 국어국문학과 교수
허윤회 성균관대 국어국문학과 강사

새 민족문학사 강좌 2

초판 1쇄 발행/2009년 5월 29일
초판 9쇄 발행/2020년 10월 7일

지은이/민족문학사연구소
펴낸이/강일우
책임편집/김정혜
펴낸곳/(주)창비
등록/1986년 8월 5일 제85호
주소/10881 경기도 파주시 회동길 184
전화/031-955-3333
팩시밀리/영업 031-955-3399 · 편집 031-955-3400
홈페이지/www.changbi.com
전자우편/lit@changbi.com

ⓒ 민족문학사연구소 2009
ISBN 978-89-364-7163-7 03810
ISBN 978-89-364-7979-4 (전2권)